北園克衛の詩と詩学

意味のタペストリーを細断《シュレッド》する

ジョン・ソルト

田口哲也 監訳

思潮社

北園克衛の詩と詩学——意味のタペストリーを細断《シュレッド》する

ジョン・ソルト
田口哲也監訳

本書を白石かずこに捧げる

カバー・デザイン＝高橋昭八郎

北園克衛の詩と詩学——意味のタペストリーを細断《シュレッド》する■目次

凡例

・西洋人名についてはなるだけ原音に従うように努めたが、すでに日本語表記として定着しているものについては慣例に従っている。またさらに読者の便宜のために西洋人名については原語表記を一覧にして巻末に付した（付録c）。

・本文中、また引用文中の［　］は、原著者による正確な事実の記述や読者の理解を助けるための注記である。

・外国語由来の概念については安易なカタカナ語による音訳を避け、なるだけ日本語表現に置き換えるように努めたが、「アヴァンギャルド」vs「前衛」や「シュルレアリスム」vs「超現実主義」のように、歴史的な文脈の中で必要な場合はあえて音訳のままにしているものもある。

・引用した原典の中には明らかな誤字脱字や通常とは違う表記がある場合があったが、大きく意味解釈が分かれる可能性のある箇所を除いて、明らかな誤りは訂正してある。

・旧漢字旧仮名遣については原意を損わないように現代風に書き改めたところがある。

なお本文中で北園克衛を言及する際に著者はほとんどの場合「北園」ではなく「克衛」を用いている。これは現代の日本の読者にとってはやや奇異に響くかもしれないが、言語芸術である文学はなによりもまず作品を追体験しなければ理解も鑑賞もおぼつかない。この原則を忠実に守った著者と「北園」との距離が詰まって、「漱石」や「鷗外」の時代のように、「克衛」となった背景をご理解いただきたい。

北園克衛の詩と詩学

ジョン・ソルト

日本語版への序

「文学は誰も買わなかったので死んだ
美術は皆が買ったので死んだ」
——マサオ・ミヨシ、二〇〇七年

一—一

北園とは誰か

文学の世界でも美術の世界でも、過去の大家たちは生前にある程度まで評価されることがあったにしても、彼らが生きた時代を定義し、その文明の高い度合いを映し出す聳え立つ巨匠として見られたことはかつてほとんどなかった。[1] 過去の何世紀かの間、詩は芸術であると同時に精神的な「道」として見られてきた。巧妙な仕掛けとしての自己宣伝によって結果としてお金といったものが成功を示す顕著な規格となったのはつい最近のことである。アメリカの詩人、サム・ハミルはこのような規範を次のように説明する。「このような中でたいていの詩人は片ほうの目で『文学的なキャリア』に注意を払い、もう一方の目で『キャッシュ・レジスター』を見ている。[2]」しかしながら詩人のなかには商業的なマトのど真ん中を狙うよりは周辺で仕事をするのを好む人もいる。例えば北園克衛は「私は小部数の同人誌が好きだ。大きな発行部数を誇る雑誌での仕事にはまったく興味がない」と言った。(3) また、一九六一年に書かれたある評論の中で「これらの作品は、近いうちに『空気の箱』という詩集となって刊行されることになっているが、相変わらず二三冊売れれば、私は満足だと思っている」とも述べている。(4) 国内の文学界でその生涯において浮き沈みがあったものの、今では日本の専門家の間で北園克衛は、西脇順三郎、瀧口修造と並び、二十世紀の真ん中の五十年で活動的であった世代の中でもっとも創造的な作品を残した三大詩人芸術家のひとりとして考えられている。

通常は百部から二百部の出版部数しか持たなかった北園のような詩人は今の時代にどのようにして読者を見出すであろうか。前衛の実験家としてどちらかというと孤立した立場から、もしも主流に受け入れられることになれば、この波瀾万丈の道筋はどのようなものになるであろう。北園たちが成し遂げたものを受け入れるためには日本の社会が変わらなくてはならないのだろうか。現在も続いている、世界を知覚するための古い方法を引き摺った感傷的な価値観を好み、過去七十五年間にわたって繰り広げられた創造的な多くのものを認めずに放置しておくのはいかにももったいない。

教育を受けた日本人に街頭で聞いてみると分かるはずだ。彼らは石川啄木や萩原朔太郎の名前は知っていても、よほど文学や芸術に詳しい人でなければ北園克衛を知るものはほとんどいない。西洋の文学や芸術の世界の核心にまで浸透する成功を見せた北園のような人物は日本の教科書のなかで特筆されるべきである。彼は西洋でもっとも聡明な頭脳の持ち主たちと文通し、共作した。しかも単に流れにのった者たちとだけではなく、運動の創始者たち、例えばトリスタン・ツァラ（ダダイズム）、アンドレ・ブルトン（シュルレアリスム）、エズラ・パウンド（イマジズムを含む様々な活動）などとの交流があった。他の日本の詩人で地球上の創造的な詩人たちとこれほどまでに広域にわたって接触した者はいない。野口米次郎（詩人）、伊藤道夫（舞踊家）、藤田嗣治（画家）といった二十世紀の日本の芸術家のように海外での生活がなかったにもかかわらず、北園の作品は広く知られていて、西洋では一九三八年から五八年にかけて有名であり、一九五八年から七八年にかけてはスーパースターであった。アメリカの詩人たちにとっては仲間うちで北園のことを語るのが粋だった時代があったし、彼の名前や英語で書かれた詩を知っていることは「アメリカ」の文化的洗練さを量る物差しとさえなった。北園が二十世紀にしたほど長い期間にわたって西洋への刺激となった日本の詩人は他にはいない。

中休み——酒の役割

ここで脈絡のない問題を考えてみる。日本の詩歌の歴史は酒好きによって生み出されたものと、そうでない者たちによって生み出されたもの、という風に二分することは可能であろうか。もしそうであるならば、飲んだくれたちの歴史は書き続けられるように思われる。というのも規範が形成されるときに、若手の詩人や批評家たちはアルコール好きの先輩詩人たちをより好むからである。他方、非アルコール派、北園や多くのVOUグループの詩人たちもそこに含まれるのだが、の歴史も書かれるべきだ。

一—二

なぜ北園か

アメリカの詩人であるケネス・レクスロス(一九〇五-八二)は一九五一年に後輩詩人のジョナサン・ウィリアムズ(一九二九-)に宛てて、彼が詩人一般について考えていることを次のように書いている。

いまどきの詩人のほとんどは木に登ったり、泳いだり、あるいはとっくみあいとか、その他の危ない遊びができない子供のようだ。だから彼らはエドガー・ライス・バロウズ(5)を読んだり、手淫にふけったりして、最後に芸術に向かう。彼らはだめ人間だから詩人になるのだ。誰も本当に詩歌のことを気にかけない。なんだかんだ言うのは詩人と同じような、少数のどうしようもないできそこないだけだ。だから連中はなんでもうまくやりおおせる。なんでもだ。そんなものは実は誰にでもできる。詩人以外ならほとんど誰にでももっとうまくやれる。旋盤を回すことができれば、子牛にロープをかけることができれば、溝を掘ることができれば、車を修理できれば、あるいは女とやれるなら、二時間ほど手ほどきを受ければ詩誌に書いている連中よりも誰でももっとうまい詩が書ける。(6)

レクスロスは仲間である詩人たちにかなり手厳しい。その彼が北園について書いた文章と比べてみよう。次の文章は一九七八年六月六日に死んだこの日本の詩人へのVOUグループによる追悼の書物にレクスロスが寄せたものである。(7)

北園克衛さんがご逝去されましたことは、とても悲しい。ながい歳月のあいだ、彼は国際文学界で知られた唯一の日本の詩人でした。また、彼は間違いなく、現代詩、すなわち国際的語法を最高度の翻訳で日本に紹介することに精力を傾けた詩人でした。わたしの詩「不死鳥と亀」の彼のすばらしい翻訳が掲載された「VOU」の号を、他の多くの号と共に、今でも所持しています。それだけではないのです。北園さんは太平洋戦争後の、当時もっとも若かった世代の書き物に心を開いていました。それがしばしば自分のものとはかなり違っていたにもかかわらずです。白石かずこを「発見した」のも北園さんと三島由紀夫さんだったと記憶しています。さらに、北園さんご自身が傑出した詩人であり、真の指導者であり、手本でした。とりわけ、多くの言語で「白」にさまざまな音色を与えて表現した北園さんの「具体詩」は、この種のものではどこに出しても最高のものです。

北園さんの文学上の重要性については、これぐらいで止めておきましょう。北園さんは親切で、上品で、もてなしのよい人で、律儀で気前のよいひとでした。北園さんが傍らにおられるだけで、わたしたちは楽しい気持ちになったものでした。北園さんは空海のように、慈悲と光明の後光をはなっておられました。北園さんを知るわたしたちみんなはいつまでも彼のことを想うことでしょう。北園さんの魂からの共感と寛大さを受け取ったのは、ほかならぬこのわたしでした。

浄土のひかりよ
かれを照らさんことを(8)

日本人はなぜ北園克衛についてあまり知らないのだろう。なぜ文学史の教科書などのなかで北園が強調されないのか。萩原朔太郎をその英訳を通してアメリカに紹介したのが北園であることを誰が知ろう(9)。あるいはアーネスト・ヘミングウェイの詩を日本で最初に翻訳紹介したのが北園であったことを誰が知ろう(10)。これらはたったふたつの例であるが、もっと多くの例を出していかに北園が一九三六年から七八年(太平洋戦争の一九四一年から四五年は除く)の間にふたつの文化の架け橋になったことを示すことができる。

日本人はふつう、たとえ偉業を達成したのが自分自身ではなくても、国際舞台で活躍する自国の芸術家や科学者や実業家や運動選手を誇りにするものだ。四十年以上にわたって北園が西洋でもっとも愛された日本の詩人でありながら、その成し遂げた仕事に比べると日本ではほとんど知られていないということがどうして起こりえるのだろうか。どういう状態になれば日本は、北園が戦前・戦後を通じて世界の詩の発展に、また国際的な文学者の同朋意識の形成に大きな寄与をしたという事実を消化することができるのであろうか。なぜ北園は消し去られたのであろうか。

少し前の時代になるが夏目漱石は、西洋が当然視する、日本人に染み込んだ西洋への劣等感に従った。その壮大な文学的達成からすれば当然のことではあるが、今日の日本社会では、ほとんど聖人に近い見方をされる漱石が英国人に対して抱いていた自己卑下は彼がロンドンに滞在していた一九〇〇年から一九〇三年の間に書かれた自伝的な書き物のなかから明瞭に浮かんでくる。

> 先づ往来へ出て見ると、会《あ》ふものも〳〵みんな脊《せい》が高くて立派な顔ばかりしてゐる。それで第一に気が引ける。何となく肩身が狭くなる。稀《たま》に向ふから人並外《ひとなみはづ》れて低《ひく》い男が来たと思つて擦《す》れ違ふ時《とき》に、念のため脊《せい》を比較して見ると、先方《さき》の方《はう》が矢つ張り自分より二寸がた高い。それから今度は変に不愉快な血色をした一寸法師が来《き》たなと思ふと、それは自分の影《かげ》が店先の姿見に映《うつ》つたのである。僕は醜い自分の姿を自分の正面に見《み》て何返苦笑したか分らない。或時は僕と共に苦笑する自分の影《かげ》迄見守つてゐた。さうして其たんびに黄色人とは如何にも好《よ》く命《つ》けた名だと感心しない事《こと》はなかつた。(11)

この引用が数年前に千円札にまでなった漱石の偉業を無にするというようなことを言いたいのではない。彼はすばらしい作家で、見事に自分の苦悩を表現しているのが上記の引用でもうかがえる。時代が違うし、また西洋に一定期間暮らしたことがあるかどうかの違いもあるので、必ずしも比較がまっとうであるとは言えないにしても、北園克衛は自分の文章のなかで白人に対する自己卑下を見せたためしはない。

国民国家はいわゆる教育を子供たちに吹き込むということを念頭におけば、巨匠の手放しの自己嫌悪を教育者たちはどのように説明するであろうか。彼らはこの事実を無視するのであろうか。そして、決して漱石のように自分が「黄色い人間」であることに沈思黙考するような困惑には陥らない、北園の抽象的な詩作品、つまり言語的な境界線ぎりぎりまでに挑戦し、不条理な域までにさえ届きかねないものを教師たちはどのような策を用いて説明しようとするであろうか。

以下は、二〇〇七年九月二十三日に、カリフォルニア州ロサンゼルス郡美術館主催の講演会での、私の話の記録である。表題は「壁に掛かった日本の前衛芸術九九年の歴史」で、二〇〇八年二月十九日まで開催される「日本の版画——ことば／詩／絵」展との関連で開催された。長文であるが北園克衛と関係が深いので全文を紹介する。

*

「戦前の日本の前衛芸術」というカテゴリーとアメリカ合衆国におけるそのカテゴリーの不可解な消失

「アメリカの公衆が知らないことが
アメリカの公衆ということになっている」
——ウィンスロウ・ホルマン（元刑務官）

二—一

戦前の日本の前衛——永遠にブラック・ホールに吸い込まれたままなのか

一九九五年一月三十日のことだが、アメリカ合衆国の首都ワシントンDCにあるスミソニアン国立博物館は、広く心を開いいた、それゆえに暗に戦争中の日米双方の姿勢を批判する「エノラ・ゲイと第二次世界大戦」をテーマにした展覧会を中止した。アメリカの退役軍人たちが激しい抗議活動を展開したために計画段階で中止となってしまったのだ。

この騒動は「戦争」と「戦前」にひとつの暗い影を投げかけた。自己防衛的でもっぱら自分たちの利益だけを考える取られても仕方のない、このようなアメリカの強硬な態度から抽出できる、些細とも見えるが実は重要な論理的帰結のひとつは、今日までアメリカはたった一度も「第二次世界大戦前の日本の前衛芸術」をテーマとした本格的な展覧会を開催していないという事実である。

ところが、企業がスポンサーに付き、大々的に開催された一九九四年から九五年にかけての展覧会は「一九四五年以降の日本の芸術——空に向かって叫ぶ」（傍点は引用者）と題され、まず横浜美術館で開かれ、さらにニューヨークのグーゲンハイム美術館、そしてサンフランシスコの現代美術館へと巡回した。これに比べると小規模ではあるが、二日間の学術会議とオーディオ・ビジュアル公演を含む、同じような展覧会が二〇〇七年にロサンゼルスのゲッティー研究所展覧会場で「芸術・反芸術・非芸術——戦後日本の公共圏における芸術実験　一九五〇－一九七〇」（傍点は引用者）と題されて開催された。このイベントのハイライトはネオ・ダダイストの篠原有司男による屋外での見事な、一九六一年のパフォーマンスの再演で、ステージの上でモヒカン刈りになり、それから鮮やかな色のペンキが満たされた幾つものバケツにグローブを浸して巨大なキャンバス相手にボクシングを繰り広げるという実験であった。

これら二つの展覧会から見えてくるものは何だろう。戦後の日本の芸術に関する情報がアメリカに広がっていったという意味においては歓迎すべきものであったが、同時に、どうも見せることのできないものを隠蔽したという印象が残る。隠蔽されたのは歴史的意味の大きい、戦前の前衛芸術運動である。なぜ大きな歴史的意味があるのかというと、第二次世界大戦前にアジアでモダニズム様式のすべての芸術が開花したのは日本とせいぜい上海だけであったからだ。（ただ、上海の芸術家は自分たちの運動を日本からいわば中古のかたちで輸入したのであって、西洋から直接仕入れたわけではない。）日本の芸術的生産が一握りの人間によって演じられたものであるならば大して意味のないものだと無視することもできようが、モダニズムの詩、絵画、版画、写真、書籍（装丁を含む）、彫刻、映画、作曲、ダンス、建築など、要するにあらゆる文化的領域における創作に従事した人々が少なくとも数百人は存在したのである。それは商業的な大都会の生活に結びついていたのだ。このような芸術的活力は、真空状態の中に存在したのではなく、しかもそれは大昔のことでもない。大正、昭和初期（一九一二年から四〇年）の活力ある文化的文脈の中で起こったのである。つまり、二十一世紀において、一九一九年から三三年までのドイツのワイマール共和国の芸術を、そのあとにヒトラーが権力を取ったからという理由で無視するようなものになっているのだ。

無数の証拠があるこの日本の物語は無視されるか、重要でないかのように扱われるか、あるいは「模倣品だから取るに足りない」という烙印を押されてきた。それは戦争が禁忌《タブー》であるテーマであり、特にアメリカでそうであるだけでなく、日本でも同じだからだ。日本の在米企業を含むアメリカのスポンサーは今、たとえば、「一九二〇年代から一九三〇年代における日本のダダイズムとシュルレアリスム展」などのような大きな展覧会を開くことはない。だが戦後の研究や展覧会といった企画には潤沢な資金が提供され、大規模な宣伝が太平洋の両側で行われたりする。

アレクサンドラ・モンローは戦前と戦後の芸術家や作家（そのほとんどは両方の時代に活躍した）の重要な関係を見過ごすことによって自然に生じる、このような誤りを正そうとして、書物としても通用する分量のカタログに戦前の前衛芸術に関するエッセイを入れた。だが紹介された作品は一九四五年以降という文脈に限定されている。カタログの「後注」の直前に組まれた小さな活字がジョン・クラークの論文を次のように告げている。

> ［クラークの論文は］元の論文を書き直して、短くしたものである。その表題は「自己の板ばさみ――一九三〇年代における日本のシュルレアリスムの公と私の談話」とあり、一九九三年六月に「シドニー文学・芸術学会」で、また一九九三年七月にニューキャッスル大学でのオーストラリア日本研究学会隔年大会で発表されたものである。(12)

クラークの論文は事実に接ぎ木されたものであり、取り返しのつかない欠落を埋めようとする妥協である。それは明らかにこの展覧会の企画に有機的に繋がる部分ではない。

アレクサンドラ・モンローの方法は現在のアメリカ合衆国の政策が許容できる唯一のものであるように思える。もしも誰かが戦前と戦後の日本の前衛芸術の両方を見せようと企画したとしたら、おそらく戦後のものまで取り消されてしまうことだろう。もちろんこの盲点については何も触れられていない。

ゲッティー研究所の展覧会は、グーゲンハイムの展覧会から十三年後であるが、似たような「事後包装」の作戦をとっているのかもしれない。ゲッティーの学術会議では討論者のひとりによって、会議の成果を掲載した本を出版し、そしてそこに戦前の芸術についての論文を付け加えるべきだといった提案がなされた。私が述べてきたような歴史の歪曲は事後にしか矯正されないであろう。というのは、私は思うのだが、戦前の前衛芸術に照明をあてた展覧会のスポンサーには誰もなり手がないであろうからだ。なぜなら、展示する素材そのものにはなんら危険な要素はないのだが、そのような展示をするためには戦争というテーマを持ち出さなくてはならないから、理性的にものごとを考える人間にとっては馬鹿げたことではあるのだが、依然としてこのような試みはいわゆる今日のアメリカ合衆国の文明化された世界においては受け入れがたいということになる。

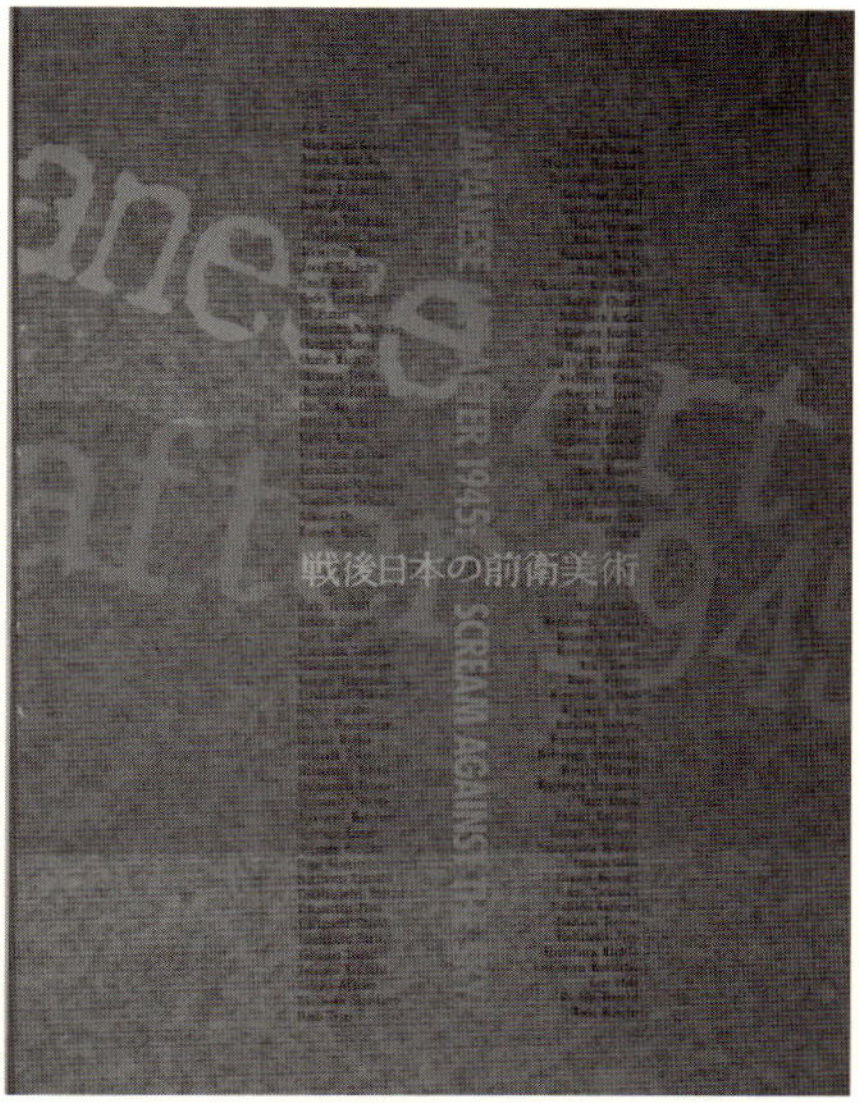

図A　アメリカの美術館を巡回した「戦後日本の前衛美術」展のカタログの表紙（1994年）

これはなぜ重要なのか。すでに述べた二〇〇七年のゲッティー研究所での展覧会を例にとって考えてみよう。四頁仕立ての展覧会の無料パンフは三段落から成り立っているが、その最初の段落はこうだ（［　］内は引用者）。

> 第二次世界大戦が終わったとき、日本は瓦礫の中に残されていて「受身形」、相対的に文化は空白で

あった［なぜ空白になったのか］。次の四半世紀の間に日本は原子爆弾という負の遺産だけでなく［誰が落としたのか］外国による占領［その占領軍はどこから来たのか］という経験にも耐え、急速に大都市社会へと［再］変容することになる。

二十世紀の歴史を知る日本人にとってこのような見解は特に反対すべきものとは思えないであろうが、狡猾にアメリカの関与に煙幕をはっている。未来主義、ダダイズム、シュルレアリスムといった前衛芸術に於ける戦前の日本の生産性の高さを取り扱わないことによって、歴史を知らない鑑賞者は戦前の日本人はみんな神道＝軍国主義者であると思い込んだりしてしまうことになりかねない。

ある壁の上に、一九四五年から七二年までの日本の現代美術の年譜が掛けられていたが、そこでは次の引用が強調されている。

この瓦礫と灰の砂漠のまっただ中で日本人は新しい経験を求める新しい旅立ちをした。すべてを失った代償に、日本人は新しい、理想的な、そしてしばしばユートピア的な社会を想像する自由を手にしたのだ。（西川長夫[13]）

この「宣言」と、側壁の上にある「戦後日本の主な特徴はアメリカ化ということばで要約できる」という東松照明によるとされる「宣言」とが繋がる[14]。ゲッティー研究所の学芸員たちは、戦前の日本の芸術上の実験を都合よく消し去り、もっともらしい二つの「宣言」を重ね合わせることによって、鑑賞者に日本はアメリカの占領によって初めて近代化したかのような歪曲された印象を与えている。これはとんでもない自己賛美の見解であり、直接は述べられていないが、与えられた枠組みからそのような結論が引き出されるようになっている。控えめな表現と戦争におけるアメリカの役割の透明性の欠如と、そのあとの占領は明らかであるが、実際に唯一の明らかな誤謬は

「[再]変容」ではなく「変容」ということばを使っている点である。これではまるで少なくとも東京、横浜、大阪、京都、神戸やその他の都市で「都市化された社会」が形成されなかったかのようではないか。もし都市でなかったら、そもそも爆撃することもなかったはずだ。

ゲッティーの展覧会はアメリカによる第二のイラクでの戦争の際に開催された関係で、その微妙な響きが展示空間にあった。日本は「瓦礫の中に残され」、「アメリカ化」によって戦後日本は芸術における実験が盛んになった。かくしてイラクの聖戦を戦う戦士や抵抗するものは具体グループのように泥の中に放たれ、のたうてばいいというようなことが微妙に語られる。そのような芸術的実験のほうがアメリカの占領軍への武力による抵抗より望ましいはずだ。このような「楽しい」やり方でアメリカ化した日本の例にしたがえばイラク人たちは民主主義と侵略をよりよく理解できるのではないか。東南アジアにおけるアメリカの戦争に反対する日本人によるデモのことは周辺的に語られているが、日本人対日本人——一九七〇年の万博にすり寄った「具体」グループに反対した「プロヴォー

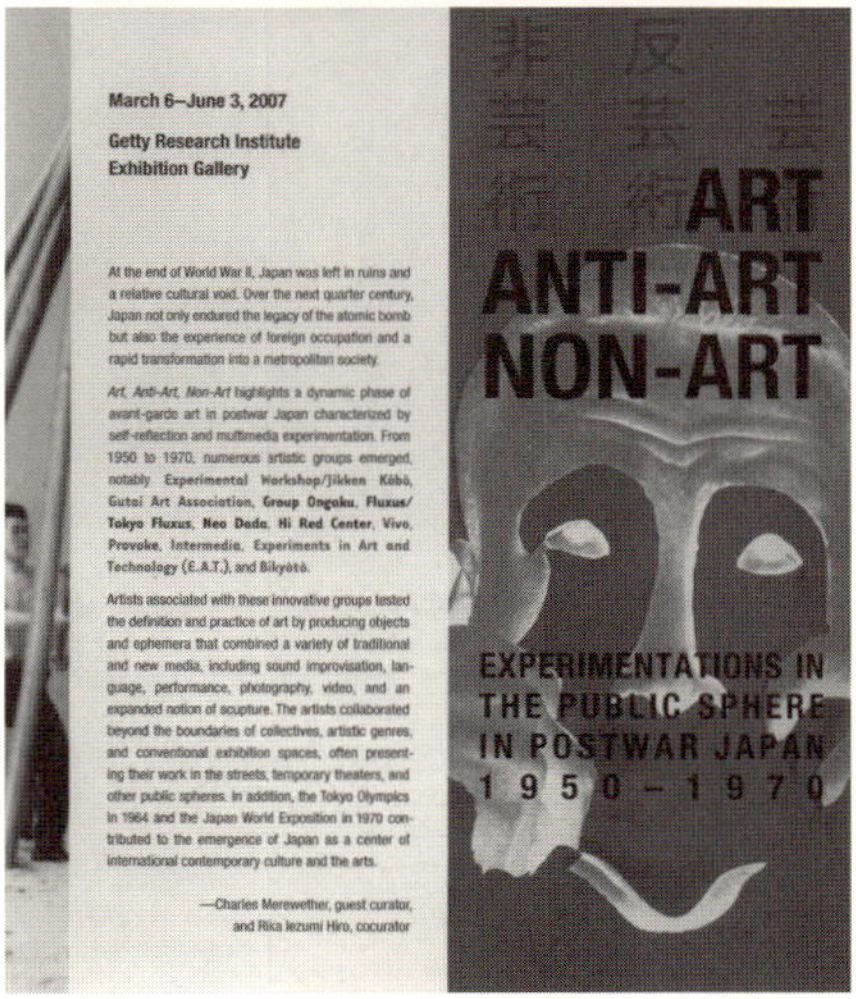

図B、C　ゲッティー研究所での「戦後日本の実験芸術」展のカタログの表紙［上］とパンフレット［下］（2007 年）

ク」や「美共闘」——も同様に強調されていた。この実験運動に加わったひとたちの怒りはアメリカ政府に向けられるのが通例であったが、彼らの反抗はアメリカ政府の帝国主義的な路線に追随する（と彼らが考えた）自国の政府に対して向けられた。しかしながら、この展覧会の底流にあったのはアメリカは日本人に反抗の仕方と個人になるためのノウハウを与えた（戦争中に日本人がもっていたのは集団意識のみであった）のだから、今やアメリカと日本はなかよく互いに向き合うのに適した民主主義という道具を持つに至ったという意識である。

ヨーロッパは原子爆弾や焼夷弾を落として日本を瓦礫の山にはしなかったばかりか、日本と同じように空から酷い目にあった。日本ほど劇的でなかったが、死者にとってはどんな武器が使われたかは大した問題ではない。いずれにしてもヨーロッパは戦前の日本の前衛芸術を展示することに対してアメリカほど神経質ではなかった。パリのポンピドー・センターは一九八六年に一九一〇年から七〇年までの日本の前衛芸術についての大きな展覧会を開いた。かくしてようやく、戦前と戦後の必然的な、明らかな関係が示された(15)。

これに続いて日本でも同じような大きな展覧会が名古屋市美術館で一九九〇年に開催され『日本のシュールレアリスム　一九二五年－一九四五年』と題されたカタログまで出た。この展覧会もまた大いに意義があった。というのもそれによって戦前のシュルレアリスムの絵画や芸術の広大な領域が実際の研究対象となる道を日本で初めて開いたからである(16)。

戦前の日本人による、あらゆる芸術分野における瑞々しい活動にもかかわらず、戦後世代は戦前の芸術的成果にとってかわり、アメリカにおいてはより価値のある研究対象となった。日本の詩人たち（そして戦争に勝利した側の政治家や作家たち）の戦争責任の問題はかなり複雑であるが、だからと言って日本の戦前の実験を取るに足りないものとするような態度は、自分たちの自然で楽な出発点となった戦後の芸術家自身の土台を否定するものである。戦前の活動がなければ戦後の出発は異なったものとなったであろう。例えば、瀧口修造、西脇順三郎、北園克衛といった指導者が若い芸術家や詩人たちによって求められたのは、まさに彼らが過去二十年にもわたって前衛芸術の領域で金字塔となっていたからに他ならない。

日本はもちろんアメリカよりは戦前の芸術にこだわりがなく、受け入れているところがある。この分野を専門とする人の数が多いこともあって日本では戦前の前衛芸術は知られている。また例えば馬込、横浜、落合などでは日常生活の中で地元の戦前の芸術家の足跡を見出すことができる。戦前の日本の前衛芸術を隠す必要はないという考えに日本人は間違いなく同意するだろう。だが日本人は現在までのところ自分たちの集団的な想像力が肥沃であった時代が生み出したものを余り大事にしてこなかったために、それを二次的で大したものではないとして隅に追いやるアメリカのパターンを踏襲してしまい、本来それが受けるに値するような取り上げ方をしてこなかった。[17] アメリカがクシャミをすると日本が風邪を引くというわけだ。

その結果、北園とVOUクラブは日本でさえ忘れられてしまった。VOUクラブは戦前からあったので、彼らは戦後に始まったグループに番越しをされた。戦前の芸術家は汚れていて、戦後世代は純粋だというのが一般的な考えになってしまった。彼らが何者で、何をしたかではなく、彼らがいつ生きていたかだけによって判断されてしまったのだ。[18]

一―二

「日本のアメリカ」――存在しないカテゴリー

日本の戦前のモダニズムが落ちた「ブラック・ホール」を理解するためのひとつの方法は歴史家のH・D・ハルトゥニアンが彼の「アメリカの日本／日本の日本」の中で用いた批評の枠組みを使うことである。[19]

ハルトゥニアンは米日関係の歴史を見るなかで、一八五三年の浦賀湾でのペリーとの初めての出会いをすでに現在まで続いている二国間の関係の枠組みを示す換喩だと見ている。本質的に言って、ペリーはこの出会いを明らかにアメリカ側に有利になるように彼流に解釈し、彼らのその状況の見方は敵対的であったにもかかわらず、彼の見解が日本人に押し付けられた。アメリカは常に日本に対して「主」の役割を演じ、日本は「従」の役割を担わされたとハルトゥニアンは書き、「両者の交互のやりとりはときどき腹話術師と人形の関係に似ていた」と言う。(20)

ハルトゥニアンの理論的な展開は支配的なアメリカと弱い日本という私たちがよく知っている歴史的な日米の力関係という文脈にいきつく。彼の議論を短く要約するのは不可能であるが、あえて議論の枠組みを示すと次のようになる。

いまではこれは私たちのよく知るところとなったが、まるで自分自身の経験であるかのようにアメリカの経験を理想化して、日本のアメリカへの憧れを表す物語りを吹き込もうとしたのが一九四五年以降のアメリカの占領努力であった。もし占領がアメリカと日本の間のブルジョワの結婚であるとすれば、実際のこの婚姻の意図は花嫁（＝日本）を花婿（＝アメリカ）の家の風習になじませることによって、花嫁を変えてしまうことにあった。結婚をとおして花嫁は花婿の金持ち階級の世界の価値観や、現在は「自由世界」と呼ばれる、上品な文明社会の定番などを学習し、新しい社会に適合するように訓練を受ける。(21)

ハルトゥニアンは続いてアメリカの日本／日本の日本という観点からこの上下関係のある、覇権主義的な関係を仮定として立てる。彼の眼光鋭い観察は、戦前の日本のアヴァンギャルド芸術そのものを取り上げてはいないものの、「アメリカの日本」と対になるはずの「日本のアメリカ」がないことが、西洋でも日本でも北園克衛がブラックホールに落ちた理由のひとつであることを示唆している。ハルトゥニアンはさらに続けて言う。

この「占領物語り」のシナリオと、そしてその物語りを実際に流通させせることになる「日本の近代化」を具体的に例示する無数の研究とが組み合わさって、「アメリカの日本」が構築され、自国の領土に取り込む必要のない帝国主義と植民地主義の新しい舞台を記号化するための条件が確立することになったのだ。（中略）同様に、この近代化の「成功物語」はあたかも日米双方の話者が対等であるかのような「日本のアメリカ」を想像しないための手段を提供したとも言えるのだが、それよりもむしろ「日本の日本」を提供し、この「日本の日本」は占領と、後の占領の理論的な投影や経験的な検証によって具体化され、すでにお墨付き受けた「成功物語」のイメージを補完することとなった。[22]（傍点は引用者）

グーゲンハイム美術館とゲッティー研究所の試みは確かに素晴らしい芸術を紹介するという高貴な目的を持っていたが、一九四五年以降の年表を用いて過去を消すという方法によって展覧会のテーマに枠をはめたために、やはり「アメリカの日本」の典型になっている。

北園克衛や彼のような芸術家たちの芸術的実践によって浮かび上がってくる可能性のある「日米の同等性」をどう扱うかという点においてはアメリカも同じように及び腰であった。[23] これは単に戦前の前衛芸術活動の抹消だけではなく、戦後や現在の芸術シーンにおいても同じであって、わずかな例外を除けばアメリカでグローバル化された日本人として受け入れられ、「同時代」、「国際的」というラベルを貼られて売り出され、したがって「二流」で「劣っている」といういつもの烙印を逃れることができた日本人はほとんどいない。[24]

モダニズムのモードでの日本の創造性を根こそぎ否定する際に、西洋で最初に用いた伝家の宝刀は「模倣」ということばで、これは英語では「九文字」の単語なのだが、実際にはほとんど「四文字ことば」（下品な罵倒語）として機能した。日本人によるほとんどすべての芸術活動が模倣というふうに見られてしまうのは、実際とは違う日本をアメリカの近視眼的視野の中に当てはめようとするアメリカがいかに歪んでいたかの証明でもある。恩地孝四郎、古賀春江、石井獏、北園克衛、はみんな単なる「模倣」で、二十世紀の終わりにおける日本のロボットの前兆であったのだろうか。すべての芸術家が自分の生きた環境や他の芸術家の作品によって影響されないと言うのではない。だが、ヨーロッパ人やアメリカ人のみが創造的な源泉を持ち、日本人はただ模倣しかできないということが考えられるであろうか。たとえばシュルレアリスムのような芸術的方法はそれを生み出した文化的原作者たちによって著作権の権利が認められたり、あるいは商標になりうるであろうか。ある国でそれが始まったというふうに認めたうえで、その方法の芸術的な適用に関しては世界中の芸術家にオープンであるべきではないか。

日本の批評家たちの中にはときおり一緒になって同胞を模倣しかできない芸術家であると非難して、この誤った概念を強化し、オリエンタリズムをあらゆる面で補強するようなところがあった。ハルトゥニアンのレンズを通して見るなら、この種の批評家は単に「日本の日本」に等しい「アメリカの日本」を響かせているに過ぎないことが明瞭に見て取れる。

二―三

ロサンジェルス

二〇〇四年、ロサンジェルス郡美術館。「幾何学を越えて」と題された大きな展覧会が開かれた。普段は見過ごされがちな様々な前衛芸術、たとえばサウンド・ポエトリー、芸術家の書物（グラフィック・デザイン）、具体詩、視覚詩などが世界中から集められて展示された。[25]従来は二流であるとか、傍流であるとかしか見られなかった芸術の多くを掬い上げたという点においても、またアメリカで初公開となる東ヨーロッパの作家たちの作品まで手を伸ばしたという点においても、それは画期的な展覧会であった。日本からは二人の芸術家が選ばれたが（河原温と草間彌生）、作家紹介の欄では、彼らはふたりとも日本生まれで、ニューヨークで活動していると記載されている。日本人の芸術家たちは五十年前の国際的な具体詩の運動で重要な役割を担い、また「幾何学を越えて」でも展示されていた具体詩以降の様々な主要な芸術運動に積極的にかかわってきたにもかかわらず、それらの日本の芸術家はここでは奇妙に不在で、年譜にさえ載っていない。このような見落としが起こるのは、日本人の作品は単なる「模倣」であるとする、例の伝家の宝刀によって日本人の芸術が無化されたからだと考えるほかはない。だが日本人の芸術家たちは五十年間に及ぶ具体詩や視覚詩の運動にとっては不可欠の存在であった。というのも、理論家たちは二十六文字のアルファベットの世界では日本語で使われる数千の漢字の世界におよばないだけでなく、当時は中国の詩人たちとまだ連絡が取れていなかったからだ。日本は海を隔てて西に面していたのだが、繋がりは奇妙にも断たれニューヨーク在住の、ふたりの在米日本人芸術家がわざわざ選ばれた。アメリカの最近の芸術を紹介する展覧会を日本で開こうとしたとき、日本の美術館の学芸員たちは展示する作品を在日アメリカ人の作品からのみ選ぶというようなことをするだろうか。

二〇〇四年、ロサンジェルスのゲッティー美術館。百二十五年の写真の歴史についての展覧会が開かれた。その

図D、E　名古屋市美術館のカタログの表紙［上］（1990年）とロサンジェルス郡美術館の「幾何学を越えて」展のカタログの表紙［下］（2004年）

カタログのタイトルは「ゲッティーの天才たちの傑作集」であった。だが、「日本の写真の歴史」と題された展覧会が二〇〇三年にヒューストン、クリーブランドを巡回して開催され、四百頁を越すカタログが出されたにもかかわらず（現状を打破しようとする試みもあることが分かるが、実際にはより広い歴史の文脈のなかにこの企画は置かれ、日本の戦前の業績に照明を当てるまでには至っていない点に注意）、このゲッティーの展覧会には日本からは一枚も作品が寄せられていない。ゲッティーは展覧会の名前を「西洋写真の百二十五年」に変えるべきではなかったか。さもないと、白人しかカメラを持っていなかったという不正確な印象を与えてしまうことになる。ヒューストン、クリーブランドの展覧会では同じ百二十五年の日本の写真の歴史が紹介されているではないか。ヒューストンとクリーブランド以外の美術館の学芸員たちは無知から、あるいは意図的に日本を落とすのを通例としているのであろうか。自分たちのことを「模倣」と呼んで卑下する日本人たちがいると、無知な学芸員たちはますます力を得て、自信をもって日本人を外すことが可能になる。

　つまり、モダニズム、オブジェ、肖像、風景など、あるテーマの下に日本で写真展が開かれる場合、たいていの場合は西洋の巨匠たちと日本の巨匠たちの両方から作品を選んで展示されるはずである。ゲッティーの露骨な白人写真家の巨匠展のように、何かを意図的に排除したとしか思えない選別的な展示は誤ったメッセージを発信し、政治的意図を伴うことになる。

　戦前のシュルレアリストの芸術家たちは間違いなくダリやマグリットなどからの影響を受けていたが、彼らがこういった西洋の大家たちに払う敬意はそのオリジナリティーよりも賛歌である場合があった。私は何もすべての日本の芸術家が東アジア版のピカソやアンディー・ウォホールであったと言おうとしているのではない。私は西洋に対して言いたいのだが、いくら頑迷で保守的な学芸員でもはたして問題の時代に制作された作品すべてを模倣だといって無視することができるであろうか。日本のすべての芸術が模倣的であるから、したがって考慮に値しないと言うのは、すべての日本人は天才的な芸術家だと宣言するのと同じくらいばかばかしい。どこの国でも人間のやることに関しては同じことが起こるが、多数の凡庸な芸術家のなかに少数の優れた先駆者が確かにいたはずである。

「中心」（西洋）は「周縁」（=非西洋、この場合は日本）から何でも取り込むことができ、「他者」から取り入れたものを躊躇なく、どうどうと自分のものにする。というのも西洋は権力の中枢であるからで、十八世紀から野性の動物とか珍しいものを集めるのは貴族や金持ちの権力の印になったからだ。たとえばヴィンセント・ヴァン・ゴッホが北斎の影響を受けたり、十九世紀後半から二十世紀の初めにかけてジャポニズムがブームであったからといって、それらは西洋の覇権には何の脅威にもならず、異国趣味の「植民地化」された風景を取り込んだということにしかならない。

古く言い尽くされた感じのする議論ではあるが、まだこの潮流が残っているので敢えて言うのだが、日本を単なる模倣であると言ってのけるのは日本を支配下において置くためのひとつの方法である。もしもアメリカが、日本の戦前の芸術家の多くは極めて才能に恵まれていたと認めてしまえば、戦争中に作り上げた「いいジャップは死んだジャップだ」という物語に抵触してしまうことになりはしないだろうか[26]。もしも日本人が独創的な芸術家になる

図F、G 「ゲッティーの天才たちの傑作集」のカタログの表紙［上］（2004 年）と「日本の写真の歴史」のカタログの表紙［下］（2003 年）

ことが可能で、もしも戦前にその数百人の中の数十人が素晴らしい、革新的で高度な芸術作品に取り組んでいたとしたら、アメリカが日本の諸都市を空爆し、原爆まで落とした事実、つまり言い換えるなら、日本人を「人間以下」のようにして扱ったという事実と矛盾することになる。もしもアメリカが文明化された人々を爆撃して殺したということになれば——それは実際に起こったことであるが——この殺戮を合理的に正当化するのはより難しくなってしまう。だからこそスポンサーが出て来ないのだ。

アメリカの日本に対する野暮ったい態度の典型的な例をあげよう。アメリカでもっともよく知られている日本の流行歌はいまだに、坂本九が歌った戦後の悲しいブルースである「上を向いて歩こう」だが、この曲はアメリカではとんでもない誤訳である「スキヤキ」というタイトルになっている。それは日本人がエルビス・プレスリーの「ラブ・ミー・テンダー」をまじめで「ハンバーガー」と訳すようなものであった。

日本の玩具、ゲーム、アニメ、漫画などの影響でアメリカの若い世代は日本に対してまったく違った、よりプラス思考の態度で向き合っているのだが、多くのアメリカ人はいまだに戦前、戦中、戦後に積み重ねられてきた偏見を打ち破れないでいる。「日本のアメリカ」という対等の立場を含蓄する未来は十分な可能性ばかりか、不可避であるように思われる。

以上、西洋人と日本人の盲点を探ってきたが、このふたつの盲点が一致したのは、多くの芸術家（北園克衛を含めて）の業績を完全にまた公平に理解するという可能性を排除しようとした点においてであった。私の論点は単純明快だ。もしも「第二次世界大戦前の日本の前衛芸術」というカテゴリーが存在していなくて、しかし実際にはその種の芸術作品そのものが存在し、しかも大量に存在しているのなら、そういった作品を無視して否定するのではなく、カテゴリーそのものを創り出すべきではないか。

日本の場合は詩人たちが仲良し倶楽部的にまとまっていたために、外国の詩の動向はさしたる関心事にはならなかった。そのために、海外の詩人たちと積極的な交流をすすめた北園克衛の活動はよくて無関心、最悪で目障りというのが、大部分の日本側の詩人の正直な反応で、そのような自分たちの無知に近い状態を正当化しようとする心理が暗黙のうちに働いていたのではなかろうか。

（田口哲也訳）

序

二十一世紀の人たちは、どこに目を向ければ二十世紀の日本の詩の中で最も創造的な刺激を見つけることができるだろうか。まさか、四世紀に渡って連綿と続いた「俳諧」の焼き直しに、ではなかろう。彼らが目を向けなければならないのは自らも国際的で、西洋人がその文化的オリエンタリズムのなかで日本人に押しつけた「ジャポニズム」の期待を、大胆にも無視した日本人たちではなかろうか。本書は、はなばなしい「問題児」、日本のアヴァンギャルド（前衛）の指導者であった、北園克衛[1]（一九〇二－七八）の生涯、詩、詩論についての検証である。北園の活動の時期はちょうど二十世紀の真中で、国際的な表現で書かれた詩の世界に消しがたい跡を残している。

二十世紀の日本の詩に関して英語で書かれた書物は数多くあるのだが、伝統に異を唱えた極めて重要な文学運動、つまり、太平洋戦争に先立つ未来派、ダダ、構成主義、シュルレアリスム（超現実主義）、そして戦後の抽象表現主義、ミニマリズム、ポップアート、オップアート、コンクリート・ポエトリー（具体詩）といった、「アヴァンギャルド」という名称に包括される諸派（イズム）についてはほとんど何も書かれていない。これは驚きである[2]。

テーマへの接近の仕方を明らかにするために、本書であえて選んだ用語について少し説明をしておこう。私は「アヴァンギャルド＝前衛」ということばを使うことにした。これは太平洋戦争以前・以後の西洋から影響を受けた様々な芸術運動のことである。なぜそうしたかと言うと、「モダニズム」という語は戦後になるまで日本ではそれほど流通していたことばではなかったし、また日本の場合には「戦前」あるいは「戦後」と呼んだほうがより正確に表現できるのに、「モダニズム」や「ポストモダニズム」という語を用いてしまうと、かえって不自然な区別が起こってしまうからだ。さらに、西洋での「ポストモダニズム」の定義、たとえば、階層的秩序のない諸様式（スタイル）の融合というような定義に従えば、それは日本の戦前の「モダニズム」にも、また多くの点で前近代（江戸時代）の文学にさえも、うまく当て嵌まってしまう。[3] 輸入された西洋起源の様々な芸術運動は、西洋からその根を抜かれ、日本に移植され、そして一千年にも及ぶ日本の力強い伝統と相互に影響し合うことになる。こうした特殊な融合は、それに見合ったやり方で理解されなければならない。

戦前に活躍した日本の詩人たちがよく口にしていた話がある。シュルレアリスム運動の創始者であるアンドレ・ブルトンは、一九三六年にパリ在住のある日本人芸術家から、東京には自分を「シュルレアリスト」だと考えている詩人や画家が五百人はいると聞かされて腰を抜かしたというのだ。[4] だが、西洋で出版されているシュルレアリスムに関する大部分の書物には、アジアにはシュルレアリスムがあたかも存在しなかったように記されている。こうした黙殺を決め込む理由を調べること自体が一考に値するのではないか。一九三〇年代初期以降の西洋と日本の前衛詩人たちの活発な交流史にもかかわらず、西洋の研究者たちのほとんどは、西洋のアヴァンギャルドたちと親交のあった日本の詩人たちではなくて、伝統的な詩人たちの紹介に努めてきた。「エキゾチックな〈他者〉」としての日本と、伝統的な日本と西洋の創造的融合体としての日本と、いずれかを選べという問いを前にして、西洋人は前者の方に魅力を感じてきたのだ。彼らの好奇心はわからないではないが、そのために失われたものも多い。具体的に言えば、それはこの黙殺のために起こった、一連の輸入文学運動の曲解であり、それらの文学運動が物語る異文化間の知的営為に関する誤った理解である。

ダダとシュルレアリスムを教えている西洋人は、太平洋戦争に先立つ二十年間に日本ではダダやシュルレアリスムなどの運動が盛んであったと聞かされると、決まって驚きの声を上げ、このテーマを扱っている書物には日本に関する記述がないではないかと言う。この本を書いた理由のひとつは、未来派、ダダ、シュルレアリスムなどのアヴァンギャルド運動が西洋だけにしか見られないという、このような西洋で広く行き渡った誤解を払拭するためである。多くの基礎研究がさらに行われる必要がある。

本書を書くに当たって私は一人の詩人に集中することにした。その詩人とは北園克衛である。私は彼の生涯、詩、詩論を辿ることにした。もちろん、戦前に活躍した一群の素晴らしい詩人たち――たとえば、瀧口修造(一九〇三－七九)、西脇順三郎(一八九四－一九八二)、近藤東(一九〇四－八八)、春山行夫(一九〇二－九四)、左川ちか(一九一一－三六)、山中散生(一九〇五－七七)――の誰にでも焦点を当てることができただろう。しかしながら私は、特に次のような理由から、北園克衛が彼らの中で最も独創的な詩人であることに気がついた。ひとつは、北園の詩、評論、装丁、写真を貫いている彼の審美的な糸。次に、厳密であるにもかかわらず知覚的な遊びを許す彼の詩学。そして最後にとりわけ彼の詩の純度の高さ。本書で私は、北園が詩人としての機能を果たした社会は実際にどのようなものであったのか、また彼が作品を書くうえでどのような社会的制約を受けたのかといった観点から、北園の作品を検証する。当然のことながら戦争の影響、とりわけ一九三九年から四五年にかけての重苦しい時期のことは無論のこと、たびかさなる詩壇からの黙殺もこの検証のなかに含められている。北園は多少の例外を除けば、ほとんど自ら率いた同人グループを通してのみ作品を発表した。北園に焦点を当てているけれども、私は北園という窓を用いて、彼の仲間とその詩的結社の文学活動を覗き見ることができるように工夫した。特に、戦時中を扱った第六章で、私は北園の事例が珍しくないことを強調している。なぜなら、ほとんどすべての日本の詩人たちはそうした弾圧的状況下で似たような反応をしたからだ。

どちらかと言うと、北園は日本では十分に研究されているとは言えない。おそらくそれは、彼の海外での文学活動が、日本の批評家たちにとって近づきにくい性質のものであるからか、あるいはとっつきにくいものであるかのどちらかではないか。しかしながら、そうした批評家たちによる黙殺のおかげで、私は彼の国内での作品と外国での作品を、その相互関係において検討するという新しい研究上の刺激を得ることができた。彼の世代のほとんどは鬼籍に入っているので、戦前の作家たちへの関心は着実に増えているのである。

概して、日本の文学研究は資料の解釈よりもその発表に重点を置く。これはひとつには、文献が自由に利用できないからだ。たとえば大学の研究資料は、大学以外の研究者や市民にはほとんど開かれていない。それゆえ、学者は私的に文献を所有していること自体が正統な権威の根拠であると考えがちである。中には、競争相手と見なす他の研究者たちから資料をがっちりと守る人もいたりする。こうした状況は、戦前の前衛文学研究という主流から外れた分野ではさらに重要な意味をもつようになる。というのも、多くの文芸雑誌は少部数の発行だったため、ほとんどすべての芸術運動の中心地であった東京の圏外にはめったに流通することはなかったからである。東京で戦災にあわなかった個人蔵書はまれだ。だから、一九二〇年代と一九三〇年代のごくわずかしか現物の残っていない貴重な雑誌の目次を発表するだけでも価値のある研究業績と考えられてきたのだ。

基礎資料の紹介もまた高く評価されるが、それは作品の解釈や評価は主観的で推測的なものであるとして低く見られる傾向があるからだ。だが、西洋の研究はある主題を俯瞰的に見渡して、広く応用のきく最も普遍性のある理論を模索する。本書の北園克衛研究は、方法的にはこの二つの研究態度の間に立つものである。つまり、微視的な観点から基礎資料を提示するその一方で、異なる文化の間でのやりとりとはどのようなものなのか、その特質についての固有な、巨視的な問題を提起していく。

私は一度も北園克衛には会ったことがない。だが、私は彼のルーツを辿るために何度も彼の生まれ故郷を訪れた。そして、北園の生涯、詩、詩論をより深く理解するために、北園と親交のあった、もしくは彼の文学活動と関係のあった百人以上の人々にインタビューを行った。本書の対象は、一九七八年まで生きた詩人であって、遠い昔の人物ではないので、一九二〇年代から彼の死まで一緒に仕事をしてきた多くの詩人、芸術家、写真家、音楽家といった人たちに会っておいても良いと思ったのだ。したがって、本書のかなりの部分は聞き取りによる伝記的な情報が基になっている。三世代にまたがる人たちとのインタビューの利点のひとつは、時間の経過と共に見せる北園の変貌を窺い知ることができたことである。たとえば、一九二〇年代と一九三〇年代の仲間は、北園は詩をめぐる長く、熱い議論に熱中していたと語った。それに対して、戦後あるいは彼の晩年近くになって一緒に仕事をした若い詩人たちは、北園は月例会などでそのような議論に関わったことなど一度もなかったと話してくれた。もし私がこの研究を始めるのを十年遅らせていたら、つまり戦前に北園と親交のあった人たちの多くが鬼籍に入ってしまっているような時期に始めていたならば、全く異なった北園克衛の肖像画が出来上がっていたに違いない。

幸運にも私は北園の家族や友人たちだけではなく、彼の詩をよしとしない人たちの協力をも得ることができた。日本の詩壇はしばしば政治の世界を無視するような素振りを見せるが、実際にはすみからすみまで政界と同じような派閥がある。私は外国人という周縁の立場を利して、普段は互いに口を利くこともない両方の立場の人たちから話を聞いた。研究対象に接近した私は、北園の作品に感動した他の人たちのように、時には彼に賛辞を送るが、時には彼と最も厳しく対立する人たちと同じように批判的に見る。北園の著作は読者を両極に分ける傾向があるが、私は執筆時代ごとに彼を評価しようと試みたのであって、絶対的な方法は避けている。

北園の生涯と作品研究に没頭している時に、私は入手可能な彼の重要な詩やエッセイを読むことはもちろんのこと、彼の芸術家としての営為をより広く見通すために、絶版になっている著作や素描を集めることにした。すぐに日の目を見なくなったり、あるいは、あまり人目につかない出版物を通して、ある作家の両極を知り、その作家の精神活動の内側に入り込むことが可能になることがしばしばある。幸いにも私は北園の身内以外で初めて彼の戦時中の日記を読むことが許された。(これについては第六章で分析する。)

この研究で最も困難を極めたのは、北園の愛国詩の所在をつきとめることであった。これは第二次世界大戦中に政府から促されて書かれたものである。この研究を始めた頃、本人や他の人たちが書き物の中で主張しているように、私も北園は愛国詩の執筆を拒否したものと信じていた。大勢の人たちと会って、実に様々な問題を彼らと議論した後でようやく彼の関わりの大きさを確信することになった。北園の七編の愛国詩を公のあるいは個人の蔵書から探し出すのは骨の折れる仕事であった[5]。

戦前、戦中、戦後の北園に関する資料を集めた後で、私は彼の詩をその全業績において分析することにした。アヴァンギャルド全般、とりわけ北園について日本で書かれた文学史的記述にあまり満足していなかった私は、学者たちの議論、特にダダイズム、シュルレアリスム、愛国詩の鍵になる問題に関する議論をもう一度評価し直してみたかった。

現在もてはやされている何らかの文学理論の普遍性にお墨付きを与えるために北園を日本の典型として用い、本書をそのための枠組みとして使ってはいない。理論というものは進化し、次の新しい理論に移っていくものだから、ひとつのレンズによってのみ見られたある作家への関心は、理論の終焉とともに遠のいていく。ひとつのすっきりとした包括的な理論の中にすべてを押し込もうとしない私の姿勢が、本書の弱点であると思う読者がいるかもしれない。しかしながら、私の目的は北園の生涯、時代、作品のより確かな理解を確立することにある。すべてに網を掛ける包括的な理論とは対極的に、私が扱っているのは個別の文脈に関連する一連の様々な問題である。第七章では確かに北園の詩学をミカエル・リファテール、ロラン・バルト、マージョリー・パーロフによる理論と関連付け、北園のようなモダニスト、ポストモダニストの抽象的な詩に解釈を与えるために考案された西洋の戦略を提示してはいるが、全体としては他の批評家たちのレンズを通しての作品解釈をめざしているものではない。

いずれにしろ、革新的な理論化がなぜ必要なのかと言うと、ある文化から別の文化へ――本書の場合は戦前の西洋から日本へ――文学的な方法論を輸入するというのは何を意味するのかをより明晰に説明するためである。つい最近まで、覇権を握る西洋の権威が、文学、政治、経済、軍事に関わるすべての言説の根幹を支配してきた。しかし文学の理論構築においては、中心から無視されてきた周縁上で様々な文学運動を輸入し、自らの土壌に根付かせようとした人々が遭遇せざるを得なかった特有の、矛盾した、相反する感情が十分に考慮されてきたとは言えない。それはちょうどそういった文学運動が起こった中心にいて手綱を握っている人々の場合とは極めて対照的である。

たとえば、ダダとシュルレアリスムは西洋で始まった。したがって、何がダダで、何がシュルレアリスムかを測る尺度や基準は西洋が創り上げたものとなる。しかし、東京（あるいは東ヨーロッパ、南アメリカ、アフリカとか）において誰が真のダダイストでシュルレアリストであるかを判断するためには、それらの芸術運動の発祥地で作り出された規範からどの程度逸脱しているかという観点から、さらにその基準を定義する必要があるだろう。そうでなければ、ある詩人が本物として認められるのは西洋の本物を模倣したときだけだという逆説が成立してしまうし、母語による創作でさえも方法の「翻訳」に過ぎないことになってしまう。西洋の規範の日本的な応用、あるいは規範からのズレは、本物であるかどうかを測る最も信頼できる尺度であるが、それはしばしば誤った理解、あるいはばかげた模倣として受け取られてきた。この他にも芸術や思想の輸入の過程には、特有な理論的困難さがたくさんある。たとえば、輸入しようとする者は、輸入しようとしている外国の芸術運動を認めさせようとするだけではなく、その運動を紹介する自分たちの権威――いわば、その運動を広めるための免許――を認めさせなくてはならない。運動の創始者たちは、対照的に、自分たちの手による宣言と系統だけで本物であることの充分な証明になる。逆の見方をするなら、この輸入に関わる、プラスにもマイナスにも働く複雑さは、支配的な文化である西洋にはめったに届かない。この本の中で築いた礎は、日本の前衛の経験も適切に包含する、ひとつの包括的な理論から出て来るいくつかの問題を提起するはずである。その理論は、たとえば天皇制のような国内で強いられる社会的制約と、二重の疎外による逆説的な苦境、即ち日本の主流の詩からの疎外と、多大な影響を受けた西洋の芸術運動からの疎外がなぜ起こったのかを説明することになるだろう。

私は本書の対象として主に二つの読者層、すなわち、日本に関心を持つ読者と、詩に関心を持つ読者を想定しているが、そのどちらかにだけに向って発言しているわけではない。日本についての専門家たちは、西洋の文学的展開について私が提供している情報よりももっと多くの情報を求める場合があったかもしれない。アヴァンギャルドが二十世紀の文化にとって極めて重要であるということを主張したのは、それが後に有名になった数多くの芸術上の様式や主題の源泉であったからだが、エズラ・パウンド、ウィリアム・カーロス・ウィリアムズ、チャールズ・オルソン、ケネス・レクスロスといった詩人たちの重要性についてはあまりうるさくは書いていない。みな一様にどこかの時点で北園を賞賛しているこれらの人物については、当然のことながら読者はよく知っていると考えたからである。もしそうでなかったとしても、彼らに関する情報はどこからでも容易に入手できる(6)。同様に、詩と批評に関心はあるが、日本のことをあまり知らない読者は時々途方にくれるかもしれないが、歴史的・文化的動向に関する簡潔な説明を少し付け加えることで、見通しをよくしたつもりである。

本書は、時代順に、また主題ごとに構成されており、多次元的な見方ができるように折衷法的な構造になっている。隠喩的に言うなら本書はひとつの車輪である。つまり、北園が中心にあるハブで、それぞれ別々の主題を取り扱う各章は放射状に伸びるスポークとして機能している。このような章の配列は、意図的に立体派的な実験を真似たものであり、錯覚を利用して二次元から三次元を創り出そうという試みである。北園を様々な角度から見て、彼の抱える矛盾を繕うことなく凝視すれば、私たちは複合的な詩人の姿を発見し、その存在と作品から多くの問題提起が誘発されることになろう。

第一章では、私は北園の故郷を訪れ、彼の親戚や少年期の友人たちへの取材に基づいて彼のルーツを辿る。また幸運にも彼の学校記録を見る機会に恵まれた。北園は生涯の最後の四十年間は生まれ故郷に戻っていないが、彼の家族と生い立ちを理解することが、この研究の出発点となる。

第二章と第三章では、ダダとシュルレアリスムの影響を受けた詩とその創作活動の最前線にいる北園の役割を論じる。彼をめぐる物語を一九二〇年代の日本の文芸運動史という大きな文脈の中に置き、この時期の日本と西洋の文芸運動を比較する。

第四章では、一九三〇年代初期の北園の活動と彼が同時に発展させた三つの詩の様式に焦点を当てる。詩人たちで構成するアルクイユのクラブでの北園の指導力を検証し、彼の筆名の一つである春日新九郎の存在を初めて明らかにする。春日という筆名の創造は、北園の戦時中の詩に見出される彼の文学上の仮面と関係がある。

第五章では、年代順の記述を続け、一九三〇年代中期から太平洋戦争までの北園を扱う。北園とエズラ・パウンドとの間の三十年間に渡る往復書簡に焦点を当てるが、パウンドは北園の作品を彼が新しく作ったVOUクラブの作品と共に西洋に熱心に紹介した。一九四一年から四五年まで日本の敵国人であったアメリカ人パウンドは、実は戦前も戦中もイタリアに住んでいて、日本の同盟国であるファシズムのイタリアを支持していた。一九三六年の北園の自己紹介の手紙によって両者の交流の幕が開き、やがてエズラ・パウンドは北園の（英訳の）詩を賞賛し、この日本詩人が西洋の他の文豪たちに受け容れられる道を開く。パウンドと「キット・カット」（Kit Kat）——北園は親しみを込めてこう呼ばれた——は直接会うことはなかったが、往復書簡から明らかになるように、二人の関係は、この二人の作家の正体だけではなく、両大戦間の東西文化交流がどのようなものであったかを知るための興味深い手がかりを与えてくれる。パウンドの好意的な紹介のおかげで、北園はヨーロッパや南北アメリカのアヴァンギャルド文学者たちの間で同世代の最も尊敬される日本の詩人となり、作品の執筆依頼を何度も受けたほどであった。[7]

第六章では、議論が分かれる北園の戦時中の活動を詳しく辿り、彼の愛国詩についての総合的な分析を行う。本章は他の章以上に厳格に年代順に書かれているが、それは、一九三九年から四五年までのあらゆる芸術的表現に対する政府の統制が厳しくなったとき、どういう文学が書かれ、どういう文学が許されたのかを正確に測るためである。また一九四四年から四五年までの日記の中に現れる北園の姿を直視し、その北園と彼の詩の中に登場する文学的仮面とを対置させる。「左」から「右」へと、そして戦後再び「左」へと戻る彼の思想上の紆余曲折の軌跡を私は追うが、それは彼に戦争責任があったかどうかや、あるいは国家との共犯関係を問うためではなく、刻々と変化する政治状況に対する彼の反応を、その複雑さにおいて検証するためである。

第七章では、戦後の北園の生活に目を向けるが、政治から離れて、彼の最盛期と広く考えられている一九五〇年代初期の詩の実験を詳細に論じる。また北園が助詞「の」を、いかに詩的な用法として定着させせようとしたかを検討する。北園はこの「の」を使って前例のないほど日本語を断片化して見せた。

最後に第八章では、一九五〇年代から七〇年代にかけて国際的な具体詩の運動の最前線にいた彼の役割を再検討する。この運動は、マーシャル・マクルーハンが「地球規模の村」と定義した、新しい科学技術の時代における言語上の障壁を破壊する試みであった。具体詩は一九六〇年代後半の文芸復興期の朗読会やサウンド・ポエトリー（音声詩）と同じくらいに、この目標に到達するために必要であった。だが北園は、この運動の真っ只中で運動の死を宣言してちょっとした事件を引き起こす。今にして思えば、彼の発言は先見的であった。具体詩に対する彼の答えは、新しいジャンル、すなわち写真撮影された造型である「プラスティック・ポエトリー」の開始であった。彼のプラスティック・ポエムは、十カ国以上で本の表紙や雑誌のグラフィックとして出版された。表紙デザインからプラスティック・ポエムに至る北園の写真を用いた芸術活動の展開を辿り、写真と文字による詩の関係に焦点が当てられる。

本書の目的は、北園の文学的な実験を知らない一般の読者に情報を提供するだけでなく、北園克衛の作品に十分精通している専門家の期待に答えることにある。私はいわゆる「著者に関わる誤謬」（作品に対する作者の解釈を額面通りに受け取ること）を認めない。だが、彼の作品が他の人たちにどのように解釈されてきたかと同様に、彼がやろうと考えていたこと、つまり北園の詩学を明らかにしたいと思っている。最近では、ある本文をその作者の意図、あるいは意図と思われるものを超えた、まったく固有の出来事として扱うことが流行になっているが、私がここで展開した、文学史に基づいた、文献をその文献が書かれた文脈に投げ返して考えるという方法は、北園克衛のような比較的知られることの少ない詩人を紹介する際には妥当であると信じている。もし本書が日本の前衛詩のさらなる研究の礎となり、若い人たちが私の解釈を凌ぐような新しい解釈を北園の詩にもたらしてくれる一助となれば、本書にかけた私の時間も無駄にはならないであろう。

（小川正浩、ヤリタミサコ、田口哲也訳）

第一章　朝熊から東京へ

北園克衛、本名橋本健吉は、一九〇二年（明治三十五年）十月二十九日三重県朝熊村において、橋本安吉（一八六五－一九三二）と橋本ゑい（一八七四－一九二八）の五人兄弟姉妹の三番目として生まれた。朝熊村は、伊勢湾に流れ込んでいく五十鈴川と朝熊川が合流する峡谷に位置しており、日本の最も神聖な三大神道神社のうちのひとつ、伊勢神宮からおよそ五キロメートル離れた所にあった。自分たちを神領民と信じる村は、十九世紀の間は大勢の人たちがお伊勢詣りに来たため、繁栄していた。①

克衛の祖先はおそらく郷士の出であった。② 一八七六年に旧制の俸禄制度が廃止されると、北園の母方の祖父はその金を利益の上がる酒造事業に投資した。酒樽は私有船で朝熊川上流から家の付近の桟橋まで運ばれた。晩年、克衛は往事を振り返って、その時の櫓が裏庭に残っていたことを思い出している。③

克衛の二人の祖父は兄弟であったので、彼の両親はいとこ同士というわけだ。克衛の父安吉は、朝熊に住む数少ない教養人のひとりで、皇學館（現在の皇學館大學）で学んだ。卒業後、彼は橋本ゑいと結婚し、裕福な彼女の家と養子縁組した。安吉は祖父の代からの酒屋を継いで商売を広げ、食料品や反物といった生活必需品も取り扱うようになった。だが彼の努力にもかかわらず、家運は祖父の代と比べて落ちる一方であった。

北園は、両親については一度だけ、三重県広報誌に短いエッセイを書いた。父親は様々な分野で行動的だったと回想している。

父は片手間に風車をつくり、水車をつくったが、それは商売の米を搗くためであった。何にでも手を出してみるディレッタントであったらしく、果樹園をつくって梨や桃を山田の市場に出していたこともある。それよりも面白いのはブンゼン電池をつくったり、写真機をもっていて、冬の寒い暗室で現像していたのをおぼえている。それから被覆線をつくる機械を考案してみたり、電話機まで作りはじめたが、みんなものにならなかった。それよりも鉢植えの薔薇や菊を作るのは殆ど専門家といえるような腕をもっていた。(4)

安吉は江戸時代の終わりに生まれた。彼は、消えつつある江戸時代の伝統と、近代化する明治の刺激的な新しい最先端の両方を体現していた。克衛は目的を持たないものに喜びを見出す点で、そして新し物好きの点で父親に似ていた。(安吉は朝熊で最初に自転車と腕時計を所有した人物だった。(5))克衛は父の技術的革新性には敬意を払っていたが、詩の才能に関しては大きな評価はしていない。「[私の父は]その頃の友人たちが作ったという狂歌を面白そうに口ずさんでいたことがある。和歌といえば父は新古今風の和歌をいつも作っていたが、つまらなかった。(6)(中略)父は「貧巷交」[杜甫の「貧交行」]という漢詩が気に入ったらしく、よくつぶやくような声で吟唱していた。(7)」たとえ克衛が父の時代遅れの和歌に感心しなかったとしても、そうした歌に早くから絶えずさらされることによって、若き北園少年は伝統詩の堅固な基礎を築いたのである。彼はテクノロジーに対する父の創作態度を摂取して、それを近代詩に適応させることに一層関心があったようだ。(8)

克衛の母ゑいは安吉より九歳年下であった。彼女は家事が上手で、刺繡、染め物編み物、日本料理は言うに及ばず、西洋料理もこなした。(9)克衛は後に回想している。「母も田舎の人間に似合わず英語や数学を学んだらしく、その頃の本がのこっていた。そして新古今風の歌も作ったが、今でもその草稿が私のところにある。(10)」

夫婦はカメラを持っていたが、(11)一九〇五年頃に伊勢市のある写真館で安吉を除いて撮られた一枚の写真以外、家族写真は残っていない（図1）。日本の近代彫刻の創始者のひとりで日本美術院の会員だった長男平八（一八九七－一九三五）は、一九二五年から二六年にかけて両親と弟克衛のスケッチをそれぞれ描いた。彼らは全員着物を着ていて、父安吉と弟克衛の目の前には日本茶の湯飲み茶碗が置かれ、一方母ゑいの前には西洋のコーヒーカップと受け皿が置かれている（図2－4）。克衛には前述の兄平八と姉がひとり、そして弟と妹がひとりずついた[12]。彼は五歳年長の兄平八と一番親しかった。晩年、克衛は芸術に対して興味を抱いたのは、兄平八の影響であると語っている。中学校、農業高校と優秀な生徒であった平八は、「白樺」で紹介された古代エジプトの彫刻やオーギュスト・ロダンの作品の写真を見て、そしてまた日本古来の木彫りの仏像に触れてから、彫刻を始めた。

平八は自分に厳しく、他人には優しいという評判であった。体が弱かったにもかかわらず、彼は自分自身に厳しかった。克衛によれば、「［平八は］家ではよく突飛なことをやる男だった。たとえば、断食をやってみたり、溺れかゝるまで泳いでみたり、ランニングに熱中したり、寒中に川へ飛びこんだりするわけであるが、自分ではそれがひとつの行《ぎょう》のつもりであったらしい[13]。」

平八はその短い生涯において、およそ三百ほどの彫刻作品を残した。大部分は小さな木彫像で、その多くには並外れて人の目を引き寄せるほどの力強い表情があり、また村人、動物、道教や禅の伝説上の賢人たちの木彫が多かった[14]（図5）。平八はよく朝熊にある禅寺永松寺を訪れて、すぐ悟りを開いたと言った。それは修行を積んだ禅僧の間でも珍しいような言い方だった[15]。平八は精力的に彫刻を続けた。しかし一九三五年のある日彼は、朝熊の工房である報道記者と対談中、脳溢血で倒れた。三十八歳での平八の早すぎる死は克衛にとって大きな打撃であった。

克衛は朝熊の四郷村立尋常高等小学校に六年間通った。その小学校は男女別学で、教室も男女別だった。北園は聡明で、クラスで四十四人中三番だった。修身、国語、算術、日本歴史、地理、理科、図画、唱歌、体操、手工の授業を受け、ある時は各科目で十段階中の九と評価された。六年間の全科目の平均は八・六一である。また、生徒の素行も評価の対象だ。北園少年の素行に対する一貫した低い評価は、彼の優秀な成績とは対照的である。学習成績のよい他の生徒たちは素行に対する評価も高かった。推測してみると、北園少年はすべての科目にわたって優秀

図1　北園克衛の現存する最も古い写真（1905年頃）左から右に、克衛の父方の祖母、姉のふみ（12歳）、克衛（橋本健吉、2歳）、母のゑい（29歳）、兄の平八（7歳）

な成績を収めるほど頭脳明晰だが、その行動から見ると、御しがたい子供であったようだ。[16]

安吉は克衛を商人にしようと思っていた。平八は彫刻家になる決心をする前の三年間、農業高校に通ったが、克衛は兄とは違って宇治山田市立商業学校（山商）に三年間通うことになる。そして片田舎で伝統的な教育を受け、着物姿で他の子供たちと通学した（図６）。が、その数年後、最新の洋服をいつも鮮やかに着こなしていると、彼は東京のアヴァンギャルドたちの間でその名が知られるようになる。山商の三人の級友の回想によると、克衛は物静かな生徒で友人も多くなく、クラスでも目立つ方ではなかった。[17] 彼は剣道を得意とし、背筋の通った姿をしていた。またテニスや陸上競技にも加わっていた。（野球が紹介されたのは北園が卒業してから六年後のことである。）

山商での克衛の成績は、四郷尋常高等小学校のそれとは劇的なまでに異なっていた。彼は優秀な生徒から並程度にまで落ちて、どの科目にも目立った成績は見られない。[18] 教育課程を構成する科目は、修身、読書、作文、習字、算術、代数、珠算、地理、簿記、商品、商業、法規経済、英語、体操で、彼の素行評価は一貫して平均並であった。克衛は、商業の教科書で英語に触れた頃はその才能がなかったようだ。[19] だが、皮肉なことに二十年後には、世界を代表するような詩人たちが、北園の詩やエッセイを、北園自身の手による英訳で読むことになるのだ。克衛の成績は、読書と作文が向上した。二つとも作家として彼の将来の仕事に深く関わる科目である。卒業する頃には北園の最も得意とする科目となり、それぞれ八十点の評価を受けた。しかしながら、もっと商業的な科目、たとえば算術、珠算、商品、簿記、商業では、北園の成績は丙から丁にまで落ちた。これはおそらく科目不適応の結果か、あるいは父に対する反抗の結果であった。[20] 最終学年での珠算の二十七点という評価は、息子が商売に向いているという安吉の期待を大きく裏切ったに違いない。

しかし北園の父はそうした警鐘を気にかけていたようには思えない。一九一八年に卒業すると、十五歳の北園少年は大阪にある医療機具店に働きに出された。[21] 彼はその仕事を嫌い、半年足らずのうちに朝熊に帰郷した。この時期克衛の家を訪れた谷口英三は彼についてこう述べている。「作業着を着て外で働いている村の若者たちと違って、克衛は家の中でよそ行きの着物を着て勉強をしていた。十代なのに文化の香りを発散させ、博識聡明なことで村でも評判だった。だが、後に著名人となるような印象ではなかった。[22]」

一九一九年、克衛は両親からわずかばかりのお金をもらい、大学に入って将来は新聞記者になろうと思い、東京へ向かった。[23] 上京すると、彼は神田の兄平八の家に同居し、当時は三年制であった、中央大学専門部経済学科に合

図 2—4　橋本平八による墨絵、1925 年—26 年
（左上）母、ゑい、（右上）父、安吉、（左下）弟、克衛

格した。成績評価を含む学生記録は、一九二三年の関東大震災で燃えて消失してしまったので、克衛の成績を示す記録は何一つ残っていない。唯一残存している一九二三年以前の中央大学の記録はクラス名簿で、耐火金庫に保管されていた。橋本健吉（北園克衛）は一九一九年と二〇年の名簿に載っているが、二一年のそれにはない。北園が満一年以上大学に行っていたかどうかは不明で、卒業を待たずして中退した。北園は九年か十年の学校教育を受けたが、それから先は独学であった。朝熊から大学に行ったのは北園が二人目であった。(24)

克衛は東京に慣れて大学に通い始めると、平八のところを出て二人の友人と一緒に住むようになった。この頃読んでいたのは、佐藤春夫（一八九二－一九六四）、室生犀星（一八八九－一九六二）、萩原朔太郎（一八八六－一九四二）、千家元麿（一八八八－一九四八）らの詩集であった。彼らは自分たちの時代に相応しい詩学を作り出そうとしていた中心的な詩人たちであった。また北園は自ら短詩を作り始めていた。しかし彼は、依然として真剣に詩人になろうなどとは、まったく考えていなかった。(25) 二年ほどのうちに克衛は六回住所を変えている。大学に通っている間は俳人である原石鼎（一八八六－一九五一）宅に一時下宿していたが、当時は俳句に何ら興味は示さず、石鼎の弟子にはならなかった。北園は時々感傷的な作品を書く詩人の生田春月（一八九二－一九三〇）を訪問していたが、春月の弟子にもならなかった。克衛は生涯において多くの詩人から学び、また影響も受けたが、伝統的な意味での師は一度も持たなかった。平八がその師である佐藤朝山（一八八八－一九六三）に屈従する姿勢に反発したのが、その理由だったのかもしれない。佐藤は平八に猫を解剖させてからその木像を彫らせるような人であった。その結果、平八の木彫猫は賞を取るほどの傑作になったが、克衛は佐藤の方法を非難し、兄が師に進んで従ったことを嘆いた。(26)

一九二二年、克衛は東京から四篇の詩を、母校の山商の生徒会誌「校友」に送った。それらは記録に残っている北園の作品の中で最も早い時期の詩で、すべて同じような文体で書かれている。たとえば、「丘」という詩はその一例である。

丘

おお
丘よ
悲しくも静まれる丘よ、

図5　橋本平八、達磨大師像（禅宗の開祖）1925年、木彫、高さ約40センチ。

昌平の昔
その
金の甍を
胸に秘め

永遠に眠る
丘よ、
汝は語らじ
汝は歌はじ

そは
いたましき
現世の
呪詛なればなり、

そは
永劫の
相、

そは
強き者の

姿

そは

哀れ

廃絶の歌なればなり。

（一九二二、八、一八[27]）

図6　15歳の克衛（橋本健吉）　山商卒業アルバム、1917年

大正時代に多く見られる典型的な浪漫主義風の詩である。ことばも語調も、そして主題である「丘」の比喩的な処理の仕方も伝統を踏まえた型通りのものである。仏教用語である「現世」と「永劫」を用いることで、北園は伝統的な世界観を作り出す。感情を表す語――「悲しく」、「昌平の昔」、「胸に秘め」、「いたましき」、「哀れ」――がこの詩では過剰に使われている。克衛は読者の心に具体的に感じる効果を与えずに、読者が感じるべき感情に名前を与えているだけだ。この詩の重要な価値は、北園が詩の正道から逸れていくことになるその出発点を示していることにある。後に、北園はこのような正統的な詩を書く詩人たちを攻撃することになるが、その時、彼は「丘」を書いた感傷的な詩人であった自分自身をも軽蔑していたのかもしれない。

十九歳の少年が伝統的な詩を書くことは珍しくないし、この詩が母校に送られた時代は特にそうだ。一九二〇年代の日本においては伝統を公然と批判する西洋の文学・芸術運動がゆっくりと浸透していたが、そうした運動はまだこの時の克衛の注意を引かなかった。そして運動を知ったとたんに、彼は文体を変え、時代遅れの修辞法の痕跡をすべて消し去った。

克衛はこの四篇の詩を「校友」に送ったことを決して認めなかった。彼は高名な雑誌「文章倶楽部」での登場が文学デビューと考えていた。四十年後、北園はこう回想している。

ただ、閑つぶしに作っていたばかりである。ところが、ある日のこと、そのつまらない幼稚な詩をノートから原稿紙に五十枚ばかり選んで、どういうわけであったかは知らないが生田春月氏のところへ、紹介状もなしにもっていった。生田氏の家は広い道から二三段降りて曲ったところにあった。二階に通されて頭を五分刈りにして眼鏡をかけた、静かな、私より十年ほど年上らしいその有名な詩人と向いあった。私の原稿をめくりながら、こういう傾向の詩は西条八十［一八九二－一九七〇］君に見てもらった方がいいでしょうといって、紹介状を書いてくれた。私は数日後、その紹介状をもって、西条氏を訪ねたときのことを覚えている。玄関に立って、案内をこうと、日本髪の夫人が出てこられた。それから西条氏のしゃがれた声で、二階にあんないされた。

私が原稿を出すと、それをめくりながら「うまいよ君」といった。それから、数年たって、ある友人からきいたところによると「西条先生は誰にでもそういうのだよ」とのことである。[28]

当時克衛はおそらく生田の感傷的な詩を敬愛していた。もっとも、そのことは後になって気恥かしいものとなった。だから、北園は生田の門をたたいた理由について言い逃れをしているのだ。[29] いずれにしろ、克衛は生田をまた訪問するようになり、西条が言ったことを語った。生田は寛大な人物で、小説家で「文章倶楽部」の編集者でもある加藤武雄（一八八八－一九五六）に会うことを勧めた。「文章倶楽部」は八年間続いた文芸雑誌で、その寄稿者には、詩人では萩原朔太郎、金子光晴（一八九五－一九七五）、三木露風（一八八九－一九六四）、小説家では徳田秋声（一八七一－一九四三）、川端康成（一八九九－一九七二）等がいて、他にＡＢＣとＸＹＺという不可思議な名前をもつ二人の書き手がいた。その一九二四年九月号に「新しき詩五篇新進四家」という標題で橋本健吉（北園克衛）の詩が掲載された。[30] 二十一歳の克衛は、新しい文体で詩を書く新進気鋭の詩人として初めて東京の文壇に登場し、前衛詩人としての基礎を築いた。

夜のメカニスト

カフエーの女は
いつたい透明で
桃色の呼吸を続けてゐて
高価な指を光らせながら
ロベリヤの葉に
薄荷色の会話を隠したり

テーブルのピアノを弾奏する
椅子とカーテンの夢想家で
可憐な都会のボヘミアン。

——

キユラソーや
ペパーミントの陰影から
七色の心臓をちらつかせる
素晴しい燐寸の誘惑者で
ストーブの煙突に
情熱のリボンを結んだり
恋人を
金銭出納器のボタンに分解してもらふ
華やかな夜のメカニスト(31)

日本の「狂乱の一九二〇年代」の自由奔放な新しい女性の典型である「カフエーの女」は、ウェイトレスではなくてバーのホステスである。そしてカフェーは今日で言うキャバレーの前身である。克衛は誘惑的だが危険な女の印象を伝えている。彼は彼女にこの世のものではない、ロマンチックな特性を賦与している——彼女は「透明」で「桃色の呼吸」をし続けている——その一方で同時に彼女を「恋人を／金銭出納器のボタンに分解してもらふ」妖婦として見ている。

「夜のメカニスト」は、「文章倶楽部」同号に掲載されている他の新しい詩からとりわけ突出している。というのも、彼の詩の活字の使い方に際立った特徴が見られるからだ。つまり、北園は十八行の詩にカタカナを十二語用いている。英語のmechanist（カタカナでメカニスト）は、タイトルにも詩の最終行にも使われている。この時期から克衛は、語法が時々不自然であったり、誤りであったりすることがあったものの、自分の詩の中で英語とフランス語を混ぜて使うようになった。

「椅子とカーテンの夢想家で」という行は、今日では奇妙に聞こえるだろう。しかし、一九二四年の大部分の日本人にとって椅子とカーテンはまだ珍しく、魅惑的な西洋の品物であった。他の外国の品、たとえばカフェーを描写する際の「テーブル」、「ピアノ」、「キュラソー」、「ペパーミント」、「ストーブ」、「リボン」、「金銭出納器」への言及は、詩人がボヘミアン的な文化や流行している生活様式を知っていることの例証になろう（あるいは少なくとも精通していることを主張している）。

日本でも西洋でもどちらかと言うと珍しい植物である「ロベリヤ」の使用は、注目すべきことである。というのも、それは克衛の「主知主義」の明白な原型であるからだ。彼は読者を煙に巻いたり、混乱させたりしている。「夜のメカニスト」では、この遊び感覚で読者をまきこみ、曖昧さを残していく。完全に理解されることを前提としない作品であり、その意味では、克衛は前衛詩人特有の「反抗的姿勢」を示している(32)。

数年後には、克衛のこのような曖昧な傾向はさらに目立つようになる。つまり、異なるイメージをつなぎ合わせ、ひとつひとつのイメージはそれ自体では明瞭だが、前後のイメージとの関係においては不明瞭になっていく詩。つまり、ここでは「夜のメカニスト」は一行目の「カフェーの女」を指していて、彼女は詩の最後まで描写される。しかしながら、この時期の詩は、作品の表題から確認できる主題に対して、関連する要素がまとめて表示されている。ことばを選び、配置する際の克衛の弾力性は、その後の彼の詩の礎石となっていく。どっちつかずの曖昧さによってかえってことばそのものに注意が集まり、ことばの直接性が吹き込まれ、一般に意思疎通の道具として用いられる通常のことばの貯蔵庫から、詩の本来の機能を取り戻すこととなるのだ。

「夜のメカニスト」の思想は、両義的である。消費材と人間という資本主義の批判として見るか——つまり「恋人を／金銭出納器のボタンに分解してもらふ」疎外された誘惑者であるカフェーの女——あるいはもっと単純に、西洋風の女性とそのまわりの物への青春期の憧れの表れとして見るか、解釈は両方とも可能だ。最初の皮肉な読み方が可能なのは、行分けされたことばと意味の関係がゆるやかだからだ。この詩における曖昧な視点のように、形象は顕在する意識と無意識の間で、意味をはらんだ状態のことばと全く無意味の間で揺れている。たとえば、「素晴らしい燐寸の誘惑者で」、「ストーブの煙突に／情熱のリボンを結んだり」というような表面的には男根を想起させるイメージはその例だ。

たとえ「夜のメカニスト」が決して卓越した作品ではないとしても、この短詩はその平明な形象という点で賞賛すべき特徴を持つ。「桃色」と「薄荷色」は直接的で新鮮な印象を与え、加えて、色そのものを特定していない「七色の心臓」「ペパーミント」（緑色）「キュラソー」（オレンジ色）「金銭出納器」（金属性の銀色か青銅色）から、色彩が引き出されている。この時期、克衛は珍しい色彩を選んだ。これは戦後の彼の詩に使われている原色への執拗なまでのこだわりとは対照的である。

克衛の詩は、いわば「日本的な自己」と「西洋的な他者」が混ざり合ったもので、これはその後様々な詩的実験において何度も繰り返されることになる規範である。「夜のメカニスト」は、十二語のカタカナ表記のために、外国風な作品として区分されている。克衛はすでに、紙面上のデザインが読者の目を引きつけるという「具体主義」（concretism）を意識していた。二十年後、政府は外国思想の影響を根絶しようと、カタカナ語（外来語）を禁止することになり（第六章参照）、四十年後には、克衛は国際的な前衛運動である具体詩の最前線にいる自分に気づくことになる（第八章参照）。

（小川正浩、ヤリタミサコ、田口哲也訳）

第二章　ダダイズムとゲエ・ギムギガム・プルルル・ギムゲム

完璧な意味での起源探しは、むなしく終わりのない作業だが、ある主張や運動から別の運動への移行を相対的に示す転換点は確かに存在する。F・T・マリネッティの「未来派宣言」は、後にダダイズム、シュルレアリスム等の様々な芸術運動が登場してくるその起点として、よく引き合いに出される。[1] 仏語訳は「ル・フィガロ」紙の一九〇九年二月二十日号の第一面に掲載された。そのニュースはすぐに日本に伝わった。匿名訳者による全訳は、「スバル」の一九〇九年五月号に掲載された。[2] 宣言のなかでマリネッティは戦争を賛美し、博物館や図書館の破壊を呼びかけていた。邦訳の最後で、翻訳者はこう言っている。「スバルの連中なんぞは大人《おとな》しいものだね。はゝゝゝ」と。「スバル」のおとなしさは、もうひとつの点で西洋から入ってきたこの荒々しいニュースとは対照的である。つまり、マリネッティの宣言はヨーロッパのブルジョワ階級を困らせることを目的にしていたが、邦訳の方は地方の文学者たちを当惑させるものとなった。未来派が日本に紹介されたのはきわめて早かったが、その浸透していく速度は、はるかに遅かったと言わねばならない。[3]

「スバル」にマリネッティの宣言が掲載されてから十二年後、平戸廉吉（一八九三－一九二二）が「日本未来派第一回宣言」（一九二一）を発表し、東京の街頭でそのビラを配った。ダダイズムはすでに一年も前に「萬朝報」で紹介されていた。その後すぐ、無政府主義者《アナーキスト》寄りの詩人、辻潤（一八八四－一九四四）は『ダダの話』（一九二二）

を出版し、高橋新吉（一九〇一－八七）の『ダダイスト新吉の詩』（一九二三）を編集した。ダダイズムの日本上陸からダダイストたちの宣言書の刊行までは、わずか二年しかかからなかった。西洋からすばやく伝えられたニュースは、ほとんど直接的効果を発揮し、新しい芸術観に転向する者が出てきた。

平戸も辻も高橋も全員ひとつのパターンを踏襲した。つまり、未来派、ダダイズムなどの西洋の芸術運動の名前を取って、それを作品名に加えた。そうすることによって、彼らは日本におけるダダイズムや未来派運動の権威となった。こうした西洋の新しい芸術運動からの公然の無断借用は、戦前・戦後のシュルレアリスムや他のアヴァンギャルドの動向を扱った雑誌のタイトルでも行われている。[4] この革新的な動向の紹介者は名声を得たが、彼らは西洋の創始者たちほどこだわりを持っていなかった。たとえば、高橋はすぐにダダイズムを捨てて、仏教の禅に向かった。そして一九三〇年代後半、軍国主義政府が日本のアヴァンギャルドを締め付けたため、その実験的活動は完全に停止した。

ダダイズムは一九一六年にヨーロッパで発生したのだが、その理由のひとつは第一次世界大戦のあまりにも酷い結果への反発だった。ヨーロッパの知識人たちは、よりよい未来を約束したルネサンス以後のテクノロジーの広がりが、その逆に、前代未聞の大きな悪夢に変わってしまったと実感した。そこで彼らは、誤った「文明」観を作り出した、芸術を含む社会制度を非難した。

日本は第一次世界大戦の大規模な殺し合いに参加しなかった。むしろ、日本は、ヨーロッパ諸国が戦争している間にアジア市場を乗っ取ることで経済的に繁栄した。第一次世界大戦後には、一九一八年の米騒動、景気後退、一九二三年九月一日の関東大震災と共に、大きな経済的・政治的・社会的病巣が表面化し、日本は大混乱となる。死者十万人と首都東京の家屋の六三パーセントを焼失した大震災の後に、ダダイストの波が大きな力で日本に押し寄せた。江戸時代の名残をとどめるものは震災とともに消えた。[5] 翌年の初めには復興が巨大な規模で始まり、東京は新しい顔を見せ始めた。震災で瓦礫となった過去の文化の空隙を埋めるように、西洋芸術、建築、デザイン、文学が幅広い規模で輸入された。こうして、伝統の「破壊者」たるダダイズムは、新しいものを打ち建てる空気の中で容易に広まったのである。

日本のダダイストは、根本的に、人間が作った災害よりも自然災害に反応していた。それゆえ、西洋のダダイズムにある、政治と対決する姿勢を持っていなかった。ヨーロッパのダダイストたちがブルジョワジーを侮辱し、彼らのつくり上げた秩序を転覆させることを意図したのに対して、日本のダダイストたちにはそのような攻撃目標はなく、彼らは漠然と哲学的に、高みから人間のおかれた状態を嘆くことが多かった[6]。日本のダダイストはまた、西洋のダダイズムに見られるような聴衆や読者といった受け手との、あるいは表現者どうしの小競り合いなども引き起こさなかった[7]。

しかし、日本のダダイズムは完全に政治性を払拭したわけではない。第一次世界大戦後の景気後退、米騒動、そして震災から生じた社会不安は、無政府主義者《アナーキスト》たちと社会主義者を勢いづけ、一触即発の社会情勢となっていった。ダダイストの詩人たちの中には、左翼や、過激派の仲間もいた。たとえば詩人で編集者の辻潤は、妻伊藤野枝（一八九五－一九二三）が自分を捨てて、大正期の有名な無政府主義者《アナーキスト》である大杉栄（一八八五－一九二三）と一緒になるまでは、大杉と親友であった。後に、伊藤と大杉は自分たちの政治的信条と引き換えに、震災直後、官憲に捕えられて虐殺された[8]。辻は危険を感じ、韓国の若い無政府主義者《アナーキスト》たちのグループからの招待に応じて、翌年日本から出国した[9]。

北園は、この時期自分は社会主義者ではなかったと後に断言しているが、震災時には、仮住まいの出版社の二階で社会主義者のパンフレットを製作していたことを認めている。一九七七年、亡くなる一年前に北園はその日のことを次のように回想している。

> 私はその日は、東京府下滝之川町の白石氏の別邸に住んでいた北川治郎兵衛という友人夫婦と住んでいたのであるが、蝙蝠傘をもち高下駄をはいて銀座に出かけていったところを見ると一雨やってきそうな日であったにちがいない。東京湾の空に物凄い入道雲が出ていたのを覚えている。大震災はそのアジトに集まって、パン

フレットを作り、デッサンの練習をしていた私たちをばらばらにした。私は間もなく馬込の佐藤朝山のアトリエから日本美術院の彫塑部の研究宅に通っていた兄の橋本平八といっしょに田舎の家に避難していった。[10]

朝熊に行くときに乗る東海道線は線路損傷のため不通だったので、遠回りだが、信越線を使って行った。家族のもとで少し滞在したあとで、二人は奈良郊外に移り住んだ。平八は木彫りの仏像彫刻（奈良には世界最古の木彫の仏像が残っている）を研究するつもりで、克衛はそれに従った。

奈良にいる間に北園は絵を始めた。[11] 彼はまた詩を書いて、地元の奈良の雑誌「雲」に掲載された。もっとも、彼はその編集者には会わなかったし、そのグループの一員になることもなかった。[12] その詩のひとつ「都会の恋」は、私的でロマンティックな詩であるが、文法と語彙に『万葉集』の影響が見られ、語調や言い回しにおいて「丘」と似ている。[13] またも、北園は独創性も実験性もない伝統詩人としての姿を見せていた。北園は奈良の史跡近くに住むことで、型にはまった古文調に影響されたのかもしれない。「都会の恋」と「夜のメカニスト」はともに一九二四年に発表されたが、この二つの詩の言語と感受性は、まるで制作年代に何十年もの開きがあるかのように違うものとなった。二つの詩の相違は、田舎の生活様式と、都市の近代化の熱との違いによる。北園は両方の文体ですらすらと書くことが出来た。

克衛と平八が一九二四年初めに東京に戻ってきた時は、首都は復興の最中であった（図7）。彼らは旧友たちとの連絡を再開し、都会の生活に落ち着いた。克衛は、画家で作家の玉村善之助（別名、方久斗、一八九三－一九五一）を訪問した。克衛は玉村に震災の数ヵ月前に会っている。

……玉村〔善之助〕さんという人がいまして彼は菊の花を描いたりする日本画で生活していたのですが、日本美術院にいたのに飛び出してしまって異端視されていたんです。その彼が金があるので新しいことがはじまると金を出して本を買ってくる。バウハウス・シリーズなんかみんな買ってくるんです。それを見たのがバウハウスとの出逢いです。[14] かれはその頃、美術雑誌「高原」を発行していた。（中略）「高原」を廃刊して、新しく「エポック」という文芸美術雑誌の発行を計画していた。この雑誌は表現派や立体派の運動を紹介し、その作品を印刷した。[15]

玉村は新しい芸術運動の理念を北園に教え、野川孟（ハジメ、生没年不詳）、隆（タカシ、しかしリュウと呼称されることが多い、一九〇一－四四）兄弟に彼を紹介した。孟は克衛より数歳年長で、ロシア文学を愛好していた。野川兄弟と克衛は日本や海外の芸術状況について何時間も語り合った。ほどなく、大きな部屋があるヨーロッパ風の家

図7　橋本平八（立位）と北園克衛（座位）、芸術家兄弟の珍しい写真（1924年頃）

に一緒に移り住んだ。克衛はこう回想している。「その家の一階に野川孟というジャナリストがいたが、ジャナリストと言っても今日のそれのような鉛筆をもった唯のサラリイマンというようなものではなく、実に豊富な教養と趣味をもった人物であった。僕はいつもその人物といっしょに行動していた。多分僕が絵の世界から文学の世界に移っていったことについては、この野川孟の影響が大きな部分を占めていることを認めないわけにはいかない。(17)」

孟は、弟の隆が玉村の経済的援助を受けて出版する文芸雑誌を編集することになった、と言った。数カ月後、「ゲエ・ギムギガム・プルルル・ギムゲム(GGPG)」が克衛の郵便箱に届いた。隆の編集後記は一種の宣言の体をなしていた。

文芸美術雑誌「エポック」は何れ最近に再刊し度いと思つて居る——で、それまでの連絡をつけるために、「ゲエ・ギムギガム・プルルル・ギムゲム」を出すことにした。「エポック」では、しきりに海外の新芸術の紹介に努めたが、これでは、それをしないで、創作ばかりを発表する。

「ゲエ・ギムギガム・プルルル・ギムゲム」は「エポック」を送呈してゐたところや、その読者だつた人たちに送ることにした。非売品である。若し欲しい人があつたらさう云つて貰い度い。だが、不定期発行だから、一ヶ月に三度のときもあるだらうし、三ヶ月に一度の場合もあるだらう。

「エポック」が再刊されても、(18)併し、この「ゲエ・ギムギガム・プルルル・ギムゲム」は、このまゝ継続して発行しようと思つて居る。此の名前に就いて直きに意味を聞きたがる人があるが、そんな必要はない。(少くとも私一個の解釈に依れば、)音楽的な感覚でわかつて呉れゝば可い。(蛇足を附け加へるならば、)都会の街々を動く、機械で出来た人間的な動物人形には、Gの発音の振動数と波形が気に入つたのである。(19)

野川の最後の文は「都会の街々を動く……振動数……波形……」といった地震と津波のイメージを使っている。GGPGに野川がどんな意味を持たせたかったかは別にして、この名前は題名には意味があるものだという旧来の文学的な伝統との決別の合図であった。ヨーロッパのダダイストは、自分たちの運動にふざけて「無意味な」名前を付けたうえに、意味を剝ぎ取った音声詩の朗読という実験を行なった。野川は、ヨーロッパのダダイストに倣って、GGPGのでたらめな文字の配列を選んだ。

音声詩（意味のない音節）と非音声詩（文字のない詩）は、すでに十九世紀後半から作られていた。[20] チューリッヒ・ダダの中心的人物であったフーゴ・バルは、自分の公演でこれらを広めた。[21] バルは聴衆を完全に疎外しないように、自分の作品を読む前に短い説明を加えた。

この種の音声詩によって、ジャーナリズムに毒されだめになった言語を一切放棄せよ。言葉の最深部の錬金術に引きこもり、そのうえなお言葉もあきらめ、文学のためにその最後のもっとも神聖な領域を守るべきだ。受けうりの言葉による詩作をやめ、自分で使うために新しく作ったことばでなければ文章はもちろんのこと一切ことばを引き継いではならない。[22]

ダダが中立国スイスで起こり、第一次世界大戦の両陣営——ルーマニア、イタリア、フランス、ハンガリー、ドイツ——の外国人から構成されていたということから、日本人も自分たちがこの運動に容易に参加できると思ったのかもしれない。チューリッヒ・ダダの参加者の一人であるリヒャルト・ヒュルゼンベックは、その目的をこう表明した。「何よりもまず我々の芸術は、国際的であらねばならなかった。なぜなら、我々は〈精神の国際性〉を信じているのであって、国によって異なる概念など信じてはいないからである。[23]」

ヒュルゼンベックと他のメンバーたちは、たぶんこの〈精神の国際性〉をロシアまで拡大しようと考えていた。だが、ダダイズムが多様化を目指した様子はない。たとえば、「一九二二年、ワイマールでの構成主義者——ダダイスト会議」の写真に写っているのは、すべて白人の男性・女性である。[24] しかしながら、ダダイストたちは後に「第三世界」と呼ばれることになる国々の詩や芸術に共感を示していたし、また影響も受けていた。フーゴ・バルによると「[一九一六年]三月三十日、我々はトリスタン・ツァラ氏の主導で素晴らしい黒人音楽を上演した。[25]」一九二二年六月の「サロン・ダダ」という展覧会で、ダダイストの「フィリップ・スーポーは黒人に変装して、展覧会を訪れるリベリア大統領に扮した。[26]」黒人音楽を演奏したり、リベリア大統領の役を演じたりしたダダイストたちとは違って、シュルレアリストたちは、十年後、ネグリチュード運動[27]の推進者のひとりであるエメ・セゼールを含む第三世界の詩人や芸術家たちと直接関わることになる。[28]

「GGPG」の創刊号は、一九二四年六月に発行され、表紙はローマ字で、裏表紙はカタカナでゲエ・ギムギガム・プルルル・ギムゲムと書かれた長くて、発音できないような名前の他に顕著な特徴がいくつかあった。ローマ字名称の隣にエスペラント語で「La Unua Volumo」(第一号)と書かれている。(表紙を含まない)十四ページの本文には頁番号はふられておらず、短編小説や詩、一幕ものの戯曲などがあった。野川隆によるこの一幕ものの戯曲「しがあ一本」は、読者が目次をめくって最初に出逢う作品である。その作品はこう始まる。

　人物

　　裸かの人間

　顔だけ出す人、三人

　場面

　左手に崩れかかつた小屋。

　小屋の壁に窓が一つ、白痴のように上を向いて居る。[29]

これらの少ない行においてさえも、「崩れかかった小屋」のそばで「白痴のように」上を向く誰か、という不条理さの中にダダイストの特徴を、また「裸かの人間」と「顔だけ出す人、三人」をダンスのように配置する構成主義者の可能性を見ることができる。

近藤正治（生没年不詳）の詩「A氏の自己紹介に」は注目に値する。なぜなら、作者はシュルレアリスムが日本に紹介される以前にシュルレアリスム的な行、「づるけた舌の先に毛が生えてしまつた」を自然に書いているからである。[30] ダダイズムによって想像力が自由に開放された結果として、このようなシュルレアリストの形象が流出し、つまり二つの運動が自然と重ね合わされた。「GGPG」の一号には視覚的な詩はないが、ただ平岩混児（生没年不詳）によるコンクリート・ポエム（具体詩）のようなものはある。その詩の中で彼はいくつかの漢字を七回繰り返し、これらの同じ漢字をいろいろな文字の配列の中に埋め込んでいる。[31]

野川隆は不定期に発行するとの約束を守り、「GGPG」二号は、七カ月後に発行された。この号では、野川は寄稿者にまわり、橋本健吉（北園克衛）が編集人と出版人を兼ねた。克衛は朝熊の父から送られてくる僅かばかりの仕送りで生活していて、「GGPG」は彼の重要な活動だった。[32]「GGPG」編集責任の委任は、後援者である玉村善之助が克衛の能力を信頼していたことを示している。あるいは、おそらく克衛は雑誌に十分な時間をつぎこめる、グループ唯一の人間だったのだろう。克衛の舵取りで、「GGPG」は定期的に発行されるようになり、二号からはしばらくの間、一カ月毎に発行された。五号以降から、資金不足のために一九二六年一月一日の一〇号で廃刊になるまでは、野川隆が再び克衛と共同で編集にあたった。[33] 一〇号が最終号になるという告知はされなかった。

「GGPG」の詩人たちは、自分たちの視覚詩的な美学をことばや文字のタイポグラフィや配列――しばしば上下逆さまにしたり、横にしたり――ばかりでなく、使われている紙の種類や印刷の色においても示した。四号、六号、七号、八号は、一般的な黒インクの代わりに朱色を用いた。最後の二号は硫酸紙に印刷されていたので大部分が腐食してしまい、まるでダダイストの非恒久的なメッセージを劇的に体現しているかのようだ。

克衛の最初の「GGPG」（図8）の寄稿作品は、都会に暮らす姿を表現した詩である。

（作品抄）

構想第九九九

総てが没落の象徴であるがいい。
　総てが呪はれた生存圏の中で腐れてゐるがいい。

で――私は、鉱力製のしやつぽをかむつた。
さうして、市街の方へ歩いて行つた。
夜とも昼ともつかぬ、蒼白い光線の裏側を
撲られた利那のやうな鈍感さで歩いて行つた。

「じつに退屈だ」
私はさうつぶやいて、エナメル塗りのバンドから青いスポイトを抜き取つた。
そいつを、きゆつと握ると
オゾーンのやうな臭ひが、ぷんと鼻をかすめた。

「夏だな」
私はそれから、銀紙のネクタイをちぎつてしまつた。(34)

「構想第九九九」には伝統的な語彙と感傷がまったく存在していない。最初の二行は、行が下げられ、当時の克衛の虚無主義的な哲学を端的に表している。否定的で腐敗した世界を「没落」「腐れてゐる」「呪はれた生存圏」と非難する調子を打ち出し、「蒼白い光線」「撲られた利那のやうな鈍感さ」「じつに退屈だ」と続けていく。これらの感傷性は陰鬱な心理状態を描き出すが、積極的で、動的な活力もまた詩に行き渡っている。動作を表す動詞（「かむつた」「歩いて行つた」「つぶやいて」「抜き取つた」「握ると」「かすめた」「ちぎつてしまつた」）を用い、色彩豊かでほとんどSF的な道具（「鉽力製のしやつぽ」「銀紙のネクタイ」）を用いることで、虚無主義的な調子は相殺され、精力的で若々しい豊かさが付け加えられている。現在あるものはいとも簡単に非難されるが、退屈《アンニュイ》な現在に対比されるものはとどのつまり、派手な服装、なかば暴力的な態度、そしてこの新しい詩ということになる。(35)

北園は「構想第九九九」の中で自分自身の体験を描写しているわけではなかろうが、東京で生活する若者の空想上の筋書として、その物語内容を解釈することは十分可能だ。落胆と熱狂のバランスは緊張感のある柔軟性を生み

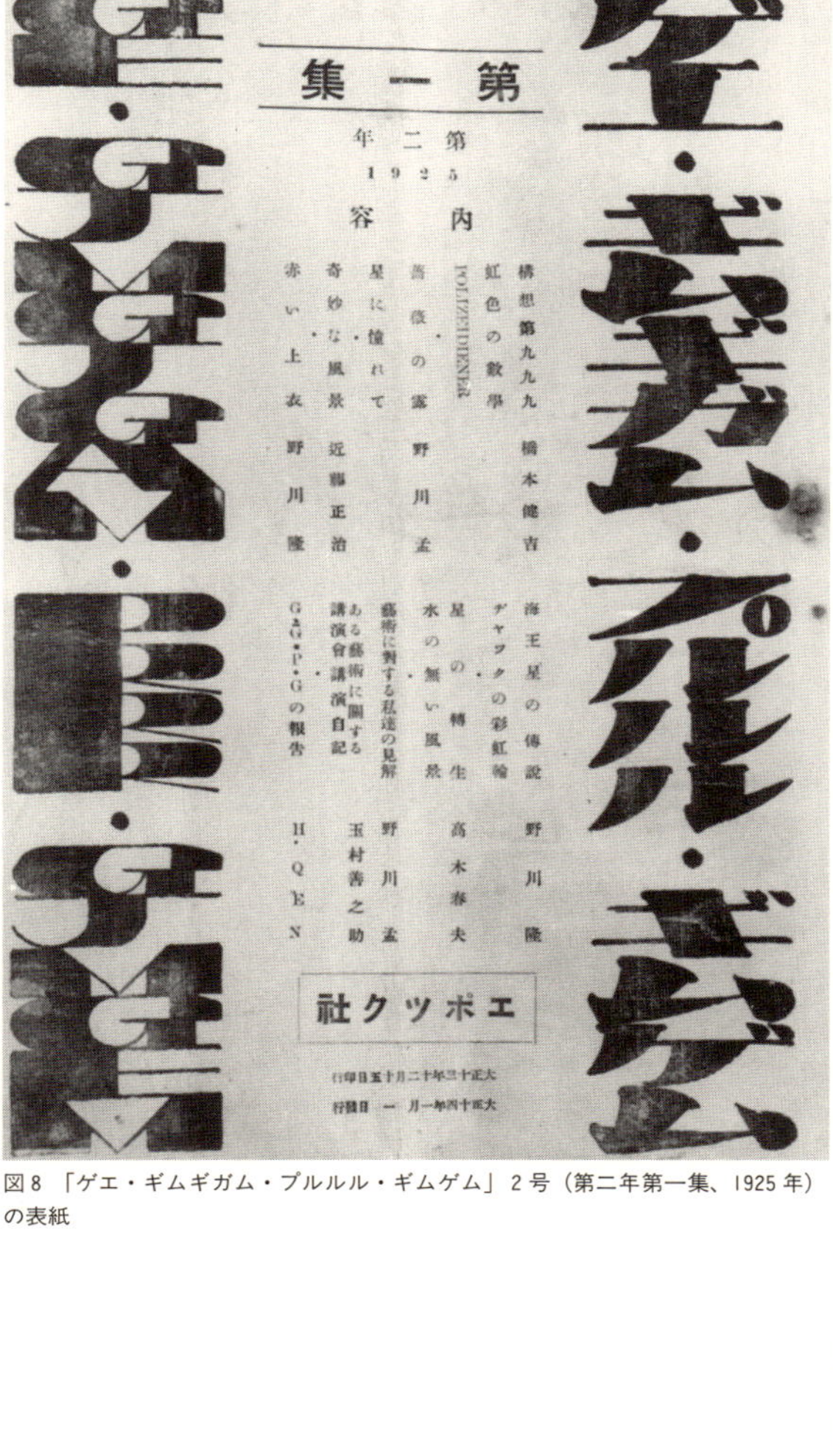
第一集
第二年
1925
内容
構想第九九九　橋本健吉
虹色の數學
POLIZEIDIENST
薔薇の露　野川孟
星に憧れて
奇妙な風景　近藤正治
赤い上衣　野川隆
海王星の傳説　野川隆
チヤツクの彩虹輪
星の精生　高木春夫
水の無い風景
藝術に對する私達の見解　野川孟
ある藝術に關する講演會講演自記　玉村善之助
G・G・P・Gの報告　H・QEN
エポツク社
大正十三年十二月十五日印刷
大正十四年一月一日發行

図8　「ゲエ・ギムギガム・プルルル・ギムゲム」2号（第二年第一集、1925年）の表紙

出していて、この詩を当時の彼の最も成功した詩のひとつにしている。「構想第九九九」には今もなお生き生きとした活気があり、不機嫌な若者すべてに対して語りかけているようだ。

北園がダダイズムに最も影響された一九二五年から二九年頃の詩には、しばしば批判を挿入したり、そして詩を破壊するような語句や行が含まれている。それはあたかも一定の時刻に作動する導火線が詩行中に走っていて、それ自身の創造の軌跡を破壊し爆発させるかのようである。克衛の初期作品におけるこれらの自己批判的な語句は、多義的で、外に向けられた、人間の生についての一般的な陳述としても、あるいは詩自体の内省的批評としても、解釈可能である。たとえば「構想第九九九」において「実に退屈だ」という行は、この二つの役割を同時に果している。

克衛による詩の土台の掘り崩しは、ダダイストの破壊衝動に呼応している。ヨーロッパのダダイストは、詩のみならず、芸術自体の概念も叩き壊す必要があると信じていた。周辺世界を攻撃しつつもそれなりに良い作品を作るのではなく、真のダダイストは否定性という強い光を自分と自分の作品に照射する。この衝動については、トリスタン・ツァラが簡潔にまとめて回想している。「真のダダイストは反ダダであった。」[36]日本のダダイストは、空間的にも文化的にもヨーロッパの運動からは遠いところにあったが、偽物や退歩したものから本物（「真の」ダダイスト）を区別する、ヨーロッパ特有の動きから自由ではなかった。西洋のダダイストも日本のダダイストも、この点に関しては、汚染を懸念する精鋭集団と思われる。

克衛は「構想第九九九」が掲載されたときはちょうど二十二歳になった頃だった。我々は、彼の詩作が新しい方向に向かっているのがわかる。克衛は「GGPG」の三号から記号論的傾向をもった詩を発表し始めた。以下の詩の行の最後にある（a）や（b）、その他の括弧内の数字や記号は、断続的な数字と文字が並ぶ中でいくらか意味の通じる会話をする登場人物のように見える。

ＪＡＧ・ＪＯＴ
ＪＡＧ・ＪＯＴ
今――クッペルホリッツオントの上では
Ｖ度の赤光線と
Ｘ度の紫光線と
Ｑ度の黄光線と
Ｐ度の銀光とが――ハンドルの廻るに従つて廻転する
ＴＯＲＯＮＴＯ
ＴＯＲＯＮＴＥ
ＴＯＲＯＮＴＡ
――光速度はどれ程ですか（ａ）
――むろん１秒間に１８６・０００哩さ（ｂ）
――たいへん良い條件でせうな（ａ）
――黙れ（ｂ）
ＴＯＲＯＮＴＯ
ＴＯＲＯＮＴＡ
ＴＯＲＯＮＴＥ
――波長は３０・９０７・０５３ですか（ａ）
――黙れ（ｂ）
・・・・・

3角なら3角
5角なら5角
・・・・・・
――7角なら8角――8角なら73角で（a）
――黙れ（b）
S・O・S
T・O・S
クルップホード式高角砲（百門）
ホチツキス式カノン砲（三百十門）
ビッカース式速射砲（五百門）
自動空気艦（シューバ・ドレッドノート型）（七萬三千艘）
スパッド式爆撃飛行機（九千七百台）
光弾（七十八萬六千三百二十一発）
焼夷弾（五萬発）
――それがワイメル式火綱式戦術の必要軍器であるとでも言ふのですか（a）
――黙れ（b）
ピストンの面積5・000・000
衝程の長さ77・000
爆発衝程数900・000・000
――何か足りないやうです（a）
――P＝Gさ（b）

──33・000
──乗れますか（a）
──乗るんぢやない（b）
──X000萬馬力（a）
E・&・0・E
E・&・0・E
──そいつだ（S）
0↑9
1↓8
2↓7
3↓6
4↑5
↓a
b↓
↑C
O↑
R RO・RIRA
RORO・OROO
TANKA・TANZ
TATTO・TO・TE・TOTE
～～～～～～～～～～～～～～～～～～～～～～～～～～～～～

〜〜〜〜〜〜〜〜〜〜〜〜〜〜〜〜〜〜〜〜〜〜
00・033（ミリオン・グラム・ス・ズ）
〜〜〜〜〜〜〜〜〜〜〜〜〜〜〜〜〜〜〜〜〜〜
VAN・VAN・VAN・・・・
URU・URU・RE
——だんだん駄目になるぢやないか（P）
RUTO・RUUTO・FURUUTO
PRINN——→RR・RRRRROOO
——瓦斯体だらう（O）
——私はレンズさ（B）[37]

ヨーロッパ芸術の発展と音声詩の出現という関連で受け取られるときでさえ、克衛の詩は読者を（意図的に）当惑させる。文学史家アナベル・メルツァーは、一九一六年頃の西洋の状況を次のように要約する。「人間の形をしたイメージは絵画から徐々に消えつつある。次の段階は、詩が言葉を捨て去ることだ。[38]」画家たちが注意を向けたのは、人間の姿から離れた、抽象的な主題、その過程と媒体の素材そのものだった。その理由のひとつは、現実を模倣するにはより性能の良いカメラが使われるようになったからだ。が、詩においてことばを捨てるという動きは、特定のテクノロジーの発達に由来するのではなくて、一連の現状への不満から来ている。つまり、世界の状況が変わらないからであり、ことばが翻訳なしには文化の壁を越えることができないからであり、そして、伝統的な詩が近代生活の複雑さと不条理を作品の中に反映できないからである。

もともと克衛は詩人になるよりも画家になることに関心があった。「放電する発音」において彼はことばを使って絵を描き、記号の外形や音を、その意味内容と等価に扱っている（武器の一覧だけは例外で、判断も意味も価値も含まれている）克衛は、アルファベットや記号——漢字、ひらがな、カタカナ、ローマ字、アラビア数字、矢印、点、直線、波線——の取り合わせを詩にまき散らしている。ことばどうしの、語句どうしの、各行間のつながりは消滅し、意味は後退するので、残るのは視覚的・聴覚的な記号表現が群がる場だけである。ダダイストたちは無作為な複数の刺激の自然な衝突による同時性を奨励した。詩はもはや共通の日常の感情を伝える媒体ではなくて、社会批評の象徴として読者の精神を揺り動かす行為となる。

「放電する発音」は、雑音《ダダ・ノイズ》主義者的な雑音ばかりでなく科学的混合語に満ちている。詩を読んだ人は、最初に自分が学校の授業でいたずら書きした思春期のノートを偶然見つけたような印象を受けるだろう。ことばは意味があるかないかに読めるが、それは日常語と不条理がすばやく交互に連続して入れ替る状態が達成されているからだ。明瞭なものが理解されるとすぐに——三角形は三つの辺、五角形は五つの辺を有する——克衛は、八辺を有する七角形や七十三辺を有する八角形を使って、常識的な論理を混乱させる。同じような非論理的な流れにおいて、「ＴＯＲＯＮＴＯ／ＴＯＲＯＮＴＥ／ＴＯＲＯＮＴＡ」は、疑似語形変化であり、ＴＯＲＯＮＴＯ（カナダにある実在の都市を意味する）は固有名詞である。その一方でＴＯＲＯＮＴＯという後は可変的で、意味のない音節に変化していく。この二重化技法は、和歌の「掛詞」を連想させる。また、克衛はダダイストから偶然を大切にすることを学んでいた。「放電する発音」はでたらめな記号の組み合わせに見えるが、彼なりにダダイストの方法を適用していたのだ。

「放電する発音」では、読者を刺激する視覚的素材があるにもかかわらず、多数の支離滅裂なものが詰め込まれているため、様々な方向に四散し、バラバラになって消える。が、「構想第九九九」のように詩に埋め込まれている一行の叙述——この場合、登場人物「（a）」が「何か足りないやうです」と発話するとき——が、詩自体についての内省的、自己批判的コメントとして受け取ることができる。

晩年になって克衛は、これらが自己形成期（修業時代）のものであったことを認めた。[39]「ＧＧＰＧ」について彼はこう言っている。「僕は本当をいうと、あまり基本的イデーというものを尊重しないで、いいかげんに書いていたんですよ。でも、面白いから一緒にやってきたんでしょうね。[40]」

フォービズム、キュビズム、未来派、構成主義、ダダイズムなどヨーロッパの芸術運動が次から次へと急速に輸入された。一九二〇年代中期の日本の前衛詩人たちがこれらの芸術運動から受けとったメッセージは、何世紀も主流だった認知的機能と感傷的効果よりも、詩の聴覚的・視覚的側面が今や優位に立っているという事実であった。日本の若い作家たちは、いくつかの方向に引き裂かれていた。詩人は、ヨーロッパのひとつの芸術運動だけを複製することに専念するべきなのか。それとも、様々な芸術運動という複数のひもを編んでひとつの様式を作ることが望ましいのだろうか。それは単一の主義の複製と同じ模倣ではないのか。その解決策は統合するときの独創性にあるだろう。

平戸廉吉は典型的日本近代詩人で、海外の運動を吸収し超越しようという衝動を持っていた。彼はある移行期の前線にいたので、自分の作品がヨーロッパの諸々の文芸運動に影響された本質的矛盾に気がつき、どうしても独創性も入れたいと思っていた。「近代詩人の歌はんとするところのものは複雑だ。ある気持は、未来派にゆき、また立体派に行き、写象派に行き、表現派に行きまたアナロジズムに行く――これは説明するまでもなく、当然のことではないか、私はアナロジズムの発見者であると同時に、これが自己の唯一表現法でないことを断って置く[41]。」

平戸は一九二二年に没した。運動を伴わない名前だけの類似的現象は彼と共に死んだ。特に一九二〇年代に日本の詩人たちが感じていたに違いないひとつの欲求不満は、西洋詩人の詩が日本人の詩を極めて劇的に変えたのに、日本人が西洋詩人に影響を及ぼすことができないということだった。日本人は西洋の文芸作品を翻訳紹介したが、国外では、日本人の作品を理解し出版して紹介しようとする人もいなかった。送ることのできる商品である「芸術」は西洋から東洋へ一方的に流入するだけで、ヨーロッパの芸術運動が国際的だという主張を空しいものにした[42]。ヨーロッパの詩人たちは小さな文学集団であったために、かなり孤立した状態で書いていた。日本の詩人たちはさらに小さな文学集団であった。ことばの壁と翻訳不足のために、西洋の詩人たちは同時代の日本の詩人たちの作品を読むことができなかった。せいぜい、前衛詩人たちが意図的に黙殺した日本の伝統的な詩人たちの作品を読むのが関の山だった。

玉村、野川、北園は時々「GGPG」の中でその刊行目的を説明する綱領のようなエッセイを書いたが、たいていの場合は自分たちの新作にすべてを語らせることのほうが多かった。未来派、ダダイズムが先導しバウハウスが実行したタイポグラフィの革命に気がついていた玉村善之助は、「符号の純然たる視覚的勝利が訴へられ始めたのであつた」と宣言した。これは一九五〇年代、六〇年代の具体詩運動の予見となった。[43]

野川隆は絶対自由の精神を説いた。「人は全く、如何なる方法に依り、如何なる材料を使用し、如何なる形式を採って製作しようと自由である。[44]」野川は自分のいくぶん常識的な宣言に科学的なひねりを加えようとしてこの宣言を「方法、材料、形式不定の公理」と称した。表面上彼は創作に対するすべての方法に寛容さを求めたが、現実には彼は革新を促進し、これまでに現れず、知られていないもの、つまり未来を、断固として支持した。

克衛は自分の担当分で「理智の自由」を主張した。[45]それは野川の立場と呼応する漠然とした概念である。だがこのような知性重視は数年後にプロレタリアと国家主義者に共鳴する者たちからエリート主義者あるいはブルジョワ的だとして強く非難されることになる。しかし克衛は、詩は政治や宗教の勢力範囲からは自由であり、偏見なしに知性が活動できる知的宝庫であるべきだという信念を持ち続けていた。この時期の彼の詩に関する考えはまだ洗練されていなかったが、実験が多くなるにつれて、発展し先鋭化していった。ただし、視覚詩、方法、材料、形式という彼の生涯の関心の種は、「GGPG」の時期に玉村や野川に植えられたものだった。

野川と克衛は表面上ダダイズムに引きつけられていたが、この運動には敵対する、あるいは矛盾する態度を取った。読者が「GGPG」にダダというレッテルを貼ったために、彼らは自分たちに押しつけられたイメージと戦いそこから脱出しなければならないと感じた。「GGPG」四号で隆はこう言う。「ダダイズムは近代人の自由な叡智の所産の一つである。叡智的自由の結果である。ダダイスト自身がダダ的な観念に囚はれて、これに気が附かなつたに過ぎないのだ――と私は言ふ。[46]」野川は間違っていた。つまり、ツァラとヨーロッパのダダイストたちは、窮地に追い込まれる自分たちを表現していたことを実際認識していたのである。シュルレアリスムだけが、真に弁証法的な、非自己破壊の基礎を作る見込みがあった。

まるで仏教の否定による定義の仕方を思わせるように、克衛は「ＧＧＰＧ」がそうでないことを説明することによってのみ「ＧＧＰＧ」が何であるのかを断言しようとした。「Ｇ.Ｇ.Ｐ.Ｇ.をダダと獨りぎめにしてゐる人によく出會す《ママ》がＧ.Ｇ.Ｐ.Ｇ.はダダの雑誌ではない。むろんキュービズムでもフュチュリズムでもシンボリズムでもコンストラクショニズムでもない。むろん新感覚主義でもなければ所謂耽美主義でもない。[47]」再び、克衛は翌号の同じ編集後記で皮肉に語る。「第三集はダダ的なエレメントを入れた。然しダダに退却したのではない、これまでの作品が理解出来ないらしいから還元を試みたに過ぎないのである。[48]」

ダダイズムを自発的に批評することは、個々の芸術家の非難にまでつながっていった。最も初期の抽象画家のひとりワシーリイ・カンディンスキーは、野川によって非難の対象として選ばれた。というのは、彼は実体のないものの神秘性を取り除きたがっていたからである。野川は、カンディンスキーの『芸術における精神的なもの』は『芸術における物質的なもの』と名を変えるべきだと主張した。克衛は、たぶん野川に合わせたのであろう、青年期特有の無神経さで「汝カンデインスキーよ　縄に巻かれて死ぬがいい[49]」と書いた。皮肉にも、抽象へ向かって克衛の詩が発展する未来は、画家としてのカンディンスキーがたどった道と同じであった。

「ＧＧＰＧ」の編集後記はほとんど論争的と言ってもいい。同じ様に、内容とスタイルという伝統的な文学規範を転倒させる小説や詩もあった。おそらく最も風変わりな作品は野川孟の「リンヂヤ　ロックの生理水」であった。それは、彼と彼の恋人が「ＧＧＰＧ」の前号を論じ、それぞれの胸に生理水の静脈注射を十分間にわたって注入するという内容であった。[50]

平岩混児が「ＧＧＰＧ」に寄稿した奇抜な詩「三者割礼」の中にこういう部分がある。

だが十八世紀のロマンチシズムの頭を牛に食はせろ！　喰はねば口におつつけろ！
あゝ　牛肉の血のしたゝる割礼だ[51]

平岩はヨーロッパ・ダダイストの側に立って、割礼行為に象徴されるユダヤ-キリスト教文明を茶化した。高木春夫（生没年不詳）の詩「ダダの空音」は、同様にイエス・キリストを冒瀆することによって西洋の伝統を軽んじている。「自殺したイエス・キリストの指の／虹色の液体を深夜のガラス窓に映し[52]」。「ＧＧＰＧ」の詩人たちは、西洋の諸々の芸術運動に反応して、ダダの時流に乗り、ルネサンス以降の詩と西洋の偶像を非難した。しかし、より重要なのは、日本の神聖な諸制度、たとえば天皇制、神道、仏教、あるいは狐付き信仰のような古代の迷信を、そうした詩人の誰もが攻撃しなかったことである。ヨーロッパの理念が戦う場所から遠く離れたところで、ほとんど西洋に通用しない日本語で書かれた雑誌で西洋の価値観を攻撃することは簡単だ。詩人たち自身もこの偽善はわかっていたはずで、西洋の詩人たちの反西洋的行為を真似ることは、日本の軍国主義者の反西洋主義と奇妙に共通している。

「ＧＧＰＧ」が終刊したあと、野川隆は批評眼を日本という国に向け、共産党に入党してモスクワを訪問した。彼は一九四四年に亡くなった。しかし、彼が韓国の牢獄で死んだのか、満州の病院で死んだのかは資料によって異なる[53]。一方、克衛は政治との関わりを持たないことに決めた。とりとめのない編集後記の中で、彼は自分の個人的態度をこう表明した。「私はアンニュイでもありませんが――ケンカはきらいです。[54]」

「ＧＧＰＧ」の十八人の男性詩人たちは、その時代の前衛詩人すべてではなかった[55]。名著『前衛詩運動史の研究』の著者である中野嘉一（一九〇七-九八）は、およそ四十人から五十人の前衛詩人たちが一九二〇年代中期に作品を書いていたと見積もっている[56]。彼らの大部分は互いに面識があり、しばしばお互いの文芸誌に寄稿しあっていた。

彼らの中では、多才な芸術家村山知義（一九〇一-七七）だけがヨーロッパ・ダダイズムを直接体験していた[57]。村山は東京大学に入学後すぐに退学し、一九二二年に初期キリスト教を調査する目的でベルリンに赴き、そこで様々な美術展を訪れて、カンディンスキー、パウル・クレー、ダダイストの作品などに触れた。そして二十一歳のときに日本に帰国し、多分野にわたって芸術活動を始めた。村山はさらに非常に好評を博した個展に続いて、芸術集団「マヴォ（MAVO）」を結成した。「GGPG」の創刊号が刊行された一カ月後に村山は「マヴォ」の創刊号を出した。後に「マヴォ」に寄稿することになる克衛は、「マヴォ（MAVO）」の頭文字の由来をこう説明する。「あれはメンバーの頭文字を書いた紙をバッと撒いて落ちてきたのをそのままつなぎあわせてできた——そういうふうにその頃から言っていたんです。Vがあるのはその頃マヴォの仲間にいたロシアの版画家ヴヴノバ［ヴァルヴァラ］女史の頭文字です。[58]」

「GGPG」と違って、「マヴォ」には活字のみならず図版や版画等も掲載された。どの号もオリジナル作品を表紙に貼付しており、たとえば新聞紙を台紙にして絵や詩を貼りつけたものもある。「マヴォ」の作品と新聞に印刷された情報は鋭く対照的だが、両方ともそれぞれの方法で一九二〇年代中期の雰囲気を響きわたらせている。ピカソやダダイストたちのオブジェやコラージュ好きに共鳴していた「マヴォ」の表紙には髪の毛や他の様々な物が貼り付けられていた。[59]

克衛と村山は仲が良く、互いの雑誌に寄稿し合い、「GGPG」と「マヴォ」は広告を取り交わしていた。二つの集団には重なる部分が多かったが、「マヴォ」が公然とダダイズム、構成主義、無政府主義《アナーキズム》を擁護していたのに対して、「GGPG」はいかなる特定のイズムに与することなしに西洋の技法と方法を絶えず吸収することに狙いをおいた、という点が違っていた。

「マヴォ」のすべての号には、ヨーロッパの先頭を走る前衛雑誌とその住所が掲載されている。日本をヨーロッパのネットワークに組み込みたいと願う村山の戦略は明らかだ。「マヴォ」七号には十九の外国雑誌が紹介されている。たとえば *L'Esprit nouveau*（パリ）、*Stauba*（プラハ）、*MA*（ウィーン）、*De Stijl*（ライデン）、*Der Sturm*（ベルリン）、*Integral*（ブカレスト）、*Blok*（ワルシャワ）など。村山は、日本人と同時代のヨーロッパの芸術家たちとをつなげる重要な役割を果たした。後年克衛は「いったい誰がその『日本のデュシャン』になったんですか?」というインタビューでの質問に答えて、「村山さんとその仲間たちですね[60]」と語っている。この質問は軽く思えるが実はかなり厳しい問いだ。というのも、それは誰がこの運動の指導者なのかを問うているからであり、同時に単なる模倣者であっても指導者になれるという日本の微妙な立場を明らかにしているからだ。

克衛は、都崎友雄（ドン・ザッキーとして知られている、一九〇一-?）の編集によるダダイストの影響を受けたもう一つの新しい様式の雑誌「ネオ・ドナチ・コメット」に寄稿した。その二号に克衛の「人間解体詩」という八つの部分からなる滑稽な詩が掲載されている。一九二二年には、トリスタン・ツァラがダダイスト戯曲「ガスで動く心臓」を書き上げていた。初演はパリのモンテーニュ画廊だった。その戯曲の登場人物は、ガスで動く心臓のまわりに集まった耳、目、眉毛、口、首である。克衛はおそらく自分の詩の発想をツァラの戯曲から得たと思われる。というのは、彼の詩にも、頭、鼻、耳、口、額、手、胴、足が登場するからだ。この詩の中で、克衛は後の大部分の実験詩では見られないような、垢抜けしない面を見せている。

鼻

硫黄を焚くと
奇妙な煙で一杯になる
三角な装身具
ブリキの鼻だ
ねぢまげてしまへ
ブラッシをつっこめ
おくの螺旋をつまみ出せ！

耳

耳を見てゐると
食べたくなる
金魚の思想がのりうつる
足ぶみをして
口をゆがめて
げりげりとやらう
深刻な玩具だ
穴のあいたスプーンだ
いたい！

口

音波を嚙み
赤い靴下をべろべろする
三角な楕円で一直線
貪欲なマンホールでどぶ穴だ
流れる、潰れる、発酵する、煙を立てる
擦りへつたタイヤア
接吻用のスポイトである。

手

鋼鉄製の手が思い
手
指の先を
風に向けて
きりきりと廻転する。

足

上のほうがエロチックで
中ほどがグロテスクで
下のほうがデリケートな
半転的屈折装置だ
九十度の軌跡を描きながら
都会で、田園で、海上で、空中で、
密集する、分裂する、跳ねる、踊る、さかさになる、裏がへる、からみあふ
レースで飾った釘倒蟲（ぼうふら）だ
ズボンをつけたバネ細工だ
白い
温い
けむくじゃらの螺旋体である

足！[61]

克衛はまた時々舞台に登場した。ドン・ザッキーが一九二五年「世界詩人」を創刊し、築地小劇場で詩の朗読会を開催した。克衛と野川隆はその雑誌に寄稿していたので、朗読を依頼された。克衛は短い詩を何篇か用意したが、自分の舞台はたいしたことはないと思ったようで、彼は比喩的にこう書いている。「その時僕は一発撃ってやるつもりで六連発拳銃をもって出かけたが、どうした加減か不発に終った。[62]」

　克衛はまた独自の前衛劇を書き、上演した。村山は新しく結成された演劇集団「単位三科」に彼を誘った。以前村山は「三科」を結成していたが、「三科」展で無政府主義者《アナーキスト》と衝突して新聞沙汰になったため、解散せざるを得なくなった。「単位三科」は東京公演の成功後、巡回した。しかし、大阪公演中に漏電が原因で火災が発生し、劇場が全焼した。これを契機に「単位三科」運動も幕切れとなった。[63]克衛の演劇とのかかわりは短く、彼が実際にどんなことをしたのかに光を投げかける記録は残っていないが、その実験は彼の詩に新しい次元をもたらした。つまり、直接的には北園が詩劇を創作し始めたということ、[64]間接的には静と動の相互作用についての鋭い認識が、後の多くの実験詩の基礎になったことだ。

　一九二六年十月、橋本平八は朝熊に戻ることになったので、東京郊外にある自分の借家を克衛に譲った。その後三年間、克衛はその家にひとりで住んだが、そこは麦や馬鈴薯の畠に囲まれた、他にはたった一軒の家があるだけのところだった。都心には十分近いので、友人に会ったり、芸術の世界に係ることができたし、同時に読み、書き、描くには十分静かな場所であった。克衛は朝熊の両親から仕送りを受けていた。金銭的には乏しかったが自由な時間に恵まれ、彼は東京生活の雰囲気を楽しんだ。克衛はこう回想している。「私はその家で、その頃の若い詩人や絵描きが経験したような〈芸術の極致、生活のどん底〉的なその日暮らしの貧しい自炊生活をしていた。[65]」

「GGPG」の終刊は、克衛にとって新しい始まりを意味していた。伝統的ではない詩のための同人誌（リトル・マガジン）はまだ震災後の揺籃期にあったが、新しい雑誌は毎月のように登場していた。克衛の独創的な作品を書

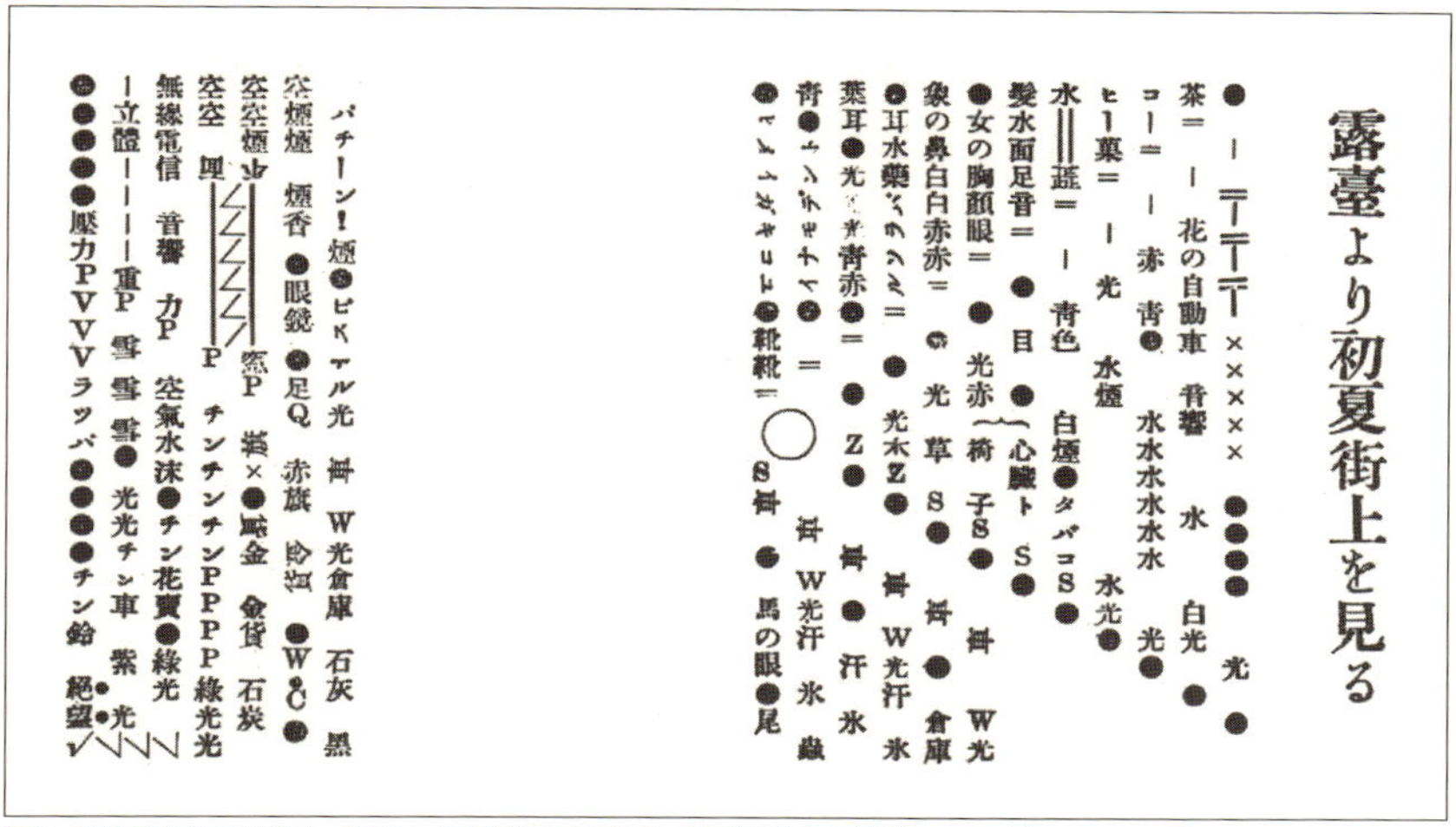

図 9 萩原恭次郎の視覚詩、「露台より初夏街上を見る」、『死刑宣告』（長隆舎、1925 年）、160—61 頁

く手腕を評価して、原稿を頼む編集者も数名いた。たとえば、彼の作品は「文芸時代」「白痴の夢」に掲載され、「木車」で論評された(66)。

克衛は絵を描き続け、一九二六年から「三科形式芸術展」に油絵を数点出品した。現存している油彩画はほとんどないが、残っている作品に見られるその幾何学的形態や原色の使い方が、多くの素描や表紙に類似している。克衛の関心は、詩、演劇、絵画へと同時に広がった。しかし彼は西洋発の最新の前衛芸術の方法論に基づいた、根本的な時代の新精神の延長として様々な芸術に向ったのだ。

萩原恭次郎（一八九九－一九三八）は、一九二〇年代中期を代表するもう一人の卓越した詩人である。最初歌人として出発した恭次郎は、日本に輸入された未来派、ダダイズムなどの前衛芸術と文学運動を吸収した。自らを無政府主義者《アナーキスト》と公言し、「赤と黒(67)」、そして後に「マヴォ」の推進力の一人となった。彼の詩と無政府主義《アナーキズム》の混合は、「赤と黒」の宣言に最も的確に要約されている。「詩とは？ 詩人とは？ 我々は過去の一切の概念を放棄して、大胆に断言する！〈詩とは爆弾である！ 詩人とは牢獄の固き壁と扉とに爆弾を投ずる黒き犯人である！〉(68)」

萩原の最初の詩集『死刑宣告』（一九二五）は、視覚的な祝祭とも言うべきもので、すぐに評判となった。大きさ、形態等様々な種類の活字が使われていて、滅茶苦茶だが躍動的な印象を与える。その詩集の最後の詩「露台より初夏街上を見る」は、対称性と非対称性の混合で、読者は上から都市の雑踏風景を見ている感覚にとらわれる[69]（図9）。この詩に使われている記号には、意味あるものもあれば、ただの文字、点、線といったものもある。意味を持つ単語は、「車」「靴」「石炭」「馬の眼」「水」といった都市の街頭で遭遇するような物の名前である。唯一抽象的なことば（左下の一番最後）は、「絶望」である。

恭次郎は無政府主義者《アナーキスト》としてよく知られていて、彼の何篇かの詩にみられる形象の内容や選択にその意識が浸透している。たとえば、旗はたえず共産主義を象徴する赤か無政府主義《アナーキズム》を象徴する黒である。萩原の記号を政治的内容を指すものとして読むように押し付けられると、読者は形象と思想との間の固定した、安易な一致にうんざりするだろう。にもかかわらず、『死刑宣告』は、字体の革新と確固とした政治的信条とを結びつけた点で、大正詩の画期的な事件であった。恭次郎は新種の詩人の典型であった。つまり、精神は無政府主義者《アナーキスト》であり、詩の創作においては実験的であった。

二十世紀の最初の二十年にわたって発展したヨーロッパの芸術的動向は、一九二三年の関東大震災後、急速に東京に広がった。ニヒリズムと無政府主義《アナーキズム》は、比較的自由な雰囲気の中に根ざしていた。この時代は、日本では「大正デモクラシー」で、アメリカでは「狂騒の一九二〇年代」であった。

日本の前衛詩は、少しずつ芽を出していた。北園克衛（図10）、野川隆、村山知義、萩原恭次郎はこの時代の主役の中にいた。もし克衛の経歴がここで終わっていたら、彼は前衛芸術運動の黎明期に活躍した人物という歴史的理由のみで記憶されることになったであろう。北園の詩の業績の大半はこれより未来にあるが、「GGPG」の時代に近代芸術の洗礼を受けたのだった。一九二三年、克衛は奈良で伝統詩を書いていた。がそのすぐ後に、最新の方法・様式による創作の最前線にいることになるのだが、これは当時の境界線がいかに見えにくかったかを物語っている。

（小川正浩、ヤリタミサコ、田口哲也訳）

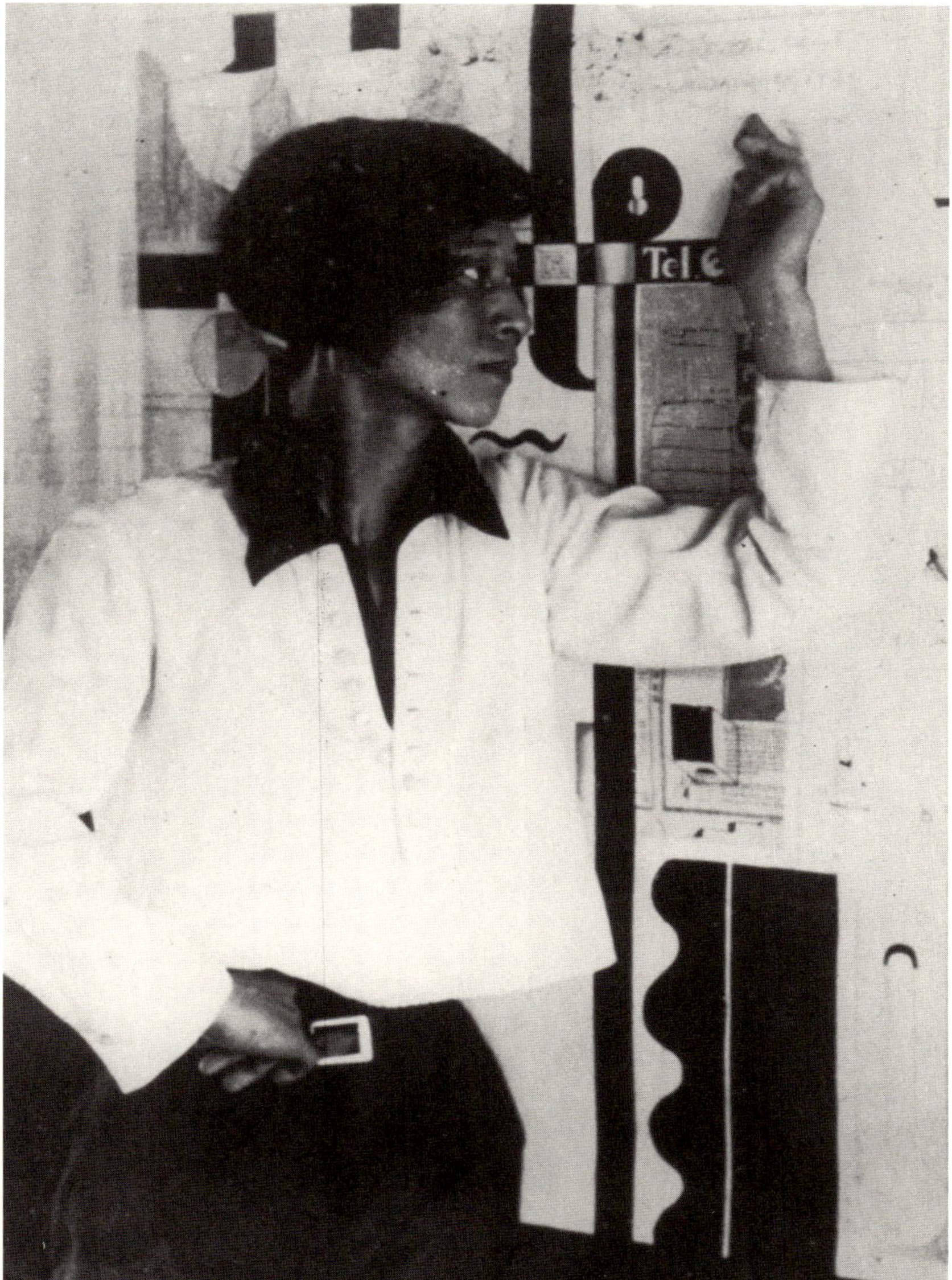

図 10　GGPG に参加したネオ・ダダイストの時代の北園克衛（1920 年代中頃）構成主義のポスターを背景にしてフラメンコ・ダンサーのようなポーズを取っている

第三章

文学上のシュルレアリスム

シュルレアリスムは、一九一九年末、フランスで誕生した。二十世紀は終わりを告げたが、振り返ってみるとシュルレアリスムはどの国にもまして、そしてその誕生の地よりも、日本において持続的な影響力を持ち続けているようだ。創始者アンドレ・ブルトンは資本主義社会において、シュルレアリスムは結局のところ広告業者が用いる様々なトリックのうちのひとつで終わってしまい、運動にたずさわったブルトンやその他の作家や芸術家が思い描いていた心の自己解放という理想を実現できないのではないかと思っていた。現代日本の消費中心主義社会は、ブルトンの現実的な見方の証明になるかもしれない。だが、シュルレアリスムの目的とその達成との間のずれがどうであれ、その日本におけるシュルレアリスムの存在と普及という現象は、これまで以上に詳しく調査する価値がある。

フランスと日本のシュルレアリスムは同じ名称で呼ばれていたが、最初から明らかな違いがあった。たとえば、フランスのシュルレアリスムはヨーロッパの理性中心主義の伝統の断絶であると同時に、その同じ伝統の土壌から開いた花でもある。他方、日本のシュルレアリスムは輸入された考え、つまり輸入ということばに含まれる間接性、根を失ったもの、断片的、そしてとらえどころがないといった意味をすべて併せ持った上での輸入品であった。ヨーロッパのシュルレアリスムが文学から始まって、次に絵画にその中心が移っていったのに対して、日本のシュルレアリストたちは最初から絵画においても文学においても同じように影響されていた。[1] また、二つの国の政治的状況もかなり異なっていて、皮肉にもちょうどフランスのシュルレアリストたちが一九二七年にフランス共産党に入党したのに対して、日本のシュルレアリストたちは、同じ時期に自国のプロレタリア詩運動との関係を絶っていた。さらに、戦前日本のシュルレアリストたちを理解するためのもう一つの鍵は、この運動に参加した画家や作家たちが心理学の基礎を持っていなかったということである。ジークムント・フロイトの理論は日本ではほとんど知られていなかったし、精神分析も行なわれていなかった。この章では、一九二〇年代後半における日本へのシュルレアリスム文学の紹介について、また北園克衛がその普及に果たした役割を概観することにする。[2]

フランスのシュルレアリスム詩の日本への紹介は、フィリップ・スーポー、イヴァン・ゴルという二人のシュルレアリストを含む、その他総勢六十六人の詩人の作品を訳した堀口大學（一八九二－一九八一）の訳詩集『月下の一群』（一九二五）にまで辿ることができる。[3] 堀口にはフランス詩の詞華集を提示するという目的があり、その一部としてシュルレアリストたちが紹介されたのであった。

上田敏雄（一九〇〇－八二）は日本で最初に自らをシュルレアリストと称した人物だが、「人間」誌上で北園克衛の短編を読んでテオフィル・ゴーチェを想起した彼はさっそく北園に手紙を出した。北園は西洋の有名な思想家と比べられて喜んだ。こんなやり方で日本の詩人たちは頻繁に互いを称賛し合っていたのだ。敏雄は克衛の求めに応じて彼を訪問し、二人は将来の詩のあり方について語り合った。シュルレアリスムに触れる機会をもたらしたこの出会いは克衛にとって幸運なものとなった。

克衛が寄稿していたもう一つの雑誌「文芸耽美」の編集者である徳田戯二（一八九八－一九七四）もまたヨーロッパの最新の芸術運動に興奮して、フランスのシュルレアリストたちのいくつかの作品を選んで掲載することになった。「文芸耽美」の一九二七年五月号には、上田敏雄と彼の弟である保（一九〇六－七三）によるポール・エリュアールとルイ・アラゴンの訳詩と上田兄弟の詩論が掲載された。敏雄はエッセイ「ポール・エルアルに就て」を寄稿し、保は「仏蘭西現代詩の傾向」を書いた。

直接あるいは間接的に本文中に一度もその詩人に言及していない、上田敏雄のエリュアールについての二頁足らずのエッセイは、不可解な代物である。一九一九年にアンドレ・ブルトンとルイ・アラゴンは名声を得るために文学を利用するのは止めて、同じ志を持つ仲間への合図として文学を用いようと誓ったのだが、上田はこの「合図」を真似たつもりなのだろうか。もしもそうだとしたら、エリュアールはこの道に嵌った者たちの合いことばとなった。敏雄（あるいは徳田）が検閲官の目をごまかそうとしていた可能性もないことはないが、それは違うだろう。というのも、検閲官はたいてい目次をちらっと見るだけであったから。プロレタリア文芸作家たちは時々当たり障りのない作品名に扇動的な内容を隠すという作戦をとったが、この当時は実験詩が中心の同人誌は政府の圧力の犠牲にはなっていなかった。敏雄のエッセイは日本の芸術の状態に対する鋭い告発文である。

> 日本の音楽日本の絵画日本の詩をみるがいい。如何に人間は芸術に関与することなく容易に生存しうるものであるかを語る。（中略）要するに彼等は未開人として自己の豊富に就て語る。（中略）すなはち仏蘭西に於ての小説の自然主義運動がなく詩の象徴主義運動がなく自然主義の模倣と象徴主義の模倣とがある。（中略）吾々は時間に相当する芸術を造りたい。でなければ生存が不愉快でまた苦痛である。愛する習慣を忘れる。吾々は善い活動性の成長である芸術の体系を始めたい。吾々の国にも芸術の自然である生誕と喜悦である正当な発達が始まってもいい。私はそれに就て熱心である。私はそれを願ふ。(4)（傍点は引用者）

敏雄のマニフェスト的な調子の文章は、詩人たちに新しい未来の創造への参加を促し、伝統的な日本の詩と外国の詩の模倣を捨て去れと奨励しながら、そのくせ一方では、フランスを「自然」で「正しい」ものの基準として示している。「愛する習慣を忘れる」という上田の禁止命令は、フランスのシュルレアリスムの概念と正反対で、フランスでは「恋人同士の一組の男女」に照明を当て、相手の恋人への「狂気の愛」に完全に溺れることで自分自身を捨て去ろうとした。(5)

上田保のエッセイは兄のものより落ち着いている。彼は、ダダの混沌とした否定性の袋小路からシュルレアリスムがどのように最も存続可能なものとして現われ出てきたかをヘーゲル的に説明する。「(ダダイスト)否定はますます発達しなければならないのは当然である当然である(ママ)が故にその終極は無価値の否定でであるのか？絶対の境界での理智の否定　これらは超現実派(Surrealisme)へのある予定的出発のポイントであつたかも知れない。[6]」

「文芸耽美」への北園の寄稿作品は、「白色詩集」で、これは十一の短い詩から成っている。二年後、彼はその詩に他の詩を加えて配列を替え、作品名を「記号説」に変えた。北園はいつも「記号説」を自慢していて、自分が「純粋に独創的な詩」を書くことに成功したと確信していた。[7] 構成、緊張度、効果において「記号説」は「白色詩集」よりも満足のいく作品かもしれないが、「白色詩集」はもっと分りやすく克衛の新しい方法を説明している。[8]

白色詩集

1

白い住宅
白いテエブル
桃色の貴婦人
白い遠景
青い空

2

明るい海港

白い汽船
赤い旗
白いホテル
白い少年
花と料理

3

日傘を持つ手袋
白い衣裳
菓子
白い陶器と白い靴下
フランス語

4

赤い平円板
白い舞踏人形
白い婦人靴
赤いカアテン

5

花と鏡

白い部屋
白い長椅子
銀色の少年
桜桃

6
桃色の玩具
世界地図
サアベル
風船

7
コップと水
白いカアネエション一本
白いテエブル
コップと水

8
赤い帽子
黒い上衣
白い靴下

黒い短靴
近代型貴婦人装置
　1 2 3 10
白い帽子
赤い上衣
白い靴下
白い短靴

9
白い食器
花
スプン
春の午後3時
白い
白い
赤い

10
プリズム建築
白い動物
空間

11

Wet　Paint
青い旗
林檎と貴婦人
白い風景
Hands　off

「白色詩集」はミニマリストの公演のための舞台装置係の一覧表に似ている。連続した物語のような意味では何も起こらない。残ったもの、すなわち読者の心に残る色やコラージュのように配列されたオブジェが時が止まっているような印象を与える。文法的には、この表には動詞がひとつもなく、あるのは形容詞と名詞だけだ。[9] 動詞を削除することで、北園は残りの形容詞と名詞からも動的な面を取り除いた。この詩は写真のように三次元のものを二次元で表現しているのだ。形容詞と名詞は、ある種の力を奪われていて、にもかかわらずというかそれだからこそ、刺激的な可能性を秘めている原始的な状態の中で活性化する。この詩は言語の機能とその可能性に、そして漢字の視覚的な役割と見慣れない英語の綴り方に注意を向ける。

北園は談話を構成する文法要素の一部を避けてそれ以外のものを均衡を破ってまで集中させているが、この詩はまた不快なあるいは日本的な形象が不在であるという特徴を持つ。ほとんどの物体はあきらかに西洋的で輝くような白である。この詩の鍵は「フランス語」であるが、というのも、このことばがはっきりとフランスをユートピアとして定義しているからだ。おそらく北園はフランス語を話すことができないことでうしろめたさを感じたか（彼は独学で読み方を勉強していた）、あるいは透けて見えるフランス崇拝が恥ずかしかったのだろうか、彼はパリに直結する道を消し、後の「記号説」ではこの語を削除している。

白ということばを繰り返し使い、その結果一覧表に上がるほとんどすべてのものに「白」が修飾語としてかかってしまうが、北園はこのようにして白を「純粋、汚れのなさ」といった意味にする。[10] 白い色は特にヨーロッパの自称シュルレアリストの間で、また前衛芸術家全般の間で拝物性愛《フェティッシュ》的に喜ばれた。白からは抽象と絶対が連想されたのだ。

東京にいた克衛の心はよく知る故郷の朝熊と未知のパリの両方から引っ張られた。朝熊は汽車や記憶によって近づくことができた。パリへ行くお金はなかったので、パリへの接近方法はもっぱら書物か銀座で飾り窓をながめる他はなかった。昭和（一九二六－八九）の初期の比較的自由な時代を生きた克衛は、可能な限り西洋風の生活を送っていた。最新のヨーロッパの服を着てベレー帽をかぶり、ステッキを片手に片眼鏡（モノクル）をかけていた。髪型は当時の前衛画家たちの間で流行っていた、寒さよけの耳当て（イアマフ）のように両サイドにカールが掛かった長髪であった。「白色詩集」のような詩と結びつけて考えると、こうした彼の外見はひとつの反抗の形であり、日本の伝統的価値観に対する疑義の表明であった。

克衛の作品は徐々に知られるようになって来ていた。一九二七年のある日、若き詩人の冨士原清一（一九〇八年生まれ、第二次世界大戦で戦死）と山田一彦（生没年不詳）の二人が北園にある話を持ちかけた。彼らは自分たちの同人誌「列」を抜本的に改め、その審美的な編集面の責任者に北園になってもらい、さらには誌名の変更と内容の刷新まで頼んだのであった。克衛は編集者となることを承諾し、その誌名を「薔薇・魔術・学説」に改めた。[11] 出版と資金面は引き続き冨士原が受け持つことになった。

克衛は上田兄弟の協力を得て、ふたりの翻訳や作品を受け取った。一九二〇年代中葉の欧米における諸芸術の目もくらむばかりの急速な変化を見ていたので、時代遅れの枠組みの中での創作がいかに虚しいものであるかを彼らはよく知っていた。だから創作に入る前に、西洋の芸術と文学の動向の変化に可能な限り精通することが必要であったのだ。「薔薇・魔術・学説」は、シュルレアリスムに基づいた独創的な日本の作品を書き進めるために発刊された。すでに数年前に克衛は「ＧＧＰＧ」の共同編集者としてネオ・ダダイズムに関して同じことをしていた。

彼は最前線に立って前衛芸術運動を日本に紹介するばかりではなく、日本人に新しい書き方を勧め、最終的にはすべてのイズムを越えることを説いたのだ。

一九七七年、「薔薇・魔術・学説」創刊五十周年を記念して全四冊が復刊され、北園の三頁にわたる論考が付されているが、その中で彼は「薔薇・魔術・学説」と日本のシュルレアリスムの中におけるこの詩誌の位置について次のように書いている。

創刊号を見ると、稲垣足穂、石野重道、小野敏、高木春夫、田中啓介などが寄稿しているが、これはG・G［P］・Gにも加わっていた稲垣足穂のグループであって、彼らの作品も稲垣直系の新感派とでもいうべき傾向をもっていた。しかしこれらの詩人たちは、創刊号を限り、分裂していった。私はこの事情についての記憶がないので想像にとどめておくが、彼らはシュルレアリスムの将来に対して、疑問をもっていたのかもしれない。

ともあれ、「薔薇魔術学説」が、純粋にシュルレアリストの雑誌として編集されたのは第一年・第二号からである。（中略）

この頃のシュルレアリストの運動は、「薔薇魔術学説」のグループと「馥郁タル火夫ヨ」のグループとに分れていたが、何れも慶應義塾大学の西脇順三郎教授の周辺から出発していた。なかでも「馥郁タル火夫ヨ」のグループは、ブルトンのドクトリンに忠実であったが、「薔薇魔術学説」のグループは、日本独自のシュルレアリスムの世界を開発することに、より興味をもち努力していた。（中略）

こうして日本で最初に発行された「薔薇魔術学説」という雑誌でのシュルレアリストの運動は、二年の間に四冊を発行して発展的に停止した。(12)

この小論を読むと、ブルトンとの違いにもかかわらず、北園と他の「薔薇・魔術・学説」のメンバーたちは自分たちをシュルレアリストと考えていたという印象を受ける。奇妙なことに、「薔薇・魔術・学説」全四冊には、シュルレアリストの教養への直接的な関与を示すものは何も見あたらない。シュルレアリストということばは上記に引用した短い文章に五度も登場するが、「薔薇・魔術・学説」全四冊の百頁を越す紙面にはわずか四回しか登場しないし、さらに言えば、表紙や編集後記に記されている編集方針の一部にも登場しない。(対照的にダダということばは十三回登場する。)克衛の後の論評にもかかわらず、一九二七年、二八年当時の読者にはこれがシュルレアリストの詩誌だということを示すものは何もなかった。(「薔薇・魔術・学説」二巻一号に挿入された分離独立宣言は例外だが、これについては後に述べる。)時々、エリュアールやアラゴンの訳詩が掲載されたり、ジョアン・ミロの名前が登場するが、もし日本の当時の読者がこういった名前を知っていたとするならば、それは輸入された洋書を通してか、あるいは「文芸耽美」を通してか、もしくは口伝えによるものであった。ややこしいことに、「薔薇・魔術・学説」はこれらの人々が誰なのかを明らかにするような、寄稿者に関する紹介を設けなかった。

一九七七年といえばシュルレアリスムが二十世紀の芸術運動の導き手としての地位をゆるぎないものにしていた時であったから、克衛が自分の名前とシュルレアリスムを結び付けたいと思っても不思議ではないが、一九二七年当時はどうだったのか。もし「薔薇・魔術・学説」の仲間が自らをシュルレアリストと考えていたのなら、なぜ公にそれを認めることをためらったのか。特高による検挙の恐れが克衛の心にあったのかもしれない。[13] 二十四歳で収入のある仕事にも就かず、外国の芸術運動の信奉者であることを宣言すれば、危険を招くことになったかもしれない。自分には何の相談もなく決まったフランス本部の方向転換の責任をなぜ負わなければならないか。仮に「薔薇・魔術・学説」を公にシュルレアリストとして宣言することをためらったのが計算づくで、政治的な問題を用心してのことならば、それは正当化できないことはないと時が証明したことであろう。

また、「薔薇・魔術・学説」の集まりはシュルレアリスムに熱狂していたが、この運動については実はまだよく知らなかったので、自信をもってこの運動の推進者にはなれなかったという側面もある。そもそも彼らがブルトンの「一九二四年のシュルレアリスム宣言」を知っていたのかどうかさえ怪しいが、この宣言の中でブルトンは、非論理性を道具として用いて「思考の青写真」のために夢と無意識の領域を探る必要性を論理的に説明している。だが、ようやくブルトンの宣言の一部の翻訳が出たのは一九二九年のことであった[14]。ブルトンの考え（特にフロイトの無意識の理論）を支える知的枠組みは、日本のシュルレアリストにとってはわかりにくいか、未知であるかのどちらかであったはずだ。だから、たとえ外国語ということばの障害を乗り越えたとしても、ブルトンが書いたものは彼らには読み解きにくいものであったはずだ。いずれにしろ、「薔薇・魔術・学説」にはシュルレアリストの方針を論理的に解説しているものはなく、あるのは非論理的な詩と散文である。もし克衛たちがこの時期にシュルレアリストであったとしたら、それはいわば彼らの秘密の調理法《レシピー》であった。読者にしてみれば彼らの作る料理を楽しむことは出来ても、材料に関してはなんのヒントも期待できなかった。

「薔薇・魔術・学説」は月刊誌であった。創刊号には八人の詩人の作品が掲載され、稲垣足穂によるイラストが表紙を飾っていたが、足穂は「GGPG」の六号から八号にも寄稿していた。足穂と彼の仲間が脱退した後、克衛は自らの手になる素描を「薔薇・魔術・学説」の表紙に使った（一巻二号）。彼の編集後記の調子は「GGPG」の頃へのいわば先祖がえりで、辛辣で、ユーモアに富み、そして戦闘的であった。例えば誌名の由来を説明する口調はこんな風だ。

JUGEMENTする軌跡（a）

今更に繰返す迄もない事であるが――それを言はねば解らぬから困つたものだ。

薔薇（しやうび）魔術・学説――みんな中世紀（ママ）に有つたものばかりですね[15]。ちつとも新しくないぢやありませんか――誰れが中世紀（ママ）になかつたものだと言つたか。誰れが新しいと言つたか。活字の表面ばかり辿りたがる時計たちだ。古い新しいといふ観念が歴史の教科書を一歩も出て居ないとすれば僕たちよりも君たちのほうが遥に速く失望し自殺することであらう。それでゐて君たちの哲学は歴史学を一歩も出てゐないではないか。

薔薇・これのもつ概念に向つて僕たちがいかに異つた反射作用に於いて彩色的効果を状態するか。魔術・これのもつ観念への整理的導入に於いていかに美学とその形式学への基本的な転回を可能したか。冷笑を行つてゐるか。学説・さうして僕たちはいかに論理学的純粋と気品とに於いて文学することに依つて力説するか――頭のわるひ鳩時計たちはあちらへ往つてもらふ。薔薇(しやうび)この活字が気に入らぬと言ふのか[16]――では煙突とでも工場とでも何とでも気の向くやうに書きかへるがいい。ただ問題は僕たちが24時間巻きの流行のために僕たちみづからを変色し虐待する程にジャナリストでもなく人生に対して弱虫でもない、といふことにある。

方向をかへる[17]

もし「ゲエ・ギムギガム・プルルル・ギムゲム」という意味のない音が、ダダイズムの言語錯乱を推奨する反抗的な伝統の放棄を象徴しているなら、「薔薇・魔術・学説」という名称は混沌から美的秩序を引き出すという新しい方向を示している。それぞれのことばは平凡でも、普通は同じ組み合わせの中では用いられない語句を北園は並べる（たとえば、「薔薇」、「魔術」、「学説」）。ひとつの意味を指示したり、あるいはダダのように無意味な文字を代用して意味を完全に否定するのではない。北園の意外なことばの組み合わせは読者の心の中で何度もはね返って様々な意味を暗示することになる。戦後の彼の詩では、絶え間なくこのような傾向が拡大されて新しい方法が次々に生み出されることになるが、彼の基本的な戦略は、ある特定の意味に特化されることのない、いわばいろいろな意味になりうる指示記号をたくさん並べ、通常の意思疎通の規範を妨害することにあった。北園にとって詩とは、新認識過程が破壊され、効率的な意思疎通が麻痺させられた時に初めて現れるものなのである。この破壊によって新しい意味が生み出されるのだ。絶対的な意味において言語が決して無となることはないのは、「ナンセンス」でさえ一つの意味のかたちであることからも明らかだ。この種の創作は、裏返してみると、社会の断片化と疎外の隠喩的な批判となる。

「JUGEMENTする軌跡（a）」の中で克衛はロマン主義と象徴主義からの転換・離脱を支持し、「これのもつ

「薔薇」概念に向かって……異った反射作用」を求めている。「魔術」の説明において、彼は次のような重要な点に到達する。すなわち、「いかに美学とその形式学への基本的な展開を可能したか」である。また審美主義の匂いも「薔薇・魔術・学説」二号の裏表紙にある冨士原清一の英語によるメッセージから嗅ぎ取ることができる。「Art for rose/Rose for art/Atr［ママ］for magic/Magic for art/Art for theory/Theory for art」（薔薇のための芸術／芸術のための薔薇／魔術のための芸術／芸術のための魔術／理論のための芸術／芸術のための理論）。心理学（そして後には政治意識）に基づくフランスのシュルレアリスムと違って、「薔薇・魔術・学説」の下に集まった者たちの一番の関心は芸術的、そして審美的なものであった。つまり、どのようにことばを使って、遠ざかっていく過去の美とは異なる新しい美を作り上げるかであった。ブルトンのシュルレアリスムの定義、「あらゆる審美的あるいは道徳的な拘りの外側に出て……浮かんでくる考えをそのまま書き写す」は北園や冨士原の審美主義への傾倒とは明らかに違う。克衛は新しい詩の領域を開拓するために必要な理論に確固とした足場を持っていると信じ、ひるむ者は立ち去れと説いた。しかしながら、「薔薇・魔術・学説」のどの号にも理論的な評論はひとつもなかった。「薔薇・魔術・学説」に集まった者たちは、日本という支部で、自分たちがシュルレアリストの詩だと思っていたものをせっせと書いていたのだが、ブルトンと彼の仲間のうちの中心的な存在は、フランスという本部で、政治的な諸問題をめぐって分裂しつつあった。スペインと協力してモロッコのリフの山岳部族民を抑圧するフランス政府の植民地政策に心を掻き乱され、またシュルレアリスムは無力で審美的な運動に他ならないという風に見られているのではないかという不安から、もっとも積極的なメンバーの五人が一九二七年四月に共産党に入党した。[18] この知らせはすぐに日本に届いた。その年の終わりに北園（その当時は亜坂健吉という筆名）と上田兄弟は日本語と英語で「A Note」を発行し、[19] それを「薔薇・魔術・学説」の購読者だけでなく、「Communistes-Surrealistes ルイ・アラゴン　ポオル・エリウアル　アンドレ・ブルトン及び Surrealist non Communist アントネアン・アルトオ」にも送った。[20]

A NOTE　DECEMBER 1927

吾々は Surréalisme に於ての芸術慾望の発達あるいは知覚能力の発達を謳歌した吾々に洗礼が来た　知覚の制限を受けずに知覚を通して材料を持ち来る技術を受けた　吾々は摂理に依る poetic operation を人間から分離せられた状態に於て組み立てる　此の状態は吾々に技術に似た無関心の感覚を覚えさせる　吾々は対象性の限界を規するこの poetic scientist の状態に類似を感じる　吾々は憂鬱でもなく快活でもない　人間であることを必要としない人間の感覚は適度に厳格で冷静である　吾々は吾々の poetic operation を組み立てる際に吾々に適合した昂奮を感じる　吾々は Surréalisme を継続する　吾々は飽和の徳を讃美する。

Asaka Kenkichi
Ueda Toshio
Ueda Tamotsu(21)

この短い文書は「日本の最初のシュルレアリスト宣言」として文学史上にその名を残しているが、それはシュルレアリスムがこの文書を書いた者たちにとってひとつの文学的方法、つまり、想像力を解き放ち、より大きな知覚力で芸術作品を創造するやり方であったことを示している。「poetic operation」、「対象性の限界を規するこの poetic scientist」、「飽和」などの科学用語は多く用いられているが、フロイト、無意識、自動記述はおろか、これらを暗示させるものすらない。この宣言の「吾々は摂理による poetic operation を」から最後までの文章は、フランスのシュルレアリストたちへのあからさまな攻撃、つまり、これを書いた三人が感じ取った、口争いの絶えないフランスのシュルレアリストたちの過剰な主情主義に対する批判、あるいは共産主義化していく派閥的な流れへの遠慮がちな批判として解釈できるかもしれない。党派的な狭い教条主義的な視点からではなく、冷静に、そして想像力に富む視点から詩を書こうというのがこの三人が基本的に唱えていた立場であった。(22)

後年、北園はこの宣言には二つの対立する動機があったと述べている。

「薔薇・魔術・学説」の第二年第二号に私たちのシュルレアリスムがフランスのシュルレアリスムとは全く違った新しいシュルレアリスムであるということを宣言するために「A NOTE」を別刷りにして挿入すると同時に、フランスのシュルレアリストたちに仏訳したものを発送した。(23)

これが、ひとつ。そして、次がもうひとつの動機である。

この年［一九二七年］、フランスのシュルレアリストはコンミュニスムに接近するアラゴンやエリュアルたちとそれに反対するブルトン［ママ。実際はアルトー］たちによって分裂の危機をはらんでいた。これに対して上田敏雄、上田保、そして僕の三人の連名でマニフェストをフランスに送った。(24)

運動の亀裂を修復できるかもしれないと思ってフランス人を諭すためにこのマニフェストが書かれたのか、あるいは反目する両陣営からの独立を宣言するためのものであるかは、判然としない。フランスのシュルレアリストたちの反応に関しては、彼らがこのマニフェストを連帯の印と解釈したか、それとも分派宣言と解釈したかを教えてくれるような記録は残っていない。ついでに言うと、日本そのものの評価がベルギーのシュルレアリストたちの間では高くなく、彼らの「一九二九年のシュルレアリストの世界地図」には日本は載っていない。(25)

北園と彼の友人たちが「薔薇・魔術・学説」を始めた頃、もうひとつのシュルレアリスム運動の中心が詩人であり、慶應大学の英文学の教授である西脇順三郎のまわりで形成されつつあった。(26) 西脇は雄弁なシュルレアリスムの信奉者ではなかったが、シュルレアリスム運動の理念を広めたという点では中心的な役割を果たした。一九二二年、文学研究を進める使命のもとに慶應からイギリスに派遣された西脇は、当地で三年過ごし、第二次世界大戦前の西洋を直接経験した、たった二人しかいない日本のシュルレアリスト詩人のひとりであった。(27) 順三郎は絶妙のタイミングでイギリスに着いている。というのもその年、すなわち一九二二年は、T・S・エリオットの『荒地』とジェイムズ・ジョイスの『ユリシーズ』がともに出版された年であった。一年間ロンドンに滞在した後、彼はオックスフォード大学の英文学の最優秀クラスで勉学に励むことになる。西脇はラテン語で卒業論文を書いた後、イギリスで英文詩集『*Spectrum*(スペクトラム)』を出版した。

一九二四年、順三郎はイギリス人女性マージョリー・ビトルと結婚し、翌年、二人は航路日本へ戻る。帰路、短期間パリに立ち寄り、仏文詩集『*Une Montre sentimentale*(感情的な時計)』を出版しようとしたが、うまくいかなかった。西脇の博学と数ヵ国語で文章を書ける能力は日本人を驚愕させることになる。将来を嘱望された多くの学生たちが彼のまわりに集まることになるが、その中には、上田兄弟、瀧口修造、三浦孝之助(一九〇三-六四)、佐藤朔(一九〇五-九六)らがいた。[28] シュルレアリスムに関する書物を最初に日本に持ち帰ったのは西脇で、[29] おそらく上田敏雄はそこから情報を得て、それを克衛に伝えたものと思われる。順三郎と教え子たちの年齢はわずか十歳ほどしか離れていなかったので、彼はよく教え子たちを自宅に招き、深夜まで西洋の新しい文学について熱く語り合ったものだった。克衛は時々慶應のグループと会ってはいたが、都心から離れたところに住んでいたために、それは不定期なものであった。だが順三郎は克衛の才能を認めていたので、教え子たちにこの野心に燃える詩人のところを訪れるように指導した。

「薔薇・魔術・学説」の創刊号発行(一九二七年十一月一日)から二カ月後、慶應グループは西脇の序文を付した『馥郁タル火夫ヨ』というシュルレアリスム詞華集を出版した。西脇にとって詩人とは、日常生活の現実の退屈さに火をつけて、想像の壮大な世界を創造する「馥郁タル火夫」であった(「火夫」は蒸気機関車のボイラーの釜たきの意)。西脇の序文にはシュルレアリスム特有の論理の飛躍が見られるが、それは自動記述による無意識の発話によるというよりもむしろ、意識的なものから生まれ出てきたようだ。にもかかわらず、通常の形式を捨てて、限りなく詩に近い文体で書かれた序文は、それ以降の日本の他のシュルレアリストたちが模倣することになる斬新なものであった。

Cerebrum ad acerram recidit. 現実の世界は脳髄にすぎない。この脳髄を破ることは超現実芸術の目的である。崇高なる芸術の形態はすべて超現実主義である。故に崇高なる詩も亦超現実詩である。詩は脳髄の中に一つの真空なる砂漠を構成してその中へ現実の経験に属するすべてのサンサション、サンチマン、イデ等をたゝき落すことによりて脳髄を純粋にせしむるところの一つの方法である。こゝに純粋詩がある。脳髄はウルトラ桃色のガラスの如きものになる。詩はまた脳髄を斯くの如く破壊する。破壊されたる脳髄は一つの破壊されたる香水タンクの如く非常に馥郁たるものである。こゝに香水商館的名誉がある。吾々はも早やホコリッポイ葡萄をそのまゝ動物の如く食はない。然しそれをツブしてその汁をのむものである。故に詩の成立価値はシアンパン酒としての価値に他ならない。また詩は脳髄を燃焼せしむるものである。こゝに火花として又は火力としての詩がある。吾々は現実の世界を燃料としてゐるのみであつて自然人の如く燃料それ自身を享楽するものでない。吾々はこの燃料たる現実の世界をもやしてその中から光明及熱のみを吸収せんとするものである。純粋にして温かき馥郁たる火夫よ！（中略）
　脳髄は塔よりチキンカツレツに向かって永遠に戦慄す。[30]

西脇が現実を本質的に否定的なものと定義するのは、それが退屈で単調な日常生活に他ならないからで、それゆえシュルレアリスムがこの退屈で単調な日常の解毒剤として、すなわち創造という卓越した世界への超越として対置された。「現実は……脳髄である」という彼の見解は、仏教哲学のヨーガーチャーラ派（唯識派）の世界観に似ている。世界とは畢竟、我々がそれをどう五官で知覚するかであるから、仏教の悟りの境地であれ、超現実であれ、より高次の状態へ移行するためには、我々の疲弊した感覚をいったん破壊し、かわりに新鮮な新しい感覚を持つことが必要になる。西脇の超現実ということばの解釈はそれ自体価値のあるものだが、ブルトンのめざした、抑圧され、人々が疑った無意識という領域の蓋を自己啓示のために開けるという目標と重なる部分はまったくなかった。[31]

日本のシュルレアリストは全員（ブルトンの主義・主張に忠実であろうとした瀧口修造は例外として[32]）、直接西脇から影響を受けたとしても受けなかったとしても、西脇と同じような考え方をすることになった。彼らにとって、シュルレアリストの詩は醜悪にはなれなかった。醜悪であれば、それは現実的であり、この世のものになってしまうというのが彼らの理屈だ。だが、ブルトンにとって重要であったのは、思考をまったくふるいにかけないという点であった。現出する非条理な混乱の中にこそ、自動的な（すなわち真の）精神作用に近づくための手掛かりが発見されると考えたのだ。

慶應グループは、公然とシュルレアリスムを標榜しなかった「薔薇・魔術・学説」の面々とは違い、Collection Surréaliste というフランス語を『馥郁タル火夫ヨ』の表紙に記して、シュルレアリスムとの関係を鮮明に打ち出した。慶應大学教授という西脇の肩書きは、学生にとって、警察による弾圧に対する安全保障になりえた。「薔薇・魔術・学説」の中では、上田保だけが『馥郁タル火夫ヨ』に作品が掲載された。上田敏雄の勧めで、「薔薇・魔術・学説」と慶應グループは合流して共同戦線を張り、自分たちのシュルレアリスト評論を毎月出版することに決めた。敏雄はその詩誌に「衣裳の太陽」という誌名をつけ、克衛は表紙のイラストを描いた[33]。編集作業は、十一人のメンバーが交替であたったが、この十一人は当時東京に住んでいた日本のシュルレアリスト文学者全員であった[34]。各号はだいたい三十頁ほどであった。一号から四号までの表紙にはフランス語で L'évolution Surréaliste と書かれ、五号から六号には「超現実主義機関雑誌」と書かれていた。

内部分裂していたフランスのシュルレアリストとは違って、日本のシュルレアリストは団結を強調していたが、これは多くの黎明期にある運動が外部に対して内部の意見対立を隠すためのものであった。しかし、このような団結はフランスと同じような力を持ち得なかった。フランスでは詩誌や書物ばかりでなく、いくつかの長文の宣言、推薦図書一覧、世界地図、反体制的な移し絵、その他あれやこれやの必要な道具が用意されて運動の勢いを強めた。それればかりか（少なくとも初期の段階では）、フランスの詩人たちは降霊術の会に出かけたり、催眠術を経験したり、麻薬をやったり、集団で詩を書いたりした。個人主義を重んじる文化を母体としているフランスのシュルレアリストたちの意図のひとつは、個人による創造性が大事であるという考え方を壊すことであった。結局、もし無意識が作家にとって自己発見の問題であり、カール・ユングの言う集合的無意識が普遍的であるならば、誰のペンが紙に実際に接触したかはどうでもいいことであろう。他方、日本では集団で創作活動を行なうという古い文学の歴史を持っていて、[35] 文学を自己発見の目的達成のための手段としてではなく、それ自体を目的としてきた。したがって、日本のシュルレアリストにとって、集団での創作活動という考えは大した魅力とはなりえなかったのである。日本のシュルレアリストは自分たちの連帯の表明として「衣裳の太陽」を発行したが、それほど集団性を利用することはなかった。彼らは集団として作品を書かなかったし、フランスのシュルレアリストたちを引きつけた相互の精神的空間を共に探求するということもなかった。

「衣裳の太陽」は主にその歴史的価値ゆえに重要であるが、同時に私たちの文学的な好奇心を誘う作品も含んでいる。とりわけ、西脇、瀧口、北園、上田兄弟の作品は目を引く。「衣裳の太陽」はシュルレアリスムを標榜した雑誌なので、北園は当時彼が自分で最もシュルレアリスト的な詩であると考えていたものを寄稿したと推測しても構わないであろう。例えば次の二つの作品である。

VIN du MASQUE

太陽の帽子をかぶつた想像の Queen は想像せられた太陽の Queen である

King は活動写真館を眺めてゐる

King は飛行船に乗るがいい

硝子の煙突をのぼる　のぼる硝子の飛行船

永遠の Kiiiiing

永遠の Queeeen
しかしさまよへる郵便配達者よ　貴下は何処に貴下の恋文と母親とを運んだのであるであらうか
永遠の King は砂丘の椅子に永遠の Queen を崇拝せよ　崇拝せよ　崇拝せられた永遠の Queen はトロンボンの腰をもつてゐる頭の円い Queen である
哀れの Queen である(36)

月夜の肖像及び詩人の物語
a Jacobus Phillipus［西脇順三郎］ et Ueda Tamotsu

水晶の詩人は眼を眠る　水晶の詩人は眼を醒ます
水晶の詩人は砂漠の園に語る
彼れは荘厳なる天体の植物を刈る純粋の婦人を見る
純粋の婦人は荘厳なる水晶のボオトに乗つてゐる
さうして彼女の崇高のパラソルが彼女の崇高の瞳の上に開いてゐる
彼女も亦荘厳なる婦人であつた
水晶の詩人は眼を眠る　水晶の詩人は眼を醒ます
水晶の詩人は水晶のバルコンにゐる
彼れはそこに水晶の眼鏡をかけて尖塔の荘厳なる婦人を月光と海水であやつる
聡明なる魔術家を見た

純粋に聡明なる魔術家は純粋に冷静なる水晶の詩人である
諸君は水晶の詩人を見たか？
彼れの頬には秋の果樹園の花嫁の微笑と神秘がある
彼れは波止場の椅子に露天商人の如く奢侈を極めて坐る
彼れは零落せる羅馬法王の如く完全である
諸君は馬鹿者である[37]

超現実的な宇宙を想像するために北園が取った方法のひとつは、日常的な事物を使って、それらを透明にすることである。「硝子の飛行船」、「硝子の煙突」、「水晶のボオト」、「水晶の眼鏡」、「水晶のバルコン」といったようなイメージによって読者はもろくも壊れやすい気取った美の世界に運び出されることになる。すでにおなじみのように、克衛の詩の中に見出されるすべての事物は西洋的で高貴である。天皇や皇后ではなく「Kiiiing」や「Queeeen」が選ばれ、二番目の詩の「純粋の、荘厳なる婦人」の属性はすべてが高められ（パラソル、瞳）、「崇高」化される。手近な世界は拒否されて、想像上のヨーロッパが選ばれる。[38]「砂丘」や「砂漠」の風景でさえ明らかに日本の外である。

克衛の詩の新しい要素（したがって、彼が超現実的なものとして理解していたに違いないもの）は、読者を驚かせ、混乱させるために多義性を用いることである。この技巧は平安時代（七九四－一一八五）の「掛詞」の一変種であるが、今やシュルレアリストの目的のために使われている。分かりやすい例は、最初の詩の中で玉座が突然、二重の場所を占めることになる、その表現方法である。「永遠のKingは砂丘の椅子に永遠のQueenを崇拝せよ」とあるが、坐っているKingを想像した我々は、次に、その椅子がQueenのことを言っていることに気づく。同様に、北園は日本語の文法の様々な可能性を試しながら、その直後に続く名詞を修飾するように見えながら、最終的にはそうはならない形容詞句をぶらさげる。最初に「トロンボンの腰をもつてゐる頭」とあるが、読み進めるうちに「トロンボンの腰をもつてゐる頭の円い Queen である」ということが自然に分かってくるようになる。

これよりももう少し複雑なのが「King は飛行船に乗るがいい／硝子の煙突をのぼる　のぼる硝子の飛行船」（「VIN du MASQUE」四 - 五行目）の中の多義性によって生ずる二股を掛けた思考である。「King は飛行船に乗るがいい」に見られる主観の入った作者の声の突然の闖入は、これに先行する詩行がまったくもって描写的であるだけに、しっくりいかない。さらに、King が実際に飛行船に乗るかどうか分からない間に、「硝子の煙突をのぼる」という詩句に直面するのだが、これは「硝子の煙突をのぼる King」とも、「[空に] のぼる硝子の煙突」とも、あるいは「硝子の煙突をのぼる飛行船の中の King」とも解釈することができる。もし最後の解釈を選ぶなら、次に続く詩句である「のぼる硝子の飛行船」は、飛行船が硝子でできているという事実を付け加えることを除けば、不必要な表現となってしまう。このような知覚の移行による変化のために、しばしば翻訳者は元の語順を尊重して、それに対応させた構文で翻訳を行なうことができなくなってしまう。このような知覚の移行は混乱した書き方だという理由で拒否されるかもしれないが、その一方で、疑いをはさまない読者にとっては喜びの源泉となりうる。北園やその他の「衣裳の太陽」の詩人たちにとってシュルレアリスムとは、読解できないものを書いてもよい自由を与えてくれるという面もあったのだ。最終号の表紙に、まるで支離滅裂という勲章をぶらさげているかのように、次の匿名の引用が記されている。「誰にも読まれない程度を越えない雑誌。」

克衛のダダの詩のユーモアはいつもこじつけで、読者を犠牲にしていたが、彼のシュルレアリストとしてのユーモアはそれほど読者に対して敵対的ではなく、[39] 上で見たようなことば遊びから一行で完結する冗談までいろいろとある。たとえば、King は活動写真ではなくて活動写真館を眺めている。そして、郵便配達者はどこに「恋文と母親」を運んだかを問われる。克衛の母である橋本ゑいは一九二八年八月の、この詩が書かれる数カ月前に死んでいる。母親ということばはこの頃に書かれたもう一つの詩にも現れる。「1928 年は暗黒の年である　優しい恋人たち　優しい母親たち　僕はいくたびか胸の塔を失つた／僕はたいへんに軽くさうして無限に透明であるのか」[40] 克衛は「客観的な、没個性的な詩」を書こうとしていたのだが、時々無意識のうちに気にかかっていることが彼の詩句の上に出てくるようであった。この種のフロイト的な兆候を明らかにすることは、ブルトンの自動記述にとって必要不可欠のものであったが、北園ブランドのシュルレアリスムにとっては、偶然でないにしても、脱線であった。

出版社厚生閣が詩人で理論家の春山行夫を雇って、新しい季刊誌「詩と詩論」（一九二八‐三一）と数巻からなる「現代の芸術と批評叢書」のシリーズの編集をまかせたとき、「衣裳の太陽」と同時代の他の同人誌群は、突然隅に追いやられてしまった。(41) 春山の編集上の才能に賭け、また日本の若者の間で新しい詩が売れる見込みがあると踏んだ厚生閣はこれらの企画に出資して「詩と詩論」を千部印刷したが、そのうちの六百五十から七百部が売れた。(42) 初めはこの雑誌の頁数は二百であったが、すぐさまそれは四百に膨れ上がった。

「詩と詩論」には十一人の同人がいたが、春山の編集方針は最初から外に対して開いており、外部からの寄稿者を探し求めた。(43) 春山はエスプリ・ヌーヴォ――つかみどころのない、この時代の「新精神」――ということばを広め、日本の詩人と読者は自分自身ではどのような文学的信条を持たなくても新しい時代に参加しているように感じることができた。春山は近代詩においてシュルレアリスムの役割が重要になってくることに気づいていたので、西脇、北園、上田兄弟、瀧口、その他の「衣裳の太陽」のメンバーに作品を寄稿するように誘った。(44) しかし、彼は同時に二十世紀の西洋の動向に詳しい者なら誰かれかまわず依頼を出して詩やエッセイや翻訳を集めた。ただ、プロレタリア文学の詩のような政治性を帯びた詩を掲載することには興味がなかった。

三年間にわたって一四号まで出た「詩と詩論」の影響は、(45) その発行部数が示す数字よりもはるかに大きかった。(46) このときまで、若い文学者にとって興味のある話題に関する情報は西洋からこぼれ落ちるようにしてぽつぽつと入って来るだけであったが、今やそのような情報は体系的にまた深く扱われるようになった。アンドレ・ブルトン、ジェイムズ・ジョイス、T・S・エリオット、アンドレ・ジイド、ポール・ヴァレリーらの特集が編まれ、数百頁にわたるエッセイや詩や宣言を、翻訳によって読むことができた。この時代を表すモダニズムという用語が日本で広く通用するのは太平洋戦争以後であったが、モダニズムという概念は「詩と詩論」の時期まで遡ることができるし、「詩と詩論」自体はより大きな流れの一部であった。芸術全般にわたる西洋の影響の中でもとりわけ大きな飛躍がこの時期に芽生えたのだ。建築から衣服、灰皿にいたるまですべてを装飾するアール・デコの幾何学的模様は、拡大していく西洋の文化的浸透を示す偏在的な記号であった。

半世紀後、春山行夫はある取材に応じて、一九二〇年代の日本の詩論の不毛な状態をこう回想した。

日夏耿之介［一八九〇－一九七一］は、詩の本質は「鬼神をしてなかしむること」であると書いた。彼は私より十歳ほど年長だが、それがその当時行われていた唯一の議論であった。日夏耿之介はそれに賛同しない人たち全員を批判した。私は確かに鬼神――理解できないもの――をしてなかしむるために詩を書かない。[47]

「鬼神をしてなかしむること」とは、『古今和歌集』（九〇五年）の「仮名序」を著した紀貫之の表現主義的な詩学を意識したことばであった。春山は、北園や他の前衛詩人たちと同じように、日本人が伝統という蜘蛛の巣を払拭する唯一の方法は、欧米から入ってくる様々な考えを研究し、その考えに基づいた独創的な作品を生み出すことだと考えた。すでに「詩と詩論」の創刊号で、春山は「詩論」を武器として用い、当時の詩壇の星であった萩原朔太郎に対して容赦ない攻撃を仕掛け、その年長の詩人を「病的なエゴ・シンボリスト」だと非難した。[48] ただ、朔太郎は幾分公平さを欠いた攻撃対象であった。というのは、なんといっても彼は近代的な口語体で詩を書いて成功した最初の詩人であったのだから。[49] しかし朔太郎の詩学は、郷愁と感傷性に重きをおいていたため、春山にとっては格好の攻撃の的であった。[50]

「詩と詩論」の登場で、既成の詩壇はもはやエスプリ・ヌーヴォに代表される一団の勢いを無視することはできなくなった。「理論」を盾にとって舞台の中心に躍り出た、新しい詩人たちの誕生がもたらしたもののひとつは、彼ら自身の作品がじっくりと読まれ、攻撃されるようになり始めたということだった。こうした経験によって、彼らは自分たちの立場を明確にして反撃を行なった。幾多の論争が次の十年間にわたって続くことになる。時には中身のあるものもあったが、たいていは個人の感情に走ったつまらないものが多かった。春山はこうした小競り合いの論争に火を付けた一人であった。

パリでの状況と違って、東京にはシュルレアリスムの法王はいなかった。西脇だけがアンドレ・ブルトンの役割を果たす資質をもっていたが、教育や文筆活動に忙しく、特にシュルレアリスムにかまけることはなかった。瀧口修造がやがて日本のシュルレアリスムの代弁者として登場し、彼はブルトンに認められることにさえなるのだが、この時はまだ詩壇では新人であり、フランス語と格闘している最中であった。北園は、その活動歴から見ても舵取りを任されてもよかったのだが、彼の語学力もシュルレアリスム運動に関する知識もまだ不十分であった。その結果、一種の無権力状態が起こり、詩人たちは対等な仲間として集まることができたが、指導者が提供することのできる組織的な、あるいは思想的な勢いはあまり持つことはできなかった。

ブルトンはシュルレアリスムに関する評論をいくつか書いた。その概念は時がたつにつれ、また個々の画家や詩人たちの想像力に応じて変化した。シュルレアリスムという語は一九一七年にギョーム・アポリネールが造った語だが、ブルトンはその概念はイジドール・デュカス（筆名ロートレアモン伯爵、一八四六‐七〇）の『マルドロールの歌』やアルチュール・ランボー（一八五四‐九一）の著作に始まるとした。たとえば、シュルレアリストたちは「解剖台の上のミシンと蝙蝠傘の出会い」といったロートレアモンの非論理的な、しかし刺激的なイメージのもとに結集した。ブルトンはまた当時パブロ・ピカソを非常に尊敬していて、彼を「探照灯（サーチライト）」と呼び、彼の作品をシュルレアリスト的だと見なした。こつこつと集めた石を使って、三十三年間もかけてたった一人で自分の裏庭に「理想宮」を建てた郵便配達夫フェルディナン・シュヴァル（一八三六‐一九二四）もまた賛辞をもってシュルレアリストと呼ばれた。(51) ブルトンにとって第一の目的はシュルレアリスムを広めることだから、この新しい運動が生み出すと彼が期待していたような美術・文学の例を、時空を越えて探し求めたのは極めて自然であった。彼は超現実（シュルレアル）という語を厳密かつ限られた特定の時代のものであるとは考えず、むしろ夢と日常生活という対立した関係を超越する精神的状態であるものならば、どんなものにも広く応用した。

第二次世界大戦前の日本のシュルレアリストの文学者は、誰一人としてこのような取り組みかたをしなかった。(52)

日本の過去の文学や芸術は破綻をきたしており、発掘される価値などないと考えられていたのだ。フランスのシュルレアリスムは日本の若者にとって完全な文化的他者として魅力的であったのであり、いわば自分たちの伝統の閉所恐怖症的な圧迫感とはまったく逆のものであった。日本の過去の文化の中にあるシュルレアリスト的なきらめきに目を背けたために、読者が容易に理解し得たはずのことばでこの運動の様相を系統立てて説明する機会を彼らは失ってしまった。どのようにすればこの運動が最もうまく広がるかを理論化するよりも、詩、評論、翻訳などの実作を通して自分たちが正統なシュルレアリストであることを証明することのほうに労力を費やした。ただ公平を期すために言えば、フランスのシュルレアリスムはダダから生まれ出てきたために、まだこの先どうなるかわからないような状態のまま、実際にはゆっくりと自己を定義した。日本のシュルレアリストたちにとってはフロイト心理学の基盤がなかったことを考えれば、シュルレアリスムの概念の理解に手こずったのも無理はないが、少なくとも二つの根本的な特徴ははっきりとしていたはずだ。その二つとは、自動記述の方法と「不条理なイメージ」だ。

もし日本人が自分たちの文化的過去を探求していたら、このようなシュルレアリスムの特徴を示すどんな事例を発見できただろうか。もしアンドレ・ブルトンが日本人であったら、ロートレアモン、シュヴァル、デ・キリコ、ピカソ、ジャリらの代わりに誰を引き込んで、運動を大きくするための文化的な弾薬にしたことであろうか。

たとえば「自動記述」のひとつとして、日本のシュルレアリストたちは十七世紀後半に流行った矢数俳諧という遊び（文字通り矢の数を争うように、多数の句を作り続けること）をあげただろう。矢数俳諧とは、俳人が決められた時間のうちに、たいていは二十四時間だが、どれだけ自作の句を詠むことができるかを競う遊びである。史上最高の勝者は井原西鶴（一六四二－九三）で、一六八四年、大阪の住吉神社で一昼夜の間に二万三千五百句を詠んだことになっている。平均すると、三・七秒毎に一句というこの驚異的なペースを前にした係たちに記録できたのは、個々の句ではなく、句の数だけであった。日本のシュルレアリストは西鶴の作品の中に、西洋のシュルレアリストたちと同じ超高速で、自発的なことばへの取り組み方を見出すことができただろうし、また無数の論理の飛躍と自由な連想からなる詩句を豊富に見つけ出したことであろう。

「不条理なイメージ」について言うと、ピエール・ルヴァルディはすでに一九一八年にフランスのシュルレアリストたちに（ルヴァルディはブルトンの仲間ではなかったが）に近い立場に踏み出していた。「イメージは精神の純粋な創造である。それは二つのものを比べることによって生まれるのではなくて、程度の違いはあっても本来かけ離れた二つの現実をくっつけることによって生まれる。この結びつけられる二つの現実の関係がよりかけ離れていて、しかもぴったりとしていれば、そのイメージはより強烈になる。つまり、より感情に訴えかける、より詩的な現実性を持つことになる。[53]」ルヴァルディの「かけ離れた二つの現実をくっつけること」とブルトンの「理性によって行使されるあらゆる抑制の不在」（シュルレアリスム宣言1、一九二四）は、理性《ロゴス》中心主義の西洋に対する革命的な声明であった。一方、日本の伝統は何世紀もの間「非論理的」で「かけ離れた現実の組合せ」を受け入れてきた。たとえば、中国文化が日本人の生活様式の中に移植された奈良時代に、そしてまた西洋文明の利器や様々な様式が日本の土着の生活習慣の上に被せられた明治時代に、二つのとてもかけ離れた世界の結合が見える。宗教観から衣食に至るまで、あらゆるものの衝突はシュールな出会いではなかろうか。山高帽に着物姿という大正時代の男性の服装がそうだ。外国の文化と土着の文化を比較的容易に対置しうる日本人の能力は、自負（順応性のある日本）と嘲笑（まね好きの日本）の両方を生み出すもとであった。奈良時代にうまく「文明化」し、明治時代にうまく「近代化」した結果、日本はかけ離れたものを身近なものにかえ、次に同化吸収させるのが巧いために、遠くの現実を欲しがると思われている。

　不条理さは、高く評価されてきたとは言えないまでも、平安時代以来、日本の美学の不可欠な一部分として許容されてはきた。宮廷人たちは貝合せや歌合せのような遊戯に興じた。同様に、重ねは、伝統的な舞いで足運びを合わせることや十二単（じゅうにひとえ）などでおなじみだが、予想を裏切るような驚くべき組合せを奨励してきた。集団での遊びである連歌では、歌人は前の歌人の句を自分の歌の出だしとして使うのだが、これはとんでもない想像の飛躍につながった。たとえばある句の中に、はっきりとは示されていないが、男と思われる主体があったとしよう。ところがこの句のあとに、次の歌人がそれに続く句を付け加えると、この新しい文脈の中では先ほどの主体が女だったのかと思わせることが起きる。フランスのシュルレアリストたちも「洗練された死体」と称する文学遊戯を考案したが、この遊戯では新しい一行が他の詩人たちのまだ見ぬ詩行に加えられた。[54] しかしながら、日本のシュルレアリストたちは連歌とこのような活動が似ていることを指摘しなかった。

連歌を継承した俳諧は同じような約束事と規則を持っていた。二つのかけ離れた、一見調和のとれない現実を対置することによって形成される俳句（または発句）自体のズレに加えて、どんどん繋げられる二つの句の間にもそれぞれのズレがある。見かけは似通っている二つの現実が非論理的に融合する時に変種が起こるのだが、それを松尾芭蕉（一六四四－九四）の次の句を例にとって見てみよう。

閑さや
岩にしみ入る
蟬の声[55]

蟬の声は、液体が海綿にしみこんでいくように、岩にしみこんでいく。フランスのシュルレアリストたちならばこのような知覚は「不思議なもの」を語る腕前だと言って賞賛したであろうが、ブルトンの美の概念は芭蕉の句の冒頭にある静寂さよりもはるかに「発作的」だった。

一九六九年のエッセイの中で西脇順三郎は、「日本の偉大な俳人芭蕉の句、「いなづまを手にとる」と「涙をにゆる音」はシュルレアリスムの先駆的作品である」と述べている。また、別のエッセイでは芭蕉の「哀をこぼす草の種」を引用してこの大俳人を「日本のシュルレアリスト芭蕉」とも呼んでいる。[56] 他でも西脇は芭蕉を「日本最大のシュルレアリスト」と呼び、ジェイムズ・ジョイスと双璧であるなどと述べている。だがこれらの洞察力に満ちた発言は、彼が最初にシュルレアリスムを日本に紹介してから四十年後になされたものであった。

前近代の日本の世界観には、仏陀、菩薩、神道の神の他に天狗、鬼、ろくろ首と、狐、狸、蛇といった変身する力を持った動物など、実在する生き物や想像上の生き物などが含まれていた。鎌倉時代以降の日本の芸術には「シュルレアリスト」的な形象と言ってもいいような例が多数ある。たとえば、『病草紙絵巻』の中の一枚の絵には、小人の僧の一団の幻覚を見ながら病に伏している男が描かれている。また、『餓鬼草紙絵巻』や『百鬼夜行図屏風』には飢餓に苦しむ餓鬼が描かれているが、これらの作品は鮮烈な想像上の、あるいは無意識の形象の現われを示す生きた例である。(57)

前近代の日本の最もシュールな芸術のひとつは数多く描かれた江戸時代の見立絵であるが、この絵ではかけ離れた二つの現実が対置され、そこにはしばしば聖と俗の二元論を打ち消すような意図がある。そのような見立絵の一枚に、華麗な遊女が木の耳掻きを使って達磨の大きな汚ない耳の耳垢をとってやる図がある。(58)また別の一枚には、自分の体の二倍もある大根にもたれかかっている男が描かれている。(59)さらに昔の超現実的な例として、歌川国貞（一七八六－一八六四）による顔と生殖器を入れ換えた男女が抱き合っている春画がある。(60)江戸時代の絵師たちとフランスのシュルレアリストたちとの間には、映し出されている文化や時代がまったく異なっているという違いはあるものの、重なり合う感性がかなりある。江戸時代の絵師たちにとっては無縁であったが、フランスのシュルレアリストたちにとってなくてはならないものであったのは、精神分析という時代精神であり、またその結果、夢を見ている状態と意識が覚めている状態との間の壁をどのように融解させるかという点であった。にもかかわらず、江戸時代の絵画はシュルレアリストの絵画のように衝撃的であるものが多い。

伝統的な日本文化におけるシュルレアリスト的な傾向はいくらでも引くことができるが、これ以上例を挙げても、それは一九二〇年代後半の日本の文学者たちがシュルレアリスム的な傾向を、特に奇妙なイメージを受け容れるという自分たちの文化の本性に気付かなかったという点を強調するだけになってしまうだろう。面白いことに、日本人が死んだものとして扱い、そして強く否定したがっていた過去が、逆説的に西欧の新しい運動を迎え入れる豊かな土壌にもなったのだ。前近代的な世界観、科学技術、そして高い識字率といった、明治以降の近代化を総体的に下支えしたのと同じ要因が、シュルレアリスムを無理なく取り入れる上でも重要な鍵になったことを見逃してはならない。
第二次世界大戦以前の日本の詩人は誰一人としてシュルレアリスムと前近代の日本の文化を結びつけなかったが、七年間のヨーロッパでの生活の後に、一九三〇年に東京へ帰ってきて、シュルレアリスムを熱心に広めようとしていた画家、福沢一郎（一八九八－一九九二）はその入門書ともいうべき『シューールレアリズム』（一九三七）においてこのような主張をしている。[61] 福沢が日本のシュルレアリスムとしてあげた例は、包装された伝統的な和菓子、いわゆる狂人によってデザインされたつぎはぎ細工の家（フェルディナン・シュヴァルもまた隣人から狂人と見られていた）、京都にある竜安寺の石庭、そして酒器で作られた怪物の体の絵がある。福沢が選んだものの中には変なものもあるが、シュルレアリスムの背後にある考えを日本の過去に結びつけようとした彼の試みは、シュルレアリスムというテーマを真剣に紹介しようとする、りっぱな努力であった。北園の「薔薇・魔術・学説」での最初の努力から福沢の深い理解までの間には丸十年の歳月を要した。[62]
しかしながら、一九二〇年代後半にはシュルレアリスムに関する便利な入門書はまったくなく、[63] あったのは「薔薇・魔術・学説」や「衣裳の太陽」に掲載されたシュルレアリストの原文の翻訳とシュルレアリスト的な詩の創作だけであり、「詩と詩論」の登場まではシュルレアリスムに関するエッセイもなかった。一九二九年には、西脇順三郎の『超現実主義詩論』が、厚生閣書店から春山行夫編集による「現代の芸術と批評叢書」の一冊として上梓された。慶應大学の明晰な教授である西脇から新しい芸術運動についての情報を期待していた人々は、シャルル・ボードレールの詩におけるアイロニーと「超自然主義」についての西脇の学術的な分析を読んでかなり混乱したに違いない。ボードレールの造語である「超自然」が西脇によって普遍的な批評用語として取り上げられたのだ。[64] 西脇はここで十九世紀中葉の詩を扱っていたので、瀧口修造による「ダダよりシュルレアリスムまで」というエッセイが付録として付け加えられ、その内容は最新のものに、また書名はふさわしいものになった。[65] 西脇は自分のところでシュルレアリスムに言及していながらも、否認の文句をこう付け加えている。「この説明はフランスのシュルレアリストたちのそれではない。それは完全に私自身のものである。」[66] もともと書名を『超自然主義者の詩学』にするつもりだったのだが、「当時の編集者［春山行夫］が比較的新しい語である『超現実（シュルレアル）』を選んだ。[67]」

日本の読者は今や「超自然主義」の意味と、その「超現実主義」との関係を読み解かなければならなかった。日本では、超自然主義の対立項である「自然主義」の文学運動が、ヨーロッパとは違って社会全般を支える諸々の偽善的な価値観を批判するように機能していなかったため、この問題はさらに複雑になった。日本の作家たちはむしろ方法として「リアリズム」を採用し、自分の身辺雑事や日常生活だけを映し出す告白的「私小説」を書いていた。百田宗治（一八九三－一九五五）の編集による一九三〇年の『詩語辞典』は、専門用語特有の難解さを解く目的で編まれたことになっている。[68] 超現実主義と超自然主義の項はこんな風である。

> 超現実主義　超自然主義の文学的方法論としての超写実主義の謂、超自然主義といふ場合は対象について、超現実主義といふ方法について謂はれてゐるものであることは、現実主義の場合と同じである。尚、超現実主義の文学はダダイズム、文学の超現実主義はフォルマリズム的傾向にあうといふことができる。（傍点は引用者）
>
> 超自然主義　超自然主義の解釈には次の二通りがある。〈1〉超自然主義の文学と称されるものは、対象として自然でないものを扱ふ文学をいふ。しかしこの場合は、対象が単に超現実であるといふに止つて、それを記述する文学の方法は自然主義である場合もある。これに反して〈2〉文学の記述としての超自然主義は、文学の持つてゐる対象を故意に結合して、その結合に秩序を与へたものが結果として自然に関係がないといふにとどまる。これは自然主義の文学と、文学の自然主義との場合と同じことである。[69]

これらの定義はあまりにも簡潔すぎて、しかも誤謬に満ちている。「超現実主義の文学はダダイズム」という記述を読んで、この二つの文学運動は異なっていると思っていた読者は面食らったに違いない。しかも、自動記述を方法として使っていたフランスのシュルレアリストたちであれば、自分たちの混沌とした無意識から紡ぎだされるものが「フォルマリズム的傾向」を持っていると知れば驚愕したであろう（フォルマリズムはロシアの構成主義から来たものであって、フランスのシュルレアリスムからではない）。

春山行夫は、『詩の研究』（一九三一）において、西脇の超自然主義という分類を受け入れ、百田の本の中でさらにその定義を拡大した。[70] 春山によれば、超自然主義的な作品は次の二つのうちのどちらかの形を取って現れるという。（妖精のような）自然界には存在しない対象を自然主義的な方法、（ちょうど妖精を描いた絵のように現実的描写）で書くか、それとも自然な（猫のような）対象界にある対象を非自然主義的な方法、（たとえばフォルマリズムのような手法）で書くかである。[71] 超自然主義と自然主義との関係は、超現実主義と現実主義との関係と似ている。

	考え（対象）	方法	詩
1	超現実的なもの・行為	現実的に書く	超現実的
2	現実のもの・行為	非現実的に書く	超現実的

春山にとっては現実主義よりも超現実主義の方に価値があり、この超現実主義には二種類がある。第一番目は想像上の主題を現実主義的に書くことで、それは彼にとっては現実の対象をもっぱら現実主義的に描写するのと同じであった。二つめは方法そのものが超現実主義的である時に生じる。ただこれは自動記述ではなく、広範囲にわたる創作技術のことで、そこには二、三の表意文字が何度も繰り返されて辞書的な意味合いを歪める春山独自のフォルマリズムのやり方も含まれている。春山はここでもまた、フォルムを強調したロシアの構成主義に言及していない。春山が挙げるシュルレアリスムの方法の例とは、（1）初期のフォルマリスム（アポリネールのカリグラム、未来派の実験）、（2）かけ離れた二つのイメージの結合（ルヴェルディ）、（3）予期しないことばが連続していく、

ことばの流れ（ガートルード・スタイン）[72]、この三つであった。

春山は「超現実」の意味をフランスのシュルレアリストたちが考えていたよりもはるかに字義通りに受け取った。彼の理論は、彼（と北園と上田兄弟）を、フランスのシュルレアリストならばシュルレアリスム的であるとは思わなかったであろう、新しい種類の詩の実験へと導いたが、それは今から見れば三十年も時代の先をゆく「具体」詩であった。春山はそれを「フォルマリスム」と呼び、彼と北園はその方法を深めていくことになる。また一方では、北園と上田敏雄はこのジャンルを拡大して、独自の「図形詩」を生み出した。

春山は自分の理論を強化するために、厚生閣の「現代芸術と批評叢書」を活用することができた。西脇の『超現実主義詩論』の他に彼はまた上田敏雄、北川冬彦（一九〇〇‐九〇）、安西冬衛（一八九八‐一九六五）、北園克衛らの詩集とジャン・コクトー、ブレーズ・サンドラール、マックス・ジャコブらの訳詩集を出版した。

北園にとって「現代芸術と批評叢書」の一冊が初めての詩集となるが、彼はその詩集に『白のアルバム』という書名を付けた（図11）。これには春山による序文が寄せられており、初版一千部が印刷され、三百二十部が売れた。[73]おおよそ五百もの詩集が一年間に出版されている現代日本の状況と違って、『白のアルバム』は一九二九年に出版されたわずか四十二冊の詩集のうちの一冊であった。[74]一九六一年に克衛はその詩集が自分にとってどういう意味を持っていたかを次のように回想している。

　私はその頃詩集を出すことなどは考えてもいなかった。そういうことは私にとって、遙かな世界の出来事にすぎなかったのである。ということは、詩集を持つということに全く関心がなかったと言えるかもしれない。

（中略）

　刷りあがった詩集が到着したり、印税の書留がきたように覚えている。今日の常識からすれば、最初の詩集に印税をもらうなどという幸運は考えられないが、その頃にしても、相当に幸運であったと言えるかもしれない。特に私のように、日本の詩の伝統とは無関係な作品を書いていた者にとっては、よほどの偶然であったと思った方が当っている。そういう意味で『白のアルバム』のような詩集をだした春山行夫の勇気に対する私の感動は、今日まで変ることなく続いているが、そのことが、今日のすべてのアヴァンギャルドにたいする私の深い友情のささえとなっているのである。（中略）

その後、私は二〇冊ほどの詩集を出したわけであるが、私の詩のパタァンは、すべて『白のアルバム』の中にある。こういう意味で、『白のアルバム』はいろいろのパタァンが雑然と集められた未完成な詩集ではあるが、私が一生を通じて書くであろうところの詩のすべてのエレメントを含んでいると言うことができる。私はスランプがやってくるといつも『白のアルバム』をとり出して、ハンタァが獲物を狙ってジャングルの中にはいっていくように、その言葉のジャングルに眼をさまよわせて、忘れていたパタァンを見つけ出し、それの埃をはらい、新しく発展させたりするのである。[75]

出版されるわずか一ヵ月前の広告には「白色詩集」とあったところをみると、克衛はぎりぎりまでその題名を決めかねていたようだ。[76] 彼は「記号説」に一番満足していたが、それはすでに述べたように「白色詩集」の改訂版であった。「記号説」からの二つの連が広告に引用されている。

克衛は自分の方法が、独創性に大きな道を開く大転換だと考えていた。彼は言う。

一九二七年、私ははじめて、誰の影響もない一つの場を発見した。私はそれまでにいくつかのフォルムで、いくぶん独自性のある詩を書くことができたが、しかし、それらの詩は、何らかの意味で、他人のエレメントが混っていた。私が最初に、あらゆる意味で私自身の詩を書くことに成功したときの喜びは、今日でも思い出すことができる。それは純粋な創造のよろこびであり、たのしさでもあった。私はその新しく発見した詩形でずいぶんとたくさん、ほとんど六ヶ月間にわたって書きつづけたことをおぼえている。

詩において、誰の影響もうけない場を発見するということは、実際にはほとんど不可能といってよいことである。

私の場合は、あまりきびしく、従来の詩の概念を破壊してしまったために、今日でこそ［一九五二年］、詩として、一応ゆるされるが、当時は私自身も実はいささか冒険が過ぎたような気がしないでもなかったのである。ともあれ、私は新しいカンバスの上にブラッシで絵を描くように、原稿紙の上に単純で鮮明なイメヂをもった文字を選んで、たとえばパウル・クレエの絵のような簡潔さをもった詩をかいていった。つまり言葉がもって

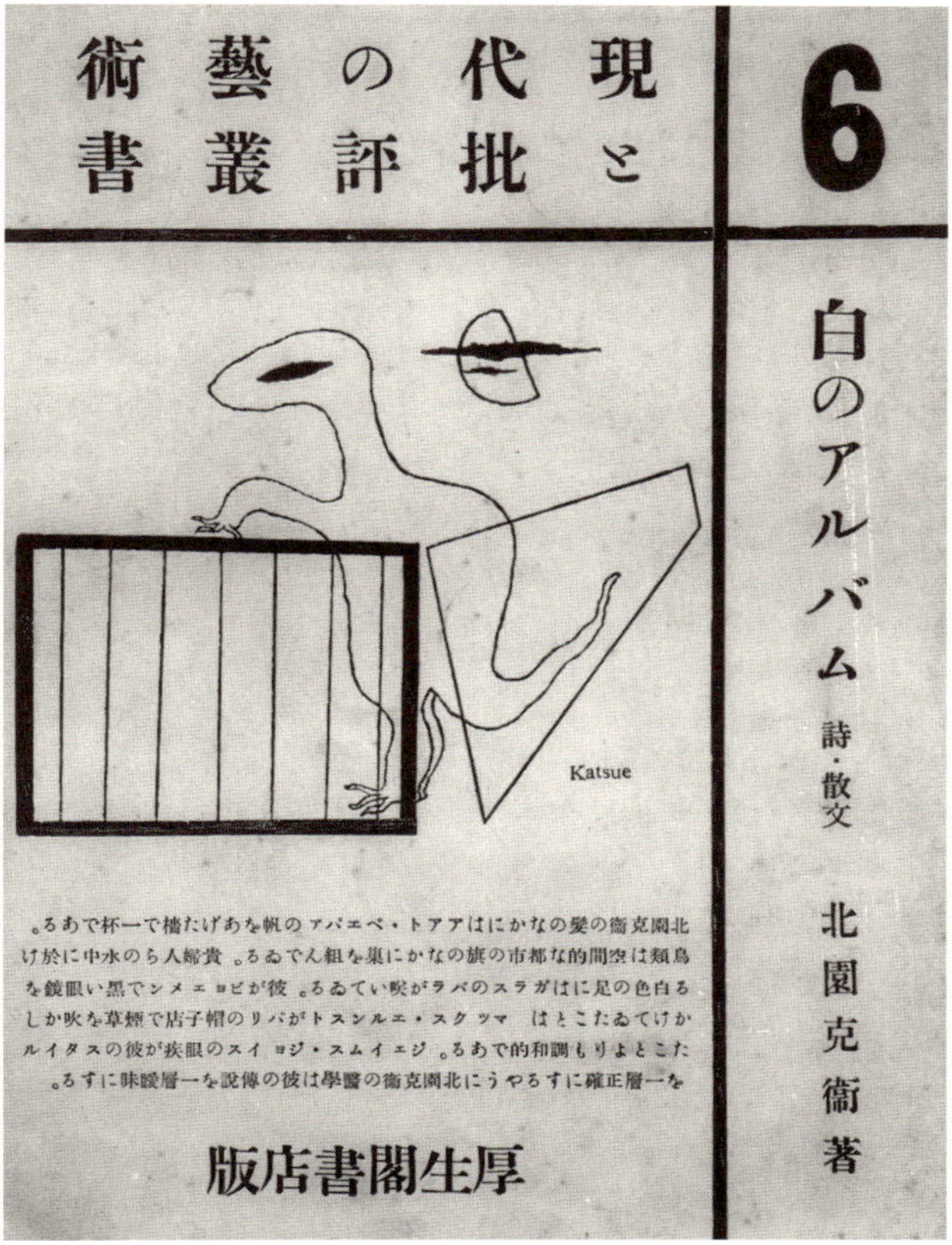

図11　克衛の処女詩集、『白のアルバム』（厚生閣、1929年）の表紙　表紙のデッサンも克衛作

いる一般的な内容や必然性を無視して、言わば言葉を色や線や点のシムボルとして使用したわけである。これが私の詩の実験のプリンシプルであった。[77]（傍点は引用者）

北園の深い喜びに満ちた体験の描写は宗教的目覚めや回心の叙述と似ている。しかしながら、どのような創造であれ、それがひとつも外部の影響なしに起こりうるというのは哲学的にみて疑わしい。事実、北園はここでパウル・クレーに言及しているが、これはおそらく北園が誰の影響からも完全に自由ではなかったという証である。詩とは絶えず新しい方向に向ってフォルムを進化させていく、歴史的な装置であることを強く意識して彼は詩を書いた。美術におけるテクニックを越境させて、詩の領域で応用したのは確かに北園による刷新であった。数年間に及ぶ実験の後、彼は今や完全に自分の独創性を信じていた。彼が仲間入りしたのは世界舞台での偉大な革新者、たとえばマラルメ、アポリネール、スタイン、ジョイスらであった。

北園が「記号説」で考えていた詩とは、一言で言うなら、意味内容との関係を絶った記号の配列であり、これはまさに言語の翻訳不可能な部分に当て嵌まる。「言葉がもっている一般的な内容や必然性を無視」するという彼の発言は、あべこべに、意味と意味を持つ記号は究極的には不可分であることを認めたことになる。北園は内容がまったくくっついていないようなことばの殻を提示できると思っていたのだろうか。（目に映る像か音なら分かるが、ことばでは無理。）それとも彼は自分の理想の読者とは言語をまったく解しない人だとでも言いたかったのだろうか。また、北園が「言葉を色や線や点のシムボルとして使用した」と言うとき、色を表す図はその内容から読解でき（色は意味から知覚されるのであって、形からではないはずだ）、それ以外の図はたんに線や点としてのみ見られる、ということを言おうとしたのだろうか。仮に北園が意識的に表意文字の意味を無視することができたとしても、無意識のレベルでそうした問題を捨て去ることができたであろうか。北園の実験はいかなる意味においても、明らかに、絶対に、不可能であった。それにもかかわらず、出発点からしてこの試みがまったくの無意味に終わってしまうことが分かっていたにせよ、どこまで意味が否定できるか、どこまで日本語の書きことばの視覚的要素を簡潔で鮮烈な形象を用いて引き出せるかを、果敢にも彼は試したのであった。自分の感情をあふれ出させるために紙面を使うのではなく、彼はそれを画布の替わりにしたのだ。これは言語の新しい使い方であった。伝統的な日本と中国の書道もまた言語を取り上げ、純化して「視覚芸術」に変えたが、この美学は北園の理論に影響を与えたかもしれない。皮肉にも彼が喝采を浴びたのは詩による絵画のほうで、本物の画布に描いた絵のほうではなかった。詩人として認められるのは確かに嬉しいことではあったが、それは当時の彼の目標ではなかった。彼は芸術家として認められ、芸術家として生きて行きたかったのだ。詩は、彼が自らの才能を表すことのできる聖域となり、また同時に画家として名を成すことのできない自らへの復讐のための遊びの場ともなった。

「記号説」は日本の前衛詩人たちが超現実的であると考えていた、内容よりもフォルムに価値をおくという、より大きな流れへのひとつの反応であった。「記号説」の場合、北園は直感を頼りに表意文字を選んだが、彼の方法は素材を意識的に配置することを強調する点において自動記述とは本質的に異なっている。批評家たちはその独創的な詩の構成法に着目して必ず「記号説」を引用してから、この一篇の詩をもとにして、北園に対する判断を下す。しかし、読者がこの詩に接近するときには、方法論の練習問題として接するわけではない。私の考えでは、他の作品には触れないで、「記号説」の平凡な形象にばかりに評価が向かうことほど、詩人としての北園の評判をだめにするものはなかったと思う。この点に関して、北園自身も責任があった。

克衛がフォルマリズムの実験にそれほど満足していなかったのは、それは他の詩人たちからの借用によって汚染されていると思っていたからである。確かに「記号説」に比べるとそれほど独創性的ではないにしても、これらの実験的な作品には興味をそそられる。フォルマリズム的な傾向のひとつは（春山もそうであったが）、ひとつの語、ないしは句を、頻繁に繰り返すことである。フォルムのほうが内容よりも大事であり、完成した詩は目を楽しませるように図案化される。この種の北園の実験は、マラルメの『骰子一擲』[78]（一八九五）やアポリネールの『カリグラム』[79]から来ている。百の表音文字と数千という表意文字を有する日本語は、わずか二十六個のローマ字に基づくヨーロッパ諸言語と比べれば、絵文字の宝庫であるということに北園と春山は気づいたに違いない。ただし、その当時は二人ともこのような比較を明確にはしていなかった。

反復を用いた北園のフォルマリズム的な作品のひとつに、「薔薇の3時」という長詩の一部をなす「海の海の海の……」がある。「海」と「の」はそれぞれ七十回出てくる。これらをひとまとまりの単位として見ると、この語の組合せはまるで波が海面でうねっているような印象を与えることになる（図12）。

北園の視覚的特徴を付加された詩は様々な解釈を許す。たとえば「海の海」は、新しい波が打ち寄せるたびに海が海を飲み込んでいると読むことができる。しかし、「海の海の海の」のようなコンクリート・ポエム（具体詩）を解剖して、その視覚的内容を越えた、無数の解釈の可能性を取り出したところであまり意味はない。無数の説明の可能性があるということのほうが、どのような解釈よりもはるかに意味があるのだ。

フォルマリズム的な春山のある詩は、北園のどの作品よりも有名になった。その題名はただの星印「＊」であり、作品は「白い少女」という語句で出来ていて、それが百十二回も繰り返されるのだ[80]。この詩はその後二度再録され、そのときは「白い少女」は八十四回繰り返されていた[81]（図13）。

春山は、その詩が次のように解釈されてきたと書いている。（1）白い少女のマッス・ゲーム、（2）白い少女の一団、（3）白い少女の整列、（4）白い少女の「xy」、（5）「x…」、（6）「y…」[82]。春山の仲間たちは彼の詩とその詩を背後で支えているフォルマリズム的な方法に対して賛否両論であった。安西冬衛は、もし「白い少女」が「黄色い少年」に置き換えられていたら、この詩はまったく駄目になっていただろうと論評した[83]。

『白のアルバム』の中の一群の詩には克衛が「図形説」と呼んだものも含まれている。彼も上田敏雄もすでにこのような傾向の詩を一九二七年に発表していた[84]。くねった線や直線、数学の記号、矢印、括弧などで出来ていて、ことばがほとんどない、これらの作品は現在でも新鮮さを失わず、いまだ我々に、詩の本性とは何か、どこが詩の境界線なのかを考えさせてくれる。このような様式の詩、たとえば「飛行船の伝説」（図14）は視覚的な満足感を与えてくれる均整のとれた図案であるが、一方ではいかなる適切な知性的理解をも拒むようなところがある。北園の図形詩は必ずしもこのように、いつも意味に対して抵抗しているわけではない。「整型手術」（図15）のような詩に

海の海の海の海の海の海の海の海の海の海の
海の海の海の海の海の海の海の海の海の海の
海の海の海の海の海の海の海の海の海の海の
海の海の海の海の海の海の海の海の海の海の
海の海の海の海の海の海の海の海の海の海の
海の海の海の海の海の海の海の海の海の海の
海の海の海の海の海の海の海の海の海の海の

図 12　具体詩的な傾向を持つ克衛の詩の一部分、「白のアルバム」（厚生閣、1929 年）、59 頁

おいては、視覚性が犠牲にならず、しかもその内容はかなり理解できるし、この詩の中に登場する唯一のことばである「造花」は、整形手術と意味的つながりを持つ。

半ば意味の否定を伴った「記号説」から反復詩を経て図形的な走り書きへと至る北園の移行は、似たようなフォルムの中での、より大きな抽象への軌跡に従っている。『白のアルバム』での実験、特にその分類学的な身振りのために、これらの詩は時には軽薄にも見えるが、克衛は後に自らの写真作品を「プラスティック・ポエム」と命名することによって一九五〇年代後半に改めて詩を定義することができた[85]。

『白のアルバム』に寄せた春山行夫の極めて型破りな序文は批評と詩の壁を崩し、その序文自体が人口に膾炙した。(それは何度も再録されている。)行夫はしばしば克衛の名前とヨーロッパの著名人たち、たとえばボードレール、プーシキン、ニーチェ、ラズロ・モホリ=ナギ、クルト・シュヴィッタースを並べて(日本人は一人も出てこない)彼を賞賛した。「彼[北園]がピョェメンで黒い眼鏡をかけてゐたといふことは、マックス・エルンストがパリの帽子店で煙草を吹かしたことよりもより以上に調和してゐる。ジェイムス・ジョイスの眼疾が彼のスタイルを一層正確にするやうに、北園克衛の医学は彼の伝説を一層曖昧にする。[86]」

行夫の賛辞はさめた、半ばひやかすような調子で表現されていて、この文体は新しい詩人たちに喝采されることになる。彼はまた克衛のことば使いや文体を真似てみせている。「北園克衛の医学」とは北園が『白のアルバム』のデッサンの横に並べた「p」で始まる単語の語彙表のことで、「phrenology, physiology, physiography, physics, philosophy, phonology, philology, pharmacology, psychology, pistology, parasology[87]」というようなことばの羅列である。

序文の多くは克衛と何ら関係がなく、たとえば「童話以外の牛・羊・馬・鹿は食料品として外自然でない。描かれた鹿は草を喰べない[88]」などとある。しかしながら、その序文の核心は、詩の中における「意味」の無価値性についての春山による宣言である。

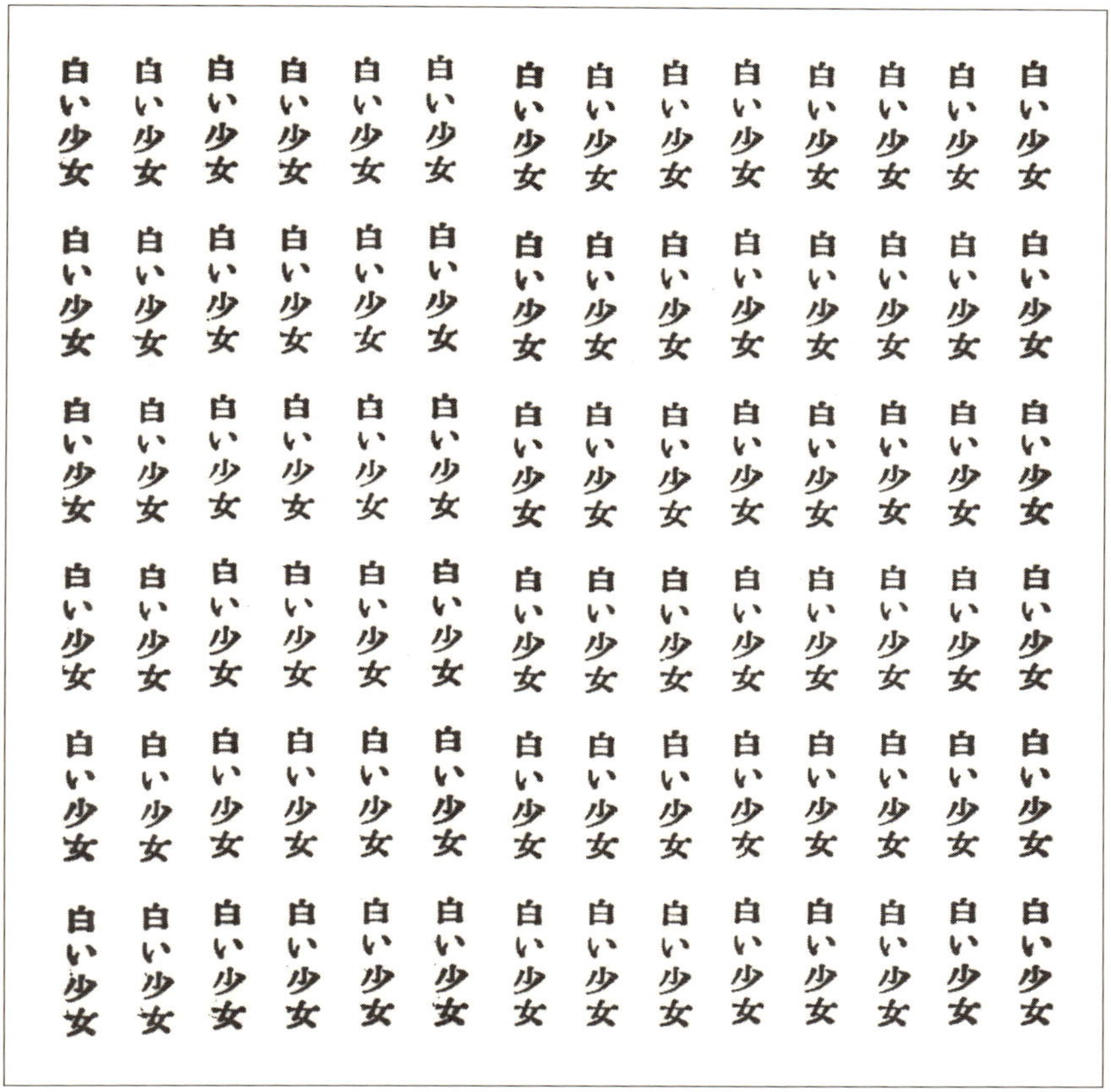

白い少女 白い少女 白い少女 白い少女 白い少女 白い少女 白い少女 白い少女 白い少女 白い少女 白い少女 白い少女 白い少女 白い少女

白い少女 白い少女 白い少女 白い少女 白い少女 白い少女 白い少女 白い少女 白い少女 白い少女 白い少女 白い少女 白い少女 白い少女

白い少女 白い少女 白い少女 白い少女 白い少女 白い少女 白い少女 白い少女 白い少女 白い少女 白い少女 白い少女 白い少女 白い少女

白い少女 白い少女 白い少女 白い少女 白い少女 白い少女 白い少女 白い少女 白い少女 白い少女 白い少女 白い少女 白い少女 白い少女

白い少女 白い少女 白い少女 白い少女 白い少女 白い少女 白い少女 白い少女 白い少女 白い少女 白い少女 白い少女 白い少女 白い少女

白い少女 白い少女 白い少女 白い少女 白い少女 白い少女 白い少女 白い少女 白い少女 白い少女 白い少女 白い少女 白い少女 白い少女

図 13　春山行夫のフォルマリストの詩「＊」、『詩の研究』（厚生閣、1931 年）、97—98 頁

意味によつてあまりにも混乱した詩は、すべての葉を失ふかはりに、不作法な雀らの群集する一本の木を思はせる。

*

意味のない詩は、意味を与えないといふマイナスの文学の方法の適用にすぎない。

*

文学に於て、書かれた部分は単に文学に過ぎない。書かれない部分のみが初めてポエジイと呼ばれる。

*

意味のない詩を書くことによつて、ポエジイの純粋は実験される。詩に意味を見ること、それは詩に文学のみを見ることにすぎない。[89]

行夫は象徴主義者として出発したが、いまやそのことばを重厚に扱う流派から離れ、意味をそれほど重視しないシュルレアリスムやフォルマリズムの実験に向かおうとしていた。

『白のアルバム』は「詩と詩論」と他の雑誌に「シュルレアリスムの詩と散文」と宣伝されたものの、その形容句は詩集自体の表紙にはなかった。詩人は多くの顔を持つ芸術家であるというジャン・コクトーの幅広い解釈に基づき、そして彼の分類を借りて、北園はこの詩集の内容を次の五つに分けた。（1）「Poésie」、（2）「Poésie en prose」、（3）「Poésie de théâtre」、（4）「Poésie de roman」、（5）「Poésie graphique」[90]。詩は泉であって、そこから彼の実験的図形詩のみならず、短編、デッサン、パフォーマンスが流れ出た。克衛はすべてのジャンルの文学や芸術を「詩」という題目の下にひとまとめにしたが、彼と他の若い詩人たちにとって、芸術作品自体は知的な世界を席巻する新しい生き方や価値観から生まれるひとつの副産物に過ぎなかった[91]。そして互いの作品を評価するときには、本文だけを見るのではなく、作家がどれくらいの新精神《エスプリ・ヌーヴォ》を持っているのかを注視した。そのことによって作家が文学の境界をどこまで広げたかが分かるからであった。

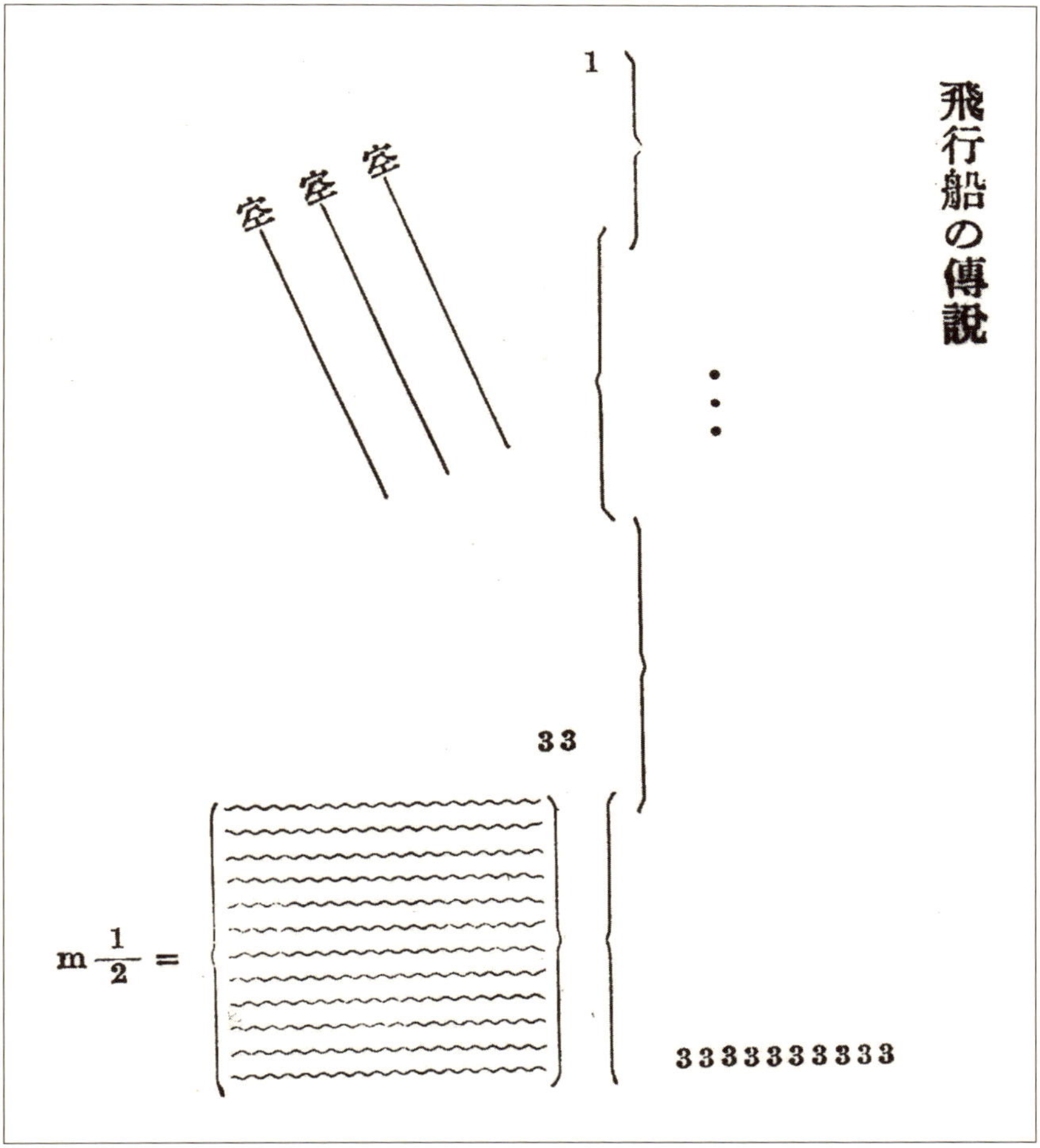

図 14　克衛による図形説のひとつ、「飛行船の伝説」、『白のアルバム』（厚生閣、1929 年）、42 頁　『北園克衛全詩集』（沖積舎、1983 年）では 45 頁

『白のアルバム』が意図したのは既成詩壇にショックを与えることであった。[92] 克衛は台頭する対抗文化の主要な詩人のひとりとしてすぐさま認められた。彼はこの五年間に自らが認めさせた位置に満足し、自分が本物であることの証に、主流から距離を取り、孤立を続けたのであった。

本章は、一九二〇年代後半の日本へのシュルレアリスム文学の導入と、日本でのその解釈に焦点を当ててきた。日本ではほとんど無視されたフランスのシュルレアリスムの一面は、無意識から生まれ出るあからさまな性的素材に寛容であるという点であったが、これはたいていの場合、自動記述によって考えを篩《ふるい》に掛けないということの結果から生じた。[93] 北園、西脇、そして他の日本のシュルレアリストたちのほとんどは性器やセックスのことにめったに言及しなかった。ひとつの例外は、上田敏雄の詩の中の「私は処女クレオパトラの vagina［ヴァギナ］を舐めます」という一行である。[94] 敏雄は少なくとも自由な精神を持っていたからこそ、このような表現を削除しなかったのだ。

二、三十人の前衛詩人たちにとって直接の危機は、ダダ以後どこに進むかという問題であった。伝統的な日本文学を捨て、新しい文明の名の下でナンセンスにきわめて近い、不条理な詩を書くのはたやすいことであった。が、ダダ以前の感傷主義に戻らないで意味のあることを示す、なんらかの基準を回復することは難しかった。この当時、ダダとシュルレアリスムの境界は日本（あるいはフランス）で明確に線引きされてはいなかったが、フランスからやって来る作品や宣言は単なる否定を拒否する、新しい始まりを指し示していた。ブルトンとその仲間たちにとって、その答えは無意識という巨大な器に飲み口をつけることにあった。北園とその仲間の詩人たちは、同時代の感性を反映するような詩を書くことができる方法を望んでいた。時折日本のシュルレアリストたちは、フランスのシュルレアリストたちの考えや行動が理解できなかった。たとえば、彼らがジャン・コクトーに対して示した軽蔑がそうだ。[95] 日本人はシュルレアリストもコクトーも受け入れた。同様に、ツァラとブルトンのいずれかを選ぶのではなく、遠くからこの二人を賞賛したのだ。

シュルレアリスムは、第二次世界大戦以前も以後も北園の作品に影響を与え続けた。シュルレアリスムはいかに解釈されようとも、あるいは誤解されようとも、西洋人が一般的に思っている以上に、東京で確かに生き生きと存在していた。たとえば、ドーン・エイドゥズは一九八一年に「シュルレアリスムは一九三六年までは本当の意味で国際的にはならず、パリを中心とした極めてフランス的な運動に留まっていた[96]」と書いている。だが実際には日本人は一九二〇年代中期からシュルレアリスムを消化して自分のものにしようとしていたし、一九二七年からは積極的にこの方法に関する出版活動を行っていた。

西洋のシュルレアリスムは西洋の土壌で成長した。一方、日本のシュルレアリスムは移植され、そして日本の土壌で成長した。日本の詩人たちは同時にいくつかの芸術運動を吸収し、その混合物をシュルレアリスムと呼ぶ傾向があった。コンクリート・ポエトリー（具体詩）への飛躍は、シュルレアリスムという名の下での実験の副産物であったが、これは創造的な誤解が生み出した収穫であった。

（小川正浩、ヤリタミサコ、田口哲也訳）

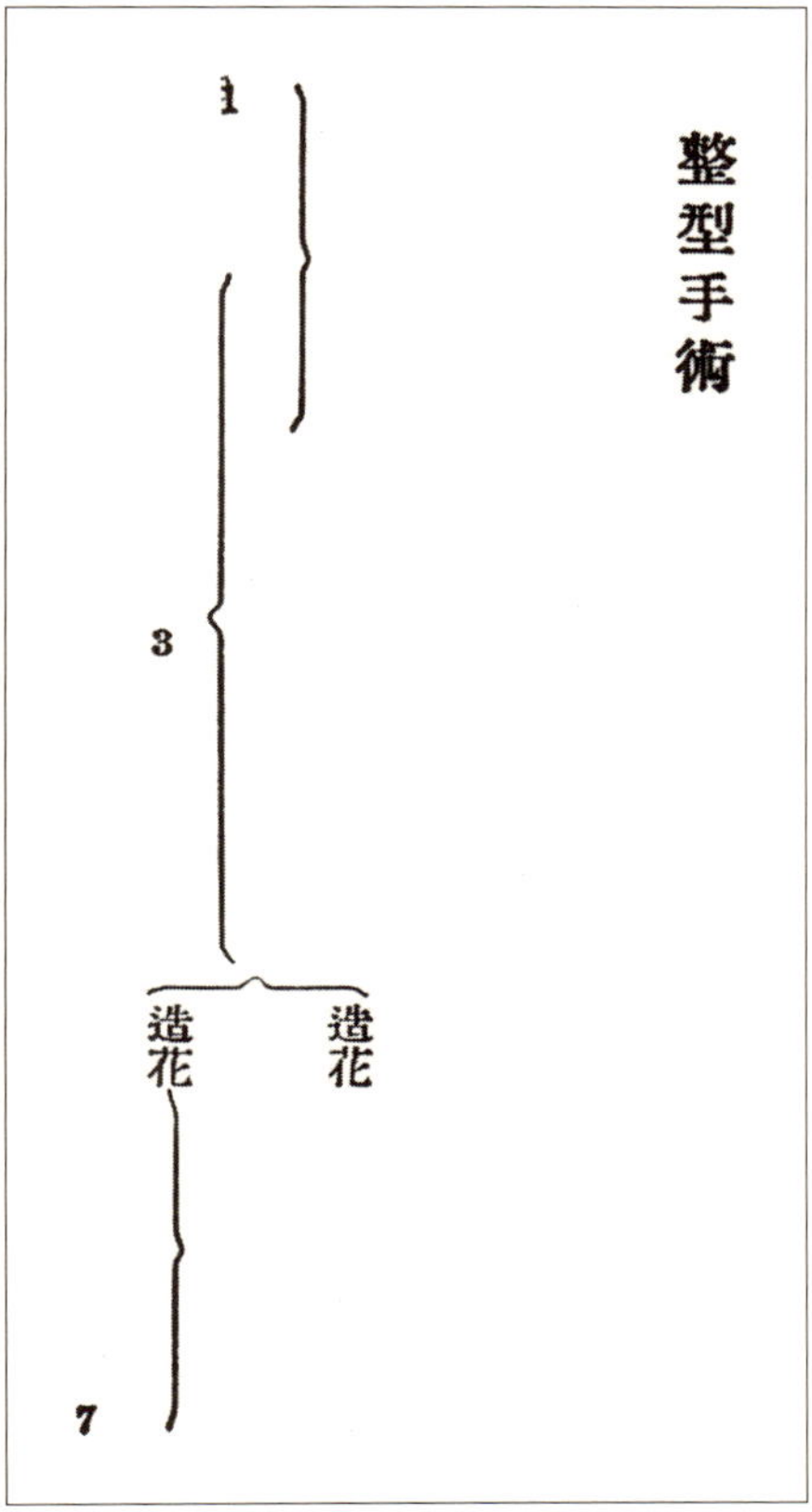

図 15　克衛によるもうひとつの図形説、「整型手術」、『白のアルバム』（厚生閣、1929 年）、36 頁　『北園克衛全詩集』（沖積舎、1983 年）では 39 頁

第四章　千の顔

一九二三年の関東大震災のあと、日本は財政再建の厳しい時代を迎えていた。二七年、国会では金本位制への復帰が議論されていたが、「震災手形」を持っている銀行は債務不履行に陥るのではというわさが広まる。動揺が広がるなか、三十七もの銀行が倒産し、全国的な大不況を引き起こした。アメリカの大恐慌が世界中に波及して国際経済に深刻な混乱を引き起こすと、日本の脆弱な経済はさらに大きく揺すぶられた。完全な経済の回復には一九三五年までかかり、その頃には先進工業国はほぼ自給が可能な経済圏に分かれていて、軍事衝突に備えていた。一九三〇年代になると日本の輸出入は半分に減り、資源の産地として、また製品の消費先として植民地はますます重要性を帯びた。農業部門、とりわけ農家の三六％を占める養蚕専業農家は、急激な価格の暴落と国際市場の崩壊によってもっとも深刻な打撃を受けた。

農村部に貧困が広がり、間引きや女郎屋に売られる若い娘の話が広まった。また失業率も高くなり、「大学を出たけれど」という歌が流行した。こうして人々のあいだに不満や絶望が広がっていったために、知識人たちは労働者や農民の暮らしをよくしなければという責任を強く感じるようになり、作家や詩人は、革命的とまではいかなかったものの、読者に改革の熱い思いを抱かせようと試みた。したがって、一九二〇年代後半から三〇年代の初めにかけてプロレタリア文学は幅広く読者を得ることになった。(1)

北園はプロレタリア文学の優位を認めたが、効用があるとは思っていなかった。一九五〇年に北園は次のように書いている。

プロレタリアの運動は、当時の社会不安への鋭い抵抗として活発に行なはれたが、芸術の分野に於いても相当の成功を納めてゐたやうである。しかし、時とともにその観念過多のセオリが、作家達の創作を必要以上に制約し、プロレタリア芸術が単なるプロパガンダのテクニックの追求に過ぎなくなつた時、芸術運動としての重要なエレメントを失ひ、次第にその普遍性を喪失していつたのである。シュルレアリスムの種子はかうした前衛運動の土壌に蒔かれたわけである。(2)

自分の詩を社会的な、あるいは政治的な大義に結びつけなかったために北園の詩の土台はかえって強化されることになったが、他の詩人や読者の目には無意味な存在に見えることにもなった。「詩と詩論」に作品を寄せたモダニストの詩人の間にさえも、春山行夫の編集方針に叛旗を翻し、より政治的な文学を求める声があがった。結局、神原泰(一八九八-一九九七)や北川冬彦たちは袂を分かち、「詩・現実」を創刊した。(3)

自分たちがモダニストであることを強調するために日本の詩人たちがとった戦略のひとつに筆名の使用があった。中でも最も突飛なのは西脇順三郎で、ラテン語のヤコブス・フィリプス(Jacobus Phillipus)であった。佐藤朔もときどき鳥巣公や関水龍といった筆名で作品を発表した。それほど有名でない詩人たちもそのほとんどが筆名を用いたが、橋本健吉(北園克衛)ほど多くの筆名を用いた人は他にいなかった。

一九二七年から橋本は「文芸都市」と「薔薇・魔術・学説」誌上で亜坂健吉(「亜坂」は故郷の近くの村の名前)という筆名を使い始めた。(4)また、後者では素描に謎めいたイニシャル(名前か?)ASSを用いている(英語では「尻」の意)。ピカソとミロが自分の中で融合しているかのように想像し、「文芸耽美」では自分の素描に「ピカロ」(Picalo)と署名している。ただしミロ(Miró)の「r」は「l」に変わっている。だが一九二八年七月からはその後ほとんど変えることのなかった北園克衛（Kitasono Katue）を使うことになる。（あるいはKitazono Katué、Katsueとも書く。[5]）またまるで自分を三人称扱いしているかのように詩や素描に「Le Katue」という署名も使っていた。

北園克衛という名前は彼のすべての書物に出ているが、雑誌に寄稿するときには生涯にわたって他の筆名を使っている。なぜ北園克衛という名前を選んだのかは謎である。佐々木桔梗（一九二二－二〇〇七）は「克衛の衛は前衛から取ったのであろうか」と推測しているが、それはたぶん正解ではなかろうか。[6] 克衛（Katué）とシュルレアリストの画家、古賀春江がしばしばローマ字表記の時に最後の「e」にアクサン記号をつけたのはフランス語風に発音されるのを望んでいたからである。日本語では普通、北園の「園」は熟語の二文字目なので「ゾノ」と発音されるが、フランス語では二つの母音に挟まれた「s」は「z」と発音されるので、克衛はフランス語を真似て「s」と綴った。[7] 名前からだけでは詩人が男だか女だかはわからない。[8] 男だか女だかわからないような名前は一九二〇年代の日本の前衛の髪型やその他のファッションと矛盾していなかった。この名前の選択が北園の意匠的な作詩法と一致するものであったなら、「北園克衛」という漢字はその意味だけでなく視覚的にも聴覚的にもすわりがよかった。ともあれ、「北園克衛」は確かに橋本健吉というありふれた名前よりも異国趣味的で（したがって文学的な）名前であった。

橋本と北園が同一の詩人であることを誰しもが知っていたわけではなかった。『詩壇人国記』には、三重県に関する次のような短い記述がある。

三重縣は俳聖芭蕉を出してゐるにもかゝはらず現在では餘りに詩人を出してゐない。僅かに北園克衛位のものので、彼には「白いアルバム」と云ふ詩集がある。文學の美學とでも云ひたいやうな詩を書く人である。（このあと「記号説」の一部が引用される。）

この外［＝北園克衛と大沼寂］橋本健吉、芝原ひでつぐ、が僅かに詩を書いてゐるのみで寥寥の感がある。

昔俳聖芭蕉を生んだこの地に必ずや秀れた詩人が生まれることと思ふ。(9)

『詩壇人国記』という書名から、記載されている詩人たちが何県で生まれたかが重視されていることが分かる。本来は無国籍的な国際人であったはずの前衛詩人のことを思うと皮肉な話である。

一九三〇年のことであるが、宇治山田市(克衛はそこの商業高校の学生であった)出身で、東洋大学で中国古典文学を専攻した詩人、岩本修蔵(一九〇八‐七九)が東京の克衛を訪問した。以降十年以上にわたって北園と岩本は三つの詩誌、すなわち、「白紙」、「Madame Blanche」、そして「VOU」で一緒に仕事をすることになる。戦後、岩本は北園と袂を分かち、自らのグループ Cénacle de Pan Poésie を結成し、その機関誌「Pan Poésie」を発行する。(10)しかし戦前はこのふたりは緊密に付き合っていた。まだ駆け出しの岩本は、すでに前衛の最前線にいた北園とともに編集に加わる機会を得て、いとも簡単に表舞台に出ることができた。一方、北園はすでに十年以上も東京に暮らしてはいたが、誰かの指導者になるというのは初めての経験で、その後何十人もの詩人に対して北園はこの役を演じることになる。このふたりは何よりもまず友人であった(克衛は弟子ということばを忌み嫌った)。だが、ふたりが一緒に出した詩誌の芸術的な方向を決めたのは克衛のほうであった。修蔵の作品は、日本語によるモダニズムの詩としては最も完成度の高いものであり、独自の作風を生み出したが、このふたりを知る詩人、上田修(一九一五‐九六)は、「ちょうど本居宣長[一七三〇‐一八〇一]なくして平田篤胤[一七七六‐一八四三]なしであったように、北園なくして岩本修蔵なしであっただろう」と語っている。(11)

一九三〇年から三七年に始まる中国への侵略までの間、克衛は積極的に芸術活動に従事していた。画家をめざしていた彼は前衛芸術家たちが集う有名な「二科会」に加わった。初めての展示作品である、一九三二年の超現実的な油彩「海の背景」は戦争で焼失したが、その白黒写真は残っている(12)(図16)。

さらに一九三二年、克衛は自らの詩を新しい抒情的な方向に向け、第二詩集である『若いコロニイ』を上梓することになる。(13)表題からだけ判断するなら、また満州の植民を推し進める日本の関東軍やあまり知られていない著者のことを思えば、当時の読者は中国大陸とそこでの日常生活の形象をちりばめた愛国的な書物だと思ったかもしれない。しかし北園にはまったくそのような意図はなかった。[14] 政治的意味合いをまったく意識せずに「芸術家の村」というような意味で「コロニイ」ということばを使った。大部分の舞台は熱海のような海辺の別荘地を思わせるような場所で、テニスとかその他の夏の遊び場が出てくる。

抑圧的な日本的風土から逃れ、北園はさらに「ハイカラ」を意識し、西洋への憧憬を強め、懸命に西洋と一体化しようとした。この意味においては、彼は自らが想像するヨーロッパのコロニーの幸福な住人であった。一方、現実の大日本帝国の一員としては、彼が生まれる前に始まった領土の拡大、すなわち一八七九年の沖縄、一八九五年の台湾、一九一〇年の朝鮮半島、そして新しいところでは一九三一年の満州という隣接する地域の併合をすすめる帝国の網の目の一部であった。北園は後に自分は「純粋詩」にだけ関心があるのであって、政治には興味がなかったと主張するが、これは、現状に反対しないのはとどのつまり、現状を支持することになるという事実の説明にはなっていない。

『若いコロニイ』所収の十七篇の作品はすべて短い詩であり、この詩集そのものが小型のサイズ（3・25×4・75インチ）で、ボン書店から発行されることになるシリーズの最初の一冊で、このあと春山行夫、近藤東（一九〇四 - 八八）、竹中郁（一九〇四 - 八二）などが続くことになる。[15] 克衛はこの本が、外形（判型）と中味が一致するオブジェとしての性質をもっていることを理解していた。様々なパターンの寄せ集めであった『白のアルバム』とは違い、『若いコロニイ』に集められた作品はひとつのパターンに統合されていて、具体的に言うなら、そのパターンとは、短詩、抒情的、ロマンチックな輝きを放ちながらも、過度な感傷に陥らない楽観主義である。これは克衛にとって新しい実験であり、日本語の話しことばでいかに現代風の恋歌を書くかという問いへの彼なりの回答のように思える。傑出したものはないが、個々の作品を読み合わせると詩人の若い盛りの活力が目の前に浮かび上がってくる。このときまで北園は一匹狼的なところがあって、自分の価値観を強引に認めさせようというところがあったが、この詩集では共同体をより意識していて、それは例えば詩集の表題や、「従兄弟よ」という読者への呼

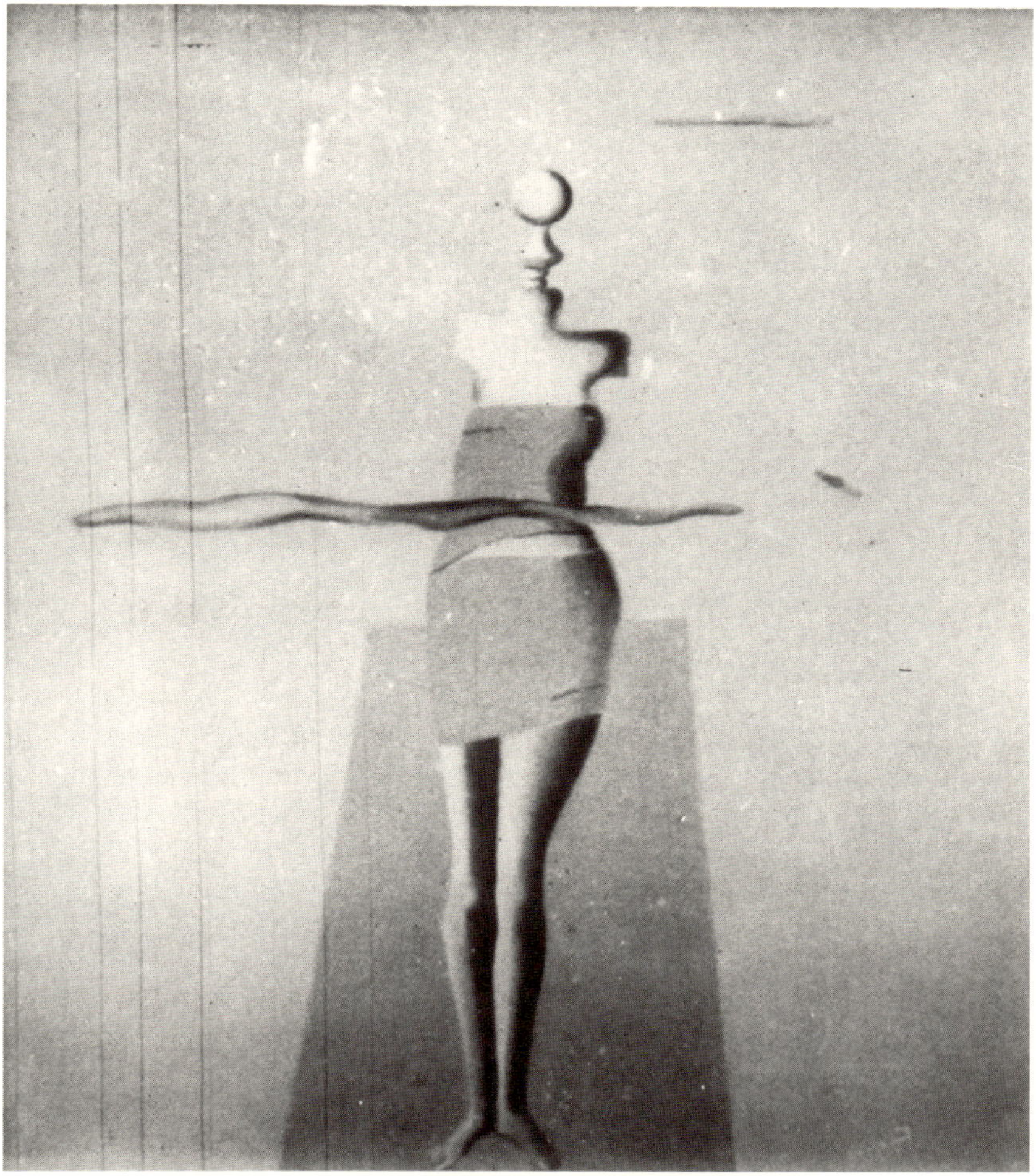

図16　克衛、「海の背景」、油絵　1932年　作品は二科展に入選したが、第二次世界大戦中に焼失したため、現在は写真しか残されていない

びかけ、代名詞の複数形の頻繁な使用によく表れている。北園に引き付けられ始めた支持者が出てきたこと、芽の出かかった前衛運動の中での彼の位置が確固たるものになっていったこと、たぶんこのふたつの要素があいまってこの新種の親近感が出てきたのだろう。第一詩集の硬質な、フォルマリズムの鋭さはこの再生した暖かさに道を譲り、彼の作品には再び人間が宿ることになる。ただ、安易なロマンチシズムに対して向けられた北園の鋭い超現実主義的な刃は、『若いコロニイ』を日本の近代詩や近代小説に多く見られる自己憐憫から遠ざけている。

　それぞれの作品の内的な一貫性は保たれ、ことばの響きは均一に保たれているが、北園はいつものように、一行と一行のあいだの安易な論理的結びつきを嫌っている。もっぱら用いられている技巧は、抒情的な語彙以外はすべてを排除したことばの貯蔵庫から超現実的なイメージを創造することである。これまでの彼の超現実的な作品、例えば「衣装の太陽」のなかの作品がもっぱら彼の想像力によって生み出された空想的な世界であったのに対して、この詩集に収められた作品は確かに近代化された日本、具体的には東京と別荘地を下敷きにしたものであり、しかもこれらの作品はたとえ間接的であっても、克衛の実際の体験に関係付けられている。「VIN du MASQUE」の中の「Kiiiing」と「Queeeen」が何ものなのか気にはなるが、全体としては『若いコロニイ』の登場人物は北園や彼の仲間の友人たちであるという印象を受ける。

　ここで使われていることばは楽しい休暇を想起させるものばかりだ。たとえば、「春」、「鳥たち」、「ボウト」、「テニス」、「夏」、「菫」、「硝子」、「窓」、「薔薇」、「微笑」。加えて西洋のブルジョワがよく使う「パラソル」、「ボンネ」、「天使」、「マンドリン」、「花束」なども出てくる。また水の形象も多い。「海」、「湖水」、「人魚」、「波」。もっとも頻繁に使われているのは「貝殻」で、以前いたるところで使われていた「水晶」にとって代わったようだ。『若いコロニイ』の特徴はある種の超現実的なイメージの鋭さだ。論理も因果関係もない、こんなとんでもない詩行が飛び出す。「海が霊魂の微笑を松の葉らのなかに揺ってゐる」（「Billet」）、「あなたの不思議なサンチマンで起重機を僕の方へ廻してくれないかしら」（「軽いテニス」）。また、視覚的により一貫しているためにより型にはまった「街灯がいつせいにオレンヂエエドを温めた」（「夏の散歩道」）など。風景は――「夜のテニスコウト／それは街の透明な砂漠でした」――冗談ぽく「シャボテンの……ラケットに／青い花が咲く」（「桃の皮」）といった風に走馬灯のように変わる。いろんな作品のなかでしつこく使われている仕掛けは、「起重機」、「オレンジエエド」、「テニスコウト」などの現代性を暗に含んだ、ごくありふれた名詞を付け加えて詩的効果をつくりだそうとする試みだ。『若いコロニイ』では最初に北園が多用する擬人法が浮上するが、それはやがて抒情的な表層と一致するかのように人間的な暖かみを帯びてくる。シュルレアリストたちが賞賛したウォルト・ディズニーの漫画や、フランスのシュルレアリスム芸術は人間以外のモノに人間的な特徴を与えて活性化させることが多かった。

自動車の扉をひらいて
春が永遠の方へ降りるのを
いくたびか僕らは見たのである
――「夏の心」

窓を展くと青天がゐた(16)
――「JABOT」

十月はボオトに乗つて帰つて来る(17)
――「Une Bienséance」

エロチックで超現実的な形象は北園の詩ではまれである。だが、『若いコロニイ』の中で用いられている擬人法的なイメージのひとつである、「敏感な胸をもつた星なのです」（「Bonne nuit」）は臆面もなくエロチックだ。『若いコロニイ』が楽観的に響くのは、一年のなかでも盛りである夏、青春としての夏が強調されているからだ。だが、とってつけたようなイメージや、うまく走らない詩行もけっこう多い。例えば一篇が十行に満たない作品の中で、フランス語の挨拶「Bonjour」や「Bon soir」がまるまる一行として使われたりする場合などだ（「海の日記」、「Jabot」、「Une Bienséance」）。

ほとばしる夏の雰囲気はときおり中和されることがあるが、それは対照的な冬の暗いイメージによってではなく、暴走する熱狂を抑制しようとする静かな警告によってである。例えば「……街ではすべての硝子がダイヤのクキンではない」(「夏の一夜」)といった表現は、田舎から来た男たちへの街の輝く女たちに騙されるなという警告ともとれる。そして嘆くべき世界から日常の世界への後退のなかで、彼は言う。「ポイント型の爪が僕らの愛に傷をつけるかも知れないので/僕は今でもありふれた平凡な夢を愛してゐる」(「夏の散歩道」)。

心地よいイメージに満ちあふれた、このような雰囲気は弱まり始めるが、北園は最後のシリーズに「TU ES BÊTE」(おまえはアホだ)という題をつけて、いままでの天真爛漫さを切り取っていく。彼の描くコロニイで起こるのは日光浴だけではないかと思い始めたときに、彼らは「夏には死んでゆく」と告げられるのである。ややもすれば甘ったるいだけに終わってしまいそうな作品は、こんなふうにして緊張感を保たれる。「言葉」は『若いコロニイ』の中でもっとも興味をそそられる作品だ。ここには単にある雰囲気を醸し出す以上のなにものかがある。

言葉

夏にはラムプシエエドを買ひませう
僕たちの　そしてあなた達の美しい指を見るために
星の街では爪が貝殻で出来てゐる天使もあるのです
我侭なみすぼらしい天使よ
それはあなたなのです
アカシヤの葉の波の影で本当の美爪術もするのですが
あ

さはると傷がつきますよ
これは鉛筆で描いた簡単な天使でもあるのでした(18)

北園の天使は「爪が貝殻で出来て」いて、この世のものとは思えないように描かれるが、そのあとで今度はもっと人間的に、「我侭なみすぼらしい天使」になる。なぜ天使でなくてはならないのか。またこの天使はどこから来たのだろうか。三次元で描かれていた天使は、「これは鉛筆で描いた簡単な天使でもあるのでした」という最終行で、突然のように平面上の二次元の天使となる。この詩の読解は尻すぼみの終わり方によって大きく揺らぐのだが、このような技巧は、北園のニヒリズムに満ちたネオ・ダダ時代以来の、数多い詩的技法のひとつである。『若いコロニイ』の中には他にもニヒリスティックな終わり方をする作品がある。「みんな壊れてしまひます」という行で終わる「海のスキャンダル」だ。また、マラルメの『骰子一擲』やダダの鍵である概念、すなわち同時性と偶然が、「……骰子を僕は振らう／自動車が走る／自転車がパンクする」(「夏の散歩道」)という詩行の中で想起される。

初期の超現実主義的な詩においてもそうであったように、克衛は日本の伝統的な詩歌で用いられる掛詞をここでも用いるが、それは抒情的な効果を出すためである。

遠いビイチパラソル
熱い砂の上に
僕たちは美しい影の日記を書いた(19)

ここで「砂」は二重の、つまり上の行にも下の行にも掛かるかなめのような機能をしている。つまり「熱い砂の上のパラソル」とも「熱い砂の上に……僕たちは日記を書いた」とも読める。

克衛のシュルレアリスムの実験の一部として、そして新しい抒情を生み出すための方策として、彼はしょっちゅう詩という形式を最大限に利用して文法から逸脱した表現をつくる。また新しい文体を模索して、散文から韻文へ、韻文から散文へとスイッチを切り替える。イメージは、鋭いことは鋭いのだが、それほど頻繁に輝くわけではなく、散文的な文句の中に埋まると効果は薄れる。後の作品の中では放棄されるが、詩的な響きの障害になる要素のひとつとして、「しかし　だが」（「口笛」）、「またふたたび」（「夏の散歩道」）、「けれどもしかし」（「桃の皮」）のような接続詞の反復的な使用があげられる。リズムという点では正当化されるかもしれないが、そのように文法の装置をあまりいじくると、媒体に注意が行き過ぎてしまい、結局のところ抒情的な効果がうまく得られないことになる。とはいうものの、この実験は最終的には彼の戦後の詩において実を結び、そのような反復はためらう感じを強め、したがって今にも壊れそうな脆弱さを強く意識させ、断片化と疎外の雰囲気を構築する際の有効な道具となる（第七章参照のこと）。

しかしながら、北園のもっともラディカルな技法は、行から行へ移る際の意味の連続を断ち切るやり方で、例えば「軽いテニス」はこんなふうに終わる。

やつぱり泥棒は正しいのです
煙突の周囲をめぐる卵型の雲がひとつ
涙をつくる吸入器

まあ!
君は煙草を喫ふにも意味のない言葉をもつて僕を偽るのだ(20)

上の引用の最初の行は、どこからともなく突然現われる。なぜ泥棒は正しいのか。何について正しいのか。続く二行では、丸さに関する名詞、形容詞、動詞、例えば「煙突の周囲をめぐる卵型の雲……涙……吸入器」が寄せ集められ、また反対の方向に流れて行きそうな、例えば、「雲－涙」（吸入器を通しての下降を暗示）と「煙突－煙草」（上昇）のような、一連のイメージが巧妙に植え付けられている。ひとつの意味によって縛られることなく、この詩は、閉じた読み方ではなくて、開かれた読み方のほうを選ぶのだが、それぞれの要素が同じ連想のかたまりの中にうまく配されているので、適当に無意味なことばを並べただけだという印象を与えない。一次元的な、直線的な読み方を否定する克衛であるが、彼は行間に文脈的な溝を意図的につくり、読者がみずからの想像力の翼を広げてその溝に橋を架けるように仕向ける。行から行への断続性は、その非論理性において「掛詞」と似ているが、「掛詞」ではより圧縮されてひとつの語、あるいは語句から二通りの読みが生まれてくる。

『若いコロニイ』の部分部分を構築する際には、とりわけ超現実的なイメージの構築においては洗練さを見せる克衛であるが、他の思考要素は作品に散漫な印象を与えてしまっている。例えば、「あなたの左の手の上に／金の時計を光らせなさい」（「海のパルク」）や、「ラムプシエエドを買ひませう」（「言葉」）、「彼女たちのために水色の帽子を買つてやりませう」（「桃の皮」）、「花束を買ふ街のひとたち」（「六月の蜜柑水」）のようにやたら「買ふ」ということばを繰り返すのを見ると彼の趣味を疑いたくなる。贈り物で恋人への愛情を示すというロマンチックな考え方の背後には、男は女の愛情を花や衣服や家具で買うということを暗に示している。これらの詩行は資本主義的な広告のように読めるし、詩の勢いも損ないかねないのだが、さらに消費の仕組みについて克衛が思想的にも、政治的にも鈍いことを曝している。『若いコロニイ』の読者なら、「買ふ」ということばを繰り返すのは克衛の皮肉だと思いたいかもしれないが、克衛の詩の方向性を考えれば、おそらくそれは無理な解釈だ。

過剰な文法的逸脱、一貫していない性質、強いイメージと弱いイメージの混合、こういった要素を思うと、『若いコロニイ』から受ける印象はばらばらで、突発的な実験の断片であるかのようだ。だが、超現実的形象をもつ新しい抒情性を短詩のなかに発見した北園の卓越した能力は大きな影響を他の詩人たちに与え、彼らも同じ方向に向かおうとするようになった。不思議なことに、北園はこの詩集については何も書き残していない。それはたぶん、薄い超現実主義の化粧板の下に透けて見える空想的なロマンチシズムに当惑し、後の自分の厳しい、反ロマン主義的詩学とは相容れないことを知っていたからであろう。[21]

克衛の私生活に少し目を向けよう。彼は、一九三二年の秋に、ある芸術家の友人の訪問を受けるのだが、そのときこの友人は自分の妻とその友達であった二十一歳の小林栄（一九一〇－八七、克衛は栄子と呼んでいた）を連れて来た。[22]栄子は名門、日本女子大学の英文科を卒業したばかりで、文部省に英文タイピストとして勤めていた。この初めての出会いで、北園は彼女に『若いコロニイ』を贈るのだが、彼女自身のことばを借りればこのとき栄子は「克衛と彼の詩［の魅力］に足を掬われた。」[23]二人はその後定期的に会うようになる。彼女によると、デートをしていたある日のこと、ふたりは特に理由もなく警官に呼び止められ、身体検査まで受けたらしいが、どうやら当局はこのときから若者に対してますます疑いの目を持つようになってきたようである。

翌三三年に克衛と栄子は結婚し、二人は朝熊に住むようになる。克衛の父安吉は、克衛の姉や妹のあとを追うように、その前年の秋に他界していた。家族で残っているのは三人の男たちだけだった。[24]克衛は自分の生まれ故郷を花嫁に見せるため、また兄の平八と時を過すために帰郷した。平八は母屋に自分の家族と共に住み、新婚の二人は克衛のために残されていた小さな家に住んだ。

それまでの東京での十年の間、克衛は初めは両親、のちに平八から送られてくるわずかな額の仕送りと自身のフリーの執筆による原稿料やデザインの仕事から得られる収入でなんとか食いつないでいた。経済はどんどん悪くなり、一九二〇年代のように詩人として生きていくのはまったく不可能ではないにしても、かなり難しくなっていた。その上、三十一歳にもなって、養うべき妻を持ちながら定職のない北園は、新しい生活を楽しみながらも、同時に一抹の不安も感じたことであろう。朝熊で三カ月暮らした後、栄子は新潟の実家に戻り、克衛は東京に戻って仕事を探すことになる。

その後、一年半もの間、北園は定職を見つけることができなかった。数カ月後に栄子も東京に戻り、二人は朝熊の平八や、新潟の栄子の実家からの仕送りに助けられて細々とした暮らしを続ける。栄子は一人息子の明夫（一九三四－二〇〇九）を産む。一家は東京近郊の馬込にある小さな借家に引っ越した。そこには多くの芸術家や作家が住んでいたが、それは家賃が比較的安く、また地理的にけっこう便利なところにあったからだ。(25) 克衛は前衛彫刻家の仲田定之助（一八八八－一九七〇）の家のすぐ近くに住んだ。仲田の妻好江（一九〇二－一九五）は立派な洋画家であったが、一九四〇年と五八年に克衛の肖像画を油彩で描いた。(26)

一九三〇年からの三年間、北園は真剣に新しい創作へのパターン、方法を模索し、この間は雑誌に一切作品を発表していない。彼は「記号説」こそが未知の領域への突破口であったと常々思っていたが、今や彼は二十二篇の詩からなる『円錐詩集』が新たな領域を切り開いたと宣言するようになる。(27) 「記号説」のときもそうだったが、『円錐詩集』の成果はかなり誇張されていて、それはこの詩集の表紙にある彼自身の宣伝文句を読めば明らかだ。

自分はこの詩集でポエジイの力学的把握に成功したと思つて居る。言語と言語との張力の数学的構成は捨象的ポエムの永久性を確保する唯一のロジックであるだらう。芸術の言語的構築と言ふ命題はフオルマリズムを誘発しない計りでなく、決してそれを支持するものでも無いと言ふ事は明らかに理解されなければならないのである。

最後の一文は『白のアルバム』のなかに散見される厳密な「フォルマリズム」を北園がすでに超越したことを読者に告げるために挿入されたのであろうが、確かにこの詩集では、ある作品の内容はその形式に従属していた。広告文にある「力学的」、「数学的」、「誘発」、「命題」などの科学用語が乱発されているのは『円錐詩集』の方法の新しさを強調するためだ。別の場所で、北園は次のような説明をしている。「……『記号説』が水平線的に試みられたポエジイの実験であるとするならば『円錐詩集』ではそれを垂直線的に試みたものであると言つてよい。(28)」またことばをかえて言えば、前者が平面的であるのに対して後者は立体的であると言うことができる。『円錐詩集』のなかの散文詩は「記号説」とまったく対照的だ。各詩の行数は少ないが、一行一行は長いので、印刷された頁は垂直方向が強調されて見える。作品の「フォルマリズム」は内容と調和がとれたものであり、内容を犠牲にする、形式のための形式にはなっていない。

『円錐詩集』に頻出するイメージは立体派的であり、多層的であり、さまざまな角度から見ることができる。文法的には運動の動詞が多い。これらの作品の特徴は「動く彫刻」とでも呼ぶべきものだ。次の作品はその好例。

MIRACLE

夏の踊子は片足をあげて沈んでゆく。とつぜんに水平線がちぎれて純白の塔のうへに
菫色のヨットが現はれてくる。(29)

イメージは正確ではっきりしているし、水平方向と垂直方向の相互作用も同じように正確ではっきりしている。読者はまず直立する踊子をイメージし、次に腿を水平にして片足を上げる姿、そして最後にからだ全体が垂直に沈んでゆく様子を想像する。さらに踊子からいくらか離れたところで水平線が裂ける。そこに白い垂直の塔が出てきて、その上に三角形のマストのあるヨットが水平に現われる。この詩は、それと知覚できる形、光景、色からなる、短い、没個性的なスケッチのような小品であり、その点では「記号説」によく似ているが、あきらかに不在なのはお説教であり、作者の日常生活への言及である。

次の詩も同じように短いが、水平方向、垂直方向の動きの強調はここでも続く。

フラスコの中の少年の死

いきなり壁のやうなものに衝突した。そしてぶらさがつたが、瞬間に落ちてしまつた。(30)

読者にいくつかの角度からオブジェを視覚化するように促す作品もある。

NUL

私は水晶の球体のなかの緑の猫を眺め。他の水晶の球体のなかの純白の植物を眺め。
一本の巻煙草を喫はなかつた。[31]

金属の縞のある少年と手術室の黄色い環

ある極限にくると、逆にぶら下つてしまつた。弾条のほぐれるのはまもなくです。それから額帯鏡のやうなもので黄色い円錐をもとめながら、スポイトのやうなもので螢色の限界を静かに吸ひはじめた。[32]

理論的には本格的であったが、意図的に活発さを欠落させていた「記号説」とは違って、『円錐詩集』では作品は三次元の運動のイメージによって動かされる。『円錐詩集』の各々のイメージは他のイメージと交換可能であるかのように計算されてつくられている。絞りに絞った語彙と最小の枠組みによって作品の密度が高められる。北園の場合、もっぱら直観によってイメージが選ばれ、その多くは矛盾に満ちた、超現実的なものである。しかし、この技法は意識的な組み立てによるもので、無意識の領域を探索した結果出てくるものではない。この点で彼の技法は自動筆記とは異なる。

『円錐詩集』の多角的に見ることのできる作品に比べれば密度は低いものの、『白のアルバム』の中の「L'ACTE」という表題のもとに集められた散文詩の中で、北園はすでに同じような形式の散文詩を実験していた。

「記号説」の水平性と『円錐詩集』の垂直性というふたつの極性の間で、北園は詩を他から分離させ、発話の任意の部分が特定の効果を上げることができるように強調された、小さな、概念的に同質の単位に純化させる道を選ぶ。この方法は断片的であり、他はすべて排除した、単一の言語的方向性（例えば、名詞や動詞の強調）に左右される。結果的に読者は抜け落ちた要素を呼び戻すことを強いられる。存在は非在を暗示し、逆もまた然りである。

北園以前の日本の近代詩を見てみよう。そこには「記号説」や『円錐詩集』のような革新的な詩学に立脚した実験はほとんどなかった。方法とその実践に費やした、死に物狂いの三年後、克衛は自分の達成を誇りにしていた。『円錐詩集』では、余計なことばは削ぎ落とされ、目的に貢献しない形象は容赦なく切り捨てられ、作品は凝縮された生命力によって脈動する。

最初の重要なエッセイである「Spherical Cone の果実」の中で北園は『円錐詩集』について長々と書いている。[33]まとまりを欠くいくつかの文章や、首を傾げたくなる論理展開や、散漫で、ときおり傲慢な調子になるという欠点にもかかわらず、この短いエッセイは彼の詩学に対する貴重な見方を提供してくれる。まず、過去に書かれた大量の作品に対する不満、特に作者の実際の生活体験を書き記すような情緒的な作品に対する不満が開陳される。高慢で、攻撃的な態度を取るという点で、北園は前衛の一典型である。「過去のすぐれた詩人たちはこの素材の芥場の中で方法も自覚もなくとにかく系統的なある関係を習熟と遇然の中で得るともなく与へられた幸運児であつた。僕はこのやうな詩の歴史に向かつて冷い苦笑を用意するのみである。[34]」

個人的な表現を超えるもののための媒体を使うと決めたものの、こんどは何を書くか、北園自身のことばを借りるならどんな素材を選ぶのかが問題となる。

僕は素材を物理学的現象の中に決定した。（中略）僕はその危険に対しても充分に警告的な軽いイメイヂを採用した。（中略）そしてその他の補欠的な材料として幾何学と気象学と最も単純な物質及び生物に求めた。[35]

語彙を決め、立体派の方法論を選ぶと、次はイメージをこしらえて、それらを組み合わせる段階になる。実際には詩作には苦心したが、北園は冷徹な科学者を装うのを好み、次のように語っている。「素材の決定、統一は極単純で冷静な操作に過ぎない。」煎じ詰めれば、彼にとっての究極の問題とは「イメイヂが構成する秩序であり、そのイメイヂが与へる活動（アクテイヴイテイ）であり弾性（エラステイシテイ）」である。

「弾性（エラステイシテイ）」は北園の方法論を理解するためにはこの上なく重要なことばである。語彙を限ったために起こる制約への対抗策としての「弾性」の定義は、文字通り素材を伸すことである。これはそのほとんどがイメージの巧妙な配列で行なわれた。『円錐詩集』で北園は詩句から詩句へ飛び移るための飛躍の距離を計算し、形象の連続性と不連続性をともに利用して読者を幻惑する。限られた語彙と計算された「弾性」が作用して異化作用の境界領域を含み込み、個々の作品を縫うように走る統一性が不条理への転落から作品を守っている。さらに弾性によって読者は繰り返し作品を読み、そのたびに感覚がさまざまな方向に伸ばされることになる。

　北園はまた作品の中に何を探してはならないかを明瞭に語る。

> 若し〈Spherical Cone〉の素材である「踊子」や「ピラミッド型の限界」に哲学上のシムボルやヒマニズムに対するのアイロニイを探るとすればそれ自身愚劣なことであり無意味である。（中略）従つて此の素材の価値論、嗜好の問題は枠外に置かれなければならない。(36)

このエッセイは批評家への挑発で終わる。

> 要するに僕の役目は患者を歩行させ呼吸させ完全な一個の社会人を世に送り出す為の手術室の外科医のようなものである。またあるひはワクチン製造家のやうなものである。良き批評家は僕のワクチンの細菌に就いて僕の開腹術に就いて論ずるだらう。それが真の批評だ。そして他の批評家は手術された人間の職業に就いて、容

貌に就いて論じるかも知れない。ワクチンの価格やラベルに就いて批評するかも知れない。それは自由である。しかし僕がそれに対し一瞥も与へなかつたとしても、決して僕の過失はないのだ。(37)

なにしろ北園は自分の詩から一切の感傷を搾り出したのだから「外科医」と呼ばれても仕方ない。また同じ様に彼の抽象化の実験はまるでワクチンのように効いて、そのおかげで他の詩人たちは感傷的な詩を書かなくてもすむようになった。『円錐詩集』で切り開いた新境地を語る彼に遠慮はないし、またその主張には誇張も多い。だが、こうしたそぶりはそもそも、アヴァンギャルドがよく取る姿勢のしるしと考えてもよいだろう。文学理論家のレナート・ポッジョーリは、「おおげさなイメージ」はアヴァンギャルド精神の苦悶の特徴であると指摘している。(38)克衛の傲慢なそぶりはともかく、彼の創作への姿勢は極めて実験的であり、その結果はしたがって一貫的ではない。しかし、素材と弾性がうまく相互作用すると圧縮され、内側に向って爆発しそうな真空の空間を生み出す。

硝子のリボンを頸に巻いた少年の水晶の乳房とそのおびただしい階段

蝸牛色の空間がねぢれて、ちぎれて、とんでしまつた。すると全く液体になつた方向から黄金の縞ある少年が、聡明な額の環をみせてプロセニアムに滑りだしてきた。(39)

この詩の題はすぐさま私たちを「水晶の乳房」、「おびただしい階段」、「硝子のリボンを頸に巻いた」といった非現実的な舞台へと運ぶ。この詩の中の「空間」という大宇宙的なことばは全体的な雰囲気をうまく醸し出している。ところがそれは「蝸牛色の」という小宇宙的な形容詞に修飾されている。弾性は「空間がねぢれて、ちぎれて、とんでしまつた」という動きの中に明らかにある。読者の精神は引き伸ばされて、もし「空間が……とんでしまつた」ならば、その空間はどこに向うのか、空間の外に、などと想像を逞しくする。

これに続く「全く液体になつた方向から」という表現から、液体の壁のようなものが近づいてくる様子を読者は急に想像する。もちろん、特定できない液体の暗さのような属性を自由に想像してもよい。少年の「黄金の縞」は、垂直でも、水平でも、あるいは対角線的でもかまわない。少年が近づいてきて、彼の「聡明な額」の「環」が見える。縞の直線と環の曲線はともに幾何学的な形状だ。最後の「プロセニアムに滑りだしてきた」という表現は、少年を終点に届けるが、それと同時に読者は少年の到着を視覚化する聴衆となる。

『円錐詩集』に収められた作品の大きな欠点は、いったん詩的だと見なすと、北園が躊躇せず同じことばを何度でも使う点である。たとえば、「螢色」と「蝸牛色」は、初めて見ると、その強烈で、非常に独創的な詩語に驚愕するが、同じ表現がたった二十二篇の詩群のなかで六回も使われると効果は半減してしまう。同じことが随所に見られる「水晶」と「少年」についても言える。

克衛は『円錐詩集』の独創性は主題にではなくその方法にあると主張した。彼は『円錐詩集』から用いる語彙を変え、行の長さを変え、形象の配列を変えて、自らの「方法」を絶えず洗練させていくことになる。これに続く四十年の間に及ぶ彼の実験は、「記号説」と『円錐詩集』の脈絡で見ればよりよく理解できる。

克衛自身がこの時期の彼の作品の最良の読者であったようだ。だからこそ帯の広告文は自分が書いたのではなかろうか。『円錐詩集』に衝撃を受けたのは、戦後になって知られることになる田村隆一や吉岡実（一九一九－一九〇）のような若い世代の詩人たちであった。田村は克衛の詩を核分裂と呼び、吉岡は自分の第二詩集『液体』（一九四一）は北園の方法の模倣であると認めた。[40] 吉岡の後期の詩の大部分は、それほど直接的には北園からの影響を受けたものではないが、克衛の作品が出発点となったのは確かだ。この意味で、克衛は未踏の荒野に道をつけ、それを他の人たちに舗装させるというアヴァンギャルドの役割を演じた。

『円錐詩集』に取り組んでいる間、克衛はまた積極的に若い詩人たちを組織した。一九三二年のことであるが、彼と岩本修蔵が発行していた「白紙」が十四冊目になったとき、ふたりは雑誌の名前を「Madame Blanche」に変えることにした。[41] そしてクラブの名前も「白紙クラブ」から「アルクイユのクラブ」へと変わり（クラブのバッジは図17を参照)、現在と未来の詩の方向を論じる月例会が開かれることになった。克衛は一九三八年に、このクラブの名称について*Townsman*に次のように書いている(なお原文は英語)。

その当時私たちはエリック・サティ[一八六六-一九二五]の個性と彼の芸術に対する姿勢に深く影響されていた。この無邪気で偉大な芸術家を記念して、私たちは彼が住んでいた場所の名前[L'Arcueilラルクイユ]を私たちのクラブ名にした。このクラブの運動は急速に若い詩人たちに影響を与え、クラブ員は翌年には四十人以上に膨れ上がり、詩の世界に新時代を画した。(42)

クラブ員たちが毎月会費を支払い、それが「Madame Blanche」の出版費に回っていたので、財政的な負担は「GGPG」の玉村善之助や「薔薇・魔術・学説」の冨士原清一のように特定の人物の肩にかかることはなかった。外部のスポンサーはなくてもやっていけたが、あればあるで歓迎すべきものであった。『若いコロニイ』や『円錐詩集』を出したボン書店は三号から「Madame Blanche」を発行し、流通にのせた。

六年のあいだに都合六種類の前衛詩誌の編集に直接関わっていた克衛は、毎号の計画を立て、原稿を集め、それを印刷業者に渡し、校正し、そして完成号を書店に流通させるという毎月の骨の折れる仕事から手を引きたかったに違いない。そんなことよりも、自分の詩や詩学が規範となる運動を指導することで満足したかったはずだ。十五人の創立期からのメンバーのうち三人は女性で、当時の同人誌からすると平均よりも多かった。(43)「アルクイユのクラブ」に所属していた詩人たちの何人かは、現在、戦前の最高のモダニストと考えられている。西脇順三郎、左川ちか(一九一一-三六)、江間章子(一九一三-二〇〇五)、近藤東、山中散生などである。西脇を除くと、克衛が「薔薇・魔術・学説」や「衣装の太陽」で一緒に活動していたシュルレアリストの詩人たちは、見事に常連寄稿者から外れていた。彼らのエッセイや翻訳がこの新しい詩誌を飾ったものの、詩作品は載らなかった。「Madame Blanche」の初期の号では、瀧口修造や春山行夫などの招待詩人による短い寄稿作品から始まり、各メンバーによ

図 17　アルクイユのクラブのバッジ　日本では企業の社員が会社の記章をスーツの襟の折り返しに付けることが多いが、詩人のクラブでは克衛が始めたクラブだけがバッジを持っていた　会員から見れば、それは彼らのモダニズムにぴったりの粋を体現するもののように思えた

る短い詩がひとつずつ続くというのが典型的なやり方であった。「Madame Blanche」の五号が出る直前に新しい詩人が大勢加わり、会員は四十二名に膨れ上がる。[44] その大部分は大正生まれの十代後半の学生で、順応性に富み、古いことば遣いや詩学に沈み込むということはなかった。菊島恒二（一九一六－八九）は当時十六歳で、「アルクイユのクラブ」に参加したときの経緯を次のように回想している。

> 私は十三歳の時から同人誌を編集していた――『プリズム』とか『オメガ』という雑誌が最初で、そのうち岩本修蔵と知り合いになった。ある日私のところに克衛から、ハイヒールを履いた細身の女性のイラストが勝手に送られてきた。彼はそのイラストを『オメガ』第4号の表紙にと送ってきたのだった。私はそれを表紙に使った。1ヶ月後、克衛は私に小さなキリンの素描を送ってきた。メモが付いていて、なんと、女性の横にそのキリンを配して次の号の表紙に使ってみては、と書いてあった。私はそのとおりにした。彼も、岩本修蔵も作品を送ってくれた。
>
> その頃、克衛は私に「アルクイユのクラブ」に参加してはと言ってきた。私はその前の年にはエリック・サティの音楽を聴いて完全にいかれていた。集まっている詩人たちもそうだが、サティの連想は私をひどく興奮させた。クラブには参加するが、『オメガ』の友人たちとは分かれたくないと言うと、克衛は岩本

の同意を取り付け、それで私たち6人は一緒に「アルクイユのクラブ」に参加したのだ。(45)

江間章子はこの時期にクラブに参加した女性詩人のひとりであった。彼女は克衛をシュルレアリストの画家だと思っていて、まさか詩を書くとは思っていなかった。(46) 当時北園は左川ちかとともに銀座の小さな事務所で広告文を書いていたが、そこは江間の記述によればウナギの寝床のように狭いところだったらしい。(47) 二人は江間を説得し、江間はアルクイユのクラブに参加する。彼女は月例会の様子を次のように回想している。

北園克衛はとても内気で、しゃべっても声は小さく、「今月号の出来はよかった」とか、「それはあまりよくない」とか、「校正ミスが多い」とか、そんなことを言うだけだった。
同人たちは自分たちの意見を述べ、しばしば克衛の意見に反対したり、要求めいたことを言ったものだ。みんな自由に詩の議論をした。
「椎の木(48)」と「Madame Blanche」の会合で、私はつまらない詩はいかに退屈で、いい詩はいかに面白いかが分かるようになった。

「Madame Blanche」の同人には、伊東昌子［生没年不詳］、中村千尾［一九一三-八二］、広江ミチ［生没年不詳］、桑門つた子［生没年不詳］という女性詩人たちがいて、すごかった。(49)

北園はメンバーに冗長な表現を削ぎ落とし、短い詩を書くように勧めた。彼は長母音の時にはカタカナの文字を重ね、長音記号は使わないように主張した。たとえば、「アー」と表記するのではなく、「アア」と表記する。だがそれ以外の文体に関する規則は何ひとつ押しつけなかった。(50)「Madame Blanche」の最初の三号に発表された北園自身の詩は『若いコロニイ』の調子を帯びていた。彼はイマジスト風の幾何とシュルレアリスムの混交を続け、それはたとえば「そしてすべての思ひ出が卵のなかの日曜日ではありませんか！」のような詩句に表されている。(51)

『若いコロニイ』の抒情性と『円錐詩集』の概念上の実験以外にも北園は第三の文体とでも言うべき短詩を発展させるが、そこでは俳諧と和歌という古典からの語彙が引き出されている。彼はそれを素材の変化にすぎないと考えていただろうが、これは一九二四年に前衛芸術に出会って以来、初めて北園が日本の伝統的な詩歌を振り返って見たという事件でもある。彼は「Madame Blanche」六号（一九三三年四月）、「文芸汎論」、そして永井荷風（一八七九‐一九五九）が始め、後に西脇順三郎が編集することになる、慶應大学の有名な文芸誌「三田文学」においてこの種の詩を初めて発表した。これらの詩は全部で十七篇あり、後に集められて『鯤』（一九三六）と題されて出版される。[52] 鯤はもともとは小さな「魚の子、つまりはららご」を意味したが、それは紀元前四世紀の伝説的な道教者である荘子によって意図的に逆転させられ、「想像上の大きな魚」を意味するようになった。

北の果ての海に魚がいて、その名は鯤という。鯤の大きさはいったい何千里あるか見当もつかない。ある時突然形が変わって鳳になったが、鳳の背中は、これまたいったい何千里あるか見当もつかない。ふるいたって飛びあがると、その翼はまるで大空一ぱいに広がった雲のようである。この鳥は、海の荒れ狂うときになると、南の果ての海へと天翔る。南の果ての海とは天の池である。[53]

アルクイユのクラブのメンバーであった上田修によると、北園が「鯤」という名前を選んだのは、日本の強い儒教的伝統に対する反感を示すためであり、また道教との連帯を示すためでもあったという。[54] 荘子は、魚のはらごを何千里も広げることによって、小を大に変える。同様に、巨大な「鯤」の生息地である「南の果て」を「天の池」と呼んで、大を小にもどす。大きさを逆転させることによって――小は大、大は小――境界を破るという発想に、シュルレアリスムの似たような一面を理解していた北園が共鳴したに違いない。いずれにせよ、『鯤』は西洋に汚されていない日本を描いている。

鯤

この青銅の魚はかつてある天台の高僧から年老いた母に伝はつたものである
夏になると谷間の村は若葉の下に沈んでいつた
客間のすがすがしい暗さのなかを微風がかよひ
微風のなかに魚は颯爽と北方に向つてゐた
このブルウタスのやうないかめしい魚と鏡との間で素馨の花が薫つた

野分

その隻腕の僧は錫杖を置いて山岳を指しながら九折の難渋を説いた
けれどもこの老僧の綸子はしとどに濡れて
雨は庫裏の外にも蒼茫と落ちて来た

昔の家

そのころ祖父は南の庭に降り立つて　竹林に向ひ塲然と大弓を引いた
けれども弦はなかばにして書院の窓をふるはせた
その庭の西方に卯の花が咲き　母はこの白い花を愛したが
秋になるとその竹林を風が渡り栗の葉が泉水を埋めていつた(55)

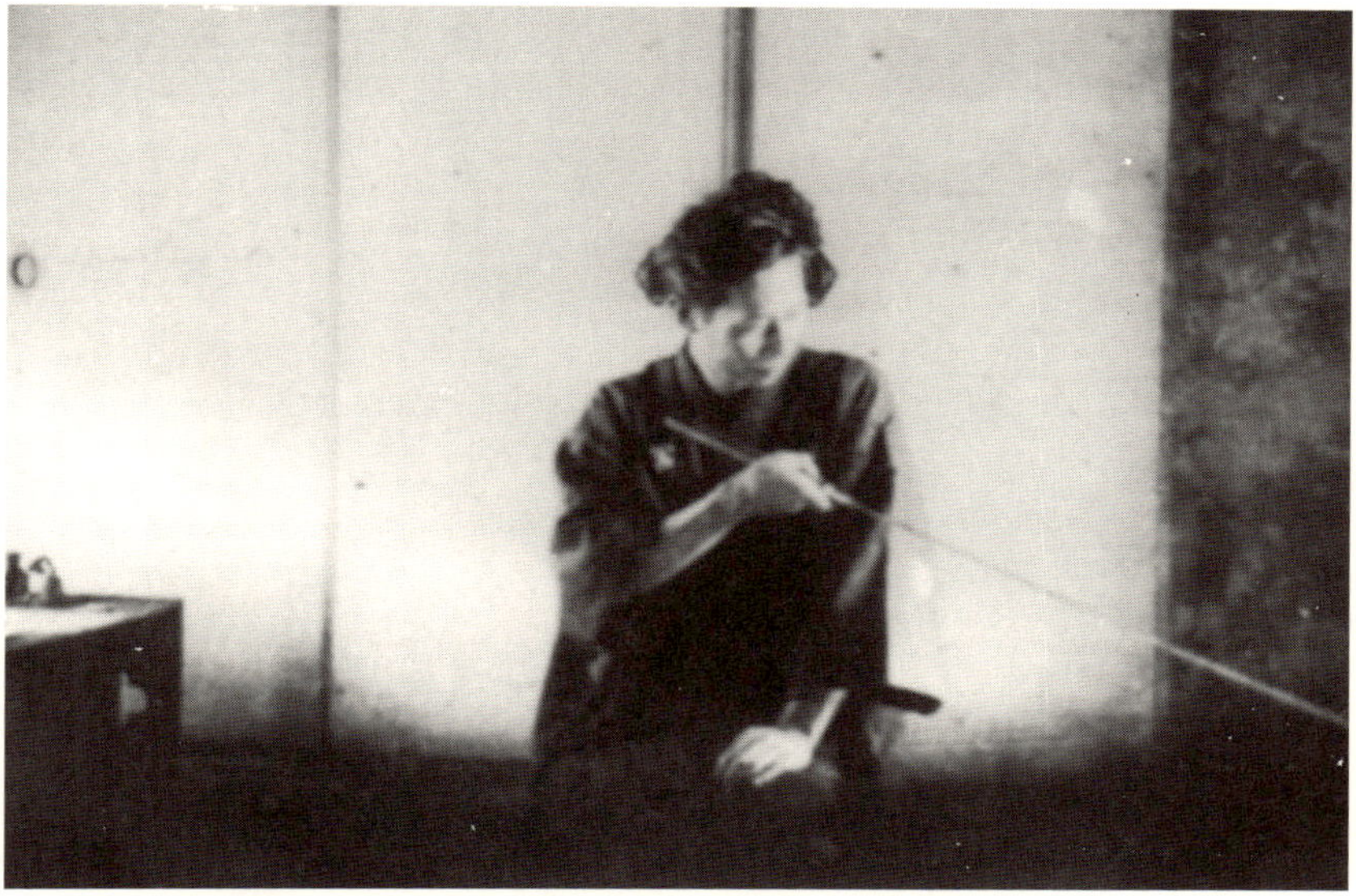

図 18　和服姿で日本刀を愛でる克衛（1930 年代中頃）　写真の裏にはフランス語で “à Monsieur Azuma Kondo par Kitasono Katue (Nov. 25).” と書かれているが、何年かは不明

これらの作品には、以前の彼の詩の臭いが見事に消されている。ダダやシュルレアリスムの実験詩とは違って、ここに現われている要素はすべて伝統の中に明確な関連がある。形状を水平に、また垂直に描く北園特有の技法はなんとか認められるものの、使われている語彙が変化したために、また行から行に移行する際に意味が連続するので、出てきた効果はまったく新しいものである。彼の未来を見すえた、初期の実験詩における異化作用との戯れは放棄され、ことばは過去にしっかりと根を下ろす。

前衛詩の王者がこのような様式の作品を書いたという事実は、他の前衛詩人たちにさえ奇妙な自己矛盾に思えた。詩友の村野四郎（一九〇一－七五）は、北園が『鯤』のような伝統的な詩を書くことを「スキャンダル」だと思った。[56] 村野たちにとって、これらの詩は克衛の前衛詩人としてのイメージを損なうものであり、こういった作品を前にすればそれまでの北園の実験詩は意味を失うとさえ思えたのだ。『鯤』には政治性がないが、その古めかしい語彙と情感のためにこの詩集は政治的な問題になった。克衛はなぜ一九三三年から伝統に回帰したのであろうか。（図18の和服姿で刀剣に感じ入っている克衛の写真を参照のこと。）

第一に、俳諧と和歌から彼がことばを選んだのは退行現象と言えるであろうか。あるいはそれは前か横への一歩であり、新しいパターンのために新しい素材を見つけるための新たな実験で、その素材がたまたま伝統的であっただけなのか。西洋化された詩を書くのに飽きて、振り子の揺れ戻しのように伝統的な日本の詩に何か新鮮なものを発見したのだろうか。当時の彼から見れば、『鯤』のような詩が最も生命力のある「アヴァンギャルド」という選択であったのだろうか。言い換えれば、西洋の方法論を採用した日本の詩人は自らの伝統に根ざした語彙を用いた文体で書いてはなぜだめなのだろうか。伝統をかなぐり捨てることと前衛になることは、目の前の壁を突き破るための衝動としては結局同じもので、彼は同じような挑戦をもういちど試みようとしていたのだろうか。ただ今回は見たところ方向が逆になっているのだが。北園は「Madame Blanche」でこうした疑問を一蹴する。「僕に於ては詩の素材は幾何学に於ける数記号以上の意義を必要としない。従つてそれらの素材が持つてゐる経験上の価値判断は読者の自由の領域である。[57]」

この変化には個人的な理由もあったかもしれない。栄子と結婚後に帰郷して、北園は自分の幼年期のことや両親のことなど、また先入観のある方法論を用いずに書いた自分の初期の感傷的な詩のことも思い出したに違いない。また、その夏、彼は家の倉庫で松尾芭蕉の句を発見し、俳句を書き始めている。[58] これはあくまで憶測だが、芭蕉に喜びを発見したあと、日本の文学遺産に対する彼の態度が変わったのかもしれない。そうであるなら、前近代的な主題を自分の作品のなかで使うようになるのは時間の問題であった。

『鯤』にはまた克衛の西洋的な仮面（ペルソナ）の没個性とは対照的に、彼のより個人的な側面が表されている。彼の家族——母、兄、祖父——が『鯤』には登場するが、前衛詩の中では母親だけが言及されていた。この詩集は「鯤」と「祖父の家」という二つの部に分かれていて、故郷の村、山、木々、花々などが語られる。ただし朝熊という地名は直接には出て来ない。

これらの詩を伝統的なものにするために何が付け加えられたかを観察すれば、北園の実験的な作品から何が削除されたかが見えてくる。まず、言語の表層には古めかしい青錆びがこびりついている。幽玄、わび、さび、といった美的世界を喚起するような漢字が選ばれている。克衛のダダやシュルレアリスムの詩に使われる動詞は強烈で、動的であり、ときには暴力的ですらある。「ぶら下がる」、「破る」、「衝突する」、「裂く」、「壊れる」など。ところが、『鯤』の中で用いられる動詞はゆっくりとした、優雅な動きを彷彿とさせる。「歩く」、「くゆらせてゐた」、「散らした」など。このゆったりとした性質は時を表す副詞においてさらに強調される。『鯤』の中では時間は季節という漠然とした単位か、ただ過去によって暗示される。「夏になると」、「落葉とともに」、「かつて」など。他方、前衛詩では、時間は即時的な瞬間に焦点を合わせられている。「とつぜん」、「不意に」、「すぐに」など。

『鯤』の伝統的な詩と克衛の前衛詩との違いは、伝統的な詩では、作品の文脈においてもまた作品の外の社会においても、すべての要素が明確な「場所」を持った、統一された風景が提示されている点にある。これは単に語彙や雰囲気の変化といったものではない。前衛詩では、ことばは紙面に適当に散らばっているように思えるし、日常生活とも関係がない。

伝統的な技法をなぜ用いたのかという克衛の個人的な理由はさておき、日本の前衛詩と、和歌や俳諧、（さらにはこれらの滑稽版である狂歌と川柳）との間には重なるところが結構多い。三十一ないしは十七音節から解放された近代の詩人たちは短い自由詩を書く場合が多かったが、できあがった作品は古い詩形の五音節や七音節の行の長さに近いものであった。俳句に見られる論理の飛躍とシュルレアリスムの非論理性との類似、また掛詞という古い技法の現代版についてはすでに論じた（第三章参照）。『鯤』においては古典的な詩歌の世界から語彙が借用されているために、和歌と俳句の古い世界がどこで終わるのか、また前衛という新しい世界がどこから始まるのかが分かりにくい。もちろん、音節の数え方や、季語のあるなしや、その他の伝統詩歌の形式に特有な約束事を除いての話ではあるが。

克衛は見た目には矛盾しているが、実は完璧な西洋的様式と日本的様式という二つの別の世界を効果的に呼び出す。だがこれは別に驚くべきことではない。ほとんどの日本人にとって二十世紀を生きるということは、土着と外国の要素を溶け合わせることであった。しかしながら、驚くべきことに、シュルレアリストとしての克衛はこの二つを融合しなかった。作品に応じて主題を明確にし、ふたつの文体を混ぜ合わせてそれぞれの文体を「汚染」すべきでないという主張のために、西洋的なものと日本的なものを織り合わせて全く新しい、新種の懸けあわせを作るという可能性は閉じられてしまった。もしこれが実現していれば第二勢力にとって極めて超現実的なものになっていただろう。この二つの世界を融合することを克衛が拒否したために、それぞれの顕在化された世界の雰囲気が型にはまったものになるという不幸な結果になった。つまり、古典的な日本は静寂、新精神《エスプリ・ヌーヴォ》は、「記号説」と抒情詩を除けば、荒々しいというふうになってしまった。北園がふたつの世界の融合をためらったのは、そんなことをすれば両方のパロディになるだけだと考えたからかもしれない。一九六一年になって彼は枝分かれした自分の詩の様々な枝をひとつにしてみたいと考えたが、自分にはそれらすべてを統合するための、決定的な「パターン」がないと語っている(59)。

克衛は『鯤』の装丁を自らが行なったが、表紙に自分の家紋である三つ柏を入れ込んでいる。作品に個人的なところが多いのに決まり悪さを感じたのか、序文にはこう記されている。「詩集『鯤』は世にとふ詩集にあらず親しく友人知己に頒ちて日ごろの友誼にむくいんため編まれしものなり(60)。」彼はまた自分の懐からその詩集の印刷費用を工面した。エズラ・パウンド（彼についての詳しい議論は第五章にある）にもこの詩集は送られているが、そこには次のような説明が添えられていた。「詩集『鯤』を謹呈します。鯤とは想像上の大きな魚のことです。私は、ひとつひとつの作品に『日本精神』とも言うべき茶道と禅の古典的な雰囲気を表現したつもりです。この詩集は百部限定で、もっとも親しい友人にだけ送りました(61)。」

克衛が伝統的な日本の雰囲気を出そうとした理由が何であれ、彼の選択は満州事変（一九三一）のあとの日本の政治的な右傾化に平行するものであった。日本は、一時的にではあるが、中国本土の大部分を植民地化することに成功したために、日本的なものに対する誇りが増大し、過去の文学もそういう意味では例外ではなかった。西ヨーロッパに対する関心は依然として高かったが、徐々に関心の的は故国に移って行った。新精神《エスプリ・ヌーヴォ》と日本精神というふたつの様式で詩を書く克衛の選択には当時の短命に終わった、不安定な時代の複数性が反映されている。伝統詩は一九二〇年代と三〇年代初期では、前衛によって絶えず軽蔑されてきたが、四〇年代になると伝統主義者たちは前衛詩を禁圧するまでになる。両極端ではなかった三〇年代中葉では、両方の書き方が容認されていた。そうこうしているうちに、軍事的な状況が月を追う毎に暗い影を落していくことになる。

克衛の詩が伝統へ向かい始めた頃、彼の評論はますます辛辣になっていった。「Madame Blanche」の八号に彼は小栗雋一郎という筆名で「毒の花束」と題された評論を書いたが、おそらく岩本修蔵を除いては、小栗の正体が北園克衛であることに気づいた仲間はいなかった。「Madame Blanche」の五号からグループの一員になった小林善雄（一九一二-二〇〇二）が克衛の家を訪問したとき、机の上に小栗雋一郎という名前が書かれた未完成原稿を見つけたという。小林が、「えっ、あなたが小栗だったのか！」と驚くと、克衛は笑みを浮かべて知らない素振りを見せるだけだったという。[62] すべてが白日の下に曝されたのは一九四一年のこと、「Madame Blanche」誌上に登場した小栗のエッセイが北園克衛著の評論集『ハイブラウの噴水』に再録されたときだった。[63]

なぜ克衛は違う名前を使いたかったのだろうか。彼は何を隠そうとしていたのか、また、それはなぜなのか。違う名前で自己を装うことにどういう意味があったのだろうか。換言すれば、個人の主体性は彼にどういう意味をもっていたのか。こうした問題について克衛は黙して語っていないが、かつての同人であった上田修の発言の中にその手がかりがあるかもしれない。上田は、「この頃克衛は、『この汚れた世界で純粋さを保つために、私はわかりにくさを大事にする』と私に力説した」と言う。[64] 小栗雋一郎は克衛が仲間の詩人の作品を匿名で批判するための手段にもなった。後に和解することになるが、春山行夫と克衛との友情が壊れたとき、小栗こと克衛は「Madame Blanche」九号で次のように罵倒した。「ジョイス研究家春山行夫氏の断定も甚だ心もとない事になつて来たと言はねばならないだろう。[65]」小栗はまたその誌名について論じる。「マダム・ブランシュを人はよく〈白の夫人〉とか〈白色夫人〉とか訳して面白がつて居るが悪い洒落だ。若しも〈白い夫人〉とか〈白色夫人〉とか訳させる気で居たならば無論 La Dame Blanche としなければ充分でない。さうでなく単にブランシュ夫人とした処に誌名上の革命が隠されて居たのである。[66]」彼の解釈では、「ブランシュ」は個人名であって、「白色夫人」もしくは「白」を表してはいない。もっとも、彼がこのように主張しなければならなかった裏には皆がそのように読んだとは限らなかったという事情もある。(67)

小栗雋一郎はエッセイや翻訳を「Madame Blanche」や時には他の雑誌にも寄稿し続けたが、その筆名ではひとつも詩を発表していない。(68)「Madame Blanche」一一号から北園は第三の筆名、春日新九郎を用いることになるが、当時その筆名の主が北園であることを知っていたのはごく少数の詩人だけであった。小栗の場合とは違って、克衛は自分が春日新九郎であるとは公には認めていない。(69)ユーモラスになったり、辛辣になったりする春日のコラムは、克衛の詩学を援護射撃する一方で、彼の防御本能が働いていることを図らずも世に曝した。その毒舌は雑誌を生き生きとしたものにしたし、詩誌に対する関心を高めるのに一役かったことだろう。春日新九郎という名前は、吉川英治（一八九二‐一九六二）の一九二四年の冒険小説の主人公の名前から取られている。(70)吉川の春日新九郎は剣術よりも詩や絵画に親しみを見出す侍で、その意味ではこの人物像は在原業平から光源氏、そして井原西鶴の世之介へと連なる、古くから日本で人気のある色男の典型である。(71)克衛は春日新九郎を書評のときだけに使っている。春日という仮面の陰で克衛は何を言おうとしたのか、また読者が克衛のほうを向いて非難したときに彼はどのようにしてその非難をかわそうとしたのであろうか。

「詩集の審判」というコラムで、春日は適宜、称賛と非難（特に後者）をちびちびと分け与えた。「『山中散生訳の』『ラディゲの遺墨』の書評［「Etoile de Mer」六号の加藤一によるもの］は筆者の頭の悪さをみじめに露出した結果に終わつてゐる」と彼が書いた後で、ちょっとしたスキャンダルが起きた。(72)「Madame Blanche」の翌号には、定期的な書評コラムに加えて春日新九郎の一頁の声明文「私の弁解」が載った。

春日新九郎が北園氏のペンネエムぢやないかとか、てつきり岩本氏だらうなどと取沙汰されてゐるさうで、一寸驚きもし恐縮した。どこをどうつかまへて言ふのか解らないが、つまらない穿鑿は止した方がいいと思ふ。

（中略）

ブランシュの十二號でエトアル・ド・メイルの批評で加藤一といふ男を頭が悪いと言つたら、相にくそれがクラブ員だつたので早速クラブを脱退されてしまつた。結局その男は自分の頭の悪さを改めて證明した譯であるが、クラブ員を一人減したことはクラブに對して申しわけのないことだと思つた。

これから先もあることだと思ひますがクラブ員を止すなんて赤ん坊のやうなことをしないで、ロヂカルに反撥して頂けると勉強になつていいと思う。私は無名の男に過ぎないんだから勝負にはテンタンとしてゐるつもりだ。だから負ければあやまつてもかまはないと思つてゐる。ただ味気ないから陰口をきいたり、自分の財産を数えるようなシミツタレた根性をみせつけるのなどは止して欲しいと思つてゐる。

（中略）

とにかく私を影武者扱ひするのは止してもらふことに仕たいものです。(73)

このように克衛とは別人であるとする断言がさも本当であるかのように、春日の激しい怒りとは合わない北園の静かな伝統的な詩が見開きの反対側の頁におかれた。

寒土

薄のなかを歩いてゐるといつか芭蕉の庭になつてゐて
先生はいつも冬になると柚の実に白湯をそへてすすめられたが
その庭のかたかげに水仙はひとすぢに青く白い花を咲かした(74)

克衛自身の作品をどう扱うかは春日にとって難しい問題であったはずだが、彼はなんと克衛を手放しで褒めそやした。たとえば、「Madame Blanche」一一号で、春日は『円錐詩集』を次のように評している。

彼は自らこの詩集の広告文をかいて、〈自分はこの詩集でポエジイの力学的把握に成功したと思つてゐる。〉と言つた。詩の持たねばならぬ科学性が如何なるものであるかをこの詩集は充分に示してゐる。その様に、方法のメカニズムに関する一般の概念はこの詩集によつて明らかにその誤謬を訂正されなければならないだろう。第二〇世紀の詩人の必ず座右にすべき彼のエッセイ集（春秋書房版）〔『天の手袋』、一九三三年〕に於て、詩と科学との交流に関してあるひは詩的認識の限界について正確に語られたことを彼はこの詩集において鮮明に裏書きしてゐるのを諸君はみられるであらう。[75]

ここで、まるで鏡の中の鏡のように、著者＝橋本健吉はもうひとつの仮面である書評家＝春日新九郎を創出した。そして春日はさらにもうひとつの仮面、詩人＝北園克衛を引用するのだが、その北園は自分自身の詩を評釈する。この仮面の増殖と操作そのものがまるで詩のようではないか。[76]

「Madame Blanche」一一号の読者は、春日が北園を賞賛しているのを知る。おそらく自分の正体に対する疑惑を払拭するために、春日は「Madame Blanche」一三号で、「文芸汎論」に寄稿した北園の伝統的な文体の作品（後に『鯤』に所収）をやや穏やかに批判した。「北園克衛の（祖父の家）は最初の一篇と最後の一篇が成功してゐる。だが全体的に見ると散漫だ」。[77]もっとも自分自身に批判的なのは難しかったに違いない。この数行あとで春日は「Madame Blanche」の同じ号に掲載された岩本修蔵の「不眠の午後」は「北園氏に遠く及ばない」と書いている。[78]春日の批評から岩本が春日の正体に気づいていなかったこと、また、いくらふたりの仲が良かったとしても、克衛は岩本をライバルだと考えていたことが分かる。

菊島恒二は自分の師である克衛にむかって「春日という筆名の陰に隠れ、クラブの仲間である加藤一を攻撃するのは倫理に反する」とつめよったという。[79]菊島によると、克衛は春日は自分の分身であることを認めたが、悪びれたところは見せなかったという。菊島と本山茂也（生没年不詳）は感情を害してクラブを脱会した（加藤はすでに脱会していた）。すべてのメンバーが春日の、あるいは小栗の正体に気づいていたわけではなかった。小栗の名前は各号の終わりに記される「アルクイユのクラブ」の会員名簿に一度も出なかった。しかしながら、春日は「Madame Blanche」の一三号から一七号の名簿に登場する。ただし春日の寄稿が始まるのは一一号からである。

このような陰謀めいたことを画策しながらも、克衛は自分自身をからかえたし、少なくとも他の人たちにからかうことを許した。「Madame Blanche」一三号には、春山行夫、近藤東たちの作品を茶化すパロディが載っている匿名の「Anthology Against Anthology」という欄がある。たとえば、克衛の文体をまねたものがある。

白いアルバムのやうな詩は
足を踏まれたよりもばからし
い
肌をかくせないヴイナスよ
洒落た思ひつきでもあります
まいか[80]

克衛はこの時期さらに別の活動を行っていた。フランス詩の翻訳である。フランス語は独学であった。一九三三年には本邦初訳となるポール・エリュアールの訳詩集（ガラに捧げる十一の恋歌）を出版し、三四年にはステファヌ・マラルメの恋愛詩集を出版している[81]。後者の帯には自らを茶化したような、「最も無器用に全訳されたステファヌ・マラルメの恋の詩集マドリゴウ[82]」というお気楽な文章がある。

シュルレアリスムと新精神《エスプリ・ヌーヴォ》は北園と彼の同時代人の翻訳に影響を与えている。佐藤朔は多くのすぐれたフランス文学の翻訳を行ったが、戦前の翻訳に対する姿勢をこんなふうに回想している。

まずい直訳だけど、まずい直訳でなくてはいけないと思うわけです。上田敏や森鷗外流にきれいな雅な言葉で訳したりするより、たとえ誤訳しても直に表した方が純粋だという感じが僕等はしたね。（中略）新しさを出すためには直訳した方がいいと思ったこともあるわけです。たとえば、"rose des vents" を「風の薔薇」と訳す。字引を引けば羅針盤と出ていますよ。でもわざとそう訳す。誤訳だなんて僕なんかさんざんやられました（笑）。（中略）「風の薔薇」と訳して羅針盤というふうに読み取れる感覚の人を目当てに訳しているわけなんですよ。"mont-de-piete" というのも「憐憫の山」とこの頃訳していますよね。実際は質屋ということなんですけど。[83]

佐藤は読者がフランス語に堪能で、直訳風の訳語をその字義通りの意味から辞書上の意味に訳し直せると考えていた。この新しい、自由な翻訳態度が部分的に正当化されたのは、翻訳者たちが超現実主義的な効果を出そうとしていたからである。

克衛は戦後に出たある自分の訳書に次のような献詞を書き残している。「反訳というものは／いつもその著者／と読者に二重の／嘘をつくことです」[84]。彼は翻訳を専門としていなかったが、彼のこの分野での仕事は高く評価されてきた。[85]

「アルクイユのクラブ」会員であった山中散生はポール・エリュアールと文通をしていて、このフランスのシュルレアリストに敬意を払おうと、優雅な手すきの和紙を使ったハードカバーの本を出すことにした。[86] それが『*Hommage à Paul Eluard*』で、この書物にはエリュアールやブルトン等の訳詩の他に、日本語、フランス語、英語で書かれた日本のシュルレアリストたちによる作品があった。北園の寄稿作品は、「Opera Poetica」という題名の、英語による二十二行の詩であった。各行はピリオドで終わり、それぞれの行と行のあいだには意味のつながりがほとんどない。選ばれたイメージには目を見張るものが時々ある。

The moon breaks as a soup-plate . . .
［月はスープ皿のように砕ける］
The newspaper, solemnly as the Bible, displays the scandals of the last month . . .
［新聞は、聖書のように厳粛に、先月のスキャンダルを発表する］
The skeleton of a crushed chair . . .
［押しつぶされた椅子の骨組み］
A broken fork stretches out his excited hand to the rotten bouquet . . .
［こわれたフォークが腐った花束にその興奮した手を伸ばす］
It is miserable that you cannot look out of the three windows at the same time . . .
［あなたが同時に三つの窓から外を眺めることができないのは惨めだ(87)］

一行一行がいくら効果的でも、全体の印象は散漫だ。だが、身近に手助けをしてくれる英語を母語とする人間がいなかったことを思えば、鋭い形象のある詩を書くことに成功したと言える。「Opera Poetica」は克衛による最初の英詩として重要な意味を持つ。この経験によって外国語では何が伝えられるかを考えることとなり、克衛は超現実的な形象で応えることになる。

この本の出版から一年半後に、「Madame Blanche」の廃刊の知らせが、その一七号の表紙に印刷されることになる。会員の何人かは「二十世紀」のもとに走るが、この雑誌は二十代の若い詩人たちによって始められ、編集・発行人は饒正太郎（生没年不詳）だった。「二十世紀」は新しい世代の出現と、世代間の断絶を告げるものであった。「アルクイユのクラブ」は、しかしながら解散せず、会員を二十七人に絞って一九三五年の元旦に新しい機関誌「JaNGLE」を創刊した。最終号となる二号が五月に出て、クラブは解散する。春日新九郎はクラブ員名簿にその

名を現すことはなく、彼からの便りも途絶えることになる。(88)

分裂・解散について克衛は様々な理由を挙げている。*Townsman* でVOUクラブの紹介をしたときには（英語で）こう書いている。「アルクイユのクラブがこれといった特別な理由ではなく解散し、「Madame Blanche」が一九号で終ったのは、時代の流れという避けられない結果であった。(89)」一九六三年には、彼は新しい詩学がそうした変化に動機を与えたのだと言った。「この「Madame Blanche」も廃刊して、新しく「VOU」を創刊することになるのであるが、それは、僕たちがリリシズムから高度な主知主義に脱皮するためであった。(90)」一九七七年になると、彼は膨れ上がった会員数（四十人以上）を非難して、こう言っている。「作品の水準が低下してきたのを機会に、一応そのメンバーを解散して少数の有能な詩人だけの雑誌を発行することになった。(91)」理由は何であれ、一九四一年に次のように書いた時でも北園は自分の指導力にまだ自信を持っていた。「最後にこの書物のために屢屢現れる詩誌「Madame Blanche」は現代の最も優秀な新詩人の殆んど九〇パアセントが属していたアルクイユのクラブの機関誌」である。(92)

「アルクイユのクラブ」はいくぶん不思議にもその活動を停止するに至り、日本近代文学史の中ではほとんど言及されることとすらない。というのも、克衛がこのあとに作ったVOUクラブの方がより大きな成果をあげたからである。(93)だが「Madame Blanche」は日本の近代詩に若くて軽快な態度を映した、勢いのある抒情を提供した。これは単にアルクイユのクラブの詩人たちのみによって達成されたわけではないが、彼らの貢献は大きかった。伝統的な学問にそれほど縛られることのない教育を受けた新しい世代は、現代語を新鮮で、予見できない方向にもっていく力に恵まれていた。太平洋戦争による破壊のあとの危機に直面して、より政治的な意識の強い態度が求められるようになり、戦前のアヴァンギャルドたちは軽率で軽佻だったために愛国詩に筆を染めたと十把一絡げに断罪されたのだが（第六章参照）、このように非難する若い世代の多くの詩人たちは戦争詩を寄稿するように求められていなかったし、もし求められていたら彼らが果たして作品を書いたかどうかは分からない。どちらにしても、結果としては簡潔な作品を現代生活の新精神《エスプリ・ヌーヴォ》を喚起する新鮮な言語で書くという、アルクイユのクラブの主な功績は、批評家にも、出版社にもほぼ完璧に無視されてきた。

克衛は「Madame Blanche」で新しい世代の詩人たちを先導した。また、自分の詩の表現媒体としてこの詩誌を利用するばかりでなく、自分のエッセイや書評の陳列窓としてもこの雑誌が便利であることにも気づいていただろう。編集やデザインの仕事、そして絵を描くこともまた彼の詩に対する見方を広げるのに役立った。克衛は、一九三〇年から三五年の間にいくつかの異なった方向を探求した。ここで湧き上がるひとつの疑問は、彼の数々の仮面(詩の様式と筆名)がどの程度まで一貫した糸の異なった現われ方なのか、また、どの程度までそれらの仮面が他の仮面から互いに孤立し(そして対立する)自足した実体なのかということである。克衛の仕事を見ているとこのような疑問が生じるのだが、同時に「あれかこれか」という単純な二者択一の解答を拒んでいるようにも思える。この後にさらに多くの仮面が創りだされるのだが、それは浮かび上ってくる矛盾を深くするのに役立つのみであった。

(田口哲也訳)

第五章 キット・カット(Kit Kat)とエズ・ポ(Ez Po)

エズラ・パウンドと北園克衛——パウンドは愛情を込めて北園のことを「キット・カット（Kit Kat）」と手紙の中で呼んだ——は、一九三六年から五九年まで、つまりパウンドが沈黙の時期に入るまで手紙のやりとりをした。約百通の手紙と葉書が二人の友情の証として残されているが、日本の重要な詩人と西洋の大詩人との間で近代においてこれほど長きにわたって交流を続けた例は他にない(1)。だが、パウンドと北園は互いに一度も会うことなくこの世を去った。もっともそのおかげで二人の友情が長続きしたのかもしれない。なにしろこの二人は自国の文学者たちと平穏な関係を保つことができない人物であったからだ。もっとも、この二人の詩人の交流はただ単に互いに対して礼儀正しく、表面的なものではなくて、互いに自分の考えや気持ちを包み隠さずに述べ合うようなものであった。この章では、彼らの往復書簡やその他の関連資料を用いて、友人として、詩人として、文学理論家として、そして異文化間の大使として、北園克衛とエズラ・パウンドにとって互いの存在はどのような意味を持っていたのかを考えてみたい。

文通が始まったのは、克衛の人生における二つの重要な出来事の後であった。一九三〇年代初めの克衛の活動範囲を考えれば、一九三五年末の時点で、この年が結果的に極めて重要な年になることを示すような兆しはまったくなかった。しかし、克衛の全生涯を通して見るなら、一九三五年こそが彼の名前が歴史に刻まれる重要な年のひとつとなる。なぜなら、この年に彼は「VOUクラブ」を結成し、その機関誌「VOU」(一九三五-四〇、四六-四七、四九-七八)を発行したからである。VOUは二十世紀の世界において最も長続きした、アヴァンギャルドの原理に拠って立つ詩誌のひとつであった。克衛によれば、VOUという名前はそれ自体には何の意味もなく、意味は会員の活動によって生み出されるのだという。(2)

二つめの重要な出来事は克衛の経済状態で、一九三五年は彼の懐具合がよくなった年でもあった。それまでは自分と妻の両方の実家からの金銭的な援助でなんとか生き延びてこられたが、都市での芸術家・詩人の暮らしは月を追う毎に難しくなっていた。特に一九三四年に息子の明夫が生まれてからは、懸命に定職を探す必要に迫られていたのではなかろうか。臨時に飛び込んでくる原稿依頼や装丁の仕事だけでは、その日暮らしの生活から家族を救い出すことは容易ではなかったはずだ。

就職の話があったのは友人の中原実(一八九三-一九九〇)からで、彼の父は東京の下町に日本歯科医学専門学校(現日本歯科大学)を創立した人物であった。中原実は一九二〇年代中期から絵筆を置くことになる六〇年代初めまでの間、日本における最も革新的な前衛芸術家のひとりであった。彼の作品は古賀春江の作品と共に、昭和初期の最高の芸術作品の実例として常に展示される類のものである。中原は日本歯科医学専門学校の創立三十周年記念史編集のための仕事を克衛のために用意した。克衛は一九三五年五月に編集作業に取り組み始め、翌年にはこの仕事を終える。その後、日本歯科大学の図書館で中原の助手としての終身雇用の職を得ることになるのだが、当時の大学図書館に所蔵されていた書物はわずか数千冊であった。(3)

克衛がエズラ・パウンドに手紙を書き始めた一九三六年初めの頃、パウンドはイタリアの海辺の町ラパロで隠遁のような生活を送っていて、しかも、この三〇年代中期には日本と西洋の間にはほとんど接触らしい接触はなかった。(4) 文通を始めた頃の克衛の年齢は三十四歳でパウンドは五十一歳だった。克衛の手紙は一九三六年五月、パウンドの本を出版していたロンドンのフェイバー・アンド・フェイバー社経由でパウンドのもとに届く。

拝啓
失礼を顧みずお手紙を差し上げることをお許し下さい。イマジズム運動以来、長い間ずっと、私たちは新しい文学のリーダーとしてあなたに期待を寄せてきました。特に中国、日本の文学に対する理解の深さには非常に感銘をうけております。

昨年、私たちはVOUクラブを結成しまして、新しい芸術のために活発に活動を続けております。現在では、私たちのグループの存在がこの国の若い世代の人たちから注意深く見守られています。

私たちはダダから出発して、シュルレアリスムを通過しました。そして現在私たちはヨーロッパのどの「流派(イズム)」とも関係がありません。現代建築や科学技術からの密接な影響の下、私たちは芸術理論を進歩させ、私たちに固有な形式を形づくりつつあります。

VOUクラブは詩人、画家、作曲家、建築家、工芸家から成っています。会員は現在二十一人で、その内の三分の二は詩人です。

私たちの雑誌である「VOU」を二部、別便でお送りします。(5) 私たちがどのような集団であるかを知るご参考になれば幸いです。

なるだけ早くこの手紙があなたのもとに届くことを願っています。

敬具
北園克衛拝(6)

克衛は最初「VOU」についてのコメントをもらうことを期待してパウンドに手紙を書いた。パウンドはすぐに返信し、お返しに彼の書いた『カヴァルカンティ』が同封されていた。(7) この手紙以降もパウンドは北園が送った「VOU」二冊については意見を述べていないが、それは多分その「VOU」二冊が届かなかったからか、あるいはローマ字のタイトル以外はまったく何も読めなかったために当惑したからではなかろうか。(たとえばパウンドは、目次に漢字で書かれた会員の名前と、送られてきた彼らの名簿にあるローマ字による彼らの署名とを符号させることさえできなかった。）

克衛はパウンドとの関係を最大限に活用した。六月半ばに受け取ったパウンドの最初の手紙は「VOU」用に抄訳され、七月には印刷所に送られている。(8)また同じ号にはパウンドの三つの短詩が克衛によって翻訳され、「Decoupage」の欄に掲載された。その次の号である「VOU」一二号には特集的にパウンドの『詩学入門』の第一章が江間章子によって訳されたし、一三号には『カヴァルカンティ』の中の「中世主義」の章が克衛によって訳されている。これは始まりにすぎなかった。「VOU」は当時月刊誌で、パウンドとの個人的な、また文学的なつながりは、日本での「VOU」の雑誌としての価値を上げるのに大いに役立った。おそらくパウンドを載せるためであろう、一一号からは非会員も掲載可とする修正が公式に出された。(9)

パウンドは克衛に「君の雑誌に、若干の欧米の詩人からの投稿を待っているという旨をフランス語か英語で書いてみては」という提案をした。(10)助言はすぐに聞き入れられた。「VOU」一三号には次の英語のメッセージがある。

世界の詩人たちへ

詩は社会や宗教や政治などを単純に映す鏡として書かれるべきだ、といったような考えを私たちは否定した。こういったものによって詩が干渉されるのはバカげたことだ（そんなものは詩の文学理論体系に何の寄与もしないのだ）。

哲学、自然科学、社会学といったものからの干渉から、新しい思考体系としての詩を守ろうとして私たちは懸命の努力をしている。

詩には独自の働きがあるが、それは科学的な方法によって最も新鮮で、純粋で、新しい思考の世界を組織することであり、この思考の世界は詩によってのみ表現することができる。

VOU クラブ(11)

パウンドは『キャントーズ』やその他の彼の著作において歴史主義と経済学の観念を開陳していて、「VOU」の立場から見れば、皮肉にも彼らが間接的に批判しているプロレタリア詩人たちと同様にパウンドも有罪になるはずだった。しかし、パウンドも克衛も互いの哲学上の意見の相違をやりすごした。それは多分ふたりとも相手が異国人ということで寛大になれたからなのかもしれないが（このふたりは詩に関して異なった信念を持つ同国人の詩人を許すことができなかった）、あるいは単に互いに相手が余人を持って替えがたい存在であることを知っていたからなのかもしれない。

世界の詩人たちに向けられたVOUクラブのメッセージに加えて、この号の最後の二頁には英語による挑発的な疑問文を除くとあとは空白であった。その疑問文とは――「この余白に詩を書いてみたいと思いませんか」というものであった。[12]「VOU」は翻訳によって西洋にその頁を開いたばかりでなく、西洋の詩人たちに彼らの母語で新しい作品を寄稿するように求めたのであった。日本のどの雑誌もこれまで外国の読者に対してそのような直接的な呼びかけをしたことがなかった。しかしながら実際には「VOU」のその号を目にした日本人以外の詩人はほとんどいなかった。VOUクラブが西洋に公式に紹介されたのはロンドンの前衛文芸誌 *Townsman* の一九三八年一月発行の創刊号においてであった（図19）。

パウンドの文学に対する見方は極めて真剣に受けとめられた。以下は彼のVOUクラブの紹介の全文である。パウンドは自分が説明している作品の日本語版を見ていなかったので、*Townsman* の読者と同様に原作には無知であった。[13]

八人一組のヨーロッパ詩人、あるいはアメリカの詩人が、もしも彼らの作品を日本語に訳すように求められたとしたら、彼らがどんな表情になるかという問題ではない。御大フロベールが書き始めてから半世紀の間というものは、英語で散文を書きたければまずフランスの散文を読むことから始めなければならなかった、と言う問題である。これから英語で詩を書こうと思うものは、まず日本語を読むことから始めなければならないだろう。しかも、私が過去二十年間口をすっぱくして説いてきた中国の表意文字だけではなく、現代日本語を読

図19　克衛の詩とパウンドによるVOUクラブの紹介が載った *Townsman*（ロンドン、1938年1月）第1号の表紙

まなくてはならないのだ。

翻訳としてではなく実際の作品として、これらの詩は、絶好調の時のE・E・カミングズの作品を除けば、どんな詩よりも優れている。これらの詩は、私の同時代の余り知られていない若い世代の詩人たちを単なる変人だと思った読者たちにカミングズやペレを紹介するのに役立つかもしれない。そうだ。あなた方は北園氏の序文を二回、そして作品を三、四回は読まなければいけないだろう。この日本人の眼は、銃口から弾丸が飛び出す瞬間を捉える新しいカメラのシャッターのようだ。読んでも理解できない文章があるが、とにかく最後までたどり着けば、それらの文章がうまい具合に回り込んで最初のところにたくし込まれているのが理解できる。

私自身もまるでイタチの集団に遭遇した灰色熊のようだ。それはマングースの跳躍、カメレオンの素速い舌である。私たちが二十年かけて私たちの言葉から削ぎ落とそうとしてきた苔やけばのようなもの——このVOUの若者たちは最初からそんなものなしに出発しているのだ。彼らは水晶のセット、化学の実験室、そして松の木を何ものにもとらわれない透明な眼で見る。彼らがただひとつのあるいは数ある中のひとつの、最も行動的な東京の新しい詩人のクラブであるかどうかについてだが、このようなクラブを二つ持つ都市がはたして他にあるだろうか。こんなすごい勢いのある詩的運動はヨーロッパのどこを探しても存在しない。パリで終わってしまったところから東京があとを引き継いでいるのだ。

　間違ってはいけない、これらの詩に思想が不在というのではない。日本の詩人はひとつの頂点から次の頂点へと目にもとまらぬ速さで移動し、私たち薄のろの頭がやっと彼のスピードに慣れたと思ったときには彼はすでに別の次元に移ってしまうのだ。

エズラ・パウンド[14]

　パウンドはまず自分の作品を日本語に移すときの難しさを想像して、西洋の詩人を守勢に立たせるところから文章を始めている。次に英詩の将来はフランスよりもむしろ日本に影響されるだろうと言う。ただこの変化がVOUによって起こるのか、あるいはVOUが、西洋の詩、特にその短詩に多大な影響を及ぼした、能、短歌、俳句を含む、より大きな文学的な流れの一部であるのかという点については明らかにしていない。

　おそらく自分でも見ていない原作に言及するのを避けようとして、パウンドはそれらの作品を翻訳ではなく、「実際の作品として」判断するように読者に働きかけた。これらの詩が外国の詩人たちによる、もともとは日本語の作品の翻訳であるという事実を、突然消し去れというのだろうか。パウンドは続けて、それらの作品は「絶好調の時のE・E・カミングズの作品を除けば、どんな詩よりも優れている」と主張する。ガートルード・スタイン、T・S・エリオット、ローラ・ライディング、ラングストン・ヒューズ、H・D、エルザ・ギドロウ、ウィリアム・カーロス・ウィリアムズ、アイヴォア・ウインターズ、ルイ・ズコフスキー、ケネス・レクスロスたちがこの当時活躍していたことを考えると、VOUの詩人たちに対するパウンドの気前のいい賞賛を額面通りに受け取るのはどんなものだろうか。もしパウンドが、(自分たちの作品を一種の高級な片言《ピジン》英語で翻訳した)VOUの詩人たちの手による英語の変形《ディフォルメ》を、カミングズのような英語を母語とする詩人によるさらに歪んだ、分かりにくい作品に入っていくための中間点として使えると言っているのであれば、それまで努力して改良してきた言語の状態について彼は何を言おうとしていたのだろうか。

　パウンドは自らを「イタチの集団に遭遇した灰色熊」に見立てている。VOU流の詩人たちはスピードと機敏さそのもので、「マングースの跳躍、カメレオンの素速い舌」だと言うのである。日本人の眼は「銃口から飛び出す弾丸」を捕らえるカメラのシャッターのようだと言われている。内容がないというVOUの詩に対する批判は、日本の詩人たちの思考の速さについていけない証拠になってしまう。なにしろ日本人は「ひとつの頂点から次の頂点へと目にもとまらぬ速さで移動し、私たちの薄のろい頭がやっとそのスピードに慣れたと思ったときにはすでに別の次元に移ってしまうのだ」から。あらゆる批判はあらかじめ封じ込められている。

　VOUの詩に対するパウンドの評価は多分に誇張されているが、同時に心底すごいと思っていたのも確かである。たとえばパウンドは、「私たちが二十年かけて私たちの言葉から削ぎ落とそうとしてきた苔やけばのようなもの——このVOUの若者たちは最初からそんなものなしに出発している」と言う。厳密に言うと、パウンドはVOUの詩人たちの英語に「苔やけばのようなもの」が付いていないから素晴らしいと言ったのか、それとも表意文字の言語(日本語や中国語)が本質的にそのような余分なことば(それはVOUの翻訳詩においてさえ垣間見られる現象なのだが)から自由であるということが言いたかったのだろうか。パウンドは、アルファベットを用いる言語には形骸化した虚字が多く、それが透明な思考を妨害しているが、それに対して表意文字を用いる言語は基本的に象形文字を基礎にしている(と彼は考えていた)ので、記号と指示対象との間により緊密な関係が維持され、その結果、明晰な思考が可能になるという仮定を働かせていた。(たとえばオーウェルの「ダブル・スピーク」など)分かりにくい思考が不正確な言語の使用によって生み出されることがあるのは確かだが、もしパウンドが表意文字を用いる言語には非論理的なことば、意味のない繋ぎのことば、「曖昧な表現」などがないと考えたとしたら、それは大間違いだ。記号の祝祭に心を奪われたパウンドは、漢字の望ましくない諸相を無視した。

パウンドの見事なまでの賛美に満ちた紹介は、VOUクラブが詩の世界の新しいセンセーションであると告げられたときに頂点に達する。曰く、「このような詩的機敏さの渦巻きは、ヨーロッパのどこにもない。東京が、パリが止まったところを引き継ぐ。」

新しい文学の実験については恐ろしいくらいに目先がきくパウンドのような人物がVOUの作品をそれほどまでに高く評価したのはなぜだろうか。ひとつ考えられるのはパウンドが、よくはわからないものの、とにかく理想化された「オリジナルの」日本語版を想像してその翻訳を受け取ったということだ。表意文字に対するほとんど盲信に近い思い込みのためにパウンドは最初からこれらの作品を肯定的な光りのもとに見ていたふしがある。ちょうどプラトンの理想主義のように、「純粋な」形態（＝日本語の原詩）は直接見ることができず、ただその投影された像（＝英語による翻訳）しか見えないというわけだ。

しかし、これだけではあのような大きな称賛を引き出すことにはならなかっただろう。パウンドが称賛した作品は動的な形象を極端に圧縮したもので、なかなか興味深いものだ。VOUの詩人たちはダダイズムとシュルレアリスムを吸収し、自分たちの作品を世俗の世界から切り離して、空想の翼を付けた。自然科学、特に植物学、動物学、地質学、冶金学などから詩語を集め、それらのイメージを混ぜ合せて現代的な「硬質の」詩を鮮明に描き出した。克衛は自分自身の英語で二つの詩を寄せている。

I

Under the umbrella of concrete, yesterday, we laughed at tomato
for its carelessness.

Their thoughts have gone rotten by a bucket, and they talk
of rope-necktie.
A shot is cabbage in the sky over the office.
Dear friend, now is all right the heel.

To-day a duck they dug out in a brush of philosophismus
My laugh is nearer to the condition of Dachshunde-like cylinder than
the cucumber-shaped idea of Aquinas.
I put on gloves emeraldgreen and start with a book *Membranologie*
under my arm.
Is there a shop to sell clear bags?

To-morrow beside a bucket a necktie I shall wear for the sake of
General clothed in vegetable costume.
A weary city is likened to a brush.
Be-gone! a wandering head.
Be-gone! in a fling like an explosive, over the rock through a Geissler's
brass pipe.

II

In leaden slippers I laugh at the fountain of night, and scorn
a solitary swan.
A parasol of glass she spreads, and wanders along the lane the
cosmos flowering.
Over the cypress tree I image, to myself, a hotel marked with
two golf-clubs crossed;
And move my camera on the sand of night.

In the street, there shining the spindle-shaped amalgam stairs,
the telephone-bell is ringing on the desk.
In Congo by a barber a parrot is trained and sold at Kabinda.
Then by cheerful young sailors her head is replaced by a leaden one:
Just a glimpse of it a watchmaker catches under cocoanut-trees,
where is seen a dome tightly closed.

On the table I toss the gloves of antelope, and the gloomy
fellows I ignore.
A typewriter packed in a raincoat of oil-skin is dead and gone
on the Le Temps.
She, spreading the parasol of glass, pursues a nightingale, in the
space between the Le Temps and the cosmos flowers.

Or the new age is born.

Under the hydroplane, "Hamburger Fleugzeugbau Ha 139," a
  duck throws into confusion the battle line.
Among the cosmos flowers vibrate machineguns.
By the drain a young washerman blows up.
O the clearer, the better is the sky over the street.
Flash on the concrete a bright wire and shovel.(15)

克衛は自信をもって繊細な詩的語彙を試し――たとえば「ガイスレル氏の管」、「*Membranologie*」、「ダクシャンド的シリンドル」など――そうした語彙をいわゆる「科学的抒情性」の中に埋め込み、その際に「コンクリイトのアンブレラ」、「硝子のパラソル」、「鉛のスリッパ」、「野菜の衣装」、「紡錘形のアマルガムの階段」のような表現を用いている。

克衛の合図のもと、富士武（生没年不詳）は自分の作品の中で、読者が「植物の階段を滑り降り」、そして「巻きひげの先端で心地よいデュエット」を聞くような形象を使った。また、八十島稔（一九〇六―八三）は「アルミニウムの音楽」と「マグネシウムの光」を現出させた。パウンドはVOUクラブの紹介文の中ではT・E・ヒュームやイマジズムについては言及していないが、北園たちの作品はヒューム（とパウンド）の「角のある詩」を書けという要請に、日本で人気を得た彼ら独自の審美的なシュルレアリスムとを混ぜ合わせたものであった。

VOUの実験に何か新鮮なものを感じ取ったパウンドは正しかったのだが、VOUの詩人たちの言語や異国趣味的な、まるで動物のような能力の説明を半ば神秘的ともいえる力に帰したりせずに、もっと事情を簡単に述べて事実に一層近づくこともできたはずだ。すなわち、VOUの詩人たちは西洋の諸々の文学運動をすでに吸収し、今では彼らの現代的で、洗練された、想像力豊かな感覚は、西洋の読者を興奮させることができるようになった、と。およそ二十年間にわたって、言語と文化の壁がなかったならばヨーロッパ人とアメリカ人が興味を引いたであろうような作品を日本人は書き続けていた。[16] にもかかわらず、他の「大物の」詩人たちが誰一人として日本のアヴァンギャルドに注意を払わなかったことを思えば、北園たちの詩を評価し、彼らのために自分の世評をあえて賭けようとしたパウンドの功績は大きいと言える。二十年前に「能」を紹介して文学に新しい地平を切り開いたパウンドだが、その後日本との交流は途絶えていた。だから彼は西洋の友人や読者に、ラパロで物理的に孤立していたにもかかわらず自分がまだ東アジアの事情に通じ、最良の日本の現代詩を発見しているということ示したかったのかもしれない。パウンドがその「社会信用説」や、反ユダヤ主義や儒教やファシズムといった奇抜な言説のために落ち目になっていた時に、VOU の詩人たちは彼がいまだに新しい文学的才能の発見者であることを示して、うまい具合にパウンドの名声をもう一度高めることになった。

言うまでもなく克衛と VOU クラブの面々は、世界文学の最新の舞台を賑わしているのが自分たちであるというパウンドのことばを喜んだ。フランス贔屓の克衛は日本へのシュルレアリスムの紹介に一役買っていたのだが、パウンドはパリに住んでいた頃にシュルレアリストに冷飯を食わされ、そのために彼らに敵意を持っていたことをどうも知らなかったようだ。[17] 克衛はパウンド宛ての私信で次のように述べている。「VOU クラブのためにあなたが書いてくれた良識ある紹介文のおかげで、私たちは自分たちに欠乏しているものから救われました。あなたの親切に対して感謝の言葉もありません。[18]」

パウンドの紹介文と VOU の詩とともに、*Townsman* は克衛の短い詩論を掲載した。パウンドはその詩論の核を取りあげ、克衛の英語をいくぶん明瞭にしたうえで自分のコメントを付け加え、それを『文化への案内』(一九三八)の中に収録している。以下のテクストは、『文化への案内』から取られたもので、パウンドのコメントには傍点を打ってある。この詩論は、その当時の克衛の最も重要な詩論であり、またパウンドの媒介的な役割も明らかになっている。

文明人とは、真剣な質問に真剣に答える人である。文明そのものは様々な価値の良識あるバランスである。「VOU クラブ」はそんな解答を私に与えてくれる。「若い日本は何をしているか」という私の質問に対してだけでなく、西洋のインクがそれらをめぐって空しく流れた半ダースもの他の質問に対してもだ。そのクラブは「あの無邪気で偉大な芸術家エリック・サティ」の崇拝者たちによって始められた。北園克衛は次のように書く。

> 現在僕達にとって最も興味ある問題はイミヂェリィとイデオプラスティとの関係である。現代の詩のヤンガア・ヂェネレィションが非常に漠然と意識しつゝ然かも切実に悩んでゐる問題は実にこの点だ。彼らのある一群は絶えずこの部面の前方に到達し、そしてそこより絶えず引返して行った。そして中には最早この方面に於ける穿鑿を断念し、単なる思想的アマチュアとして不思議なる新しい国を発見するものもいた。自らが立脚する文学的系統を無視して、然かも文学的行動を行うことは不可能である。
>
> 詩の形成を要約するならば次ぎの如き3つの条件の下に成立してゐると言ふことが出来る。
>
> A 言語　B 作像　C 応化観念
>
> 僕達が漠然と詩の効果と呼んでゐる処のものは応化観念 ideoplasty を意味してゐる場合が多いのであって、このイデオプラスティは作像 imagery の結果に依存する処のものである。かつて人間は2つの直角を以って1つの美しいハアト型空間を形成する事に成功した。[想像上の幾何学を支える西洋の柱が倒壊した点。] この造型上に於ける偉大なる発見は数学に於ける円錐曲線の発見と共に人間の知性が齎した2つの神秘である。
>
> イミヂェリィとイデオプラスティとの関係は相等しい2つの不可知的な曲線に依って結合されるハアト型空間を想像せしめる。僕達はこの不可知的なる曲線を規格化し1つの必然性を把握することに努力した。
>
> 僕達の詩的実践の最初に来るものは作像に関する蒐集と分類と結合である。その結果「貝殻とタイプライタ

ア と百合の花」と言ふラインの結合が行われた場合、そこに1つのエセティックスが発生す。然し乍ら此のエセティックスはそれ以上に発達しない。更にその最初のラインに対する次のラインが結合し、同様の状態の下に更に順次にラインが成立し、1つのスタンザを形成する時初めて一つの作像が完了した事を意味し、その時に於いてイデオプラスティの成立が行はれる。

いくつかのスタンザに依って成立するポエムの場合に於も亦この原理は適用される。その場合に於ては最後のスタンザが完了した時イデオプラスティが成立する。

それ故イデオプラスティに依って作像が行はれる場合は詩の正統としては有り得ないものである。

*

ここでちょっとストップして、彼の言うことをよく反芻してほしい。

*

この背理は屢々宗教家、政治家、風刺家に依って犯かされた。教訓家や政治的な指導家や風刺詩は殆んど例外なしに此の背理への侵犯を行ったものである。

僕達の生活環境を囲繞する諸現象は、僕達の官感を透過して経験へ知覚へ直感へと沈下する。作像の諸要件を附与する処のものは純理的には直感であり、この直感を感覚的に材質化し結合するものは詩の方法である。従って方法の的確は作像を正確にすると同時に適切なるイデオプラスティを形成する結果となる。正統なる詩の形成とその効果は以上のセオリイの中にのみ存在するであらう。

一九三七年一月六日頃

北園氏は、ここに引用されている短いエッセイが届く前に私が見たこともない明瞭かつ穏やかな結論に到達している。彼が言うことは、私がかつてドクター・ウィリアムズの詩について書いたことと矛盾していないし、またゴディエの彫刻の原理とも矛盾していない。

私は一瞬たりとも、北園氏が「理論」は意識的に掲げられるものであると主張するとは思わない。直感はこの領域に基本的な諸要素を提供さえするだろう。

これとは対照的なのが、数年前、このラパロにイギリス艦隊が入港していた時に見かけた下甲板員の病んで、青白い顔だ。「連中をいつも甲板に置いておくわけにはいかんな」と従軍牧師は言った。

［要約］[19]

『ウェブスター辞典』によると、「イデオプラスティ」は「想像力」とある。克衛はそれを「僕達が漠然と詩の効果と呼んでゐる処のもので……作像 imagery の結果に依存するもの」と定義した。それは、サミュエル・テイラー・コールリッジの造語「エセムプラスティック」(esemplastic)——「ひとつに統一する」という意味——に近い[20]。「エセムプラスティック」は、ジェイムズ・エンゲルによると、ドイツ語の Einbildungskraft(「想像力」の意)に近く、それはあるイメージが自らを「他のイメージと混じり、その一部となって統合し、融合し、そして精神の活動によってより完全で大きい全体へと形づくられる魂、あるいは精神に[21]」刻印するという概念を含んでいる。パウンドと克衛はともに詩は自律的なオブジェで、イメージの統合作用が起こるのは詩の中であると信じていたので、彼らの考えからすると読者はそのイメージの統合作用を詩の中で発見するだけだということになる。過去三十年間の批評理論からすれば、「イデオプラスティ［=応化観念］が生じるのは最後の行に到達した後であるという」克衛のことばは、それが作者の心の中ではなく、読者の心の中に生じるということを意味することになろう。

克衛は哲学的、科学的な語彙を用いて「詩のための詩」を唱え、逆に自分たちの主義主張を宣伝するために芸術を利用しようとする利害集団によって芸術が奪取されることに反対する。イデオプラスティは形象から生まれるのであって、その逆ではないという彼の主張は特にプロレタリア文学運動の詩人たちに向けられていた。というのも、彼らにはあらかじめ固定された観念があって、形象は専らその観念を広めるために用いられたからだ。パウンドの英訳からは削除された一文の中で克衛はこう書いている。「僕達は作像が如何なる理由に依って行われるかを証明しない限り、再び此のプリンシプルがミスティシズムに陥ることを拒む訳にはいかない。[22]」

しかしながら、「純粋詩」にお墨付きを与えるときを除くと、北園が「イデオプラスティ」をどのような意味で用いているのかは明瞭ではない。というのも、ひとりひとりの読者にとって、また同じ読者でも一回ごとの読書経験において作品から受け取る影響は異なるであろうから、「ぴったりのイデオプラスティ」はありうるのか。さらに言うなら、彼の理論によれば、読者が一行一行から受ける美的感情を一種の金縛りのような状態で抑え、作品の最後までくると、突然すべてのイメージが凝結してひとつの総合的な効果が出現するのが理想ということになる。実際に脳がどのように詩を「読解」するかについては、ほとんど分かっていないが、その過程は克衛がいうほど整然としたものではなかろう。鮮やかに心に刻まれるイメージもあれば、そうでないものもある。イメージは相互に影響しあい、心のなかで溶け合うが、それは不規則で、予測不可能な間隔で、たとえばある連の真ん中や、ある一行の途中で起こり、必ずしもいつも詩の最終行で起こるとは限らない。

同じエッセイの日本語版では、「イデオプラスティ」に「応化観念」という語を充てていて、「応」はテクストの自律性か、読者の精神の活動領域に押し込まれるかのいずれかであるというようなことを言っている。[23] 克衛の閉鎖性へのこだわりによって明らかになるのは、西洋の詩論では当然視されているもの、すなわち、詩が無時間的な審美的「オブジェ」として凍結される方法である。

克衛の考えは、イデオプラスティ論の前半部に相当すると彼が言う初期のエッセイにおいてより明快に提示されている。その中で彼は、ダダイスト以前の詩が基礎にしていたのは修辞法と文法的に繋がる詩行だったが、ダダ以降の詩人たちは均衡と対称性に基づいた論理によって行と行を関連づけたと主張した。[24] 彼の視覚的、構成主義的な方法論と同様に、一篇の詩には一本の筋の意味が流れているといった考えの意図的な否定がその証拠だ。克衛にとっては、イデオプラスティはおそらく彼が詩において高く評価する「弾性」（第四章参照）と結びついていた。物語的な詩作法を捨てて抽象に向かったとき、詩行と詩の結末との関係はますます問題となっていくのだが、克衛はこれらの問題を自分の著作において論じなかった。意味が繋がらない行の連続という膠着状態から脱出するためのひとつの方法は「おち」をつけて終わるというやりかたであったろうが、克衛はそうした方法を取らなかった。細部にこだわらずに、詩の効果を全体論的に知覚するひとつの方法としてイデオプラスティ理論を打ち立てた。

この時期の克衛の詩論におけるイデオプラスティの重要性にもかかわらず、批評家たちは一様に本格的な言及をしていない。たとえば、藤富保男（一九二八－）は高く評価されるべきだとは言っているが独自の分析は行っていない。[25] 例外は岩成達也（一九三三－）で、彼はまず辞書の「概念形成」という意味を引いたあとで「表面的な記述内容の奥にもう一つの内容の感受が生じる」と述べている。[26] しかし、岩成はことばの表面の背後に潜むものの性質を明らかにはしていない。

終わりから始めて、もとに戻りながらある作品の効果を説明するよりも、創作に対するVOUの基本的な態度を引いたほうがおそらく分かりやすいだろう。富士武がもっとも簡潔にこう述べている。「詩人は言葉なしにその思考を伝達することはできないが、我々は決して言葉をもって思考するものではない。[27]」

克衛のイデオプラスティ論についてのパウンドの意見は回りくどい。『理論』は意識的に掲げられる」必要はない、「直感はこの領域に基本的な諸要素を提供さえするだろう」とパウンドは言う。ある意味では読者に克衛の知性に注目せよと言っているのだが、そういうパウンドの主張の内容まで吟味せよとは言っていない。パウンドは（以前にE・E・カミングスを引き合いに出したように）、ウィリアム・カーロス・ウィリアムズとアンリ・ゴーディエ＝ブルゼスカを引き合いに出すが、克衛の思考がどのようにこれらの芸術家の考えと似ているかについては具体的なヒントを示していない。表向きはある事実を否定しながら実はそれを言うことを否定法（apophatic）というが、パウンドはまさに否定法的に克衛の説は「私がかつてドクター・ウィリアムズの詩について書いたことと矛盾していないし、またゴディエの彫刻の原理とも矛盾していない」と言う。同じことが多くの人々の詩論についても言えるだろう。パウンドは克衛の名声のためにまたもや大物の名前を次々にあげるという戦術を用いている。

私的には、パウンドは「純粋詩」を掲げる克衛の姿勢に腹を立てていた。ある手紙ではパウンドは彼独特の政治経済論を展開し、最終的にこう叫んでいる。「もしこうしたテーマが退屈ならば、君の祖父に連絡をとってくれ。君は造形的価値とかことばの微妙なニュアンスなどにかまければよい。[28]」パウンドは、自分と克衛の方法論が異なっていることを十分知っていた。それは以下のコメントをみれば明らかだ。初めのものは「ジャパン・タイムズ」に彼が書いた記事の一部、二つ目のものは克衛宛の手紙の中からのものである。

もし私がそれ［彼が提起したいくつかの歴史的問題］を論じ始めれば、私は権力の心理学や金融心理学の罠にはまってしまうかもしれない。そうすると、そんなことは詩的じゃないよと貴国の大詩人である北園克衛氏は見るのではなかろうか。（一九四〇年三月四日[29]）

＊

我々が実行中のフンクのヨーロッパ計画や正しい金融制度と正しく足並みを揃え始めればすぐに、私はあなたを経済、政治、地理などの話でうんざりさせることは止め、ミヤコの真の住人として、演劇、詩、音楽などに余念がない審美家のように振る舞いましょう。（一九四〇年八月二十五日[30]）

パウンドは克衛の立場を理解していたが、考えを変えさせようと思わずにはいられなかった。「VOU」に掲載してはどうかという克衛宛の手紙の中でパウンドは反ユダヤ主義の文章を展開し、その後に純粋詩を支持するVOUグループの態度を批判した。「詩人が抒情的であるのは磔刑（三二）の時代まではならもっともだ。思うに、その後であれば、自分自身の知覚と情熱が働きかける『場』に好奇心を感じないのならば、抒情詩人はしなびてしまう。『場』とは、詩人のまわりの人類との関係におけるそれらの運動のことだ」（一九四〇年十二月三十一日[31]）。

三十年という長期間に及ぶ友情関係の中で最も緊迫した瞬間が生じたのは、同じ問題、すなわち詩の内容をめぐってであった。パウンドは第一次世界大戦の虚しさを生き抜いてきた人で、詩人は傍観を決め込んで、未来の戦争に引きずり込まれることがあってはならないと考えていた。

我々は「融資資本」の戦争をしている。ヨーロッパのアーリア人種に対するユダヤ人戦争と言うものもいる。（中略）それを日本へのクーン・ロブ社の戦争と呼ぶものもいる。

いずれにしろ、戦争の融資、あるいは同じ人間による同じ人間への融資を理解できなければ現在の戦争は絶対に理解できない。銀行家ドゥ・ウェンデルはフランス人民の金を銃製造業者のドゥ・ウェンデルに払っている。あとは推して知るべし。

そしてこうしたことは文学の主題なのだ。（一九三九年十月二十八日）[32]

克衛はこのようなパウンドの意見を無視したが、ひっきりなしに政治・経済について聞かされ、その後で「そしてこうしたことは文学の主題なのだ」と直接言われるのはたまらなかった。日本の伝統（特に禅の芸術家たち）が是認してきた、詩人は汚れた世界に身を落とさないという立場に固執して、克衛は次のように反駁した。

残念ですが、経済もまた医学や心理学のように、不確かな科学のひとつであると言わなくてはなりません。私は……大学で政治経済学や哲学を学びましたので、いかに強く私がこのように考えているかは想像できることかと思います。もし間違っていたらお許し下さい。私はあなたが言っているのは政治経済学であると思います。確かに、それは経済学が延びていくべき分野ではありますが、それは経済学を胸の悪くなるようなサンドウィッチにしてしまうのではないでしょうか。[33]

私としては、マルキ・ド・ラプラスの曖昧な宇宙を眺め、私の詩的な人生哲学によって立ち、「私にはそのような仮説は必要ない」と書かれたリボンを襟につけて歩くことを選びます。（一九三九年十二月五日）[34]

克衛のラプラスへの言及は、今から見れば、政治の外側に（あるいはそれを越えたところに）とどまっていたいという彼自身の欲求を指し示している。それはまたパウンドにとっては洞察力に満ちた、だが聞き入れられない警告でもあった。というのも、パウンドは第二次世界大戦後に反逆罪で危うく処刑されるところであったからだ。彼はなんとか投獄を免れ、そのかわりにワシントンの連邦精神病院である、聖エリザベス病院に十三年間幽閉された。パウンドは時々克衛の美学にうんざりして、やんわりと反論することがあったが、詩論を巡る口論で友情にひびを入れることより、この日本の文通の友を西洋文明の邪悪さに対する自分の戦いのための弾薬として利用することに関心があった。すでに引用した『文化への案内』の中のエッセイで、パウンドは日本の知識人の代表として克衛とラパロに停泊した野蛮なイギリス船員たちとを対比させたが、それは日本がイギリスより文明化されていることを示すためであった。パウンドは独特のプロパカンダ（宣伝活動）で西洋の反日感情に対抗しようとした。『文化への案内』の中では、パウンドは常にVOUクラブと北園を肯定的に取り上げた。次のコメントを読めばパウンドの熱烈さが少しは理解できることであろう。

私はあの小著（『詩学入門』）の中でシェークスピアについて論じなかった。それはこの大詩人が他の人たちによってよく読まれ、十分に論じられていると思ったからだ。VOUクラブは、私の意図を明瞭に理解し、我々の詩の歴史の中の他の高い到達点を私が示しても、そんなことくらいで戸惑うことがないくらいには、少なくともエリザベス朝演劇に十分精通していた。[35]

パウンドは西洋を困らせるために克衛を楽しみながら利用していたようだ。VOUクラブの統率者として、また「VOU」の編集人として、克衛は自分が好きなものを自由に出版できたのだが、にもかかわらずパウンドは友人の文学活動を英雄的であるかのように紹介した。「私は八年間も口を酸っぱくしてフロベニウスのきちんとした英語版が要ると言ってきたが、北園氏はその私の主張が載った一九三七年二月号を受け取るやいなや、『VOU』にパイデウマ［フロベニウスが用いた概念］に関する文章を載せた。[36]」そしてある手紙の中でパウンドはこの友人には文部省と何のつながりもなかったのだが、W・E・ウッドワードの『新アメリカ史』を日本の教育課程に取り入れてはどうかと提言した。「もしそちらの学校でこの本を使ってアメリカの学校でよりもずっと良質のアメリカ史の教育をすれば、いいジョークになるのではないか。[37]」

パウンドはVOUグループを持ち上げたばかりでなく、克衛とVOUグループを取り上げるように三カ国の文学界に持ちかけ、かつそれを実現させた。一九三八年一月、イタリアの雑誌*Broletto*は北園の特集を組み、北園の自筆のサインのファクシミリと写真付きでイデオプラスティ論のイタリア語訳を掲載した。[38] *Townsman*（一九三九）は克衛の七つの作品の翻訳を掲載した。[39] ニューヨークでは、詩人でニュー・ディレクションズの出版人であり、かつパウンドの弟子筋にあたるジェイムズ・ロクリンがVOUクラブを実験詩の年鑑詞華集の中で紹介した。十二頁に渡るこの特集には新しい翻訳、克衛のイデオプラスティについてのエッセイ、そしてロクリンによる短い紹介文が掲載され、ロクリンはその中で、自らの動機を率直にこう説明した。「私は彼らの作品を紹介できて非常に嬉しい。というのも、彼らの作品がアメリカ人の二つの偏見を正してくれるからだ。ひとつは、軍国主義的な帝国主義は芸術活動を完全には消し去ることができなかったこと。もうひとつは、日本には生きた詩が存在しているということだ。[40]」

*New Directions*や*Townsman*や*Broletto*を読む西洋の多くの読者たちにとって、克衛とVOUクラブは同時代の日本文学と彼らを結びつける唯一の接点であった。鋭敏な形象に彩られた「VOU」の詩は、日本を「野蛮な兵隊」の国として示そうとする西洋の排外主義者たちに対抗するのに小さいながら役立った。注意しなければならないが、文化的覇権の戦略はいつも「野蛮人」の中に少数の「文明」人の存在を要求する。克衛の詩には特に強い主張や西洋の読者に脅威を与えるものはなかった。むしろ彼は役に立つ、利用できる人物であった。

ロクリンは、VOUのメンバーも参加した「国際的な連詩」の一九四〇年の序文の中で文化大使のような文学的価値を超える役割の重要性を繰り返して唱えた。「イギリスと日本が開戦寸前の時に、両国の詩人たちが一緒にこのプロジェクトに取り組んでいるのは非常にいいことではないか。[41]」

イデオグラムとイデオプラスティについてのロクリンの解説はパウンドの焼きなおしである。

これらの詩を研究する際にまず考えなくてはならないのは、表意文字（ideogram）のことである。中国語から派生した日本語は依然として絵画的言語である。音声文字も入ってくるのだが、日本人の多くは文字のなかに事物の絵を見ることができる。詩という視点から見るとそれはどのような結果になるか。ことばが当然もっと生々しくなる、事物とその名前との間の関係が密接になる、そして名前に宿る事物の真髄のようなものが浮き出てくるというような利点が考えられよう。

しかし、そのような性質は翻訳では伝わらない。だから我々は、東洋の詩人と読者はこの点で我々より「豊か」であると言ってあきらめる他はない。[42]

我々は、パウンドと同じように翻訳詩を好意的に受け入れがちだが、それはもとの言語のほうが優れているということを前提にしなければならない。ロクリンの翻訳詩の理解は表意文字の神話の影響を受けている。パウンドと違って日本語が分かるようなふりをしないロクリンは、日本語に関するパウンドの観点を要約して次のように言う。

もし私が日本語の統語構造を正しく理解しているとすれば、の話だが、日本語はラテン語のような屈折語よりも役に立たないことばがはるかに少ない。すなわち、文法的機能しか果たさず、そのことば自体が意味を帯びていない冠詞、前置詞などのような矮小なことばのことを私は言っているのだが、これらは語順によって文の意味が決まる英語のような言語にはあちこちに散乱して、結果的に詩行の活力を殺いでしまうことになる。

詩における最も重要な要素のひとつはことばによる相互作用、すなわちことばが他のことばに働きかける意味の香り、換言するなら、周りのことばに溶け込んだり、あるいは対立したりするような相互作用であることを誰もが認めざるを得ないのではないかと、私は思う。英語の役に立たない矮小なことばは意味を荷っていることばを孤立させ、日本語で起こるような、ことばの相互作用の活動を弱めるような結果を生む。かくして英語では詩の一行の極めて小さな部分においてしか（その大部分は形容詞句、副詞句なのだが）恐らく七つあればそのうち意味を荷わない単語は一つしかないというようなラテン語の詩行から受けるあの緊張感を得ることができなくなっている。ところが、同じようなことが日本語でも可能なようなのだ。ここに収められた作品が私の考えを裏付けていると思う。

VOUクラブの詩人たちは自分たちの表現媒体の豊かな可能性に十分気づいている。「緊張」ということばを使っていないが、彼らは「イデオプラスティ」という語を造って、ことばによるイメージの密接な対置によって作り出される審美的効果を表現している。[43]

ロクリンの主張は、個々の漢字の具象性と、鮮烈な形象が緊密に連なっていくという両方の点において、日本語の視覚的な可能性に気づいた点では正しかった。皮肉にもロクリンが日本語について気づいたことは、これらの抽象詩の実験よりも一九二〇年代後半の克衛の形式論にうまく当てはまる。ロクリンのあげた日本語の特徴は主に彼のVOUグループの詩の理解に基づいている。しかしながら現代の日本語には、VOUの詩人たちが慎重に避けた無駄なことば、すなわち、ありふれた接頭辞や接尾辞、あいまいな表現、意味が負荷されていないことばであふれている。ロクリンは日本語に固有の性質を理想化せず、パウンドたちが英語に対してとったのと同じ態度を克衛とその仲間たちが日本語に対してとったと考えたのではなかろうか。つまり、無駄な表現を省き、鮮やかで、負荷のかかったことばを使うことである。たぶん表意文字に対して抱いていた神話を支えるものではなかったからであろう、ロクリンは克衛の評論の以下の部分を削っている。

現代詩人たちの注目を一番集めている主題は、依然として語の機能についてである。我々が使う語はあまりにも平板になりすぎ、単なる印へと堕し、無数の紋切り型の表現でいっぱいになっている。例えば、「今日は天気がいい。」というような表現。この文には硫酸銅のように青い空もなければ、新緑の緑もなく、ゼリーのように震える緑の葉もない。我々が知り得るのは、ただ傘を持っていく必要はないということだけである。対して、大昔の我々の祖先は「空は海のようだ」とか「太陽はココヤシの上にある」とか言ったに違いない。(44)

パウンドやロクリンほど明晰でなかったかもしれないが、克衛もまたこの問題については似たような発言を行って彼らと同じ陣営に立ち、VOUの詩人たちは紋切り型の表現を捨て去ろうとしていると主張した。

一九三八年の *New Directions* での紹介からおよそ五十年後に、ロクリンはラパロでの「エズヴァーシティ」(「エズラ・パウンドの大学」)の様子を回顧した文章のなかで、表意文字についての以前の自分の誤りを正している。

紀元後八〇〇年頃に編纂された中国語の辞書によると、表意文字と呼べる漢字はわずか八パーセントで、あとは表音文字か、統語上の必要な文字であったことがわかる。しかしパウンドはすべての文字に絵画的イメージを読み取ることができると信じていた。一九三四年のことだが、そんな彼の姿を私は目撃している。ラパロでは、彼は昼食のあとでベッドで横になり、黒い大きな帽子で太陽の光から目を守りながら、中国語の辞書をお腹の上にのせた枕にもたせかけていた。彼はじっと漢字を見つめ、辞書が示す意味と重なるイメージを個々の漢字から読み取ろうとしていた。そのイメージが見つけられないときは、自分で勝手に作り出していたようだ。だからパウンドの英語の表現のいくつかは孔子的というよりもむしろパウンド的であると言える。(45)

不正確なところや、あいだを省いたようなところもあるが、ロクリンは戦前戦後を通してVOUクラブを彼のニュー・ディレクションズ社の年鑑詞華集で売り出した人物である。*Townsman* は一九四六年に廃刊になったが、

New Directions は、多くの前衛作家たちを抱え、時が経つにつれてその影響力は日増しに大きくなっていった。パウンドとロクリンを通して克衛は英語圏の実験詩の中心的なネットワークの中に入っていくことになる。アメリカのシュルレアリスト詩人であるチャールズ・ヘンリー・フォードは「国際的な連詩」の創作の際にVOUグループの協力を得たが、これは共同で詩を作るという新しいジャンルの最初の例で、以来、広い人気を博することになる。[46]

他の西洋の詩人たちも「VOU」の作品に注意を払った。例えばヒュー・ゴードン・ポルテウスは「VOU」に賛辞を送り、一九三九年に *Criterion* にこう書いた。「言語による最も実りある実験は、ことばを垂れ流すのではなく、イメージとその関係をこだわる人たちから引き続き立ち現れ続けていくことであろう。最近ではこのような方面で、日本のVOUグループの詩人たちよりも新しくて興奮させられるようなものはない。[47]」彼はさらに詳しくVOUクラブについて述べるのだが、彼の意見は既に論じたもの、すなわち日本語、翻訳、第二次世界大戦に先立つ国際的な前衛芸術運動におけるVOUの役割といったものについてである。

VOUはダダのように意味のない言葉である。だが、創立者である北園克衛氏の「イデオグラムとイデオプラスティ」という理論によって生命を与えられたVOUクラブの詩は、ダダやシュルレアリスムに表面的にだけ似ている類の詩とは区別されるべきである。それは仮名交じり、すなわち中国の表意文字と日本の表音文字が混ざったもので書かれていて、およそ規則というものがなく、伝統的な狂歌、即ち喜劇的な風刺詩とは少し似ているくらいである。VOUクラブの作品の発表媒体である雑誌にはいくつかの注目すべき点がある。第一に極東にはまだ独創的な精神が健在である点。第二点は、かなり越えがたい政治的、国民的、言語的な障壁があるにもかかわらず、東西の文学的な革新においては文化交流がまだ可能であるということである。「VOU」の七月号は、一九三七年に *New Directions* に掲載されたジェイムズ・ロクリンの示唆に富むエッセイ「言語と実験的作家」の前半部分が日本語になって掲載されている。そしてこの号に掲載された三篇の詩はそれぞれの詩人の翻訳によって、*Townsman* の二号に発表されている。この日本人たちがロクリンをどのように思っているのかは分からない。しかし、翻訳された作品は日本語による原作よりも思いがけなくも風変わりであるということを指摘しておかねばならない。ところどころに「日本語英語」の趣き以上のものがある。*Townsman* はどうもこの要素（すなわちダダのような類の実験芸術にありがちな悪ふざけの要素）をどこまでも楽しんでいるようなのだが、それは長安［周二］の名前を「Syuiti Nag」［"nag" には「老いぼれ馬」というような意味がある。］と外国風に書き直しているあたりを見ると明らかだ。しばしばよくできた芸術は厳粛な意図のもとに誕生するのと同じくらいに茶目っ気から生まれるものだ。それに芸術はともかく、我々はいつも奇術師よりも道化師の方を好むものだ。(48)

ポルテウスはパウンドより日本語をよく知っていた。原作と訳詩を比べて、後者の方が「風変わり」だとまで言っているのだが、それは翻訳に用いた言語が訳者たちの母語ではなかったからだ。また、彼らの詩は「狂歌」に類似しているとも言っている。確かにVOUのメンバーたちはできるだけ流行の衣裳を着せて自分たちの機知をユーモアのある詩行の中で見せることを好んだ。しかし、彼らは同時に自分たちの作品をまじめなものだと考え、それは「自然科学」のひとつであると思っていた。少なくとも克衛は自分の作品に単なる滑稽詩というレッテルを貼られることに反対したであろう。というのも彼は政治詩や宗教詩と同様に風刺詩を予定調和的で一次元的だという立場から禁じ手にしていたからだ。VOUのメンバーたちが詩の語彙と考えていた硬質な科学用語を用いたイメージをポルテウスは単なる悪ふざけと思っていたようだ。

ポルテウスは *Townsman* が文法的な誤りを意図的にそのままにしたのは、不意打ちのダダイスト風のギャグだとして非難した。パウンドの克衛宛の手紙によると、パウンドは曖昧な語を明瞭にしたり、綴りの誤りを正す程度にしか元の翻訳を触っていないようだ。(49) パウンドも *Townsman* の編集人であるダンカンも構文に変更を加えたり、作品に手を加えたりはしなかった。当時は手紙のやりとりに六週間かかったので、あれこれやり取りするのは大変だと詩人たちは思っていたのではなかろうか。だが、不必要に読者の気をそらすような文法的誤りくらいは直せた

はずだ。(50)

しかし作品そのものよりも重要だったのは、VOUクラブが生み出した東洋と西洋の間の意思疎通ではなかったか。ポルテウスもこの点に関してはロクリンらと同じ意見だ。西洋の詩人や編集者たちは、自分たちの政府が戦争に邁進するのをくい止めるには余りにも無力ではあったが、VOUの詩人たちとの連帯を抗議のしるしに用いたのであった。*Diogenes* の編集者フランク・ジョーンズとアーサー・ブレアも克衛に寄稿を求めたが、これを最後にVOU詩人の作品はしばらく外国で発表されることはなくなった。一九四一年の春に外国郵便は停止する。(51)

戦後、克衛とVOUは国際的な前衛芸術運動の単なる一員以上の存在となる。克衛はウィリアム・カーロス・ウィリアムズやチャールズ・オルソンに褒めそやされ、小冊子ではあるが英語の詩集がロバート・クリーリーによって出版された。(52) さらにケネス・レクスロスは克衛が一九五〇年代、六〇年代を通じて活躍した国際的な具体詩の詩人の中の最高のひとりであると称賛した（詳しくは第八章を参照のこと）。(53) 北園とVOUクラブは今や国際的に認められた著名な存在となるが、それは彼らの作品の形象が強烈であったからであり、またエズラ・パウンドが説得力に満ちた宣伝紹介を行ったからでもあった。

克衛とパウンドとの関係はふたりの文通によって生み出された文学活動によってがっちりと繋がっていたのだが、そこにはまたもうひとつ漠然とした要素もあった。ふたりは互いに愛情を感じていたのだ。緊張が最初にほどけたのは、「二十一」という数字に関するやり取りからであった。克衛は最初の手紙でVOUクラブについてこう書いた。「会員数は現在二十一名で、そのうちの三分の二は詩人です。(54)」するとパウンドはこう返信した。「あなたがたのクラブが、メンバーの数のいかんにかかわらず、ずっと二十一歳のままでいますように。(55)」今度は克衛の番で、彼は次の意見と一緒にVOUのメンバーたちの署名入りの手紙を送った。「我々日本の若い世代は、手紙であなたが望まれたように、作品が成功し、いつも二十一歳でいられるように心から願っています。(56)」克衛は実際は当時三十四歳（パウンドは五十一歳）であったが、彼らはこのように軽口を互いにたたきあって気持ちをほぐし、やがてまじめな問題を議論していった。

最初からふたりは互いに礼儀正しく接していたが、当時十二歳であったパウンドの娘メアリー［後のメアリー・デ・ラッヘヴィルツ］のことが手紙の中で話題になったあとで両者の間の友情に花が咲くことになる。一九三七年のことだが、北園はメアリーにクリスマスカードを送りたいと思い、彼女のアメリカの住所を尋ねた。ところがパウンドの返事は彼女はアメリカにいないというものであった。そのかわり、彼女が当時住んでいたチロルの生活や習慣について彼女がイタリア語で書いたエッセイを英訳して送るという。克衛は父親の娘への愛情に心を動かされ、「日本人の父親で娘にそのような素敵なブックレットを作ろうという人はいないでしょう」と返信した。[57]克衛はこのメアリーのエッセイを翻訳することにして（パウンド自身の文章よりは分かりやすいと思ったに違いない）、当時の代表的な少女雑誌「令女界」に写真付きでそれを掲載することに成功する。[58]パウンドは誇らしげにアメリカの友人メアリー・ムーア宛の手紙でこう書いている。「娘は日本で文学者としてのデビューを飾ったところだ。[59]」

北園とパウンドとの間の言語の壁はミスタイプによってとんでもない展開になることがあった。次の手紙が珍妙なその例のひとつである。

親愛なるエズラ・パウンド様

前にお送りした手紙のなかでとんでもないことを書いてメアリーのよきパパを驚愕させたのではないかと思います。"I received a very lonely letter from Mary."［「メアリーからとても淋しそうな（lonely）手紙を受け取りました」］と書いてしまいましたが、それはもちろん「メアリーから来たのはとても素晴らしい（lovely）手紙でした」のつもりでした。私の人差し指がしでかしたミスタイプはどうぞ無視して下さい。

敬具
克衛拝[60]

パウンドはKitasono Katueという長い名前が面倒で、「Dear K」や「K/K」、または「K²」などと短縮形にしていたが、やがて「Kit Kat」というニックネームを思いつく。それは一九四〇年のことで、以後この呼称を好んで使い続けることになる。[61] パウンドはまた自らの名前も機知に富んだ形で短縮した。李白（英語では「Li Po」と綴られる）の「The River Merchant's Wife」を翻訳したパウンドは、ある手紙に「Ez Po」と署名して、克衛にジョークを気づかせるためにわざわざ「低級な李白」と付け加えている。[62]

克衛は初め単なる遠方の文通友達だったが、やがてパウンドの翻訳者、編集者、出版人になる。十八年ぶりにパウンドがアメリカに帰国する直前の一九三九年頃になると、克衛はパウンドに仕事を探したり、金銭の融通をするようになる。パウンドにとって特に助かったのは、克衛が「ジャパン・タイムズ」に記事を寄稿できるように手配してくれたことであった。連合軍と日独伊枢軸国との間の郵便の行き来が断たれたあとは、パウンドの収入源が尽き始める。イタリアと日本は同盟国であったので、通信・連絡はしばらくの間続いた。「ジャパン・タイムズ」での論評は文化の領域に限るということになっていたのだが、元来、経済や政治を論じるのが好きであったパウンドの性癖は避けがたくコラムに浸透していった。だが、パウンドの記事は、戦争の終わりに逮捕される原因となったイタリアでのラジオ放送によるプロパガンダほどには扇動的ではなかった。

パウンドの最も建設的な構想は、「日本文学のベスト百冊」の三カ国語版への呼びかけであった。彼は西洋の言語から英語とイタリア語を、そして三番目の言語として、日本語の音節の読み方が付いた表意文字を選んだが、これは彼が仮名はすべて振り仮名だと信じ込んでいたことを示す証拠となる考えである。[63] 後に彼はこの計画を修正し、表音には仮名ではなくローマ字を使うことを奨励した。パウンドはまた当時の新しいテクノロジーであったマイクロフィルムを利用して細かな本文を安価に再生し、西洋の学生たちが簡単に入手できるようにしようと考えていた。

思ってもみなかったことではあるが、克衛の友情は一九四六年二月十三日に行われたパウンドの精神鑑定の聴聞会で役に立つことになる。パウンドは精神錯乱のために裁判には適さないと判断されたのだ。弁護側に雇われた精神分析医ウェンデル・S・マンシー博士は以下の証言をしている。

彼はいくつかの固定観念を持っていて、それは明らかな妄想か、あるいはそれに近いものです。ひとつ例を挙げますと、彼は自分が合衆国の国民のために合衆国憲法を守るべく選任されたと信じている。この事項は後に詳しく述べます。
二番目ですが、彼は自分が英語やイタリア語に訳している孔子の著作を通して世界平和の鍵を握っており、そしてもしこの本がその価値に応じて正しく流通していたなら、枢軸国は形成されなかったであろうし、現在は平和で、過去の多くの問題も回避できたであろうと感じていますし、このような考えが未来の世界秩序に対する彼の青写真になっています。
三つめですが、彼を指導者として、いろんな国々、たとえば、彼が高く評価されている日本のような国の知識人が集結して世界秩序のために努力することができたはずだと彼は信じています。(64)(傍点は引用者)

ここで言及されている妄想はどれひとつとして精神の病を構成することにはならないのだが、パウンドの弁護士のジュリアン・コーネルは反対尋問でこれらの妄想が積み重なって精神の病の枠組みを作ったことは確かだとマンシーに証言させた。かくて克衛は間接的ではあるがパウンドの首を守る決定的な役割を荷った。

戦後、占領軍の検閲官たちのために克衛はパウンドの『ピサ詩篇』を受け取ることができなかった。パウンドが外に向かって書いた手紙は聖エリザベス病院の精神分析医たちにチェックされるため、この先輩詩人は妻を通して克衛に自分のメッセージを伝える方がより簡単であることに気がつくことになる。聖エリザベス病院から解放された後で、パウンドは克衛に最後となる二通の生気あふれる手紙を書き、長い沈黙に入る。

三十年間にわたる二人の付き合いのなかで、パウンドと克衛はいつもそれぞれの文化を代表する役割を演じた。克衛は日本では西洋文学の動向を紹介したことで知られていたし、パウンドは西洋では日本と中国の文化を紹介したことで同じように評価を得た。だが皮肉にも二人の詩人は互いの手紙のなかではいつも自国の大使のように振舞っている。彼らがともに属する、より規模の大きい国際主義の観点から議論を続けることもできたのであろうが、ふたりの強い民族的な主体性がそのような可能性を閉じてしまった。

さて、克衛とパウンドは互いの詩に影響を与え合ったのだろうか。パウンドは日本語を読めなかった。だから、克衛の詩は翻訳によるわずか十二、三篇の詩を読んだだけで、たとえどんなにパウンドが熱心に克衛の詩を紹介したとしても我々は克衛の詩がパウンドの『キャントーズ』に何一つ影響を与えなかったと推測できる。一方、克衛は『サボテン島』(一九三八)のなかの一篇の詩で、唯一直接パウンドに触れている。それはいたずらっぽく、また曖昧である。

エズラ・パウンドの世界が矩形になり螺旋形になり遠ざかる。
するとウキンダム・ルイスの世界が廻転しながら傾斜しながら太鼓の音とともに近づいて来た。[65]

もし詩を書き始めた駆け出しの頃であったら、克衛はパウンドにもっと影響を受けていたかもしれない。しかし彼はすでにその十年も前に何種類もの異なった方法・様式を持つ独創的な詩人として自らを確立していた。パウンドと克衛の表現方法は基本的に正反対と言ってもよいものであった。克衛は抽象的な形象に基づいた、透明で純化されたものを追い求めていたが、パウンドは具体的で慣用的な語法からなる断片を用いて不透明な表現を追及した。二人の詩人はことばによるアサンブラージュ(もともと関係性の薄いオブジェを集めて作った芸術作品)の創造と「常に革新せよ」(making it new)という主張において共通していた。克衛は絶えず実験を続けた。そしてこれはという詩作方法を見つけたと思うと、すぐにそれを放棄し、別の方法を考え出した。芸術に対する彼の態度は、パウンドの詩学と似ていた。それが両者の間の互換性を作り出した。

克衛の詩はまた小さいながらも無視できないやりかたでパウンドの影響を受けた。仲間にじわじわと浸透するように、克衛はまるで代理人であるかのようにパウンドの文学的特性を身につけていく。たとえば、地中海的な形象、反アカデミックな態度、古典文化の復興者としての役割、詩の過去・現在・未来について自信をもって語る自分勝手な権威のようなものが挙げられる。これらの属性はどれを取っても直接パウンドに帰せられるべきものではないが、それらはパウンドとの結びつきによって説得力を持った。とりわけ、パウンドの友情のおかげで克衛はVOUグループ外の日本のライバル詩人たちを無視するという贅沢ができた。この自信があったからこそ、その後の四十年のあいだ、何に煩わされることなく自分の詩の実験を続けていくことができた。しかも自分が真に意味があると信じていた人間によって評価されているという絶対的な自信がそこにはあり、その人間とはなんと自分の親友であり、二十世紀最大の影響力を持つ詩人のひとりで、文壇を動かす仕掛け人のひとりであったエズラ・パウンドであった。

克衛とパウンドの間には密接な共働関係があった。作品を交換し、それぞれの詩と批評の分野で互いを売り出した。かといって、互いが互いの作品や理論を理解していたわけではなかった。実際のところ二人の交流で最も面白い点のひとつは、彼らが互いを理解できなかったという点であり、それどころか、この無理解に無関心でさえあった点である。なるほど彼らは互いを必要としていたが、それは別々の理由からであった。克衛にとって、パウンドの支援と賛辞は自分の売り出しにとって重要であった。彼は恥ずかしげもなく「自己オリエンタリズム」を進めた。(訳注　エドワード・サイードは中近東の人間よりも西洋のほうが優れていると自己投影することをオリエンタリズムと呼んだ。ここで言う「自己オリエンタリズム」とはアジア人が二流であるという西洋の考えかたを受け入れることを指している。)どのような形であれ、有名な西洋の詩人から認められるのは自分の芸術性の最大の裏書になった。実は現在でも多くの日本人文学者にとって事情は同じだ。とは言うものの、克衛がパウンドを理解していたというわけではない。パウンドのイマジズム、表意文字による方法、ファシズムのイデオロギーなどを克衛は理解できなかった。克衛は自分の前衛詩や「VOU」の原理については真剣であった。だから彼は、たとえば、パウンドの歴史主義を容認するはずはなかった。他方、パウンドにとって克衛が有用であったのは彼が何者であるか、あるいは日本の近代詩はどのようなものか、西洋では誰も知らなかったからだ。したがってパウンドは日本の詩が抜本的に新しいものであると主張することができたし、欧米では誰ひとりとして彼に反駁を加えることができなかった。自分が世界の最新のものに精通しているということをパウンドは証明する必要があった。彼は仲間の詩人たちにフェノロサや漢字などと一緒に、自分の日本の詩友を誇示することができた。また、克衛はパウンドに日本の出版界を紹介したが、そこから得られる印税や原稿料は困窮していたこの大詩人にとっては貴重なものであった。しかしこのことは、彼が克衛の詩を本当に理解していたということを意味しない。パウンドは日本語がまったく、中国語は少しだけしか読めなかったし、克衛の自身による宣言類の英訳は訳のわからない代物であった。(もちろん、このような理解不能な宣言類を自分は理解しているというパウンドの主張は論敵である詩人や批評家たちを驚かせるためのものであった。)あたかもすべてを理解しているかのような素振りと実際の無関心という相互の黙契は、互いを売り出すための同意にしては皮肉すぎるかもしれないが、なにも特別なものではなく、現在でも多分もっと大きな規模で続いている。おそらくパウンドと北園もこの黙契を受け入れた人々のひとりであったはずだ。

(田口哲也訳)

第六章　ファシズムの流砂

第二次世界大戦（一九四一－四五、太平洋戦争とも呼ばれる）中、一九二〇年代と一九三〇年代の日本のプロレタリア詩人や前衛詩人たちは愛国主義的な詩を書いて国家に対する忠誠心を示すように強要された。詩人たちの生涯の仕事を総体的に評価する際に、この期間の愛国詩は見逃すべきなのであろうか。日本の文学史家や当の詩人たちのほとんどは「ファシスト」の宣伝をした作品は関係ないものとして、無視するか低く見ている。(1)ある圧力のもとで書かれた詩は、弾圧されていた詩人たちが取りえた唯一の偽装手段であったという根拠で、彼らの立場を正当化する人もいる。日本は地理的に孤立した島国ゆえ、日本の詩人たちはどこへも逃げられなかった。たとえカリフォルニアへ逃げたとしても、アンドレ・ブルトンのように、自ら進んで安全なアメリカに亡命したヨーロッパの白人作家や芸術家たちとは違って強制収容所へ入れられたに違いない。

少数ではあるが、これよりはるかに厳しい立場から前衛詩人たちが政府の圧力に屈したと非難する批評家や詩人たちもいる。(2)彼らは、こうした詩人たちの前衛主義の中身は、天皇崇拝と日本の無敵神話に基づいた教育制度によって仕組まれたゆるぎない国民性に、好事家的世界主義を接木しただけの外国かぶれにすぎない、と論じる。こうした批評家たちは、ポール・エリュアール——彼は自らの命を賭けてドイツ・ファシズムに抵抗した——のような西洋の詩人たちの英雄的行為を引き合いに出し、体制の圧力に屈服して、自分たちのイデオロギー的弱さを露呈させた日本の詩人たちの状況を対比させる。この見解がもたらす結果は、未来派、ダダイズム、シュルレアリスム、プロレタリア文学などの信奉者たちが書いた戦前の前衛詩は二流であり、「偽の」文学であり、「四季」「日本浪曼派」「コギト」などのような伝統的な日本主義の集団による、より実験性の低い詩（短歌や俳句につながるものの自由詩の文体）は伝統を受け継いでいてより正統であると見る。

擁護側と告発側の極端な対立のために、当時の複雑な状況が抜け落ちてしまっている。これらの作品が実際に書かれた状況を詳しくを調査せずに、戦争時の詩は意味のないものであるとして片付けてしまうのはどうであろうか。克衛の伝記作家である藤富保男は、その先駆的な研究の中で、克衛の戦時中の活動を省いている。克衛が書いた愛国詩を明るみに出さないで、まるで鏡に鏡を映すかのように、中野嘉一が引用する渡辺正也（一九二九－）の（典拠が示されていない）発言らしきもの、すなわち、「彼［北園克衛］はいわゆる愛国詩と呼ばれるものを書かなかった」とする渡辺のことばを引いている。(3) そしてこれでこの問題は終わりになる。逆の側の極端な考え方をする人たちは、ひとつでも戦争詩を書いていればそれでその詩人の仕事すべてが否定されてしまうと思いこんでいる。(4) この二つの議論の間にある間隙は埋めがたい。詩人たちを許す側は沈黙か否定を好む。というのもおおっぴらに愛国詩を書いた詩人を支持すればファシストの同調者であるとバカにされるのが目に見えているからである。結果として、一握りの告発側たちの不戦勝ということになる。だが、すでに戦後半世紀以上の月日が流れているのだから、いろんな角度から新しい見方をしてみるのもいいのではなかろうか。

愛国詩をめぐる基本的な問題のひとつは、日本人が「主体性」を持っているかどうか、つまり私たちが西洋では当たり前と思っているものに近いアイデンティティの感覚を持っているかどうかである。もしそれがなければ、これらの詩人の社会が彼らを個人として機能することを許さないわけだから、彼らを個人として理解しようとする試みは実りのないものになるだろう。この「主体性」問題と、多くの詩人たちが強制された「転向」について、マサオ・ミヨシが簡潔に要約している。

アジア・太平洋戦争に突入すると、反戦運動はあっさりと制圧されてしまい、大多数を占めるブルジョワジーに吸収されてしまった。個々の作家は儀式的な転向を行い、自分たちの批判的立場を放棄して天皇制に順応した。沈黙を守ることで受け身的な非協力を続けた書き手もいたし、積極的に協力した書き手もいた。ほとんどすべての書き手が少なくとも黙認したわけだから、罪のない者はいない。しかし誰一人として完全に有罪というわけでもない。それは全員が強制されたからだ。このように有罪と無罪の入り混じる灰色状態では、個々人の輪郭はぼやけてしまって国家の全体性の背景に溶け込んでしまう。

個人と国家をめぐる弁証法は、一九四五年の壊滅的敗戦後もほとんど変わらなかった。戦争中の右翼的立場からすばやく態度を変えて、作家たちは「人道主義者」「モダニスト」「民主主義者」「国際主義者」と自分たちに新しい名前をつけた。このときもまた、皮肉にも「転向」という演技が繰り返された。つまり作家たちは一斉に「主体性」を宣言したとき、意識せずに再び集団行動をとっていたのだ。順応の誓いの大合唱が演出された。現実には、一九四〇年代半ばに冷戦が始まると元の立場へ戻るものもいたし、全部で三回のジグザグ転向を行なった作家もいた。一九三〇年代には左から右へ、終戦後には右から左へ、そして一九五〇年代には左から右へ、といったふうに。しかし、どんなに激しい運動が起こっても日本国家には何の変化もないようだ。国の象徴としての天皇がいようがいまいが、天皇は人々を動かし、目覚めるたびに人々の心の中でその姿をさらに大きく現わしてきた(5)。

関連した問題は、克衛が国家による行為や政策を「政治的なもの」と考えていたかどうかである。日本における天皇制は、大方の日本人の心の中では「政治的なもの」よりも一段上にあり、日本人にとっての「政治的なもの」とは野党による変革のための扇動と思いがちであった(6)。

私の戦争詩への接近の仕方は、一九三九年から四五年の間に克衛がとった行動をいわば一種の窓にして、当時、西洋の影響を受けた日本のすべての詩人たちが直面した問題を考えていくというものである。程度と立場に差はあるが、事実上、すべての前衛詩人は戦争協力に加担した。誰を取り上げてもよい、どの詩人にも似たような屈服の筋書が見られることになろう。私のもっぱらの関心は以下で論じる、一九四〇年三月の「神戸詩人クラブ事件」[7]で前衛詩人たちが最初に警察に一斉検挙された後の、克衛の作品の変化のあとを追うことである。その目的は、克衛が置かれていた状況とそこで彼が取った選択を明らかにすることだ。戦後、彼は自分の戦時中の活動について何も書かなかった。戦後の若いVOUグループ世代は、この話題を持ち出すのは失礼なことだと考えていた。[8]しかし、この時代の愛国詩は綿密な調査に値する問題だ。その理由はこれらの作品が相対的に無視されてきたということに加えて、戦後西洋の影響を受けた詩が再び復活する中で、この問題はどこにでも存在する過去への入り口であり、否定的な出発点でもあるからだ。

この本のために行ったインタビューでも、戦時中の活動のことを質問すると、たいていはきまりの悪い沈黙が続いた。多くの詩人たちは戦争賛美詩の発表を否定したが、詞華集のなかにそのような作品を見つけたのは一度ではなかった。あるときなどは、皮肉にも自分自身では愛国詩を書かなかった詩人の服部伸六（一九一三－一九八）に単刀直入に「その話はタブーだよ」と言われたこともある。[9]現存している詩人たちがこの問題には堅く口を閉ざしているため、この本のほかの章よりもインタビューが少ない。この時期の資料を集める際には、断片的で骨の折れることが多かった。東京の日本近代文学館の職員によると詩人たちはこの問題にとても敏感で、文学館へ寄贈する前に戦争中の詞華集に入っている自分の愛国詩を物理的に取り除いた人もいたそうだ。

一九三九年から四五年までに発表された、克衛の七篇の愛国詩――恐らくこれですべてだろう――と、彼の戦時中のその他の活動を詳しく見ていきたい。七篇のうち四篇はすでに批評家の櫻本富雄（一九三三－）と吉本隆明（一九二四－）の本の中に出てくるが、彼らの研究は克衛に焦点を当てているわけではない。本章の後半では、理論上のプロパガンダ詩人ではなく日々苦悩する人間としての姿を考察するため、克衛の戦時中の日記を紹介する。その時代の公式な姿と私的な姿は、その時々で互いを補強する場合もあれば、逆に相互に矛盾する場合もある。そして最後に戦争へのかかわりについての彼の戦後の態度を吟味する予定だ。

愛国詩をどのように評価するかという問題は、とりわけ政治的なアイデンティティーの問題の様相を帯びた場合には、あまりにも複雑すぎてここで簡単な答えを出すことは困難である。例えば克衛の詩の世界での仲間は、戦後になってから、克衛がかつて愛国詩を書いたといって非難する。私の日本研究の仲間は、「アメリカ人」の私が同じ立場を取るならばそれは「勝者の審判」にしかならないと言う。このような危険を承知しつつ、革新から保守へ、戦後は再び革新に戻った、克衛の思想上の変化の跡をたどることにする。これは、克衛にどの程度まで戦争責任があったかを絶対的に断罪するためではなく、彼が変化していく政治状況に対してどのように反応していったかを示すためである。

一九二〇年代半ばから激しく転換を強いられる政治状況の中で、克衛の戦時中の活動は始められた。一九二五年に成年男子普通選挙権の制定によって、選挙権を持つ数が三百万から千三百万人へと四倍になった。同年、司法省は「思想犯罪」を監視するために特別な部局を作り、同時に公布された「治安維持法」によって急進主義の取り締まりが強化された。この容赦ない手段は表面上は社会主義者や無政府主義者《アナーキスト》を撲滅するためのものだったが、実際には、新しく増えた有権者の未知の力を消すのがこの法を作った理由の一部であった。一九二八年三月十五日に最初の社会主義者の一斉検挙が行われ、一九四一年の国家総動員法までには六万人以上の逮捕者が出た。最初の標的は政治的左翼、次には文学的左翼、そして最後には政治に無関心でも西洋の影響がある作家はすべてねらわれた。小説の方が読者が多かったから、弾圧は詩人よりも小説家に主に向けられた。だが一九四〇年までには詩人たちも、身の安全を確保するために偽装工作を練っていた。

一九四〇年の秋までは、克衛は好きな文体で自由に書くことができた。VOUクラブのメンバーと共に、一九三五年から四〇年にはダダイズムやシュルレアリスムや二十世紀の西洋の文芸運動の方法論に影響された抽象的な詩を書いていた。VOUメンバーは、自分たちのことを、ことばという実験室の中で人間による概念化の無限の可能性を陳列するための公式を探求する、詩的科学者だと考えていた。他の詩人たちは、短歌や俳句という伝統形式やより新しい自由詩に感傷的な情緒を注ぎ込むことに熱心であったが、VOUメンバーは、精神世界における未知の領域を探求することを通じて、詩の中に知的要素を盛り込むことを目指していた。純粋詩の立場に立つVOUメンバーは、筋金入りのプロレタリア詩人であろうと、あるいはより主流派の詩人であろうと、日常生活の経験を主題にするこれらの詩人たちの想像力が自由に働かないと嘲笑した。VOUグループが一層抽象化に向かったのは、自分たちの詩が西洋の雑誌に翻訳・掲載される機会が与えられたからだが、彼らは特定の言語で独特の雰囲気を伝えるだけの語句とは反対に、翻訳を通して力強い形象の普遍性に気づくことができた。

克衛は、VOUの友人たちと抽象詩の運動に関わりつつ、太平洋戦争前の五年間は、他の様々な方法で書いていた。[10] この中には、抒情詩、[11] 文芸批評や哲学的主題に関する警句的な詩、[12] 新伝統主義的な流れ、[13] 伝統的俳句、[14] 一篇の愛国詩（「戦線の秋」、これは後に論じる）などがあった。この最後の三つの分野——新伝統主義、俳句、愛国詩——は、西洋的形式で書かれた以前の実験的なものとは正反対に見える。ひとつの詩または一冊の詩集で使う文体は首尾一貫しているが、克衛はひとつだけのスタイルを守るといった純粋主義者ではなかった。戦時中に産み出された克衛の文学作品は彼の活動範囲をさらに広げた。

克衛は逆説のただ中にあった。抽象詩を書き続けたかったのだが、それは定義するなら、俗世間を超越するものであったのだが、当の軍国主義に染まった日本の世俗は、克衛の超越性は当時の日本が強要していた法と秩序を転覆させるものだと見なした。一九三一年の満州事変から始まって日中戦争（一九三七－四五）へと至る間に、軍部は市民生活の支配を強化し一九三〇年代の後半には全国民を締め付けるようになり、思想統制まで行われた。特別高等警察（特高）は、一九一一年に左翼運動を取り締まるために設置され、通常は思想犯を扱っていたので「思想警察」と呼ばれた。[15] 政治には無関心と思われていた詩人たちは一九四〇年までは標的にはされなかった。

皮肉にも、一九二〇年代前半——それは日本におけるアヴァンギャルドの第一波の時代であった——、すなわちダダイズムが無政府主義《アナーキズム》と密接に結びついていた時代に、思想的な作家たちへの警察による弾圧があったとしたら、それはもっと意味があったことだろう。しかし一九二〇年代後半には、政治的に深く関与するプロレタリア詩人たちと政治には無関心な前衛的な詩人たちとの間には、明らかな分裂が生じていた。克衛は自分が主催しているグループの仲間たちと同じように、自分自身は政治に関心がないと思っていた。しかし一九四〇年に特高は国会の命を受けて「思想犯罪」の定義を拡大し、西洋の影響下にある者をすべて対象としたため、克衛の立場は危うくなった。前衛主義者たちはヨーロッパ起源の外来語を使ったというだけで、邪悪な思想の隠匿行為として疑われた。

政府の見解によると、西洋かぶれは知識人を堕落させ、世界制覇という目的を持つ西洋の帝国主義を利するというものであった。政府の報道官は日本は独自の経済自立圏を開拓しなければならないが、これは一般市民の連帯によってのみ可能であると激しく煽った。その過程で、日本だけではなく、すべてのアジアが堕落した西洋の文明支配から抜け出すことができる。政策担当者の結論は、知識人は日本版の「共通の東洋的伝統」においてアジアの同朋を育てる指導的な役割を果たさねばならない、というものであった。もしも日本の詩人が西洋かぶれのまねを続ければ、日本人にも日本の植民地に住む人間にも悪影響を及ぼすというのが彼らの考えで、詩人たちは西洋のまねを止め、代わりに新しいアジアの秩序に役立つ詩を創作すべきだ。大事な国家の務めに加わる詩人は報われ、抵抗するものは厳しく罰せられる。以前の中立的な立場はもはやあり得なかった。

＊

一九三八年、前衛詩人でVOUの一員でもある長田恒雄（一九〇二‐七七）は、対立する小グループの派閥をとりまとめて「東京詩人クラブ」を結成し、中国大陸での日本の戦争行為を支持する詩人たちの声明発表を可能にした。[16]「VOU」二四号の覚書によれば、長田は一九三八年十月二十六日「傷兵におくる戦争の夕」と呼ばれる詩の朗読会を計画した。そこで、克衛は、アポリネールの「四夜」とともに最初の愛国詩「戦線の秋」を読んだ。[17]その朗読会の聴衆は約七百人で、前衛詩人たちによる朗読会としては最大規模だった。長田は一九三九年一月に第二回目の愛国詩の公開朗読会を企画し、「東京詩人クラブ」の三十人のメンバーと十人の先輩詩人たちが舞台に立った。傷痍軍人とひとつの演劇集団が無給で協力した。当時の代表的な詩人である北原白秋は戦争とは関係のない病気で死の床にあったが、この朗読会に開会の辞を送っている。兵士たちは祖国のために命を捧げているのだから、詩人たちは喜んでことばで戦うべきだと北原は強調した。[18] ペンは剣よりも強しというよりも、ペンは剣に匹敵するべきだという言い方だ。その夕べは成功であったという。

長田は詩人たちに『戦争詩集』（図20）という詞華集に寄稿を依頼し、その詩集は昭森社（すでに克衛の『火の菫』を一九三九年に出版していた）の森谷均（一八九七－一九六九）によって一九三九年八月に出版され、克衛はこれに大きく貢献していた。[19] 彼は『戦争詩集』の表紙（中国大陸の戦場を行進する皇軍騎兵隊の写真）を含めてその詩集を装丁し、朗読会で読んだ「戦線の秋」という詩も寄稿した。『戦争詩集』は一九三〇年代に日本で初めて出た戦争詩詞華集で、奇妙なことに、それは国粋主義的な詩人たちではなく、いわゆる前衛詩人たちによって作ら

図20　克衛による『戦争詩集』（昭森社、1939年）の表紙　克衛自身も1篇の詩を寄稿している

れた。[20]

多くの戦争詩を感傷的にすぎる、といって批判する長田は愛国詩人とは思われていなかったが、彼は単純に愛国的な熱意から行動していたのだろうか。その頃「東京詩人クラブ」の何人かは、海の向こうの中国大陸で手足を失ない、死んでいた。例えばVOUクラブの詩人長島三芳（一九一七－）は一九三九年一月に前線に送られ、左足を迫撃砲でやられ、片目を失明し、四月には入院していた。[21] そして年長の政治詩人たちがこの本に祝辞を寄稿しているが、この長田の行動というものは、自由奔放な詩人たち（および森谷のような出版人）を右翼の攻撃から守る意図があったのだろうか。言わば、これらの詩人たちは二つの顔（前衛詩人と愛国詩人）を使い分けていたのか、あるいは、前衛詩人の顔の上に愛国詩人という仮面をつけていたのだろうか。

意外なことに、気風として国際主義に与しない詩人仲間たち、例えば「コギト」「日本浪曼派」「四季」などは、特高に対してあたりさわりのない形式の詩を書いたが、前衛詩人たちのように戦争詩の詞華集を出版したわけではなかった。『戦争詩集』は、詩壇内外で大きくなりつつある国粋主義者たちの声をなだめるため、自分たちを守るための行動だったという解釈も可能かもしれない。[22] この詩人たちの間では公式協議もなかったし、『戦争詩集』は戦争について書くということだけで、ほかに何の課題も制限もなかった。[23] ほとんどの詩はそれほど愛国的ではなかったし、いくつかの詩などは逆に人間の命が失われることへの悲しみを歌うあまり、反軍国主義的な印象さえ与える。しかし世論を味方にした特高が生け贄を探しに来たとしても、この詩集の題名とデザイン、内容は隠れ蓑になりえた。長田と前衛詩人たちは、西洋の影響下で書いた自分たちの過去の作品は、軍国主義の時代には危険視されると理解していたに違いない。日本でよく引かれる諺の「出る釘は打たれる」は、当時の著名な詩人たちの苦境をよく表わしているが、それは背景に浮かび上がる「主体性」の問題にも響きあう。国家検閲は百五十年の長きに渡り、それはひどく苛烈だったので、作家、芸術家、出版人たちは習慣的に自己規制するようになっていた。彼らは体制に公然と反旗を翻して、その結果沈黙を強制されたり、あるいは最悪の場合、自分の生命を奪われたりするよりも、自己を制御したほうが救い出されるものが多いと思うようになっていた。[24]

克衛は、『戦争詩集』への寄稿作品「戦線の秋」については一切何も活字に残していない。

戦線の秋

戦線にまた秋風が立つ朝
敵塁の上に
山砲が強烈なキヤベツをならべた
敵弾が
頭の上の見えない鉄線をコスつてゆく

終日前面の敵と対峙する
戦機未だし
軽傷三
月明の夜が来る
漠々たる深夜の空を覆つて
空軍のすさまじい大移動があつた

やがて払暁の真水のやうな微風が
茫々たるススキを渡つた
僅かに花咲く一本の雑草の下
進撃の一瞬に

民族初劫の静寂が果てしなく拡っていった[25]

この作品では、克衛の様々な文体や多彩な技術が随所に見てとれる。ひとつには、VOU主義的な抽象性で、「強烈なキャベツ」とみなされている山砲や、「頭の上の見えない鉄線をコスつてゆく」すばやく飛んでいく敵弾がその例だ。主題の深刻さにもかかわらず、これらのイメージは、詩の中に軽くて遊びに満ちた感覚を入れ込んでいて、同時に、克衛が現実の戦場体験がないことをも明らかにしてしまっている。戦争の恐怖は登場せず、スポーツ競技の舞台を劇的に中継する実況放送者のような調子で書かれている。この詩のもうひとつの特徴は、第一番目にあげたVOU主義的な抽象性とは対照的で、『鯤』の作品に通じるような伝統的日本の雰囲気をかもし出しているが、それ以上に、民族の独自性が強調されていることだ。そのような特徴が透けて見える最終行に加えて、そのような伝統的で、晴朗なイメージが次の詩行に用いられている。「月明の夜が来る／漠々たる深夜の空を覆って」、「払暁の真水のやうな微風が／茫々たるススキを渡つた」。第三番目の要素としては、これまで克衛の詩には見られなかった、戦争主題である。克衛が使用した「敵」「塁」「戦機」「進撃」ということばは、以前の彼の詩論の精神――芸術のための芸術――にまったく反している。わずか一年前に*Townsman*でVOUの代弁者として、以下のようにきっぱりと断言していた。「イデオプラスティに依って作像が行われる場合は詩の正統としては有り得ないものであるが、この乖離は宗教家、政治家、諷刺家に依って犯された。教訓歌や政治的指導歌や諷刺詩は、殆んど例外なしに此の背離への侵犯を行ったものである。[26]」

この「乖離」が今度は、詩人としての経歴のなかで初めて、北園克衛その人自身によって鈍感にも「犯された」という事実は、この詩が存在していることによって証明されている。「鯤」（一九三六）で前衛詩から日本の伝統へ回帰したことを、貯めてきた語彙（素材）と内容を単に活用しただけだと彼は主張したが、今回はそうはいかなかった。「戦線の秋」は、寓意詩であると同時に政治詩でもあった。この詩の発表から一九四五年八月十五日の終戦まで、自分が公言した詩の原理に反したのだから非難されてしかるべきである。彼の戦前の詩を見る限り、明らかな体制に対する抵抗が見えないが、それは政治的な詩を書くことを止めさせるような内的メカニズムが欠けていたとも考えられる。しかしながら、克衛の戦前の実験詩と愛国詩をひとまとめにして、このふたつは同じ人間の精神から出て来たものだから、本質的には同じ性格のものだと決め付けてしまうなら、批評家たちは克衛の問題を余りにも単純化している。[27]

「戦線の秋」では、詩作における克衛の巧みな技術を読み取ることができる。例えば、「秋風が立つ朝」「月明」「真水のような微風」「民族初劫の静寂」といった静寂に対して、「強烈なキャベツ」「空を覆つて／空軍の……大移動」という騒乱の空気を対立させ、反対のものを並置することで効果的な緊張感を作り出すことに成功している。そしてパノラマ的な筋書きで、大宇宙（「戦線」「漠々たる深夜の空」「空軍のすさまじい大移動」「茫々たるススキ」）と、小宇宙（「一本の雑草」）としての遠景（「敵塁」）と近景（「雑草」）を際立たせている。克衛は「戦機未だし／軽傷三」と、激しい戦闘を前にした不安な時間をそれとなく叙述する。実際には戦場に行かなかったため、この詩行は、『白のアルバム』の劇詩に似た非現実性がある。[28] 彼のイマジスト的な垂直性と水平性の巧みな操作もここにしっかりと見ることができる。戦闘機や一本の雑草の垂直性と、頭上をかすめる弾丸、ススキを渡る微風、静寂が広がっていく風景などの水平性が対置される。全体としてこの詩は、「VOU」で見せた想像力のウルトラCと、戦争という現実世界を生真面目に思考したものが混ぜ合わせられているように見える。「戦線の秋」における矛盾した詩法の混合は、克衛自身の内面的葛藤と混乱を示している。

『戦争詩集』に寄稿した頃、克衛は中国大陸における戦争について相反する感情を公にしていた。「日本は徹底的に勝つてゐるにも拘らず影響は決してGoodではない。[29]」そして「文芸汎論」（一九三九年九月号）では、自由が失われていくことに対して激しく非難した。

日の丸弁当以来、半搗米以来、下駄以来、今日の学生の断髪、パアマネント廃止[30]、冷房廃止、等々、末梢的にして刺戟的なる政策が戦争と高物価に悩む民衆の神経を弥が上にも刺戟する為でもあるかの様に、我々の前面に提出されつつあるのである。そこには少しの高邁なる文化的理想も精神の宏大性も見出すことが出来ないにも拘らず、彼らは絶えず日本精神を云々し、東洋に於ける文化的使命を云々する、実に彼らの日本精神たるや、日本の古い因襲にさへ過ぎないのである。

然し僕はこの事を今問題にしようとするのではない。そのジンマシン的末梢性を利用しつつ、物古びたる骨董的精神をふりかざし、我々が十数年間に渡つて思索し洗練した詩の世界的水準と、そのセオリイに対して極めて賎劣なるスキャンダルを計画した誤れる国粋的詩人達に対して、我々は必ずしも沈黙に終始する者でないことを警告する。[31]

このとき克衛が沈黙を拒否したということは、強い個人主義の率直な表明だ。しかしその一年後の沈黙の拒否は、反対の意味となった——つまり特高が絵図を書いた狭い思想の範囲内での臆病な服従がそれであり、愛国詩を進んで書くようになったのが、その何よりの証拠だ。「文芸汎論」での強い態度は、克衛の言論の自由を求める最後の強い要求だった。ただ、「VOU」二九号（一九四〇年六月号）の特集で、「古いボキャブラリイは古い思考に依って保持される。一つの古いボキャブラリイは他の幾十の新しいボキャブラリイを無効にする」と書いたように、時おり同じような発言をすることはあった。[32]

VOUクラブの活動について、インドの作家アマル・ラヒリから *Japan Talks* でインタビューを受けたとき、克衛は再び断固とした態度をとった。「『古い傾向』の作品は右翼的な理想を含むと解釈されていますが、私たちの詩は左翼の文学として分類されます。両方とも独自の価値を持っています。この金属的な宇宙において、左翼の詩は因習にとらわれない一元論的な理想、思想、表現を生み出す。それに対して、右翼的な理想はまだ因習的な道徳性や伝統に執着しています。」（一九四〇年七月三十日）[33]

一九四〇年九月、克衛の文学活動を問いただすために特高がやって来た。そのとき彼は日本歯科大学図書館に勤務していたので、妻北園夫人が応対した。彼女はこう回想している。

二人の特高が家に入ってきて、克衛が出版している雑誌を見せろと要求しました。私は一番新しい「VOU」の二十九号を渡しました。すると一人がまったく理解できないといった表情で頁をめくり、「この雑誌はどういう種類のものか」とたずねました。私は「詩、エッセイ、素描と写真が載っています」と答えました。彼らは「VOU」を押収し、翌朝、克衛に警察署に出頭するようにと言い残して出て行きました。(34)

帰宅してから翌朝の取り調べを受けるまで、克衛は自分自身をどのように守るかということを熟考したに違いない。治安維持法のどこに抵触するのか、自分の芸術活動について尋問されたとき、どういう立場をとるべきか。この十五年間、前衛詩運動の最先端に立っていた克衛は、自分が特高の一番の標的だと意識していたはずだ。もしも特高が彼を探すために名簿が必要であれば、『日本詩壇』を見ればすぐにわかっただろう。そこには二百五の雑誌と千三百五十人の詩人が載っていた。(35)東京地区では、「VOU」は七十六の出版物のうち第三番目に掲載されていて、雑誌名がローマ字になっていた二つのうちの一つである。(もうひとつは「KOQ」)克衛の名前と住所はその住所録に載っていた。

克衛は「神戸詩人クラブ」の実験的な詩を書くメンバーが一九四〇年三月に危険分子として検挙されたという、全国の詩人たちを震撼させた事件のことは十分知っていた。名古屋では、シュルレアリストを標榜する詩人で写真家の、VOUクラブの一員であり克衛の友人でもある山本悍右(一九一四-八七)が連行され、「夜の噴水」の出版について尋問を受けた。この洗練されたシュルレアリスムの詩と素描の雑誌は手漉きの和紙に印刷されていて、克衛も寄稿していた。(36)山本は「おまえのシュルレアリスムの詩の、第二連目第三行目はどういう意味だ。おまえのシュルレアリスムの写真は日本の戦争のためにどのように役立っているのか」と尋問された。彼は「それは恐ろしい体験だった。警察は私のことばを勝手に解釈して罪に陥れようとしていたので、私は彼らの質問をはぐらかさなくてはならなかった」と、私に語った。[37] 山本は「夜の噴水」をもう発行しないという条件で釈放された。

中桐雅夫（一九一九－八三）は、雑誌「LUNA」（一九三七－三八年五月、三八年六月に「LE BAL」と改称）を編集していたが、克衛のあとで尋問を受けた。中桐は、西洋を真似た前衛芸術運動の基底にある政治的問題については無知を決め込むことが安全だと気づいて、自分は恋人の気を引くために愛の詩を書いているだけだと主張した。[38] 彼はまだ二十代前半だったからその作戦はある程度成功した。しかし克衛はすでに三十七歳で、十五年間前衛運動の最先端に立っていたので、中桐のような単純な策はとれなかった。

外来語を使って詩を書き、外国の詩人たちと交流することが、悪いことだと克衛が考えていたかどうかには関係なく、今度の法律は彼にとっては不利であった。一九三六年五月に議会を通過した「思想犯保護観察法」は、一九二五年に制定された「治安維持法」によって検挙された「思想犯」に対して、通常二年間の保護観察期間を与えている。疑いをかけられた思想犯は起訴する必要さえないと言うわけである。

一九三八年には「国家総動員法」も発効し、これは国民に中国の戦場での犠牲を強いるものだった。西洋の影響を受けた詩は非国民的なものとして、総動員を強制する「一億一心」という標語に反対するものだと解釈された。国家総動員法により公布された一九三九年七月の「国民徴用令」は法的装置となって、多くの左翼傾向と思われる作家たちを突然徴兵して前線へ送り込んだ。一般的に「赤紙」と呼ばれた召集令状は、召集兵に対して夏服と水筒などの基本的な装備を用意して、配属地の指示が出るまで待機せよという指示するだけのものに過ぎなかった。[39]

克衛が取り調べのために出頭したとき、どのような結果になるかは予想していたことであろう。悪い方向に進めば数カ月の拘留または徴兵だ。雑誌「VOU」とそのクラブの存在も危険にさらされていた。警察で取り調べられたときに、克衛はどんな思想傾向を強調したのだろうか。「文芸汎論」に書いたような強い反抗的態度はきわめて危険なものだったし、自由主義思想に訴えかけるというのも、もはや有効な手段ではなくなっていた。克衛が取り調べを受けた一九四〇年九月はこの長期に及ぶ戦争のひとつの転換点であった。外交上では日本はドイツとイタリアとの三国同盟を結び、この同盟下で日本は「大東亜共栄圏」という旗のもと、東南アジアを搾取することが可能になった。日本は、遠く熱帯地方を越えてさらにその向こうにまで領土を拡大するのが運命のように見え、楽観的な雰囲気に満ちていた。

克衛の取り調べについては何の記録も残っていないが、特高の前で彼が選択できることはほとんどなかっただろうと推測できる。イギリスやアメリカなどの外国の詩人たちとの交流を強調したとしても、それはその微妙な状況を悪化させるだけであっただろう。自分の過去を否認できない以上、彼にとってもっとも必然的な方向は、撞着語法のようではあっても「前衛愛国者」の立場を取ることだった。結局、彼のVOUクラブはそのときまで日本の現代詩を幅広く西洋に広める役割を果たしていた。西洋が日本を文化的に過小評価していた、ちょうどそのときに自国に栄光をもたらしたのは自分の業績だと克衛が思っても不思議ではなかった。

国際詩壇における戦前の克衛の活動は、事実上日本の「詩人大使」とも言うべきものだった。克衛とパウンドの往復書簡からは、彼が日本ばかりかアジア全体を代表する意識でいたことが分かる。例えば「Cactus Island［サボテン島］」という題名の線画の付いた手紙があるが、克衛は、この手紙を自分のスナップ写真と一緒に送り、さらに風になびく日本国旗を描いている[40]。彼は、いろいろな国の詩人たちと交流をもちたいと願ったものの、世界はひとつというユートピア主義を望んで自分の国民意識を超越しえたとは思えない。パウンドへのある手紙には「東洋と西洋の優れた文化のために、今私たちが払っている犠牲がいつか報われる日がくることを、ただ願うだけです[41]。」と書かれている。

自分のやっている前衛芸術は深く愛国主義に根ざしたことであって、それが不法なことだとは気づかなかった、と克衛が特高に告げたならばより安全な状況になっていただろう。さらに前衛詩ではない詩も書いていたと弁明もできたであろう。伝統的な装丁の詩集『鯤』や俳句であれば、容認範囲として当局を喜ばせたであろう。しかしなによりも『戦争詩集』詞華集に積極的に参加したことで、彼の立場は安全になったはずだ。克衛が自分の伝統的愛国的作品を強調するために西洋の影響を少なく見せようとするのは常識的な身の処し方であったとさえ言える。

また、「VOU」やその他で見せていた一貫した反共産主義の立場を強調することもできただろう。大方の政治に無関心な詩人たちはプロレタリア詩の興隆を単純に無視しただけだったが、克衛はそれは想像力を抑圧するものであり、芸術のための芸術という彼自身の詩学の立場に反するものとして、公然と非難した。この点に関しては特高は克衛に賛成しただろうし、西洋で日本の詩の印象をよくしたいという克衛の善意に説得されたかもしれない。だが、取調べの焦点は必然的に双方の意見の違いに絞られていったはずだ。

克衛は自分の取り調べについては何も書き残していないが、私たちは取り調べの結果から推論し、何が起こったのかを想像することはできる。取り調べ官はおそらく威圧的な態度で取引をちらつかせたことであろう。つまり、指導してきた抽象詩の運動をやめて、雑誌の内容を今の時代の愛国的雰囲気に迎合する方向へ変更するならば、出版はつづけてよろしい。その場合、ローマ字表記の「VOU」という誌名は適切な日本語に置き換えなくてはならないし、英語でのVOUとパウンド、ダンカン、ロクリンらとの新作の詞華集の出版計画も無期延期しなければならない、という風に[42]。すべてが不足している時代に新しい雑誌が用紙を入手するためには、外来語の使用を禁止したそのときの指針に従わなければならなかった。一九三七年以来、国家総動員運動が敵性言語である英語を撲滅する空気が日本に満ちていた。政府は英語やその他の外国語を公式に禁止したわけではないが、警察は、右翼国粋主義者たちがローマ字の看板を壊し、日本語に置き換えることを止めはしなかった[43]。

克衛は窮地に追い込まれた。もしも抵抗すれば処罰が待っていたし、不本意でもそれに従えば新しい雑誌という褒美が待っていた。当局は反抗する者よりも、公式非公式を問わず、転向を経験した利用しやすい作家を好んだが、それは他の作家たちを弾圧するための例として利用できたからだ。

克衛は、国際性を持つVOU運動を中止せざるをえなかったが、取調べの後でも、海外の新しい詩や芸術のニュースや抽象画やシュルレアリスムの素描や写真などはもちろんのこと、エズラ・パウンドや他の西洋の詩人からの手紙を日本語に翻訳したものまで出版し続けた。特高はローマ字の使用を制限することに最も深い関心を向けていた。克衛の妻から押収した「VOU」二九号（一九四〇年六月）の表紙は「言語による違反」に満ちていた。ここには日本語はなく「VOU」という誌名が三回繰り返され、会員の名前もすべてローマ字で書かれていて、それ以外の情報はフランス語だ。

その時期に取り調べを受けていた他の人たちの報告から見ると、特高はもっぱらリトマス試験紙のように天皇に対する態度を調べ、その人の日本への忠誠心を測りたかったようだ。取り調べはこの問題にしぼられただろうから、この取調べ以降なぜ克衛の文学が曖昧で矛盾するものになっていったかが、ここから部分的に説明できるかもしれない。

「VOU」の頁の中で熱心に語っていた抽象主義の詩の原理を固守することよりも、VOUクラブを続けたいという願望の方が克衛にとってはより重要になってしまったのだろうか。あるいは、自分と自分の家族、VOUクラブの会員とその家族たちの安全の方を心配したのだろうか。次の一歩を間違うと、もっとひどい悪夢の真ん中に自分を投げ出すことになると彼は想像したのだろうか。あるいはこの一連のやり取りはもっと心地のよいものであったのだろうか。

分からないのは、そしてたぶん永遠に分からないのは、そのとき克衛は改心するというはっきりした印を見せるように強要されたか、あるいはVOUクラブを解散して沈黙するような選択を与えられたかという点である。一九三〇年代初めからの克衛のアルクイユ・クラブの一員で、文学とは別の容疑で特高から取調べを受けた上田修は、「克衛は特高経験については何も語らなかったが、そのことについては想像がつく。おそらく特高は、『なぜお前たちは鬼畜米英を相手にしているのだ。それよりもお国のためにすることがあるだろう』と言ったはずだ。克衛であれ、ほかのの前衛詩人であれ、そのような危険な状況下なら誰でも頭を垂れて、『畏まりました』と答えたことであろう」と語った[44]。

そのときまでに克衛が編集した前衛雑誌の数は百近くになっていたし、彼の独自性の大部分は指導者としての役割と複雑に結びついていた。沈黙に身を寄せて部外者として不確かな未来を待つことは耐え難いものであったのかもしれない[45]。明らかな共産主義者たちとは違って、克衛は更生施設に送られてから社会復帰するという意味での「公式」転向を経験したわけではない[46]。しかし批評家の中野嘉一と鶴岡善久（一九三六－）は、克衛の経験に転向ということばを当てはめる。公式であろうと非公式であろうと、その後の彼の芸術上の方向転換は主義主張の変更であった。[47]

克衛の尋問が行われたのは、抽象的な詩と西洋からの知らせが満載された「VOU」三〇号を印刷しようとしていたときだった。彼は内容にはまったく手をつけず、目次の前に「VOU」運動を正当化する宣言を挿入した。その最後の段落では、「民衆芸術」という新たな方向性を宣言していた。この宣言には「VOU クラブ」と署名されているが、当時の会員であった鳥居良禅（一九一三‐二〇〇五）によると「この文は、他の誰にも相談しないで克衛が一人で書いた。VOU の指導者として彼は私たちに対して責任をとらねばならなかった。だからこのクラブをどのようにしていくか、彼が下した決定は妥当だと思った。[48]」

戦後、克衛は「一九四〇年、私たちは雑誌の発行をやめるように圧力をかけられたので、私はなんとか VOU の詩人たちが逮捕されないようにした」と主張した。[49] だが、当局に対して彼が屈服したことよりも、ひょっとするともっと注目すべきは、詩人や芸術家として独立した立場を取っていたはずの VOU の会員から誰一人として国際主義から国粋主義への百八十度転換に対して、退会するという反応を示した者がいなかった点だ。もちろん、派手に抵抗しようものなら危険な状況に陥っただろう。この方向転換はクラブ内ではまったく議論されなかったらしい。そのために茨の道をたどるような問題が残る。会員たちの主体性とは何だったのか。

抽象的な詩から土着的な詩への劇的変化を言明する、克衛の宣言文は全文引用に値しよう。

宣言

VOU クラブは昭和十年七月機関誌 VOU 第一号を創刊してより昭和十五年十月第三十号を発行した現在までに六年間を経過した。

われわれはこの間に詩、音楽、絵画、写真、建築を対象とする新芸術理論の樹立とその発展に努力し、その実験的作品並に試論を機関誌 VOU に発表すると共に、之を国内は勿論、満、支、独、伊、英、米、仏、スペイン、アルゼンチン等に送り、我国の新鋭芸術の独自性と進歩性を顕示した。

そもそもわれわれが主張する芸術理論の根幹をなす思考の造形的把握といふ命題は時代的にはシュルレアリズムに比肩し、その技術的部面に於てはドイツのノイエ・ザハリッヒカイトの芸術理論に共通し、方法的部面に於ては支那の唐、宋期の芸術思潮に相通ずるものであつて、これを我国の古典に照合するならば古今、新古今よりも更に百年を遡る万葉期の文学機能に近似するところの視覚映像としての思惟の世界を対象とするところに在つたことは既に機関誌VOUに依つて明示した。従つてその発足の瞬間よりわれわれは純粋思考と物体との関係に絶えず直面して来たのである。

この思惟の体系こそはアマル・ラヒリ氏をしてニユウ・ヘレニズムの生誕と断定せしめた処のものであり、莫莫たるトルキスタンの天嶮と砂漠を縫つて走るシルクロオドを淙淙と流れた古代精神の明快な日本的開花であつた。

機関誌VOUに依つてわれわれが示したこの新鮮な古代精神の展開は、既にドイツの『リテラトウル』イタリイの『プロレッツトオ』『ラ・リフオルマ・レツテラリヤ』『メリデアノ・デ・ロオマ』イギリスの『タウンズマン』『クライテリオン』アメリカの『ヴユウ』『ニユウ・ダイレクション』等に依て各国の芸術家に刺激を与え、現代日本芸術家の理論的探求力と独創力の旺盛を強烈に認識せしめた事は国家に対する文化的貢献の一面として一つの満足に値ひした。

然し乍ら今や日本は東亜新秩序の建設に当たり新体制の確立を断行する時、われわれも亦国家の一員として全知力を傾け更に直接的な体勢を以てこれに協力するは当然の責務である。ここに於てわれわれは過去六年間に亘る従来の芸術運動を本号を以て終了し、直ちに民族精神の振興に寄与する清新比類なき民族芸術理論の樹立とその適正なる実践のために発足することを宣言する。

昭和十五年十月　　VOUクラブ(50)

この宣言に先立つこと数ヵ月、克衛にインタビューを行ったインド人の作家アマル・ラヒリについて若干触れておいたほうがよいであろう。ラヒリは、一九三九年から四〇年にかけて三冊の本を英語で出版した作家で、彼はそれらの著書の中で日本の天皇制とアジアにおける軍事構想を心から支持していることをしきりに語っている。[51] 彼にとっての日本はいつもバラ色の光を放つもので、ひとつの例として『日本のモダニズム』という本の最後にはこのように書かれている。「神の国は神風と天皇家の祖先の霊に導かれる。したがって、日本の不滅は保たれるであろう。[52]」

こういった点について、どの程度克衛とラヒリが意見を交わしたかは不明だ。しかし次のような評価に対しては、克衛はおそらくあまり心地よくは感じなかったことであろう。

日本が自国の文化のなかに取り込んだ西洋流の音楽、舞踊、絵画、文学は単に「世界文化の宝箱」としての日本の存在を世界に証明するためである。（中略）注目すべき特徴は、これらの外国のものが一端日本人に扱われ、再加工されると、それらは外国礼賛ではなく「西洋的な日本」になるということである。しかしながら日本風西洋主義の産物は日本のモダニズムの本質的な部分ではなく、外国のものを日本風に見せることで他の諸外国の人々を楽しませるために注意深く保存された余興である。厳密に言うなら、日本風の外国文化は見かけ上は西洋そのものとは何の類似性もない。日本に定着した日本風西洋主義とは、自国の現代文化の重要な部分ではなく、外国人を楽しませるための装飾的な見世物である。日本の現代文化は「再東洋化」の産物であり、そこに含まれているすべての要素は東洋的であり、日本的なものである。[53]

その翌年には太平洋戦争が勃発し、克衛は自分の日本の現代詩へのかかわりが軽薄なものであったという、ラヒリと同じ方向を取るようになる。だが同時に彼はなおもエズラ・パウンドや他にも数人のアメリカやヨーロッパの詩人たちと文通を続けていたし、おそらく彼自身のアイデンティティーにとって同様に重要であったと思われるが、その時点でも彼の詩はアメリカで出版されていた。宣言の中での意見で明らかなように、海外での「VOU」の成功を誇りに思っていたから、ラヒリの言う浅い概念で自分自身の西洋化を考えたくなかったはずだ。ラヒリのとんでもない超国粋主義な日本観は、彼が外国人であるということから、おそらく北園にとっては格好の逃げ場になったことであろう。また、ラヒリを引用したのはインタビューをして、VOUクラブを宣伝してくれた仲間に対する素直な感謝の表明だったのかもしれない。ラヒリはもうひとつの本である*Japan Talks*において、パウンドのことを「ラパロの聖人」であると述べている。(54) 克衛がパウンドにその本を送ったところ、次のような返事が返ってきた。

親愛なる　Kit Kat

新年あけましておめでとうございます［一九四一年］。またラヒリの本を送っていただきありがとうございます。彼はどれくらい分かっているのですか。この本の内容をどのくらい本気で受け取るべきでしょうか。山ほど疑問がありますが……。(55)

VOUクラブの将来的方向を宣言した最後の段落の表明は、ラヒリへの言及に比べるとはるかに重大である。VOUや西洋から影響を受けた運動は放棄され、全アジアのひな型になるべく用意された新しい日本の詩を選択することになる。克衛は、ひとたび出版を続けようと決意すると、妥協から生まれた矛盾から逃れ、これからの仕事に最高の光を当てたかったに違いない。いままで新伝統主義的な詩を書くためにあまり大きな労力を使っていなかったものの、彼にとってはその手の詩は馴染みのものであった。数年前パウンドに『鯤』を送ったとき、自分の書き方を「日本の精神」と名づけていた。(56) さらにラヒリによると克衛は、「我々は、すでにある伝統的な概念を無視しているのではありません。古錆を落とした宇宙交響曲を新しい基礎にして、この概念を再構築しようとしているのです」と主張したという。(57)

克衛とVOUのクラブ員たちが直面した問題は、伝統詩のための新しい道づくりであった。パウンドの標語でもあった「Make it new」(「新しくする」)はやりがいのある挑戦ではあったが、西洋のことばと形象を禁じられ、状況は奇妙なジレンマを呈してきた。「純粋な」日本の神話的過去に回帰することを強調する特高によって指図された思想的な鋳型の中に封じ込まれたまま、詩人はどのようにして現代の日本を喚起することができるであろうか。特高は本質的に「古錆」を要求していたのではなかったか。

＊

VOUクラブの新しい雑誌「新技術」は一九四〇年十二月二十五日に発刊した。その版型は「VOU」よりも小さく、表紙は変化を象徴していた。以前の目立つローマ字に代わって日本語表記になり、抽象写真の代わりに大きな陶器の壺から猫が覗いている、これといって特徴のない写真が使われた。克衛の抵抗を示すものと言えば、創刊号に対して三一号と番号をふって(「VOU」は三〇号で休止した)、出版者をVOUクラブにしたことくらいだ。

克衛の論説「誌名改称」には、以前には絶対に使わなかった「大日本帝国」「八紘一宇」といった愛国主義的な流行語が使われている。また、この号には「原稿禁止事項」が載っている。

作品は平仮名を標準文字とした左の事項を禁忌する。
一、棒字　例へば「タアナア」の場合に「ターナー」とする如し。
一、行　特に詩の場合、行の不揃。
一、括弧　特に詩の場合、括弧の使用。
一、点線　特に詩の場合、点線の使用。
一、罫線　特に詩の場合、罫線の使用。
一、漢字　二十二画以上(但し固有名詞または例外を認む)

一、漢語（例外を認む）
一、外国語（固有名詞又は例外を認む）
一、傍点
一、傍罫
一、振り仮名
一、縦書き欧文
一、をどり文字　例へば『屢々』『続々』『ますゝ』の如し。
一、方言
一、慣用詩語（例外を認む）
一、特殊字体　明朝を標準とし、ゴチック、宋朝、清朝、平形、その他。[58]

克衛の一覧表は「宣言」で公表された方向転換を反映している。割付けも同時に行う編集者として、彼はデザインの統一のために素材を規格化しようとした。以前「VOU」に「原稿記述上のタブウ」を載せたことがあったが（そしてそれは戦後も続いた）、今回はもっとも長く、厳格な表だった。[59] 頁面をすっきりさせるために気の散る句読点は排除するなど、そのいくつかは彼の個人的な嗜好によるものだ。しかし、外国語の排除は明らかに政府への譲歩であった。堅苦しい漢語と地方の方言を禁止した克衛は、過去の書きことばを理解できる知識人や特定の地域の言語を理解できる人たちに読者を限定せず、より広範な読者層に近づく新しい方向を示したかったのだろう。おそらく彼は、自国の若者や基本的な日本語を解するアジア人を読者に取り込むつもりだった。しかし、彼の言語的な多様性に対する寛容度の低さから、エリート主義的で威圧的にも見える。

はじめのうちVOUの会員たちにとって、適応して新しい規則に注意を払うのは大変だった。外来語禁止条項の隣に鳥居良禅の一文があるが、その冒頭の文章に禁止されているはずの単語が含まれていた（傍点で強調）。「白いジャケット白いベレ白いスカアツ白いサンダルの少女がシガレットを吹かしながら清潔な豚と共に現れた。[60]」

「新技術」の克衛の最初の詩にも同じ様な混乱が見られる。抽象的な傾向や、禁止された外国語がカタカナで書かれている。すなわち、「ガラス」「スパイラル」「ブリキ」「レンズ」「アスファルト」「フラスコ」「エンサイクロペエデイヤ」「パイプ」「テラス」「チユウリツプ」「クロロホルム」「ビイル」である。

固い曲線

葡萄の頭巾をかぶり
曲線のなかにしやがむことは
軽いことである

ガラスの輪の影の
蝶とともに菫を思ひ
卵型の貝を踏む

石膏の円錐の上に
光るスパイラルの水と
金網の眼鏡がある

柔らかな軸のために
かたむく煙と

その歯車はよろめく
ブリキの円筒を切り
溶けるレンズを
洗ふ午前

青い空に
アスファルトの車道がくねる
あ

円柱の辛辣な
白へ
赤い縞が吃り

フラスコの章魚は
漂白されて
透明な曲緒の群となる

やがてエンサイクロペエデイヤを閉ぢ
パイプに火を点け
チユウリツプ咲くテラスに出る

とある円い椅子に
安息日の形に坐り
いきなり嚔をする

クロロホルムの匂ふ
細長い栓をぬき
指をまげて眼をとぢる

そして少しビイルを飲み
強烈な球のある広場のために
脆い蝗を発見する[61]

「新技術」はまぜこぜ状態で始まった。寄稿者は技法については新しい詩学を唱えていたが、実際にはほとんど古い方法で書き続けていた。芸術的な方向性が突然逆方向に変わったために、そこから生じる矛盾が時々滑稽な面を見せることになる。長安周一が超現実的に描いたカクテル・グラスを持った鳥の顔の女の素描は当局が受け入れる「郷愁」という題名にしたために、より不条理で超現実的となっている。[62]変化していないことを示すものは写真と文の両方に多く認められ、たとえばそのひとつが『戦争詩集』の編集人であった長田恒雄のエッセイである。

多くの戦争詩は、生命を賭して書かれた故にすばらしいといふ説がある。が、この説には重大なトリックが含まれてゐるのだ。詩は、原始的感動を与へうることによつてのみ価値があるのではない。

僕等の詩は、ほとんど一般の人々には難解だと言はれ、珍糞漢だと言はれる。そして小学児童の方がはるかに容易に僕等の詩の持つものを理解する。[63]

自国では抽象主義運動放棄を宣言せざるをえなかったにもかかわらず、克衛は外国で自分の作品が出版されることには相変わらず熱心だった。「新技術」三二号には、VOUの十七人の詩人たちが自分たち自身の翻訳で四十三篇の詩を、ニューヨークの詩人チャールズ・ヘンリー・フォードの企画した「View Poets International Anthology」に寄稿したという報告が載っている。[64] この号では英語で「海外の読者へ」という告知がなされている。「『VOU』は三二号から新しい誌名『新技術(SINGIJYUTU)』に変わります。『VOU』には特別な意味はないですが、『新技術』は新しい技巧という意味です。[65]」外国の読者はもちろん誌名変更にまつわる事情には気づいていない。克衛の作品も掲載されたことのある *Diogenes* の編集人アーサー・ブレアは誌名変更を肯定する返答をしている。「私はVOUの新しい名前が好きです。それは大変素敵に聞こへます。[66]」

要するに新しい雑誌の二つの号は、完全に従順でもなければ著しく反抗的なものでもなく、新しい方向を目指すというよりも展望を失っているだけだ。だが、宣言に書かれた愛国主義に見合う詩的内容の変化は、徐々にだが確実にやってきた。

＊

克衛は自分の新しい詩論について頭をしぼり、『鯤』を想起させる土着的な文体で書き始めた。が、自分の西洋的な方法を完全に否定したわけではなかった。一九四〇年の宣言以前の前衛時代の彼の成果は、『固い卵』という抽象的な作品を集めた詩集と、詩についてのエッセイ集である『ハイブラウの噴水』という一九四一年の二冊の本に結実した。[67] 一九四一年の『現代日本年刊詩集』への寄稿を依頼されたとき、克衛はそのころの土着的傾向の詩ではなく、一九三八年の『サボテン島』からの超現実的な作品を出した。それは、実験的な詩集が見落されてきたこ

とに対して不満があったからであろう。(68)

その頃、長田恒雄が代表を務める「東京詩人クラブ」は全国的に活動を展開させるために「日本詩人協会」として再結成することを決めた。日本の詩人たちに広く訴える場としての新機関紙「現代詩」の創刊号に、主導的な詩論を書いた。(69) 克衛もそこに加入し、この詩論は、もっぱら方法論上の混乱を露呈しているという意味で詳しく見ておく必要がある。(政治的理由から) 抽象詩と自分の詩作品の中で外国の事物に言及することをあきらめた克衛は、新しい詩は政治的な目的に従属すべきではないという不条理な主張をした。特高に許された言語上、想像力上の枠組みの中で平和主義者の道を模索しているように見えるが、今から振り返って見れば、自分に課された政治的な指示に従いつつ、詩は政治と煽動から自由であるべきだという主張は、自己欺瞞と日和見主義に満ちた考えだということが分かる。

西洋、特にアングロサクソンの影響から逃れて日本の詩が向かうべき新しい方向性の青写真を、読者はこの詩論に期待したはずだが、逆説的にも、北園は四篇の英語の詩を引用しただけで（*Diogenes* に翻訳が掲載された彼自身の抽象詩「鉛筆の生命」も含まれていた)、日本語の詩はひとつもなかった。日本の詩人はドイツの「新即物主義」運動と接触する必要があるというのが彼の短い結論だったが、それは政治的権力の願いと一致した目標だった。(70)

自分の方法に内在する矛盾とはうらはらに、克衛は『郷土詩』の概念について洞察力溢れる提案を行った。おそらくは西洋文明の具体的な事物を口にすることがタブーであったためであろう、彼は「遙かに純粋な対象が最も卑近な所にあるのである」と述べたが、それが意味するところは自分を取り巻く自然と日本的事物のことであった。書くべき主題について詩人に助言するというよりは、精神が一時的に混乱した、予期せぬ瞬間に新しい形式が発見できると、彼らを激励した。「雨の日の街角を曲がらうとした刹那」や「煙草を喫ふためにマッチを取り上げるとき」をこのような精神状態の例として引用したが、それはまるで郷土詩についての最初の思考は、愛国主義よりも心理学に関係があると言っているようだ。北園によると「脳裏をかすめるところの、電光のごとき閃きに意識の持続を中断されて、改めて数秒前の思考の径路に逆行し、そしてその思考の連続性を取戻す必要にせまられる場合がある。厳密に言つて、かうした出来事は一日のうちに幾度か起こり得ることに注意しよう。（中略）この瞬間的に現はれた意識のフォムは、それ自体如何なる概念に依つても規定することの出来ない純粋な思考のフォムである。[71]」

克衛は一時的な健忘症（現在では通常「短期記憶喪失」と呼ばれる）の研究を引用して、直線的な思考が一時中断するときの無意識の創造的な潜在能力を認知しないという理由で、西洋の作家たちを非難した。克衛の指摘は興味深いが、それ以上に露骨な扇動の詩から距離を置いた、新しい詩論の基礎となる概念を探し出そうと必死だったことが見て取れる。しかし、健忘症をどのように新しい詩論に応用しようとしているかは明らかではない。このエッセイを反抗的な自己パロディではないかと解釈したい誘惑に駆られるが（否定しなければならない過去を忘却するために健忘症を研究している詩人）、その真剣な口調と時代の「現実の政治状況」から判断すると、克衛はおそらくそのような意図は持っていなかったはずだ。彼が推奨したぼんやりした忘我のような精神状態は、のちに郷土詩の例をもって再度紹介される。というのも、そこには時間を越えた感覚のために意識の空白を利用するという方法が出てくるからだ。ここでは、期待された克衛の新しい詩論は依然として西洋の概念やモデルから離れていないとだけ言っておけば十分であろうし、そのことはこの引用を見れば明白である。この詩論と一九四一年に出た二冊の前衛的な本のために、克衛が新しい方向に進み始めたことを聞きつつも、まだ新しい作品を読んでいなかった詩人仲間たちは、彼の新しい主張と「郷土主義」とのあいだの関係がどうなっているのか決めかねて、当惑したに違いない。

克衛のアヴァンギャルド詩集『固い卵』と『ハイブラウの噴水』は一九四一年八月にエズラ・パウンドを日本語に翻訳したことのある木下常太郎（一九〇七－八六）によって書評が書かれた。[72]木下の書評は文壇で克衛がどのように受け止められていたかを測る基準となる。木下はまず克衛の独創性を賞賛し、次に愛国者として優れた活動をせよと仲間からの圧力をかけている。木下は克衛に二つの選択肢しか許していない。つまり、見事な過去の人になるか、目前の好機をとらえて情熱を示して日本詩壇の高峰へ登るかだ。以前の克衛であれば主流派の栄光のおこぼれなどは嘲笑しただろうが、彼の国際的な立場は一九四一年春の郵便業務停止によってパウンドや西洋と克衛を繋いでいた臍の緒が切断されて以来弱まっていた(73)。そして新しいチャンスが克衛の目の前に誘うようにぶら下がっていた。以下木下の「詩壇時評」から引用する。

最近北園克衛は「ハイブラウの噴水」というエッセイ集と詩集「固い卵」の二冊を世に送った。二つの著はいづれも日本詩壇の優秀な面を代表する好著である。「ハイブラウの噴水」と「固い卵」を通読して得る感じは日本の詩の文明もこんなにまで高くのぼつたといふ驚きである。これは勿論詩壇の水準が全面的に向上したことを意味するものでなく、むしろ北園克衛といふ詩人の優秀さとその独創性とを示すにすぎない。だが、時代的に観ればこの好著も既に過去のものに属する。これは著者自身が既によく承知してゐる。従つて吾人がこの独創性に富み且つよきセンスの所有者なる詩人に期待するところは彼の今後の活動である。詩人といふあらゆる詩人の文化的機能は母国語を通じて一般社会人を慰め励まし元気づける点にある。即ち美しく巧みに認識させる手段である。再確認させることによつて人間生活乃至は国民生活に憧憬を与へるにある。

だから先づ詩人自身が認識することが前提である。又認識する鋭い能力を持たねばならぬことも大事な条件である。

北園克衛は恐るべき詩的能力の所有者であることは既に万人の認めるところである。彼は其能力によつて母国日本のために国際的に外人達と競争してきた。そして其の業績は「ハイブラウの噴水」と「固い卵」に於て其絶頂に達したのである。

彼は今やその恐るべき能力によつて母国及母国の生活に就いて歌ふ母国の他の詩人達と競争する道へ進んで来た。

彼が競争する詩人に高村光太郎や三好達治や岡崎清一郎らがゐる。彼は自己の独創性を失はずに全身から捨身で新しい世界に突入すべきである。そしてその能力を日本人的に開花さすべきである。彼の詩的能力と其明敏さに於いてそれは甚だ容易であると信ずる。

再び主張する。詩人は日本人の生活の慰め手であり人間生活に元気と希望を与える人である。北園克衛が母国日本の多事多難なる時苦しい生活の慰め手となり生活を元気づける詩人となる日の来ることを切に希望する。[74]

国内外で戦う詩人という木下の比喩は、詩壇を競争的環境としてとらえる彼の見方を表している。北原白秋関連でも言及したように、詩人のほとんどは、戦場での兵士に匹敵する役割が自分たちの義務と考えていた。木下はこのようなプロパガンダの領域の外に出て詩を定義するということができなかった。詩人たち、特に一九三〇年代に一般大衆から真面目に受容されなかった過激な前衛詩人たちが、突然自分たちの愛国詩が新聞やラジオで広く取り上げられるのを知ることになった。明らかに彼らの多くにとって脚光を浴びることは、抗いがたい魅力であった。もうひとつの大事な点は――当時、ほとんどの詩人たちによって見過ごされてきたが（そういう意味では「詩人＝預言者」の役割を彼らは果たせなかった）――プロパガンダの詩を書くということは、人々を煽動して命を危険にさらし、人を殺すように仕向けることであるから、当然のその責任をも引き受けるということである。木下は人々に虚勢と熱狂を煽り、さらなる犠牲を演じさせるのは、慰めであるよりは重荷であるということに気づいていなかったようだ。[75]

警察と友人たちからの圧力を受けて、「新技術」の三号目を出した頃には、克衛は日本国民性という殻の中へ少しずつ自分を閉じ込めていくようになっていた。新しい詩を作り出すダイナミズムを発生させるために伝統的な生活様式に深く入り込んでいくと同時に、自分のこれまでの西洋主義を否定することも必要だと、徐々に気づいていった。「VOU」を終わらせる「宣言」を書くに際してどんな圧力があったかは分からないが、「新技術」に以下の宣言を書いたときにはそのようなものはなかった。彼は自分のエネルギーを母国の郷土の詩学に向ける、という自らの約束を進んで果たしつつあった。

「VOU」第三十号の宣言は我々にとって三年間早きに過ぎたかも知れない。然し早晩それは行はれるべきものであつたのである。詩の国際的な水準は如何なる時代に於てでも特別に進歩したグルウプを持つ一国の水準より、より高くあることは有り得ないのである。

この故に一国の詩が単に国際的水準に達して居ると言ふことは何等の満足にも値ひしないと言ふことは言ふまでもないのである。（中略）

惟ふに我々の詩的思考の文化的条件を形成する諸要素は決して純一ではない。この事は我我が二十四時間の一単位に経験する処の所謂生活面に顕現する諸現象を想起すれば充分であらう。実に都会に於ける我我の生活は世界のあらゆる民族に依つて提供されたる文化の断片によつて形造られたモザイクを思はしめるものがあるのである。斯くの如き文化的背景に於て民族的アクテヴイテイの純一なる系列を検出することの困難の前には極めて固い決意と強靱な努力とが用意される可きは言ふまでもない。

しかも我我が真に時代を隔絶する無比なる詩的作品の創造を行ふためには、この困難を回避することは許されないのである。この事は単なるボキヤビユラリイに就ての嗜好やイマヂリイの技術の問題ではない。更に全面的な詩的思考のアテイチウドの問題なのである。

この意味に於て我我の前面には郷土主義への回帰がアテイチウドの一側面として必然的に考へられて来るのである。(76)

克衛は「新技術」の次号で、戦闘機の比喩を使って新しい態度をさらに説明したが、その一方で西洋化された自分の過去からさらに自分を遠ざけようとした。

海外の詩壇に対する戦闘を放棄してから既に十ケ月が過ぎ去つた。この結果自分は豊富な時間とエネルギイの余裕を持つことになつた。これは案外素敵な状態であつた。多分解脱の世界と言ふのはこうした豊饒なアイドルネスのことかも知れない。今自分は土にめり込むばかりにこの日本の生活に坐りこんで古今の生活や風俗や趣味に思ひを馳せ、季節の感懐にふけつてゐたりする。（中略）

我我が民族の本源に根ざす詩を書くには二つの方法がある。一つは戦ひの形に於てなされる詩であり、他の一つは自適の形に於てなされるそれである。前者は必然的に全世界の文化が目標となり後者は民族の文化が目標となるであらう。

自分は今民族の伝統の骨の髄までシヤブルことに依つてこの独創性に恵まれない民族の詩の活路を見出さうとする者である。[77]

新しい詩学がとるべき方向を思案したあとで、克衛は語彙だけではなく自分の生活様式も変えるべき時期が来たと結論した。特高によって限定された言語的・想像的空間の中で、克衛は声高に叫ぶ愛国詩人たち——例えば高村光太郎（一八八三－一九五六）——の極端な主情主義と、自分の静かな方法を区別しようとしていた。だが、「自分は今民族の伝統の骨の髄までシヤブルことに依つて」と書いたとき、彼はまるで特高の操り人形のようであった。

西洋の影響を受けた詩を書いていたとき、たとえば一九四一年三月の詩行「チユウリツプ咲くテラスに出る」でさえも、克衛は自分自身の生活ではなく、想像の世界を背景に使っていた。その後は、（西洋化された詩では自分のものであると主張できない）「現実」に基づく純粋性と正統性という大義のために、西洋的な事物を捨て、身の回りを日本的なものに置き換えた。方向性も独創性もなかったがVOUの会員をどこかに導く必要があり、そんな中で、自分の西洋的な実験を乗り越えるために彼が出来たのは、自分の日本語は日本の生活様式に由来すると主張することであった。今はやっきになって否定しようとしているイデオプラスティ（応化観念）という以前の彼の基準では、克衛が民族的に純粋な生活様式に基づいて民族的に純粋な詩を書くことは、逆説的に不純な詩を書くことであった。というのも、彼は政府の内外の政治的・道徳的な先導者に譲歩しようとしていたからである。

克衛が否応なく直面した問題は、着物姿で毛筆と墨を巧みに操り、伝統的な抒情詩を書くというのは彼の強みではなかったことだ。彼は古いタイプの詩人たちを見下す傾向があったが、今は彼らの模倣をしているのである。以前の克衛はいつも大胆な実験精神と異国趣味で異彩を放っていた。しかし彼の郷土詩は、最初から伝統詩を書いていた日本の詩人たちの作品と比較すると、せいぜい二流程度のものであった。にもかかわらず、詩の中には穏やかな形象と静寂な雰囲気があり、そのことは魅力的な美となっている。

克衛が体制に順応していた一九四一年に、特高は捜査網を広げ、二人の確信犯的シュルレアリストの身柄を拘束する。詩人で美術批評家の瀧口修造と画家の福沢一郎だ。[78] ある報告によると、彼ら二人は同じ日（一九四一年三月五日）に逮捕され、同じ日（一九四一年十一月十一日）に釈放された。[79] 特高は、彼らは国際的共産主義運動のために秘密裏に働いているシュルレアリストの工作員だとみなしていた。半年以上、二人は別な拘置所に入れられた。それは、容疑者を起訴せずに劣悪な環境のなかで数ヵ月、あるいは数年に渡って尋問と監禁を繰り返して容疑者を疲弊させるという、当時の一般的な司法手続きに沿ったものであった。日本のシュルレアリストの中でも、瀧口と福沢はもっとも過酷な取り調べを受けたが、幸運にも彼らは真珠湾攻撃の前に釈放された。太平洋戦争勃発後に囚われた人々の運命は食料不足のために瀧口たちのようにはいかなかった。彼らの多くは栄養失調と病気のために死亡した。

克衛の郷土主義の呼びかけは、一九三六年二月二十六日の陸軍青年将校らによるクーデター後の国内世論の変化とも軌を一にしていた。将校たちは農村部の美点（彼らのほとんどは農村部の出身である）、中でも、国の食料供給源としての役割を賞賛し、その一方で、国の経済的・政治的な政策が定まらない原因としての都市部の堕落を批判した。クーデター自体は失敗に終わったが、彼らが拠り所とした思想は徐々に広まっていった。そして、都市部と農村部のこのような緊張関係は戦時中を通して解消されることはなかった。ある農夫が語る、次のような都市生活者への敵対心は珍しいものではなかった。「私たち農民が時折東京に行くと、歌舞伎座の前には入場券を買おうとする大勢の人だかりができていたりします。こんな風に遊んで暮らしている都会もののために、一生懸命、汗水流して作った米を送るのは我慢がならないと思いました。[80]」

一九四三年一月、克衛は十冊目の詩集『風土』を上梓した。郷土詩論を基に一九四〇年二月から四二年八月にわたって書かれた、全二十五篇の新作詩から成る詩集である。創作の文体は『鯤』（一九三六）の延長線上にある。所収の作品のうち数篇は、詩集に先立って、「現代詩」、「三田文学」、そして克衛自身が編集をつとめる「新技術」に掲載された。

自身の抽象的な詩における没個性（または、個の無色透明性）とは対照的に、『風土』において克衛はより直接的に自己を表現した。語彙の面でいわゆる「時節に適切な」ことばや漢字ばかりに刈り揃えられているばかりでなく、それ以外にも数々の変更点が見受けられる。たとえば、人工物のかわりには自然のイメージが、視覚的な鮮烈さのかわりにはやわらかな香りが登場するようになり、めまぐるしさ、動き、複雑さといったこれまでの印象は、静謐さ、内省、素朴さといった要素に取って代わられている。克衛の西洋風の実験詩においては、頁上の散らばりを離れて詩のことばは「場所」をもたないが、『風土』におけることばは、『鯤』の場合と同様、従来の文学伝統の上に、さらには、詩の外部にある社会の中にもその「場所」を有することばたちである。

夜

夜には
蟋蟀が家をめぐつて
ないてゐた

床の間の
山茶花の葉と花が

わづかな影をおとしてゐた

墨のかほりが
淡く
あたりにながれてゐた

落莫とした日日が
一滴のまみづのやうに
ぼくにおとづれてゐた

すでに
なにものもなく
しかもやはらかにみたされてゐた

夜をそく
机の上に
しらじらと紙をのべてゐた

言ふこともなく
落葉ふる夜のふる里に
思ひをはせてゐた[81]

この詩に見られる郷愁、感傷、追従的姿勢は、十分に特高を喜ばせるに足るものである。「郷土主義への回帰」という克衛の主張は、いくつもの矛盾をはらむものであった。もし克衛が自らの原点に立ち返る生活を本気で採用しようしたのであれば、なぜ自分の生まれ故郷である朝熊に一度も戻ろうとはしなかったのだろうか。この五年前に最後に訪れたきり、生涯の残りの三十五年の間、克衛が朝熊を再び訪れることはなかった。その故郷の土地は彼の想像の中で純化され、すでに思索の対象になっていたのである。彼の詩心の振り子はそれまでの二十年の間、東京を支点にして、まずパリへと振れ、そして、朝熊へと揺れ戻っていった。「郷土への憧憬」という主題は詩の抒情的効果を生み出すための道具として用いられたが、それは故郷の土地そのものが持つ現実以上に克衛にとって重要であったにちがいない。『風土』では、大きな意味的負荷を担わされた「ふる里」という語が七度用いられているが、朝熊という地名は一度も言及されていない。おそらく、自分の出自を描き出すことが目的ではなかったためであろう。むしろ、「ふる里はとほく／すでに名ばかりであつた[82]」という詩行にあらわれているように、読者が同一化できるような「ふる里」の一般概念を客観的に提示することのほうが重要だったのである。

「夜」は、いわゆる「日本的な」効果を出すためか、墨絵を思い起こさせる白黒の世界を強調している点で『風土』の典型的な詩である。薄暗がりの中で聴覚的・嗅覚的な感覚が優位になる。この詩の「ぼく」は蟋蟀の鳴き声を聞き、墨の香りを嗅いでいる。彼がじかに目にしているのは、机の上に白々と、漠然と広げられた一枚の紙だけであり、それは、間接的に（「山茶花の……影」）、あるいは、記憶の中で（「落莫とした日々」、「落葉ふる夜」）視覚的にとらえられた暗い事物を背景として、くっきりとした輪郭を浮かびあがらせる。陰翳、知覚、語彙を丁寧に調整するこうした手法は、克衛の「新技術」の一覧表に入る手法であろうが、同時にそれは、克衛が詩作する際の根本的なデザイン的方法から派生してきたものでもあった。この意味では、この詩の主人公――種々の思いにさまよう孤独な隠遁者という「顔」は、図書館勤めへと日々通い、家族思いの家庭人でもあった現実の克衛の「顔」とはほど遠い――をはじめとして、この詩におけるすべての要素はオブジェとしての構築物であり、デザインが緻密に計算された建築材料でもある。

『風土』に収められた詩篇には「間」の美学にたいする鋭敏な感覚がいきわたっており、それが各詩篇に整然とした佇まいをあたえている。この効果を出すための方法のひとつとして、人物や物を「不在」のものとして言及する手法が挙げられる。彼の前衛詩においては視覚の炸裂であったものが、今や限られた少数のイメージに切り詰められて、まばらでかつ凝縮しているという印象を詩全体でかもし出している。

小寒

冬の陽が
わづかな苔を
緞子のやうに
光らせてゐた

ひとり
鹿の胴衣をつけ
せまい廊下に
坐つてゐた

日日とともに
おもひは軽く
あかるく

むなしかつた

一滴の
苦いしづくを湛へ
唐の茶碗のやうに
冷くむなしかつた

すでに識るべき
なにものも無く
書物も
客もなかつた(83)

小寒の頃、この詩の主人公は鹿の胴衣を着け、坐って瞑想をしている。彼の動きは止まり、そこから、読者は主人公の思考の後を追いかける。「おもひは軽く／あかるく」と述べられるとき、我々はその詩行を、主人公が戦時の苦難の最中にあって禁欲的に受容しているのだと解釈してしまいそうになる。が、しかし、主人公はその直後に「むなしかつた」と付け加えることで、その解釈に揺さぶりをかける。過ぎゆく日々が一滴のしずくとして液化されて、中国の茶碗の連想へとつづく。日々、ひとしずく、茶碗、これらはすべて空しく、在る。そして最終連において、主人公の出す結論は、「知ること」は救いとはならないというものである。「すでに識るべき／なにものも無く」。そして、「不在の肯定」というべき行をもって詩は終わることになる。「書物も／客もなかつた」。『風土』において無と不在が絶えず言及されるのも、一九二〇年代中期のネオ・ダダ的作品のもっていた虚無的な調子が、違ったかたちで現れたものとして解釈できる（第二章参照）。

『風土』における時間は、永遠なものとして概念化されている。つまり、感覚器官の知覚作用は運動をともなわない瞑想の内部で生じており、それゆえに、木の葉のほんの僅かなゆらめきでさえ大きく拡大されて映ることになる。時は決して昼と夜といった程度以上には特定されない。「すぎゆく日々」はひとつの単位として取り扱われ、過去と未来は数千年の次元で語られることになる。[84] 克衛はある評論の中で、宙吊りにされた時間の忘我状態をいかにして引き出すかを、次のように説明している。「自分は今一個の茶碗を机の上に置いた。そしてこの茶碗が数千年の昔よりここに置かれてゐたかのやうに眺めてゐる。そしてまた数千年の未来にまでも動かされることのない永遠の姿として眺めてゐる。これが郷土詩の一つの思考の原型なのである。[85]」

克衛はここで一時的な健忘症的状態を受け入れていると言えるが、それによって、詩の雰囲気には靄がかった印象がつけ加わり、詩の時間は現在という時点から、もはや特定できない茫漠とした時へと移動する。この種の時間をとらえた一例として、同じく「夜」と題されたもう一篇の詩が挙げられる。

わづかに
左伝をひらき
左伝をとぢ

憫然と
風と煙に
むかつてゐた[86]

「左伝」とは「左氏伝」の略で、戦国時代（一四六七－一五六八）に書かれた全三十巻の書物である。克衛がこの書物を提示しているのはおそらく、この詩の孤独な「わたし」もまた戦争の時を生き続けているためであろう。彼は書物を開き、閉じ、それから空想に耽り、風と煙に向き合おうとしている。同様に、以下の引用部において、主人公が白居易の死（八四六年のことで、老齢であった）についてどのように考えているかは読み手には分からない。ただ、力点はむしろ漠然とした沈思の雰囲気自体にある。

ひとり
障子をとぢて
白居易の詩をよみ
その死を思つた

いちにち
明るく小鳥が啼いた
わづかな雲がながれ
ふと机を暗くした(87)

机の上に落ちた流れゆく雲の影、それに気づいた一瞬の偶然が主人公の意識をとらえ、彼の思索の流れをさえぎる。克衛は、そのような見過ごされそうな一瞬に、彼が呼び出したいと願った日本固有の趣に沿う繊細さを見出している。もっとも、それらのつながりが明らかに示されることはまずないのだが。

克衛が郷土詩論に関して明快に語っているのは、「新詩論」の連載評論——後に「現代詩」に再録された——においてであろう。それまでの彼の主張は伝統的な日本文化への回帰を唱えるという域を出ていなかったが、この評論において克衛は、日本文化にじっくりと身を浸した経験を経てその独自の成果を明らかにした。彼が提示する方法は、西洋の作品に霊感を受けていた頃の自分の詩論（この時点の彼はそれをおそらく放棄していただろう）の再利用であるが、ただし、「応化観念」といふことばやその英語訳である「イデオプラスティ」（第五章参照）といったレッテルはすでに剝がされていた。形象に関する重要な点として、克衛はこう述べている。「詩に於ける作像の新しい価値は表現の手段としてのものではなく作像が認識の方法として行はれる処にあるのである。すなはち思考の表現技術として作像が行はれる場合を意味するのであつてこの異りは厳重に認識されなければならない。思考とイメイヂとの有機的な関連はこれに依つて殆んど完璧な状態を得ることが出来ると同時に詩の自動性が必然的に齎らされるのである。(88)」

郷土詩論をめぐる長い熟考の末に克衛は、そう驚くべきことでもないが、かつて抽象詩の旗印の下で自身が推し進めてきた地点に戻ってきたのである。もはや彼はイデオプラスティの概念を支える哲学的基盤など説明しなかった。そのかわりに今度は、ベールを持ち上げて、禅の直感の世界こそが自身の郷土詩論の基盤であると宣言した。そして、この宣言は、彼の過去の詩学に関して、次のような再考を促すものである。つまり、これまで指摘はされなかったが、西洋に霊感を受けていた頃の彼の詩学にも禅の認識は内在していたのではないか。この意味で、イデオプラスティに対するパウンドの反応はまさに的確であった。「直感はこの領域における本質的なものを提供してくれることさえあるだろう。(89)」

克衛は抽象詩から郷土詩への転換を「美学から倫理学への移行」とみなした。(90) そして、彼は、非論理性に基づく禅の「倫理」の立場から見ると、多くの詩人の隠喩の使用にはあまりに見極めやすい等価結合が見られるとしてこれを退け、これに対して自分の『風土』の詩篇は俳句と茶道の世界に染み入っているのと同じ禅が基盤となっているのだとはっきりと区別した。(91)

惟ふに我々には茶室なく茶器なく、また俳句の格調も無い。しかしこの新しい詩法と禅を結合することに依てより一層に弾力あるまた流動に富んだ文学を生み出すことに就て充分に可能性を予想し得るのである。そして自分は昨年来その可能性を郷土詩の上に試みようとしてゐるのである。言ふまでもなく現代詩としての郷土詩は、従来の田園詩や民謡とはその詩法に於て本質的な異りを持つてゐるのである。即ち地方の風物や物語りを詩に依つて表現し紹介賛美するが如き内容のものではないのであつて、郷土の風物の原始的単純性に倫理的意義と価値を求め、あるひはそれを附与することに依つて、それ自らを洗煉美化し人間の理想的姿態の完璧なる『像』を形造らんとするものである。

嘗て自分は詩に於ける作像の新しい価値は表現の手段としてのものではなく、作像が認識の方法として行なはれる点を強調した。この事は直に禅の思想法と一致する。碧巌録は宋代禅門の巨匠雪竇、圜悟の共著になる宗門第一の書と推重せられてゐるが、その内容は如何にも禅の思考の性格を端的に示すものであらう。その最も代表的な例をあげるならば『法とは何ぞや』といふ問ひに対して手近にあつた麻三斤を黙然と示し、また他の僧は答へに代へるに自らの面前に指一本を立てた事は既に一般に知られてゐる処のものである。然し之をもつて直ちに禅の思想法が比喩的であるとする判断は決して妥当ではない。否寧ろ全く当つてゐないと言へるのである。この間の微妙な消息は碧巌録のなかで圜悟に依て明快に示されてゐるが、若し比喩であるとするならば、例へば麻三斤は何らかの意味に於て法を暗示してゐなければ比喩は成立しない筈である。恐らく麻三斤は思考の転換の契機として用ひられたに違ひない。しかもそれはその刹那に於ては他の何物にも代へ難い全体的な意義を持つてゐたに違ひない。しかし我々は今日、文字に依てそれを知る事は出来ない。

詩作に於ける『像』の状態も亦これに殆んど等しいものであると言ふことが出来るのである。(92)

克衛は、誤解を避けるためか、別の評論でこう付け加えている。禅の方法はあくまで詩作のために使用されるべきであり、「詩人たる我々は佛のために佛道を説く必要は絶対にない(93)」のだと。

読者は、『風土』の詩の主人公と座禅を組み瞑想する禅僧とのあいだに類似の平行関係を見たいという誘惑に駆られるかもしれない。なぜなら、両者とも現象世界における究極の空–無を知覚しているからだ。しかし、あくまで詩を求めているのであって悟りを求めているのではない克衛の主人公にとって、事物や思考に訴えるのはそれらが強い詩的感情を喚起する力を持っているためである。そこに、感情一切への固執を克服しようとする禅僧のような意図はまずない。克衛は仏教の枠から自由になった禅の方法を採りたいと考えていた。とはいえ、禅本来の観点（正統な禅宗においては見習いの修行僧はまず家族との、そして、本論の文脈では重要であるが、故郷とのつながりを捨てる）から見れば、克衛の掲げた看板は「野狐禅《やこ》」（「勝手な思い込みによる自己流の禅」）というほかない。『風土』の詩篇は時折、「笛」の最終部に見られるように、克衛の倫理観の奥底にある民族的な矜持を響かせることがある。

笛

夕暮れは
村を青いガラス瓶のなかに
とぢこめた
風もなく
道は森につづいてゐた

しばらく
土のにほいが漂ひ
やがて水のながれは闇のなかに
笛の音とかはつていつた

ぼくは

とある石の勾欄に
倚りかかり
遠い南の山河をおもひ
平原の椋の大樹をおもつた

あ
太古の民をよびさます
その笛のひびきは淡くかすかに
みえない野の草をわたり
ぼくの熱い瞼のうへをながれていつた(94)

一九四一年八月に書かれたこの詩は、郷土を主題として扱った作品のうちでは最初期の一篇である。「村を青いガラス瓶のなかに」や「ぼくの熱い瞼」という表現には、VOU の時期の形象が残存しているのではなかろうか。ただ、それよりもさらに重要なのは、この詩において、たわいのない民間信仰めいた「誇り」の感情が呼び出されている点である。その「誇り」の感情は、時代の文脈の中で文化的支柱の役割を果たす要素として示されており、アジアでの軍事的拡張を唱える政策や西洋的価値観を無条件に否定する政府の姿勢とも重なり合う。

真珠湾攻撃の成功を受けて、日本は国粋主義的な熱狂状態になった。詩人たちのほとんどがアメリカならびにイギリスとの戦闘が幸先のよいスタートで始まったことを言祝いでいた。一九四二年二月に克衛は、自分は素晴らしい愛国詩を書きたいという望みはあるがそれを書く力がないと認めている。「……内容形式共に満足な愛国詩が書けないことを恥ぢると共に満足するような愛国詩が書けるまではどうしても発表する気にならないのである。これは最近実に焦れつたいことの一つである。(95)」彼は愛国的感情の理想の表現として『万葉集』からの引用をしている

（四三七三番）。

今日よりは
顧みなくて
大君の
醜の御楯と
いで立つ吾は[96]

その二カ月後、克衛はその困難を打開する。「自分が最初に書いた大東亜戦争に取材した詩は、『ハワイ海戦戦歿勇士に贈る詩』であつた。その後自分を満足させるやうな詩は出来ないが、この一篇に自分の大東亜戦争に対するすべての感激を圧縮したつもりである」（傍点は引用者）[97]。克衛は別の評論でこの詩を「読売新聞」に発表したと述べているが、残念ながら同新聞のマイクロフィルムの記録にはこの詩は存在しない[98]。「世紀の日」と題された克衛の愛国詩が一篇、詞華集『國を擧りて』に所収されているが、おそらくこの一篇がハワイ海戦の詩を改題したものであろう[99]。『國を擧りて』の刊行は、編者の佐藤惣之助（一八九〇－一九四二）の死去のため、およそ一年間延期された。彼の共編者である勝承夫（一九〇二－八一）はその愛国詞華集を刊行までこぎつけ、その後記において、詞華集の編纂方針は「収録する詩人の人選でなくすでに放送や新聞に（雑誌はまだ出ない前だつたので）現れた愛国詩を憶ひ出すと云ふことであつた」と、記している[100]。一九四一年十二月中には、原稿はすべて集まっていた。四一年の内にすでに克衛が自身の稿を提出していたのを考えると、なぜ彼が四二年初頭の時点で愛国詩を書くことができないと宣言したのかは判然としない。この詩は真珠湾攻撃後の高揚した気分を描き出しており、それは「世紀の日」という詩が「ハワイ海戦戦歿勇士に贈る詩」が改題されたものだということを暗に示している。

世紀の日

冬の朝
樅の林にあかるく
陽があたつてゐた

日本の日が
昨日のやうに
今日もはじまる静かなひと時だつた
しかしこのとき
ラジオは
凛然と決戦の開始を告げた

あ　それは我がたなごころに
大剣の鞘走しる
颯爽たる思ひだつた
いかに多くのひとびとが
熱涙をたたへて
この一瞬の感動をうけたことであらう

街には

市民が
黙々と歩いてゐた

そのひとり一人の顔は
決意にみちて
冴えざえとしてゐた

それは偉大な日本の顔であつた
世紀をつくる者の
顔であつた

僕は鋪道をゆき
また茶房に坐り
いたるところに日本の顔をみた
この興廃を決する戦ひの日に
林のごとく静かなる
達人の顔を見た

今日よりは
父母なく兄弟なく妻子なく
すべてみな戦友だつた

お　この日より
我らは死もなく生もなく
一念は凝つて米英の撃破にかけられた(101)

この詩は克衛の愛国詩としては二番目のもので、二年半前に出版された詞華集『戦争詩集』に収められた「戦線の秋」以来の愛国詩である。「世紀の日」は愛国的な熱が溶かし込まれた、あきらかに声高な煽動詩である。ここでの克衛は、同胞たちと肩を並べ、愛国的な誇りの感情にすっかり囚われているように感じられる。また、VOUのスタイルの特徴であった抽象性がこの詩には見られず、その分、彼の感情は偽りないものだという印象を強めている。克衛の郷土主義は、「林のごとく静かなる／達人の顔を見た」といった詩行に見受けられる。しかし、「すべてみな戦友だつた／……／我らは死もなく生もなく／……米英の撃破にかけられた」という部分などを見ると、克衛は以前のイデオプラスティ理論に反しているばかりでなく、郷土詩に求められるはずの冷静な理性をも欠いていたと言わざるを得ない。郷土詩とは、あくまで太古以来の伝統に見出される静寂さ、深遠さ、さらに、それらに基づいた倫理的な誇りを示すことにこそ狙いがあったのであって、単に感情的に愛国心の旗振りをすることではなかったはずである。

克衛の三番目の国粋主義的な詩「冬」は真珠湾攻撃の三週間後に書かれたもので、おそらく「世紀の日」からそう日数が経たないうちに書かれたものであろう。この詩でも郷土詩論的な修辞法と愛国詩的な修辞法が、前作ほど耳につく調子ではないにせよ同居している。穏やかな形象が並ぶ連の間から、克衛の抑えきれない感情の昂ぶりが表面に沸きだしている。

冬

冬の日が
風とともに明け
かぜとともに暮れていつた

霜の庭は
いちにち
ぬかつてゐた

榛木の上の
星が
風のなかに光つてゐた

けれども
熱帯の諸島に
皇軍は奮戦してゐた

あ
東亜千年の運命を担ふ
忠烈な将士よ

その勇猛
比類なき
遠い進撃よ

ぼくは
ちひさな茶器のそばで
終日机にむかつてゐた

暗い部屋のなかに
思ひはながれ
かすかな光がただよつてゐた(102)

戦後、克衛はこの「冬」という詩に戸惑いを感じていた。一九五五年に、克衛のすべての詩集が『現代日本詩人全集』のうちの一巻に再録された際、彼はこの「冬」の収録を拒否した(103)。『風土』のその他の詩は自らの実験的手法から帰結した作品として正当化できたが、「冬」はあまりにも軍国主義的な色合いが露わであったために、克衛は伏せておきたいと考えたのである。

克衛にとって『風土』という詩集は、VOUの抽象的な詩風から自由になり新しいスタイルを生み出せたという、自分自身への証明でもあった。禅と伝統的な日本の風物への言及に力点を置くことで、それらの詩からはストイックな落ち着きがにじみ出ている。しかし、克衛の巧みにことばを操る力や想像力の翼は抑制されていると言わざるを得ない。その結果、詩篇はその抑制の反映であると同時に、ユーモアを欠いた時代の風潮を反映したものともなっている。いずれにしても、一体なぜ、彼がこのような時期に何かを書かなければならないと感じたのかという疑問は残る。

『風土』は千五百部発行された。[104] その裏表紙には四行の漢詩が印刷されている。作者名なしで載っているその漢詩は、中国の詩人陶淵明（三六五 - 四二七）の「園田の居に帰る」という五篇の漢詩からなる連作の冒頭詩である。陶淵明が四〇五年に役人生活から引退するに際して書いた詩であり、中国文学史上最も有名な漢詩のひとつである。

少無適俗韻
性本愛丘山
誤落塵網中
一去三十年

都市に出て瑣末な事柄に拘って一生を空しく過ごしてしまったと告白しているこの詩には、最良の漢詩に見られるドラマティックなイメージの圧縮がある。支配的な政治体制とはたえず折り合いの悪さを感じていた高潔な人物、陶淵明とは対照的に、克衛がこの詩を取り上げているのを同時代の政治的文脈の中に置いて見てみると、弾圧的な政府に対して従順に深々とおじぎをしつつも、陶淵明の反骨の身ぶりだけを借用しているという感がある。

＊

一九四二年、克衛は「新技術」をさらに三号発行した。しかし詩人たちの中には徴兵される者もおり、さらに紙不足もあいまって、今後の雑誌の継続は徐々に困難になっていくだろうと克衛は気づいてはいた。[105] ただし、「新技術」三七号（一九四二年九月）の全頁を見渡しても、その号が最終号となること、そして、VOU クラブによる最後の活動（ただし、戦後に再結成されることになるが）となるであろうことを暗示する箇所は見当たらない。[106]

一九四二年初頭までにはすでに、克衛は「新詩論」という十六頁足らずの月刊雑誌の共同編集作業（村野四郎との共同編集）にほぼ全精力を注ぎ込むようになっていた。[107]「新詩論」はすでに一九三七年から発行されていたが、克衛と村野は五七号（一九四二年二月）から共同編集人として引き継いだ。[108]その雑誌においては、数名のVOUのクラブ員たちが積極的な役割を果たしはしたものの、それ以外の誰からの寄稿も歓迎された。

克衛と村野は二十一ヵ月連続で「新詩論」を続々と発行したが、やがて戦局の悪化により、彼らはかろうじて確保していたこの薄手の表現媒体すらも手放さざるを得なくなる。克衛の「現代詩」の評論（先に郷土詩論についての克衛の考えを論じた際に引用した）は最初に「新詩論」に連載されたものだ。詩、音楽、陶器、哲学、宗教——アジア文化の最良の部分と考えたものに没頭した時期を経て克衛は、新しい発見や自身の主張を「新詩論」の頁上に撒き散らすように書いた。一九四二年から四三年にかけての時期、「新詩論」の誌面は克衛の情熱の主たるはけ口であった。日本の研究者たちがこれまで大抵この雑誌に言及せずに済ませてきたのは、今となってはその雑誌の所在を見つけることすら難しいという事情がある。「新詩論」全号に目を通し、とりわけその編集後記にあたることで、この時期の克衛の精神的、肉体的状態の変化を辿ることが可能になるだろう。

たとえば、一九四二年八月号（六三号）では克衛が次のような報告を書き記しており、彼の政治的一面という点で注目に値するものである。「日本文学報国会詩部の組織も完成し、思ひがけなく我々［克衛と村野］も幹事の席を得たので今こそ全力を尽くして詩のためにあらゆる努力を払ふことを約束したいと思ふ。[109]」

日本文学報国会とは、戦時協力の名の下に全国民を団結させるために結成された大政翼賛会の文芸部門である。この日本文学報国会は、小説、劇、詩、評論、国文学、短歌、俳句、外国文学と八つの部会に分かれていた。部会長は大政翼賛会の文化部によって任命されたが、各部会内の役職はおそらく有志によって務められた。[110]

詩の部会は以下の組織で成っていた。

役職名	詩人

・部会長　（一名）　高村光太郎
・理事　（一名）　佐藤春夫
・幹事長　（一名）　西条八十[111]
・常任幹事　（六名）　村野四郎、長田恒雄など
・幹事　（十四名）　北園克衛など
・名誉会員　（五名）　野口米次郎など
・評議員　（五名）[112]
・参事　（八名）

日本文学報国会はその成立当初から、愛国心を鼓舞するための国策的な文芸組織であった。一九四三年一月の時点で詩部会の会員数は三二二名であった。[113]克衛はそのピラミッドの頂点近くで力ある役職に就いていたことになる。彼が幹事としてどのような発言をしたのか、どのような活動をしたのかは定かではないが、主要な部会運営の一員として、数多の活動の中でもとりわけ愛国詩の詞華集の立案ならびに作成に関わっていたのは間違いない。それらの詞華集は国内の市民ならびに戦地の兵士に向けた士気高揚として役立っていたものである。去る二年前とは状況は一転し、この時点の克衛には思想犯罪者として疑いをかけられる危機など微塵もなかった。むしろ逆に、日本文学報国会で高い地位を獲得することで彼は今や超国粋主義者たちと同じ陣営に身を置くことになった。そしてこの陣営のなかには、道を誤っている作家は罰しよう、政治に無関心な作家たちは扇動して好戦的な詩を書かせようと専心する者さえいた。[114]克衛が幹事の地位に就いたのは、まず、国家に忠誠心を示すよい機会だと考えたためであっただろうが、同時に、個人的に益となると考えたためでもあっただろう。かつては体制詩壇の外部にいた（そして、その結果として、当然その作品は黙殺されていた）彼が今や、主流の有名文学者たちの間で心地よく身を納めていた。彼は体制側組織の職務において、そして、自らの作品において、恥ずことなく国策の唱道者となったのである。[115]

克衛は自身のエッセイの中で、アジア文化の数々の美点を、そして世界的な力の均衡の中で日本が果たすべき重要な役割を強く訴え続け、そして、次のように述べた。「我国の模倣性の文化から創造性の文化へ移るための戦でもあるのだ。[116]」また、他のエッセイでは、中国文化に、そして後には西洋文化に席巻されて日本は固有の伝統文化を失っていると嘆いた。「文芸汎論」(これは一九三九年に克衛が自由主義的な評論を掲載したのと同じ雑誌である)の一九四二年四月号には、克衛の四番目の愛国詩「旗」が掲載されている。シンガポール、マニラならびに他の東南アジアの前哨地における日本軍の占領を讃える詩である。

旗

われらの旗が
つひに
熱帯にひるがへる日がきた
星のやうに
花のやうに
つひに
遠く
明るく
スコオルのなかに
光りのなかに

われらの武器が

つひに
東亜の敵をほふる日がきた
雷のやうに
風のやうに
つひに
鋭く
烈しく
ジャングルのなかに
波のなかに

われらの理想が
つひに
赤道をこえてとげられる日がきた
神のやうに
月のやうに
つひに
遍く
美しく
眠る地方のうへに
諸島のうへに

われらの文化が
大東亜のためにすすむ日がきた
火のやうに
声のやうに
つひに
若く
厳しく
はつらつとして民族のなかに
新しい歴史のなかに

光りのなかに
スコオルのなかに
明るく
遠く
つひに
花のやうに
星のやうに
熱帯にひるがへる日がきた
つひに
われらの旗が(117)

一九二〇年代の中頃、克衛は（その頃はまだ本名の橋本健吉を用いていたが）活字になった自らの詩と文章をまとめて一冊の切り抜き帳を編んだことがある。その表紙用に自ら製作したコラージュの中には「万国旗は寂しいね」[118]という日本語の一文が配されていた。この一文には青年期の理想主義と反抗心が共に込められていたのだろう。そして、それとは対照的に、「旗」という詩が示しているのは、中年に入った克衛の忠実な追従的態度である。詩のなかで「つひに」が繰り返される修辞法は詩人の深い願望のしるしではなかろうか。

報国会の詩部会幹事のひとりとして政府のために仕事をしていたためもあってか、「新詩論」――当時発行を続けていた数少ない詩誌のひとつであった――に克衛が書いた編集後記は、仲間の詩人たちに対して丁重かつ同情的な調子を帯びている。「GGPG」、「Madame Blanche」、「VOU」時代のように、体制詩壇に外から泥を投げつけるような真似はもうしない。今の克衛は寄稿者への感謝のことばを惜しまず、読者たちには彼らの健康を願うことばを贈る。彼はこの十年で成熟を遂げたのであろう。しかし、その過程でさまざまな状況を経験し、克衛が持ち前の切れ味を失ったのは否めない。

伝統的な生活様式への回帰という面も、「新詩論」の克衛による編集後記では強調されている。彼がくりかえし自然に言及し、漢詩や墨絵について語っているのを見ると、悠々と趣味にふける中世の生活を思い起こさせる。『風土』の詩の場合と同様に「新詩論」を読む読者は、そこにまったく都会生活への言及が見られないので、克衛があたかもひとり田舎で暮らしていたという印象を受けるかもしれない。それとは対照的に共同編集人の村野四郎の方は、朝の通勤の混雑した様子をはじめ、弟が戦死した悲しい知らせまでさまざまな個人的な事柄についても書き綴った。村野は戦死地から転送されてきた弟の最後の手紙までも引用している。「これから××敵前上陸に進発する。時間が迫つてくるに従ひ、心はますます澄んできて水のやうだ。[119]」

克衛は、その隠遁者めいた身振りにもかかわらず、自身の健康状態を事細かに報告するのには躊躇していない。当時の彼は、本業の勤務や報国会での仕事をした上に、詩、エッセイ、書評、「新詩論」の編集後記を書き、さらには、その発行にともなう数々の雑務の分担もこなすという忙しさであった。過労と栄養不良が徐々に彼の体を蝕み始めていた。

戦争は終わりも見えないまま長引き、公的な発表では、もはや五年以上も続いていた。(実際は、戦争状態はすでに十一年にも及んでいたのだが。) そして物資の不足にともなって死者数は夥しいものとなり、日本国内でもその深刻さは察知されていた。士気を昂ぶらせるような勝利に酔いしれた日々ももう過去のものとなり、日本国民は戦争がもはや日本に有利に進んではいないという現実に冷静に直面せざるを得なくなっていた。

過労のために倒れたのは二人の編集人のうち、村野の方が先であった。彼の主治医はビタミンCを処方して、彼に静養を勧めた。[120] 編集業務の負担は今や克衛ひとりの肩にのし掛かり、その結果、克衛の体力は急激に衰えていった。一九四二年九月以降、彼は毎月自らの健康についての報告を書き記していたが、十二月号ではじめて自らが胸膜炎を患っていることを明かしている。体力の衰えにもかかわらず、彼の調子は楽観的であった。「病気の方は年齢のせいか割合にはやく恢復するらしく、最近では殆んど苦痛もなくなつて来た。たゞ毎週肋骨の間から五〇〇cc乃至七〇〇ccの空気を注入することが続いてゐるだけである。きくところに依るとこの治療法は相当良好な治験例を作つてゐるらしい。[121]」克衛はここで当時一般的であった治療法についてふれている。その治療法とは胸膜腔に空気を注入し、患部への圧迫を和らげ呼吸を楽にするというものであった。その治療法は、現在では、効果的な治療とは見なされておらず、もはや用いられない方法である。[122] 克衛は、健康上の問題を抱えながらも「新詩論」の編集を続けた。一九四三年二月号には繊細さを欠く寄稿者たちに向けて、苛立たしげに次のように書いている。「最近村野・北園が病気になつたといふと早速投稿に呼吸器病の詩が多くなつた。これは恰も忘れやうと思てゐることを強いて思ひ出させるやりかたである。[123]」

六月号で村野は、克衛が夏に弱い体質だと心配を述べていた。そして八月号で村野は、自分の予想が不幸にも的中し、克衛が原稿全体の半分を集め終わったところで熱で倒れたと報告した。その後、克衛は沼津にいる弟の正二(一九〇七-六四)の家に身を寄せ、海に近い土地で療養し、回復後、翌月には編集業務に復帰を果たした。また、村野は、詩人の笹澤美明(一八九八-一九八四)と春山行夫もまた病の床に臥しており、とりわけ春山は体重を以前の三分の二まで減らしたとも伝えている。[124]

このような健康報告は一九四三年九月を最後に終わるが、それは同月の「新詩論」七七号が最終号となったためである。発行停止の決定をしたのは克衛ら編集人ではなく、政府であった。政府は当時全国に存在していた一九五の詩関連の出版物を二つの新しい雑誌――「日本詩」と「詩研究」――に統合する決定を下した。これら二誌の味気ない誌名が象徴するのは政府側の想像力の乏しさである。それら二誌には実験精神のかけらもなく、せいぜい感じられるのは、誰に対しても当たり障りのない凡庸さだけであった。同様の統合化の傾向は、社会のあらゆる領域で起こりつつあった。政府が国民生活の管理を容易にするため、さまざまな小単位を強制的に巨大な全体組織に統合していった。そのような中で、詩の創造性というものは、輝かしい過去の貧相で、陰気な劇画に堕していった。

出口の見えない戦争、その中での苦労の日々は克衛の身体と精神を消耗させていた。近代詩の新しい方向を示すものとして郷土主義を広めようとする彼の試みも、せいぜい微温的な成功を収めたにすぎなかった。「文芸汎論」が郷土詩――克衛による造語――の特集号を出した際には少しばかりの賞賛を得て、その特集号の巻頭文執筆を依頼された。[125] また、彼の郷土詩に関するエッセイを集めた『郷土詩論』は、彼の生涯で最も多い部数（三千部）が発行された。[126] ではここで、克衛の実際の功績はどのようなものだったかと考えてみるならば、彼は芽を出し始めた文学運動の指導者であるというよりはむしろ、「郷土詩」という語の自称創始者にすぎなかったと言うほかはない。彼の唱えた郷土詩は、政府があらゆる文学者たちに押し付けた国家主義の一変種にすぎない。そしてもちろん、「一時的な記憶喪失」ともいうべきこの時期の克衛の主張を偉大な革新だと歓呼した人など、誰もいなかったのである。

実際、「新詩論」を見れば、共同編集人である村野をはじめとして、様々な詩人たちが克衛の立場を間接的に批判している評をいたるところに見ることができる。たとえば、村野は自らの見解を次のような前置きで始めていた。「氏［北園］は最後に国民詩として成立すべき要件を簡潔な心理的な詩作法論によつて解説したが、私はここでそれと異なつた方向よりこの結論への架橋を試みようとするのである。」村野は政治家による詩の搾取ともいうべき当時の状況を非難し、同時に、「詩の中には、その感激においても、特殊な美しさの必然性があるべき筈である。これは決して修辞上において解決さるべき問題ではない」とも述べた。[127]「新詩論」の後の号では、上田保が同時代の動向に不満を表明している。「今後における日本文化の新しい創造が単なる西洋的なものの排撃と、日本古代の復活のみでは行なはれないやうに感じられるからに外ならない。」上田の意見は政府の政策には批判的であり、それ自体は大胆なものである。ただし、新たな西洋との関係について、「西洋のものを取り入れながら、いかにしてこれを同化克服し、あらゆる点からみて我々にしつくりしたものに完成する」かが重要だとしている点などは、政府の政策に対する譲歩とも受け取れる部分であり、上田による批判の力を弱めている。[128]

外国の地で行われている戦争が日本国民の生活の最重要地位を占めるようになるにつれて、それまでの八十年で近代化の中心的役割を果たしてきた都市、東京の文化的重要性は低下していった。東京の詩人たちは、新しい時代の最良の詩は戦争を直接体験した詩人から現れるだろうと期待し、とりわけ中国に兵士として駐留している詩人たちに希望を託していた。宮古田龍（生没年不詳）は中国から「新詩論」に一文を寄せた。その中で彼は「『VOU』一派の『新詩論』は地方文学に国民詩を発見すべく共々に真剣な時代への推進を悩んでいる」[129]と書いている。しかし、宮古田がふれているのは東京の詩人たちが抱いている「悩み」についてであって、実際に彼らがどのような成果を出しているかには触れていない。郷土詩というものがアジア全体に応用可能な方法なのだとみなしてもらいたい克衛にとって、この宮古田の反応は微妙な打撃となった。

郷土詩に対するさらなる批判は、これも間接的なものではあるが、当時中国戦線に派兵されていた、かつてのVOUの詩人黒田三郎（一九一九－八〇）の評論に見受けられる。「こんな時代に詩が必要であるかどうか、といつたことも考へられるし、戦争のなかにゐる僕等にとつて、詩の持つてゐるリアリテイがどんなに変わつてしまつたかといつたことも考へられる。（中略）詩の持つてゐるリアリテイといふものが問題となる時、先ず考へられることはやはり在る詩がどれだけそのモデルに似てゐるかどうか、といつたことでなく、むしろ僕等の眼の前にひとつの詩といふ現実がつくり出されてゐるか否か、といふことである。」[130]このことばに込められているのは、郷土主義、抽象詩、その他の軽やかで優雅な詩は、戦場がより過酷な現実を突きつけてくる今となってはもはや不適切なものだという思いである。木原孝一（一九二二－七九）もまたかつてのVOUの詩人であり「新詩論」にしばしば寄稿したが、彼は終戦直後によりはっきりとこう語っている。「戦場の苛酷な体験の中で、私は「VOU」などが求めていた純粋というようなことがいかに虚しいものであるかを覚った。[131]」

克衛の高尚な目的にもかかわらず、最終的に郷土詩は彼自身の個人的な方法の土台以上のものにはなりえず、ひとつの文学運動に発展することはなかった。最初は彼にとって挑みがいのある新しい方向性であったものも、時間が経つにつれて新鮮さを欠いた単なる反復作業になっていった。[132] 一九四三年初頭の時点で友人の一人が克衛に、郷土詩はすでに行き止まりに来たと忠告をしている。しかし克衛はその先三十ヵ月、戦争が終わるまで郷土詩を書き続けた。[133]

健康面での不調、生活のための日々の苦労、そして郷土主義の不遇、これらすべてがあいまって、克衛の神経は限界点に達してしまう。戦時中に禅的な禁欲主義によって精神を律しようと試みたのも重圧の大きな原因となった。「新詩論」に寄せた俳句に関する論の中で次のように認めている通りである。

自分は俳句を作り始めてから未だ幾年にもならない。しかも全作品を集めても僅かに六七十句程でないかと思つてゐる。それも殆んど散逸して了つてゐる。かうした怠惰な気持ちで句作してゐる自分にとつて俳句は一種のボルサムのやうなものである。また自分は確かに解熱剤として句作してゐるやうに思ふ。（中略）しかし乍ら自分は近頃詩を少し理詰めにしずぎたと思つてゐる。その結果詩が苦しいものになつて来た。詩を書くことは一種の格闘のやうなものになつて来た。勿論そこにも亦高度の創造の悦びが無くはない。だがこの悦びは無表情な悦びである。手にあまる敵を漸く斬り伏せた悦び、これは悦びといふよりか蘇生の安堵と言つた方が当つてゐるかも知れない。自分は詩に於ても一つの問題を解決した安堵といつた方に近いのが詩作の後の心境である。これに就て自分は最初苦しまない詩のことを考へてゐる。昔の剣人はその究極する処無剣を考へたが、その気持ちは理解することが出来るやうに思ふ。かうした意味で自分の俳句に対する態度もまた一つの『道』であると思ふのである。それは道なき道である。道なき道を観ずれば山河すべて道でないものはない。これは禅家が法無法を観ずるのと変わりはない。即ち法無法を悟達すれば森羅万象皆法ならぬはないのと同様である。[134]

しかし、克衛の「森羅万象」の中には、敵は含まれていないのである。たとえば、次に引用するのはスティーヴン・スペンダーの「二つの軍隊」（一九四二）という作品で、当時の日本では未発表の作品であっただろうが、この詩のほうがむしろ克衛の党派主義的な詩よりも、あらゆるものを受け入れる禅の精神に近いものとして響いてくる。

夜　清浄な沈黙が落ちてきて、わずかの
歩行距離が二つの眠る軍隊を分ける——
遠い手で織られたリンネルの中でからだをちぢませる男たち。
機銃が沈黙させられるとき　かよい合う苦しみは
空気を息で白く染め　両軍を一つにする
互いの敵の腕に抱かれて眠るかのように。[135]（徳永暢三訳）

克衛は先の俳句論を職業俳人への批判で締めくくっている。

俳人が玄人の句とするのは大部分句会的俳句、即ち清新な想像の翼のかはりに他の何かの翼を思はせる句である。そしてそれはたいてい案外に幼稚な翼でしかないのである。それは表現をかへるならば、俗なものを俗でなく表現すると言ふことに全力を尽くすことが彼らの精進であるかの如き感を持たざるを得ないのである。しかし、あるひはそれも亦一つの世界であるには違ひない。玄人的なあまりに玄人的な。[136]

単なる「解熱剤」としての自分の俳句は玄人の作品とはまったく別次元のもの、といった謙虚な態度は最初だけで、その後、彼の口調は辛辣なものに変わっていく。それは、かつての戦闘的で無礼な調子に回帰したという合図なのかもしれない。相手をたいした前衛詩人ではないと見るや一斉砲撃をするかのように論争を仕掛けていた一九三〇年代の克衛が思い出される。克衛はその西洋風の実験的手法によって詩壇で独自の地位を築いたが、ここに来てすっかり追い詰められていた。つまり、伝統的な文芸世界の競争では、自分を際立たせることができないのである。逆説的ではあるが、詩壇の権力の中心近くに身を寄せていたこの時期、克衛の詩は、意図的に彼が周縁に位置取っていた一九二〇年代から三〇年代初頭の頃ほどの影響力をもちえなくなっていた。

一九四四年一月から四五年八月の期間、食料も紙も極端に不足していたこの時期、克衛は小さな卓上日記（図21）をつけていた。そこに、自分が会った人や買った物、そして、爆弾投下の時刻などを簡潔に書き込んでいる。[137]その日記は、大体において、人に関する意見や出来事の描写を記録したものではない。単に名前や場所名、数字などを書きとめた程度にすぎない。時間の余裕だけは十分にあり、自身を含めた日本国民全体に危機が間近に迫っているのを察知していた彼は、簡略なかたちであれ、歴史的瞬間を記録しなければならないという気持ちに駆られていたことだろう。[138]戦争中に書かれた日記の多くは後に米占領下の政治風土に見合うように修正されたのだが、克衛の日記に関しては、自分に有利になるような事実の書き換えを克衛が行った形跡は見られない。

記載内容はきわめて簡潔なものだが、この日記には克衛の日々の出来事が記録されており、詩や評論からは窺い知れない実際の生活の場面を垣間見ることができる。もちろん、詩の読解には余計とも思える瑣末な情報も多いのはたしかだが、なかには、それ自体が興味深いという情報もある。たとえば、彼は二週間に一度しか風呂に入らなかった、など。烈しい空爆が続く最中、一人の詩人が死の危険を感じつつどのような日々の生活をしていたか、それを知ることができるのもこうした断片情報のおかげである。歴史の「こちら側」にいる我々は、虫眼鏡や顕微鏡を使って、かがみこんで過去の対象をじっくりと吟味する。一方、当時の克衛の視線はたえず頭上に向けられていて、破壊を運んでくる爆撃機を見上げていた。

この日記は未発表でこれまで家族以外の目に触れることはなかった。日記は文語体で書かれていた。中国の古典散文の影響が見られる文体は限られたスペースに簡潔に書くには都合のいい文体である。その文語体は、太平洋戦争の時期の克衛が醸し出していた「伝統的趣味に没頭する文人」のイメージにも似つかわしい。彼は一九四四年そして一九四五年になっても作品の発表を続けた。もっとも、作品発表のペースは長引く戦争の影響で必然的に遅くなってはいったのだが。

図21　1944年と45年の克衛の卓上日記　「2604」と「2605」は皇紀

克衛の詩やエッセイには、自分の家族——妻北園夫人（栄子）と一人息子明夫——への言及はまったく見られない。しかし日記には、栄子という名前は四十二回、明夫は四十六回登場する。ここから浮かび上がってくるのは、家族思いの父親としての克衛の顔である。たとえば、当時十歳の明夫は政府措置の一環として一九四四年十月四日に学童疎開することになるが、その前の時期、克衛は頻繁に息子を一日外へ連れ出した。大抵行き先は銀座で、そこでプラネタリウムに行ったり、買い物をしたり、ニュース映画を観たりした。[139]また、明夫はかなり裕福な子供しか持てないような玩具、たとえば十六㎜フィルム用映写機や双眼鏡なども持っていた。その双眼鏡のために克衛が支払った二百三円というのは、これが彼の一カ月の給料以上であることを考えると驚くべき金額である。また、一人の独立した個人として尊敬を込めて息子に接しようとしている点にも、克衛の息子に対する愛情が見てとれる。すなわち一九四四年十一月、明夫は疎開先を新潟県三条市に移し、今回は母親栄子と一緒に栄子の親戚の家に移り住むことになるのだが、その期間、克衛は妻と息子それぞれに個別に手紙を出し続けた。妻宛の封筒に二人分の手紙を合わせて入れるようなことをしなかったのは、自分宛の手紙を開封するという、子供としては滅多にない喜びを明夫にも味わってほしいと望んだためにちがいない。

克衛が息子にふれている箇所の中でも、哀切で、かつ戦争の不条理を象徴的に示していて最も印象的なのが一九四五年五月二十五日付の日記である。その日は、克衛が住んでいた馬込に烈しい空爆があった翌日である。

終日在宅す。
木原君［孝一］が訪問。荻原［利次、作曲家、一九一〇－九二］焼失の間彼の弟が行方不明との事なり。明夫に配給のパンツ送る。

家族への言及以外でも、卓上日記は、当時の克衛の経済的状態の実態を浮かび上がらせてくれている。（第二次世界大戦の最後の二十カ月の克衛の収入支出一覧については、「付録A」を参照のこと。）彼の生活は決して裕福とは言えないにしても、金銭的な心配で追い詰められるようなことはなかった。友人でありかつ日本歯科大学での上司でもあった中原実は克衛に月に百八十五円という高額の給料と、それに加えて、年二回のボーナス（八十円〜百三十円）を支給していた。そして、このような待遇に対して克衛の方でも、もっと早くに東京を離れてもおかしくないほどの危険な状況であったにもかかわらず、危険を承知で東京に留まり、どんなに烈しい爆撃があったときにも大学図書館へ出勤し続けた。これも彼なりの忠義心の示し方であったのだろう。しかし、たしかに危険に晒された勤務ではあったという点を別にすれば、図書館員としての仕事は週三、四日職場に行ってはそこで数時間過ぎるのを待つといった程度の楽なものだった。時間も労力もほとんどいらない仕事だったという点を考えると、当時受け取っていた給料は幸運というほかない高額であった。その収入は当時の会社の部長格に匹敵する額である。大工の月給がわずか六十円、大卒の銀行員の月給が八十円の時代である。[140]

克衛はまた、本の装丁や散文執筆など、数々の副業も引き受けていた。散文を書いた際の彼の原稿料は一本につき十円から五十円であった。彼は当時まだ残っていた「現代詩」や「詩研究」などの政府公認の詩誌に原稿を書き、また、度量衡局用の文章をしたためることもあった。一度などは、内容は不明の短期仕事を二週間にわたって日給二円三十銭でしたともある。最も割の好かった副業といえば、東京工業専門学校の校歌作詞の仕事だった。まず校長に会い、構内を訪れ、歌詞を作り、五百円という高額の報酬を受け取っている（一九四五年四月十一日）。これは平均的労働者の月給半年分に相当する額である。戦争のさなかでも、詩人であることには何かと利点があった。克衛が未だかつてなかったほどに安定した経済状態で生活できたのが、命の危険に晒されていたこの時期であったというのは皮肉なことである。

日記を読んでひときわ目を引くのは、克衛が友人からもらった食料を非常に几帳面に記録していることである。[141] 国民全体が栄養失調状態にあり、大部分の人が何ヵ月もジャガイモだけで食いつないでいたような中でも、克衛は栄養のある食物をいろいろと手に入れることができていた。もちろん、北園家も他の人々同様、食料不足に直面していたのは確かであるが、友人たちの心遣いのおかげでそのような苦しい状況もなんとか耐えられるものになっていたようである。息子の明夫の体験談は、当時の平均的な食生活と北園家の食事がどれほど異なっていたか、その実態を物語っている。学友と疎開させられた後のことだが、明夫は疎開先を脱け出して東京までの百㎞もの道のりを歩いて帰ろうとしたことがあった。「なぜなら私はお腹が空いていて、疎開先での食べ物はひどいものだったから。[142]」その後に明夫は三条に移ることになったが、そこでは母親栄子の親戚が栄養のある食事を準備してくれたという。

友人たちは克衛にできる限りの支援を惜しまなかった。そして、そのお返しに克衛も彼らに寛大に振舞った。克衛は、無駄遣いは決してしなかったが、たとえば、VOU の詩人で写真家でもある鳥居良禅の結婚祝いにはコンパクト（八円五十銭）を贈ったり、あるいは、京都に疎開中のある詩人には二十円を送ったりと、友人たちへの心遣いは怠らなかった。食べ物を分け合ったり、贈り物——一九四四年には九十円もお中元に使っている——をする以外にも、克衛と栄子は爆撃で家が破壊された友人を自宅に泊めてやったりもしていた。

戦争が遠のき、記憶が実際の体験とはかなりのズレを生じていたと思われる一九五三年頃、克衛は次のように回想したことがある。「私は戦いませんでした。私はただペンを取って、詩を書き、ブラッシで絵を描いたばかりであります。これから先も、それ以外のことは何もしたくないのであります。[143]」日記から見て、克衛が自由になる時間を芸術に没頭してすごしていたのは事実である。そして、一方では、「日本国の一詩人」として、彼は帰国した傷病兵たちや前線でなお戦っている兵士たちとも文通をしていた。

一九四四年一月十七日。来信　茨城県　村松負傷軍人療養所詩会より寄せ書き。
発信　村松負傷軍人療養所
二月十九日。戦線知人に葉書きを出す。
三月十五日。千葉療養所　慰問講演に行く。題「刀と詩」。
一九四五年一月三十一日。出征兵の旗のサインをなす。[144]

また、日本文学報国会での活動も活発に行っていた。日記によれば、一九四四年には報国会の会合に五回出席している。[145] 次に予定されていた一九四五年七月六日の会合にも出席する予定であったが、出席が叶わなかったのは予定会場であった建物がアメリカ軍の爆撃で破壊されたためである。

克衛がこの会でどのような役割を果たしていたかに関しては、はっきりしないところが多い。たとえば、日記に何の説明もなく書かれた次の箇所などは、首を傾げたくなるような部分である。

一九四四年三月十日。文報［日本文学報国会］詩部会幹事辞す。
一九四四年五月八日。文報詩部会幹事に決定。

何らかの不満があって一時的に幹事の職を辞任したのか。会の活動に道義的に何らかの異議を感じたのだろうか。それとも、辞めたのは健康面の理由からだったのだろうか。辞任後から二ヵ月で同じ役職に復帰しているのはなぜなのか。会内部の何らかの政治的ないざこざが克衛にこのような行動をとらせたのだろうか。さまざまな疑問をかきたてる記述であるが、他に証拠が何もない以上、これらの疑問に答えを出すことはできない。また、克衛はひき続き「黒鉄会」の会員でもあり、一九四四年一月二十六日と十月二十八日にはその会合に出席している。[146]

これらの公の場で尽力するかたわら、克衛は出版社にも頻繁に訪れた。一九四四年には昭森社から、『風土』の特装版が陶器を描いた克衛の自作の水彩画付きの六十部限定で発行された。日記によれば、政府当局が昭森社に対して『郷土詩論』の出版許可を出していたことが分かる。この評論集は、「VOU」での郷土詩論の宣言以後に発表した評論をまとめたもので、全体としては、西洋化を拒否し東アジアの伝統主義への回帰を志向するものであった。出版の許可が与えられたのは一九四四年四月二十七日であったが、実際に本が発行されたのはその五ヵ月後（九月二十日）である。また克衛は、当局のお墨付きの詩誌「詩研究」の発行元であった宝文館にもしばしば足を運んでいる。「詩研究」の創刊号に克衛は自身の郷土詩「夏」を寄せている。この号の他の詩人の作品とは対照的に、「夏」には戦争への直接の言及がないのが特徴的である。

夏

風が
木木の若葉を
吹いた

夏は
かうして
谷間の家にひらけ

遠い
しらない詩人の
手紙がついた

ひとり
今日も
湯を沸かし

手には
一碗の麁茶を
ささへ

かつぜんと
菖蒲の花に
むかつてゐた

水無月のするゑ
月あかるく
人も思ひもまた新しかつた(147)

「夏」は、彼の郷土詩全般に言えることだが、形象がまばらな印象を与え、その動きもゆったりとした運動をしている。穏やかな田舎風の落ち着きが唯一破られるのが最終行であり、そこで詩の雰囲気が突如として楽観的に転調する——「人も思ひもまた新しかつた」。かすかに気持ちを高ぶらせるこの口調は、詩は「人々に慰めを与える」べきだと述べた木下常太郎のことばに合致するものであった。克衛は、困難な状況においても「毅然と」立ち向かっているように見える。だが、このような「夏」の楽観的な調子は、東アジアに新秩序を打ち立てようとする日本の夢、その無謀な希望を強めるのに一役買うものでもあった。

政府による詩の内容統制と紙不足により、「新詩論」や他の非公認雑誌群も一九四三年十二月までには廃刊に追い込まれた。しかしその後も、克衛は個人出版というかたちで法の網の目をくぐり抜けていた(148)。一九四四年二月十日、彼はまだ東京にいる一握りの詩人仲間に、「麦の会」という会を立ち上げるつもりだということ、「麦通信」という名称で詩と短い記事を掲載した会報を会員限定で送る計画を立てていることなどを知らせた。政府の公認が有る無しにかかわらず、あらゆる出版物は戦争のためであって然るべきとされていた時期である。たとえ克衛が「麦通信」上で反戦感情を訴えることなどはまず考えられなかったとしても、そのような出版物の存在自体が、どんなに貧弱なものであれ、軍の統制支配への挑戦の意味を持ったとは言える。

　印刷部数が非常に少なかったので、全号そろった「麦通信」は現存していない。克衛の日記の言及だけが、現在でも知り得る唯一の出版データである。[149] 私が目にすることができた「麦通信」の二つの号には日付も号の番号もなかったが、それぞれ「25-28」と「29-32」と頁番号が振られていた。[150] 書かれている内容から判断して、戦争はこの二つの号（七号と八号）の間に終わったと思われる。克衛は二五頁にこう書き記した。「［通し番号では第五号となる一九四五年の］第一号は予定より四ヶ月も遅れて発行された。これもみんな敵［アメリカ］のせいである。」しかし三二頁を見ると今度は批判の矛先は、名指しされてはいないが、敗れた日本軍指導者たちに向けられている。「戦ひは［ママ］既終つた。国民への［ママ］偽瞞の暴露に於て、そしてこの時、我々は僅にこの一葉の通信につながり、生きることの愉しさを思ふ。[151]」このことばで八号は締めくくられている。[152] 克衛は、責任を早々と転嫁し、いかなる個人的責任も引き受けずに済むようにしたのである。

　友人たちの幾人かは戦地に送られていたし、知人の多くは日本国内で死んでいった。家族は死の恐怖に怯えた数カ月の後、疎開を余儀なくされていた。このような苦しい時期、「麦通信」は克衛のアイデンティティの要の位置を占めていたように思われる。掲載された詩の文学的価値は高いとは言いがたいが、そのような文学的価値とは別に「麦通信」自体の存在は詩人たちを結びつける役割を果たしていた。東京上空をアメリカ軍の爆撃機が飛び民間人におびただしい爆弾が投下される最中も、克衛は家族のために安全と食料を確保し、可能なかぎり、同じ志をもった詩人の仲間との絆を求めた。「麦通信」が何らかの抵抗精神の表れであったかどうか、それを評価することは難しい。だが、誰しもがすでにあきらめてしまっていたその時期にあっても、克衛が詩誌の発行にドン・キホーテ的な情熱と恐るべき忍耐力を見せたのは確かである。一九四四年六月十六日の日記に、新聞の見出しに載った恐ろしい事実と自身の個人的な現実が並び記されているのには胸を打つものがある。

出校、
北九州、南朝鮮、小笠原父島、硫黄島、サイパン島等空襲さる。
麦通信一号発送完了。

もちろん分量が一六頁から四頁に減り、その分簡潔にまとめられているという違いはあるものの、内容的に陰鬱で、かつ、その質は凡庸という「麦通信」（二五‐三二頁）の特徴は、前の「新詩論」の場合と似通っていた。ただ、「新詩論」の場合とちがうのは、克衛が「麦通信」の中でそれぞれの詩に寸評を添えたという点である。これは、二十年間に亘っておよそ百冊もの文芸雑誌を編集してきた克衛がこれまで一度もしなかった編集手法である。ただ、皮肉なことに、このような彼の姿勢は、句会で評価を言い渡す俳句結社の主宰に通じるものであって、つまり、かつての彼が非難した姿勢に近いものであった。
「麦通信」の中で詩と評論の合間に散りばめられているのは、会員たちの消息である。ありふれた身辺雑記のような「家」という詩が、後ろの悲痛な報告文と共鳴するように置かれているのも意図的な配置である。(153)

家

またふたたび
沈黙の日がきた
寂寥はわが林をかこみ
わが小川にみちて

風よ
小鳥よ
わが指は荒び
眼は水のやうに北方に向つてゐた

消息
六月までに罹災された会員は長田恒雄氏。村野四郎氏。武田武彦［一九一九－］氏である［焼夷弾が彼らの家を破壊した］。心から御同情を申し上げます。

このような状況下で粘り強く発行を続けた克衛の努力の結果、「麦通信」は戦中と戦後を橋渡しする数少ない「詩誌」のひとつとして、日本文学史上にその名を刻むこととなった。「麦通信」の発行を終えてその二ヵ月後、克衛は新しい雑誌「近代詩苑」の編集に着手している。日本の詩史研究者は「麦通信」の存在に気づいていないことがあり、その場合、「近代詩苑」が戦後最初の詩誌のひとつとして挙げられていることもある。[154]

卓上日記には克衛による未発表の俳句がひとつ収められている。一九四四年十二月四日、その年二度目の空襲の翌日、その頁の余白に走り書きされているものである。

敵機ある
空の青さや
銀杏散る

この直截的な写生ともいえる句は俳句の基準に照らせば技法的に目立った部分はないが、この句こそがおそらく戦争中に彼が書いた最良の詩であろう。それは自らの眼前に広がっている歴史的現実を直接に使用しているためである。この匿名の主人公は不確実な現実の真っ直中にいても平静さを保っているようだ。まさに今繰り広げられている戦争の劇的状況が冒頭の五文字——「敵機ある」——の中に巧みに引き出されている。次の七文字——「空の青さや」——は、鮮やかな青空という不動の自然物を背景にして危険な人工の機械を置き、それが際だった視覚的な対比を生んでいる。敵の飛行機という主題は動きのあるイメージを喚起しているものの、ことばの次元でみると、ここで用いられている動詞は「ある」という静的な存在を意味する語である。一方で、空の青にはイメージとしての動きはないが、間投詞的に使われている切れ字の「や」が詩的で力強い印象を目立たせている。つまり、視覚的領域の内部で「動／静」の二項対立が言語によって転覆されており、それが結果として主人公の禁欲的な諦観という姿勢を強調する効果を生んでいる。明白な危機が迫っているのにもかかわらず、主人公が青空をすばらしいと感じている気持ちは恐怖で曇ってはいないという印象を受ける。最後の五文字——「銀杏散る」——は、俳句に不可欠な「季語」の条件を満たし、銀杏が葉を落とす季節——十二月初旬——を適確に示している。「落ちる」よりも「散る」という動詞が選ばれているために、生命や財産を無差別に粉々にしてしまう敵機の潜在的破壊性が暗示され、それによって句は一巡りし、冒頭のイメージに回帰する。ただし、敵機と散りゆく銀杏の葉とをどのように関係づけるかは読み手に委ねられている。何らかの結びつきがあるかもしれないし、あるいは、銀杏の葉は季節のめぐりとともに人間や機械の世界とはまったく無関係のまま散っていくのかもしれない。いずれにしても、暴力的な金属の飛行機を脆い銀杏の葉と並置することで、自分を取り囲んでいる世界の網にとらわれた主人公の鋭い感受性がはっきりと打ち出されていることにちがいはない。

この俳句の特徴は、巨視的な宇宙（空を背景に、真下の市街へ投下される爆撃のイメージ、その垂直の運動）と微視的な宇宙（花弁を吹きながす風、その水平あるいは斜めの運動）が一挙に喚起されている点にある。そして、この形象が力強いものと感じられるのは、詩人が場面状況への判断を一切控えているためである。詩人はあくまで客観的に描写をするのみであり、この簡潔さはまるで電報文か天気予報のようだ。そして、この控えめな提示の仕方に読み手は引き込まれるが、それは自然を敏感に感じる感受性をもちながらも終わらない爆撃に耐えている一人の人間、その彼が感じている恐怖に共鳴することになるからだ。

太平洋戦争中（そして、以後の生涯もずっと）、克衛は俳句を一切発表しなかったが、彼の日記には、一九四四年九月二十四日と四五年五月二十日、句会に出席したと記されている。この二度の句会は句作が中心ではあったが、同時に、情報交換をしたり、友との絆を確かめ合ったりする数時間でもあった。この二度目の会から帰宅後、克衛は「本日の予定　午後二時より城［左門、一九〇四－七六］氏宅句会。弁当持参　商品持」とある日記の下に、満足げに次のように書き込んでいる。「午後城氏宅句会。入点十三　最高点賞を得る。十和田［操、一九〇〇－七八］、那須［?-］、岩佐［東一郎、一九〇五－七四］、笹沢［美明］、木原［孝一］、八十島［稔］来会。九時頃かへる。[155]」自分の弁当を持参することは、会に集うのは俳句作りという純粋な目的のためなのだと互いに示し合う証しでもあった。戦争の只中、食料よりも詩を分かち合う方が容易だった時期である。

また、克衛は「書物交換会」なる会にも、一九四五年前半の半年だけで五回出席している。この会は大抵、先の句会と同じ数人によって岩佐東一郎宅で行われた。[156]日記を読んでみると、この時期の克衛の社交生活という面では、句会と書物交換会は大きな行事であったという印象を受ける。

卓上日記中、無数の空襲と警報に関する記述は、読み手を最も強くひきつけてやまない箇所である。どの時点で克衛が日本の敗北が不可避だと悟ったか、それを見定めるのは難しい。当時、情報は厳しく統制され、死傷者数などの否定的なニュースは隠蔽されていた。「運命的な勝利」に向けて国民に士気を植え付けなければならないが、それと同時に、迫りくる空襲への準備も怠らないよう呼びかけなければならない。当時の政府が直面していたのは、このような矛盾した対応である。悪いニュースはもう伏せることはできないという段階になってはじめて国民に知らされたが、その発表が実際の戦闘の数ヵ月後になるといったことも珍しくはなかった。一九四四年六月十六日付の日記には硫黄島陥落の記述が見られるが、それが実際に起こったのは三月中頃のことである。同様に、一九四四年九月三十日付の箇所には「テニヤン、グアム玉砕、発表」とあるが、これも実際の事件の七週間後のことである。[157]

このような情報の遅れ（当時は遅いとは認識していなかったかもしれない）にもまして克衛にとって重大だったのは、無残なニュースの背後にある現実であった。日本の陣地を奪取しそこに戦略拠点を新たに獲得したからには、アメリカの戦闘爆撃機はすぐに東京を射程距離圏内に収めるだろう、すると、一九四四年二月二十七日以来自宅の庭に作っていた防空壕が必要になるのも時間の問題だ。グアム島陥落を日記に書き込む克衛はこう考えたにちがいないと、我々は推測できる。（政府が国民のために防空壕を提供することはなかった。各家族は自力で準備しなければならなかった。）

五月に最初の空襲警報が発令された。六月中旬、克衛は三日間の予備軍事教練に参加したと記している。迫り来る侵略者から国を守るための国家総動員体制の一環であった。[158] 戦争はすべての日本国民の生活に暗い影を落としていた。しかし、当時四十二歳であった克衛はそのような状況を比較的うまく乗り切っていたように見える。仕事に関しても、一九四四年十一月二十九日——東京一円を標的とした空爆計画開始の日——までは、可能なかぎり通常どおりの勤務をこなしていたようである。（米空軍は二年前の一九四二年四月十八日に一度、東京の奇襲爆撃を行ったことがある。[159]）一九四四年十一月から、一九四五年五月に最終的に三条（その地で克衛は終戦までを過ごす）に疎開するまでの六カ月の間、彼は絶えざる生命の危険に晒されていた。

一九五四年、つまり実際の空襲の十年後に、克衛は次のように回想している。

家族の者を新潟県の三条市にある親類の寺に疎開させて、私は一人で、この家で自炊をしていました。戦争帽をかぶり、国民服を着てゲートルを巻いた、あの頃の誰もがやった服装です。（中略）やがて、東京のどこかの街が爆撃されます。大森の方面が爆撃されると、詩人の城左門や小説家の十和田操や山本周五郎などが、見舞いにきたものです。無事なのを見て、ほっと安心した顔をしたあとで、

「はやく焼けちまえよ」

「ありがとう。しかしルーズベルトは君の家の方から焼くことにきめたそうだよ」

などと、じょう談を言いあったものです。私はいつでも死ぬ覚悟をしていました。[160]

日記によれば、克衛は四十六回の空襲と二十二回の空襲警報に耐え抜いたことになる。[161] 彼はひたすらにそれを記録した。日付を書いたり飛行機の数を書き留めたりということはよくあっても、それ以上の感想は書き加えなかった。そして、その記録からすぐに気づくのは、爆撃の時期を決めるにあたってアメリカ側が用いた心理戦の様子である。たとえば、一九四五年の元日、その深夜——新年の祝賀の瞬間——に敵機による爆撃があり、さらに、午前五時からも再び爆撃があったと克衛は書き留めている。東京に最も壊滅的な打撃を与えた空襲は一九四五年三月十日、陸軍記念日に実行されたもので、死者数は八万人から十万人、東京の商業地域の六三%が焦土と化した。[162] 壊滅状態になった地域の大部分は、克衛宅からかなり離れてはいた。一九四五年三月十日の日記には、「午前二時頃より敵百五十機来襲、市内爆撃す。被害甚だし」とある。

詩人の宗孝彦(一九一五-九六)は間近でこの大量殺戮を目撃したが、自身はどうにか生き延びた。彼は当時の自分の恐慌状態をこう回想している。

三月十日の東京大空襲後の混乱状態の中で、二百万人が殺されたという噂が広まりました。時が経つに連れて、死者の概算数は十万にまで下がりました。こう言うと、十万人という数字がそれほどの数字ではないかのように語っているようですが、そうではなく、当時の私たちを襲っていた恐怖がもっとはるかに酷いものだったのです。[163]

戦争開始当初に日本の軍隊が快進撃を見せたのは、その高い士気と厳しく訓練された規律によるものであった。よって、日本を完膚なきまでに打ちのめすのがアメリカ側の戦略であった。真珠湾攻撃に先立つ十年間、駐日米国大使であったジョセフ・C・グリューは、米軍の戦略にも影響を与えたといわれる情勢分析の中で、心理的な要因の重要性を強調している。

彼ら（日本軍）は攻撃を仕掛けるにあたって、失敗をまったく想定しなかった。退路を完全に断っていた。彼らの攻撃は部隊の全兵力を用いての総攻撃であった。そして、完全に全滅させられるまで彼らは、そうした戦闘をひたすらに続けるのである。

我々は強力な戦闘機械と戦っているのだ。つまりそれは、経済的苦境などでは士気がまったく挫けることのない民族であり、個人であろうと集団であろうと天皇と自国のためとあらば喜んで自らの命を犠牲にする民族なのである。そして彼らに正気を取り戻させる方法は、物理的に敗北させ、一旦獲得した領土から物理的に排除するしかない……つまり、戦闘において完膚無きまでに敗北させるしかないのである。(164)

英国人のジョン・モリスは戦時中、戦中ぎりぎりまで日本に留まった後に日本を離れた外国人のうちの一人であるが、彼もグリューの分析に同意見であった。

私は、戦争を日本国民の元で、日本の国土において行なうことが最重要だと信ずる。日本国民は、世界で今起こっている状況について全くと言っていいほど無知である。つまり、戦争が実際自分の国の上で戦われるようになったときはじめて、日本が敗北しているのだという現実を知ることになるだろう。とにかく必要なのは、日本国の占領である。必ずしも長期の占領である必要はない。〝我々〟の勝利と〝彼ら〟の敗北という事実が有無を言わさぬものになる期間があれば十分であろう。(165)

モリスとグリューの論点は、要するに、日本を完全に屈服させるべきだというものである。そして、これが連合国側の基本的な戦略となった。克衛は、全国民同様、八月十五日の降伏まで敵からの爆撃に耐えた。彼は日記に、一九四五年三月十日の空爆では百五十機が飛来したと記している。また、以後の攻撃ではそれを越える数の爆撃機についても書いている。たいていは数十機、ときには数百機が上空に筋をなすように飛行したという。一九四五年五月二十九日には、古い文学的表現を用いて、「天日ために暗し」(「空は雲に覆われて暗くなる」——この「雲」はアメリカの六百機もの爆撃機である)と書いている。一九四五年二月十五日には、一千機の攻撃があったと記録されている。一方で、上空のたった一機の飛行音が、克衛を——そして、他の市民も同じだったと思われるが——恐怖で眠りから目覚めさせることもあった。

日記の記述だけでは、こういった空襲が克衛にどのような影響を及ぼしていたのかを把握することはできない。自宅や職場の日本歯科大学にこの時期の克衛を訪れた友人の中で現在も存命なのは、詩人の小林善雄だけである。小林は一九三〇年代初めに文芸雑誌「Madame Blanche」で克衛と共に仕事をしたこともあり、以来二人は連絡を取り合う仲であった。日記にも小林に触れた箇所がいくつもある。たとえば、「一九四五年六月二十日、小林君に第四種(郵便物)をたのむ。四袋分」など。

小林は克衛の人となりを示す次のような逸話を話してくれた。ここから浮かぶ克衛の姿は、エッセイや詩に投影されている「禁欲的で諦観した詩人」像とはかなり異なる。

克衛の防空壕は小ぎれいに整理されていて、必要なものも充分備わっていました。彼は、他の大方の人とは違って、防空壕を整えるのに充分すぎるほどの気を使っていました。

克衛は信望も厚く、多くの知人がいました。当時にあっては、家の荷物を送って貰うのは容易ではありませんでした。彼が三条に住む家族に送りたがっていた荷物を郵便局側が拒否したので、私は、自分が勤めていた出版社経由で送ってみたらどうかと言ってみました。彼が持ってきた荷物を見て、私は中身は何かと尋ねました。彼が非常に多くの品目を挙げたので、私はそれだけ多くの品物をこんな小型の箱に詰めたなんて信じられませんでした。相当頭をひねったに違いありません。でも、彼にはそういう才能があったんです。そうした才能は彼の防空壕からも窺うことができました。

彼は痩せていて、幾分神経質なところがありました。私がある日、日本歯科大学に彼を訪ねてみると、その時突然、空襲が始まりました。彼が防空頭巾を被った時には、私は思わず吹きだしそうになりました。だって、彼の頭巾は通常のものの三倍も大きなものだったんです。そんな巨大な防空頭巾は今までに見たことがありませんでしたよ！　空襲警報が鳴ったとき、克衛の顔は死人のように青ざめて、彼の体は震え始めました。精神的にまいっていたのですね。もちろん、怯えていない人などいませんでしたが、彼は他の人よりもひどかったようです。彼を見詰めながら、私は心の中でこう思いました。「こいつはほんとうに恐怖というものをわかっているんだ。」[166]

小林が語るこの克衛像は、克衛自身が自分に投影していた「武士の忍耐力を持った現代の隠遁者」というイメージとかなりの開きがある。小林の話が正しいとすれば、戦時の詩や散文の中に見られる禁欲的に日本の伝統文化をたしなむ克衛の「顔」は、少なくともある程度の自己神話化の産物であり、恐怖で怯えている実際の姿とはほとんど重なり合わないということにもなる。

自身住んでいた馬込地区が空爆の直接の標的となった日の日記に、克衛は日記中で唯一、自らの感情を直接書き付けた。それは深い絶望感であった。

一九四五年四月四日。朝一時頃より三時頃まで敵来襲激烈を極む。電気、瓦斯絶える。終日瓦斯は来なかった。栄子より書状。二十一［日］、三日の手紙着いた由である。

憂愁いはんかたなし。

戦況は日に日に悪くなっていく。

ほぼ一週間も爆撃がないかと思うと、再び夥しい空爆が始まる。日記も断片的なスケッチのようなものになっているが、それを続けて読むと当時の苛烈な状況が浮かび上がってくる。


一九四五年四月十二日。敵約百機来襲す。（午前十時頃）

四月十三日。ルーズベルト死す。(167)

出校。小林［善雄］君訪問　午後　東京工大下に寄りかへる。

国友［千枝］氏［生没年不詳］来訪。［三条行きの］切符入手［新潟三条は克衛の妻と息子の疎開地］。

夜十二時頃より敵百数十機来襲。三時頃［空襲警報］解除。

四月十四日。休校。

深夜から払暁の敵襲のため汽車各線不通。

終日在宅す。

四月十五日。終日在宅。

国友、城、十和田、岩佐氏来訪。雑談、夕食を共にす。

夜九時半すぎより、京浜大森一帯中［馬込もここに含まれている］敵二百機の大爆撃に逢ふ。

四月十六日。夜三時頃空襲警報解除、黒田［芳明、生没年不詳］氏泊る。

午後　国友氏兄弟来訪。［三条への］旅行の事に就いて打合せをなす。

岩佐君来訪、衣巻の家焼失す。


克衛が四月三日に頼んでいた三条行きの切符は十日後に届いた。だが鉄道路線が爆撃を受けたために、彼はさらに三日間足止めされることになった。戦争が始まった当初、愛国詩の中で楽観的に「われらの旗が／つひに／熱帯にひるがへる日がきた」と書いていた克衛が、今や、焼け野原となった東京の瓦礫から逃げることすら出来ずにいた。

克衛は十六日間三条に滞在し、その後東京に戻った。そこから五週間、彼は空襲下の生活を続けるが、ついに、最後の疎開をすることになった。まだ東京にいる間の五月二十三日、克衛は五千円の補償がついた火災保険のために三十円五十銭、また、五月二十八日には、生命保険に十六円八十七銭をそれぞれ支払ったとある。もし自分が死んでも、この保険金で栄子と明夫がなんとかやっていけるだろうと考えたに違いない。この保険加入の事実からも分かるように、彼は大学の経済学専攻で学んだ経済観念を忘れてはいなかったのである。

まず一九四〇年九月の警察による尋問、そして、以後はアメリカ軍による空爆。ただ、どれほど抑圧されようとも、彼の性格の気まぐれで粋な面が時折顔を見せることがあった。VOUグループの舵取りを担っていた頃には顕著だった性格である。予備軍事教練、空襲警報、防空壕の修復など事細かに記された日記の合間に、次のような記述がある。「一九四四年六月三十日。出校。変化なし。午後　三越、高島屋、熱帯魚を買ふ。」戦時中、大方は現実主義者で通した克衛にも、現実を忘れる瞬間は必要だったのだろう。そして、熱帯魚と詩が、彼が現実から逃避する二つの手段だった。

＊

ここまで私はすでに、一九四二年までに出版されていた克衛の四篇の愛国詩を論じてきた[168]。第二次大戦の最後の三年間、彼は少なくとも一年に一篇の割合で愛国詩を発表した[169]。つまり、合計すると、七篇の詩が愛国詩というジャンルにおける彼の創作のほぼ全てということになる。この作品群は、彼の愛国主義的な情熱の産物として決定的な重要性を持つものである。はじめの四篇は日本が驚異的な勝利を重ねている時期に書かれたものであったが、一転して、最後の三篇は戦況が悪化した後に書かれたものである。

日本文学報国会が一九四三年に行った企画の中で無視できない、最も重要なものといえば『辻詩集』と『辻小説集』の刊行であったが、両作品集ともに当時の文学界の名だたる詩人、作家たちが寄稿している[170]。『辻小説集』、

『辻詩集』ともに広く頒布された。各作品集とも初版が一万部の発行である。両作品集に収められた愛国主義的な掌編（詩人には二頁、小説家には一頁がそれぞれ割り当てられた）は、軍艦建設用の寄付集めのため街角で奉仕活動をする市民向けの読み物として書かれた作品ばかりである。太平洋における軍事的後退の後、苦戦を感じた日本国の指導者は、日本の生命線ともいえる天然資源の獲得のためには植民地諸国との商路が不可欠であり、軍艦があればそのための航路を確保できると考えた。そのため、政府は国民から金属類の寄付を募った。寄付の熱は国全体で盛り上がりを見せ、その結果、古寺の鐘から蓄音機の針にいたるまで、ありとあらゆる大量の金属が運び込まれる事態となった。[171] 克衛は『辻詩集』に「軍艦を思ふ」を寄稿している。

軍艦《ふね》を思ふ

日本人は太古より
太刀の形に艦を造つた

仇なす敵を屠るために
百錬の太刀のごとくこれを操つた

今や一大事の秋
民族の生命の軍艦を思ふ

しぶきをあげて
切りすすむ荒武者のごとき軍艦を想ふ

速きこと疾風のごとく
猛きこと雷のごとき必勝の軍艦を想ふ[172]

太刀のかたちをした船が波飛沫を上げて切り進むという詩的イメージ――壮大な工業機械に対する未来主義的な畏怖の念が表れている――が、ここでは、「一大事」の後で「仇なす敵」に「必勝」する兆しをほのめかす政治的修辞法と組み合わされている。[173] 国民からの寄付を結集した軍艦は戦う国の象徴であり、究極的には、「民族の生命」の守り手でもある。日本がもしこの戦争に勝利していたとするならば、この「軍艦を思ふ」や克衛の他の愛国詩は、勝利を支えた精神的支柱を広く知らしめる役割を果たしたという意味で歓迎されたことだろう。しかし、そのような結末が訪れることはなかった。

一九四四年、克衛は大部の愛国詩詞華集『大東亜』に「早春の砂丘に」を発表した。この詩集は傷病兵のための療養所支援の目的で編纂されたものである。克衛の詩は、その目的に相応しく、傷から癒えた兵士へ感謝の念を表す内容となっている。

早春の砂丘に

たんぽぽ萌える四月の砂に
白衣の人が坐つてゐた
海に向つて坐つてゐた
風すくなく
陽は空に高かつた

一台の哨戒機が
鋭い針のやうに
高層雲の下を旋回してゐた
白衣の人は
凛然とそれを見てゐた
その眉は厳しく
額は的礫と光つてゐた
あ
若く傷ける戦士よ
あなたは早春の空に花ひらく
木蓮の花のやうに
血と泥の戦地から
きびしい清浄さのなかに還つてきた
すこしエキゾオルの匂ひを
黄昏のやうに漂はせて
私はたんぽぽ萌える四月の砂に
その匂ひを感じ
硝子のやうな寂寞にとらはれた
しかし傷ける戦士よ
あなたはやがてまた
若い獅子のやうに

雄々しく立ちあがるだらう
そして山の子が山を恋ふるやうに
血と泥の戦陣のなかに
愛刀をとつて還つてゆくにちがひない
宿敵を撃ち滅ぼす日まで
たほれてはまた立ちあがり
幾くりかへし戦はねば止まない
私はこのことを想ひ
早春の砂丘を歩いた
神かけてあなたの再起の日を祈り
熱望し
果てしない感謝と愛にみちて[174]

砂丘、春、微風、空高くのぼる太陽、そして詩人の真摯な祈り、こうした要素によって、表面的には、「生の賛歌」的な調子が感じられる。しかし、こうした魅惑的な像の表面下では、精神的浄化の手段として兵士たちを自己犠牲へと駆りたてる無情な国家政策が強く支持されている。自身は従軍を回避しつつ他者を戦地へと促すという克衛のこの姿勢は、次のような戦後の発言に照らすと、きわめて偽善的な態度に見えてくる。「私は戦いませんでした。私はただペンを取って、詩を書き、ブラッシで絵を描いたばかりであります。」もちろん、回復した兵士たちを戦場へと復帰させるような軍事政策を立てた責任が、この詩人にあったわけではない。ただ、現状を無条件に容認する克衛の姿勢は、そのような軍の方針を維持し保存するのに役立つものではあった。「軍艦を思ふ」における軍艦は、詩人、兵士、読者が日本国の国民として連帯する中心軸の役割を果たしていた。

同様に、「早春の砂丘に」における砂丘は、詩人が歩き、兵士が坐り、読者がその場面を想い描く共通の地盤――つまりは、日本の国土――を表象している。

「早春の砂丘に」の主人公が傷ついた兵士に「あなたは早春の空に花ひらく／木蓮の花のやうに」と確信をもって語りかけるとき、このことばには、兵士の健康はすぐに良くなるという思いが込められているのだろうか、それとも、お国のために死ねば清らかな魂が得られると暗示されているのだろうか。これまでの克衛の愛国詩に見られた理想主義とはちがって、この詩は明るい未来を保証しているものとは到底言えない。白い病院着を来た負傷兵は「若い獅子のやう」で、そして再び、「山の子が山を恋ふるやうに」刀を手に取ることだろう。たとえ倒れても兵士は「また立ちあがり」、「宿敵を撃ち滅ぼす日まで」「幾くりかへし戦はねば止まない」のである。兵士の回復（これは、戦場への復帰を意味するだろう）を祈るのではなく、もし克衛が寛大にも自分がかわりに戦場に行くから心配せずにゆっくり休んでくれとでも言っていれば、この詩の感情の修辞法ももっと説得力をもったかもしれない。しかし、詩の想像の中でさえ、彼は自分の命を賭けるようなことはしなかった。ただ、克衛のあからさまな思想的立場はさておき、「硝子のやうな寂寞にとらはれた」という一行は注目に値する。VOU時代のイマジズム的手法を一瞬垣間見せる詩行である。

克衛の最後の愛国詩「紀元節」――今回の標的は子供である――は一九四五年二月に発表された。この詩はおそらく、東京上空を偵察機が飛び交い、一九四四年十一月二十九日からは市街地空爆が開始されていたという状況下で、市民たちに蔓延していた興奮状態の産物なのだろう。迫りくる敵の侵略を伝えるラジオや新聞のニュースに苛立ってか、一九四四年十一月十二日の日記に克衛は次のように書き込んでいる。「一日中在宅。報国会に憤激詩を送る。」この記述をめぐる詳細は不明であり、この「憤激詩」もおそらくは発表されなかったのであろう。あるいは、ここで言われているのは「紀元節」のことなのかもしれない。彼の怒りの矛先が向けられているのは敵に対してであって、日本の軍事体制に対してではないのははっきりしている。なぜなら、彼が自分の詩を送った宛先は、軍事体制の文化的下部組織である日本文学報国会であったのだから。

愛国詩はすでに大人たちの間で新聞やラジオを通して幅広く浸透していた。そのため、この煽動装置の照準は次第に子供たちに向けられていった。一九四三年一月の段階で、村野四郎はすでに自身のエッセイの中で、愛国詩が子供たちの間でも人気を博しつつあるとの指摘をしていた。さらに、詩の新たな可能性を示すものとしてこの現象を歓迎するとした上で、次のようにも述べていた。「詩人が文化面にて負ふべき任務はこれによつて一層大きく成し遂げられるといふことが出来る。[175]」また、村野は、単に自らの幼年時代の思い出を書き記すだけといった子供向けの詩が陥りやすいある種の罠は避けるべきだ、との見解を合わせて示している。

子供向けの愛国詩「紀元節」は二月十一日の祝日を扱っている。この祝日は元をたどれば一八七二年に恣意的に選定された日であるが、紀元前六六〇年の神武天皇即位を祝する日である。[176]

紀元節

昔むかし久米の子ら戦士たちが
神武天皇の御旗のもとに
打ちてしやまむ意気たかく
むらがる賊をたひらげて
美しい日いづる国を建てた日だ

二千六百五年の長い間
いちども敵に敗れない
強く正しい日本国
ひろい東亜にただひとつ

りつぱな御国を建てた日だ

若くて強い小国民よ
けふは君らが久米の子ら戦士となり
憎い賊米英をみな打ちやぶり
日本を護るそのことを
固く心に誓ふ日だ。(177)

この紛れもない煽動詩において克衛は、遠い昔の神武天皇が成し遂げた偉業を思い出させるという手法を通して、二十世紀中葉の少年たちに勇敢な心を植え付けようとしている。「けふは君らが久米の子ら戦士となり／憎い賊米英をみな打ちやぶり／日本を護るそのことを／固く心に誓ふ日だ」。また、「早春の砂丘に」の場合と同様、「二千六百五年の長い間／いちども敵に敗れない」という行に見られるような、日本の無敵神話についても触れている。その長い歴史を越えて途絶えることのなく続いてきた天皇家は、敗れたことのない無敵の国家の象徴であり、そして、大和民族の実直な誠実さの証でもある。克衛はこの詩において、政府による煽動の科白を完全に踏襲した。彼は今や些かの抵抗もなく、大人たちが教え込まれたのと同じ国家神話を信じるようにと子供たちに積極的に諭したのである。第二次世界大戦が五千万人以上もの膨大な死者を出す結果になり、そして、近代兵器そのものがおそろしい脅威になったという事実。こうした重要な事実も、国家の煽動装置には歯が立たなかった。そして、克衛はこの装置の一歯車になっていた。彼にとっては、若い兵士の士気を高めるのに、数千年前の大和の地で戦った数十人の戦士たちの勇敢さが役立つと信じられていたのだから。このような煽動はただの神話を持ち出しているだけだと切り捨てることはできない。たとえば当時アメリカ人の間では「日本人はどんな機会も逃さない。あいつらは死にたがっている(178)」ということばが広まっていた。このことばの上にその煽動を重ねてみると、そのおぞましさが浮かび上がってくる。終戦後まもなく克衛は、神話を都合よく紡ぎ出してしまうこうした一面を、日本文化のもつ感傷的な弱点だとして批判することになる。しかしこの「紀元節」という詩自体、彼自身がこの種の神話を広める役割として機能したという十分な証拠である。しかしながら、彼は決して自分がその共犯だとは認めなかった。「紀元節」と他の愛国詩との間には連続性がある。克衛は、国の若者たちに向けて勇気を持てと説く一方で、自分の息子明夫は東京から遠い比較的安全と言える三条の学校に辛うじて疎開させた。「早春の砂丘に」や「紀元節」で自国の若者たちに勇敢であれと激励する克衛、そして、仲間の詩人小林善雄が語った恐怖に怯えている克衛、この二つの克衛像の間から見えてくるものがある。「恐怖に怯えて、かつ、禁欲的な詩人」という逆説的な彼の姿の中に、我々は北園克衛という意志の弱い人間を見ることができる。たしかに、彼は公には自らの恐怖心や勝利への疑念を漏らしたりはしなかった。しかし、戦争という巨大な自動機械の中で、彼のように進んで積極的に協力する必要はなかったというのも真実である。

克衛は家族とともに三条市で終戦を迎えた。一九四五年八月十五日の彼の日記には、裕仁天皇の降伏が簡潔にこう記されている。

日本遂に無条件降伏を受諾す。
天皇陛下の御放送あり。
三条一乗院にてきく。
東京行切符を買ふ。

夢が砕け散った怒りと悲しみが「遂に」という一語に凝縮されている。その翌日、彼は家族と一緒に、新しい生活を始めるために、馬込の家に帰京した。

終戦から半世紀以上を経た現在、克衛の戦時中の活動はいまだにほとんど理解されておらず、また、彼が果たしていた役割についても誤解にあふれている。その理由として、少なからず、戦争が終わると同時に克衛が、過去と周到に距離をとったという点が挙げられる。戦後の著作しか目にしたことのない読者の中には、北園克衛は愛国詩に関与しなかったという誤った思い込みをしている人も多くいる。その理由のひとつとして、彼の詩や評論が新たに全集などとしてまとめられる場合、戦争期の著述は削除され、その一方で、彼が戦争に反対した発言の方は人の目に触れるかたちで保存され続けているという事実がある。ここで私は、克衛がいかにして戦後の文学界を欺いたか、そして、戦時中の作品が公になった後もなぜ彼がほとんどその名に傷がつくことなく文学界への復帰を果たせたのか、その経緯を簡潔に述べておきたいと思う。

終戦直後の「麦通信」の中で克衛は、「国民を欺いた」として軍部を間接的に非難した。終戦直後に発表された他の二篇の評論では、自分は何ら過ちは犯していない、よって、再びアヴァンギャルドの指導者として迎えられるべきだ、という内容を暗に述べている。そのうちの一篇は終戦から四ヵ月後に読売新聞に掲載された署名入り評論で、題名は「詩人の任務」というもので、「革命の先駆者たれ　取り戻さん・人類福祉への熱情」と見出しがつけられている。(179) 高村光太郎らが自分よりもはるかに積極的な愛国主義者だったのを念頭に置いてか、克衛は高村らの活動と自分の活動の間に一線を引いた。そして、彼らの活動を糾弾し、自らの活動への言及は避けている。この文中で克衛が「僕達」から「如何なる責任者達、あるいは、一部の詩人」へと主語をすり替え、巧みに自分から責任を逸らしている点に注目していただきたい。

> 地に墜つ詩人の道義　僕達は後世の史家が痛憤の筆を以て綴らねばならないやうな、哀しむべき、また恥づべき歴史の十年間を身をもつて経験して来た。そして今、敗戦国民としての現実を逡巡することのない眼を以て直視してゐるのである。（中略）さうしてこの恥づべき状態が如何なる責任者達「彼ら」によつて齎されたかを明瞭にする必要があると同時に、僕達の民族の伝統のなかに、そのやうな一群の存在を許容する因子があつたことについて反省すべきである。（中略）戦争意欲の昂揚に奉仕して来たところの一部の詩人「彼ら」が、こ

> の敗戦に際して一行の懺悔の詩も国民に向つて書かなかつたといふことは当時の無責任な指導者達［彼ら］と兄たりがたく弟たりがたい図太さであつたといへるであらう。（中略）
> 　僕達はいま片方の手にペンを、他の片方の手に酒盃ならぬ鐘を持つて、希臘の荒野を想はせる焼土に立つて、生きた詩を書くべき時である。（中略）詩人は今こそ、文化日本の現在と未来に対して責任ある一行のためにも決然たる意志を用意しなければならない。[180]（傍点は引用者）

一九四六年九月、克衛は「沸騰的詩論」を書いた。そこで彼は他の文学者たちへの非難を書き付けているが、一方で、自分の戦時期活動を読み手に思い出させる言及は都合よく避けている。「計画的記憶喪失」に襲われたということか。（この「記憶喪失」状態こそ、まさに彼が郷土詩論の理想として掲げたものであった。）逆に見方を変えれば、もし日本が戦勝国になっていたならば、克衛は当然全く違った内容を書いたことだろう。というのも、彼はその結末に備えて、報国会で汗を流し、愛国詩を書き、都合の好い位置取りを確保していたのだから。

沸騰的詩論

一九四〇年から一九四五年にわたる期間は、この国の戦争指導者たち［彼ら］が詩を利用する絶好の機会であつた。そして彼らは確かにある程度の利益を得た。しかし厳密に言つて彼らの利用した詩と詩人は現代詩の最前線に立つている詩人ではなかつた。それらは一九二〇年代にすでに隠退したり、存在理由を失つていたところの詩人たちであつた。このことは一九四〇年から一九四五年にわたつて書かれ、放送された作品を一瞥すれば明かであつて、そこには卑俗な気取りとセンティメンタルな昂奮以外の何ものでもない哀れなものであつた。しかし多くの将来ある善き詩人たちは彼らの存在に幾分感謝すべきかもしれない。なぜなら彼らパッキング的存在ゆえに、馬鹿々々しいかの世紀のトラヂコメディの被害を免れた形であるからだ。ともあれ彼ら詩人たちは没落する指導者層とともに、過去の水平線の彼方にふたたび草鞋のごとく沈み去るにちがいない。沈みゆく者らをして沈みさらしめよである。彼らは思いがけない、かのひと踊りのためには、血涙をしぼる全国民の回復すべからざる犠牲が賭けられていたのだ。しかしながら、今やふたたび清新な詩の時代が開始された。こうして詩の雑誌は全国的に創刊されはじめたのである。自分はそれらの雑誌群が良き将来とその発展に恵まれることを心から祈らないわけにはいかない。[181]（傍点は引用者）

この克衛のことばを読んで驚かされるのは、彼自身が軍事政府のために行った戦争詩の詞華集編纂や報告会、くろがね会の活動に携わっていたことにまったく触れずに、他の人々を厳しく糾弾している点である。もし彼が自身の体験を一人称で語っていれば、そのことばももっと信頼に値するものになったかもしれない。たとえば、「（私は）パッキング的存在ゆえに、馬鹿々々しいかの世紀のトラヂコメディの被害を免れた形であるからだ」といった具合に。しかし、彼は自らの将来を翳らせまいとして、おそらく、過去の戦争詩の活動を自己正当化したのであろう。そして、そのために、自分よりも愛国主義的であった他の詩人たちがいたのだから、彼らに比べれば自分のしたことなど看過してもかまわない（つまり、言及する価値もない）という論理を用いたのであろう。[182]彼の前衛詩人としての出発は日本の他の詩人の誰よりも早いものであった。よって、戦時中の活動さえ過去に追いやることができれば、一度は離れていた前衛詩人としての活動を再び始める機会も手にすることができた。彼は愛国詩（明らかに占領下の日本では歓迎されない詩である）だけでなく、それを支えていた郷土主義や伝統的な詩法もすべて捨て去った。そして今や、目の前の現状を考慮して、詩人たちは瓦礫より立ち上がり新しい詩を書くべきだと訴えている。たしかに敗戦直後という時代状況を考えればこのような即座の方向転換もわからないではない。そして、このような克衛のすばやい方向転換は、一九四〇年十月特高による尋問の後に彼がアヴァンギャルドを放棄するに至った経緯と驚くほど類似している。彼は変化の風を敏感に嗅ぎ取り、その後を追いかけた。それはあたかも、いったん足を止めてしまえば文化的に死ぬも同然であり、そのような死を恐怖しているようにも見える。

我々はどのように評価すべきなのだろうか。彼が愛国詩と郷土主義を採って、西洋の詩学を捨てたという事実を。そして、戦後、再び西洋の詩学を受け入れ、今度は、日本の伝統主義を捨てたという事実を。

一九四〇年、そして一九四五年と、彼の精神と生活に起こっていたジグザグの転向劇をとらえるには、裏にも表にもなる上着の隠喩が相応しい。今から振り返ってみると、行ったり来たりと揺れ動いた彼の振り子は節操もなく矛盾したものにも映るかもしれないが、それは日本という国全体がたどった道、つまり、日本中心主義の戦時体制からアメリカ民主主義に則った戦後体制への方向性を反映したものでもある。一九四〇年にそれまでの十五年間の仕事を突如として放棄したこと。そして、一九四五年に戦時中の活動を否定したこと。これらの行動はそれぞれ実際に起こった歴史的事実で理由づけることができそうである。一九四〇年には警察による尋問があった。そして、一九四五年には日本が降伏した。ここで、さらに正当な評価をしにくいのは、こうした心的外傷的な転向体験が克衛自身に、さらには、彼の以後の詩にどのような影響を与えたかという点である。

私は克衛の妻北園夫人に、何故あなたのご主人は戦争中に愛国詩を書いたのか、と尋ねてみた。彼女は次のように指摘した。

　克衛は恐怖で一杯でした。彼は確かに進んで残忍極まりない当局に立ち向かおうとは思っていませんでした。また私たちは戦争の現状認識については誤った情報に負うことが多く、たとえば、植民地での現地人に対する日本の処遇のひどさ（満州での731部隊が行った人体実験といった残虐行為も含む）については気づきませんでした。克衛が、日本国の無敵神話を信じることを、特に一九〇五年の日露戦争の勝利以後に私たち全員に教え込んだ日本の教育制度の落とし子だったということは忘れてはいけません。さらに言えば、アメリカが勝ったならば、あいつらは我々を最後の一人まで殺すだろうと教えられたときに、「汝の敵を愛する」というのは容易なことではなかったのです。[183]

先に見てきたとおり、一九二五年から四五年までの克衛の文学活動の中には前衛詩、郷土詩と愛国詩、俳句などが含まれていた。便宜上、ここで私は郷土詩と愛国詩を同じ種類としてとらえることにする。たしかに大抵の郷土詩は、やみくもにナショナリズムを煽るような愛国詩より繊細に作られていた。しかし、郷土詩は特高が定めた思想の枠に丁寧にあてはまるように書かれたものでもあった。そして、克衛は、郷土詩とは愛国心から自然とあふれ出る倫理的感情の産物だと考えていたのである。

西洋には、自分たちをアヴァンギャルドであると同時にファシストであると見なしていた詩人たちがいる。(なかでも、イタリアにいたエズラ・パウンド、あるいは、ドイツの「新即物主義(ノイエ・ザッハリヒカイト)」の詩人たち。)対照的に、戦時中の日本では「アヴァンギャルドのファシスト」という言い回しは撞着語法であっただろう。そして克衛の郷土詩は、そのような日本で、アヴァンギャルド的であると同時にファシスト的でもあろうとした試みとみなすことが可能である。ここでのアヴァンギャルド的(この概念の西洋的起源を認めないアヴァンギャルドではあったとしても)とは、詩の新たな境界を拓こうとしたという意味であり、また、ファシスト的とは、自民族優位思想や国家建設の神話を唱える煽動の文化的支柱になったという意味である。

一九四〇年から四五年までの克衛の活動は、全体として捉えれば、次の四つの仮説のもとに考えることができる。

一　彼は本質的にはアヴァンギャルド。彼の愛国心は偽装。
二　彼は本質的に愛国者。彼の前衛的な活動は表層的な好事家趣味。
三　彼は前衛から愛国者へと、そして再び前衛へと本質的に変貌した。
四　前衛主義も愛国主義も仮面にすぎず、「本当の彼」はいなかった。

これら四つのどれもが当たっているようにも見える。克衛自身であれば間違いなく第一の説を選んだであろう。事実、戦後の彼の作品はすべて、まるで戦争中は冬眠をして、アヴァンギャルドの活動を再び始められる日まで力を温存していたといわんばかりのものばかりである。時間と量の点で見ても、一九二五年から四〇年までの前衛活動期の仕事——八冊の詩集、およそ百冊の雑誌の編集——は、愛国主義的であった五年間の仕事量のほぼ四倍である。もし彼が警察の圧力のため真の自分をカモフラージュしていたとすれば、その時期の郷土詩や愛国詩は「日本人になろうとする戯れ」だったと解釈されるべきである。

克衛の前衛詩を高く評価する読者にとってこの「偽装」説は非常に魅力的であろうが、そうだとしてもこの説を擁護することは不可能である。あまりにもその反証が多すぎる。たとえば、「純日本的なもの」への転向について一九四三年に書かれた次の文章などは、性質の悪い戯れとして片づけてしまうにはあまりにも説得力がありすぎる。

> 実際に於いて『風土』の最初の詩を書いて以来僕は一頁の外国語も見ていない。絵も彫刻も建築も、科学、映画、流行といったような内容の雑誌書籍新聞も全く見ていない。否そういう系統の文化は全部頭の外に出してしまってその代わりに純日本的なものを全部持って来たのである。と同時に生活も全く変えてしまった。眼にふれるものすべてをそれに従って変えてしまった。具体的に言えばウェストンの写真の代わりに漢詩の軸をかけ、ライフやヴォグの代わりに工芸や土俗研究の雑誌が机の上にある。油絵の代わりに水墨を描き、ライタアやシャアプペンシルへの興味を香筆墨の上に持って来る。こうして眼にふれるもの心に思うものすべてを変化してはじめて『風土』の詩の一行が書かれたのである。このことが一体どのようなことであるかは知る人ぞ知るのであるが、一寸スイッチを切り代えるように詩が簡単に変化するものでないことの説明には多少なるかも知れない。(184)

このような発言が存在しているため、克衛を論じる批評家たちは「偽装」説をまずははっきりと否定し、かわりに第二の——つまり第一とは正反対の——仮説を採ろうとする。吉本隆明や櫻本富雄は、当局に迎合した二世代分の作家たちを一括して批判し、中でも、戦前の克衛ら前衛主義は単に好事家的に西洋と戯れていたに過ぎない、本質的に彼らは模範的とも言える愛国者だったと主張する。(185) 戦前の詩人や芸術家の薄っぺらな前衛主義を指して「外国かぶれ」と呼ぶことがある。このことばには、文学においてにせよ他の面においてにせよ日本人が外国趣味に走るのは、使い捨ての帽子をかぶっているみたいに偽物臭いという意味が含まれている。たとえば櫻本は克衛を「舶来品崇敬」に酔い痴れた好事家にすぎないと断じる。(186) 一九四〇年に当局の圧力に屈したという事実だけを挙げて、それに先立つ十五年間の業績を過小評価してしまうのであれば、歴史的評価の基準としては公平さを欠いているように思われる。しかしながら、過去の前衛運動を否定し日本的なるものを全面的に受け入れるなど、克衛の側にもこの第二の説の論者の評価に信憑性を付与するような行動があったのは事実である。

このような推論にしたがって櫻本ならびに戦前のVOUの詩人安藤一男（一九二九－）は、克衛には自分を「偽装」する必要性がなかった、それというのも、彼はそもそも詩の世界を離れて「安全な」俳句を作り特高を喜ばせるようなことができた詩人なのだと主張する。(187) 彼らの論によれば、克衛に信念を曲げるような行動をとらせたのは、偽装ではなく、むしろ彼の日和見主義である。そして、それが自己保身のためであろうとなかろうと、彼が愛国的な詩や評論を書き、会合に出席し、生活様式すらも改めるといった愛国的な奉仕活動をしていたという事実は戦前の前衛活動の価値を無効にするものだと、この二人の論者は結論づけている。

断言めいた明快さはないが、克衛の愛国心の本質をついているように感じられるのは第三の仮説である。これは、すなわち、一九二五年から四〇年までの克衛は本当の意味での前衛であった、しかし、その後、特高の圧力を受けた頃から彼の心に真摯な変化が起きた、そうして徐々に国の煽動活動に深く関与するようになっていった、という説である。この評価は、明確な「あれかこれか」式の答えを出すのではなく、錯綜と変貌という二つの側面、つまり、危機的状況に置かれた人間が見せる否定しがたい二面性を考慮しているという点では、先の二つの説よりも満足度は高いものである。

克衛が矛盾した二つの側面を体現していた、そして、そのどちらの面も時代状況を考え合わせれば誠実な顔であったとする議論には、しかしながら、問題が残る。たとえば、もし彼の愛国詩が自分の信念を心から反映させたものだったとすれば、愛国詩が前衛としての真の顔を偽る仮面だったという議論よりも、克衛はさらに批難されるべきだと言わざるを得ない。結局、はっきりしているのは次の点だけである。もし彼が愛国詩を書かなかったならば、彼の前衛詩人としての評価はより強固で揺るぎないものになるだろう。逆に、彼が本質的にはモダニストではなかったとすれば、一九四〇年から四一年の時期に特高や愛国主義的な詩人から危険人物として疑われることもなかっただろう。

第四の説は第三の説から、ある程度は、自ずと生じてくる論である。それはつまり、克衛は前衛詩人であると同時に愛国者でもあった、そして、この二つの立場が相容れない以上、その二つは中和せざるを得ない、そして結局、彼の本質は見えないままだ、というものである。よって、彼の前衛の身ぶりも愛国主義も、ともに本当の顔とは言えないのである。あるいは、北園克衛（この場合、橋本健吉と呼ぶ方が正確かもしれない）は、様々な方法を駆使して書いたある種の夢織り人であったと言う方がいいだろうか。前衛詩や郷土詩、愛国詩といった多彩な方法は、そのどれもが本当の顔から意図的に距離をおくための流行りの仮面に過ぎなかったということになる。この議論は、その多彩な創作方法や没個性の詩学への関心を思い出すならば、誰にもまして克衛に対してぴったりと当てはまる。一九二〇年代以降、彼は一貫して詩の客観主義への志向を示してきた。図形詩（『白のアルバム』）においてはもちろんのこと、抒情的な実験（『若いコロニイ』、『夏の手紙』）においてもその傾向ははっきりと見てとることができる。一九二七年からのシュルレアリスム、そして一九三五年から四〇年にかけての抽象的な実験詩は完全な想像力の世界に没入しているためか、実際の日常生活との関係は希薄である。主流の詩人たちの多くが「私小説」的な詩を書いていた中、克衛は紙面上でのデザインや行間の意味のズレといった全く異質の関心を強く打ち出していた。一見すると、彼の郷土主義は、特に『風土』の作品は日本文化に自分を深く浸した結果だという彼自身の主張などを考え合わせると、それまでの没個性の態度にはそぐわないようにも見える。しかし、彼が郷土詩で追求した形式とは、それらの詩の主人公がそうであったように、大抵は客観的な構築物であった。結局のところ、彼の郷土詩は、前衛詩同様に、彼の想像力の奥深くに分け入っていく旅であった。ゆえに、書き方がどれほど対照的に見えても、それは客観的な詩から主観的な詩へといった移行などではなかった。
第二、第四の説が第一、第三の説と異なる点は、克衛の前衛主義を人格の中心要素とは見ずに実体のない仮面として見ている点にある。謎めかせることを好み数種類の筆名を使用したという事実（第四章参照）を、「イデオプラスティの理論」（第五章参照）と重ねて考えてみるならば、克衛が意図的に自分の作品から自己を消し去ろうとしたという主張も説得力を持ってくる。第四の説は、冷笑的な見方が多少混じってはいるが、戦後の克衛が前衛に復帰する事実の説明に確かに役に立つばかりでなく、この説に基づけば、戦前の前衛活動が彼にとって本質的だったと認める必要がなくなる。

ここまでの分析で、私は克衛の詩に見られる諸傾向をさまざまな角度から解釈してきた。前衛詩人やプロレタリア詩人は、彼らが戦時協力のため煽動製造機の一部と化したという事実が残された文書から明らかになるにつれて、その評価が落ちていった。この流れを受けて、戦時中の文学者の戦争責任の問題を全く異なる観点から捉えてきた批評家たちもいる。その論理は、今では一般にも広く知られたものであるが、すべての詩人が国家の愛国主義的な大義に与したという意味では責任がある、というものである。それゆえに、我々が今なすべきことは彼らの行為を咎めることではなく、詩人たちが再び自由に表現できるようになった「戦後」に視線を移すことであり、そして、詩人たちが戦時中にとった活動をどれほど真摯に自己検証しているか（あるいは、その自己検証を欠いているか）に注目することなのである。たとえば、武井昭夫（一九二七－）は、自身はまだ若かったため戦時下の圧力などを免れた世代であるが、壺井繁治（一八九七－一九七五）——戦時中に転向するも、戦後すぐに左翼的な思想に再転向したプロレタリア詩人——について次のように述べている。「私は壺井の戦争責任を追及しているのではない。戦争責任を回避してはじめられた戦後責任を問うているのである。[188]」

また、吉本隆明も同様の論理で、日本文学報国会の詩部会の会長を務めおそらく最も影響力のあった愛国詩人だった高村光太郎を放免する。[189] 克衛や壺井とは異なり、高村は戦後、戦時下の自らの活動を心から悔い、七年間岩手県の小屋で世間から隔絶した生活を送った。自己を厳しく見つめ直す内省の行為を通して、熱狂的な天皇崇拝の詩を書き結果として多くの人々の死に間接的に加担した自分自身を、高村は嫌悪した。[190] そして、彼は、この失意と悔悟の中で自らの過去の過ちを省みながら、彼の作品中で最も感動的といえる数篇の詩を書いた。これは、エズラ・パウンドが『ピサ詩篇』で行った自らの過ちの告白に心情的に通じるものであろう。

戦時中の責任を戦後になって認めたかどうかという点から見ると、これまですでに見たように、戦後の克衛がとった行動は全く評価できるものではない。彼は、愛国詩や報国会での奉仕的活動を主題とした討論会への参加を拒否した。この拒否によって、自らの行為をどれだけ見つめ、悔いているかという基準で詩人の評価を決めようとする批評家たちからは、高い評価と尊敬は見込めなくなった。戦争中の非人間性に照らして考えるならば、このような人道主義的な基準による詩人評価にも共感は覚えるが、単に告白をしたかどうかという点だけを評価するならば、数十年前に抽象詩人によって投げ捨てられたはずの古臭い詩人の態度を気付かないうちに再び強化してしまう。その古臭い態度は、詩人に自らの思考や感情を表現する際には必ず個人的な声で直接的に吐露することを要求する。

克衛の置かれた状況を最も公正に評価する方法とは、彼の戦争期の詩を非難することでもなく、抑圧的な状況下では仕方がなかったと許しを与えることでもない。この章で今まで試みてきたように、実際に彼は何をしたのかを時系列的に見ていくことである。それによって我々は、彼がわずかではあるが抵抗を示したこと（「国粋的詩人達に対して、我々は必ずしも沈黙に終始する者でないことを警告する。」一九三九年九月）、しかし、体制に屈した後の彼が国家の大義に尽くす熱心な「転向者」になったこと（「自分は今民族の伝統の骨の髄までシャブルことに依ってこの独創性に恵まれない民族の詩の活路を見出さうとする者である。」一九四一年十一月）などを知ることもできる。また、戦争がまだ遠い中国でのみ激しかった時期（「戦線の秋」一九三九年）と、日々の集中爆撃に耐えながら「早春の砂丘に」（一九四四年）や「紀元節」（一九四五年）などの愛国詩を書いていた太平洋戦争末期とでは、戦争をとりまく状況に大きな違いがあったことも、我々は見極めなくてはならない。今挙げた戦争末期の二篇の詩はあからさまな煽動詩であるのは否定しないとして、その上で、公正を期して、こうも問いかけておきたい。克衛がそうであったように、もしも自分の生命が絶えず危険に晒されていたならば、そして同時に、日本がそうであったように、ひとつの国が集団殺戮に脅かされていたならば、数篇の愛国詩にどれほどの意味があろうか。戦争責任をめぐる問題は、未だに苦しく難しい課題である。前衛詩人から愛国詩人へ、そして再び前衛詩人へとゆれ動く克衛に、批評家たちが翻弄されてきたのも無理もない。なぜなら、克衛自身もまた自分の振る舞いに混乱していたと思われるためである。彼は一九四三年のある評論の中で次のようなことを認めている。

日頃あまり逢わない友人にあうと、何かのついでに必ず「此頃ずいぶん君の詩が変わったね」と言われる。確かに『固い卵』のような詩を書いてから五百日も経たないで『風土』のような詩を書くことは意外な事に違いない。気が変になったのかと心配されるのも無理ない話である。しかしくどくど説明するのも面倒なので『鯤』の続きをやっているんだよと答えて置く。[191] すると友人も「あゝそう言えば『鯤』の詩に似ているね」とそれですっかり解ったような顔をするが、解らなくなるのは今度はこちらである。[192]

克衛は特高からの召喚に易々と怯え、それまでずっと信条として掲げてきた前衛主義を避け、熱心に自分が生み出した（西洋人のような立場からの）東洋趣味からも離れ、代わりに愛国主義的で伝統的な郷土主義を採用した。彼の屈服には転向にともなうべき痛みが欠けているようにも思われる。宮本顕治（一九〇八‐二〇〇七）やその妻百合子――彼女は十五年の戦争の間ずっと体をこわした状態のまま拘留、出所を繰り返した――のように、長期の拘置生活という代償を払ってでも当局に抗った一握りの勇敢な共産党員もたしかにいた。しかし、彼らは例外的な存在であって、当時、軍部の圧力に抵抗した作家はほとんどいなかったという事実は覚えておくべきである。それに加えて、作家たちのほとんどは戦争の実態に無知でもあった。こう考えてくると、克衛の戦争協力は、たとえば、マルティン・ハイデガーやヘルマン・ヘッセなど、ナチス・ドイツに協力した作家たちほどの犯罪的行為ではなかったと言える。だが、克衛の戦後の西洋主義への再転向が痛みを伴わず、抜け抜けと行われたことは認識しておかなければならない。克衛は戦時中の行動と書きものを隠そうとさえした。

このような妥協的姿勢と戦時体験は、克衛の戦後の詩に負の刺激として作用し、以後、彼を一層思い切った詩的実験へとたえず駆り立てることとなった[193]。一九四五年末頃の克衛には、一九三九年の時点では見えなかったことが見えるようになっていた。つまり、ファシズムの流砂に一歩踏み込んでしまえば、戦争が行き着くところまで行ってしまわないかぎり、抜け出す術はない、ということである。そして、克衛は責任という苦い薬を黙ったまま飲み込んだのである。

おそらく克衛にとって愛国詩を書いたという過去は、主に、以後の彼を正反対の方向へ向かわせる原動力となったという意味で、重要なものであったのだろう。次の二つの章の主題となるのは克衛の戦後の詩である。戦時期のように政治的意思を試されるようなことはもはやなかったが、戦後の彼の詩は、二度と自分自身に妥協しないのだと身をもって証明しようとするかのように芸術的探求をつづけた、一詩人の記録である。

（ヤリタミサコ、鷲尾郁、田口哲也訳）

第七章

意味のタペストリーを細断《シュレッド》する

「詩とは言語による言語体系への反乱である」
——ジャン・ボードリアール

一九四五年八月十五日、日本が全面降伏してからというもの、克衛はまるで牢獄か病院での長期収容から解放されたような気分を味わっていた。今度こそ前衛主義を掲げることができると信じていたのかもしれない。だが、ふり返ってみればそれはただ、自分の立場を取り戻していただけなのだろう。敗戦当時に書かれた詩には、民間人に無意味な犠牲を求め続けた軍国主義体制への怒りがあふれていた。敵対が終わった直後に克衛は個人の責任を認めないまま、目の前の現実について率直に見解を述べ始めた。そのような態度は、戦前までの彼の詩には見られなかったし、戦中に書かれた詩といえば、特高に要請されたプロパガンダとしての「現実」に沿った作品だった。歴史上、今こそ本当に重要な時期と考えたのだろう。克衛は駆り立てられるように日本の敗北と占領の不安を書き記した。たとえば一九四六年以降に書かれた次の作品は、鼠の走りまわる宮殿の廃墟を歩きながら、唐文明(六一八-九〇七)の衰退を嘆き悲しんだ、杜甫(七一二-七〇)を思わせる。

喪はれた街にて

脳髄を貫く

菫いろの閃光に照し出された
累累たる白骨のなかから
じつに惨憺たる平和が生まれた。
自分はこの瞬間を永久に忘れないであらう。
すべての都邑は焼きつくされ
燃えさかる火焔とともに
あの気取り屋でお洒落な
愛すべき市民は消えてしまつた。
そして昨日は軍閥の専断に悩み
今日は食欲の専横に彷徨ふ
襤褸に覆はれた群集があるばかりである。
わずかに煉瓦の累積の上に登り
人よ
この醜悪なる歴史の頁の前に
泪なくして何を
何を絶叫することができるか。
手をとり膝をまじへて
泪とともに絶望の骨をしやぶることの他に何が出来よう。
蕭條秋の風に吹かれ
自分は天に嘆願する。
この愚かなる世紀の一刻もはやく過ぎ去ることを！(1)

戦後すぐに復興したアメリカに比べて、日本人は降伏から三年過ぎてもなお、食料も必要物資の不足したまま苦しみ続けていた。「喪はれた街にて」は、敗戦後の絶望のどん底から生まれた作品であり、克衛の『全詩集』には収められていない。

だが、このような露骨なリアリズムは長続きしなかった。一九四九年までに克衛は復刊した「VOU」に、のちに恐らく最もよく知られる詩集『黒い火』（一九五一）に収録されることになる抽象詩を次々と発表し始めた（図22）。戦時下の弾圧とあられもないリアリズムの後、克衛は意味そのものを転覆させ始める。『黒い火』は、意図的な、意味を読み解くプロセスを遮断する試みとして読まなければ理解できる作品ではない。好きなものを書ける自由の中で、克衛は非一貫性を選んだ。

克衛は自分の詩と政治を直接関連させはしなかった。にもかかわらず彼は無政府主義者《アナーキスト》と呼ばれ、「VOU」で一番親しい同人のひとり、黒田維理（一九二九-二〇〇五）には自分のことを無政府主義者《アナーキスト》だと思う、とも語っている。[2] この無政府主義《アナーキズム》が戦時中の彼の詩とどのように折り合うかは、もちろん大きな問題だ。だが、日本語特有の可能性を掘り起こすもくろみ——黒田維理はそれを「北園言語」と称したが——そんなものに社会の人々がうつつを抜かしたならば、結末は伝達不能の混沌状態、つまり意味の一貫性を失った無秩序状態になったはずだ。たとえば、『黒い火』に見られるように、言語が意味内容（シニフィエ）もなく、自由に浮かんでいる意味表現（シニフィアン）だけで成り立つとしたら、どんな兵隊が命令に従うだろう。事実、言語がそんな不正確な状況に陥ったならば、世界は崩壊するだろう。もちろん克衛は、通常の意味での伝達手段として詩を発表していたわけではない。むしろ、自分で意識して単語を選りすぐり、組み合わせて、想像力による可能性を呼び起こすために詩を創造した。もしもその詩が無秩序だとするなら、それは専ら、機能や美的感覚においてであり、思想や政治については、作品の背後に埋め込まれている。

どのような技巧で克衛は日本語を変形しようとしたのだろうか。前衛的な手段によって、それまで日本では見られなかったような詩を、彼がどうやって創り出したかを次に示そう。まず手始めに、『黒い火』の中から詩一篇を紹介する。そして、克衛と同時代の三人の詩人たちが寄せた解釈、さらに戦後の克衛および『黒い火』についての短い紹介文が続く。最後に、欧米の批評家たちによる欧米の前衛詩に対する考えを紹介する。その内容は『黒い火』における克衛の実験にも当てはまるし、おそらく解読不能といわれる彼の詩を解釈する上での別の見方を与え

図 22　克衛の有名な詩集『黒い火』（昭森社、1951 年）　克衛はフランス語を表題に用いて表紙のデザインをした

てくれるだろう。

夜の要素

骨
その絶望
の
砂
の
把手

穴
のある
石
の胸
あるひは穴
のある
石
の腕
偶像
の

夜
にささへられ
た孤独
の口
の
骨

ひとつ
の
眼へ
の
ひとつの
亀
の
智慧

あるひは
肥えた穴
のなか
の
恋

の
永遠
を拒絶
する
恋へ
の
図形

憂愁
の
泥
の
夢
をやぶる
恋人の
の
陰毛
の
夜
の
環

その
暗黒
の
幻影
の
火
の
蔭
その
幻影
の
死
の
陶酔
の
黒い砂
あるひは
その
黒い陶酔
の
骨の把手(3)

現代詩人の作品の中で、これ程難解な詩はないだろう。これに詳細で適切な解説をほどこしうるものはあるまい。彼自身にも恐らく読者を納得させるような解説はできないかもしれない。(4)

(村野四郎、一九五〇)

その鮮烈なイメージを形成することばの位置、その巧妙な変化、そこに内在している作家の片意地な、凝結した一種特別な造形感覚、しかもその引力的な拡がりをもつ磁気学的現象に到達したものとして、最近の彼の作品を挙げることができる。(5)

(山中散生、一九五一)

ところで克衛の文学にとって、詩の解説とはいったい何だろう。これらの作品をめぐつて、はたして分析や分解や注釈が成立つものだろうか。おそらくは不可能なのだ。したがつて山中散生や村野四郎の解説が充分でないのは当然で、これを逆にみれば、これらの解説文は、詩的方法の在り方についてのきわめて適切な解説となつているのである。つまり克衛の作品解釈をとうして、現代詩の方法がどこまで可能かを語つているのである。克衛の詩的方法は一つの極限をしめすものであるから、この二人の解説文も、極限のところで語られたものとして高度である。たぶんこれ以上の解説文は、今後とも容易にのぞめないだろう。(6)

(伊藤信吉、一九五五)

克衛の『黒い火』から五十年以上の歳月が流れた。その抽象的で自己言及的な言語と、一行を一から二文字までに切り詰めた形に、批評家たちは驚嘆し続けたが、その中には今もなお興味深い指摘がある。

『黒い火』の「夜の要素」やその他の詩が、あらゆる芸術作品と同様に要約できないものであり、完全に解釈することは不可能だと伊藤信吉が述べているのは正しい。だが、さらなる解釈も考えられるだろう。これまでにも克衛の言語の特色――とりわけ、彼が繰り返し用いた助詞「の」(7)(これについては後で述べる)や一～二文字からなる詩行を「の」でつなぐ文体――についての論は確かにあった。しかし、効果をもたらす特殊な文体や技法について、具体例を挙げながら説明した者はまだいない。したがって、克衛の作品のまわりに神秘と、誤解を招く信仰が漂っているのだが、もし克衛の伝統的な、そしてまた反伝統的な詩作上の仕掛けを検証すれば、その神秘は評価されたまま明らかになるはずだ。そもそも「夜の要素」は批評家たちが考えるほど不可解な作品ではない。死やエロティシズムに関する豊かなイメージは、戦後の絶望ならびに文化あるいは個人の喪失をめぐる瞑想として読めるだろう。

戦時中の克衛の詩（第六章参照）に対する評価の両極化は、戦後の前衛詩をめぐる議論でもあてはまるが、その理由はそれぞれ違っている。克衛の戦中詩については批評家たちは、作品の強烈な愛国心臭さゆえに批判したが、前衛詩についてはさほど政治的（つまり左翼的）でないとみなした。たとえばプロレタリア詩人壺井繁治は、克衛の詩には現実感が欠けていると考え、次のように非難している。「北園克衛は結局においては神秘主義にゆく。[8]」だが、現実的な詩を書くことに一度も興味を示さなかった克衛は、壺井の非難に対して紙面で応酬することはなかった。

これに対して北園の支持者たちは、克衛の直観的な完璧主義を伴う抽象詩を評価する傾向があった。奥成達（一九四二－）は次のように述べている。「これまで多くの北園論の〈無駄のなさ〉〈装飾を排した〉〈精緻〉〈完結度〉といったような賛辞のことごとくを、ここであらためてすべて裏返してみせることが必要のようである。[9]」奥成も自らの詩のなかで似たような、切り取った短詩型の実験を行っているが、自分の評論のなかで、北園の流れるような進行のほうが結晶とした作品よりも重要だと論じている。[10]

『黒い火』所収の十二篇中、克衛は七篇を英訳してアメリカの前衛誌に発表した。[11] 元々の版は日本の批評家を戸惑わせたが、英訳版はアメリカの批評家に書評されることもなかった。たとえ気が付いたとしても、彼らには北園の詩は文壇からほど遠く思えたのだろう。それにもかかわらず長年の間、欧米の多くの一流詩人たちが克衛の作品に惜しみない賞賛を送り続けてきた。その中には、戦前ではエズラ・パウンド、ロナルド・ダンカン、ジェームズ・ロクリン、戦後ではチャールズ・オルソン、ロバート・クリーリー、ケネス・レクスロス、ウィリアム・カーロス・ウィリアムズ、それにハロルドとアウグストのデ・カンポス兄弟がいる。その中で、チャールズ・オルソンはこう述べている。「カツエ・キタソノは数少ない同時代の重要な詩人として、すでに注目されてきた。[12]」

克衛の名が欧米で知られるようになったのは、「VOU」と『*Black Rain*』(一九五四)によるが、後者は初の英語詩と素描からなる詩集で、アメリカの詩人ロバート・クリーリーの手により、スペインのマジョルカ島で出版されている。[13]ウィリアム・カーロス・ウィリアムズは『*Black Rain*』を読んでクリーリーに手紙を書いたが、クリーリーは克衛にそれを転送した。「キタソノが先祖伝来の厳格な日本語の形式を脱して西洋に近づいたのは、驚くべきことだ。すべての職人の中で、芸術家だけがなしえる技であり、これができるのは、自由な精神だけでなく確固たる心を持つ者だけだ。[14]」

ことばの壁のために克衛の英訳版の作品しか知らない欧米の詩人たちは、日本語を歪め・変える、克衛の複雑な技法には気づかなかったのだが、翻訳された作品と元の日本版から汲みとれる克衛の創造精神に対して彼らは感銘を受けた。克衛の詩の自己言及的な性質が英語でどの程度まで理解されたかは定かでないのだが、シュルレアリスム、客観主義から抽象表現主義やミニマリズムに至るさまざまな文芸運動で同様の実験を行ってきた欧米の詩人たちにとって、そんなことは問題ではなかったようだ。たとえ克衛の作品を賞賛した欧米詩人の多くが英訳――いわば元の版の影の部分――しか読んでいなかったとしても、詩人たちは克衛の感性の中の同時代性と独創性を本能的に嗅ぎとっていた。これは、彼ら自身が前衛的な言語実験を通して、さまざまな異化作用をもたらす技法を駆使してきたからだろう。パウンド、ウィリアムズ、レクスロス、オルソン、クリーリーなどはすべて、個人特有のスタイルを切り開き、形式と内容に新機軸をもたらすことに成功した詩人だった。

これまでに克衛の詩を分類化したさまざまな方法と、彼独自の詩作法をみると、克衛自身が方法を作り上げる過程で、ありきたりな概念を拒絶してきたことがわかる。克衛は自分の詩を三つの文体、すなわち「古典的な抒情詩」、「近代的な抒情詩」、「実験詩」に分類している。[15]北園の評伝を書いた藤富保男も同様の分類を行った上でさらに、警句的な『サボテン島』や英詩『*Black Rain*』(一九五四)のような種類の作品も考慮し、その他という四番目の分類を加えている。[16]また、黒田維理は克衛の分類を修正している。[17]「実験詩」の範疇はそのままとし、「古典的な抒情詩」と「近代的な抒情詩」からヒントを得て、二つをひとまとめにして「抒情詩」とした。さらに、黒田は三番目の範疇として「総合的な詩」を加え、その出発点を『真昼のレモン』(一九五四)とした上で、第三の範疇については、実験と抒情形式の「融合」と考えた。[18]

重点の置き方は違っているものの、それぞれの分類方法で一致しているのは、克衛の前衛実験詩と抒情詩(黒田の分類では一九五四年までの作品を指す)を区別している点だ。この評価はおおむね正しいのだが、この二つの分類は克衛の戦前の詩においてさえ完全に互いに排他的ではない。抒情主義が克衛の前衛詩の中にまったくないわけではないし、実験詩における技巧の多くは抒情詩にも見られる。克衛の抒情詩は決して直接的な恋愛詩ではなく、その中にはシュールな形象や、ともするとダダイストの否定的概念、さらに、読者の心にも知性にも同じように訴えかける仕掛けが含まれる。[19] 近代都市を映す新たな抒情を取り入れる試みには、革新的な輝きが見え隠れしている。それは、克衛の詩を貫く流れのなかに、感傷主義を嫌うロマン派から生まれた逆説的な緊張感があるからだ。新しい概念や形式を探求する克衛の前衛詩を好むか、あるいは音楽性や想像力の鋭敏さに重点を置きながら婉曲的に愛を謳った抒情詩のどちらを好むかは趣味の問題だ。いずれにしても、二つのスタイルにはかなり重複する部分がある。抒情的な流れを汲んだ詩——すなわち一九二〇年代の前衛詩に先立つ作品(第一章参照)——は、実験詩にまで純化されると、純然たる抒情詩以上に読者へ強く訴えかけることになる。

ひとつかふたつの文体で書く多くの詩人とは違い、克衛はさまざまな効果をもたらすべく、自分の詩の形式、文法、語彙を組織的に限定した。第一詩集となった一九二九年の『白のアルバム』(第三章参照)には、合成された「型」や文体(たとえば超現実的な詩、記号詩、図形詩など)が多く見られるのだが、それ以後の詩集では、鍵となる「要素」が明瞭に組み合わされた「型」が表れる。この構成要素を変えると、北園の詩は絶えず新しい様相を帯びることになる。生前に出版された二十三冊の詩集の中で、[20] 克衛はこの型を機械的に繰り返すようなことはせず、むしろ、一冊ごとに異なった型を論理的に行きつくところまで変容させた。

克衛は少なくとも十三の要素を、いろいろな構築物の固まりに組み変えて、独自のスタイルを作った。

1 行の長さ(21)(短い行を選ぶか、中位あるいは長い行を選ぶにせよ、どの詩集においてもあまり変化はみられない)

2 古典語 対 現代語

3 動き(動的な形象 対 停滞的形象)の包括または排除

4 田舎の形象 対 都会の形象

5 文法的に完全な文(語りの流れや陳述) 対 断片的な語句、躊躇、などの不完全な発話

6 一人称、二人称、三人称の存在、またはそれらの不在 あるいはその三つの中からの組み合わせ

7 暗喩と明喩の使用または不使用 対 換喩の使用または不使用

8 対話の存在または不在

9 色彩 明対暗の形象 白黒対カラーの形象

10 デザインのために使う単語 対 音のために使う単語 対 意味のために使う単語

11 水平的形象 対 垂直的形象 対 その組み合わせ(立体派の形象)

12 結語のない詩 対 完了した詩

13 ことばによる詩 対 写真的(「造形的」)な詩

また、詩集によってその依存度は変わるとはいえ、克衛の選択には不変的な制限もあった。

1 原色、白黒、幾何学的な形の習慣的使用

2 シュルレアリスト的な形象(更なる区分については以下を参照)やその他の非論理的表現の習慣的使用

3　各文字や詩（または写真）、各詩集が独立したオブジェ（「芸術作品」）だという概念
4　余白——「間」——を物理的、概念的にふんだんに使用　つまり不在こそが作品の中で際立つ存在である
5　そのものの意味だけでなく、日本語にはないエキゾチックな響きゆえに含まれる外国語

この分類をさらに細かく分けることも可能で、そうすると一覧表も大きくなるが、克衛が詩を構築する際にどのような選択をしたかが、この一覧から読み取れる。たとえば克衛が「『固い卵』の抽象性は、『黒い火』においても続行された」[22]と述べているが、二冊の詩集を一瞥すれば——両詩集とも「実験的な」文体だ——これらの詩集の構造上の類似点と相違点が明らかになる。克衛の主張の正当性は、両作品が同じように抽象的な方法で諸要素を組み合わせてはいるものの、要素自体はまったく異なるとした点にある。たとえば、『固い卵』では、長い行が完全な文章を作り、それが人間主体の存在とともに、色鮮やかな形象となっているのがわかる。対して『黒い火』の特徴は短い行、不釣合いで不完全な文法、主に白黒の形象、そして人間の不在だ。

同様に、「抒情的な文体」の観点から、二冊の詩集『夏の手紙』（一九三七）と『ヴイナスの貝殻』（一九五五）を比較すれば、克衛、藤富、黒田の分類よりもさらに綿密な分析が生まれる。

類似点　色鮮やかな形象、完全な文、シュルレアリスム的な非論理性。
相違点　『夏の手紙』——長い行、田舎の形象、極めて稀な一人称や二人称の使用。直喩の頻繁な使用、対話の不在、底に流れる主題としての青春、愛、友情、反対に実体ある恋人の不在。
『ヴイナスの貝殻』——中程度の長さの行、都会の形象、頻繁に使われる一人称や二人称。直喩は少なく、たまに出てくる対話。変愛関係の主題と頻繁に登場する恋人。

「実験的」「抒情的」におけるこれらの詩集の比較から明らかになるのは、こうした分類が、何かを明らかにする

のと同じように何かを隠してしまうという点だ。克衛の詩は、技術的な諸要素または鍵となる構築物の固まりをさまざまに組み合わせたもの、と見た方が分かりやすいというのは、簡単にではあるがすでに述べたとおりだ。通常とは違う方法が詩の形式と内容を導き、同時に限定を加える。ある一定の選択——特に行の長さに関して——は、他の諸要素がまとまる際に、大きな影響を与えている。たとえば、中程度あるいは長い行だと、動詞を持つ完全な文になることを暗示し、それによって、抒情的で劇的な内容や意味を持った結びのことばが増えることになる。逆に、動詞がほとんどない一、二文字からなる詩行の場合、大抵は抽象的な内容、不完全な文となり、一人称、二人称はあまり使われず、会話はなく、(意味よりも)デザインと音声のためのことばが使われ、当然ながら結びの部分はない。

前に挙げた諸要素は、克衛が任意の詩集の「型」を織るために選んで組み合わせた、さまざまな色と素材の糸だと想像できるだろう。ある型から別の型に跳び移ることによって克衛は詩的効果のかなりの部分を獲得したのだが、このことによって読者は今読んでいる作品を解読するという挑戦を受けつつ、同時に将来のさらなる変化を期待することになる。詩集から詩集へと型が移り跳ぶのと同様に、個々の詩の詩行(または連)の意味もまた、飛躍し、これらは共にとらえどころのない溝を埋めようとする読者の想像力をかき立てる。克衛の次から次に変化する詩の実験を鋭く見極める読者ならば(大抵は詩人だが)、以前と現在の型を比べつつ、次に彼が何を成し遂げるかを思い浮かべて愉快な気分になるだろう。その意味では、ひとつの型に届まりそれを商標にする作家たちよりも、克衛は前衛的だった。というのも、道沿いの停留所ごとに行き先の可能性を示しておきながら、実は未知の領域に道を切り開いたからだ。

克衛は戦後から一九七八年に死ぬまでの三十三年の間に、十三冊の詩集を出版し「アヴァンギャルドの旗手」(23)と呼ばれたくらいなので、どちらかというと実験よりも抒情形式に重きをおいた詩集ではなく、最も賞賛を浴びた前衛実験詩集のひとつ、『黒い火』に焦点を当てるのがふさわしいと思われる。

『黒い火』における実験を理解するのにふさわしい方法のひとつは、最初に出た一番変化に富む詩集『白のアルバム』と対照させることだ。どちらの詩集も、克衛にとって最も実験的な部類に入るが、正反対の性質も何点かある。まず、二つの表題が両極端だ。「白」対「黒」、「アルバム」(保存の暗示)対「火」(破壊)。さらに、「白」は青春期(『白のアルバム』を出版したのは二十六歳)の楽天性をあらわし、戦争という緊急事態が意欲的な文学運動を弾圧する以前の、昭和初期の浮揚感を表している。それに対して、『黒い火』の「黒」が暗示するのは、敗戦、全国に駐留する占領軍とともにあるどうなるか分らないような状況、そして克衛自身が迎えた中年期(五十歳になろうとしていた)である。克衛が『黒い火』で用いたのは「黒い煙」、「赤い火」という(普通はキャンプ・ファイヤーの暖かさを連想させるような)ありきたりの現実的なイメージではなく、不自然な「黒い火」であり、それは東京大空襲や広島、長崎に投下された原爆のような大規模な破壊行為を暗示しているかのようだ。

『黒い火』と『白のアルバム』の多くに見られる実験には、共通して形式への関心がみられ、ともに「フォルマリズム的」と呼ばれてきた。たとえば、『白のアルバム』の「記号説」(第三章参照)という作品では、克衛は単語を並置し、まるで読者の心の空白画面にことばのコラージュを生み出しているかのようだ。増殖してゆく文字の層は図案化された外見を持ち、消そうとしても消えない意味とともに個々の単語間、行と行の間にある関係の元々の無意味と衝突する。作品は文字のもつ伝達の可能性を強調し、題名の「記号説」を際立たせることになる。『黒い火』で、ふたたび克衛は知覚に訴える単語を挙げ、ことば同士の関係を漠然としたままの状態に残すような手法にうったえた。だが、そこには以前との違いがある。「記号説」(あるいは「白色詩集」)で単語を別々の行に挙げて分けた場合とは異なり、『黒い火』では助詞の「の」を介在させて、それによってことば同士を直接関わらせている。(とはいえ、意味論上難解な方法なので、「の」の介在は、同時に——というか逆説的には、ことば同士を分断するように機能することになる。)このような奇妙なやり方でことば同士を関係させ、克衛は複雑な仕掛けを生み出し、そこでは曖昧さがめらめらと立ち上り、統一的な読解を妨害する。このようにして意味の明瞭さを抑えた結果、関係の織りなす網目そのものが、詩の意味するところとなってゆくのだ。

克衛は自らの手で『黒い火』を装丁した。ほとんどの本が矩形なのに対して、この詩集はほぼ正方形で、各頁にはわずか一、二行が上方に印刷されているだけである。活字の占める割合は頁の五パーセントほどで、その結果、活字と空白の間に緊張感が生まれている。もしも克衛が頁を小さくしなかったら、活字と空白の不釣合い感は、いっそう目立っただろう。もうひとつのこの装丁の驚くべき特徴は、詩の題名が赤インク、詩が黒インクで印刷されているために、「黒い火」(24)のテーマが際立っている点だ。

だが、短い詩行や二色刷りの活字以上に過激なのは、『黒い火』の斬新な読み方だろう。つまり、頁を上から下へ、右から左へと読み進むのだ。日本の一般の近代詩では、視線は詩行を垂直に降り、次に左の行に移り、下へ向かう。つまり頁は右から左へと移動することになる。あるいは、ヨーロッパ言語のように活字が横組みの場合、文字は左から右へと読まれる。ところが、克衛は読者の視線を水平に、かつ「自然に逆らって」右から左へと強制移動させることで、バランス感覚を基本的に失わせる。(その昔、日本語はまれに水平に書かれることがあったにせよ、通常読む方向は右から左だったから、ある意味では、克衛は古典的な方法に立ち返ったとも言えるが、それこそが現代詩にとっては斬新であった。)私の知る限り、彼は日本で垂直方向に上から下へ、水平方向に右から左へと視線を動かす「二

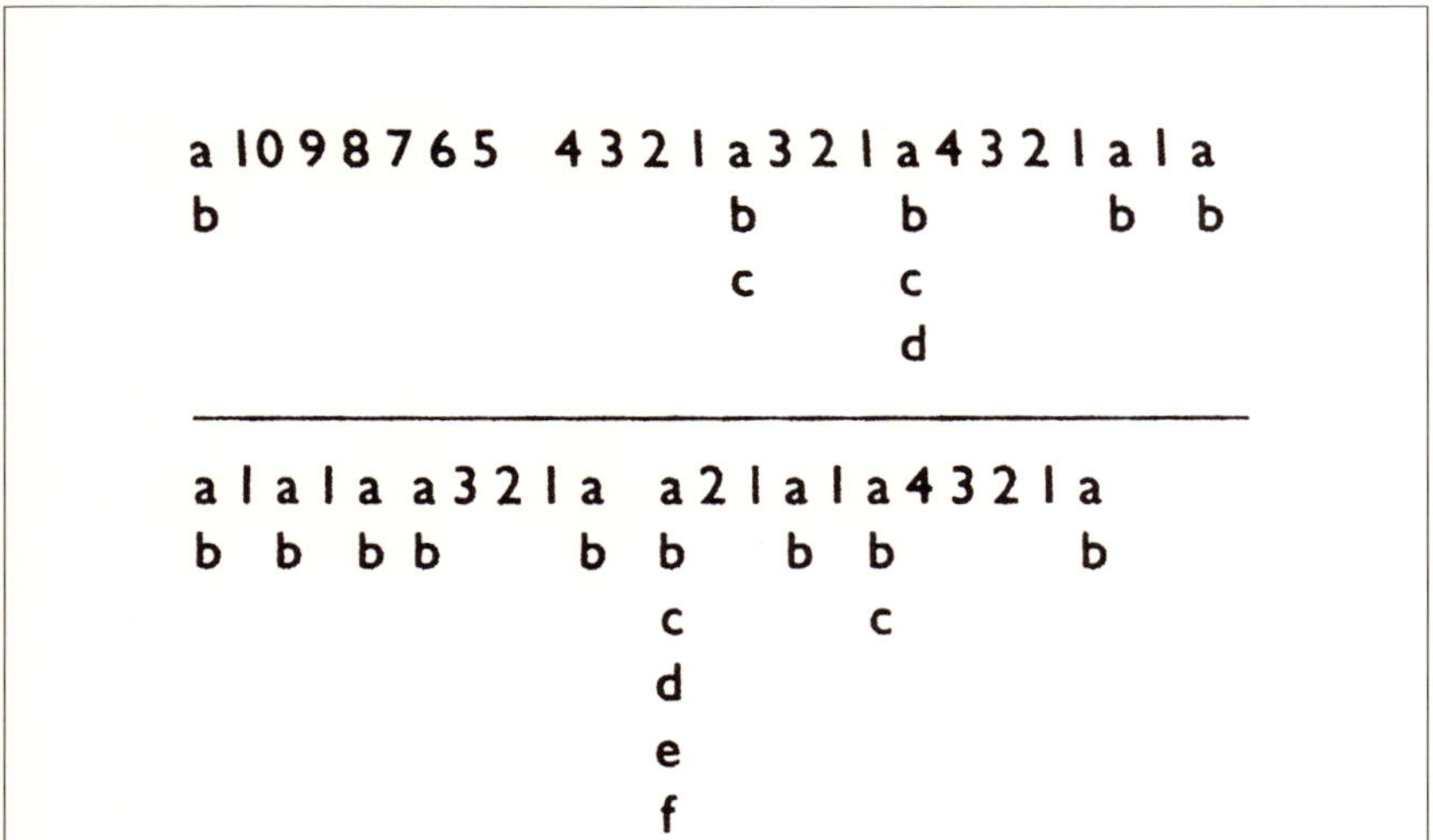

重軸」を取り入れた最初の詩人であり、読みのプロセスを揺るがした表現者だ。以下、二重軸方式で書かれた究極の詩のひとつ「黒い肖像」を（下へ、そして右から左へ）読むための方向指示の図を紹介しよう（前頁下）。それぞれの文字や数字はひとつの語を表している。文字は垂直に（上から下へ）、数字は水平に（右から左へ）読まれる。始点は右の角だ。

この、意味を抜いた図を見れば、後に克衛を具体詩（第八章参照）へと向かわせることになるフォルムへの強い視覚的な関心だけでなく、繰り返される型と繰り返されない型の音楽性も明瞭になるはずだ。

これらの詩の根底に常にあるのは、「連続の中の非連続」であり、「非連続の中の連続」だ。[25] 私たち読者が連続性を期待するからこそ、詩の本文が豹変する。そして、テクストの非連続に慣れてきた時に、本文は突然平行構造の構文になったり、あるいは直近で同じ語彙が繰り返されたりし、連続した全体的な統一があるかのように見えてくる。連続と非連続は、（それは拡大と収縮の関係にも似て）交互に出てきて決してどちらかに活力が吸収されてなくならないよう工夫されている。このような詩を創る過程はかなり直観的なようだ。

次に紹介するのは、（意識的にせよ無意識的にせよ）克衛が駆使した文学装置についての短い案内だ。多くは『黒い火』からの特殊例だが、すべてがそうだというわけではない。

自動筆記

克衛や他の日本のシュルレアリストは（瀧口修造を除いて）自動筆記に特に関心を示してはいなかった。彼らにとってのシュルレアリスムとは、意識下の探索よりも、詩としての力を持つイメージを意識的に探求することにあった。克衛の超現実的な形象は、さまざまなタイプに分類できる。（以下に概略を示す。）彼は自動記述にほとんど関心を示さず、たとえ自発的、本能的だとしても、むしろ意識的な精神状態を好み、美的に楽しませる（またはかき乱す）イメージを作り上げた。克衛の詩は自動筆記とはあまり関係してない——ということは、ヨーロッパのシュルレアリスムとも繋がっていないということになるのだが、それは彼のとった方法が、詩の意識的な生成だからだ（第三章参照）[26]。しかしながら著者のはっきりとした意図にもかかわらず、読者の側からは克衛の詩にミカエル・リファテールが定義した「自動筆記的効果」を見ることができる。

> 自動記述テクストの構文は、通常のテクストの構文とは決して違わない。違っているのは、自動記述のテクストが論理性、時間性、関連性から離脱している点だ。つまり、本物らしく見せかける、現実描写のルールを破っているところが違うのだ。通常の構文は尊重されてはいるものの、ことばは比較的に小さなことばの集まりのなかにおいてのみ意味をなし、これらの小さなことばの集まりのあいだでは意味論的な対立がある。そうでない場合は、文章上の意味論的な論理の一貫性は普通でも、その全体の意味は、意味つながりを無視したナンセンスな小さなことばの集まりによって、不明瞭にされてしまう。論理的な言説、目的論的な語り、通常の時間性、そして現実を受け入れた概念に従う描写といったものは、作者のテクストに対する意識的なコントロールの証として、読者によって合理化されるからこそ、こういったことからの逸脱は、無意識的な衝動によってこのコントロールを消去したと解釈されてしまう。これこそがまさしく自動記述の見かけを創りだす。この見かけは人工的であり、意識が強く形に働きかけた結果生じる産物といえよう。

この見かけが自然発生的であれ、何かの模倣であれ、私はそれを自動筆記的効果と呼ぼう。どんなテクストでも、この効果が見られれば、それは「自動筆記」というジャンルにあてはまるのだ[27]。

克衛の超現実的イメージの多様性

「標準となる」（不条理な）超現実的イメージ

超現実の効果を生むにはまず、一見関係のないようなイメージ同士をただ並べるという基本的な方法がある。その典型として、ロートレアモンの「手術台での蝙蝠傘とミシンとの偶然の出逢い」がある。実体詞（名詞と形容詞）は――「傘」、「ミシン」、「手術台」――それ自体では奇妙ではないが、ひとたび組み合わさると、その不調和が不条理さや、さらには不気味さえ喚起させる。ところがブルトン（および神秘主義者）によると、頭の中には、すべての矛盾に見えるものがその問題となる性質を失い、見事に調和して知覚される部分があるという。

独自の超現実的形象を創り上げる際に、克衛はいろいろな技巧に頼っている。多くの日本の詩人にとってことばのシュルレアリスムといえば、シュルレアリスト絵画（たとえば、サルヴァドール・ダリが頻繁に用いた「溶ける置き時計」のイメージ）の中に見たものを描写することであった。克衛も絵画的なイメージをときどき弄んだが、それ以上に絵では表せないイメージ（たとえば「ガラスの風」）を好むことの方が多かった。彼の詩には、さまざまな非論理的、抽象的なイメージが散りばめられているのだが、それにふさわしい呼び名がないので、とりあえずここでは一般的に用いられる「超現実的」という総称を使うことにする。克衛の用いたイメージの種類を、単純から複雑な段階へとたどりながら、これまでの分類よりもさらに緻密に分析してみよう。これらの分類されたもの同士は決して排他的ではない。それどころか、ひとつの詩の中で相互に組み合わせて使うことで、全体の効果（あるいは克衛が「イデオプラスティ」と呼んだもの、第五章参照）がさらに増してゆくことになる。

隠喩を構成する語句の一部の要素を置き換えること

超現実イメージを生み出す最も簡単な方法の一つは、隠喩を構成する語句の一部を置き換えて、関係をひねることだ。たとえば、克衛の『真昼のレモン』という題名は、「真昼の太陽」というありふれた表現に由来する。[28] レモンの丸い形と黄色は、太陽の代わりとしてふさわしいし、またレモンが空にぶら下がっているのを想像するのは超現実的なユーモアだ。また、「真昼のレモン」というイメージになんら隠喩の連想も抱かないという解釈も可能である。このような表現に見られる曖昧さによって、読者はさまざまな解釈をひねり出し、その解釈をテクスト内の他の意味論的な流れや断絶との関係において吟味することもできるようになる。もしもこの表現が一つの詩の中で出てきたら、たとえば、その周囲の表現や詩行との比較も可能なはずだ。

同じように、特定の隠喩語句を代わりに用いた例として「雲のなだれ」がある。この作品では、読者がいかにも思い浮かべそうな「雪」ということばが、「雲」に置き換えられている。[29] 空をよぎるふわふわとした雲の群れは、まるで雪崩のようだ。(不思議なことに、克衛は「雪」という単語を、五百以上にも及ぶ詩作品のなかで使ったことがない――そのこと自体、日本中のどの時代の詩人と比べても特異だろう。)「雲のなだれ」のように、常套句の一部を入れ替えてできた超現実のイメージは、運良く結果を出す場合もあるとはいえ、技法としては非常に簡単で、あまり満足のゆくものではない。

擬人化

人の属性を人間以外の存在に見るのは、昔ながらの使い古された詩の技巧だ。擬人化に、超現実的で抽象的な語句が組み合わさると、読者はことばを擬態的に、現実にある事物に関連づけることがむつかしくなる。戦前の作品では、克衛は事物や抽象概念の擬人化を行っており、たとえば、「自動車の扉を／春が永遠の方へ降りるのを／いくたびか僕らは見たのである」[30] という詩行がある。そして、『黒い火』では擬人化の例がさらに見られる。

冬は／希望に濡れて／泥の街を歩く[31]
四月／は VIRIDIAN／の雨／に暮れ[32]
ひとつ／の／星／は泪して坐る[33]

上記の例よりも多義的な意味を持つ他の作品では、合致しない単語同士の関係を理解するもっとも簡単な方法として、読者は擬人化を選ぶかもしれない。(34) 擬人化とは、克衛の詩を理解するためのいくつかの鍵のひとつであり、概念的な道具として、自然界にありえないものを言語界に存在させる仕掛けとして機能する。克衛は超現実主義的な効果を出すためのものとして分類できる手法の中で似たような転位を用いたが、これらの転位は通常は人間に関係したものではなかった。

倒置

単純にして複雑な効果を期待できる技巧が倒置すなわち二つの名詞の間に起こる、通常の文法の所有関係をひっくり返す技法だ。克衛の詩から例をふたつ挙げるとすれば、「影の卵」(35) と「死の亀」(36) だろう。「亀の死」や「卵の影」ならばわかるが、語順を逆にすると通常の論理が崩れ、読み手に不思議な新しい関係を想起させる。(37) 倒置は物理的に大きなものがそれよりも小さなものに収まった状態で概念化される場合にも起こる。

濡れてゐる牝牛／の中／の寝台。(38)
角砂糖の中のパントマイム。(39)

分類の転換　その一　ありそうもない素材で作られた物質

戦前からすでに、克衛は現実にはありそうもない素材で作られた普通の事物から、数々のイメージを作り上げていた。たとえば、「錻力製のしやつぽ」や「銀紙のネクタイ」などの着衣だ。(40) 戦後にも、克衛は超現実的効果を出すために、物と素材の組み合わせを巧みに不釣り合いにさせた。その中で最も頻繁に使われた物質を三つ挙げるなら、鉛、ガラス、骨だろう。

鉛の旗。鉛の百合。鉛の太陽[41]。
ガラスの旗。ガラスのマカロニィ[42]。
骨の翼。骨／の薔薇[43]。

分類の転換　その二　固体、液体、気体がそれぞれの境界を越えて融合する

a.「ガラスの風[44]」。「ガラス」という単語を使った最も効果的で超現実主義的なイメージは「ガラスの風」である。克衛が行ったのは、ある固体を別の物（たとえば布の旗をガラスの旗に、羽の翼をガラスの翼）に置き換えただけではない。それどころか私たち読者は、気体（風／空気）を個体（ガラス）へと概念化させられてしまうのだ。ガラスと風の透明感は両者を交換可能のように思わせるので、読者は、透明で実体感のない気体（風）を、透明で質感のある空間（ガラス）に転化させてしまう。ちょうど水が氷に凍結する瞬間を思い描くようにだ。それと同じように、「したたり落ちる鉛の車」というイメージ——これは液体の車を思い浮かべる——が持つ響きは、液体であれ、固体であれ、あるいは気体であれ、ある同じ物理的状態の中だけの素材転換に頼るイメージよりも強烈だ。

b.「リキュウルの星[45]」。私たちは通常、空の星を小さな固体の点として概念化している。だが、リキュールでできた液体の星を想像するのは、ユーモアのある超現実主義だ。

c.「ゴムのよう／にどもりながら[46]」。克衛は目に見えない物質（声、音）を見えるように描く。ゴムの跳ね返る弾

性は、吃音の繰り返しと巧みにつながる。

d・「ひとたばの／音」[47]。「たば」ということばが使われるのは、藁や紙、鍵やほうれん草や花など、ひとつにまとめて結べる物だけだ。音を波形ではなく、くっきりとした形として想像するのは、絵では実現できない言語ならではの超現実主義の技の一例である。

克衛の「超現実メタ・イメージ」[48]

おそらく読者が最も興味をそそられる文学上のシュルレアリスムへの克衛の貢献は、「超現実メタ・イメージ」、つまり矛盾する名詞を二つか、それ以上並置することで生まれるイメージの組み合わせだろう。これらの名詞から読者が思い浮かべるのは、まず別々の超現実のイメージ群（AとBとC）である。次に、これらの多重のイメージが並置されて「超現実的なメタ・イメージ」（D）が生ずる。ここで「メタ」ということばを使うのは、並置された状態の最終的なイメージが最初の二つの単語からじかに派生するからではなくて、最初に置かれた二つあるいはそれ以上の数のイメージの組み合せが、最初の単語の持つ多義性をもとにしたいくつかの可能性として呈示されてからはじめて到来するからである。読者はまずイメージA、BあるいはCを知覚する。そしてそのあと、それ以外のイメージが可能性として焦点を結ぶようになる。二つ以上のイメージが個別に知覚された後に初めてそれらのイメージが互いにつながり、その結果、並置された「超現実メタ・イメージ」が誕生するのである。

その典型例は『空気の箱』という題名のついた一九六六年の詩集である。ここでは再びはじめの二つの名詞を解釈する上で、少なくとも三つの方法を私たちは発見する。つまり、三つのイメージ（A、B、C）が互いに関連しあってメタ・イメージ（D）を生み出しているのだ。

空気の箱[49]　空気（名詞）
　の（助詞）
　箱（名詞）

素材	文字どおりの意味	イメージ
A：空気＋箱	空気の箱	空気の入っている箱（すなわち空の箱[50]）
B：〃 〃	〃〃〃	空中にぶら下がっている箱[51]
C：〃 〃	〃〃〃	空気でできた箱（つまり箱の形をした空気[52]）
D：イメージ群 A＋B＋C		空気の入っている箱 vs./＋空気中にぶら下がっている箱 vs./＋空気でできた箱

多義性によって生まれる超現実主義的なメタ・イメージの二番目の例として「骨の籠」を挙げよう[53]。

骨（名詞）
の（助詞）
籠（名詞）

素材	文字どおりの意味	イメージ
A：籠＋骨	骨の籠	骨でできた籠[54]
B：〃 〃	骨の籠	骨の中の籠[55]
C：〃 〃	骨の籠	骨を保存するための籠[56]
D：イメージ群 A＋B＋C		骨でできた籠 vs./＋骨の中の籠 vs./＋骨を保存するための籠

克衛の戦後詩の中には、同じように曖昧な仕方で機能する多重イメージがあるが、これらのイメージは触媒として簡潔に働き、読者の注意力を想像力へと向かわせる。つまり、二つの名詞に遭遇すると、曖昧さを受け入れることによって意味解釈を一つに限定するのを妨げるという矛盾した目的が果たせるわけだ。それでいながら同時に、読者にはくっきりとしたイメージの群、つまり先に挙げたような三つのイメージがわき上がる。超現実主義的なメタ・イメージは、曖昧さと明瞭さの間に美的な満足（はたまた混乱）の均衡をもたらす[57]。次の例では大きな効果をもたらす多義性が駆使されているが、その結果生まれる形象はしばしば過剰すぎて、読者の知覚に余計な負荷がかかってしまい、論理が詰まり過ぎて混乱した状態に導かれてしまうのでまったく違う「詩的」効果となる。超現実的なメタ・イメージの透明性は、曖昧模糊に取って換わられ、この曖昧さには審美的な鋭さが欠けるかもしれないが、読者を意味論的に堂々巡りの状態へと誘う能力が間違いなくある。

A／そのB／のC

『黒い火』に収録された作品の半数は、その冒頭の連から解読のプロセスに混乱をもたらしている。ロートレアモンの場合、イメージは「蝙蝠傘」「ミシン」「手術台」といった互いに関連のない単語で、A、B、そしてCからなるA＋B＋Cの公式にまとまる。一方、克衛の場合は同じような、関連のない三つの事物を取り上げるものの、A＋B＋Cといった具合に並べずにその三つを意味論的により不安定な「歪んだ」関係である「A／そのB／のC」に押し込む。その効果は、ただ関連のない単語を並べて、等位接続詞「and」で継ぐよりも不思議なものになる[58]。克衛の等式上の事物BとCは、文法的には緊張関係にあり、最初の語は、次の語を支配あるいは取り込んだ状態となっている。というのは、助詞「の」が所有格として機能するからだ。さらに、「その」を使うことで、「A」は機能上「BのC」に繋がる。この一連の対応関係を公式で表すと「A＝B＞C」となろう。

克衛はこの奇妙な文法構造を何篇かの詩の冒頭にとり入れている。まず、最初の単語（名詞）は意味の通じることばとして理解される。そして次に来る「その」という語のせいで、読者はあとに続く名詞が、最初の名詞と意味的なつながりを持つと思い込む。だが、そうならない場合にはどうして良いかわからなくなり、読者は「その」ということばに戻り「さて？」と疑問を抱く。かくして論理思考は遮断されてしまう。

時として克衛は二つ（あるいはそれ以上）の所有格を連続して使い、その結果生じる混合状態をさらにわかりづらくする。『黒い火』の何篇かの詩の冒頭の連においても、豊富で多様な処方の実例が展開されている。

椅子／その針の上の／虹[59]
星／その黒い憂愁／の骨／の薔薇[60]
悲劇のあとの悲劇／の流れ／その骨／の影[61]
夢／その／鉛／の／百合[62]
骨／その絶望／の／砂／の／把手[63]

この三つの事物に意味のつながりを見つけようとして読者は途方に暮れるが、さらに「その」や「の」によって非文法的に呈示されたその三つの事物を関連づけなければならないために、なおさら混乱させられる。ミカエル・リファテールは、西洋のシュルレアリストのテクストを解読する新たな方法を示す際に、「非文法性」という克衛の詩にも同じように関係する概念を取り上げる。「読者は言語能力によって非文法性を知覚するのであるが、それを無視して先に進むわけにはいかない。というのも、この知覚こそ、テクストがもっとも強力に支配しているものだからだ。非文法性は、ある単語が前提とする意味と結果的にもたらされる意味の間の矛盾によって特徴付けられる詩のことばの流れ、という物理的な事実から生じる。[64]」克衛が「A／そのB／のC」を使うと、読者は修飾する名詞とのつながりで拘束力を持ってしまう「その」や「の」が前提とする意味を無視できなくなる。だが、一貫した意味はこの関係性からはまったく出てこない。「その」はこれらの詩で重要な役割を担っている。名詞と名詞を関連づける克衛の手法は抽象へと向かうが、「その」――あとに続く名詞を指す――の特殊性が、読者の注意を一点〈その＋名詞〉に集中させるために緊張感を形成する。先を細く研磨するようなこの効果は、読者が非論理的な抽象物に遭遇した時に、精神の拡大や注意力の拡散に走りがちな逆の傾向への反作用として機能する。もしも「その」という単語が、自ら生み出す不条理にもかかわらず、その指示する事物に神経を集中させる機能を果たさなければ、詩の根底に流れるダイナミズムの多くは消え失せるだろう。

助詞「の」における「多重意味生成」、そして具象語と抽象語における「強いられた」関係

次の分析で焦点となるのは、ことばの意味であるが、その目的は詩を読む際の微妙な変化の探求である。当然ながら、実際に読む過程では、より印象主義的な連想がことばとイメージとの間に生まれ、そのつながりが視覚のコラージュや映画のモンタージュのように広がってゆく。

克衛は第一詩集『白のアルバム』（一九二九）からすでに、二つの名詞の間に助詞「の」を頻繁に使っていた。ある詩作品にはひたすら「海の海の海の……」という具合に、「海」という文字が七十回も使われている[65]（第三章参照）。『黒い火』で克衛は「の」の間に散りばめられた名詞をいろいろと変化させた。時としてこの方法でことばを連続して繋げながら、結果として極めて密度の高い曖昧さをもたらした。厳密に言えば、「曖昧さ」とは、「これかあれか」の関係だが、彼の場合はむしろ「多重意味生成」という用語の方がふさわしい。なぜなら、そこには「両方にしてさらなる」関係が暗示されているからだ[66]。

「の」は、第一義的には所有格だ。そして『黒い火』では、所有格としての役割が主たる機能を果たしているように見えるが、日本語の助詞「の」には、英語の「's」「of」よりもはるかに広い意味がある。「の」から生まれるい

くつもの解釈の可能性を克衛は巧みに活かし、詩を読み解く読者の能力を妨げる。逆接的に言えば、解読の試みに作品が抵抗するのが主たるメッセージである。

大野晋の『古語辞典』における「の」の分析によれば、「の」はもともと「存在の場所」を示していたという[67]。その後、意味が広く解釈され、「行為・生産の行なわれる場所」あるいは「行為者・生産者・作者」の意味も備えるようになった。また「存在する場所」はさらに拡大解釈されて「所有する人」（つまり所有格）の意味でも使われるようになった。そのあとの大野の説明は、克衛が用いる「の」の多重意味生成的な方法と関連する。「所有と所属とでは、力の関係は逆である［前者が後者を支配する］が、古代的心性の表現としては、所有することと所有されることとはしばしば混同されていたので、「の」にも所有と並んで属性の用法が存在する[68]。」つまり、往々にして所有と属性は重なりうるのだ。

英語では一般的に、所有と属性は異なる。つまり所有の場合（＝A's B）、例えば「火の繭」（＝fire's cocoon）という表現では、火は繭よりも大きく、火は繭を含んでいるが、属性の場合（＝B of A）、例えば「火の繭」（＝cocoon of fire）という表現では、繭は燃えているが、火は繭そのものより大きくはない[69]。たしかに意味はある程度は重なる。日本語では、所有も属性も「AのB」と書かれるので、任意の状況で正しく解釈するには、文脈から判断するしかない。克衛は互いに関連のない二つの名詞を組み合わせて、この不確実性を生み出し、「AがBを所有する」のか、「BがAに属する」のか、あるいはその両方なのか、読者が判別できないようにした。たとえば、「陰毛／の／夜」という詩句では、陰毛が擬人化されて夜を「所有する」のか（pubic hair/'s night）――それは他でも見られる克衛の擬人法とも一致するだろうが――夜が陰毛の属性を表すのか（night of pubic hair）、そのいずれかとなる[70]。

「の」が生み出す正確さと不正確さの度合いを決めるのは、常に「の」が出てくる文脈においてだ。次の表は公式「AのB」がどのように解釈できるかについての一覧であり、文例は『黒い火』に基づいている。これですべてではないが、これらは、作品の多重意味生成的な性質にとどまった読者（あるいは翻訳者）が、助詞「の」の前後にある一見関係のない単語から、意味を解読しようとする際に起こりうる選択肢である。

1、所有――「A's B」
「木の葉」[71]（the tree's leaf）

2、属性――「B of A」
「幻影／の／鏡」[72]（mirror of illusion）

3、属格（形容詞の役目をする）――「A［＋形容詞・接尾辞］B」
「憂愁の眼」[73]（melancholy eyes）

4、格助詞――「A is B」（「の」は助詞「が」の代わりをする）
「死／のつき刺さる／OBJET」[74]（death piercing through the object）

5、直喩――「AのようなB」（B is like A）
「菫の［ように］垂れた鉛／の車」[75]（lead car drooping like a violet）

6、目的・用途・適応（for）――「AのためのB」（B for A）
「人間／の／把手」[76]（doorknob for humans）

7、材料（made from）――「AからできているB」（B is made from A）
「骨の翼」[77]（wings made of bone）

8、所有・携帯（with）――「AのあるB」（B with A）
「縞のある神」[78]（god with stripes）

翻訳者はここに挙げた可能性の中から訳語を選ぶことになるが、どれを選んだにせよ、原文の豊かな意味合いを存分には伝えられないだろう。次に挙げるのは、いま概略した八つの分類をもとにして作成した、二つの名詞、

「絶望」と「火酒」の関係から生まれる意味についての項目だ。なお、「絶望／の／火酒」という詩句は、『黒い火』のある詩の冒頭から引いた。(79)

1. hopelessness's alcohol
2. alcohol of hopelessness
3. hopeless alcohol
4. hopelessness is alcohol
5. alcohol like hopelessness
6. alcohol for hopelessness
7. alcohol made of hopelessness
8. alcohol with hopelessness

もちろん、読者のすべてがここに挙げた可能性をひとつひとつを思い浮かべるだろうと言うのではなく、克衛が不透明さを求めて執拗に言語を絞ったために、読者は多重意味生成に向き合わなくてはならなくなったと言いたいのだ。通常の論理では、意味をなさないものではなく、意味をなすものが選ばれて、意味が構築されてゆくが、克衛の『黒い火』における「の」の実験の逆転した論理においては、読者は逆説的な状況へ投げ出され、脳の論理装置が絶えず、通常の傾向とは逆の、意味をなさない可能性のほうを選ぼうという誘惑を受ける。なぜなら、そのような可能性の方が詩の流れとして自然に見えるからだ。

克衛の多重意味生成には二つのタイプがある。ひとつはすでに説明したように、ふたつの名詞の（たとえば「絶望の火酒」にみられるように）関係がさまざまな方法で読めるタイプだ。それをここでは「静的な多重意味生成」と呼び、二つ目に挙げるさらに複雑なタイプ「動的な多重意味生成」と区別したい。この二つ目のタイプでは、

「の」でつながる名詞間の連結点（たとえばAのBのCのD……）が不明確で、結果としては数多くの解釈が可能となる。[80] たとえば、最も一般的なこの、語の連続、の読み方は、所有格の連続であるとする読み方で、「AのBのCのD（A'sB'sC'sD）」となるだろう。だが、別の文法配列があると考え、いくつかの意味に分けて解釈することも同じ様に可能である。たとえば、ずっと離れた地点にある名詞にかかる、ぶら下がり状態の修飾成句となる場合だ。（ただ、それは読み進み方がAからDの行に向かう場合に限っており、その逆の場合は当てはまらない。）数学的確率からすれば、次の四つの名詞の関係を読み取るには、九通りの動的な多重意味生成の方法が考えられる。それは、たとえ所有格からなる単一の静的な多重意味生成の範疇内であっても同様である。（なお、＊印は完全な句、［］は意味がぶら下がった状態の省略語。）

「死（A）／の／亀（B）／の／夜（C）／の／距離（D）[81]」
death（A）, turtle（B）, night（C）, distance（D）

A's B	死の亀［］	death's turtle
B's C	［］亀の夜［］	turtle's night
C's D	［］夜の距離	night's distance
A's B's C	死の亀の夜［］	death's turtle's night
＊A's B's C's D	死の亀の夜の距離	death's turtle's night's distance
B's C's D	［］亀の夜の距離	turtle's night's distance
A's C's D	死の［］夜の距離	death's night's distance
A's D	死の［］距離	death's distance
B's D	［］亀の［］距離	turtles's distance

言語から意味を引き出す際に、ある種の語は意味が通じるものとしてすぐさま吸収されるが、理解を先に引き延ばされる語もある。『黒い火』には、最終決着がつかないまま、意味判断が停止した状態がある。「動的な多重意味生成」は「静的な多重意味生成」とは違って、ある時間の過程であり、そこで読者は作品から発射される解釈の可能性のつるべ打ちに遭い、一組のあるいは一連の名詞どうしに意味のつながりを見出そうとする。この二つの多重意味生成の手法は互いに異なるものの、結果としては同じように「不確定さ」を伝達することになる。

こうして「静的な多重意味生成」の垂直軸上で展開しそうな意味範囲と、「動的な多重意味生成」の水平軸上で展開しそうな意味範囲が組み合わさり、潜在力豊かなことばのタペストリーが誕生する。翻訳者はどの意味の糸を辿ればよいのか決めかねて途方に暮れる。たとえば、英訳で「death's turtle's night's distance」とした場合は、それぞれの「の」を所有格と想定した訳となるが、その関係については、属性として解釈できる場合も含めると、以下の三種類の異なる詩句がそれぞれ、同じように正しいことになる。

死の亀の夜の距離
death's distance of the night of the turtle
death's turtle of the distance of night
distance of night of the turtle of death

どの翻訳が正確であるにせよ、それ以上に重要なのは、作品が解釈決定に役立つさらなる鍵を示してくれないことであり、意味の謎かけにおいて、どの解釈が他の解釈に比べてより有効か決定できないことだ。読み進むうちに、読者は詩句の断片がさらに読み進んだ先の文脈の中で明らかになるだろうと思い込んでいるのだが、テクストを解明する手がかりはまったく現れない。それどころか、あとに続く文脈は、その前あるいはその後の文脈との関係において新しく解釈すべき問題として立ち現われてくるのであり、このような状態が延々と続く。したがって、特定の意味がそこから引き出せるものとして詩を理解するのではなく、ことばがどのように読者の心に、鋭いものの完全にはならない知覚を強めていくかによって鑑賞されるべきものとなり、解釈をひねり出すたびに別の可能性が濃縮され蓄えられてゆく。

このようにまた別の方法で、克衛は日本語を新しい種類の詩へと造形した。これらの詩における「無意味性」の重要性をじっくり考える前に、少しばかりいくつかの他の仕掛けについて簡単にまとめてみよう。これは戦後の彼の詩にみられ、全般的な効果を生じるのに役立つ仕掛けだ。

効果をねらった語順

克衛がよく使う技法のひとつに、最大の驚きを引き出すための語順の使用がある。その大半は、英訳の際に構文上の必要から語順を逆転させてしまう際に失われてしまう。たとえば次の連では、いくつかの儚いイメージを取り入れて、それを激しく炸裂させながら、ひたすら読者を戸惑わせている。

夢の	dream's
蝶	butterfly's
の破裂	*burst*
砕かれた皿の上	on top
に	of smashed plates
なほ濃艶に	still voluptuously
薫る	fragrant
黒い銃器(82)	black *frearm*

ここで読者が思い浮かべるのは、抽象としての「夢」であり、儚い「蝶」のあとに突然、「破裂」が出てくる。もしもこの断片が、所有ではなく属性として翻訳されたなら、逆の順序「*burst*/of butterfly/of dream」となり、驚きの効果は半減してしまうだろう。同じように、「black *firearm*/still voluptuously/fragrant」（黒い銃器／なほ濃艶に、薫る）という語順であれば、原文の与える衝撃、つまり一体何が「濃艶に」と「薫る」に修飾されているのかわからなくなり、読者が不安なままそのあとの「銃器」という単語に出くわす、といった衝撃はなくなるだろう。語順を逆にするのは、冗談の途中でオチをばらすようなものだ。実例はまだまだあるが、克衛の詩的効果を高めているのは、彼のことば遊びが、語順を整えて読者を引き寄せておきながらその期待を見事に欺くその仕掛けにある、といえば十分だろうか。克衛は架空のルーレット回転に見立てながら、自分の創作過程の一部を、次のように説明する。「たとえば『赤』と出てきたものを『黄色』にしてしまうような場合はひとつの賭けです。何でもいいのですが『空』が『灰皿』になっても『塔』になってもこれは賭けです。[83]」

同じ語を二通りの違う書き方で記すこと

隣り合う詩行において、違う方法で呈示された同じことばを眺めると、言語という媒体と作品のデザインがおのずと目立ってくる。英語の場合なら、おそらくその例に一番近いのが、大文字と小文字あるいは書体の違いだろう。

きみの純粋／の木は滴り／その純粋の木の葉はしたたり

鏡のなか／の亀／の卵／の破裂／夏のはれつ

硝子／のなか／のガラス(84)

機能　対　意味　〈接続語〉

克衛は時として「その」や「の」などの単語の「必然性」、あるいはもともとの意味の核を無視して、それらの単語の連結機能を極端なまでに拡張させた。接続語「あるい（ひ）は」（or）や「そして」（then）などは頻繁に使用されているが、ここで「あるひは」を用いた例を挙げてみよう。

絶望	hopelessness
の	's
火酒	alcohol
の	's
紫	purple
の	
髭	beard
あるひは	*or*
骨	shadow
の	's
籠	egg
のなか	inside

の
影　cage
の　of
卵[85]　bones

この文脈では「あるひは」の両側の語句は、意味をつなげて理解できないようになっている。「あるひは」を、「そして」「それから」「しかし」にも置き換えても良かったのだろうが、仮にそうしたにせよ、一連のイメージが持つ基本的な意味にとって影響はない。「あるひは」ということばがここで必要なのは、その前後の連を構文上「釣り合わせる」ためだけなのだ。「あるひは」の機能がなんと詩の前面に割り込み、あえてその意味を読者に問わせているのだが、これは通常の用法、すなわち読者が論理的な話の流れを追っているときに文章の背景にぼんやりと浮かび上がる、というようなものと異なっている。つまり、単語の機能を透明にしておくのではなく、その機能に着目させることで、読者に言語を通して思考が集積され、意味の型が生まれる仕組みについて考えるよう促しているのだ。こうして克衛は、ブルトンやフランスのシュルレアリストたちが美術や文学を通じて「思考の青写真」を示す際に必要とした過程を刺激的にしてみせた。

『黒い火』の詩は隠喩的な解釈を拒んでいるが、それはちょうど『真昼のレモン』の「過剰に負荷された」イメージの数々が、隠喩的な解釈を拒んだのに似ている。『真昼のレモン』では、それぞれの詩行が概念的にあまりにもかけ離れているので、意味上の関連が生じない。

金髪　blond hair
の薔薇の　’s rose’s
砂　sand

の皿　's plate
の　's
またあるいは[86]　or

この断片部分では、各単語に関わりを持たせると同時に、単語同士を孤立させるために「の」が使われる。恐らく格助詞の「と」(and)を用いても、克衛ならば同等の効果を上げただろう。「金髪の薔薇」、「薔薇の砂」、「砂の皿」、「皿のまたあるいは」ということばは視覚化されず、「金髪+薔薇+砂+皿」という具合にこれらの名詞はまるで一覧表の項目のように読まれていく。「の」の左右どちらかの側にある名詞が所有をあらわす場合、あるいは何かそれとは違った関係だと読める場合でも、こういった名詞どうしは概念的にも隔たっているため、連想が浮かびにくい。その結果、単語は自己充足した実体として跳び出してくる。「の」という助詞のためだけにまるまる一行分を取る克衛の執拗さは、それまでの日本の詩学上の慣習からの根本的な決別であった。

克衛はことばの通常の使い方、つまり文脈から分かる意味の枠によって暗示が制限されてしまう使い方を拒絶した。そのため彼の詩語は、意味内容を持たずに浮遊したままの意味表現となっている。克衛の使うことばは、その外側の何も表さないので、ことばはその完全な含蓄の潜在能力を有したままである。こうした抽象的な方法で使われたことばは、本来の辞書の語義に戻ってゆく。詩の中で一つの行の意味を遮ると、詩は個々の語が無限の意味作用を発揮するように活動する。

克衛はことばと品詞との関係を改竄したにもかかわらず、各単語の中心にしつこく居すわる意味の中核を消し去ることはできなかった。本来の機能に反するような方法で「の」と「その」を取り入れても、克衛は意味を完全に消し去ってはいなかった。むしろ、克衛は読者を攪乱し、古い意味同士が脈絡なく衝突する中で、意味の新しい組み合わせを知覚させていたのだ。

音

『黒い火』の中心的な要素は、単語のもつリズミカルな音だ。それは詩集のデザインや作品に表れた形象のように、視覚面と結びついて作用している。克衛は日本の現代詩における詩の朗読会の先駆けとなり、一九三五年に初舞台を踏み、一九三六年にふたたび朗読を行ったが、戦後は公の場での朗読という流れには参加しなかった。作曲であれ、歌唱であれ、克衛は自分の詩に他の人間が手を加えることには断固として賛成しなかった。

僕の詩はしばしば作曲されるのですが、たまらないですね。僕の作品では、ラインはことばの高低や強弱を計算したことになっているのに、音をつける人や歌う人は別の観念で強めたり弱めたりするので、ぶつかってしまう。僕が書いた時の観念とぶつかる。だから朗読や作曲されることは好きではありません。音にする以上はラインの区切りを別に考えなければなりませんね。(87)

『黒い火』のことばが音楽的に響くのは、「の」、「その」など、ことばの反復があるからだ。たとえば次に挙げる七行の詩句は『真昼のレモン』(一九五四)の中の「白いレトリック」からの表現だが、いくつかの音が繰り返されている。

ガラス的　glass-like
の髭　beard
と　and
悲劇　tragedy

の　's
旗と[88]　flag and

初めの二行は「き‐の‐ひ‐げ」とつながり、四行目と五行目は「ひ‐げ‐き‐の」とつながる。母音のつながりは、最初の連ではあ‐あ‐う‐え‐い‐お‐い‐え、となるが、次の連では、お‐い‐え‐い‐お‐あ‐あ‐お、とつながっている。最初は後母音から前母音へと移り変わり、最後には舌が口腔内の前方上の高い位置に来る。二番目のつながりは後母音で終わり、舌は口腔内で降りて緩む。

非閉鎖性

詩の読み初めから、無数の知覚をまとめて全体へと集約させる作業を遮られたままの読者は、詩の結末にはそれまでのことばに新たな光を当てる解決部が来ると期待するかもしれない。だが結末は、克衛の方法から予想できるように、詩の最初と中間部と同じように、残りの部分においても意味の関連は生まれない。大胆に言ってしまえば、『黒い火』のどの連であっても、同じ詩の中でならばことばを入れ替えできるし、その効果に大差はないだろう。（とはいえもちろん、形象の根幹となる大切な順番については別だが。）抽象化は始まったところで終わる——混沌とした空間が彫り出され日常生活の事物の断片で埋まるのだ。

主な抹消——人、動詞、明るい色彩

『黒い火』の技法の一つに、読者が詩の中に見出そうとする要素、たとえば動詞、明るい色彩、人間などの削除や削減がある。四番目の作品すなわち詩集を三分の一読み進んだあたりで、読者はようやく「ぼく」ということばに出くわす。人間を思い浮かべるような単語についても、大抵は体の部位「頸部」「陰毛」「頤」「瞼」というように間接的だ。身体がひとつのまとまりとなっている場合でも、「偶像」とか「溶けるトルソオ」という具合だ。『黒い火』やその他の詩集に出てくる人間は、視覚的に認識されるもの（色とか形）に客体化され、他の事物と同じように取るに足りない非人間的な存在として捉えられる。このように人間を特別扱いすることを拒む姿勢は、社会の価値観に対する間接的な批判になっている。

さらに意味のタペストリーを細断《シュレッド》する

『黒い火』と『真昼のレモン』を経て、シュルレアリスム、抽象、ミニマリズムを巡る次の工夫は、『ガラスの口髭』（一九五六）にみられる。[89] 戦後になると克衛は自作品を最初に「VOU」やその他の同人誌に発表し、特定の実験から生まれた質の高い作品が集まると、彼はそれを詩集にまとめた。『ガラスの口髭』に収録されている詩群が最初に出版されたのは、一九五四年四月から五六年八月の間であり、これらの詩は『黒い火』の収録作品と形が似ている。つまり短い詩行、少ない動詞、幾何学的な形象が用いられ、さらに音や多重意味生成、デザインを考慮した助詞「の」が使われている。だが、内容には微妙な違いもある。たとえば、不正確で瞬間的な出現と消滅をことさら描写する点である。また、「稀薄さ」は、意識の光が明滅する瀬戸際の現象を表すための鍵となる概念であり、ことばである。このような見方を最もうまく要約したのが、『ガラスの口髭』のなかのある作品のタイトルとなった「非常にはつきりしているが何だか解らない客体」である。『黒い火』では「あるひは（あるいは）」を頻繁に用いて静的なイメージを並置したのに対して、ここでは接続詞「そして」、「それから」、「また」が好んで使われ、こういったことばはすべて、動詞を加えることなく動作を時間軸にそって推し進めている。

読者を困惑させるような文脈で日常の事物を配置する、この超現実的な可能性を追求しつつ（これは『ガラスの口髭』でも続けた）、克衛は今度は、描写不可能を描写することに夢中になっていたようだ。言いかえれば、ひとたび知覚したものを、疑い、打ち消す。そのためだけに知覚を呼び起こしたのだ。この技法として、文法上の主語を定めないやり方がある。たとえば、「なにか」や「それ」の使い方だ。『黒い火』で克衛は「影の卵」と書き、普通の知覚で捉える関係を逆転させる。その一方、『ガラスの口髭』では事物は、よくみられる稀薄化された部分となってはぎ取られてしまい、今やその「影」だけが中心を占め、皮肉にも事物となる。

なにか影のようなものがしきりに空間をよぎっていた
その影
と
影
のなかに
なにか非常な緑
またあるいは紫があった(90)

一行目では、謎の「影のようなもの」が空間をよぎっていたと記されている。主人公はどこにいるのだろうか。空間あるいは遍在する不定の場所（虚空）にいるようにも思える。「影」という単語が出てくるのは三度、すなわち「影のように」「その影」、「影のなかに」だ。(91) 最初、影は漠然と表現されるが、三度目にはすでに何かが浸透している。数行のうちに不確実な状態から影の中に何かが浸透して原子化するこの変動は、「影のようなものが」横切ったのを見た、その同じ空間を横切る名前のない主人公の揺れ動く心の状態を映し出している。「またあるいは紫……」と躊躇することで、不規則の変動が加わり、解き明かそうとする主人公の力を削いでいる。三つの影と混ざり合うとき、好奇心をそそるが混乱の気配が生まれる。このようにして読者は、十数語にして空想科学の世界に引きずり込まれるのだ。

『ガラスの口髭』では、詩の構造は一行ずつで成り立っているが、あるいくつかの連では内容が同時に内容を削り取り破壊するように作用し、詩が不安定な緊張状態になる。削除のあとに残るものはただ、不在への言及いわば無の標識だ。このような技巧については、先に挙げた「稀薄な展開」ですでにおなじみだ。以下に『ガラスの口髭』から四つの詩の冒頭連を紹介しよう。読者はそれぞれについて削除の過程に気づくだろう。克衛は取り去るためだけに物体を指したのだ。

かつて
そこに
破れ
ていた風
の円筒
のように
ではなく(92)

それらは
はげしく過ぎ去っていた
そして
遠いペルスペクティヴ
のなかに
なにかわずかに散らばっている
非常に暗い

風景があった(93)

それは
点のなかの
風のような形をしていた(94)

そして
それから
石はいきなり消えていった(95)

『ガラスの口髭』では、超現実主義的なものと目に見えないものとの間に弁証法的なつながりがある。『黒い火』に収められた「黒い肖像」のような詩には、多重意味生成がこれでもかとばかりに見られるのに対して、『ガラスの口髭』のほこさきは逆方向を向いている。つまり、意味生成の不能性だ。以下に全文引用する詩「メシアンの煙草」は、意思伝達の破壊という点で読者を煩わせるものの、極めて効果的に意味生成の不能ぶりを伝えている。

メシアンの煙草

I

それはすばやく
破れて

いった
あの
無限に
脆い
壁
の

と
いう風
の
緑

水
の
オルソドックス
の

と
いう結晶
の

環

非常
に
黒い貝
のように

と
いう立体
の
固いヴィジョン

の
と
直角
の

と
いう砂
の
縞

2

の

それ
はすばやく
黄いろい
平面
の
なか
の
ガラス
の影
の
ように

と
腕
の

破片
に
ついて
強烈
に
なにか
の
紙
の
と

3

青いトリゴノメトリック
の
頸
と

直角
の
真昼[96]
の

『黒い火』で用いた形式はここでも見られ、詩はページの上部に印刷されて、下は大きな余白となっているのだが、今やこの余白は意味にまで及んでいる。「の」を用いた連の最初と最後で、克衛は読者に向かって、その空白を埋めるよう挑発する。『黒い火』では意味が過剰に負荷され、文脈には解釈(たとえば、「の」が所有なのか属性なのか)の妥当性を判断する鍵がほとんどなかったのだが、先に挙げた詩では、一連の非常に細かな迂回路に導かれ、読者は意味の断片を摑むのにさえ手探りの状態で、「の」は、時として本来ならあり得ないような意味を担わされ、「の」自体の戯画となり、助詞から名詞へと織り変えられてゆく。[97]

皮肉にも、『ガラスの口髭』で克衛が行った一貫性を意図的に排除する実験には豊かな哲学的含蓄がある。彼の「消えていく詩」とは、その差し迫った消失を思い出すためにのみ始動させられる世界なのだ。出現と消失、どちらも謎に満ちているこの瞬間は、この詩では存在への問いかけとなる。『ガラスの口髭』を一冊の詩集として出版することで、この実験方法は袋小路に入り、これから新しい方向に向かって頭の歯車を切り替えつつあることも、克衛は合図していた。

ドナルド・キーンは克衛について次のように述べている。「彼の詩は、一九三〇年代であろうが一九五〇年代であろうが抽象であり、短い一行にひとつのイメージを形成し、連続したイメージから成り立っていることが多く、注意深く配置されながらも、そこには一本の意味をたどる糸さえない。[98]」可能性を示しはするものの、明確な「意味の糸」を示さないばかりか、視覚化するためには想像力を振り絞らなくてはならない形象を提供する『黒い火』やその他の詩集の中の作品を前にして、読者はそもそもことばがどのように組み合わされて意味を形成するかを身をもって体験することになる。したがって、写実的な詩とは違って、北園のような詩にとっては、完成された作品そのものよりも書いたり、読んだりする過程そのものが根本においてはより重要になる。この実験は確かに詩のあり方としては極端であり、読者は詩の本性とは何か、詩的表現はどこまで抽象化できるかをみずから考えなくてはならなくなる。

克衛の個性に富んだ作品は、日本では文壇の主流派の先を行っていたが、欧米の二十世紀の実験詩全体の流れに繋がるものだった。ロラン・バルトの概念である「零度のエクリチュール」は、戦後の克衛の抽象詩に見られることばの用法と関連がある。(99)

固定の関係が廃止されて語はもはや垂直の投企しかもたず、意味や反射や残留磁気の全体のなかに沈む塊、柱のようなものになる。それは立っている記号なのだ。詩語はここでは、すぐにつながる過去をもたない行為であり、周囲というものがなく、自分にむすびついているすべてのオリジンの反射の濃い影しか提起しない行為なのである。こうして、現代詩のひとつひとつの語の下には一種実存的な地質学が眠っていて、そこには、散文や古典主義の詩においてのように名前の選ばれた内容ではなくて、トータルな内容が集まっている。語はもはや、社会化された言述の一般的な意図によってあらかじめ方向づけられてはいない。詩の享受者は、選ばれた関係のガイドなしに、正面から語に出会うことを否応なくされ、あらゆる可能性をともなった絶対量のように語を受け入れる。語はここでは、百科辞典的で、あらゆる承認事項を同時に含んでいる。相関的な言述なら、それらの事項から何かを選ぶことを語に強いただろう。だから、語は辞書や詩のなかにおいてしか可能ではない状態を成就するわけだし、そこでは名称は冠詞をなくし、一種零状態につれ戻され、同時に過去と未来とのあらゆる特殊規定でふとっても生きることができるのである。語はそこでは、ひとつの種族的な形態をもち、カテゴリイなのだ。詩語のひとつひとつはこうして、おもいがけないオブジェであり、言語に潜在するあらゆるものが飛びたつパンドラの箱である。そこでそれは、ある特別な好奇心、一種聖なる食道楽でもって生産され、消費される。[100]

克衛は一九二〇年代半ばにして既に、斬新な語彙、ことばのフォルマリスティックな配列、そして最も重要な、伝統的な意味の伝達方法の徹底的な無視によって、日本の前衛詩に新機軸をもたらした。二十五年後、抽象をめぐる数々の実験を通して、克衛はメタ意味感覚を押し広げて洗練さを極め、これをすでに述べたような様々な技巧を凝らした仕掛けを用いてひとつの方法に転換した。バルトならば『黒い火』の詩を描写できるだろうと思える理由としては、克衛がことばを比喩的に使うことを一貫して避け、ジョン・ケージが『沈黙』で次のように述べたのと同じ態度を取っていた点が挙げられよう。「これまで僕は象徴主義に興味を持ったことはない……僕が好むのは、もの自体をつかむことであり、他のものの代理としてのモノではないんだ。[101]」

克衛は隠喩を避けたが、彼の形象はまったく無作為に生み出されたわけではない。克衛は音や視覚的な魅力だけで単語を選んだのではない。黒や白あるいは暗い色や幾何学模様を想起させる意味を持つ、ある限られたことばの貯蔵庫から選んだのだ。一見つながりはないが、視覚的な類似の認識を共有する単語を並べて（たとえば色のない幾何学的な形という限られた範囲で）、克衛はことばの表層に強い緊張状態をもたらすことができたが、もしもそこに組織化する原理がなければ、その緊張状態は失われていただろう。[102]

たとえば、日本の現代詩の山を背景として読まれるときに強く見られる傾向だが、「黒い肖像」という詩における具体的な形象を単なる不連続として読むよりも、この作品の持つ不気味さの効果を「換喩の網の目」の結果ととらえ、ことばは本質的にあらかじめ処方された黒や白、あるいは幾何学的形象の範囲内で自立していると考える方が、恐らく理解しやすいだろう。

紫、　暗い
髭、　三角形、またはもうひとつの読み方、「口鬚」——長方形
骨、　白、矩形
籠、　円い
影、　暗い
卵、　楕円形、白または茶
亀、　暗い、円い甲
夜、　暗い、形がない
黒い雨、　黒い円い滴
梯子の形、　並行かつ垂直に板が並んでいる矩形の枠
壁、　平坦で、矩形
円錐、　円錐形
部分、　明示されていない

このように形象を制限することで、どんなに稀薄で型にはまらなくとも、克衛は底流となる統一感を直感的に与えることができたが、もしもここで動詞によって進められる運動や明るい色を加えていたなら、この統一感は拡散していたことだろう。奇妙だが、克衛の単語の選択は、読み始めたときに感じるほど無作為ではない。たとえば、『黒い火』に収められている作品の題名は、すべてがそうであるわけではないにしても、原則的には暗い幾何学的な形を呼び起こすような単語から成り立っている。

暗い室内

死と蝙蝠傘の詩
秋の立体
単調な立体
黒い雨
暗い四月
黒い鏡
黒い肖像
A une dame
黒い距離
夜の要素
Ou une solitude

詩の内容とは無関係なので、これらの題名は実際には相互に交換可能である。だが、「黒い肖像」と隣接した場を共有しているのも確かである。すなわち、「黒い」（雨、鏡、肖像、距離）、「暗い」（部屋、四月、傘、夜）そして「幾何学的な」（部屋－立方体、傘－円筒形、雨－丸い、肖像－矩形、鏡－矩形）という具合である。

マージョリー・パーロフは、著書『不確定性の詩学』の中で、T・S・エリオットの「ハイ・モダニズム」（パーロフはそれを「首尾一貫した象徴構造」と捉えている）と、ジョン・アッシュベリーの「ポストモダニズム」の「謎に満ちたテクスト」とを対比させている。[103] 彼女はアッシュベリーの「湖の都市」を引用して分析を加えているが、それは克衛の戦後詩のかなりの部分にも当てはまる。

1）外部に指示対象がない。

2）首尾一貫した型に当てはめるような試み、その形象を合理的に説明しようとする試みをすべて、詩作品が遮っている。ばらばらのイメージが一つずつ現れ……象徴的なネットワークへとつながることはない。
3）これらの断片部分が帰属しているような統一体は存在していないようだ。統一性がない。
4）接続詞は……関連性や因果関係を期待させるが、語りがこれらを実現することはない。
5）ある特定の意味が明らかにされるような状況はいつも起こりそうだ……こうして読者としての我々は、予期したままの状態の中に取り残される。そして、いよいよすべてが明るみに出るというところで、突然幕が降りる。
6）注意を引くが固定しないイメージ、それらが喚起するものは不確定性だ。[104]

パーロフはアルチュール・ランボーからジョン・ケージに至るまでの「不確定性の詩学」を辿るなかで、その実践者としてガートルード・スタイン、エズラ・パウンド、ウィリアム・カーロス・ウィリアムズも併せて挙げている。そして、不確定性は反象徴主義の印であり「もうひとつの伝統」と結論づけている。この「もうひとつの伝統」の詩学では、それまでの多義性と複雑性は固有の矛盾と「決定不能」に取って代わられる。隠喩と象徴は換喩と提喩に、精緻に造られた壺は「さまざまな可能性が開かれた場」に、首尾一貫したイメージ構成は「構造の謎」とことばの自由遊戯に取って代わられる。[105] パーロフは、モダンとポストモダンの線引きについては議論を避けているが、彼女の議論が示唆するように、もしもジョン・アッシュベリーの際だった不確定性がポストモダニズムの徴候だとすれば、おそらく『黒い火』などに見られるような多重意味生成的な抽象も同様に克衛のポストモダニズムを示すものではなかろうか。[106]

ミカエル・リファテールは『詩の記号学』の中で、克衛の戦後詩の多くに関連するような洞察を展開している。そしてフランスのシュルレアリスト詩についての考察では、ひとつの作品を読むには二つのレベルあるいは段階があると述べている。ひとつは模倣的（つまり現実の姿を文学的に捉えること）であり、そこでは「意味」は単語や句や文章という単位で理解される。もうひとつは記号的であり、そこではテクストはひとつの意味論的単位（リファテールはこれを意味作用と呼ぶ）で読まれるのだ。意味と意味作用、この二つを区別することで、『黒い火』を解釈するひとつの方法が準備されることになる。「非文法性」という用語については、多重意味生成のための「の」の利用、「その」の慣例から外れた使用、イメージ同士の無関係という克衛の手法を思い起こすだけで十分だろう。リファテールによれば、記号論的なメカニズムは次のような方法で機能する。

> ミメーシスのレベルで散見される非文法性は、結局もう一つの体系の中に統合される。それらの非文法性に共通するものを読者が知覚するとき、この共通の特性がそれらを一つの範列にまとめ上げていること、そしてこの範列が詩の意味を変化させることに読者が気付くとき、非文法性の新しい機能によってそれらの性質が変わり、今度は違った関係で結ばれた体系の構成要素としての意味作用を果たす。一つの言説のレベルから別のレベルへのこのような記号の転移、テクストの低いレベルにおいて意味を成していた複合体から、テクストの高いレベルでの、今度はさらに高度な体系の構成要素としての意味作用の単位への変身、この機能的移行は、まさに記号論が扱うべき領域の現象に他ならない……。
>
> 読者がミメーシスを受容する際、その背景としての文法というものが設定されていなければならず、そこから障害物としての非文法性がはじき出され、最終的に第二のレベルにおいて理解される。はじめて読んだとき、一つ一つ切り離して見ていたために意味を脅かす存在であった障害物が、記号作用への標識であるということ、読者がそれを複雑な網の目の一部と理解できる、さらに高次の体系の深意への鍵であるということは、何度でも強調しておきたい[107]。

この観点からすると、克衛の多重意味生成とは単語の組み合わせ方から生まれた副産物ではなく、「不確定性」というテキストの中心となる記号論的メッセージである。そして、テクストは最終的にはそれ自体についての、さらには言語についての言説となるだろう。デイヴィッド・ロッジのことばを借りれば、このような不確定性が「出口のない迷宮」へと導くのだ。[108]

リファテールはこのメカニズムについてさらに説明する。

詩は、通常の意味における「メッセージ」が完全に欠如した形式、つまり、感情的、倫理的、あるいは哲学的な内容を持たない形式だという理屈になる。ここに至って、詩というものは、テクストの文法を用いて、言わば実験のようなことだけを行う構造体、あるいはもう少しましなイメージを使って言えば、ことばの柔軟体操、あるいは準備体操に過ぎない。ミメーシスはもはや完全なる虚像となり、ただ記号作用のためだけに認識される。そして逆に言えば、この記号作用は「無」を（「無」という概念には隠喩的な意味がぎっしりと詰まっているから、むしろ単語としての「無」を）指示するものである。

これはやや極端だが、詩が何よりもゲームだということを示すよい例である。

ミメーシス的な特徴を破棄することによって、目的のない記号作用を作り上げている……だがもちろん、その深意は変形の無目的性にこそある。それが例示しているのは、その過程そのもの、技巧それ自体なのだ。[109]

バルト、パーロフ、リファテールによる西洋の前衛詩に関するこうした分析は、『黒い火』のような作品を評価する際に役立つ視点を授けてくれるのだが、これらの作品は今まで解釈に耐えないものだとされてきたのである。彼らの方法は、この問題について確かに決定的とはいえないにせよ、伊藤信吉の主張「たぶんこれ以上の解説文は、今後とも容易にのぞめないだろう」に対抗するための頼りとなる第一歩だ。

言語を断片化する克衛の実験は、政治的な声明なのだろうか、あるいは社会の価値観を転覆させようとするものなのか、それとも言語へのアナーキーな攻撃なのであろうか。いや、一見没個性的に見えるがその詩は実のところ、あの悲惨な戦争を生き抜いた詩人の、引き裂かれた内面の偽装した告白なのだろうか。批評家の鈴城雅文（一九四七一）は次のように捉える。「戦時中の裏腹さに災いされ、北園の精神は危機に当面した。だから『黒い火』での詩行の断片化は、詩人の内面の断片化を写す鏡でもあった。そのような意味で人間への、とりわけ自身への嫌悪を現すことが、彼には、もっとも誠実で直裁な方法になった。[110]」

克衛の実験は、時代と彼の精神から生まれた複雑な産物であり、この時期の詩作品の深さは測り知れない。私たちに言えるのは、幅広い解釈を誘う彼の詩の中の抽象は、そのくせどの解釈も決定的なものとして受け入れることはないということだ。彼の詩には、語句を単語へと分解し、その単語を新しい方法で組み直し、時には音節のみで再構成するという決意が見られる。意味のタペストリーを細断することによって、克衛は混沌とする言語宇宙の中で詩を発見することができる読者を満足させることはできた。

（高田宣子、田口哲也訳）

第八章　表意文字の突然変異体

北園克衛は一九七八年六月六日、二ヵ月の入院を経て肺ガンのため亡くなった。彼の人生の大部分はチェーンスモーカーだった。享年七十五歳。克衛の追悼集としてVOUクラブ（克衛の死後まもなく解散）のメンバーは『北園克衛とVOU』（一九八八）をまとめた。[1]この本には、ヨーロッパやアメリカの文学上の友人たちから送られた書簡や短文などが収められており、国際的に活躍する前衛芸術家たちの間での克衛の評判を生き生きと伝えている。詩人で *New Directions* の編集者でもあったジェイムズ・ロクリンは次のように書いている。

四十年間以上、北園克衛さんは日本文学界とアメリカ文学の最も貴重な掛け橋でした。わたしの知るかぎりにおいては、雑誌「VOU」は長年にわたって日本への西欧の前衛文化の紹介に一貫して努めてきた日本で唯一の詩誌です。そして、北園さんの視覚詩の伝播に対しての貢献は、特に偉大でした。彼は高尚で、そして文学的な感受性を持った人でした。[2]

オイゲン・ゴムリンガーは国際的な具体詩運動の創始者・理論家の一人で、『北園克衛とVOU』に心情あふれるメッセージを寄稿した。

今は亡き友に捧げる気のきいたことばも、詩的な表現も見当たりません。しかし、彼の遺志を継ぐすべての人々を代表して、その名に値する具体詩人の誰もが、北園克衛さんから、はかり知れない恩寵を受けていることを書き添えたいと思います。わたしたちは日本の北園さんのように素晴らしい兄弟を持っていることを、いつも誇りにしてきました。北園さんの詩の一編が（ノインガンドレスの友人たちの努力によって）、ブラジルで印刷されたのを初めて見たときの驚きを、わたしは今でも鮮やかに思い出します。それはわたしたち自身が具体詩を書くときに感じる気持と、まったく同じであったからでした。北園克衛さんへの思いは、具体詩がほんとうにめざしたものが何であったか、またそれが同時にいかに純粋で、素朴で、豊かでありうるかを私たちみんなに決して忘れさせないものです。彼は偉大な具体詩人＝偉大なる詩人でしたし、今でもそうです。(3)

具体詩は詩のひとつの形式で、ことば（またはことばの一部）を組み版、色、行の配列を使って視覚的に操作して、知的感情的な内容を美的に増幅させる。そのコンセプトは詩を書物という枠組みから開放し、それを芸術として見せることである。それは「イメージ化されたもの」とか「形態的である」とか「キュービスト的」とか、あるいは「様式詩」などと呼ばれているが、具体詩の考え方は、旧来の伝統的な印刷された詩に対して、空間的なデザインを強調しようというものである。一九五〇年代に具体詩は国際的な運動となり、記号論、デザイン、絵画、写真に強い影響を与えた。(4)

ケネス・レクスロスは、この追悼集に寄せた一文で明瞭にこう結論付けている。「ながい歳月の間、克衛は国際的な文学界でその名を知られたただひとりの日本の詩人でした。(5)」レクスロスは克衛が日本の唯一の「文学大使」であった時期を特定していないが、おそらく、一九三八年から彼の死までの四十年間を考えていたはずだ。ロクリンと同じくレクスロスも、前衛詩の輸入者であると同時に輸出者である克衛の二つの役割を取り上げている。

彼は間違いなく、現代詩、すなわち国際的語法を最高度の翻訳で日本に紹介することに精力を傾けた詩人でした。（中略）それだけではないのです。北園さんは太平洋戦争後の、当時もっとも若かった世代の、自分とはかなり違う書き物にも心を開いていました。（中略）北園さんご自身が傑出した詩人であり、真の指導者であり、手本でした。わけても、多くの言語で「白」にさまざまな音色を与えて表現した北園さんの「具体」詩は、この種のものでは最高のものです。(6)

克衛は西洋における二つの立場を同時に占めていた。一つは日本の前衛詩全般の代表として、二つめは、国際的な前衛運動に参加している仲間（兄弟）としてであった。この海外の運動はVOUクラブに比べると境界がゆるやかなネットワークで、詩人たちは同じ理論的諸問題と格闘したり、互いの作品から影響を受け合ったり、世界的な雑誌に一緒に発表したり、という仲間意識を持つことにおいてはVOUクラブとよく似ていた。(7) ロクリン、ゴムリンガー、レクスロスのことばは友人である克衛の死後の追悼文だから、彼らが誉めそやすのはある程度しかたがない。にもかかわらず、これらの追悼文から克衛が仲間からどのように見られていたかがよく分かる。

エズラ・パウンドやいま引用した三人の西欧の詩人たちのほかに、克衛はヘンリー・ミラー、ケネス・パッチェン、チャールズ・オルソン、ロバート・クリーリーら、すべてニュー・ディレクションズ社のネットワークにつながる人たちと手紙を交わしていた。克衛はまた、パリに住むトリスタン・ツァラやアンドレ・ブルトンと本を互いに贈り合い、世界中の数多くの文学者に「VOU」を送っていた。常に拡大していく克衛の文学的交友関係の結果、彼の素描や英訳された詩はだんだんと広く知られるようになっていった。

一九三八年にパウンドが紹介してくれたおかげで（第五章参照のこと）、克衛はすでに西洋で知られており、今から見れば彼の役割は中心的というより周縁的ではあったが、西洋のアヴァンギャルド文学を構成する仲間と考えられていた。北園を除けば、一九三六年から一九五八年の間に日本の前衛詩人は誰一人として西洋の文学世界に登場していない。アレン・ギンズバーグやビート詩人を含む北米詩人の間では、北園克衛と「VOU」に親しんでいることがコスモポリタンの証とされた。ゴムリンガーとレクスロスが言及している克衛の具体詩、「単調な空間」が初めて国外で発表された一九五八年以降、克衛は単に名前が知られているだけの詩人から、新しい文学運動の中心人物へと登りつめていった。

具体詩人たちは、詩人だけでなく、デザイナーも多く、この新しいジャンルが流行するにつれて多くの人々がすぐさま国際的名声を得た。国際的な運動の指導者になる前に、すでに詩人として自国で確固たる評価を得ていたという点において克衛は具体詩人の中では例外的な存在であった。[8] 彼の作品が有名になったのはタイミングがよかったせいもあるが、芸術的才能と文学上の交友関係が大きかった。克衛の評判は、「単調な空間」の力によるところが大であった。この運動の創始者の一人であるハロルド・デ・カンポスのことばによると、「この作品は日本初の具体詩で、この国での運動への掛け橋であった」ということになる。[9] この作品は克衛の唯一の「公式」の具体詩であるが、後年に書いた、似たような詩を彼は「オプティカル・ポエトリー」と呼んだ。

ここではすでに充分に立証されている克衛の名声をふたたび証明しようとしたり、あるいは彼が名声を獲得してゆく出版記録を逐一文書で示す必要はない。日本国内と同様に、国際的な前衛運動においても克衛は重要な立場を占めるようになったと言っておくだけでよい。(ただ、外国詩人の誰一人として戦時中に彼が愛国詩を書いたことを知らなかった。) 国内ではVOU内外の新世代の詩人たちも戦後詩を定義しようとしていた。[10] 克衛が新たに見出した国際的名声は国内での実際の、あるいはそう感じた孤立への心地よい緩衝物となった。

「単調な空間」の出版以降、克衛は西洋の出版物へ具体詩を依頼されたが、彼はことばによる詩を送らなかった。[11] この代わりに、現在「視覚詩」と一般的に呼ばれる、克衛が「プラスティック・ポエム」と名づけた写真を送った。このプラスティック・ポエムとは新聞紙の切り抜きと寄せ集められたオブジェの写真なのだが、それらの作品は彼が宣言を下した一九六六年から彼が死ぬ一九七八年までの間に、十数カ国で出版されている。

この章では、克衛の国際的な成功へのパスポートとなった「単調な空間」(図23) を紹介し、その内容を分析し、

単調な空間

北園克衛

1

白い四角
のなか
の白い四角
のなか
の黒い四角
のなか
の黒い四角
のなか
の黄いろい四角
のなか
の黄いろい四角
のなか
の白い四角
のなか
の白い四角.

2

白
の中の白
の中の黒
の中の黒
の中の黄
の中の黄
の中の白
の中の白

3

青
の三角
の髭
の
ガラス

白
の三角
の馬
の
パラソル

黒
の三角
の煙草
の
ビルディング

黄
の三角
の星
の
ハンカチィフ

4

白い四角
のなか
の白い四角
のなか
の白い四角
のなか
の白い四角
のなか
の白い四角

図 23　克衛による具体詩「単調な空間」 初出は「VOU」58 号（1957 年 11 月）

そして西洋の運動の中でそれがどう機能したかを説明する。それから、彼のプラスティック・ポエトリーの内容と形式、さらにはそれを支えた彼の詩学を論じることにする。

「単調な空間」の力動的《ダイナミクス》な面白さは、その具体詩的な装いの下に概念的な豊かさがひそんでいることだ。この詩は基本的には知覚のゲームであり、読者は一連のイメージを視覚化していくのだが、これらのイメージのいくつかは詩のことばには存在せず、与えられたイメージどうしの相互作用から生じるものがある。この詩は四つの部に分けられているが、その構造が四角形という主たるイメージを強調している。それぞれの部は、いくつかの鍵となるイメージで構成されていて、第一部と第二部には八つ、第四部には五つ、そして第三部では四つのイメージの種類がある。動詞はひとつもないが、空間に動きに似たようなものがある。この作品の初めから終りまで、次々に色、形、オブジェが出てきて、それにともなって読者の知覚も次第に大きくなったり、小さくなったりする。新しい要素が次々と繰り出されてくると知覚は増大するが、この新しい要素がすでに与えられ、合成された絵の中に入れ込まれていくと知覚は減少する。審美的な効果の大部分はこの知覚の一方向的な減少によって生じる。

第一部では読者は反復される一連のイメージに出くわす。つまり、ひとつの四角の中に別の四角が入っていて、そしてその中にさらに別の四角が入っていて、さらにその中にまた別の四角が……というように最終的には八個の四角があることになる。(13) それぞれの四角の色は一度繰り返されてから、次につながる知覚が始まる。最初にひとつの白い四角が想像され、次に、それよりも小さい白い四角が最初の白い四角の内部に想像される。ところがこの二つの四角は同色なので、小さいほうの四角は最初の大きいほうの四角の中に消えていく。この消えていくという動きは、メタ・イメージを喚起する。メタ・イメージというのは詩に直には存在していないが、二つのすでに与えられた、静止したイメージの相互作用によって読者の脳内に作られるイメージのことで（第七章参照）、北園の超現実的なメタ・イメージと平行関係にある。さて次には、黒い四角が白い四角の内部に入れられ、前の消失運動を断ち切り、再び静的なものとして知覚される合成イメージを生じさせる。それから、最初の黒い四角の中のより小さな

白
の中の白
の中の黒
の中の黒
の中の黄
の中の黄
の中の白
の中の白

2

図24　克衛の「単調な空間」第2部　詩集『煙の直線』（国文社、1959年）レイアウトによって具体詩の空間は変化する

黒い四角がその消失の筋書きを繰り返し、続いて閉じ込められた黄色い四角とともに再度静的なイメージが導入される、といった具合である。第一部では外見上八個の四角が提示されているが、四つの四角は進行するにつれて「消去」される。表面上は単純な反復だけのように見えるが、その底流には、巧妙さと複雑さが、静止と運動、連続と断絶が存在している。詩人は入れ子になった八つの箱を使い、不思議なことにその半分が空中に消えてしまうような魔術を見せる魔術師のようだ。

第一部では、繰り返しの様式と頁上に配された語の均衡のとれた配置によって新たな幻想が生まれる。つまり、先にある大きな四角の中に、あとから置かれた四角が斜めや曲がった角度で配置される可能性は否定できないけれど、通常、読者はすでに提示された四角の中に、バランスよく真ん中に置かれた新しい四角を想像する。頁上の語の配列によって不思議な四角の配列ができあがり、心理的に四角を形成する過程を認識することになる。

冒頭の「白い四角」というイメージは何か視覚的な刺激を待っている読者の前に広げられた真っ白なスクリーンのようにも、あるいは純粋な空間や無のようにも解釈することもできる。「白い四角」はこのように読者の注意をある中立的な、あるいはゼロの出発点に向ける役割を持っている。空白のイメージは、だから、読者がこの詩にたどり着く前の心理状態と、次に続くこの作品の他の部の間をつなぐ透明な橋の役割を果すような心的行為を喚起させた。ちょうどある種の通過儀礼における導入部のように、白い四角というイメージの喚起は読者を非日常的な空間に引き寄せる。

第二部は物理的にこの詩の最も具体的《コンクリート》な部分だ（図24）。まず「白」という文字

がぽつりと離れてあり、これを独立したものとするとこの部分は残りは四行の文字列からできており、このうちの三行は同じ文字が七回繰り返される。最後の一番下の行は三つの違う色を表す文字が置かれていて、均衡が破られる。第二部は、第一部と同じ配列で同じ色が使われていて、同じ想像上の閉じ込める運動を繰り返すが、「四角」という語がないために、これらの色は幾何学的な枠組みから開放されている。読者は具体的な形を持たない色の中に、それとは違う色を想像するように求められる。そのため頁上に並べられたことばが形作る均衡と、具体的な形が示されないために起こる不均衡という対立が生じる。第一部の反応の仕方に慣らされた読者がそれらの色を四角だと思い描いたならば、そのような受け取り方は文字の外側で起こる記憶の作用によって想像の枠組みをはめられたからである。第二部の四角形の欠落によって生じる刺激の減少のために、この詩全体が内側へ向かい、知覚が狭められていくように新しく感じられることになる。第一部と第二部は一種の知覚の準備体操のように機能していて、この詩に向かおうとする読者の雑念をまず払いのけ、限られた分かりやすい刺激に集中することで、知覚の速度を遅くさせる。日常に繋がる臍の緒が切断され、そのために読者は概念上の飛躍を受け入れやすくなる。ちょうど舞踏などにおいて最初にゆっくりとした踊りを見せて観客の時間感覚を引き延ばし、後でほんの少し動きを早めるとそれがものすごく速い動きに見えてくるようになることが起こるが、この詩はそのような技術に似た相対性と知覚を歪ませる実験をしている。

「単調な空間」の第三部と、第一、第二、第四部とでは、その形式も内容も鋭く対照的だ。その配列は美的に心地よいデザインなのだが、他の部ほどには目だって具体詩的ではなく、先鋭的に彫塑されていない。また、その内容は四つの異なったイメージでできていて（一つの合成されたイメージではない）、それぞれのイメージははっきりそれと分かる二つの「オブジェ」でできている。形や色から具体的なオブジェへの突然の変化は、それ以前のミニマリズムの導入をひっくり返している。色と幾何学的な図形の提示の繰り返しという点では一、二部からの連続性はあるものの、新たな色（青）と、新たな図形（三角）、そして転位された非論理的な関係で結合されたオブジェの出現という点においては、断絶している。

第三部では、第七章で分析した動的な多重意味生成の助詞「の」を使用している。各語のあとに「の」が繰り返されるので、読者は連続している修飾語をどこで区切ったらよいのか分からなくなる。例えば、第二連の「白／の三角／の馬／の／パラソル」では、形容詞の白が「三角」に掛かるのか「馬」に掛かるのか、あるいは「パラソル」に掛かるのか、それともこれら三つ全部に掛かるのか、あるいはそのうちの二つの組み合わせに掛かるのか思い悩むことになる。同様に「三角」は「馬」か「パラソル」かのどちらか、あるいはその両方を修飾する可能性がある。多義性を合成する「の」が付いた「三角／の」は、「三角＋の」と分けて読むことも、あるいは形容詞「三角の」としてまとめて読むこともできる。したがってこの連はどう解釈するかによって様々な翻訳の可能性がある。[14] 第三部の四つのイメージは、文字が少なく、またその並べ方は単純なのだが、見かけ以上に複雑である。

この詩では四つの部の並べ方によって美的効果が最大になっている。例えば、もしも第一部と第三部の順序が逆になっていたら、第三部の強さが大きく損なわれただろう。第一部と第二部が不安定な集積のために第三部のそれぞれオブジェの一組が強調されているようだ。克衛は読者に第三部でもさらに引き算の芸当が続くと思わせておいて、にわかにイマジズム風のオブジェをまるごと一組にして提出し、突然これまでの型を壊した。

第四部は、第一部のモチーフである四角の中の四角が繰り返される。ただしここでは色は白一色で、四角は八つではなく五つである。五つの白い四角はひとつずつ知覚され、続いてひとつずつ最初の白い四角のなかに溶け込む、ちょうど第一部の静と動の型を繰り返すように。この詩は第一部の白い四角から始まり、第四部の白い四角で終わるので、この二つの四角はひとつの同じものであると思わせることになる。読者は知覚の旅に出て、その道筋で微妙な変化を幾度となく経験し、そして（四角形的に？）ぐるりとまわって元の空白のスクリーン、あるいは「白い四角」に戻っていく。通過儀礼の比喩に立ち返ろう。第一部と第二部は読者を非日常的な空間に導きいれ、第三部では新しい知識のドラマを演じ（そこでオブジェがまるで初めて見られるかのように）、そして第四部は読者を出発点に連れ戻すことによって、外界に再び統合していくことがわかる。

「単調な空間」は克衛の以前の二つのスタイルを混ぜ合わせたものである。第一部と第二部、第四部は、文字を形式主義的《フォルマリスティック》に繰り返すという一九二〇年代後半の実験（第三章参照）から来たもので、第三部のスタイルは、「の」の多重意味生成の可能性を探る戦後の実験（第七章参照）に由来する。この混合は、人々が具体詩の運動の中に求めたものに近かったように思える。

「単調な空間」は、もともとはサンパウロのノイガンドレス・グループのハロルド・デ・カンポスからの要請によって書かれたものだ。彼は次のように回想している。

> 一九五六年、それはデシオ・ピニャタリとオイゲン・ゴムリンガーがドイツのウルムで歴史的会談を行った翌年でしたが、この年にゴムリンガーとブラジルのノイガンドレスのグループが具体詩を国際運動として開始しました。ちょうどその頃、わたしは漢字を用いた表現法についてもっと知りたいと思い、日本語の勉強をはじめました。また、一九五三年発行の雑誌「ニュー・ディレクション」四号に掲載された北園克衛さんの詩を読んで、日本の前衛詩人たちと接触したいと思いたちました。やがて、一九五七年のこと、エズラ・パウンドが、『文化への案内』（*Guide to Kulchur*）の中で、北園さんの「応化観念」について書いているのを読み、そしてVOUクラブの住所も入手したので、北園さんにわたしたちの具体詩のことを知っていただきたいと思い、手紙を書きました。（中略）
>
> ブラジルの作曲家で詩人のL・C・ヴィニョーレスは一九五八年から数年間日本に滞在していたので、自然とブラジルと日本のこの分野での詩作活動のとてもいい連絡係になりました。ヴィニョーレスは一九六〇年、東京・京橋の国立近代美術館で「ブラジルの形象詩《ポエマ・コンクレータ》」展を開催し、日本とブラジルの交流をはじめました。この時にわたしたちは北園さんによって日本の読者に紹介されるという栄誉に浴しました。北園さんの紹介文は展覧会のあいだ、わたしたちの「具体詩へのパイロット・プラン」と並べて展示されました。(15)

L・C・ヴィニョーレスはこう主張した。「私たちが克衛に接触した理由は、私たちが彼の以前の詩を『コンクリート』だと考えていたからではなくて、単純に彼が日本で最高の詩人だと思っていたし、私たちがやろうとしていることを理解してくれる人だと思っていたからです[16]。」

一九七五年に、克衛はどのようにしてこの運動に巻き込まれていったかを回想している。「僕をコンクリート・ポエムに引きこんだのは南米のカンポスという男で、カンポス兄弟と呼ばれている。僕はそんなつもりじゃなかったのですが、いつのまにかずるずると入っちゃった。（中略）むこうの新聞をいつも送ってもらっていましたが、かなり活動があったようです。それを紹介したのが、エズラ・パウンドです。彼が僕にカンポスと交際しろと言ってきた。そんな関係なんです[17]。」

この運動に影響を与えた、克衛のコンクリート詩の影響を説明するために、ノイガンドレスと彼らの「具体詩のためのパイロット・プラン」（一九五八）を簡潔に紹介したい[18]。このブラジルのグループは、エズラ・パウンドの詩集『キャントーズ』第二十篇からその名前を取ったもので、明らかにこの老詩人に敬意を表している[19]。そのメンバーは、デ・カンポス兄弟とデシオ・ピニャタリの三人で、彼らは二十代後半の詩人で理論家だった[20]。彼らはコンクリーティズム（具体主義）の起源を、ステファヌ・マラルメの『骰子一擲』（一八九七）まで遡る。このマラルメの作品では、題名、いろんな大きさの字体を使った語の配列、詩の内容すべてがうまく融合して目、耳、知性に訴えかけてくる[21]。また「形式の重要な進化」に不可欠な諸段階として注目されたのが、ギョーム・アポリネールの『カリグラム』（一九一八）における形式的実験、アーネスト・フェノロサとパウンドによって詳述された「表意文字的方法」、ジェイムズ・ジョイスの「語――表意文字」、未来派とダダから来る視覚的な革新性、E・E・カミングズによる「語の原子化」であった。視覚的傾向を指し示すという点においては、二十世紀のアヴァンギャルド文学の文脈からすると決して独創的ではなかったが、ノイガンドレスは詩の視覚性を強調する戦後初のグループのひとつであった[22]。アウグスト・デ・カンポスは自分の詩が「街頭広告のように自動的にスイッチが入ったり、切れたりする発光文字」であることを望んだが、それは詩を大衆に訴えかける広告のようにしようという意図からのようであり、とりわけデザインの要素を生かして刺激を強めようというものであった。したがって、普通の直線的な文字の配列は放棄されて「空間と時間の構造」が選ばれる。例えばゴムリンガーは自分の初期の作品群を「星座」と名づけた。ノイガンドレスにとって具体詩は部分的に「表意文字」の観点から定義されるものであった。

表意文字――非言語的コミュニケーションに訴える。具体詩はその構造自体で意志疎通を図る――構造と内容――具体詩はそれ自身がひとつのオブジェであり、外部のオブジェや主観的な感覚のようなものを説明するものではない。その素材――ことば（音、視覚的な形、意味の負荷）。その問題――この素材の機能性、関係性からくる問題。隣接と相似の要素、ゲシュタルト心理学。リズムは――関係をつくる力。具体詩、ディジタル的な音声体系と類推的統語構造を使って特別な言語領域を創り上げる――「共視覚的言語」（verbivocovisual）――これは言語が本来持っている力を放棄せずに、非言語的コミュニケーションの進んだ部分を共有することである。具体詩ではメタ・コミュニケーションという現象が起きる。それは言語的なコミュニケーションと非言語的なコミュニケーションが同一の場所で同時に生起することを意味する。ただし、注意点すべきは、それは形態のコミュニケーションと、構造と内容のコミュニケーションを扱うのであって、通常のメッセージのやりとりではないことだ。(23)

ノイガンドレスの目的は、二十世紀の初めから西洋の詩の中に紹介されてきた、絵文字的なものを囲い込んで拡張させることであった。詩人たちは表意文字がもともと癒しの価値を持つものであると見なしていたが、そのためにはアルファベットに基く言語で書かれた詩にその概念をうまく適用する必要があった。(24) 彼らにとってのひとつの挑戦は、中国語や日本語の何千という表意文字に対してわずか二十六文字の、視覚的には後進的であると見なされてきたアルファベットを、表意文字的に機能させるためにどのように作り変えるかであった。「パイロット・プラン」から二十年後、ハロルド・デ・カンポスは、具体詩の交流で東洋と西洋がともに豊かになったという評価をしている。

ブラジルの具体詩はアナログ的な表意文字の書記法の技法から音声的デジタル言語（アルファベット的）に戻った。他方、日本の前衛詩人は西洋の具体詩の「図形化」の技法から日本語の書きことば（部分的に表意文字を使う媒体）に再び戻った。この明らかな弁証法的過程は照応する非常に重要な現象を指している。つまり、前衛詩人は、西洋でも東洋でも、詩学の普遍的特性を明らかにしようとしているのだ。[25]

具体詩の運動は、公式にはノイガンドレスとゴムリンガーの連帯から始まったのだが、その後は様々な実践者によって多くの異なった解釈が施され、その概念そのものも時を経るに従って変わっていった。具体詩は自己完結的で視覚的「表意文字」であると強調されたため、これは伝統的で安全な場所（本の頁の上）を離れて、壁に飾られるとか、あるいはことばの彫刻ではないかというような思われ方をしていくことになっていった。そのために具体詩は視覚芸術と問題をはらんだ深い関係になっていった。また一九六〇年代には詩は印刷された紙面から離れて「音声詩」やジャズや前衛音楽を伴う朗読会に移っていった。

具体詩の運動は一九六〇年代には世界的な広がりを見せたが、それはひとつにはこの運動が文化間の言語の壁を壊したからである。ノイガンドレスの「パイロット・プラン」はこう宣言する。「具体詩は言語の最小公倍数を狙っている。だから名詞化と動詞化の傾向が強くなるのだ。[26]」テレビといわゆる「グローバル・ヴィレッジ」の時代において、すべての文学は文化の壁を越えて意思疎通が可能になるようなものをめざしたが、そもそも文学は芸術のなかでもっとも非国際的なものであった。音楽、絵画、建築、舞踊、写真などは文化的な障壁は残るとしても、もともと中間の媒体を必要としないため言語の壁を越えて理解されるが、文学のことばはどうしても翻訳されなければならない。一九六〇年代のテクノロジーは、それ以前には想像もできないほどのスピードで情報を伝達し始めた。（たとえば、地上から宇宙衛星に向けて電波を発信してそれを再度地上で受け取るというような。）そのため書き手たちは、新たに開きつつある辺境に直接意味のある参加を許さない自分たちの媒体の非有効性に不満を募らせていた。具体詩は言語の圧縮とミニマリズムを通して文化の壁を越える方法を提唱することによってこの危機に応えた。具体詩では通常、わずか六語程度の翻訳しか要求されないから、どんなに視覚的もしくは象徴的な複雑さがあろうとも、言語上の無能力はほとんど障害にならなかった。具体詩の読者はたとえどんなにことばが少なくて単純であっても、詩的に洗練された水準において以前には接近することのできなかった言語を解読することができた。具体詩が「非言語的コミュニケーションに訴える」ことで失ったものを嘆くのではなく、詩人と読者は世界主義的で国境を越えた性格によって埋め合わせができたと考えた。

　具体詩が言語上の障壁を崩そうとした試みは、十九世紀中葉のシャルル・ボードレールによる先駆的な詩以来、英語とフランス語が国際的に享受してきた支配的な立場に対する挑戦であった。重要なのは、英語もフランス語も具体詩の創始者たちの母語ではなかったことだ。ノイガンドレスのグループはポルトガル語で書いたし、オイゲン・ゴムリンガーはボリビアのカチュエラ・エスペランサで生まれてスイスで教育を受けたため、主としてスペイン語とドイツ語で書いた。この運動の創始者たちや代弁者たちが国際的な主流に対して周縁と見なされる言語を用いて創作した事実は、ひとつの作品に対して選びぬかれたごく少数のことばだけを使うことによって詩人たちがすでに提唱してきた言語からの脱中央集権化をさらに強化することになった。理論家たちは、英語とフランス語の優位を覆そうという観点から具体詩を論じることはなかった。それは彼らが共通の書体《スクリプト》をもつ一群の言語内ではなく、むしろアルファベット対表意文字のような、書体《スクリプト》そのものの違いを区別することのほうを好んだからである。彼らは包括的で普遍的な詩学を探求し、あらゆる言語での具体詩を歓迎した。彼らがこだわった多元主義は、この運動のポストモダニズム的な一面である。ただしノイガンドレスとゴムリンガーが、いわゆる第三世界出身という自分たちの起源と、具体詩からの英語とフランス語という言語的な階層上の特権的地位への攻撃との関係について、どれくらい意識していたかを評価するのは難しい[27]。

　ポルトガル語も日本語も周縁的な地位であったことが、はっきりとはことばにならなかったものの、おそらくブラジルと日本の詩人たちを連帯させたひとつの感覚的な理由だったのかもしれない。表意文字の理想化（そして、それに呼応する暗黙のアルファベットの価値の引き下げ）をうたうノイガンドレスの「パイロット・プラン」から私たちが推測できるのは、草創期の具体詩運動が、表意文字を母語とする前衛詩人の協力を得ることで失うものは何もなく得るものがすべてであったという点である。西洋のアヴァンギャルドの中で克衛は最も有名な日本詩人であったばかりか、国際的な文学の共同体において彼は表意文字の書体で詩を書く唯一の詩人でもあった。表意文字の魅力の虜となったノイガンドレスと、彼らが敬愛するパウンドの北園との関係からすれば、畢竟この集団が北園に連絡をとったのは自然のなりゆきであった。数多くの二十世紀文学の皮肉のひとつは、具体詩における東洋と西洋の歴史的な出会いへと発展していくデ・カンポスと北園の交流を画策した黒幕が精神病患者であったエズラ・パウンドだったということだ。

ハロルド・デ・カンポスが、北園に日本語による具体詩を依頼する手紙を書いた頃には、西洋の詩人たちの中でこの運動はすでに進行していたが、それまでに書かれた作品はすべてアルファベット言語、すなわちポルトガル語、スペイン語、ドイツ語、フランス語、英語であった。具体詩の詩人たちは、ある理想化された表意文字の機能をそれとは別のアルファベット言語に強要していたのだが、創始者たちは今や自分たちの美的原理を有効なものにするひとつの手段として、理想化された書体（すなわち表意文字）の本物の作品を求めていたのだった。

「単調な空間」に大喜びしたハロルド・デ・カンポスは、一九五八年に *O Estado de São Paulo* という新聞の別冊の文芸欄に、「日本における具体詩：北園克衛」という記事を書き、その中で「単調な空間」の第一部から第四部までをポルトガル語に翻訳した。そのうち、第二部には、ローマ字とオリジナルの日本語が置かれていて、第二部の五つの文字の用語解説もある。彼はまたこの詩の分析を行い、それぞれの部を説明したが、それらの相関関係についてはは触れていない。予想されたことではあるが、デ・カンポスはこの詩のコンクリートな面を強調した。この論考を読むと、彼の表意文字全般に関する、そして特に克衛の詩についての見方がよく分かる。

第三部を除けば、この詩はコンクリートだと考えられる……特に第二部はそうである。第二部で使われている漢字は、ある視覚的類似性を持っていて、「白」「黒」「黄」は、その中に線で区切られた小さな四角を含んでいる。そして、「中」という漢字が導入されることによって、隣の漢字の単純で厳格なこの四角という要素が最大化される。この語は、第一部と第四部では「ひらがな」で書かれているが、漢字になると小さな四角が含まれる。最後の文字「の」は、「ひらがな」で、擬似幾何学的な形態をしている。

これらの文字の最も驚くべき効果は、真に統一的な構成によってまさにこれらの文字が詩全体の表意文字的な構造を与える点にある。これはディジタルではなく表意的である。例えば「黒」は、ヴァッカーリの本（*Vaccari's Pictorial Chinese/Japanese Characters*）によると、薪の灰の上に大釜がある絵の略図であって、そこから「煤」、そしてその連想として「黒い」という観念が派生してくるということであるらしい。しかし、時間がたつにつれて、それは比喩として用語化され（この点については、R. A. D. Forrest, *The Chinese Language: The Written Character* を見よ）、やがて視覚的な語源的意味を呈するようになったようだ。（フェノロサによると「中国語では語源的意味は一貫して視覚的であり、文字はその衝動的で創造的な過程を失っておらず、目に見えるかたちでそれが分かるようになっている」とのことだ。）他方、一般的な表意文字の構造は、近接性や類似性といった要因に応じて構成要素を選択する新しい原理を導くようになっているので、「漢字」においては非常に豊かな絵画的可能性が、予想できないかたちで多くもたらされる。表意文字は、だから新しい単位として扱われ、その元々の語源的な意味は背後に去って、新しい、形態的なゲシュタルト的連想が前面に現われてくることになる。

結果として、この北園の詩は視覚的に続いていく概念、前進し連続する概念をもたらす。第一部と第二部では、統一的な変化があり、同じ要素が繰りかえされる第四部では変化のしようがない。詩全体の中で、第二部は語順と構造において極めて簡潔だ。第三部は詩人の以前の経験に結びついた、描写的・印象的な手法で挿入される。しかしながら、私たちは作者が外界の様々な経験を二つの色のついた三角形を通してどのように統一していくかを好奇心をもって観察することができる。この三角形こそが最終的に作者の知覚が選び取った事物である。ちょうど私たちが「白い水玉の青いドレス」とか「赤い線と星一つの小さな旗」と言ったりするように。[28]

ハロルド・デ・カンポスの分析では、彼が漢字の絵画的要素に対して魅了されていることがよく分かる。彼は「……新しい、形態的なゲシュタルト的連想が前面に現われてくることになる」と、具体詩によって漢字が再活性化しうると示唆する。第三部とそのほかの部分の関係が不確かなので（別のところでデ・カンポスは、「第三部は日本特有の視覚的シュルレアリスムの暗示と思われる」と書いている）[29]、その形象を「作者が外界の様々な経験を統一していく」ことへ当て嵌めようとしているようだ。そして理由は分からないが、第三部のイメージをデ・カンポスの詩的想像力に喩えているのだが、似ているのは色と形へのこだわりだけで、北園の遊び心に満ちた多義性や相対的な大きさの転倒は無視されている。

オイゲン・ゴムリンガーは、*Spirale* 八号の具体詩の特集の頁に、「単調な空間」の第一部と第二部を自分でドイツ語訳にして、第二部は日本語のローマ字表記で、克衛の写真とともに掲載した[30]（図25）。ゴムリンガーは、しかしながら、この詩を論じてはいない。

克衛は「芸術としての詩」という論考において、「単調な空間」の第一部と第二部を引用して解説している。「詩とは何であるか。という問題は、詩人にとって永遠に解くことのできない謎であるかのようにいわれている。たぶん、それはそうであるかもしれない。しかし、詩とは新しく発明された自由のなかの解放の意識の純粋な持続を可能にする装置である。ということはできるようである。[31]」

「単調な空間」の解釈をすることなしに、また具体詩について何も言わずに、克衛は続けて一九六六年の詩集『空気の箱』から引用する。当時彼はその詩集を「アンティポエム」への突破口と見ていた。（後に振り返って克衛は「私はそれらの詩にアンティポエムという名をつけた。しかし考えてみると、すべての新しい詩は、過去の詩に対してアンティポエムである」と書いている。[32]）どう見ても、具体詩は克衛にとって大きな意味を持たなかったようだ。彼は事前に「単調な空間」を「VOU」に掲載し、コンクレティズム（具体主義）を紹介した。が、彼には、戦後のイタリアのドロリズム（痛み主義）や他の外国の前衛運動を紹介した以上の熱意はなかった。何十年間も克衛は西欧人や北米人と接触してきたが、南米のアヴァンギャルドとの交流はノイガンドレスが最初だった。克衛が公けに具体詩を広めるような意見を述べなかったにしても、この運動へのたった一つの寄稿によって彼の作品は世界中に広がっていったのである。

「単調な空間」から判断すると、克衛は、他の要素をすべて省いてまで、具体詩としての頁上の配列やその音声に関心を持たなかったようだ。これまで見てきたように彼の詩には、第三部の多重意味生成的なイマジズムはもちろんのこと、動と静の力動性、連続と不連続なども含まれており、これらは具体詩そのものを構成する上では不要なものである。具体詩に対して熱意がないのは、おそらく具体詩が図形詩に似ていたからではなかろうか。これは彼が三十年前に考案した表現様式のひとつで、『白のアルバム』（一九二九）に発表している。皮肉なことに、ハロルド・デ・カンポスや西洋のコンクリート詩人たちは、図形詩における克衛の早い時期の実験を知らなかった。「単調な空間」を書かなくとも、克衛は「海の海の海の……」か『白のアルバム』の中のいくつかの詩を送ることで、ノイガンドレスからの具体詩の要請にやすやすと応じることができたであろう（第三章参照）。

克衛が日本語で他の具体詩を書かなかったのは、そんなことをすれば、ちょうど初級の語学の授業を受けている学生が漢字の絵画的な特性を初めて知って驚く程度の理解力しかない外国人への売り込みをするようなものだと思ったからかもしれない。「単調な空間」が日本語として詩的であるのは複雑なやり方で私たちの知覚を誘うからであり、単にその器が具体詩的であるからではない。他の日本の詩人たち、とりわけ新国誠一（一九二五 - 七七）と彼のASA（Association for Study of Arts）という集団は表意文字を用いた、優れた具体詩を書いたが、常にその試みは外国人には強い感銘を与えながら、それと引き換えに日本の読者には愚かに見られるかもしれないという危険を伴っていた。新国は、ノイガンドレス・グループと西洋の具体詩人たちがことばを搾り取ったのと同じやり方で、表意文字特有の可能性を探求した名匠であった。例えば、「口」と「虚」を重ね合わせて「嘘」を暗示するように、新国は表意文字の構成要素を取替えたり、削除したりしてことば遊びを行った[33]。機能的な関係性は、切り離したり、融合させたりする過程の開示される。デ・カンポスは、日本の具体詩人たちは西洋の具体詩の「図形

kitasono katué japan

shiro
nonaka no shiro
nonaka no kuro
nonaka no kuro
nonaka no kiiro (ou ki)
nonaka no kiiro (ou ki)
nonaka no shiro
nonaka no shiro

weiss
innerhalb des weissen
innerhalb des gelben
innerhalb des gelben
innerhalb des schwarzen
innerhalb des schwarzen
innerhaib des weissen
innerhalb des weissen

weisses quadrat
innerhalb
weisses quadrat
innerhalb
gelbes quadrat
innerhalb
gelbes quadrat
innerhalb
schwarzes quadrat
innerhalb
schwarzes quadrat
innerhalb
weisses quadrat
innerhalb
weisses quadrat

図 25　克衛の写真入りの「単調な空間」の本文（ローマ字の第 2 部とドイツ語訳の第 1 部と第 2 部）、*Spirale* 8 号（1960 年）

化」の技法に影響されていると断言したのは、正しかった。しかし、克衛は文字を分解したり、再度組み合わせることに何の興味ももてなかった。

大局的に見れば、「単調な空間」は克衛自身にはそれほど意味を持たず、むしろ外国の詩人たちにとって大きな意味があったようだ。理由はともかく、彼はこれ以降具体詩を発表しなかった。しかし、この運動は彼とVOUクラブに視覚作品を求めてくる出版社や画廊の新しい広範な国際的ネットワークをもたらしたという点で、彼の仕事に重要な影響を与えた。加えて、具体詩における理論的諸問題は、克衛をプラスティック・ポエトリーに飛躍させる出発点となった。具体詩を否定する一方で、以前から主にことばで創作していた日本内外の他の具体詩人たちと一緒に、彼は視覚詩というより開かれた方向にむかってその運動を巧みに進めていった。

一九六六年の「VOU」一〇四号で克衛は、後にプラスティック・ポエム集『*moonlight night in a bag*』の序文として出版される、プラスティック・ポエムに関する英文の宣言を発表したが、そこでは具体詩はけなされている。(34)

造形詩についてのノート

鵞鳥の羽根ではじまった詩の歴史は、ボールペンでおわるべきである。そして、現代の詩人がボールペンのつぎにどのような表現の道具を選ぶかによって、詩の運命は滅亡するか、未来に向かって新しい発展の機会をとらえるかのわかれ道にきている。

このような時期にあって、詩人が選ぶ表現の道具のひとつにカメラがある。カメラは失敗した一握りの詩の紙屑からも美しい詩をとりだすことができる。

言語は人間がてんでばらばらにつくりだした、最も不正確な伝達の記号である。禅、哲学、文学などは、それをますます手のつけられないがらくたにしてしまった。

詩人の創造物である詩が、禅や哲学のような骨董的な精神構造のためにあるなどという考えは、全くナンセンスである。

プラスティック・ポエムは、ラインやスタンザを必要としない詩そのものの形態であり、リズムや意味を必要としない「詩のための装置」である。

未来派、ダダ、立体派の水源から流れてきた実験詩の流れは、コンクリート・ポエムというちいさな水溜りをあちらこちらにつくっているが、それはやがて消えてしまうつかの間のきらめきを私に思わせる。

詩人よ、きみが言語の最高のクラフツマンであるということについて、人々の喝采をいつまで待っているつもりなのか。そんな喝采など永遠にきはしないのである。

私は私のカメラのファインダーのなかで、一握りの紙屑やボール紙やガラスの切れ端によって、ポエジーを演出する。

それがプラスティック・ポエムの誕生である。(35)

以下、図版で「プラスティック・ポエム」を示そう（図26-31を参照）。あわせて、一九七五年に「遊」誌上で、松岡正剛（Mと記載）と杉浦康平（Sと記載）が克衛にインタビューした内容を紹介する。これは克衛にとって生前唯一のもので、プラスティック・ポエムに関するコメントが点在している。ここまでの議論に関係する部分だけを抜粋して引用してある。

コンクリート、ヴィジュアル、プラスティックポエトリーについて

北園：コンクリート・ポエトリーはそれなりにデザインによい種を提供しましたね。それだけでも充分に役割を果したんじゃないですか。だから分量からみても最近のものは写真を使った作品が多くなっている。これまでは写真もなにもかもコンクリート・ポエトリーと言っていたんですが、最近はヴィジュアル・ポエトリーとコンクリート・ポエムを別にしているようです。

S：未来派などと同様に、もう通過したと考えられるんですね。

北園：ええ、少なくともひとつのスクールとしては過去になったとおもいます。僕は最近は「プラスチック・ポエム」ということを考えています。

M：プラスチック・ポエムについて綴られたマニフェストのようなノートに「鳥の羽で始った歴史はボールペンで終るべきである」という一種のエクリチュール論ともとれるところがありましたが、その真意はどういうことだったんですか。

北園：僕が一番考えているのは、言葉には沢山の言葉があって、各国でも違うし、面倒くさいので「言葉はやめろ！」という意味なんです。

S：かつてはコンクリート・ポエムの仲間と活動をしておられて、今はプラスチック・ポエムを中心課題にされているとすると、たとえばその間のズレの問題が出てきますね。

北園：ああいう文字だけの造形とか音の面白さというのは、どのようにも変化できるし作り出すことができるんですが、その水平線から外へ出ることができなくなるんですよ。だから、それを繰り返すのは無駄であると考えてズレを解消するしかないですね。

詩としての写真について

M：プラスチック・ポエムへのひとつの反転というのは、「詩の反転」ではなくて「詩との共存」なんですね。

北園：かくあるべきとまではいかなくて、かくあるだろうくらいですね。

M：プラスチック・ポエムは言語的方法とは全く異なる方法で成立するのですか、それとも言語的方法の打開のためですか。

北園：そこまで徹底しないでひとつの方法としてやってみようということです。けれども僕はプラスチック・ポエムを進めながらみんながこの方法でやり出したら共通語として成立するとおもうんです。そうすりゃ、ずいぶん楽になる。

M：なるほど、メディアとしての方法ということですか。簡単に言えば、言葉より写真の方が可能性がある、という出発の仕方ですね。

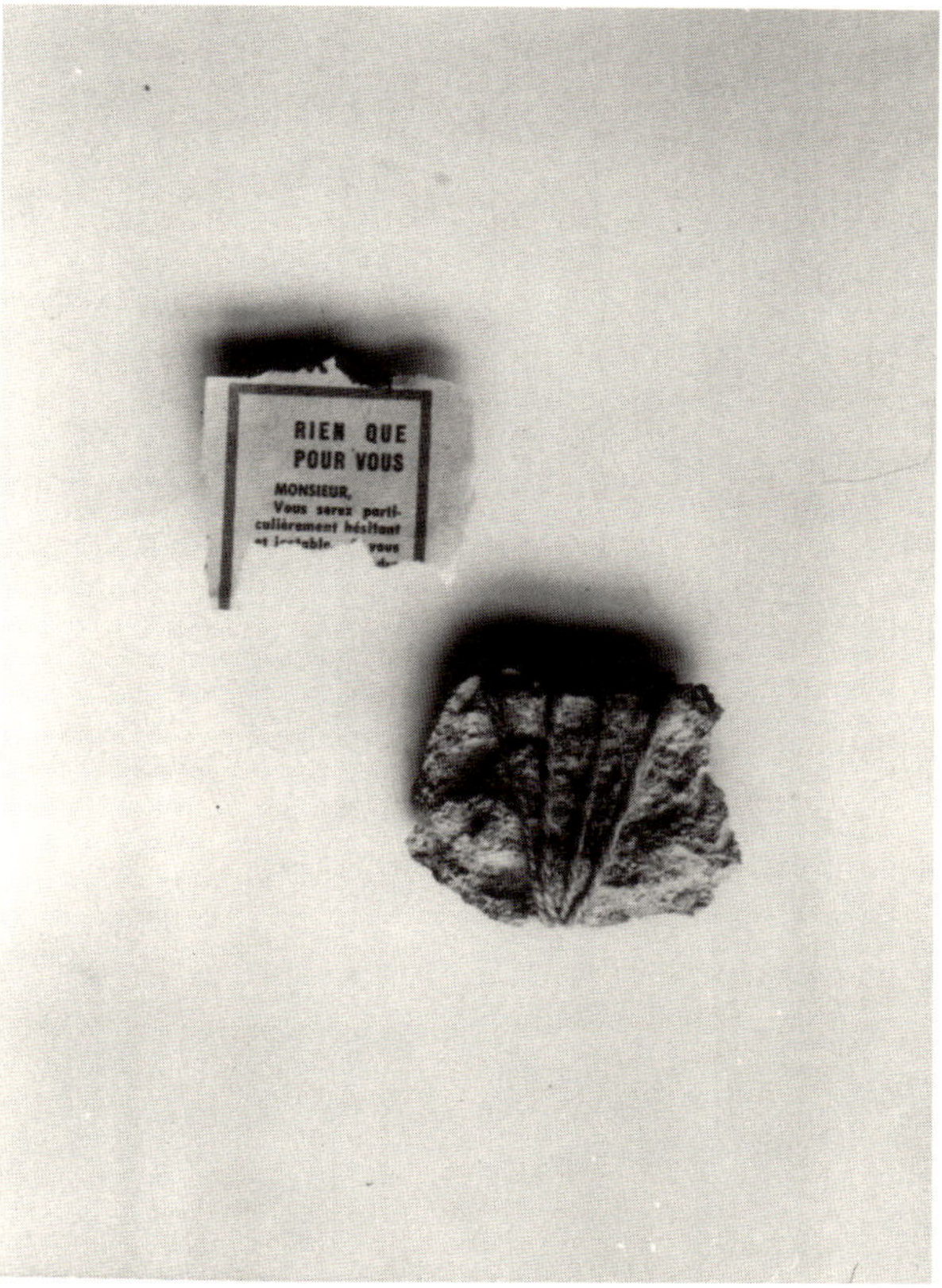

図26 「プラスティック・ポエム」、「VOU」160号（1978年6月）、17頁

北園：そうです。さっきの［J・F・］ボリーなどもヴィジュアル・ポエトリーと言っているんですが、活字によるフォルムには限界があって、もっと写真を使ったりして視覚的に構成した方がいい。
S：つまりタイポグラフィを越えて写真を使うという一種のレベルの差がある、ということ。
北園：やはり写真の方が広がりがあるとおもいますよ。音も意味も限定されているから煮つめれば行き着く所がすぐやってくる。
M：写真の方が実在感の奥行があるわけですね。そうですか。
北園：そうです。外界の一部分を切り取って自分の詩的イマジネーションと一致させるんですから、方法として自由なんです。

デザインについて

北園：デザインは僕の重要な感覚の拠り所なんです。だからしょっちゅう気をつけている。……デザインは詩の中にも写真の中にも、どこにも必要なものだとおもいます。……第一僕の物体感覚はバウハウスが日本に入ってきた時にほとんど培われた基本的な意識なのです。またそこに僕の好みも持続している。詩の中に物体の構成的な面や点在的な面が出てくるのは、その頃の僕の感動が残留しているからなんです。
　その推移の中のいろいろな材料がそのままの状態でレンズの中へ入ってくると考えていないんですよ。やはり材料を何かしらひとつのフォルムの中へ取り入れてくる頭の中の装置が必要なのです。
S：するとそれぞれの物が本来置かれているべき、原形態の中へ回帰するという意味ですか。
北園：そういう意味です。もちろん材料がなんでも回帰するとは言えません。ただそれが必要でありさえすれば、そのへんの物でも構成できる。

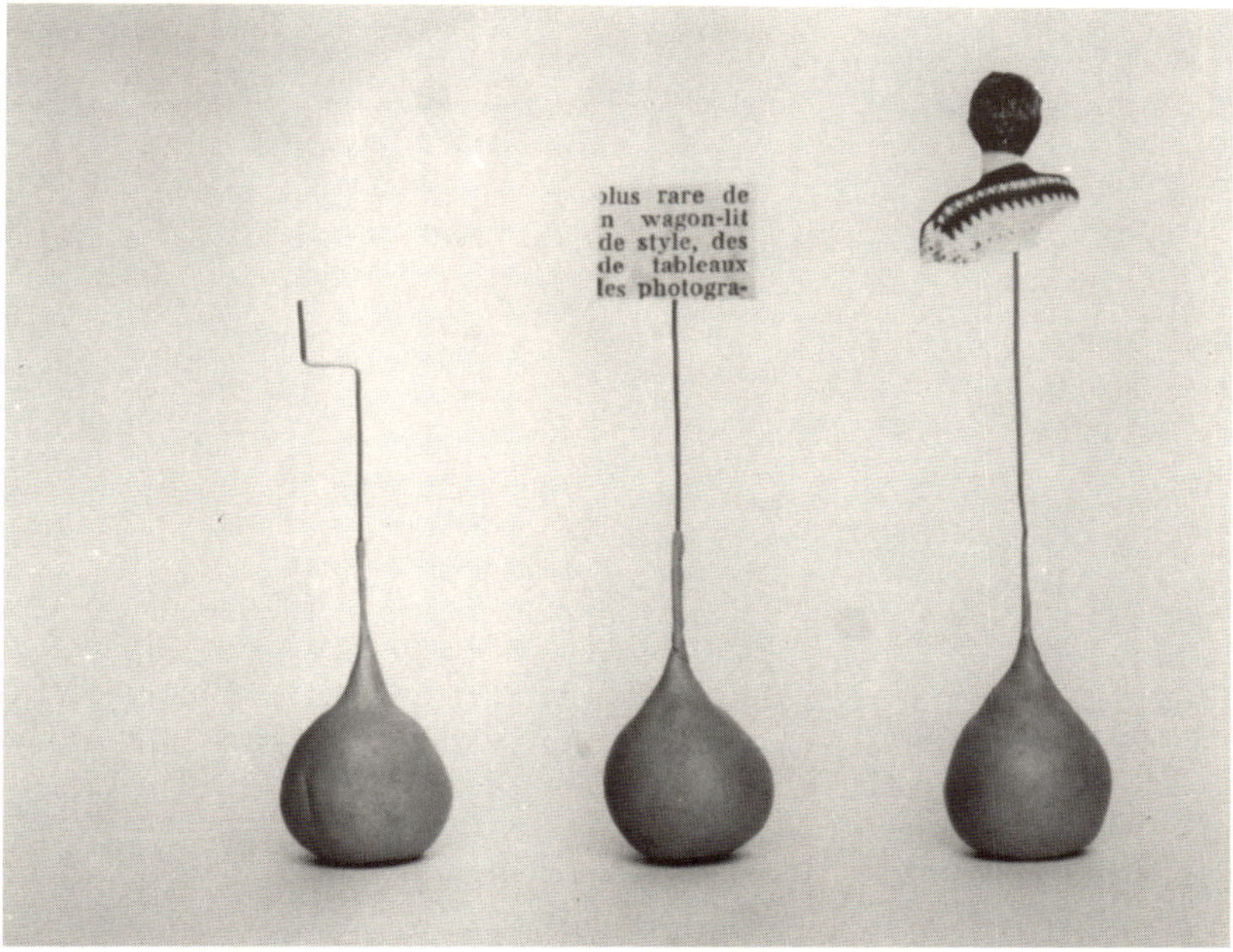

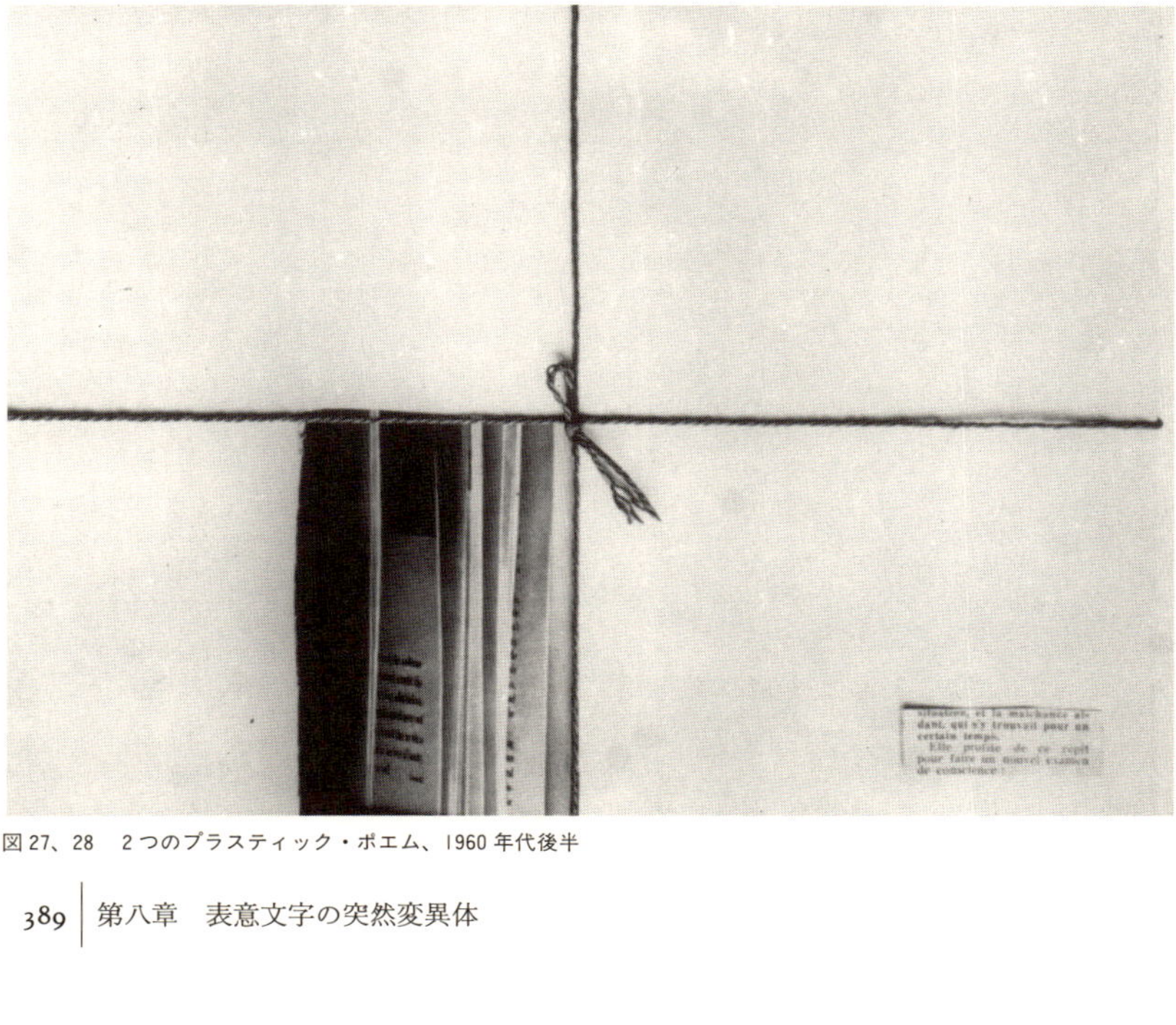

図27、28　２つのプラスティック・ポエム、1960年代後半

「VOU」のレイアウトについて

北園：ひとつの頁の中に、よく標題と名前を大きく入れてやるでしょう。あれでは空間がきたなくなる。できるだけ空間をきれいにしておきたかった。余白を見たかったんですね。

イデオロギーについて

北園：僕はいつだって思想には遠距離にいる。思想には白紙です。方法が重要なのです。

克衛のプラスティック・ポエムは、日常の事物を詩的な効果を喚起させるために配置した写真だ。はたしてそれは写真なのか、詩なのか、あるいはその両方なのか、そのどちらでもないのか、どう考えるのかはともかく、これらのイメージとともに、「プラスティック・ポエム」という謎めいた言い方は熟考に値する。以下、自分の写真をどのように「プラスティック・ポエム」と名づけるようになったかを示す、詩と芸術の相互関係に関する克衛の積年の陳述をたどってみよう。

克衛のプラスティック・ポエトリーへの移行は、「造形詩についてのノート」が暗示しているように見えるのとは違い、突然の変化でもなければ、ペンを捨てカメラを持つというジャンル上の変更でもなかった。彼は亡くなるまで様々な方法でことばによる詩を発表し続け、最も具体詩に近い作品を「オプティカル・ポエム」と呼んだ。世界の具体詩や視覚詩の詞華集に寄稿を頼まれたとき、彼はプラスティック・ポエムを送った。写真をひとまとめにしてプラスティック・ポエトリーと呼ぶ北園のやりかたは新しかったが、写真のもつ詩的な可能性は、彼とVOUクラブ、あるいは国際的アヴァンギャルドにとっては特に目新しいものではなかった。[36]

一九五六年のこと、朝鮮戦争の後で日本経済は再度活気づき、中産階級の手にもカメラが届きそうになると、VOUのほとんどの号にはメンバーによる最新の実験写真の欄ができるようになり、また「VOU形象展」と呼ばれる展覧会の報告も載るようになった。(37) この展覧会は写真が中心であったが、他にも絵画、コラージュ、モビール（動く彫刻）、彫刻、シルクスクリーン、八ミリフィルム、実験音楽に合わせて朗読された詩のテープなどもあった。(38) 克衛の写真は毎回のように展示されたが、彼は決してクラブの中で最も技術的に完成された写真家ではなかった。

図29　克衛による「VOU」85号の表紙（1962年4－6月）

VOUの主導的な実験写真家は山本悍右で、彼自身も写真家の息子であった。悍右は一九三〇年代後半に名古屋地域でシュルレアリスムを広めた中心人物で、VOUクラブに入会直後の一九四〇年代、その芸術活動によって特高に検挙された。山本は、戦後このクラブが実験写真に傾斜していったときの牽引力であった。彼は詩も書き絵も描いたが、そのカメラと暗室での才能は抜きん出ていた[39]。彼の写真は「VOU」やその他の雑誌に不定期に発表し、一九七八年に克衛の死とともにクラブが解散するまでVOUのメンバーだった。「VOU」五三号（一九五六）で激賞したように、克衛は悍右の作品を絶賛した。彼は悍右の一連の写真を「詩的」と呼んだが、ここに克衛自身が詩と写真を融合させてプラスティック・ポエトリーを作り出していく萌芽があった。

去る十一月二十四日［一九五六年］から一週間にわたって銀座松島ギャラリイでのフォトグラファの山本悍右の個展は一寸したウルサ型であった。かれの前衛写真家としての歴史は一九三五年頃にまで遡ることができるが、vouクラブ員としてのかれの存在も同じ年代にまでさかのぼる[40]。この長いアヴァンギャルディストとしての歴史は、今日、かれの磨きあげられたフォト作品はもちろん、バウ・ポエットとしての面目をその作品の題名に見ることができる。カラァ作品では「美しい通行人」と「花ひらく歴史の素性」は渋いカラアトォンと共に色彩写真として最高のものだ。それは「風がわたくしの前をよぎる」というロマンチックな作品や抽象画風の「カァテンの箱」においてもかれのユニィクなエスプリのキラメキが認められる。しかし最も独創的なかれのエスプリは「空気のうすいぼくの部屋」という四つのフォト・ストォリイに完全に示されている[41]［図32参照］。かれの、このポエジィにみちた組写真こそは、前衛写真家にたいする新しい世界の啓示である。おそらくこのようなジャンルの発見によってカメラというこの古ぼけた機械が詩人の声をもつことができたと言えよう[42]。

克衛は、悍右の題名を賞賛し、その写真そのものを「ポエジィにみちた」「詩人の声をもつ」ものと見なした。

彼にとっては、すべての芸術はひとつに収斂するものであり、詩と写真は等価であった。一九七五年のインタビューで、克衛は一九二〇年代中葉にはすでに「絵と同じくらいのウェイトで写真に興味を覚えましたね」と明かしている。[43] 表現方法を混ぜるというのは、すでに戦前の日本のアヴァンギャルドの間で流行していて、特に一九二〇年代後半の「詩と詩論」誌上では顕著だった。写真ばかりではなく、絵画など他の視覚芸術、さらには映画制作なども「ポエジー」という概念の下に包含されていた。[44] 克衛はインタビュー時に回想している。「だいたい僕は最

図30　プラスティック・ポエム「無題」、1960年代後半

初から詩人として成長したのではなくて、途中までは絵を描いていた。レリーフなどが多くてかなりの数を作りました。しかしこれは何にもならなかった。[45]」

すでに見てきたように、克衛の初期の実験詩「白色詩集」（第三章参照）以降、彼にとって詩とは、ことばを使って絵を描いたり、コラージュを制作することを意味することが多かった。ある表現媒体を使って他の媒体の代わりにするという間接性に可能性を見出していた。（ちょうど、兄の橋本平八が木を彫りこんで石の形にしたように。）克衛は「ことばで描く」という柔軟性をすでに持っていたからこそ、いとも簡単に「写真で書く」という、同じように間接的な表現媒体の逆転に移行することができたのであった。

VOUクラブは発足時から全ての芸術分野の前衛芸術家を集めることを目的としていた。克衛は中心に詩をおき、音楽家、画家、建築家、写真家であっても、すべての会員が詩を書いた。一九五八年のことであるが、克衛は長いあいだ維持してきた自分の立場をつぎのように繰り返している。「詩はすべての芸術へのパスポオトである。芸術の世界で何かをしようとする人間は自らのポエジイを把えなければならない。僕たちにとって芸術のすべてのジャンルは詩のバリエイションにすぎないと言ってよい。そういう意味において、詩よりも写真が容易であるとか、小説が詩よりも難かしいとか言うことは無意味にひとしい。[46]」

一九六一年、VOUメンバーの高橋昭八郎（一九三三-）の初めての個展を紹介したとき、克衛はアヴァンギャルド詩に対する持論――すなわち重要なことは、このジャンルの現在流行している概念を解体して、新しい方向を示すことである――を写真に適用した。ここに、プラスティック・ポエトリーに対する本質的なつながりを見ることができる。

現代の写真は報道、記録、商業、造型の四つのジャンルに分類することができるが、ぼくたちが目的とする写真は言うまでもなく「造形写真」である。ここで造形という言葉を用いたのは、最近若い世代の写真家たちや写真ジャナリズムが用いている実験写真という言葉に対して用いたものであつて、実験は報道、記録、商業等すべての写真の上にも起り得る主として技術上の探求を指すものであるからである。

造型写真は、写真そのものの一般的概念を破って、新しい「写真」の概念を創造しようとするものであり、したがって客観的には反写真的なファクタアを多分に含んでいるものであるとともに究極において写真の可能性を拡張しようとする貪慾な意慾にみちた写真である。[47]

図31 「Both side[s], 1969」、「VOU」121号、(1969年12月)、23頁

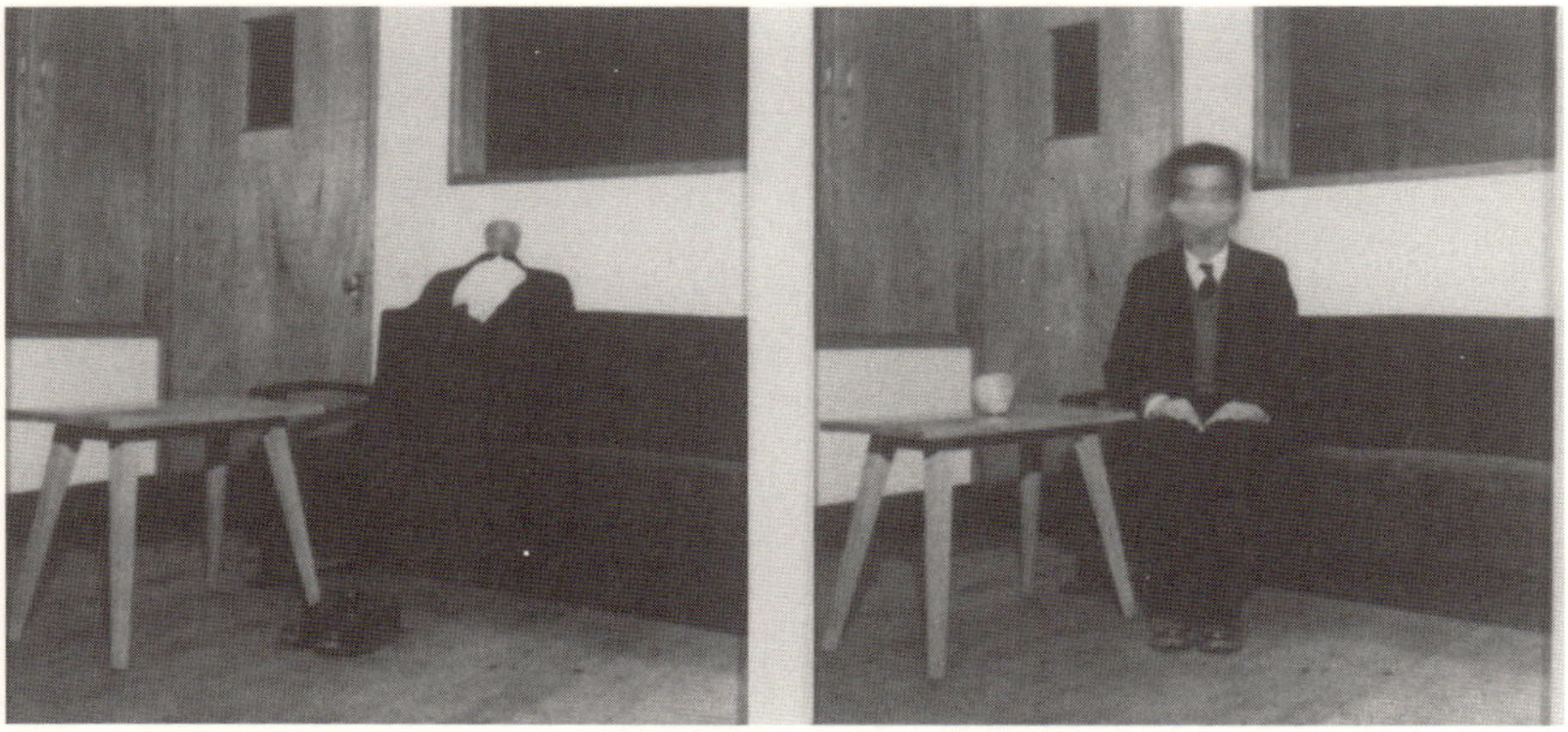

(2)

図32　山本悍右、「フォト・ストーリー　空気のうすいぼくの部屋」「VOU」58号（1957年11月）、24—25頁

「造型詩についてのノート」が掲載される四号前の「VOU」一〇〇号中の克衛のコメントを読むと、彼の思考がどの方向を向いていたのかが分かる。「芸術の新しい次元」というエッセイにおいて、その二年ほど前に絵画と彫刻の境界は徐々になくなっていったと述べたニューヨークの作家のことばを引用したあと、克衛は再度芸術における因習的な境界を打ち破ろうとする熱意を開陳している。

　これまでの絵画とも彫刻ともちがった新しい造型芸術は、それらとは全くちがった路線からやってきたキネティック・アァトやコンクリィト・ポエトリィなどと共に、現代芸術の最も新しい次元を形成しつつある。ぼくたちにはやがて、詩人、画家、彫刻家といったような前時代的な区別はなくなり、ただひとつ芸術家、あるいはアァト・オペレェタァという名称だけがのこされるようになるであろう。[48]

克衛はそのあと、パリのキネティック・アーティスト集団である「視覚芸術研究会」（Groupe des recherches de l'art visuel）を紹介している。

　フランスのGroupe des recherches de l'art visuelは建築のダイナミックな概念を延長して、すべての芸術を綜合しようと努力して

(3)

(4)

いる視覚芸術探求グルゥプの代表的なひとつであるが、その共通のドクトリンはイメェジ＝ムゥブメント＝時間という三つの要素を完全に綜合することである。これらの一群の作家たちの作品を総称して、キネティック・アァトと呼んでいるが、この新しい芸術にも、視覚作用、測定可能な物理的方法を通じて時間と空間の綜合に達しようとするものと、不確定性の要素により大きな比重をあたえようとするものとの二つの傾向がある。ここには芸術のジャンルの概念を全く無視した、最もシャァプな前衛があるということができるであろう。そして、これらの新しい芸術のなかに、言語や音響が一つの要素として参加していくことは、ぼくたちの詩の次元からすれば、ほんのひとまたぎにすぎない。(49)（傍点は引用者）

表現媒体間（インターメディア）を飛躍して写真を「詩」と名づけることは、克衛にとって当時最もアヴァンギャルドな選択であった。新しい詩には「ことばも音も」必要ないというのが彼の考えであった。芸術の伝統的な境界に挑戦してこそが詩であるというのが克衛の立場であった。このような表現媒体間現象は視覚詩やサウンド・ポエトリー、ジャズとの朗読などに典型的に現れているが、現在ではさらに範囲を拡大し、不定形な「ポストモダニズム」という概念でくくられている。戦前の表現媒体間の実験とは違って、戦後の熱狂的な活動は地球規模の前例のないもので、ある意味では戦争とテクノロジーによってもたらされた様々な変化に対する反応でもあった。

何年にも渡って実験写真は、「photos」「photo poèmes」「poèmes visuels」「graphics」「poésie en noire et blanche」といった異なった見出しで「VOU」の目次に登場している。重要なことは、克衛はVOUメンバーの写真を包括的に「プラスティック・ポエム」としてまとめなかったことだ。彼は自分自身の写真のためにその題名を取っておいた。[50] 他のVOUの写真家たちは、自分たちの表現媒体間の作品に独自の名前をつけたが、それらは英語で、「block poem」（高橋昭八郎）「letter picture」（清水俊彦、一九二九-二〇〇七）「capsule poem」（伊藤元之、一九三五-）「poemgraphy」（岡崎克彦、一九二九-）などである。[51]

克衛は自分の写真を「プラスティック・ポエム」と呼ぶ理由については決して説明しなかったが、推測は可能だ。「応化観念（＝イデオプラスティ）」（第五章参照）の場合のように、彼は「可塑的、不定形」という意味において「プラスティック」という語を使ったのであって、現代生活における不自然さの象徴となった、生物学的には分解されない、どこにでもある物質という軽蔑的な意味で使っているわけではない。

プラスティック・ポエトリーは、何十年ものあいだの芸術活動を通して克衛が発展させてきた詩と芸術に対する彼の思想が生み出した産物であるばかりか、彼が指導者として見られていた具体詩運動に対して向けられた彼独特の反応でもあった。具体詩人たちの空白頁は最初は言語の新しい可能性を広げてくれる力の場であったが、そうした高揚感は概念的な問題が出てくるにつれて色あせていった。克衛は、ことばが中心にある運動には制約があることに気づいた、初めての、または唯一の具体詩人ではなかった。具体詩人たちは国際的な運動を起こすことには成功したが、依然として翻訳の必要に打ち勝つことができないという逆説的な状況に直面した。デザイナーたちは、自分たちの才能を見せる豊かな土壌として具体詩をとらえ、最新のテクノロジーを使って眩いばかりの作品を寄せ、この視覚的な運動をますますことばの詩から絵画的な芸術に引き寄せたのであった。

プラスティック・ポエトリーには理論的な面では表現媒体の混合という実験で、また実践的な面では、ノイガンドレス・グループを含む多くの具体詩人たちによることばを用いない詩というたくさんの先例があった。一九六四年にノイガンドレスの詩人であるデシオ・ピニャタリはルイ・アンジェロ・ピントと組んで「セミオティック・ポエトリー（記号詩）」を唱えるマニフェストを発表した。それは具体詩を拡大するものだった。彼らは新しい統語法を作り出したノイガンドレスの「パイロット・プラン」の価値を認めてはいたが、その一方で具体詩の運動は「話しことばから生じて、形式が直線的な書き方の過程に適応した記号」のみに自らを限定したと非難した。[52]彼らのセミオティック・ポエムは非言語的記号の配列であった。暗号を解読するための「鍵」は頁の下に用意されていた。たとえば、ある詩には一群の小さい三角形が集められている。白い、黒い、連結した、そして独立して浮遊しているものがあり、これらを説明する「鍵」はたとえば「白い三角形」＝女、「黒い三角形」＝男というようなものであった。克衛のプラスティック・ポエムは記号論へのさらなる飛躍であったが、イメージを解釈するための鍵は何一つ提供しなかった。同じやりかたで、ノイガンドレスのメンバーのアウグスト・デ・カンポスは、ことばを使わず、目をピラミッド形にコラージュした作品を発表して「ポップクレート・ポエム」という題名をつけた。

ハロルド・デ・カンポスから克衛が手紙を受け取った頃には、一九五六年二月に開催された初回 VOU 写真展から一年半がすぎていた。そして、克衛、悍右、他のクラブ・メンバーたちの写真がほとんど毎号「VOU」に掲載された。[53]写真はことばと共に、詩的表現のための平行した方法だと考えられたが、ことばの詩に取って代わるべきものだという考えはまだ浸透してはいなかった。

克衛がプラスティック・ポエトリーの宣言を書いた一九六六年までには、彼は「VOU」にすでに五十以上もの写真を発表し、VOU 展覧会でも多くの作品を出品し、その十年間というものはこの媒体での創作ばかりだった。[54]こうした年月の中で、彼の表現方法はいくつかの変化を経た。[55]最初は素描で好んで描いた二次元的幾何学的図形を強調するような、建物の影や壁といった屋外の写真を撮っていたが、後には、ぼかし、二重露出、白黒のイメージ上にことばの詩を重ねる、などといった実験を行った。一九六四年、克衛はヨーロッパとアメリカに最初で最後の旅行をしたが、その直後に、自分の代名詞となるプラスティック・ポエトリーの作り方を定着させた。それは、日常の事物が空白の空間に囲まれた単純なデザイン空間に配置されるというものだ。[56]素材とデザインにはいくつかの変種がある。例えば、黒か白かの背景に対して、二次元的か三次元的なオブジェ、新聞の切り抜きや適当に見つけてきた素材、ことばのあるイメージとないイメージなどであるが、そのほとんどのものに共通する特徴は、室内写真であること、オブジェは比較的小さく、空白が豊富にとられていることだ[57]。小さなオブジェで構成され、克衛のプラスティック・ポエムのようなデザインの視点でできた写真を、専門家たちは「テーブル・フォトグラフ」と呼んでいる。アメリカで最初のプラスティック・ポエム展を開催したマイケル・ブランドは、克衛の「プラスティック・ポエムは三次元的なオブジェがたびたび強調されているが、それらはいつも写真の二次元の形式で見られるように意図されている」と述べた[58]。

写真を、現実のある一瞬を捉える芸術として考える批評家たちは、あらかじめ設計された写真の構成は人為的だと言って非難するかもしれない。テーブルフォトグラフというジャンルを頭から拒否しない人たちにとっては、プラスティック・ポエムは新鮮な形象を提供するものだ。隅から隅まで刺激がつまった写真とは異なり、プラスティック・ポエムは、新聞、針金、発泡スチロール、ひも、石、フランスパンなどは日常的な、ありふれたオブジェの断片を活用して、背景となる空間を大胆に使用してこれらのオブジェをレリーフに作り変えるという、繊細な相互作用が特徴である。克衛が選択した素材はとるにたらないもので、普通は目立たないものである。だが、ひとたびこれらが切り取られ、目立つように配置されると、その形が特別な生命を帯びてくることを克衛は私たちに提示する。以下、いくつか具体例をあげて彼の技術を説明しよう。

美的形象

「Extreme」(図33)は、書き文字が一切使われていないが、彼の宣言の一年前の作品である。二つのイメージが黒を背景にしている。写真の上半分には、針金が埋め込まれたフランスパンがひとつ、下半分には白い細い線で描かれたひとつの黒い長方形。その黒い長方形の大きさは、ちょうど上のフランスパンが入るくらいの大きさで、不

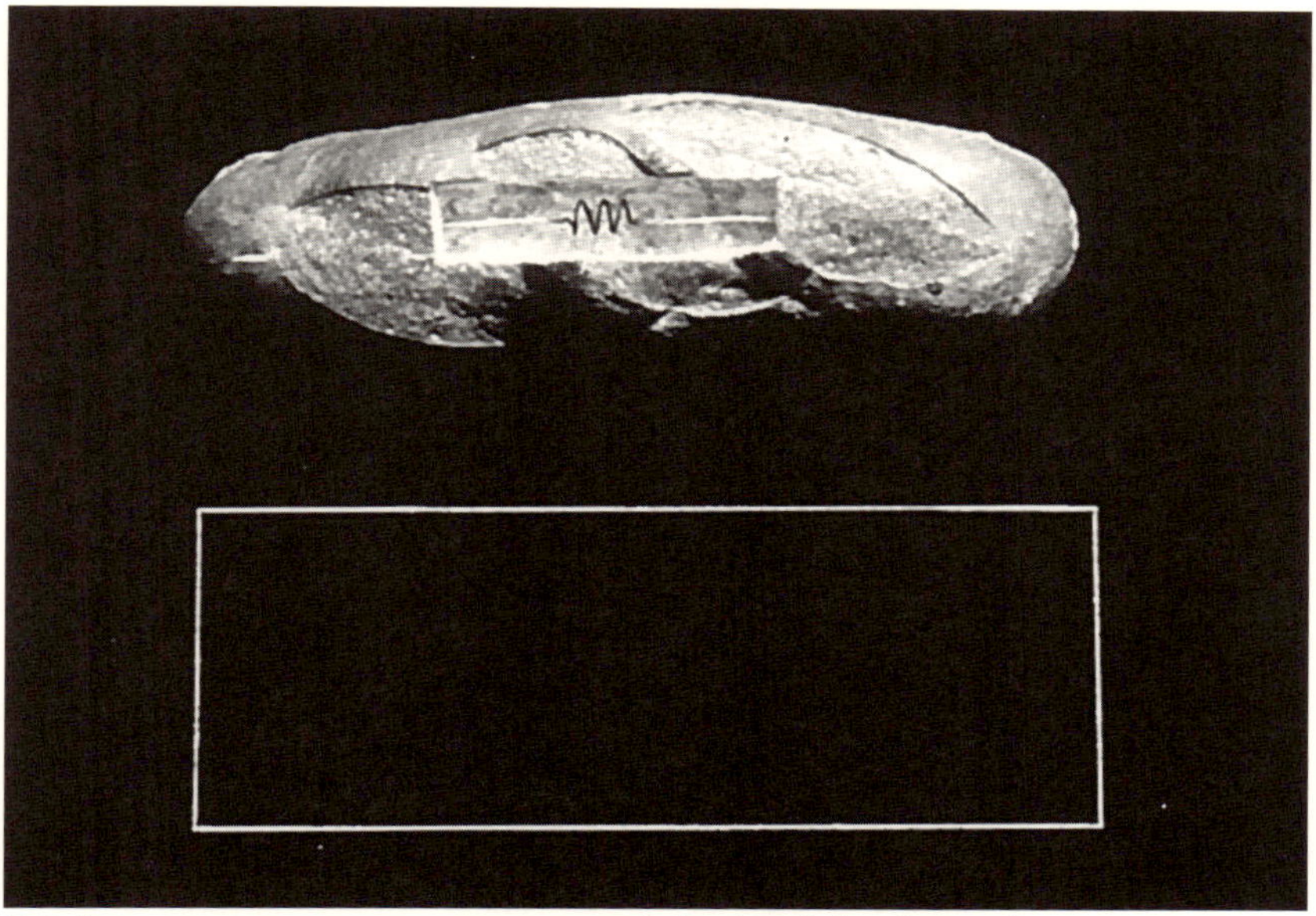

図33 「Extreme, 1965. Bread and Wire. Exhibition VOU, Tokio」、「VOU」100号（1965年6－7月）、27頁

在、無、空虚を表している。つまり、上部のイメージ（パン）は可能性として過去に入っていたか、あるいはこれから入るか、あるいは今入るのかもしれないということだ。長方形の鋭い白い輪郭線は、黒を背景にしているその楕円形のパンの輪郭をなす鈍い曲線と対照的をなしていて、これらのイメージを固定させる表面上の緊張を作っている。もし黒の長方形がないとしたら、フランスパンは、定着せずに浮いた状態だろう。しかし、釣り合いの取れた写真の上下の二つのイメージ空間よりももっと視覚的に興味深いのは、フランスパンの真ん中に埋め込まれた小さな針金のコイルだ。

　このプラスティック・ポエムの内容はそのデザインによって強化されているのだが、特にその三つの長方形（写真全体の黒い背景、下半分の黒い長方形、そしてフランスパン内部の明るい長方形）の均衡と、見る側の視線を小さなコイルに向けさせるやり方は秀逸である。この小さなコイルは基本的に四方形の構図であるこの写真の中で最もはっきりとした環状であり、しかも対比を強めるために黒く塗られて目立つように写真の上部の中央に配せられている。このように、ことばで叙述するよりももっと正確に、そして滑稽であると同時にグロテスクなシュルレアルなイメージを克衛は作り出した。イメージに遭遇する経験とそこから波紋のよう出てくる連想もさることながら、見る側はイメージと題名（「Extreme」）とジャンル（プラスティック・ポエトリー）という三者の関係を考えざるをえなくなる。

物語の可能性

もっとも物語的なプラスティック・ポエムは、あるひとつの無題写真（図34）である。ふたつの人間のような形のものが、対面するように椅子なしに座っている。そして、太陽か月のような丸い物体がその上の空中に止まっている。見る側は、肩に下がる長い髪の毛と胸のふくらみから、右側の姿を女性だと解釈するかもしれない。このプラスティック・ポエムは、克衛がなぜこれを「詩のための装置」と定義したのか、という良い例だ。新聞を丸められて作られた三つの物体は、カメラ・レンズを前にすると生命が宿る舞台の小道具のようだ。この二つの像の関係はロマンティックな静けさ、攻撃的な対決など、いろんな風に解釈できるだろう。しかし、そのイメージの喚起力は互いに向き合っている二つの人物がつくりだす緊張感のなかにある。この写真は、多くの克衛のことばの詩のように、結末まで語られない物語である。むしろそれは見る側に間隙を知覚によってどう埋めるかを求める触媒として働きかける。他のプラスティック・ポエムにもミニチュアの三次元彫像に似たようなものもあり、その素材は見る側の動的（キネティック）な想像力を刺激するように選ばれて配置されている。動く彫像は、プラスティック・ポエトリーの造型において不可欠な要素である。

克衛のプラスティック・ポエムのなかでもっともよく詞華集に加えられている作品のひとつに「Composition B」（図35）がある。この作品のなかには一人の女性の目が見る側を見つめていて、彼女の目と観察者の目のあいだに想像上の水平線が引かれるが、この水平線に垂直に交わるようにして黒と白の仕切りが彼女の目を囲んでいる。発泡スチロールのかけらが彼女のもうひとつの目の代わりに置かれているのが奇妙だ。右下にあるタイプ打ちの文字の内容は沸き立つようである。曰く、「夏（summer）」「生気にあふれ（brimming with life）」「一杯の花弁（blossoms filled）」「朝がやってきた（morning had come）」「世界は輝き新しい（world was bright and fresh）」「歌があった（there was a song）」といった具合である。断片の寄せ集めの中にある陽気な抒情性は、克衛の第二詩集『若いコロニイ』（一九三二）を思わせる。これまで他の章で見てきたように、克衛は「白」ということばを抽象的に使うことが好きであった。たとえば最初の詩集『白のアルバム』の表題や、具体詩の「単調な空間」のなかで使われている「白」がそうである。したがって、「白（white）」のあとのハイフンに続く名詞を削除するため

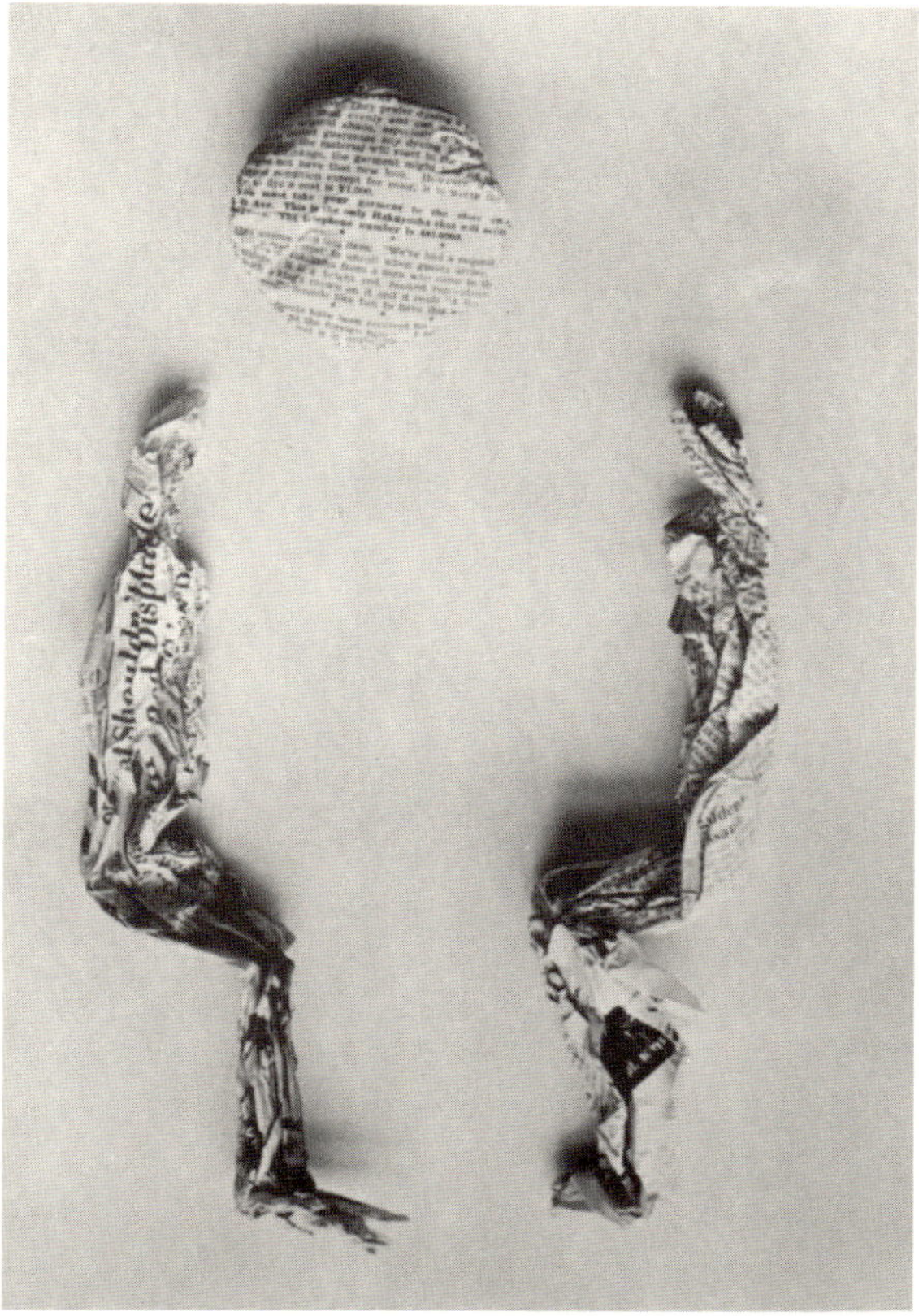

図34 「VOU」133号（1972年10月）、22頁のプラスティック・ポエムの変種

に、この「Composition B」のタイプ打ち原稿の右側を切断し、結果的に「白のバケツ（a bucket of white)」という珍しい言い回しを残そうとした可能性がある。

エロス

「Composition B」で見る側を見つめている目よりも大っぴらに官能的なのは、「Both side[s]」（図31）のチョコレート容器の中の女性のお尻と、「Plastic Poem, 1976」（図36）で視線に滑り込んでくる裸の女性だ。

当時、日本では陰毛が見える写真の出版は違法であったが、VOUの写真家たちによる数点の違法な写真と一緒に、克衛はこの「Plastic Poem, 1976」を果敢にも発表している。この詩誌の限定的な発行部数を考えると危険性は少なかったかもしれないが、彼は法律に挑戦するという確固たる態度をとった。

プロセス

プラスティック・ポエムは、おおまかに二つの種類に分類できる。細部にこだわるデザインのために完成度が高く感じられるものと、意図的な偶然が創作過程を強調するものである。後者の例としては、形がなくなるくらいくしゃくしゃに丸めた新聞紙を使った「Plastic Poem, 1970」（図37）がある。これは、綿密に構成された完成品というよりも、ある方向に向かっている試行錯誤の実験作品という印象を与える。創作過程が写真という表現媒体に注意を向けるというやり方は、『黒い火』で断片的な単語や語句を使って言語の本質に注意を向けようとした克衛の方法を思い出させる。私たちはすでに黒田維理が戦後の克衛の言語実験をロラン・バルトの「零度のエクリチュール」の概念を用いて記述しようとしたのを知っている（第七章参照）。フランス人批評家マックス・シャレイユは、克衛のプラスティック・ポエトリーは「バルトが『零度のエクリチュール』と名づけたものを超えている」と主張

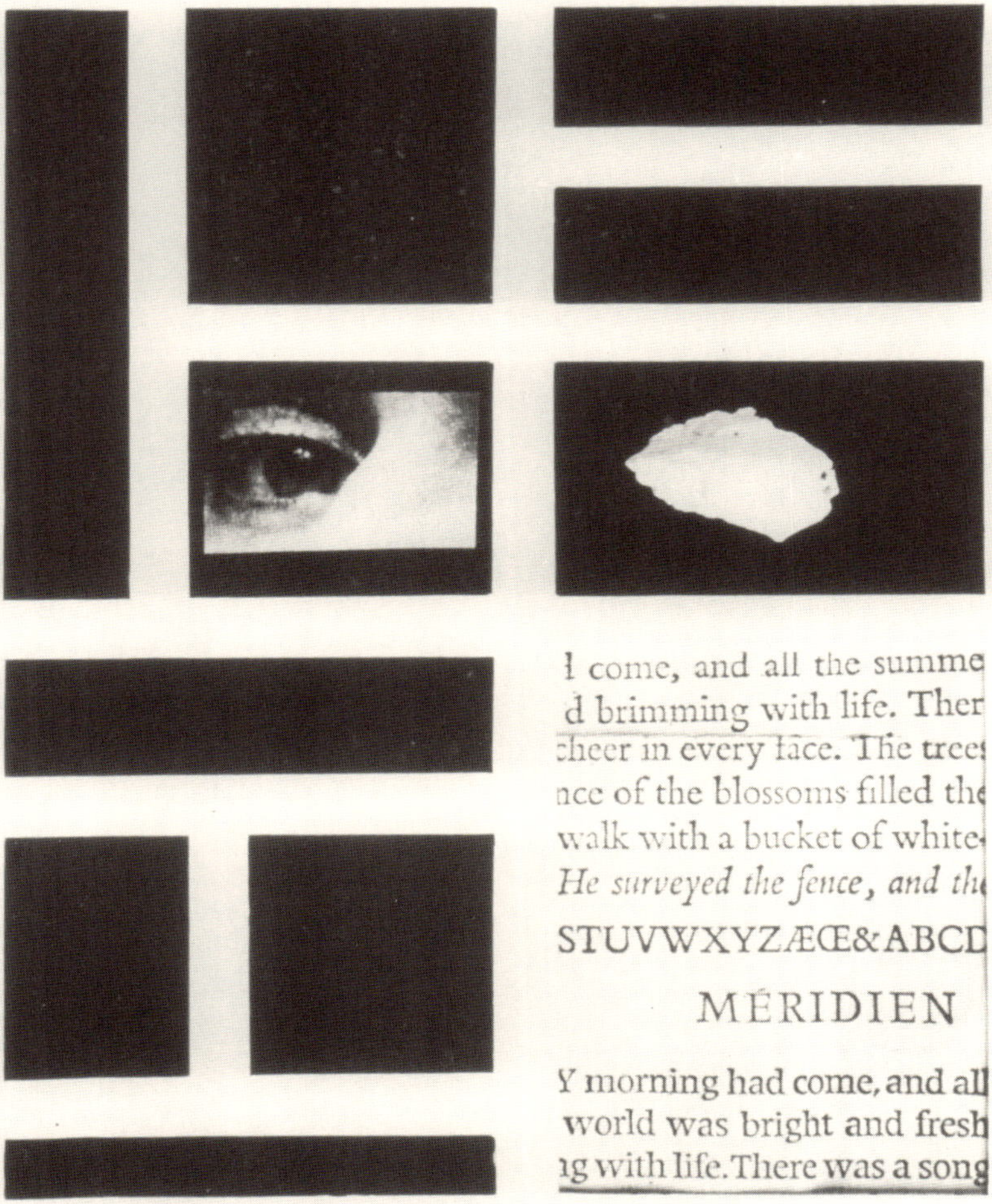

図 35 「Composition B, 1967」、「VOU」110 号（1967 年 6 月）、19 頁

している。

私たちは他にも表意文字の詩人たちを挙げることができるが、日本の具体詩においては、前に紹介した詩人、北園克衛が創出した「プラスティック・ポエトリー」という重要な流れがある。実際に日本のヴィジュアル・ポエムはほとんど合成写真だ。しかしながら、それらは完成された作品を目指していないという点において、西洋で見られるものとは違っている。それどころか、バルトが「零度のエクリチュール」と呼んだものを超えるような内省の状態を表そうとしている。この目的を達成するために、作品が伝える内容よりも、伝達の過程を重視することにより大きな価値をおいている。[59]

克衛のことばの詩は、連続と非連続の間を往復する。彼の写真もまた、イメージをきちんと構成しているものと、もっと混沌とした、自然な表現との間を往復する。「Plastic Poem, 1970」は、マン・レイの紙のモビール「ランプシェイド」(一九一九)に触発されたものなのかもしれない。それは、有名な「ソシエテ・アノニム」で展示される予定であったが、オープニング前夜に雑役夫がそれを紙くずと思って捨ててしまった。[60] 克衛はくしゃくしゃの新聞紙を「プラスティック・ポエム」として提示したが、そこに観客を無視するというアヴァンギャルドのやり方を見ることができる。さらにここには具体詩運動の文脈において付け加えられたユーモアもある。克衛はまるでこう言って嘲っているようではないか。「具体詩人たちよ、もし意味の付いたことばが必要なら、この新聞紙から探せば。」彼の皮肉たっぷりな伝言付きの新聞文字の使用は、写真は「プラスティック・ポエム」であるという主張と同列である。

ユーモア

半世紀以上にも渡る克衛の詩と理論から分かることは、彼はきわめて真剣にアヴァンギャルド活動を行っていたということだが、逆説的に彼の作品の魅力の大部分はその機知にある。プラスティック・ポエムは、チョコレート

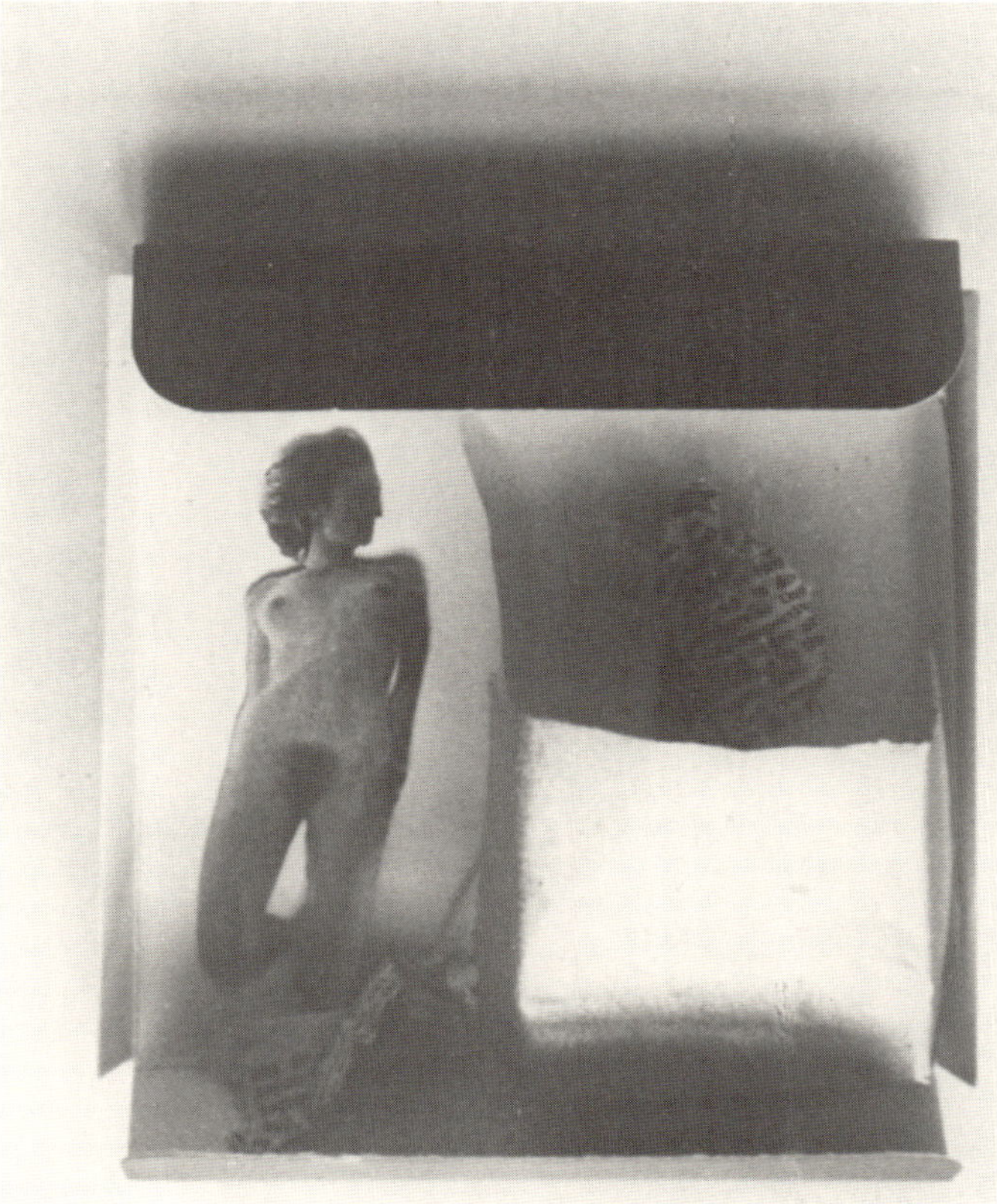

図36 「Plastic poem, 1976」、「VOU」153号（1976年11月）、26頁

箱の中の女や、フランスパンの中の針金や、くしゃくしゃの新聞の切れ端など、洗練されたユーモア感覚を豊富に提示している。正確で注意深いデザインによって、写真の日常的オブジェの重要性を誇張し、それを戯画に変えてしまう。克衛は写真家ではなく詩人として知られていたから、プラスティック・ポエトリーによって彼は自分を閉じ込める名声から陽気に解放された。

デザイン

克衛は、人生の早い時期にすでに画家になる野望は捨てていたが、「ゲエ・ギムギガム・プルルル・ギムゲム」（一九二五）を初めて手がけて以来、半世紀間に約五百もの雑誌と本のデザインをすることによって、視覚的な創作活動に深く関わってきた。彼はその鋭敏なデザイン感覚で、未完成状態に見えるようなものも、あるいは精緻に構成された芸術作品としてのイメージのものも自由に選ぶことができた。彼の本業は日本歯科大学の図書館長であったが、同時にプロのデザイナーでもあった。[61] 戦後、大きな報酬を得た仕事として次の四つをあげることができる。紀伊國屋書店発行の雑誌「机」の編集、早川書房の「h」のロゴ・デザイン、ベストセラーとなった『ヘミングウェイ傑作選』（一九五七）の表紙デザイン、そして、エラリイ・クイーンのミステリー文庫十七冊の表紙デザインである。克衛はエラリイ・クイーンの仕事を病床で完成させている。[62]

本や雑誌の表紙には写真や適切な構成などの仕掛けは無論のこと、日付、タイトル、号数など必要な文字情報を入れ込む必要があった。克衛は時々、文字情報と数字を直接表紙デザインの主たるイメージに置くときがあった。たとえば「VOU」八五号（図29）の表紙では、十六個の仕切り箱のうち、四つにその号の年月と号数（Avril, Mai, Juin, 1962）を入れている。克衛は何年も続けてきた方法で写真を撮りデザインしてきたが、まだそのときは自分のデザインした写真をプラスティック・ポエムと名づけてはいなかった。事実「VOU」八五号の表紙デザインのようなテーブル・フォトグラフの日常的な手作業からプラスティック・ポエトリーへの移行は小さなステップ

図37 「Plastic poem, 1970」、「VOU」123号（1970年5月）、18頁

に過ぎなかった。というのもそのような作業では、必要な情報を入れ込むことを考えずに事物を配置して撮影したからである。この意味で、広告業の一部としての表紙デザインと、周辺的な言語情報を省いて中心的なイメージだけをプラスティック・ポエトリーとして見せることは表裏一体の関係にあった。

「VOU」一一二号（図38）の表紙は、本や雑誌の表紙を飾る中心的デザインとしてプラスティック・ポエムを使用した一例だ。克衛のプラスティック・ポエムは十二カ国で、文学作品の表紙や頁に印刷されるようになったのだ[63]。このブックデザインの視点から見ると、ことばの詩からプラスティック・ポエトリーへジャンルを飛び越えたように見えるが、それは、十年間継続して写真を撮る活動の中で発展していったものであって、単に名前が変わっただけなのだ。

イメージとイデオプラスティ（応化観念）

克衛は幾何学的な形を好み、簡潔明瞭な形象が生み出す効果を信じていたが、それは彼のことばの詩、プラスティック・ポエム、短編小説、絵画、素描、本と雑誌の装丁、現存する三本の八ミリ短編映画などすべてに見ることができる[64]。彼にとってイメージを信じるということは、まっすぐな論理、特に個人的な思想や感情を直截に表すことを信じないということを暗に意味した。

戦前に克衛が書いた詩学についての最も重要なエッセイの中で、彼はことばは集められ、配列され、組み合わされて形象を創造すると説明したが、今度はその形象が「イデオプラスティ」と北園が呼ぶ漠然とした詩的効果を読者に喚起する。彼の関心の中心は形象で、言語はそれを形成する器であり、形象が形作られた結果イデオプラスティが生じる。彼の詩の概念は没個性的であるので、詩的効果を生み出すためのイメージへの依存は、ことばの代わりにオブジェを配置したり、ことばで描写されたイメージの代わりに写真のイメージを代替させることでそれ以上とまでにはいかないまでも、充分に満足させられる。ことばと写真は明らかに表現媒体としては違うものだが、克衛は詩的効果を引き出すという目的でこの二つを同じように使用した。視覚的なイデオプラスティへ向かう二つの方法は次のように公式化できるだろう。

ことばの詩　言語 ＋ イメージ ＝ イデオプラスティ

プラスティック・ポエトリー　デザイン ＋ 写真イメージ ＝ イデオプラスティ(65)

禅

プラスティック・ポエトリーについての克衛の宣言は、明らかに禅を批判しているが、彼の日常的な事物への注目の仕方、余白の創造的な使い方、そして優雅で素朴な彼のデザインは、禅の影響を受けた華道・茶道・書道といった芸術の底を流れる美学の原理と共鳴するものがある。彼が禅の瞑想を嫌ったのは第二次世界大戦中に日本海軍が敵を的確に殺す集中力を養うために禅を兵士に強制したからなのかもしれない。

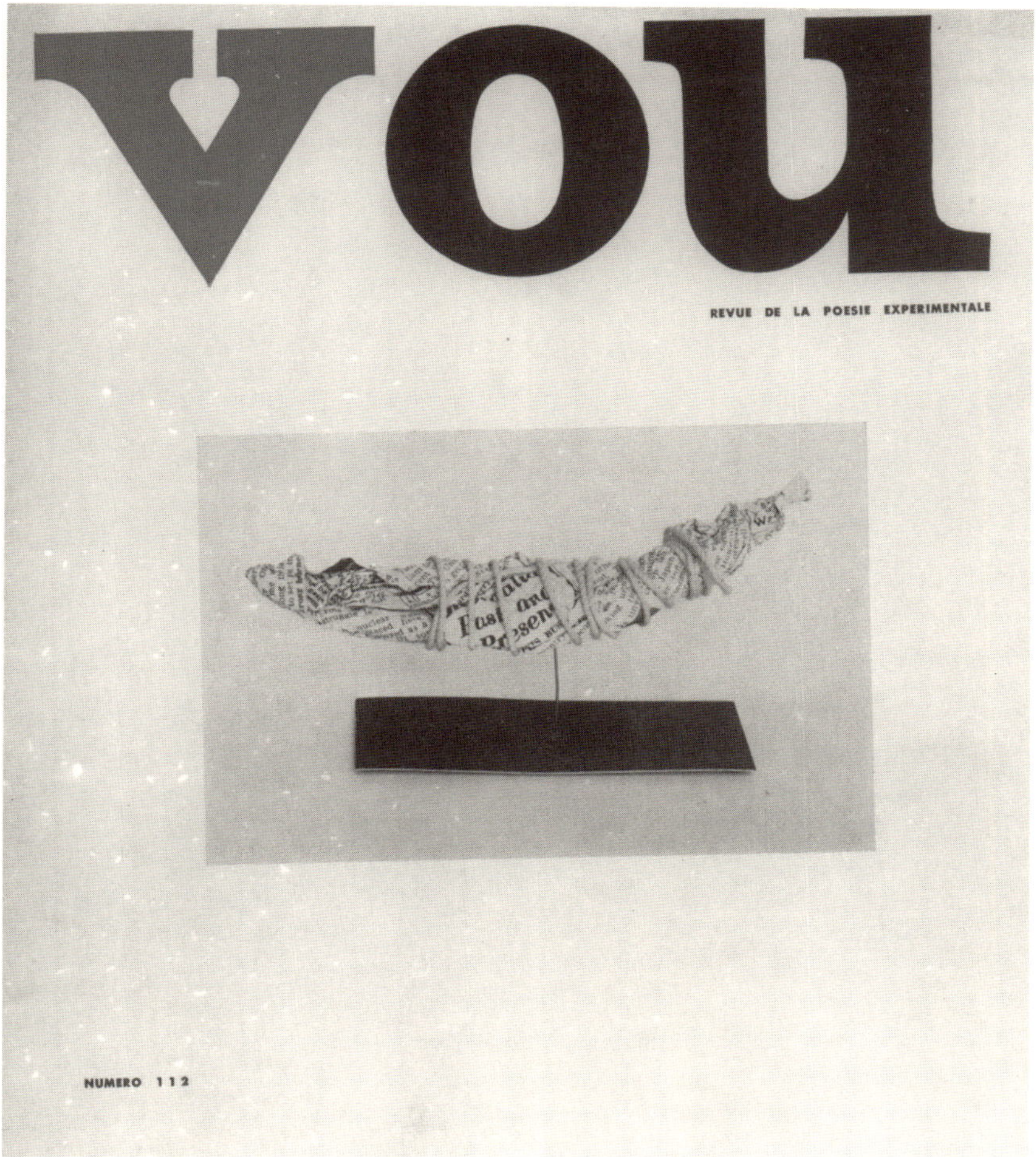

図 38　克衛による「VOU」112 号の表紙（1967 年 10 月）

フランスとイギリスの新聞

プラスティック・ポエムにおける興味深い点のひとつが、克衛はほとんど、日本ではなくフランスかイギリスの新聞を使用したことだ。同様に、人間の切り抜きはいつも白人か黒人であってアジア人ではない。素材としての日本語の新聞雑誌を無視することで、克衛は何を主張したのか。おそらく、日本語と漢字よりもアルファベットの方がより詩的だと思っただろう。パウンドやロクリン、デ・カンポスやその他の西洋の詩人たちが経験した「表意文字の優美さ」とちょうど逆の関係だ。もしそうだとしたら、西洋への讃歌は以前は激しく敵対していた国どうしの間で第二次世界大戦後に起きた癒しに少しは関係があったかもしれない。つまり、芸術家たちは異文化間の創造的な文化交流を進める上で積極的な役割を担ったからだ。日本の記号や象徴に固執しない彼の芸術作品によって西洋に手を伸ばした克衛は西洋から見るとそのままで魅力的であったかもしれないが、それは卑屈な植民地根性から来るへつらいにも解釈できるし、あるいはそれとはまったく逆の、西洋人の異国趣味的な表意文字への渇望を満たさずに、それを拒否する行為として解釈することも可能である。また、第一義的でないにせよ、プラスティック・ポエムは国内向けに発表されたものであったので、西洋のアルファベットや形象を克衛が使ったのは、自分自身を含めた日本の「オキシデンタリスト（西洋主義者）」（エドワード・サイードのいう「オリエンタリスト」の逆）の読者の異国趣味的な願望に訴えかけるためであったかもしれない。しかしどちらにしても、彼は国内向けと海外向けというような、二種類のプラスティック・ポエムを作らなかった。

彼がデザインした写真は「プラスティック・ポエトリー」だと克衛は理論的に主張したが、翻訳作業を経ずに外国の読者に自分の作品を届けることができるという実際的な便利さを否定することはできない。彼のプラスティック・ポエムは翻訳の必要がないという理由もその一助となって、広範囲に知れ渡った。すでに述べたように、プラスティック・ポエムは彼のもともとの完成からの突然の分離ではなく、一九二〇年代以来の、アヴァンギャルドな詩への強い関心が写真に「翻訳」された結果なのだ。

図39　プラスティック・ポエム「無題」、1968年頃

克衛が西洋に送ったプラスティック・ポエムは、デザインされたイメージが強調されていて、ことばは必要でなかった。それは彼の未来志向の表意文字であり、意味で満たされ、くねくねした曲線で書かれた古いことばの突然変異体である。西洋文学と芸術の潮流を半世紀に渡って取り入れた克衛は、最後の十年間、プラスティック・ポエトリーという手段を使って西洋を自分自身のイメージで西洋そのものに返したのだった。

芸術が芸術を模倣する例として、克衛は自分自身のあることばの詩のイメージをもとにして、ひとつのプラスティック・ポエムを製作した（図39）。

　　詩人の形に切り抜かれた新聞紙が黄いろい洋傘を
　　さして空間を唯物弁証法的によぎっていく。[66]

プラスティック・ポエトリーとともに、克衛は具体詩人をも含む、ことばに依然として固執する古い詩の守備隊とは反対側の非言語的詩の側に脱出して来た。視覚詩は、理論的に行き詰ったときに具体詩運動に新しい命を吹き込んだが、同時にことばの「詩」の定義を、多くの読者や鑑賞者が許容できる範囲を越えて広げてしまった。このため、また一九八〇年代と九〇年代という政治的にも、文学的にも保守主義の時代とあいまって、この運動は勢いを失い、最後には死滅してしまった。もっとも、個々の詩人たちは視覚的な作品を展示し、発表し続けているのだが。(「プラスティック・ポエトリー」の題目で発表されたものもある。)具体詩、視覚詩、プラスティック・ポエトリー、といった運動の残存物はもはやマスメディアの注目を集めることはないが、この運動の二十年間の実験の成果は、ほかの芸術、特に広告に取り入れられ、私たちが見るごく普通の風景の一部になったほどだ。

具体詩がまだその頂点にあった頃に、その終焉を宣言した克衛の先見性は、太平洋戦争時を除けば、その全生涯にわたってアヴァンギャルドの最前線で感覚を磨いたからこそ出てきたものである。今、彼の死から三十年が過ぎ、ようやく我々は彼が時代に先んじていたことが分かるようになった。いや、アヴァンギャルドたちが好んで指摘するように、彼は時代を生きたのであって、世界の方がのろのろとした歩みで後についてきただけなのかもしれない。

(ヤリタミサコ、田口哲也訳)

注

日本語版への序

（1）ウィリアム・エバソン（William Everson）は「芸術と時間」というエリック・ニューマン（Erich Neumann）のエッセイを引用して同じことを言っている。「時間の流れのなかで『指導者』や『天才』はペテン師であることが暴かれるが、一方アウトサイダー、無法者、無名の人間たちこそが真実を伝える媒介であったことが分かるようになる。」William Everson, "Eros and Agape: Rexroth and the Sacrality of Sex," *Chicago Review* 52: 2/3/4 (Chicago: University of Chicago, Autumn 2006), p. 111.

（2）ジョン・ソルトの詩集 *Underwater Balcony*（海人舎、一九八八）に寄せたサム・ハミルの推薦のことばより。

（3）「白のなかの白のなかの黒——北園克衛の世界」（「対談」）、「遊」八号（一九七五年八月）九六頁。「北園克衛とVOU」刊行会編『北園克衛とVOU』（一九八八）一七四頁。

（4）「国文学・解釈と鑑賞」一九六一年六月号。

（5）Edgar Rice Burroughs（一八七五－一九五〇）は世界的な流行作家でターザンものの原作者である。

（6）Kenneth Rexroth, "[Letter] to Jonathan Williams," in "Kenneth Rexroth: A Centenary Portfolio," John Beer and Max Blechman, eds., *Chicago Review* 52: 2/3/4 (Chicago: University of Chicago), Autumn, 2006, p. 97.

（7）奇しくもレクスロスは四年後の同じ日に死んでいる。

（8）ケネス・レクスロス「哀悼、北園克衛さん」、「北園克衛とVOU」刊行会編『北園克衛とVOU』（一九八八）二五八頁。福田和彦訳。ただし、ここではレクスロスの清水俊彦宛の書簡の原文を参照し、明らかな誤記などについては部分的に訳出しなおした。

（9）Hagiwara Sakutarō, "A Bar at Night," trans. Kitasono Katue, in *A Little Treasury of World Poetry*, ed. Hubert Creekmore (New York: Charles Scribner's Sons), 1952, p. 421.

（10）Ernest Hemingway、「彼等はみんなで平和をつくった——平和とは何だ?」、北園克衛訳、「VOU」一九号（一九三七年七月）三三－三四頁。二十年後に『ヘミングウェイ傑作選』（ミリオン書房、一九五七）の表紙をデザインすることになった北園は感無量であったに違いない。

（11）夏目漱石「倫敦消息」、漱石全集十二巻（岩波書店、一九九三）三四－三五頁。

（12） John Clark, "Artistic Subjectivity in the Taishō and Early Shōwa Avant-garde," Chapter 3 of *Japanese Art after 1945: Scream Against the Sky*, ed. Alexandra Munroe (New York: Harry N. Abrams, 1994), pp. 41-53.

（13） Nishikawa Nagao, *Le roman japonais depuis 1945* (Paris: Presses Universitaires de France, 1988), 17; quoted in English by Charles Merewether, "Disjunctive Modernity: The Practice of Artistic Expression in Postwar Japan," in *Art/Anti-art/Non-art: Experimentations in the Public Sphere in Postwar Japan, 1950-1970* (Los Angeles: Getty Research Institute, 2007), p. 1.

（14） 東松の発言が、彼の論じている戦後と、アメリカではなくてヨーロッパの影響が強かった戦前の日本の芸術界とを対照させようとしているのかは、私には分からない。

　別の論文でハルトゥニアンは次のように長く東松を問い詰めている。「どちらにしても戦後にそのように長く、しかも憧れをもって定着した国民的経験を見出すのは容易ではなかろう。そもそも『何々の後』ということばが『何かの延長』を拒否しているはずだから、この伝でいくと写真家の東松は、一九六〇年代を席巻していたと彼が言う『アメリカ化』を取り違えて、『アメリカ化』はアメリカ軍基地に由来し、したがってそれは占領期からのものであるという結論を導き出したのではないか。一九八一年のことではあるが、彼は『基地を取り巻く金網の目のあいだからアメリカが徐々に外に滲み出して、やがて日本中に浸透したという印象がある』と書いた。この文化的な意味での記憶喪失に押されて陥った、誤った認識が明らかにしたのは、アメリカ風の消費文化の決定的な輸入によってもたらされた過度の消費のみであり、そしてそれは第二次大戦前から、彼が見たこともなかった国から来た憎き占領軍が来る前から始まっていた、自発的な忘却癖をさらに促進させた。東松が体現しているこの忘却の感覚はすでに、質を量に、価値を欲望に、そして永続する過去を常に新しい何ものかに置き換えようとする、否定的なイメージである。とりわけ、アメリカニズムと呼ばれたものは記憶を破壊し、社会全体による忘却を促し、加藤典洋が言うように、日本の長く終わることのない戦後を生み出したのである。まさにこの理由で東松は、占領が日本の戦前の『伝統的な』過去を消し去り、『終りのない戦後』を生み出したのだ、と主張したのだ。」Harry Harootunian, "Japan's Long Postwar: The Trick of Memory and the Ruse of History" in *Japan After Japan: Social and Cultural Life from the Recessionary 1990s to the Present* (Durham, NC: Duke University, 2006).

（15） *Japon des avant-gardes, 1910-1970* (Paris: Editions du Centre Pompidou, 1986).

（16） 『日本のシュールレアリスム　一九二五－一九四五』（名古屋市美術館、一九九〇）二四六頁。

（17） 鶴岡善久、五十殿利治、藤富保男、新倉俊一、といった研究者は例外で、生涯をかけてこの専門分野に大きな貢献をしてきたが、全体として日本や海外での彼らの影響はともに小さかったと思う。

（18） アメリカの批評家もビート世代の詩人や表現主義の画家に関して同じように新しさを強調する傾向があるが、アメリカの戦前は日本と違って「恥」として片付けられることはめったにない。たとえば「スース博士」のシリーズで有名な絵本作者である故セオドア・ガイゼル（Theodore Geissel）の戦争中のプロパガンダに用いられた漫画の展覧会がカリフォルニア州立大学サンディエゴ校図書館でつい数年まえに開かれている。（因みにこの図書館には彼の名前が冠せられている。）アメリカでこのようなことが受け入れられるのは戦争に勝ったからである。恥ずかしいとされているのは、ファシストに協力したかどで反逆罪に問われ、その後十三年間ものあいだ精神病院に幽閉されたアメリカ詩人のエズラ・パウンドである。

（19） *Japan in the World*, ed. by Masao Miyoshi and H. D. Harootunian, (Durham and London: Duke University, 1993), pp. 196–221.

（20） 前掲書 p. 198.

（21） 前掲書 p. 199–200.

（22） 前掲書 p. 200. ただし傍点は引用者によるもの。

（23） 例外として次の書物への序文として書かれた、カール・ヤング（Karl Young）の北園克衛論がある。*Oceans Beyond Monotonous Space* (Hollywood, CA: highmoonoon, 2007).

（24） これらの数少ない例外に該当するのは、写真家の細江英公、杉本博司、荒木経惟、小説家の村上春樹、画家の森村泰昌、村上隆、建築家の磯崎新、ファッション・デザイナーの森英恵、山本寛斎、三宅一生、などである。オノ・ヨーコはもっとも有名な現役の日本人である。グローバル化の時代ではニューヨークも東京も同時存在するので、前時代の時間的ギャップは溶解し、実際、絶対的な過去と永遠の現在が共存を現出させている。

（25） Los Angeles County Museum of Art, *Beyond Geometry: Experiments in Form: 1940s–1970s*, ed. by (curator) Lynn Zelevansky (Los Angeles, CA and Cambridge, MA: LACMA and MIT), 2004, p. 240. この LACMA の展覧会は二〇〇四年六月十三日から十月三日まで開催され、その後マイアミ美術館で二〇〇四年十一月十八日から二〇〇五年五月一日まで巡回展示された。

（26） ジョン・ダウアー（John Dower）の次の書物の中からの引用である。John Dower, "Apes and Others," *War Without Mercy* (New York: Pantheon, 1986), p. 79. ダウアーの原文では「いいジャップ」がすべて大文字になっているが（"GOOD JAPS are dead Japs."）、それは "GOOD GERMAN and bad Nazi." という表現を意識して対照させ、強調するためである。

序

（1） 仏訳も英訳もこなした北園はたいてい自分の名前を「Kitasono Katue」（または「Katuē」）とローマ字表記することを好んだ。公刊された百以上に及ぶ文書には、この綴りで記されている。西洋人はしばしば彼の名前にふれるが、それは彼の名前がエズラ・パウンドの著作の中で何度となく言及されているからである。私は、北園が好んだローマ字表記名を尊重すると同時に彼のことをすでに知っている人たちを混乱させないように、現在の標準となっているヘボン式による綴り「Kitazono Katsue」を使わないようにした。

（2） 例外として次のような貴重な文献がある。Hosea Hirata, *The Poetry and Poetics of Nishiwaki Junzaburō: Modernism in Translation* (Princeton: Princeton University Press, 1993); Earl Jackson, Jr., "The Heresy of Meaning," in *Harvard Journal of Asiatic Studies* 51, no. 2 (1991): 561-98; Dennis Keene, *Yokomitsu Riichi: Modernist* (New York: Columbia University Press, 1980); Lucy Beth Lower, "Poetry and Poetics: From Modern to Contemporary in Japanese Poetry," Ph. D. diss., Harvard University, 1987); Ko Won, *Buddhist Elements in Dada: A Comparison of Tristan Tzara, Takahashi Shinkichi, and Their Fellow Poets* (New York: State University of New York Press, 1977); and Vera Linhartova, *Arts du Japon: Dada et surrealisme au Japon* (Paris: Publications Orientalistes de France, 1987).

（3） 柄谷行人も同じ主張をしている。「日本の十九世紀は『近代化』の妨げであったかもしれないが、それはポストモダン社会の加速度的な要因になりそうである」("One Spirit, Two Nineteenth Centuries," in Masao Miyoshi and H. D. Harootunian, eds., *Postmodernism and Japan* [Durham, N. C.: Duke University Press, 1989], p. 265).

（4） 文学史家で詩人の中野嘉一へのインタビュー（一九八五年十一月十一日）。

（5） 高橋敬へのインタビュー（一九八五年十一月十八日）。ついでながら、日本近代文学館の主任学芸員が私にこう教えてくれた。詩人たちは図書館に蔵書を寄贈する前に、機会あるごとに自分たちの愛国詩が掲載されたその頁を破り捨てた。彼らは戦争をすすめる運動に加担したことを恥じていたのだ。

（6） 本書では、日本人名に生没年情報を記載してあるが、西洋人名には省略してある。

（7） 北園の生涯において、彼の五百を越える詩のうちで国外の同人誌（リトル・マガジン）に翻訳掲載されたのはわずか三十五篇しかない。その数の少なさは、北園克衛の名声を確立させるには十分とはいえ、彼の成長の大きさを明らかにするには不十分である。英訳による彼の詩集に関しては私の *Glass Beret* (Milwaukee, Wisc.: Morgan Press, 1995) を参照のこと。また二〇〇七年にはアメリカの highmoonoon 社より新しい北園の英訳詩集が出ている。*Oceans Beyond Monotonous Space: Selected Poems of Kitasono Katue (1902-1978)*, trans. John Solt; eds. Karl Young and John Solt; intro. Karl Young. 詳細は highmoonoon.com を参照のこと。

第一章　朝熊から東京へ

（1） 朝熊の郷土史家で橋本家の遠い親戚でもある河之口礼治が私に話してくれた（一九八五年十一月二十七日）。

（2） 河之口礼治も（一九八五年十一月二十七日に行ったインタビュー）、谷口英三も（一九八五年十一月二十八日に行ったインタビュー）これに同意している。しかし橋本千代は、夫（克衛の兄である平八）によれば、橋本家の祖先は侍ではなくて農民だと語ってくれた（一九八五年十一月二十六日に行ったインタビュー）。

（3）北園克衛「私の心の原風景としての朝熊村」、「芸術三重」六号（津市　三重県芸術文化会館、一九七三年五月）七頁。中野嘉一「北園克衛論」、「暦象」八八号（一九七八）二五-二六頁には全体が、藤富保男『近代詩人評伝　北園克衛』（有精堂、一九八三）八-九頁にも、少し省略された形である。北園の家族と幼年期についての大部分はこの文章から得ている。

（4）「私の心の原風景としての朝熊村」七頁。一九八五年九月三十日に橋本千代（克衛の義理の姉）と話した折りに、彼女はこう回想した。安吉は朝熊村で最初にトマトとジャガイモを栽培した人物である、と。

（5）橋本千代へのインタビュー（一九八五年九月三十日）。

（6）『新古今集』は、一二〇一年から一二〇五年にかけて編集された第八番目の勅撰和歌集。

（7）「私の心の原風景としての朝熊村」七頁。『貧交行』は八世紀の中国の偉大な詩人杜甫によって書かれた。

（8）晩年の克衛なら、シュルレアリスムが支持したのは「創意発明性」よりも、「ルーブ・ゴールドバーグ」的な父親の姿勢の方であると認めたかもしれない。Rube Goldberg（Reuben Lucius Goldberg）アメリカの新聞漫画家。一九四六年に全米漫画協会を設立。四八年にピューリッツァー賞を受賞。彼が漫画で描いた、「単純な作業を無駄に複雑に実現する装置」は、「ルーブ・ゴールドバーグマシン」と呼ばれるようになった。

（9）橋本千代へのインタビュー（一九八五年九月三十日）。

（10）「私の心の原風景としての朝熊村」七頁。

（11）私は橋本家がどんなカメラを所有していたかは知らないが、昭和の初期までライカの価格は平均的な家を建てる費用と同じくらいであった。南博『日本モダニズムの研究』（ブレーン出版、一九八二）二一一頁を参照のこと。

（12）克衛の兄弟姉妹は、婦み（一八九一-?）、平八（一八九七-一九三五）、正二（一九〇七-六四）、ゆき（一九一〇-?）であった。

（13）北園克衛「橋本平八のこと」、「現代の目——国立近代美術館ニュース」一一号（現代美術協会、一九五五年十月一日）二頁。

（14）三重県立美術館は、「橋本平八と円空」の展覧会を開催した（一九八五年九月七日から十月十三日まで）。その図録には、展示された作品のほとんどと、いくつかのエッセイと年譜が含まれている。

（15）北園克衛編の橋本平八『純粋彫刻論』（昭森社、一九四二）二五-二七頁を参照のこと。

（16）橋本千代（一九八五年十一月二十六日に行ったインタビュー）によると、克衛の叔母の橋本まさが彼女に克衛はいたずら小僧だったと語ったという。

（17）阿竹義雄、加藤幸治郎、下村作太郎へのインタビュー（一九八六年六月九日）。

（18）克衛の一年目の成績表は入手不可能だが、彼は二年目では五十七番中三十七番目で、最終学年では三十九番中二十二番目だった。

（19）克衛の宇治山田市立商業高校の卒業アルバム『卒業生記念写真帳』（一九一七、頁番号なし）の英語の授業時の写真には、"We all have to work hard if we wish to earn money" の文字が黒板に書かれている。アルバムには二枚の克衛の写真がある。一枚は一人で（図6を見よ）、もう一枚はグループで写っている。

（20）平八によると、克衛は父とよく口論をし、家庭不和を引き起こしていたと、橋本千代（一九八五年十一月二十六日インタビュー）は語った。

（21）北園の妻橋本栄（一九一〇－八七）へのインタビュー（一九八五年九月二十四日）。

（22）谷口英三へのインタビュー（一九八五年十一月二十八日）。

（23）藤富、九頁。

（24）河之口礼治へのインタビュー（一九八五年十一月二十七日）。

（25）北園克衛「私の二十代――東京転々記」、「若い人」（一九六八年四月）二二頁。

（26）北園克衛、「橋本平八のこと」前掲書二頁。

（27）「校友」一一号（一九二二年十二月）、一三－一五頁。

（28）「私の二十代」二二頁。

（29）春月の感傷詩の典型的な例は、『日本詩集』（新潮社、一九二〇）所収の「あるお嬢さんに」（一九－二一頁）などを参照のこと。春月は、一九三〇年、船から飛び込み入水自殺した。

（30）「文章倶楽部」（一九二四年九月）七〇－七一頁。紹介されている詩の数に関して誤記がある。目次では「新しき詩四篇」と書かれているが、本文掲載頁では「新しき詩五篇」と訂正されている。

（31）同上。

（32）アヴァンギャルドと反抗精神についての関係は以下の書物を参照のこと。Renato Poggioli, *The Theory of the Avant-garde*, trans. Gerald Fitzgerald (Cambridge: Harvard University Press, 1968), pp. 25ff.（レナート・ポッジョーリ、篠田綾子訳『アヴァンギャルドの理論』晶文社、一九八八）。

第二章　ダダイズムとゲエ・ギムギガム・プルルル・ギムゲム

（1）マリネッティの宣言の英訳については以下を参照のこと。László Moholy-Nagy, *Vision in Motion* (Chicago: Paul Theobald, 1956), p. 302.

（2）無名氏「むく鳥通信」、「スバル」一九〇九年五月号、一〇二－一〇四頁、中野嘉一『前衛詩運動史の研究』（新生社、一九七五）八八頁。論拠はないが、中野は森鷗外（一八六二－一九二二）が訳出したとしている。

（3）日本未来派と前衛絵画に重要な影響を与えたのは、一九二〇年から二二年まで東京で暮らしたロシア人ダヴィッド・ブルリュークである。詳しくは以下の文献を参照のこと。Toshiharu Omuka, "David Burliuk and the Japanese Avant-garde" *Canadian-American Slavic Studies* 20, no. 1-/2 (Spring-Summer 1986): 111-25. Emma Chanlett-Avery, "Pacific Overtures: Exploring Russia's Encounter with Japanese Aesthetics" (unpublished senior thesis, Amherst College, 1996), pp. 57-96.

（4） 例えば、英語の雑誌 *New Country* にちなんで春山行夫が「新領土」と名づけた雑誌がある。同様に、T・S・エリオットの詩 *The Waste Land* にちなんで「荒地」はグループ名と雑誌名につけられた。

（5） この点に関して、傑出した詩人田村隆一（一九二三－九八）は、永井荷風の小説『四畳半襖の下張り』の猥褻裁判で同じような指摘をしている。田村によると、荷風の過去への郷愁は、壊滅的な大震災がかろうじて残っていた江戸をすっかり消失していくのを目撃したからだという。（丸谷才一編「作家の証言『四畳半襖の下張り』裁判」（朝日、一九七九）二一六頁）。

（6） 高橋新吉はその例。彼の『ダダイスト新吉の詩』は、関東大震災の七カ月前に出版され、「DADAは一切を断言し否定する」（二九頁）で始まる。「Mr. God に可能であらうか」（三一頁）や「宇宙は馬鹿なんだ。／有限も馬鹿なんだ。」（一二五頁）というような詩行が含まれている。

（7） ヨーロッパにおけるダダイズム終焉の前兆となる主な論争については Robert Motherwell and Jack D. Flam, eds., *The Dada Painters and Poets*, 2d ed. (Boston: G. K. Hall, 1981), p. 193 を参照のこと。

（8） Thomas A. Stanley, *Ōsugi Sakae: Anarchist in Taishō Japan* (Cambridge: Harvard University Council on East Asian Studies, 1982), pp. xvii, 159.

（9） 『日本近代文学大辞典』（講談社、一九八四）九四七頁。

（10） 北園克衛「私のかかわった詩誌」、「古沢岩美美術館月報」二五号（一九七七年六月）七頁。

（11） 北園克衛「現代の目」一一号、二頁。

（12） 北園克衛「私の二十代」二三頁。

（13） 「都会の恋」のテキストは藤富保男『近代詩人評伝 北園友衛』一一－一三頁を参照のこと。後の北園は、美学的な理由で句読点を使わないのが特徴だが、この詩ではその句読点を多用している。

（14） 北園克衛、杉浦康平、松岡正剛による鼎談、「遊」八号（一九七五）八八頁。以下、「『遊』インタビュー」と記載する。克衛はインタビューはほとんど断っていたが、戦後に一回だけ承諾している。

（15） 北園克衛「私のかかわった詩誌」七頁。

（16） 同上。北園は玉村を二回目に訪問したときに、野川孟に出会ったと述懐している。その前には、野川が玉村を北園に紹介したと書いているのだが。（北園克衛「GGPG から VOU まで」（長い版）三七頁）。次の注17を参照。

（17） 北園克衛「GGPG から VOU まで」、「本の手帖」（昭森社、一九六三）三七頁。北園は同じ題の評論を二つ書いているが、こちらは長い版。

（18） 「エポック」は再刊されなかった。

（19） 野川隆「Ge. Gjmgjgam. Prrr. Gjmgem」第一年第一集（一九二四年六月）表三。

（20） 早い時期の非音声詩としては Alan Young, *Dada and After* (Manchester: Manchester University Press, 1981) p. 13 の Christian Morgenstern, "Fisches Nachtgesang"（「魚の夜歌」）を参照のこと。ところで、"Fisches Nachtgesang" は子供たちのために書かれたが、ダダはその血統を童謡にたどるこ

とはない。

（21） 音声詩のほとんどは、トリスタン・ツァラとクルト・シュヴィッタース、テオ・ファン・ドゥースブルフが書いた。

（22） Hugo Ball, “Flucht aus der Zeit” の Eugene Jolas による英訳版、*transition* no. 25（Fall 1936）に所収。Moholy-Nagy, *Vision in Motion*, p. 317. に再録。

（23） Richard Huelsenback, “Dada Lives,” August 1916 の Eugene Jolas による英訳版、*transition* no. 25（Fall 1936）に所収。再録されている書物としては Moholy-Nagy, *Vision in Motion*, p. 317. がある。

（24） Moholy-Nagy, *Vision in Motion*, p. 315. また Motherwell と Flam の *The Dada Painters and Poets*, p. xviii でも復刻されている。

（25） Motherwell と Flam の *The Dada Painters and Poets*, p. 106.

（26） 前掲書 p. 117.

（27） 一九三〇年から五〇年の間にフランス語圏のアフリカやカリブ地方の黒人作家たちの間で顕著になった文化的そして政治的色合いを強くもった文学運動。

（28） 彼の政治的立場は、Aimé Césaire, *Discourse on Colonialism*, trans. Joan Pinkham（New York and London: Monthly Review Press, 1972）を参照のこと。

（29） ノガワ・リュウ（人名は原文表記のママ）「GGPG」第一年第一集、頁番号なし。私が知る限りでは、野川の戯曲は上演されなかったようだ。

（30） コンドオ・マサヂ（人名は原文表記のママ）「GGPG」第一年第一集、頁番号なし。

（31） ヒライワ・コンヂ（人名は原文表記のママ）「GGPG」第一年第一集、頁番号なし。

（32） 北園克衛「私のかかわった詩誌」八頁。

（33） 北園克衛「GGPGからVOUまで」（短い版、注17を参照）、「月報」（一九五二年七月）八頁。『日本現代詩体系』一〇巻（河出書房、一九五二）の付録。

（34） 橋本健吉「GGPG」の二号（第二年第一集、一九二五年一月）、頁番号なし。「完全版」という詩の表題には「抄」ということばが入っているが、この詩は活字になっていない。この詩は他の「GGPG」に掲載された作品とともに、鳥居昌三によって『色彩都市、Couleur ville 北園克衛初期詩群』（プレス・ビブリオマーヌ、一九八一）にまとめられた。

（35） 後の時代の怒りを表す反抗する若者グループとして、我々は、一九五〇年代の暴走族やロッカーを、六〇年代のモッズやヒッピーを、七〇年代のパンクなどそれに続くものたちを思い起こすことができる。

（36） Tristan Tzara, “Memoirs of Dadaism,” Edmund Wilson, *Axel's Castle*（1931, New York: W. W. Norton, 1984）, p. 308.

（37） 「GGPG」八号（第二年第七号、一九二五年七月）頁番号なし。

（38） Annabelle Melzer, *Latest Rage the Big Drum: Dada and Surrealist Performance*（Ann Arbor, Mich.: UMI Research Press, 1980）, p. 41.

（39） 「遊」インタビュー、八八頁。

(40) 前掲書、八四頁。
(41) 平戸廉吉『平戸廉吉詩集』（平戸廉吉詩集刊行会、一九三一）一九三頁。
(42) 例外としては、エズラ・パウンドによる一九一二年の*Poetry*誌上での、非革命的なベンガルの詩人、ラビンドラナート・タゴールの紹介である。ホイットマンからギンズバーグまでのアメリカ詩人たちの日本のとらえ方についてはSanehide Kodama, *American Poetry and Japanese Culture* (Hamden, Conn.: Archon, 1984) を参照のこと。
(43) 中野、『前衛詩運動史の研究』二二頁。
(44) 同上。
(45) 同上。
(46) 野川隆、「二つの基礎的公理」、「GGPG」四号（第二年第三集、一九二五）頁番号なし。
(47) 橋本健吉「GGPGの報告」、「GGPG」三号（第二年第二集、一九二五）頁番号なし。
(48) 橋本健吉「GGPGの報告」、「GGPG」四号（第二年第三集、一九二五）頁番号なし。
(49) 橋本健吉「アンダーライン」、「GGPG」三号（第二年第二集、一九二五）頁番号なし。
(50) 野川孟「GGPG」三号（第二年第二集、一九二五）頁番号なし。孟の造語である「生理水」は「生理学上の食塩水」の意味にもなりうる。
(51) 平岩混児「GGPG」八号（第二年第七号、一九二五年七月）頁番号なし。
(52) 高木春夫「GGPG」四号（二巻三号、一九二五）頁番号なし。カトリックの教義によれば自殺者は地獄に落ちる。
(53) 藤富『近代詩人評伝　北園克衛』（一六頁）では、隆は朝鮮で獄死したとされ、『日本近代文学大辞典』（一一四一頁）によると、隆は満州の病院で死んだと記載されている。
(54) 橋本健吉「アンダーライン」、「GGPG」三号（第二年第二集、一九二五）頁番号なし。
(55) 「GGPG」の詩人名すべては、藤富『近代詩人評伝　北園克衛』二〇頁を参照のこと。
(56) 中野嘉一へのインタヴュー（一九八五年十一月十一日）。
(57) 村山の簡潔な紹介は以下を参照のこと。吉田精一、稲垣達郎編『日本文学の歴史』一二巻（角川書店、一九六八）一一〇-一一二頁。英語では、Toshiharu Omuka, "To Make All of Myself Boil Over: Tomoyoshi Murayama's Con[s]cious Constructionism," in *Dada and Constructivism* (Seibu Museum of Art, 1988), pp. 19-24. Gennifer Weisenfeld, *MAVO: Japanese Artists and the Avant-garde, 1905-1931* (Berkeley, Los Angeles, London: University of California, 2002).
(58) 「遊」インタビュー、八四頁。「名前を書いた紙を空中に投げ出すこと」が、ダダの偶然の実験だったとトリスタン・ツァラは主張した。ここで北園は思い違いをしている。彼女の姓のブブノヴァの頭文字が「V」だと思っているが、実際はVarvaraという彼女の名前の頭文字であった。Varvara Bubnovaについては以下の文献を参考のこと。「今日のソ連邦」六二四号（第二八巻第三号）（一九八五年二月）四八-五二頁。Chanlett-Avery, "Pacific Overtures," pp. 97-115.

（59）一九九一年に日本近代文学館によって関連する論文などが付いた「マヴォ」が復刻された。「マヴォ」について詳しくは「美術博物館ニュース」二〇号（東京大学教育学部美術博物館委員会、一九八四年六月）と付録のパンフレット『日本のダダ1920-1970』を参照のこと。

（60）「遊」インタビュー、八四 - 八五頁。「高橋新吉さんは？」という質問に、北園は答えた。「高橋は僕達が『GGPG』をやっている頃に、全然違ったところでダダをやっていました。」マルセル・デュシャンは独創的な芸術家で、彼の芸術的姿勢と作品は、ダダイズムやシュルレアリスムや後の芸術運動に大きな影響を与えた。

（61）「ネオ・ドメチ・コメット」二号（一九二六年五月）、『色彩都市』五三 - 五六頁に再録されている。この詩の全訳は *Oceans Beyond Monotonous Space*, pp. 11-13. に収録されている。

（62）北園克衛「GGPGからVOUまで」（長い版）三八頁。

（63）中原実『Gemälde 絵画　中原実画論集』（美術出版社、一九六六）所収の年表（頁番号なし）（三五四頁）。

（64）たとえば「人形とピストルと風船」（一九二九）と「未来の煙草」（一九二九）。英訳は *Glass Beret*, pp. 4-5, 44-48, *Oceans Beyond Monotonous Space*, pp. 28-29, 23-27.

（65）北園克衛「『薔薇・魔術・学説』の回想」、「薔薇・魔術・学説」（一九二七 - 一九二八／復刻は西澤書店、一九七七）復刊に添付されている小冊子、一頁。

（66）佐々木桔梗は、いくつかの雑誌に掲載された克衛の初期の作品を突き止め、短いながらも有益な冊子『北園克衛とモダニズム雑誌群』（プレス・ビブリオマーヌ、一九八〇）を上梓した。

（67）壺井繁治編、「赤と黒」四冊。（赤と黒社、一九二三年一 - 五月／復刻は冬至書房、一九六三）。

（68）同上、宣言文は最初の三冊の表紙に登場している。

（69）萩原恭次郎、『死刑宣告』（長隆舎、一九二五／復刻は名著刊行会、一九七〇）一六〇 - 一六一頁。

第三章　文学上のシュルレアリスム

（1）佐藤朔は鼎談の中でこの点を指摘している。「超現実主義と詩的空間」、『シュルレアリスム読本2　シュルレアリスムの展開』（思潮社、一九八一）三五頁。

（2）本章の草稿は私の学位博士論文 *Shredding the Tapestry of Meaning: The Poetry and Poetics of Kitasono Katue, 1902-1978* (Harvard University, 1989) の一部として書かれた。それは改訂され、*Philological Papers* (West Virginia University; ed. Armand Singer), 39 (1993/94): 27-56 に再録された。その後多少補足的な記述を加えた。

（3）第一書房、一九二五年。

（4）上田敏雄、「文芸耽美」二巻四号（一九二七）一二 - 一三頁。

（5）問題となっている事例は、妻ガラに対するサルヴァドール・ダリの妄執である。彼の一九六三年の絵画 *Galacidalacideoxyribonucleicacid* また、アンドレ・ブルトンの

『狂気の愛』*L'Amour fou*（Paris: NRF, 1937）を参照のこと。

（6）上田保、「文芸耽美」二巻四号（一九二七）一六頁。皮肉にも、遠い日本の地から見る保の視点は、個人的な確執からツァラを舞台の奥へと追いやったブルトンを中心に据えた地元の記事よりも、ダダからシュルレアリスムへの移行をうまく説明しているかもしれない。

（7）北園克衛、『黄いろい楕円――エッセイ、批評、スクラップ』（宝文館、一九五三）一一二‐一一三頁、一二二頁。

（8）「記号説」のこの上ない緊張状態の例外は、「白色詩集」の最後の連である（十一番目）。北園は「Wet Paint」、「Hands Off」という英語の語句を削除し、その結果、温和になった形象に対する挑発的な対位形式を犠牲にした。

（9）「記号説」には二つの動詞が使われるが、全体的には同じような静態的な印象を与える。

（10）アメリカ人とヨーロッパ人はたぶん最初「白」を見て白色人種を連想するだろうが、特に北園の親仏主義の観点から、その人種的な含意は日本人の読者にはないわけではないが、ほとんど感じられなかったであろう。

（11）その誌名の最初の二文字は、現在では、「しょうび」の代わりに「ばら」と読まれることが普通である。しかし、第一年第二号の編集後記で、「Ass」（まれに使われる北園の別の筆名）は、それが「しょうび」と読まれるべきだと二度言及している。

（12）「薔薇・魔術・学説」（一九二七‐二八／復刻は西澤書店、一九七七）に付された小冊子。北園克衛「『薔薇・魔術・学説』の回想」三頁。

（13）特別高等警察（特高）は、左翼運動を抑える目的で一九一一年に創設されたが、自らを非政治的と考えていた詩人たちは一九四〇年まで標的にされなかった。思想犯罪を専門に扱う特高は普通「思想警察」と言われていた。克衛と思想警察とのごたごたに関しては第六章を参照のこと。

（14）北川冬彦訳、「超現実主義宣言書」、「詩と詩論」二巻四号（一九二九年六月）二三‐二九頁と「超現実主義宣言書（2）」、「詩と詩論」二巻五号（一九二九年九月）六六‐六九頁。

（15）おそらく薔薇十字団への言及。

（16）北園はそのことばの意味と三十二画からなるこれらの特定の漢字の複雑さに言及している。

（17）Ass（北園克衛）、「薔薇・魔術・学説」第一年第二号（一九二七年十二月）の表三。

（18）アンドレ・ブルトン、ルイ・アラゴン、ピエール・ユニック、バンジャマン・ペレ、ポール・エリュアール。

（19）北園はその翻訳を英語版と記憶していた（「『薔薇・魔術・学説』の回想」（一九七七、三頁）が、同年に書かれた別の文章で、彼はそれはフランス語で書かれたと主張した（「私のかかわった詩誌」、「古沢岩美美術館月報」二五号（一九七七年六月、八頁）。

（20）亜坂（北園克衛）、「薔薇・魔術・学説」第二年第一号（一九二八年一月）の表三。

（21）「A Note」は上田敏雄が草稿を書き、克衛と保が幾分の修正を加えた。北園克衛『天の手袋』（春秋書房、一九三三）四四頁を参照のこと。「『薔薇・魔術・学説』の回想」（一九七七）三頁の中でも繰り返されている。何故北園の名前が最初に来ているのかは判然としない。

(22)「poetic operation」の代わりに「座禅」を、「poetic scientist」の代わりに「禅老師」をおけば、この宣言の執筆者たちのいわゆる客観的な態度がシュルレアリスムに負けず劣らず仏教に類似し、またおそらくそこから来ていることがわかる。

(23) 北園「私のかかわった詩誌」八頁。

(24) 北園克衛「GGPGからVOUまで」(長い版)、「本の手帖」第三年第三号(昭森社、一九六三年五月)三九頁。

(25) 一九二九年のシュルレアリストの世界地図に関しては、André Breton, *What is Surrealism? Selected Writings*, ed. Franklin Rosemont (New York: Monad/Pathfinder, 1978), p. 42を参照のこと。

(26) 西脇に関する批評書については、Hirataを参照のこと。英訳による西脇の詩については、Junzaburō Nishiwaki, *Gen'ei: Selected Poems of Nishiwaki Junzaburō*, 1894-1982, trans. Yasuko Claremont, University of Sydney East Asian Series, 4 (Sydney, Australia: University of Sydney Press and Wild Peony, 1991); James Kirkup, trans., *Modern Japanese Poetry* (Australia: University of Queensland Press, 1978), pp. 45-48; Hiroaki Sato and Burton Watson, trans., *From the Country of Eight Islands* (New York: Anchor, 1981), pp. 507-20; and Geoffrey Bownas and Anthony Thwaite, trans, *The Penguin Book of Japanese Verse* (Middlesex, Eng.: Penguin, 1964), pp. 200-201. 翻訳も含んでいる評論としては、Donald Keene, *Dawn to the West: Poetry, Drama, Criticism* (New York: Holt, Rinehart and Winston, 1984), pp. 323-35を参照のこと。

(27) もう一人は竹中郁(一九〇四-八二)で、彼は一九二九年から三一年までパリに住んでいて、コクトーと友達になった。

(28) 鶴岡善久「『衣裳の太陽』」、『日本のシュールレアリスム 一九二五-一九四五』(名古屋市美術館、一九九〇)二四頁。

(29) 前掲書、一八頁。

(30) J. N.(西脇順三郎)、「序文」、『馥郁タル火夫ヨ』(一九二七年十二月)一頁。「衣裳の太陽」全冊は一九八七年に田村書店より復刻された。また、この一節は中野嘉一「脳髄の詩と現実」、「暦象」六七号(一九七〇)一〇-一一頁の中でも引用されている。

(31) たとえば、「誰もが自分自身の生活の意味の啓示をそこに期待する権利をもっている出来事、私もまだそれを見出していないかもしれないが、しかしそれへの途上で私自身を探しつつあるこうした出来事。」や「人生は暗号文のように解読されることを求めているのかもしれない。」のような述文は、次のことを証明しているのだ。すなわち、ブルトンにとってシュルレアリスムは外の現実にある不思議な記号に自己を気づかせるためのひとつの方法で、それがまた自己の存在の謎を解き明かす際の道具になるだろう、と。André Breton, *Nadja*, trans. Richard Howard (New York: Grove, 1990), pp. 60, 112.(巖谷國士訳、『ナジャ』(白水社、一九七六)六六、一三七頁からの引用)。

(32) 瀧口の詩の翻訳に関しては、Sato and Watson, *From the Country of Eight Islands* を参照のこと。

(33) 鶴岡『日本のシュールレアリスム 一九二五-一九四五』二四頁。また佐藤朔「日本のシュルレアリスム――大正から昭和へ」、「衣裳の太陽」（復刻版別冊、田村書店、一九八七）一−一五頁も参照のこと。「衣裳の太陽」全六冊は、三百部限定で復刻された。

(34) そのメンバーは、北園克衛、上田敏雄、上田保、冨士原清一、山田一彦、西脇順三郎、瀧口修造、三浦孝之助、中村喜久夫（生没年不詳）。佐藤格（生没年不詳）は四号から参加。友谷静栄（一八九八−？、グループ唯一の女性で、後に上田保の妻となる）は五号から参加。佐藤直彦（生没年不詳）は六号（最終号）に参加。おそらく便宜上からか、あるいはその詩誌に資金援助をしていたためからか、冨士原清一が創刊号から最終号までの全六冊すべての編集と出版をまかせられた。

(35) たとえば、平安朝（七九四−一一八五）の「歌合」、鎌倉時代（一一八五−一三三三）の「連歌」、江戸時代（一六〇〇−一八六八）の「俳諧」と「川柳」。もちろん、個性もまた評価されるが、匿名の集団的活動としての詩は、日本文化にとって斬新なものではなかった。

(36) 「衣裳の太陽」一巻一号（一九二八年十一月）一九−二〇頁。

(37) 「衣裳の太陽」二巻四号（一九二九年二月）一八−一九頁。

(38) 「欧羅巴の爪」は克衛の他の詩の題名（「衣裳の太陽」二巻一号、一九二九年一月、二六頁）。

(39) 二番目の詩の最後の行「諸君は馬鹿者である」は、完全に彼のダダ時代の感情への逆戻りである。このことから、克衛にとってダダの拒否とシュルレアリスムへの方向転換は徐々に行われていたことが分かる。

(40) 北園克衛、「脳髄の鸚鵡」、『白のアルバム』（厚生閣、一九二九）一〇〇頁。また、『全詩集』（沖積舎、一九八三）八七頁にも所収。

(41) 「詩と詩論」の一号から四号は、岡本正一による編集であった。「詩と詩論」については、Lucy Beth Lower, "Poetry and Poetics: From Modern to Contemporary in Japanese Poetry" (Ph. D. diss., Harvard University, 1987) を参照のこと。

(42) 発行部数は、（菊島恒二を介して）一九八七年二月十七日に前編集者春山行夫から提供を受けた。

(43) 上田敏雄は、「衣裳の太陽」からの唯一の同人であった。

(44) 北園によれば、日本人の寄稿者のおよそ三分の一がシュルレアリストであった。北園の「『詩と詩論』と絵画」、「詩学」（一九五〇年六月）五七頁を参照のこと。

(45) 一九三二年三月、「詩と詩論」は「文学」と改題された。「文学」になってからは全六冊が発行された。「詩と詩論」と「文学」はセットで復刻された（教育出版センター、一九七九）。現在では、これらまとめて全二十冊を「詩と詩論」として言及する論者もいる。

(46) ほとんどすべての戦前の前衛詩人たちは、「詩と詩論」について少なくとも二、三頁の短い回想録を書いた。北園によるこの雑誌をとりまく運動の時代分けについては、彼の「『詩と詩論』と絵画」、「詩学」（一九五〇年六月）五六−六〇頁を参照のこと。

(47) 春山行夫「雑学あれこれ——春山行夫さんに聞く」、「焔」五号（一九八六年冬号）三四−三五頁。

(48) 春山行夫「日本近代象徴主義詩の終焉」、「詩と詩論」一号（一九二八年九月）六六-八四頁。

(49) 西脇順三郎はラテン語、英語、フランス語で詩を作っていたが、萩原朔太郎の『月に吠える』（一九一七）を読んで感銘を受けてから、母語である日本語で詩を書き始めた。英訳は *Howling at the Moon*, trans. Hiroaki Sato (University of Tokyo Press, 1978) がある。

(50) 萩原朔太郎の詩学については、Makoto Ueda, *Modern Japanese Poets* (Stanford: Stanford University Press, 1983), pp. 137-83 を参照のこと。

(51) Breton, *What Is Surrealism?*, p. 363.

(52) 同様の主題については、私の短い論文「蝙蝠傘の失跡」、「彷書月刊」二巻九号（特集日本のシュルレアリスム、一九八六年九月）一三-一四頁を参照のこと。

(53) Pierre Reverdy, *Nord-Sur*, 1918. Quoted in English translation in Patrick Waldberg, *Surrealism* (New York: Oxford University Press, 1965; rpt. 1978), p. 22. ところで J. H. Matthews は「ぴったり」（"Just"）を "accurate" と訳出している。*The Imagery of Surrealism* (Syracuse, N.Y.: Syracuse University Press, 1977), p. 66. を参照のこと。ブルトンの反論は別として、ルヴァルディの定義は、不一致の形象の新しい評価を簡潔に要約している。

(54) その最初の実験詩の冒頭の行、「死体-洗練された-飲む-ワイン-新しい (le cadavre—exquis—boira—le vin—nouveau)」にちなんで名づけられた。

(55) 松尾芭蕉『奥の細道』（一六九四年）、注解=萩原恭男（岩波書店、一九七九）四六頁。

(56) 西脇順三郎「剃刀と林檎」、『詩とは何か 現代詩鑑賞講座1』（角川書店、一九六九年）。『西脇順三郎全集』（筑摩書房、一九七一年）に再録、五二一、五二八頁。西脇はまたジョイスの『フィネガンズ・ウェイク』を「最大な記憶すべきシュルレアリスムの作品」であると記している（「本の手帖」四号、一九六一年四月）。千葉宣一『現代文学の比較文学的研究』（八木書店、一九七八年）一七一頁より引用。

(57) 河鍋暁斎（一八三一-八九）は、シュルレアリスムの先駆者と考えられる多くの日本人画家の一人である（葛飾北斎［一七六〇-一八四九］、高井鴻山［一八〇六-八三］、歌川国貞［一七八六-一八六四］、歌川国芳［一七九七-一八六一］、山東京伝［一七六一-一八一六］らが頭に浮かぶ）。暁斎については、Timothy Clark, *Demon of Painting: The Art of Kawanabe Kyōsai* (London: British Museum, 1993) を参照のこと。

(58) 『日本の戯画』（サントリー美術館、一九八六）四五頁では暁斎の作とされている。

(59) 前掲書、三八頁。葛飾北斎の絵。伊藤若冲らによる同様の作品も江戸時代から豊富にある。

(60) 国貞のその絵の年代は、一八三〇年から四三年の間と推定される。福田和彦『浮世絵ヨーロッパコレクション』（KKベストセラーズ、一九八九）一三八頁にその図版が掲載されている。

(61) 福沢一郎『シュールレアリズム』（アトリエ、一九三七）。

(62)　この時期の福沢自身の絵画は全くの謎で、風船とガラスのストローでしばしば奇妙な薬を飲んでいる顎髭の男を描いた。彼は、古賀春江と共に戦前の日本で最も賞賛を受けたシュルレアリストの画家のひとりである。二人の作品については、*Japon des avant-gardes, 1910-1970* (Paris: Editions du Centre Pompidou, 1986) を参照のこと。

(63)　瀧口修造も『西脇順三郎詩集』（思潮社、一九七九）所収のエッセイ「西脇さんと私」でこのような事情を認めている。一四六頁。

(64)　このことばはアポリネールがシュルレアリスムという語を造った一九一七年の手紙の中でも使われている。曰く、「いろいろと調べた結果、私は最初に使った Surnaturalisme よりも、Surréalisme を使用する方がよいと最後には思うようになった。」千葉宣一「芸術的近代派」、長谷川泉編『日本文学新史〈現代〉』（至文堂、一九八六）二五頁。

(65)　西脇順三郎、『超現実主義詩論』（厚生閣、一九二九）。瀧口のエッセイについては一三一-一六八頁を参照のこと。瀧口のエッセイは、西脇のその『超現実主義詩論』（荒地、一九五四）の最初の復刻版では、木原孝一の「Surréalisme, 1924-1954」と入れ替わっている。西脇のその評論書はまた『西脇順三郎全集4』、八-八八頁に所収。この全集版では、瀧口のエッセイも木原のエッセイも削除されているので、西脇のその書名と内容とのズレはすぐに明らかになる。

(66)　『西脇順三郎全集4』八三頁。

(67)　もともとは一九五四年八月に書かれた。前掲書、六七八-六七九頁（後記）。西脇は福沢一郎と江原順との鼎談で、「少し時代的に超現実という新しい題をつけただけなんであって、ほんとうは超自然という意味なんです」と語っている。「詩と絵画の問題　主としてシュルレアリスムをめぐって」、「無限」四号（一九六〇年五月）一〇三頁。

(68)　これは、一巻本として（百田宗治編『現代詩講座10』、金星堂、一九三〇）、「世界詩人人名辞典」と共に出版された。百田はただ一人の編者として記されていて、寄稿者たちのリストはない。

(69)　同上、一四九頁。

(70)　厚生閣、一九三一年。

(71)　同上、二四頁。表は同書の中の表を基にしている。

(72)　春山行夫『詩の研究』二二-二三頁。

(73)　厚生閣、一九二九年。販売数字は（菊島常二を介して）春山行夫から提供を受けた（一九八七年二月十七日）。

(74)　『東京堂出版年鑑』（東京堂、一九三〇）二〇七-二一一頁。

(75)　北園克衛「私の処女詩集」、「本の手帖」（一九六一年十月）四四-四五頁。

(76)　上田敏雄『仮説の運動』（厚生閣、一九二九年五月）の裏表紙。

(77)　北園克衛『黄いろい楕円』一一二-一一三頁。

(78)　Brian Coffey の翻訳は、Stéphane Mallarmé, *Selected Poetry and Prose*, ed. Mary Ann Caws (New York: New Directions, 1982), pp. 103-27 を参照のこと。

(79)　たとえば、有名なカリグラム「雨が降る」(1916) では、印字が降りしきる雨のようだ。Guillaume Apollinaire, *Calli-*

grammes, trans. Anne Hyde Greet (Berkeley: University of California Press, 1980), pp. 100-101 を参照のこと。

(80) 春山行夫、「詩と詩論」四号（一九二九年六月）一〇二－一〇三頁。

(81) 春山行夫『植物の断面』（厚生閣、一九二九）六四－六五頁。春山『詩の研究』九七－九八頁。

(82) 春山行夫『詩の研究』九八－九九頁。

(83) 初めに読んだとき、西洋人は春山の「白い少女」の中に人種的な意味合いを確実に発見するだろう。日本語と違って英語で「ホワイト」という形容詞を用いるとそれは「白人の」という意味になることが多いからだ。しかし、「白」はまたその少女の制服の色として、やや明るい肌の色として、あるいは無垢、純潔、処女性などの隠喩として解釈されうるだろう。人種的な含意は、直接日本語では言われていないが、安西冬衛の発言（菊地康雄『現代詩の胎動期』（現文社、一九六七）四三四頁より引用）からも明らかなように、まったくないというわけではない。

(84) 上田敏雄「美髪空間の人間学説」、「文芸耽美」（一九二七年七月）三四－三五頁。橋本健吉（北園）「上層記号建築」、「文芸耽美」（一九二七年八月）二一－三二頁（特に二五頁）。「白のアルバム」という題名を持つこの詩は、同名の書物に与えられた詩とはまったく異なっている。

(85) プラスティック・ポエトリー（造型詩）についての北園の英語による宣言は「VOU」一〇四号、私による短い文章に関しては、*Plastic Poems: Kitasono Katue and the VOU Group* (Providence: Rhode Island School of Design, Museum of Art, 1986) を参照のこと。

(86) 春山行夫「序文」、北園『白のアルバム』二頁。

(87) 春山行夫「Poesiologiste Kitasono」、「暦象」八八号（一九七八）一三頁。なお『白のアルバム』初出には psychology 前に psysiognomy が記載されている。（「北園克衛とVOU」刊行会編『北園克衛とVOU』一八七－一八八頁に再録）。春山は、北園の死後すぐに書かれたこの文章において、克衛はまた「ピストロジー、パラソロジーと同様に poesiology ないし poesiosemantics」の専門家であった、と指摘している。

(88) 春山行夫「序文」、北園『白のアルバム』三頁。

(89) 前掲書、五－六頁。春山は一九二〇年代後半の彼の文芸批評の例としてその序文から広範に選んで、『現代詩鑑賞講座9』（角川書店、一九六九）四〇五－四一五頁に再録した。

(90) 「記号説」と一群の図形詩は「poésie」と分類された。そして元来散文詩の一つであった「海の海」は、「poésie en prose」の下に分類された。「poésie graphique」は素描を示す。コクトーはまたさらに三つのカテゴリーを付け加えた。「poésie critique」、「poésie cinématographique」、「poésie plastique」（彫刻）、堀辰雄訳『コクトオ抄』（厚生閣、一九二九）一七八－一八〇頁を参照のこと。また、Francis Steegmuller, *Cocteau: A Biography* (Boston: Godine, 1986), p. 4 を参照のこと。残念なことに、『白のアルバム』の目次に見られる北園の分類は、沖積舎の全詩集には再録されていない。

(91) この態度はおそらく、詩人たちの間でよりも、現代のポピュラー音楽界に一層浸透している。

(92)「暦象」(八八号、一二頁)誌上での春山の回想による。批評家たちは『白のアルバム』に対して大部分は黙殺を決め込んでいたようだ。私が見つけた唯一の書評は、北園の友人で詩人の上田保によるものだけである。上田は、北園を「優雅な天才」で「魔術師」であると賞賛する散文詩を書いた(「詩と詩論」五号(一九二九年九月)二〇八-二〇九頁)。

(93) 性に関するフランスのシュルレアリストたちとの円卓会議については、*Investigating Sex: Surrealist Discussions, 1928-1932*, ed. José Bierre, trans. Malcolm Imrie (London and New York: Verso, 1992) を参照のこと。

(94) 上田敏雄「Le Gaz de Toshio Ueda et le yacht de Cleopatre」「衣裳の太陽」四号(一九二九年二月)一-三頁。瀧口修造もまた、自分の自動記述による詩の中で乳房、陰部、精液を書いたという点で例外と見なされる。英語による数篇の詩に関しては、Sato and Watson, pp. 532-38 を参照のこと。

(95) 佐藤朔は、そうした敵意がいかにして自分を悩ましたかを回想している。「フランスのシュルレアリストとコクトーとは犬猿の仲ですよね。ところが、個人的な意見ですが読むとそんなに違わないんだよね。ブルトンもコクトーも夢とか無意識の文学という大きなワクにくくれば一九二〇年代を代表する人になってしまう」(入沢康夫、鍵谷幸信との鼎談、「超現実主義と詩的空間」、『シュルレアリスム読本2　シュルレアリスムの展開』三五頁)。

(96) Dawn Ades, "Surrealism," in *Concepts of Modern Art* (London: Thames and Hudson, 1981), p. 124.

第四章　千の顔

(1) 官憲の拷問によって虐殺された小林多喜二(一九〇三-三三)は、国際的に見て、プロレタリア作家の中ではB・トラヴァンを除くと、最も優れた小説家である。中野重治(一九〇二-七九)は日本の偉大なプロレタリア文学者のひとりである。Miriam Silverberg, *Changing Song: The Marxist Manifestos of Nakano Shigeharu* (Princeton: Princeton University Press, 1990) を参照のこと。

(2) 北園克衛「『詩と詩論』と絵画」、「詩学」(一九五〇年六月)五八頁。

(3)「詩と詩論」七号(一九三〇年三月)以後、分裂グループが脱退。彼らの雑誌は、一九三〇年六月から三一年六月まで五冊発行された。

(4) 橋本健吉の筆名については、佐々木桔梗『北園克衛とモダニズム雑誌群』五-六頁を参照のこと。また藤富保男『近代詩人評伝　北園克衛』一〇、四二頁も参照のこと。

(5) 佐々木によれば(『北園克衛とモダニズム雑誌群』六頁)、その名前が最初に使われたのは「文芸都市」で、後に「衣装の太陽」、「詩と詩論」、「Ciné(シネ)」などでも使われた。

(6) 前掲書、五頁。北園夫人に「北園克衛」という筆名にはどのような意味があるのかと聞いたことがあるが(インタビュー、一九八六年八月二十日)、彼女の答えがふるっていた。「私はそのことについては彼に一度も聞いたことがありませんでした。私たちはいつも本当に忙しかったのです。」

（7）　太平洋戦争後、そして一九七八年に彼が亡くなるまで、VOUのメンバー全員は北園のことを愛情を込めて「ゾノさん」と呼んでいた。

（8）　白石かずこ（一九三一－）は私にこう話してくれた。十代半ばの頃、初めて北園克衛という名前を聞いたとき、女性だと思った、と。彼女が村野四郎に連れられて北園に会ったとき、彼女は北園が男だと知って驚いた（インタビュー、一九八五年五月十日）。

（9）　渋谷栄一『詩壇人国記』（交蘭社、一九三三）、七七－七八頁。

（10）　丹野正は私に、自分が「Pan Poésie」という名前を提案したと、語ってくれた。もっとも、彼はそのクラブに積極的ではなかった（インタビュー、一九八七年六月九日）。

（11）　一九八六年七月二十日に行った上田修へのインタビュー。本居宣長は国学の確立に寄与した古道研究者。平田は本居没後の門人として古道の学に志し、復古神道を体系化した。それは徳川幕府打倒と天皇復活へと導く重要な足がかりとなった。

（12）　また『シュルレアリスムの展開　シュルレアリスム読本2』の口絵としても載っているが、「海の風景」という誤った題になっている。

（13）　北園克衛『若いコロニイ』（ボン書店、一九三二）頁番号なし。

（14）　同じことが「新領土」についても言える。「新領土」は、イギリスのある文学運動に属していたメンバーが刊行した書名から採られたが、『若いコロニイ』のように、日本の帝国主義的拡張を祝するものだとして誤解を受けやすかった。

（15）　同じ写真が三冊の書物すべての表紙に使われている。だれの写真かを特定する著作者表示（クレジット）はないが、それはラスロ・モホリ＝ナギの写真「ストックホルム、1930」である。Andreas Haus, *Moholy-Nagy: Photographs and Photograms*, trans. from German by Frederick Samson (New York: Pantheon Books, 1980), fig. 10. 一九五三年の『若いコロニイ（定本）』再刊の覚書において、北園はその写真がモホリ・ナギの作品であることを認めている（『全詩集』四〇五頁）。

　ボン書店については、内堀弘『ボン書店の幻――モダニズム出版社の光と影』（白地社、一九九二）を参照。この書物へと結実することになる彼の初出文章に関しては、内堀弘「古書との出会い――ボン書店のこと」、「iichiko」七号（Bélier Art Center、一九八八年春）一四－一六頁を参照のこと。

（16）　「青天」は日本語で擬人化されている。「青天がゐた」の過去形の動詞「ゐた」はたいていは人間と動物に対してだけ使われるからである。

（17）　私の翻訳は一九三二年のオリジナル版による（本章の注13を見よ）。戦後、北園はそれらの詩に改訂を施し、さらに若干の詩を加えて、『若いコロニイ（定本）』（国文社、一九五三）として刊行した。彼の死後、『若いコロニイ』の詩は『全詩集』（一九八三）に収録されたが、残念なことにそこに収録されている『若いコロニイ』の全詩は、実際は一九五三年版からのものであるのに一九三二年版として提示されている。全体にわたる変化はごく小さいが、行や連の区切りは再構成されていて、ことばも落ちていたり、置き換わったりしている。

(18) 北園克衛「言葉」、『若いコロニイ』、『全詩集』一〇九頁。

(19) 北園克衛「海の日記」、『若いコロニイ』、『全詩集』一一五頁。

(20) 北園克衛「軽いテニス」、『若いコロニイ』、『全詩集』一一四頁。

(21) 克衛は、それにもかかわらず、同じ方法で他の詩を、たとえば「Etoile de mer」や「Madame Blanche」に発表し続けた。彼の詩「若いコロニイ」(「詩と詩論」一三号、一九三一年、八四頁)は、詩集『若いコロニイ』に収録されていないが、それはまた抒情的な詩である。

(22) この頃の克衛の生活についてはほとんど記録が残されていないが、この時期の二人の所在に関する情報を私は北園夫人から得た(一九八七年四月十四日に行われたインタビュー)。記して感謝する。

(23) 一九八七年四月十四日に行われたインタビュー。

(24) 克衛の母は一九二八年に他界した(第三章を参照のこと)。

(25) 近藤富枝は、馬込に住んだ文士たちの交流をまとめた書物において、馬込での克衛の役割を軽視して、次のような間違った見解を述べている。「北園は……近くに住みながら萩原朔太郎、室生犀星とは全く往来をしなかった」(『馬込文学地図』(中央公論社、一九八四)二四一頁)。しかし実際には室生犀星、山本周五郎(一九〇三-六七)、などの馬込の住人との往復書簡や、北園の戦時中の日記を見れば彼が近くに住む文人たちと交友関係を持っていたことが明らかである。克衛は萩原朔太郎の詩を英訳して、一九五二年に彼の英訳詩と自分の詩をニューヨークで出されたある詞華集に発表した。よって、二人が出会っていたということは大いにありうることである。Hagiwara Sakutarō, "A Bar at Night," trans. Kitasono Katue, in *A Little Treasury of World Poetry*, ed. Hubert Creekmore (New York: Charles Scribner's Sons, 1952), p. 421 を参照のこと。VOU の詩人たちと萩原の他に、北園は馬込のもうひとりの住人北原白秋(一八八五-一九四二)の詩も英訳している。

(26) 一九四〇年の絵画「詩人北園克衛像」(80.3×65.1 cm)の白黒の複製画に関しては、『仲田好江画集』(美術出版、一九八六)九八頁を参照のこと。

(27) 北園克衛『円錐詩集』(ボン書店、一九三三)頁番号なし。

(28) 北園克衛『黄いろい楕円』(宝文館、一九五三)一二二頁。

(29) 北園克衛「Miracle」、『円錐詩集』。『全詩集』一三二頁。

(30) 北園克衛「フラスコの中の少年の死」、『円錐詩集』。『全詩集』一三六頁。

(31) 北園克衛「Nul」、『円錐詩集』。『全詩集』一三一頁。

(32) 北園克衛「金属の縞のある少年と手術室の黄色い環」、『円錐詩集』。『全詩集』一三四頁。

(33) 北園克衛「Spherical Cone の果実」、「Madame Blanche」一二号(一九三三年十二月)頁番号なし。

(34) 同上。

(35) 同上。

(36) 同上。

（37）同上。

（38）Poggioli, pp. 65-68, 182-83, 201.（邦訳、九五－九八、二〇三、二三一頁）

（39）北園克衛「硝子のリボンを頸に巻いた少年の水晶の乳房とそのおびただしい階段」、『円錐詩集』。『全詩集』一三五頁。

（40）田村隆一「北園克衛著——『ガラスの口髭』」、「机」七巻一一号（紀伊國屋、一九五六年十一月）二九－三〇頁。吉岡実『液体』（一九四一／再刊は湯川書房、一九七一）。北園に関する吉岡の文章については、以下を参照のこと。「新しい詩への目覚め——北園克衛『円錐詩集』」、「ユリイカ」（青土社、一九七五年九月号）一四四－一四五頁。「断章三つと一篇の詩」、『北園克衛全詩集』「栞」（沖積舎、一九八三）七頁。吉岡に関する北園の文章については、「吉岡実の詩についての簡単な意見」、「ユリイカ」（青土社、一九七三年九月号）七〇－七一頁を参照のこと。

（41）『日本近代文学大事典5　新聞雑誌篇』（講談社、一九七七）には「白紙」は記載されていない。「白紙」は一〇号ほど続いたという克衛の記憶は誤りである（『黄いろい楕円』一二五頁）。私は個人蔵のコレクションの中に「白紙」の一四号を見つけることができた。消滅してしまった何号か、またこの雑誌に対する無関心を思うと、この雑誌の誌名は自分の運命を見事に予見したかのようだ。

（42）Kitasono Katue, "VOU Club: Notes," *Townsman* (London), 1, no. 1 (Jan., 1938): 4. 北園と *Townsman* との関連については、第五章を参照のこと。

（43）女性とは、左川ちか（一九一一－三六）、沢木隆子（一九〇七－）、山中富美子（生没年不詳）である。

（44）北園は「Madame Blanche」四号、五号に寄稿しなかった。

（45）菊島恒二へのインタビュー（一九八六年十二月三日）。

（46）江間章子『埋もれ詩の焔ら』（講談社、一九八五）一三四頁。

（47）同上。

（48）百田宗治による編集。

（49）江間、一三一頁。江間が言及しているすべての女性詩人が「Madame Blanche」のクラブ員名簿に記載されているわけではない。その中には、江間も属することになる、後のVOUクラブのメンバーもいたが、おそらく正式な会員ではないが会合に出ていた者もいたようだ。一九八七年十月十九日のインタビューで、江間は女性詩人たちは「アルクイユのクラブ」で居心地が良かったと繰り返し述べた。

（50）一九八六年七月二十日に行った上田修、菊島恒二、城尚衛へのインタビュー。

（51）「Madame Blanche」二号、頁番号なし。

（52）北園克衛『鯤』（民族社、一九三六）。

（53）英訳は、*The Complete Works of Chuang Tzu*, trans. Burton Watson (New York: Columbia University Press, 1968) がある。同書 p. 29 を参照のこと。荘子が言わんとしているのは、相対性という範疇を破壊することによって、読者の想像力を拡げることである。「空の星はこころの内側である」という禅の言い習わしは、想像上の境界を同じように消し去る。

（54）一九八七年五月二十二日に行った上田修へのインタ

ビュー。もし本当ならば、これはエズラ・パウンドが唱導した孔子の教えに対する克衛の関心の欠如を説明するかもしれない（第五章参照のこと）。

（55）北園克衛「鯤」、「Madame Blanche」七号（一九三三年六月）頁番号なし、『鯤』九頁、『全詩集』一四三頁。「野分」、「Madame Blanche」一一号（一九三三年十一月）頁番号なし、『鯤』一三頁、『全詩集』一四四頁。「昔の家」、「三田文学」（一九三三年十二月）、『鯤』二二頁、『全詩集』一四七頁。

（56）村野四郎「解説」、村野四郎編『現代詩人全集』（角川書店、一九六七）三〇七頁。また千葉宣一も『日本近代文学大事典』（講談社、一九八四）の「北園克衛」（四七六頁）の項で言及している。

（57）北園克衛「Spherical Cone の果実」、「Madame Blanche」一二号（一九三三年十二月）、頁番号なし。

（58）北園克衛「若き女性詩人の場合」、『天の手袋』（春秋書房、一九三三）一二六頁。二十年後、克衛は飯野哲二の『芭蕉入門』（国文社、一九五六）の装丁を手がけた。木原孝一が「机」七巻七号（紀伊國屋、一九五六年七月）二九頁でその書評を書いている。

（59）北園克衛「小伝」、西脇順三郎編『現代日本名詩集大成9』（創元新社、一九六一）一五〇頁。

（60）北園克衛『鯤』の表題のない序。『全詩集』一四一頁。友人知己のために編んだ詩集であると表明したにもかかわらず、『鯤』は「VOU」七号（一九三六年）八頁で広告宣伝された。

（61）Letter, July 17, 1936; quoted in Kodama Sanehide, ed., *Ezra Pound and Japan* (Redding Ridge, Conn.: Black Swan, 1987), p. 29.

（62）一九八七年五月二十九日に行った小林善雄へのインタビュー。

（63）北園克衛『ハイブラウの噴水』（宝文館、一九四一）。

（64）一九八七年四月二十日に行われた上田修へのインタビュー。

（65）小栗雋一郎「ヤタガンの上機嫌」、「Madame Blanche」九号（一九三三年九月）頁番号なし。

（66）同上。現在の日本では、「マダム・ブランシュ」は一九七六年に始まる高級な有名ブランドの名称として知られている。例えば「マダム・ブランシュ」の服を着ている美智子皇后の姿が目撃されている。

（67）「マダム・ブランシュ」という名前は、一九二七年に発表された冨士原清一の短編の題である。また、ブルトンの『ナジャ』（一九二八）にもブランシュ・デルヴァルという人物が出てくる。冨士原清一「マダム・ブランシュ」、「薔薇魔術学説」一巻三号（一九二七年十二月）一七－二四頁。André Breton, *Nadja* (Paris: Librairie Gallimard, 1928); trans. Richard Howard (New York: Grove, 1960), pp. 47–49 を参照のこと。

（68）時々、克衛は「一郎」を落として、「小栗雋」という名前を使った。

（69）彼の正体を私に明かしてくれたのは、菊島恒二である。上田修と城尚衛（一九一五－）はそのことを裏づけてくれた。彼ら三人は「アルクイユのクラブ」の会員であった（一九八七年四月二十日に行った菊島恒二、上田修、城尚衛へのインタビュー）。
(70) 吉岡英治「剣難女難」、「キング」一巻一号（一九二五年一月）二六四–二七七頁。二巻九号（一九二六年九月）まで月刊連載となった。
(71) それぞれ、『伊勢物語』、『源氏物語』、『好色一代男』の主人公。
(72) 春日新九郎「詩集の審判」、「Madame Blanche」一二号（一九三三年十二月）頁番号なし。
(73) 春日新九郎「私の弁解」、「Madame Blanche」一三号（一九三四年二月）二六頁。
(74) 北園克衛「寒土」、「Madame Blanche」一三号（一九三四年二月）二七頁、『鯤』一四頁、『全詩集』一四四–一四五頁。芭蕉は、バナナ（バショウ属の熱帯植物の総称）と大俳人を指す地口である。
(75) 春日新九郎「詩集の審判」、「Madame Blanche」一一号（一九三三年十一月）頁番号なし。春日の態度の背後には、『円錐詩集』に自ら声援を送らなければならないという克衛の哀感がある。『鯤』（一九三六）には克衛の著作一覧が載っている。一九三四年以前の彼の六冊の書物は、『円錐詩集』を除いて、その時点ですべて絶版であった。確かに最も革新的な実験のひとつである『円錐詩集』は、彼の抒情的な筆致や伝統的な文体と比べて当時はほとんど賞賛されなかった。
(76) 克衛については多くは説明されていないが、ポルトガルの詩人フェルナンド・ペソア（一八八八–一九三五）の「同綴異音異義語」という魅力的な事例がある。ペソアは異なる四つの人格を用いて、しかもそれぞれ別の詩的スタイルで書いた。彼の方法は表面的には多重人格障害と似ている（彼はその現象を神経症的ヒステリーに起因すると考えている）。彼のエッセイ「私の同綴異音異義語の創世（"The Genesis of My Heteronyms"）」の抄録に関しては、*Selected Poems by Fernando Pessoa*, trans. Edwin Honig (Chicago: Swallow Press, 1971), pp. 163-66を参照のこと。
(77) 春日新九郎「詩集の審判」、「Madame Blanche」一三号（一九三四年二月）二五頁。春日の批評は見ためほど包括的ではない。「文芸汎論」掲載の「祖父の家」にはわずか三篇の詩しか含まれていない。克衛はそのうちの二篇を褒めている。『鯤』の「祖父の家」に属する詩篇は八つあり、この詩集のほぼ半分を占める。
(78) 同上。
(79) 一九八七年四月二十日に行った菊島恒二へのインタビュー。
(80) 「Madame Blanche」一三号（一九三四年二月）二三頁。
(81) 北園克衛訳、ポール・エリュアール『*Les Petites Justes*』（ラベ書店、一九三三）。北園克衛訳、ステファヌ・マラルメ『恋の唄』（ボン書店、一九三四）。
(82) 自己嘲笑のことばの調子は佐々木桔梗の解釈（『北園克衛とモダニズム雑誌群』六頁）をすり抜けたようだ。佐々木はこのことばを、文字通りフランス語の訓練を欠いているという克衛の真剣な告白だと受け取っている。
(83) 佐藤朔（入沢康夫、鍵谷幸信との鼎談）「超現実主義と詩的空間」、『シュルレアリスム読本2　シュルレアリスムの展開』二九頁。同頁で鍵谷はこう言っている。「……これは上田さんに直接聞いたんだけど、エリュアールに "etoile de mer" という詩の言葉があって、それをわかっててヒトデと訳さないであえて『海の星』と訳したというの。」

(84) 北園克衛訳、レェモン・ラディゲ『火の頬』（白水社、一九五三）。北園の献詞が記された訳書の所有者である征矢哲郎氏のご協力により、北園の献詞を確認することができた。記して感謝申し上げる。

(85) 菊島恒二は、『*Les Petites Justes*』は、北園のオリジナル詩集のどれよりも優れている最高の作品である、と語った（一九八六年十二月三日に行ったインタビュー）。

(86) 山中散生編『*Hommage à Paul Eluard*』（神戸、海盤車刊行所、一九三四）頁番号なし。山中と冨士原清一は翻訳者。その書物には、西脇順三郎（フランス語で一篇、英語で一篇）、山中（フランス語）、北園（英語）らの作品が収録されている。三百部のうち五十部が日本で販売された。

(87) なおこの英詩は「現代詩手帖」一九九〇年十一月号の一三〇―一三一頁に再録されている。参考までに付した日本語訳は藤富保男氏の和訳を参考にした。

(88) 編集者として名前が載っていたにもかかわらず、北園は「JaNGLE」については一度も書いていない。代わりに彼は、次の注の*Townsman*の記事にあるように、「Madame Blanche」のもう二冊（一八号と一九号）に関係していると書いている。

(89) "It was by an inevitable result of the tendency of the age that the 'Club d'Arcueil' should dissolve at last without a serious reason and the *Madame Blanche* ceased to be published at #19," Katue Kitasono, "VOU Club: Notes," *Townsman* 1, no. 1 (Jan., 1938): 4.

(90) 北園克衛「GGPGからVOUまで」、「本の手帖」（一九六三年五月）四〇‐四一頁。

(91) 北園克衛「私のかかわった詩誌」、「古沢岩美美術館月報」二五号（一九七七年六月）九頁。

(92) 北園克衛『ハイブラウの噴水』（昭森社、一九四一）の内表紙。

(93) 川村洋一（一九三二‐九五）は、「青焔」二〇‐三二号（一九九一年夏号‐九四年秋号、ただし三〇号（九四年春号）は除く）において「Madame Blanche」に関する短いエッセイを連載して、そうした状況を修正しようと試みた。

第五章　キット・カット（Kit Kat）とエズ・ポ（Ez Po）

(1) エズラ・パウンド関係の資料の掲載を快く許諾してくれたエズラ・パウンド著作権管理者、ニュー・ディレクションズ社、イエール大学のバイネッケ稀こう本・草稿図書館、メアリー・デ・ラッヘヴィルツに感謝したい。パウンドと克衛の全往復書簡集は児玉実英によって詳細な注釈を加えられて、*Ezra Pound and Japan* (Redding Ridge, Conn.: Black Swan, 1987) に収められている。この書物は以後*EP & Japan*と表記する。

(2) 「VOU」という名称の由来に関して若干の説明を付け加えておきたい。ある手紙でパウンドは「VOUtai（Vo謡《うたい》）」、誰が唄い、絵を描くのか」というような洒落を言った。また別の手紙で、「VOUは何を表しているのか、それは望遠鏡のことばなのか」などと訊いている。克衛の答えは、「VOUという言葉はDADAという言葉のように何の意味も持ちません。ただの記号に過ぎません。ある日私は喫茶店のテーブルの上に偶然にもこの三つの文字を気紛れに並べてみたのです。」（*EP & Japan*: Ezra Pound, Nov. 24, 1936, and Feb. 9, 1938, pp. 34, 56; Kitasono Katue, March 16, 1938, p. 57).

　戦後、克衛はさらに詳しい説明を英語でしている。その中で彼はVOUという名前を考案したのは岩本修蔵だとしている。「私は今でも、VOUという不思議な名前を採用した時のことをよく覚えている。その名前は銀座の小さな喫茶店のテーブルの上で誕生した。私たちはいろんな名前をそこで考えたのだが、どれにも満足できなかった。というのは、どの名前にもそれ自身の意味があり、それによって私たちの活動が制限されてしまうからだ。その時、一緒にいた岩本がちょうど小さい紙切れに何気ない自動筆記をしていて、その自動筆記から私たちは意味のない綴りを思いつき、そうして私たちはVOUイストとなったのだ。」彼はこうした説明をエズラ・パウンドの友人で、パウンドの伝記作者であるマイケル・レックに書き送った。マイケルは戦後日本でアメリカ占領軍の兵隊であった。（Michael Reck, *Ezra Pound: A Close Up* [New York: McGraw-Hill, 1967], p. 98).

「VOU」の由来と意味は、「DADA」のように、論争の的となり、それはクラブの名声が増すに連れて、ますます重要性を帯びた。「VOU」をどのように読んだらいいのか分からない人のために創刊号には「ブアウ」というカタカナが添えられてあったが、その後はカタカナ表記がなくなっている。それから十五年後の「VOU」三四号には、次のような説明が登場した。「VOUという名称についてしばしば聞かれたので、こう答えよう。VOUには何の意味もない。それはわずか三つの文字から成り立っていて、私たちのクラブと、私たちの雑誌を表す記号である。私たちはこれら三つの文字の配列に対して、ちょうど自分自身の名前に抱くのと同じような愛情を持っている。それ以上でも以下でもない。VOUを「ブアウ」と読もうと「バウ」と読もうと、それは読者の自由だ。私たちはこの二つの読み方の間を行ったり来たりしているほどだ。（「VOU」三四号（一九五〇年一月）四八頁、無署名）。「VOU」に関する克衛による補足的な説明に関しては、「一人のVOUポエットの記録」、『黄いろい楕円』一七九－一八九頁、「GGPGからVOUまで」、「本の手帖」（昭森社、一九六三）一六五－一六九頁、「私のかかわった詩誌」、「古沢岩美美術館月報」二五号（一九七七年六月）七－一〇頁などを参照のこと。

（3）　戦後、克衛は司書・学芸員として働き、日本歯科大学内でデザイン部を始めたが、この部局は一九七八年に克衛の退職と同時に閉鎖された。最近、一九三〇年代初期に書かれた、中原から北園宛の未公開の書簡が十五通発見された。それらはこの二人の前途有望な芸術家の関係が、思いやりのあるパトロン（中原）が貧しい詩人（北園）を支援すると考えられていた関係ではなかったことを告げている。これらの書簡は、北園が兄平八の仲介を受けて中原を援助していたことを明らかにしている。

（4） 日本におけるパウンドの大戦間の評判と彼が日本語と中国語を解する能力に欠けていたことについては、拙稿を参照のこと。"The Hooking of Distant Antennae" in Richard Taylor and Claus Melchior, eds., *Ezra Pound and Europe* (Amsterdam and Atlanta: Rodopi, 1993), pp. 119-29.

（5） 克衛は「VOU」七号（一九三六年三月）と八号（一九三六年四月）を送ったことであろう。

（6） April 26, 1936, *EP & Japan*, p. 27.

（7） Ezra Pound, *Guido Cavalcanti Rime* (Genoa: Edizioni Marsano, 1932).

（8） 北園克衛「Veu」[即ち Vue]、「VOU」一一号（一九三六年八月一日）四二頁。

（9） 同上。

（10） Aug. 12, 1936, *EP & Japan*, p. 30.

（11） 「Decoupage」、「VOU」一三号（一九三六年十月十五日）三六頁。

（12） 前掲書、三七－三八頁。

（13） パウンドが北園に対して「VOU」の詩の英訳と表意文字を送ってくれるようにという再三再四の要請は、無視された (EP letters of Nov. 24, 1936, Mar. 11, 1937 [twice], and Feb. 9, 1938; *EP & Japan*, pp. 34, 41-42, 56)。当時はコピー機などが存在していなかったことを考慮にいれても、克衛の黙殺は不可解である。

（14） Ezra Pound, "VOU Club," *Townsman*, Jan. 1, 1938, p. 4.

（15） *Townsman*, Jan. 1, 1938, p. 9. 克衛の詩の第一部は、『固い卵』（文芸汎論社、一九四一）に所収の「硝子のコイル」（一〇－一一頁）の翻訳である。私は第二部の出典を突き止めることはできなかった。それはおそらくいくつかの詩から編集したものであろう。以下参考までに日本語訳を添えておく。

I

昨日僕達はコンクリイトのアンブレラの下でトマトの軽率を
　嗤つた
彼等の思想はすでにバケツのかたはらで腐敗し縄のネクタイ
　について語つた
砲弾はオフィスの上空でキャベツの如きものである
友よ　それで踵はよい

今日　かれらは Philosophismus のブラッシの中で一匹のア
　ヒルを発掘した
僕達の嗤ひはアクイナスの胡瓜型の思考よりもダクシャンド
　的シリンドルの状態に近い
緑の手袋をはき Membranologie と言ふ書物を抱へて出発す
　る
明るいカバンを売る店があるか

明日僕達は野菜の衣装を着た将軍［日本語の原作ではここは
　「予言者」］のためにバケツの横で重いネクタイを結ぶだら
　う
退屈な市街はブラッシのごときものである
去れさまよへる頭よ

ガイスレル氏の管を通り　岩石の上に炸薬のごとく憤然と去れ

II

鉛のスリッパを履いて夜の噴水を嗤い、孤独な白鳥を軽蔑する
彼女は硝子のパラソルを広げ、コスモスが咲く通りをさまよう
私がイメージする糸杉の上には、二本のゴルフクラブが交差するホテルが記される
そして夜の砂の上でカメラを動かす

通りでは、紡錘形のアマルガムの階段が輝き、電話のベルが机の上で鳴っている
コンゴでは理髪師がオウムが調教を受けカビンダで売られる
すると陽気な若い水兵たちによって彼女の頭が鉛の頭に取り替えられる
その情景を時計職人がココナツの木の下で瞬間的にとらえ、そこにはしっかりと閉じられた丸天井が見える

私はテーブルの上にアンテロープの皮手袋を投げ、陰気な連中を無視する
防水皮のレインコートで包んだタイプライターは死に、時の川の上を流れていく
彼女は硝子のパラソルを広げ、ナイチンゲールを追う、時の川と花咲くコスモスの間の空間で
あるいは新しい時代が生まれる

水上飛行機 Hamburger Fleugzeugbau Ha 139号の下では、
アヒルが戦線を混乱のなかに投げ入れる
コスモスの花の中で機関銃が振動する
下水溝の傍らで若い洗濯夫が炸裂する
鳴、より澄んだ、より良い空が通りの向こうにある
針金とショベルがコンクリイトの上で明るく輝く

（16）たとえば、すでに今までの章で紹介した萩原恭次郎、高橋新吉、西脇順三郎、瀧口修造らの作品。

（17）E. Fuller Torrey, *The Roots of Treason* (San Diego: Harcourt, Brace and Jovanovich, 1984), p. 250.

（18）Jan. 25, 1938, *EP & Japan*, p. 54.

（19）Ezra Pound, *Guide to Kulchur* (1938; rep.—New Directions, 1970), pp. 137-39. なおこの訳文は『北園克衛とVOU』（九五−九六頁）に再録されている北園の当該エッセイがもとになっているが、明らかな誤りは修正した。

（20）James Engell and W. J. Bate, eds., *Biographia Literaria: The Collected Works of Samuel Taylor Coleridge* (1817; rpt.—New Jersey: Princeton University Press, 1983), pp. 168-70.

（21）同上。

（22）北園克衛「所謂イミジェリィとイデオプラスティに関する簡単な試論」、「VOU」一四号（一九三六年十一月）三頁。

（23）前掲書、二頁。

（24）北園克衛「詩への組織学的寄与」、「VOU」三号（一九三五年十一月一日）七‐八頁。
（25）藤富『近代詩人評伝　北園克衛』七八頁。
（26）岩成達也「黒いそれらの黒いそれら――北園克衛小論」、「現代詩手帖」（一九八六年十月号）一一三頁。
（27）前掲書。
（28）July 17, 1940, *EP & Japan*, pp. 91-92.
（29）前掲書、一六五頁。
（30）前掲書、九四頁。
（31）前掲書、一〇八頁。
（32）前掲書、七九頁。パウンドの人種差別的な見解は誤謬に満ち、不愉快なものだが、当時の「軍産複合体制」（現在のTNCs＝多国籍企業）の仕掛けに対する洞察力はかなりのものであった。
（33）フランスの数学者、物理学者、そして天文学者であるピエール・シモン（マルキ・ド）・ラプラス（一七四九‐一八二七）。彼の太陽系の安定性についての研究はニュートン以降の天体力学を進歩させた最も重要なものである。ラプラスは強い政治的意見を持っていなかったので、フランス革命の時に幽閉や処刑を免れた。
（34）*EP & Japan*, pp. 81-82.
（35）Pound, *Guide to Kulchur*, p. 148.
（36）前掲書、二四二頁。
（37）Letter, Jan. 1, 1937, *EP & Japan*, p. 35.
（38）*Broletto* (Como, Italy), no. 25. (Jan. 1938): 20-21. 北園と翻訳についての紹介文はおそらく編集者のカルロ・ペローニによるものだろう。パウンドは克衛とダンカン、ズコフスキー、カミングズとの比較の際に引用されている。
（39）Kitasono Katue, "Seven Pastoral Postcards," *Townsman* 2, no. 6 (Apr. 1939) : 10-11. この詩は『夏の手紙』（アオイ書房、一九三七）からのものである。
（40）James Laughlin, "Modern Poets of Japan," *New Directions*, vol. 3 (New York: New Directions Books, 1938), 頁番号なし。以後 *ND 1938* とする。十四篇の詩の内、三篇が *Townsman*（1938）からの再録。
（41）James Laughlin, "Editor's Note," in *ND 1938*, pp. 361-79. なお連詩については後に詳しく触れることにする。
（42）*ND 1938*.
（43）同上。
（44）*ND 1938* の特集のために北園克衛からジェームズ・ロクリンに宛てた未発表の「Notes」。ニュー・ディレクションズ社にある克衛のファイルの中にある。親切にもジェームズ・ロクリンは一九八五年六月に私にそれを送ってくれた。また克衛による以下の一文も活字になっていないが、それは恐らくロクリンが賛同したパウンドの文化観と相反するからであろう。

現代では「文明」は西洋から東洋へ、その「文明」の揺籃の地である中近東のほうに向かって逆流している。現代の音楽、絵画、建築、彫刻はすでにその地で始まっていた。現代の詩もそこに戻るべきだ。東洋の果てにある日本の文化と、西洋の果てにあるアメリカの文化は、そこで初めて完全な理解に到達することであろう。

(45) James Laughlin, *The Master of Those Who Know: Ezra Pound* (San Francisco: City Lights, 1986), p. 15.

(46) Charles Henri Ford et al., "Chainpoems," *New Directions* (New York, 1940), pp. 361-79.「連鎖詩」(chainpoems) あるいは「連詩」の規則は状況によって変わるが、重要な点は詩人たちが一緒になって創作するという点にある。第二次世界大戦後の例としては、Octavio Paz, Jacques Roubaud, Eduardo Sanguineti, and Charles Tomlinson, *Renga: A Chain of Poems* (New York: George Braziller, 1971) や Ōoka Makoto and Thomas Fitzsimmons, "Rocking Mirror Daybreak," in *A Play of Mirrors* (Rochester, Mich.: Katydid, 1987), pp. 201-30. などを参照のこと。フォードはまた著名な雑誌 *View* を編集している。最近の再編集については、Charles Henri Ford, ed., *Parade of the Avant-Garde: An Anthology of "View," 1940-47* (New York: Thunder's Mouth Press, 1991) を参照のこと。

(47) Hugh Gordon Porteus, *Criterion* (ed. T. S. Eliot), 18, no. 71 (Jan. 1939): 397. *EP & Japan*, p. 225 にも引用されている。

(48) Porteus, pp. 397-98.

(49) Letter, Mar. 11, 1937, *EP & Japan*, p. 41.「私はほんの少しのタイプミスとそれに類似したものだけ直すつもりだ」とパウンドは書いている。

(50) たとえば、東潤の "Passion" という詩では、"Like a dying/Peacock,/In a desperate agony,/Flapping the wings." となっているが、編集者は最後の行を "Flapping *its* wings" と直すべきだった。VOU の詩人たちは外国の編集者たちに頼っていたために、このような間違いを訂正できなかった。

(51) Kitasono Katue, "The Life of a Pencil," *Diogenes* 1, no. 2 (Dec. 1940-Jan. 1941): 53.

(52) Kitasono Katue, *Black Rain* (Mallorca, Spain: Divers Press, 1954).

(53) Kenneth Rexroth, "Literature" in R. M. Hutchins and M. J. Adler, eds., *The Great Ideas Today* (New York: Praeger, 1970), pp. 169-70.

(54) Letter, Apr. 26, 1936, *EP & Japan*, p. 27.

(55) Letter, May 24, 1936, *EP & Japan*, p. 28.

(56) Letter, July 17, 1936, *EP & Japan*, p. 30.

(57) Letter, Mar. 16, 1938, *EP & Japan*, p. 56.

(58) Mary Pound, "Gais or the Beauties of the Tyrol," 北園克衛訳「美しいチロル」、「令女界」一八巻一号（宝文館、一九三九年一月一日）九八-一一一頁。

(59) Mary de Rachewiltz (formerly Mary Pound), "Postscript: In Place of a Note to Letter 71," in *EP & Japan*, p. 214.

(60) Letter, Mar. 20, 1939, *EP & Japan*, p. 74.

(61) Letter, Apr. 22, 1940, *EP & Japan*, p. 89. パウンドは克衛にその名前の由来を説明していない。「Kit Cat」と綴れば、イギリス詩人たちの最初の重要なクラブである、十八世紀初期の「Kit Cat Club」を示す。なぜそのような名前になったかと言うと、このクラブの集まりが「Kit Cat」と呼ばれる羊のパイを得意とする、クリストファー・キャット (Christopher

Cat）という名のシェフのいるレストランで開かれていたかららしい。*Memoirs of the Celebrated Persons Composing the Kit-Cat Club* (London: Hurst & Robinson, 1821) という本の中でホレス・ウォルポール（Horace Walpole）の次のことばが引用されている。「キット・キャット・クラブは知者の集団として人口に膾炙しているが、実は英国を救った愛国者たちであった。」二十世紀になると「キット・キャット・クラブ」はストリップを売り物にするナイト・クラブを指すようになった。

（62）Letter. Nov. 24, 1936, *EP & Japan*, p. 34.

（63）*EP & Japan*, p. 151.

（64）Torrey, *Roots of Treason*, p. 211.

（65）北園克衛『サボテン島』（アオイ書房、一九三八）二〇頁。『全詩集』一八〇頁。

第六章　ファシズムの流砂

（1）「ファシズム」という用語の日本への適用については、Olavi K. Fält, *Fascism, Militarism or Japanism? The Interpretation of the Crisis Years of 1930–1941 in the Japanese English-Language Press*, Studia Historica Septentrionalia 8 (Rovaniemi, Finland: Societas Historica Finlandiae Septentrionalis) 1985を参照のこと。Richard Mitchellのこの問題についての見解は彼のFältの書評が参考になる。*Monumenta Nipponica* 40, no. 4 (Winter 1985): 447–49.

（2）櫻本富雄が彼らの中では一番厳しい。彼は国際主義者、前衛主義者、プロレタリア作家、共産主義者などと標榜した詩人たちが戦争中に戦争協力の作品を書いていたことを明るみに出して注目されるようになった文学者である。『日の丸は見ていた』（マルジュ社、一九八二）を参照のこと。

（3）藤富『近代詩人評伝　北園克衛』一三一－一三二頁。

（4）櫻本富雄だけでなく、吉本隆明も似たような攻撃を行っている。北園への論評に関しては、吉本隆明の『抒情の論理』（未来社、一九六三。一九七六年に編集再録）、一一五－一一八頁と櫻本富雄の『空白と責任』（小林印刷株式会社出版部、一九八三）二四八－二五三頁を参照のこと。

（5）Masao Miyoshi, "Against the Native Grain," Masao Miyoshi and H. D. Harootunian, eds., *Postmodernism and Japan* (Durham, N. C.: Duke University Press, 1989), pp. 152-53.

（6）プロレタリア派だけは除外される。彼らはすべての文化的な産物を「政治的」だと見なした。

（7）「神戸詩人クラブ事件」については、足立巻一「『神戸詩人』書誌」、「文学」五三巻一号（一九八五年一月）一二〇－一二七頁を参照のこと。

（8）VOUのメンバーであった清水雅人（一九三六－、一九八七年十一月二十三日にインタビュー）と安藤一男（一九二九－、一九八七年十一月二十四日にインタビュー）によると、彼らは北園に愛国詩のことを質問したかったのだが、北園の機嫌を損ねると思って聞きだせなかったという。

（9）一九八七年十一月二十四日の会話。

（10）克衛の抽象詩は『固い卵』（文芸汎論社、一九四一）に収録されている。

（11）北園克衛『夏の手紙』（アオイ書房、一九三七）、『火の菫』（昭森社、一九三九）。当世風のことばを超現実主義的に組み合わせた、北園特有の抒情的な語彙についての議論は第四章と第七章を参照のこと。

（12）北園克衛『サボテン島』（アオイ書房、一九三八）。

（13）北園克衛『鯤』（民族社、一九三六）。この詩集についての議論は第四章を参照のこと。

（14）北園克衛『村』（句集）は彼の死後、船木仁と藤富保男（瓦蘭堂、一九八〇）によって編集出版された。また、夏目漱石（一八六七－一九一六）や芥川龍之介（一八九二－一九二七）などと一緒に『現代俳句集成別巻1　文人俳句集』（河出書房新社、一九八三）に再録されている。

（15）例えば、Thomas R. H. Havens, *Valley of Darkness: The Japanese People and World War II* (New York: Norton, 1978), p. 22を参照のこと。また、Elise Tipton, *Japanese Police State: Tokkō in Interwar Japan* (Honolulu: University of Hawai'i Press, 1990) も参照のこと。

（16）VOUメンバーで参加したのは、長田恒雄、北園克衛、長安周一（一九〇九－九〇）、八十島稔（一九〇六－八三）、木原孝一（一九二二－七九）、中村千尾（「新技術」三一号、四頁）。

（17）北園克衛「Decoupage」、「VOU」二四号（一九三八年十一月二十日）七頁。

（18）北原白秋、「序」、長田恒雄編『戦争詩集』（昭森社、一九三九）一－三頁。

（19）『火の菫』特装版には、有名な画家、東郷青児（一八九七－一九七八）のオリジナル作品が添えられていた。北園の本の中ではもっとも価値の高いもので、一九九八年夏のオークションでは三十五万円以上の値がついた。

（20）『戦争詩集』が最初の戦争詩の詞華集であることを指摘してくれた千葉宣一に感謝する（一九八八年一月十二日のインタビューによる）。

（21）松葉杖をつく長島三芳の写真については「VOU」二八号（一九三九年十二月一日）六頁を参照のこと。同じ号の四九頁には、長安周一による長島三芳の詩集『精鋭部隊』の書評も掲載されている。VOU詩人の佐々島敏夫（生没年不明）も一九三九年一月に徴兵され、前線へ送られた。

（22）木原孝一は、伝統派の詩人たちのほうが愛国詩をあまり出さなかったという指摘をしている。木原の「アヴァンギャルドの終焉」（「地球」三四号別冊（一九六二年二月）三頁）を参照のこと。同じ号で（一〇頁）磯村秀樹は雑誌「四季」、「コギト」を論じ、これらのグループは、（先の前衛主義者とは違って）忠誠心を示すことを強要されなかったが、何人かは愛国主義的な作品を詞華集などに寄稿したという結論を出している。

（23）東京詩人クラブで活動した二人の詩人、江間章子（一九八八年二月五日インタビュー）と菊島恒二（一九八八年二月十四日インタビュー）による。

（24）日本の出版界における自己検閲については、Jay Rubin, *Injurious to Public Morals* (Seattle: University of Washington Press, 1984) pp. 5, 270-72を参照のこと。

（25）北園克衛「戦線の秋」、『戦争詩集』一〇二－一〇三頁。

（26）『ハイブラウの噴水』所収の「所謂イミジリイとイデオプラスティに関する簡単な試論」より。*EP & Japan*, p. 203に再録。克衛の「イデオプラスティ」の議論については第五章参照のこと。
（27）例えば吉本隆明『抒情の論理』一一七頁。
（28）例えば『白のアルバム』二三‐二七頁の「人形とピストルと風船」、『全詩集』二九‐三一頁。拙訳 *Glass Beret*, pp. 4-5, "Doll, Pistol and Balloon"; *Oceans Beyond Monotonous Space*, pp. 28-29を参照のこと。
（29）北園克衛「Decoupage」、「VOU」二六号（一九三九年四月二十五日）四三頁。
（30）パーマネントの女性たちに対して町へ出ないようにと要請したポスター写真については、Havens, *Valley of Darkness*, p. 19を参照のこと。
（31）北園克衛「詩壇時評」、「文芸汎論」（文芸汎論社、一九三九年九月号）二四‐二五頁。藤富『近代詩人評伝　北園克衛』九九‐一〇〇頁にも引用されている。
（32）北園克衛「Decoupage　VOUクラブ員への信号」、「VOU」二九号（一九四〇年六月）二〇頁。
（33）Amar Lahiri, *Japan Talks*（北星堂、一九四〇）, p. 135.
（34）一九八六年七月十二日のインタビュー。
（35）吉川則比古編『日本詩壇』（日本詩壇発行所、一九三八）。
（36）山本悍右編「夜の噴水」一号‐四号（一九三八年十月‐一九三九年十月）。
（37）一九八六年六月七日のインタビュー録音。
（38）木原、二頁。
（39）櫻本富雄『詩人と戦争』（小林印刷株式会社出版部、一九七八）一六頁にある板垣直子の引用による。
（40）前掲書、四四頁。"Cactus Island"は一九三八年の克衛の詩集『サボテン島』の翻訳。
（41）一九三九年四月十一日付の手紙。*EP & Japan*, p. 76を参照のこと。
（42）詞華集の計画はついに再開されなかった。
（43）Havens, *Valley of Darkness*, pp. 30-31.
（44）一九八八年二月十四日の上田修へのインタビュー。
（45）Jay Rubinによると、自他共に認める共産主義者であった、プロレタリア文学の小説家、宮本百合子（一八九九‐一九五一）は、何度も逮捕され、太平洋戦争の間に約二年間も刑務所に入れられていたが、報国会に加入している（のちに本章で詳述）。その理由は、村八分を恐れたからだということらしい（*Injurious to Public Morals*, p. 275）. 彼の主張は、Donald Keeneの手になる、宮本の私小説『風知草』の概要をもとにしている。"The Barren Years: Japanese War Literature," *Monumenta Nipponica* 33, no. 1 (Spring, 1978): 102-3.
（46）転向の仕組みの詳細な説明については、Richard H. Mitchell, *Thought Control in Prewar Japan* (Ithaca, N.Y.: Cornell University Press, 1976), pp. 127-47と、Tipton, *Japanese Police State*を参照のこと。
（47）中野『前衛詩運動史の研究』四五二頁と、鶴岡善久「日本海外シュルレアリスム年表」、『シュルレアリスム読本2　シュルレアリスムの展開』二五九頁。

(48) 一九八八年一月二十八日の鳥居良禅との電話インタビュー。その時VOUのもう一人の同人だった有馬秋彦（一九二〇‐九六）も鳥居の言うとおりだと語っている（一九八八年三月二十二日のインタビュー）。

(49) 北園克衛「The VOU Club」*Nine* (London), 3, no. 4 (Summer/Autumn 1952): 314. 克衛の主張は別にして、誰かが逮捕されないように彼が何らかの手助けをしたという証拠は残っていない。

(50) 「VOU」三〇号、一‐二頁。なお「宣言」の中で言及されている欧米の文芸誌の欧文脈表記を参考までに以下にあげておく（記載順）。*Literatur, Broletto, La Riforma Literaria, Meridiano di Roma, Townsman, Criterion, View, New Directions.*

(51) Amar Lahiri, *Japanese Modernism*（北星堂、一九三九）; *Mikado's Mission* (Japan Times Press, 1940); *Japan Talks*（北星堂、一九四〇）。

(52) Lahiri, *Japanese Modernism*, p. 223.

(53) 前掲書、p. 209.

(54) Lahiri, *Japan Talks*, p. 129.

(55) Letter of Dec. 30, 1940; *EP & Japan*, pp. 105–6.

(56) Letter of July 17, 1936; *EP & Japan*, p. 29.

(57) Lahiri, *Japan Talks*, p. 135.

(58) 「VOUクラブ原稿禁忌事項」、「新技術」三一号（一九四〇年十二月二十五日）三‐四頁。「新技術」三二号（一九四一年三月二十日）五頁で繰り返されている。

(59) 「VOU」一一号（一九三六年八月一日）二八頁では、克衛は「原稿記述上のタブウ」を載せている。振り仮名、サブタイトル、仮名の後の線、ローマ字の水平配置（ローマ字を縦に組む）、ゴチックと特殊な字体を使わないようにと。この三六年のリストで目立つのは、外国語、漢語、方言の使用の禁止がないことである。これとほぼ同じ内容は「VOU」一四号（一九三六年十一月十五日）二五頁にも掲載されている。

(60) 鳥居良禅「服装における新技術」、「新技術」三一号（一九四〇年十二月）四頁。

(61) 北園克衛「固い曲線」、「新技術」三二号（一九四一年三月二十日）三四‐三五頁。

(62) 長安周一「郷愁」、「新技術」三二号（一九四一年三月二十日）一六‐一七の差込頁。

(63) 長田恒雄「砂丘の断片」、「新技術」三二号（一九四一年三月二十日）七頁。おそらく克衛もまた若い世代の方が理解するだろうと思っていたし、詩人を育てるという願望もあったから、同じ号（四頁）に新クラブ員募集の告知を載せている。資格は中学卒業以上、二十五歳以下とある。「新技術」三五号（一九四二年二月十日）一八頁では、資格年齢は二十歳以下になっている。克衛はそのとき三十七歳であった。

(64) 「新技術」三二号（一九四一年三月二十日）三頁。国際版の詞華集は出版されなかった（一九九六年三月十二日、チャールズ・ヘンリー・フォードとのインタビューによる）。

(65) 前掲書、三四頁。

(66) 前掲書、三六頁。

(67) 北園克衛『固い卵』（文芸汎論社、一九四一）および『ハイブラウの噴水』（昭森社、一九四一）。

(68) 現代日本年刊詩集（山雅房、一九四一）九八‐九九頁。
(69) 北園克衛「新詩論」、「現代詩」（一九四一年三月三十日）二三一‐二四六頁。
(70) ナチスの詩の短い詞華集は笹沢美明（一八九八‐一九八四）による日本語訳で、「現代詩」三号（一九四二年六月二十七日）二七九‐二九五頁に掲載されている。
(71) 北園克衛「新詩論」二三三頁。
(72) 木下の『文学精神の源泉』（金星堂、一九三三）には、パウンドのエッセイ *How to Read* と“James Joyce: At Last the Novel Appears”が含まれている。
(73) 太平洋戦争前にパウンドから最後に受け取った手紙の日付は、一九四一年四月十二日。彼がパウンドに送った最後の手紙は一九四一年五月二十八日。*EP & Japan*, pp. 113-114.
(74) 木下常太郎「詩壇時評」、「三田文学」（一九四一年八月）二〇八‐二一〇頁。
(75) 真珠湾攻撃によって敵意が東と南に拡大する前に、中国大陸では十八万五千人の日本人が死んだ。一九四五年八月十五日の敗戦までに、七千万人の日本の人口のうち三百万人以上が死んだ。一九三七年から四五年までの日本軍兵士がどれほどの人間を殺したかについての公式記録はない。私が櫻本富雄に、彼の調査ではどのくらいの数になるかと尋ねたら、彼の推定では六百万を優に越えると語った（一九八八年三月十七日のインタビュー）。
(76) 北園克衛「新技術」三三号（一九四一年八月二十五日）一‐二頁。
(77) 北園克衛「遁甲山記」、「新技術」三四号（一九四一年十一月二十五日）一七頁。
(78) シュルレアリストの雑誌である「衣裳の太陽」（一九二八‐二九）で一緒だったので、克衛は瀧口をよく知っていた。瀧口と福沢については第三章を参照のこと。
(79) 瀧口修造「自筆年表」、『瀧口修造』（思潮社、一九八五）二四四頁と、中村義一『日本の前衛絵画』（思潮社、一九六八／再版一九七七）、一五五‐一五六、一七三頁を参照のこと。鶴岡善久によると、警察の記録では四月五日（一ヵ月後）に二人は逮捕されたとあるらしい。鶴岡が瀧口にその不一致について問いただしたところ、老詩人は不愉快な口調で、「すると、君は僕の記憶よりも特高の方を信用するとでも言うのかい」と反駁したという（一九八八年四月十日、鶴岡善久との電話インタビュー）。
(80) Havens, *Valley of Darkness*, p. 90.
(81) 北園克衛「夜」、「新技術」三四号（一九四一年十一月二十五日）一六頁。『風土』（昭森社、一九四三）五三‐五五頁、および『全詩集』三〇三‐三〇四頁に再録。
(82) 「麦」、『風土』六六頁、および『全詩集』三〇九頁。
(83) 北園克衛「小寒」、「現代詩」（河出書房、一九四二年春号）一七八‐一七九頁、『風土』五九‐六一頁、『全詩集』三〇七‐三〇八頁。
(84) 「家」という詩においては主人公が、「歳月はすでに／永遠にちかく」と言い放つ。『風土』四一‐四三頁、『全詩集』二九五‐二九六頁。
(85) 北園克衛『郷土詩論』（昭森社、一九四四）五九頁。
(86) 北園克衛「夜」、『風土』三四‐三七頁、『全詩集』二九一－二九二頁。

(87) 北園克衛「水」、『風土』一六－一七頁、『全詩集』二七七－二七八頁。

(88) 北園克衛による無題エッセイ、「新詩論」五七号（一九四二年二月一日）二頁。「現代詩」三号（一九四二年春号）三〇九頁に「新詩論」という題名で再録された。

(89) Ezra Pound, *Guide to Kulchur*, p. 138.

(90) 北園克衛による無題エッセイ、「新詩論」五九号（一九四二年四月一日）一頁。「現代詩」三号（一九四二年春号）三一〇頁。

(91) 克衛が座禅を実践したという話は特にないようだが、俳句、茶道、日本刀の鑑賞など、日本の伝統芸術には多少ふれていた。また、剣道は有段者であった。親友でVOUのメンバーでもあった長安周一も剣道の腕前はなかなかのもので、克衛と一度した試合の様子を書いている。その試合で克衛と長安はお互い竹刀を振り上げたままじっと睨み合った。どちらも相手に勝たせようとして打ち込むことができず、最終的に両者ともにあきらめ引き分けにしたとのことである（長安周一「北園克衛と私」、「泥舟」六号（一九八六年七月十日）一二－一三頁）。

(92) 北園克衛による無題エッセイ、「新詩論」六〇号（一九四二年五月一日）二頁。「現代詩」三号（一九四二年春号）三一五頁。

(93) 北園克衛による無題エッセイ、「新詩論」六二号（一九四二年七月一日）一頁、「現代詩」四号（一九四二年秋号、一九四二年十二月二十日）二七三頁。

(94) 北園克衛「笛」、『風土』四四－四六頁、『全詩集』二九七－二九八頁。「新技術」三三号（一九四一年八月二十五日、二三頁）の初出時は連の間の空白がないかたちで発表された。

(95) 北園克衛「後記」、「新詩論」五七号（アオイ書房、一九四二年二月一日）一六頁。

(96) 同上。

(97) 北園克衛「後記」、「新詩論」五九号（アオイ書房、一九四二年四月一日）一六頁。

(98) 北園克衛「蔵書印その他」、『郷土詩論』（昭森社、一九四四）八七頁。私は国会図書館で当時の「読売新聞」（一九四一年十二月八日から一九四二年六月まで）を確認した。

(99) 北園克衛「世紀の日」、佐藤惣之助・勝承夫編『大東亜戦争詩集　國を擧りて』（甲子社書房、一九四二）二〇九－二一二頁。刷数は三千部。私にこの詩集の存在を教示し（一九八八年十月十三日）、さらに克衛の詩のコピーを送ってくれた櫻本富雄に感謝する。

(100) 前掲書、二二二頁。

(101) 前掲書、二〇九－二一二頁。

(102) 北園克衛「冬」、『風土』六二－六四頁。この詩には一九四二年一月四日という日付が付されている（七九頁）。

(103) 北園克衛『現代日本詩人全集13』（創元社、一九五五）一四一－二三六頁。「冬」は目次にはある（一四八頁）ものの、頁数の代わりに説明のない＊印があり、作品そのものは本体にない。克衛の『全詩集』の編者である藤富保男も「冬」を省いているが、それは彼のことばを借りると、「克衛はそのほうを好んだだろうと思ったので」ということになる（一九八八年二月十六日のインタビュー）。藤富が「冬」を知っていたとすれば、評伝中の「彼（克衛）はいわゆる愛国詩を書かなかった」という見解とは矛盾することになる（藤富『近代詩人評伝　北園克衛』一三一頁）。
(104)　六十部限定の特装版は、克衛のオリジナル挿画付きで一九四四年に出版された。二十世紀詩の出版史に詳しい佐々木桔梗によると、『風土』の普及版は、たとえ奥付にそう書かれていたにしても、千五百部が全部印刷されたかどうかは疑わしい。佐々木によれば、当時の出版社は他の出版企画のための紙を確保するために政府に承認された出版物は実際の数字よりも多くしておくのが慣わしになっていたので、発行人の森谷均は克衛の同意を得てそのような数字を書いたのではないだろうかという推測であった（一九八七年十一月二十九日のインタビュー）。
(105)　「新技術」三五号（一九四二年二月十日）、三六号（一九四二年六月十日）、三七号（一九四二年九月十五日）。
(106)　三七号は九月十五日に発行されたが、同号には九月二十日という不可解な次号用原稿締切日が書かれている。「新技術」は特に何事もなく終刊した。
(107)　アオイ書房の志茂太郎が「新詩論」の出版人であった。彼は以前にも、克衛の最も魅惑的な詩集といってもよい『夏の手紙』（一九三七）と『サボテン島』（一九三八）の二冊を出版している。この両詩集の装丁は恩地孝四郎（一八九一－一九五五）が担当している。恩地は日本における初期の抽象画家で、創作版画運動の指導者でもあった。村野四郎は前衛詩人である。克衛は村野の有名な詩集『体操詩集』（一九三九）の装丁を担当した。
(108)　一九三二年から三三年にかけてアトリエ社が発行した同名の雑誌とは別雑誌。
(109)　北園克衛「後記」、「新詩論」六三号（アオイ書房、一九四二年八月一日）一六頁。
(110)　櫻本富雄によれば、これらの役職の候補者たちは進んで活動を引き受けたのであって、当局による任命によるものではなかった。（一九八八年三月十七日のインタビュー）。
(111)　一九二〇年代初頭、克衛は自作の詩を生田春月に持っていたことがある。そしてその老詩人は克衛のために西条八十への紹介状を書いた。西条は克衛を評価し、以後、出版の手助けをした（第一章参照）。
(112)　日本文学報国会編『文芸年鑑』（桃蹊書房、一九四三年）一三二－一三三頁。
(113)　西条八十「詩部会の性格と動向」、前掲書所収、一〇頁。
(114)　軍当局が狙いをつけた最危険人物を三段階に分けて記したブラックリストの存在に関しては、櫻本の『詩人と戦争』（二一一－二一二頁）を参照のこと。私は櫻本に、克衛がそのブラックリストに載っていたと思うかと尋ねると、彼はにやっと笑って首を横に振り、「いや、そんなことは絶対にない」と明言した（一九八八年三月十七日のインタビュー）。
(115)　克衛はまた愛国的な文学集団「黒鉄会」にも参加した。彼がその会でどのような活動をしたか、その詳細は不明だが、会の名称から判断して会員たちは軍艦用の資金集めをしていたと推測される。克衛と長田は一連の詩や彫刻の展示会の企画も行った。これは日本文学報国会の詩部会の出版以外の活動の一部である。
(116)　北園克衛「後記」、「新詩論」七四号（一九四三年七月一日）一一二頁。

(117) 北園克衛「旗」、「文芸汎論」（文芸汎論社、一九四二年四月一日）、六－七頁。櫻本『空白と責任』（二四九－二五二頁）における引用。

(118) 本著者の個人蔵。

(119) 村野四郎「後記」、「新詩論」六六号（一九四二年十一月一日）一六頁。任務の機密を守るため、村野の弟は敵の名前を伏せている。

(120) 村野四郎「後記」、「新詩論」六三号（一九四二年八月一日）一六頁。

(121) 北園克衛「後記」、「新詩論」六七号（一九四二年十二月一日）一六頁。表紙と奥付にある「66」という号数は誤植。

(122) 克衛の健康状態に関する質問に答えてくれた、詩人で医者の黒田維理に心より感謝する（一九八八年三月二十日、電話によるインタビュー）。

(123) 署名なし、標題なしの囲み文、「新詩論」六九号（一九四三年二月一日）二一頁。

(124) 村野四郎「後記」、「新詩論」七六号（一九四三年九月一日）一四四頁。

(125) 「文芸汎論」（一九四三年七月一日）六－一〇頁。瀧口修造も郷土詩についてのエッセイを寄稿している（二三－二七頁）。克衛は「郷土詩」ということばを造語したのは自分だと主張している（「跋」、北園『郷土詩論』（昭森社、一九四四）九五頁）。

(126) 北園克衛『郷土詩論』。ただし、本章の注104を参照のこと。

(127) 村野四郎による無題エッセイ、「新詩論」五八号（一九四二年三月八日）一－二頁。村野の指摘は郷土詩に対してというよりも、ただ声高なだけの愛国詩に向けられたものである。とは言え、村野自身もまた愛国主義的な詩は書いている。彼の懸念は愛国詩というジャンルに対してではなく、作られた作品の質の低さに対して向けられたものであった。

(128) 上田保「日本と西洋」、「新詩論」六五号（一九四二年十月一日）一二－一三頁。

(129) 宮古田龍「大陸詩人結集の為の理論」、「新詩論」六九号（一九四三年二月一日）二五頁。

(130) 黒田三郎「詩人を中心とする四つの三角形」、「新詩論」六一号（一九四二年六月一日）六頁。

(131) 木原孝一「アヴァンギャルドの終焉」四頁。木原がこの文で、（VOU が活発な活動をしていた時期の）「新技術」に掲載された郷土詩について述べているのか、あるいは警察による取り締まり以前の VOU の抽象詩について述べているのか、もしくは、その両方についてなのか、それを明確に判断するのは難しい。克衛の詩全体を見ると、愛国詩を除けば、あからさまな社会的・政治的言述はほとんどない。その意味で、「純粋詩」という表現は郷土詩と抽象詩の両方を含んでいると言える。

(132) 『風土』以後に書かれた郷土詩の文体の克衛の詩は、『家』（一九五九）に所収されている。

(133) 北園克衛「自分の詩」、「文芸汎論」（一九四三年四月）一〇頁。『郷土詩論』（六〇頁）に再録。

(134) 北園克衛「俳句」、「新詩論」七三号（一九四三年六月一日）九〇頁。

(135) Stephen Spender, "Two Armies," John Stallworthy, ed., *The Oxford Book of War Poetry* (Oxford: Oxford University Press, 1984), p. 240 に所収。
(136) 北園克衛「俳句」九一頁。
(137) 私は、難解な箇所を読む際に手助けしてくれた鳥居房子に心より感謝する。
(138) 克衛が生涯で日記をつけたのは次の三つの時期である。(一九一七－一八年、四四－四五年、四八年)。
(139) 明夫はまず、馬込の自宅からは百キロメートル程度の熱海に近い伊豆多賀に疎開した。当然、彼らが観たニュース映画は政府のプロパガンダ映画であった。
(140) 銀行員の初任給に関しては、週刊朝日編『値段(明治、大正、昭和)風俗史』一巻(朝日新聞社、一九八七)六〇一頁を参照のこと。この二巻本には、首相の給料からパチンコ玉の値段まで、ありとあらゆるものの記録がある。ただし、戦争期の統計資料の中には、ほとんど残っていないものや入手不能とされているものも多い。当時の他職業のおよその給料は、例えば、外務省の役人の初任給は六十五円、会社の課長レベルは百二十円、会社社長は五百円とのことであった(服部伸六へのインタビューに基づいたもの、一九八八年六月二十六日)。
(141) 一覧表に関しては、「付録A」を参照のこと。
(142) 一九八八年五月二十日に行った橋本明夫へのインタビュー。克衛の日記には、熱海に疎開して一週間後に病気になったため、母栄子が明夫を訪れたと書いてある。明夫の話によると、「私は実際は病気ではなく、ただ腹が空いていただけでした」とのことであった。また、「出した郵便物は検閲されたので、私の両親は、もし寂しくて会いに来てほしいと思ったら、合図として牛の絵を描きなさいと言いました。私は学校が嫌いで、家に送る手紙にはいつも牛の絵を描いたものです。熱海には牛なんて一頭もいなかったのに私が牛ばかり描いていたので、学校の先生たちは不思議そうな顔をしていました」というような話をしてくれた。
(143) 北園克衛「故里への手紙」、「暦象」一〇号(一九五四年二月)一五頁。克衛は皮肉っぽく、「ただ私の詩や絵は大体に於てあまりに簡単過ぎますので、専門家にしか解らないのであります」と付け加えた。
(144) すべての兵士に日の丸の旗が与えられ、その上に家族や友人たちが名前を書くのが習慣となっていた。
(145) 一月十八日、二月十二日、三月十日、五月八日、八月八日。
(146) 『辻詩集』と『辻小説集』は、建艦資金の調達の目的で日本文学報国会が発行したものである。市民は街角に立ち、短い詩や原稿用紙一枚程度の小説を読み、街ゆく人々に寄付を募った。日本文学報国会と黒鉄会との関係性ははっきりしないが、両組織が同様の活動を行っていたのは明らかである。
(147) 北園克衛「夏」、「詩研究」一号(一九四四年六月一日)二五－二六頁。
(148) 木原孝一によれば、克衛以外に、三好豊一郎(一九二〇－九二)らも出版禁止の措置をすり抜ける方法として手紙による通信配布という形式を用いた。「抵抗と挫折の詩——解説」(「現代詩手帖」一五巻一一号、一九七二年九月一日、九八頁)を参照のこと。三好豊一郎は、戦後になるまで克衛の「麦通信」の存在には気づかなかったし他の詩の通信についてもまったく知らなかったが、少しは存在していたと思う、と語っている。さらに三好は、「四人ないしは五人の仲間が名前もついていない私の通信に寄稿してくれた。最初の三号までは印刷しましたが、印刷所が閉鎖された後は、私の職場にいる人にタイプしてもらいました」と付け加えてくれた(一九八八年五月二十九日の電話インタビュー)。

(149) 日記から抜粋された「麦通信」への言及箇所の一覧については、「付録A」を参照のこと。

(150) 二五頁と二九頁の上部右側にある長方形の囲みの中に、「麦通信」の唯一の情報が記されている。「『麦通信』、麦の会、大森馬込西一―一六四九 [克衛の住所]」。この二つの号の「麦通信」にその作品が掲載されているのは、岡田芳彦(生没年不詳)、佐藤信夫(生没年不詳)、弘津隆(生没年不詳)、小森輝夫(生没年不詳)、武田武彦(一九一九-)、木原孝一、赤井喜一(一九一五-)、北園克衛、岩佐東一郎(一九〇五-七四)、笹沢美明、城左門(一九〇四-七六)、小田雅彦(生没年不詳)、五百旗頭欣一(一九一三-七八)、相田謙三(一九一六-)、長田恒雄、以上の十五名である。貴重な「麦通信」を見せてくれた千葉宣一に心より感謝する。

(151) 日記にはその号数は記されていないが、日記の他の内容から判断して、一九四五年十月三日にその印刷代金を支払った号だと推測できる。

(152) 最終号、つまり九号、三三-三六頁は一九四五年十一月二十九日に発行された。この指摘をしてくれた櫻本富雄に感謝する。

(153) 「麦通信」二六頁。この時期以後の克衛の郷土詩の多くは詩集『家』(一九五九)に収録されているが、「家」という詩自体は収録されていない。

(154) たとえば、「麦通信」は、渡辺一夫「近代詩苑」(『日本現代詩辞典』(桜風社、一九八六)一五六頁)には挙げられていない。政府認可の詩誌「詩研究」もまた戦時期から終戦後まで続いた詩誌であるが、一九四五年十一月号で終刊した。

(155) 俳句に点数をつける方法はいろいろとある。ただし、ここに書かれた情報のみではどのような方法が採られたかは不明である。

(156) 一月十四日、二月四日、三月十八日、五月十三日、六月二十四日。

(157) グアム戦の期間は七月二十一日から八月十日までである。上陸した日本軍二万三千人の内、二万人が死に、千人が捕虜となった。

(158) 一九四四年六月十日、六月十一日、六月十四日。

(159) 一九四二年の空襲の目撃証言に関しては、John Morris, *Traveller from Tokyo* (London: Book Club, 1945), pp. 116-20を参照のこと。

(160) 北園克衛「故里への手紙」、「暦象」一〇号(一九五四年二月)一四頁。

(161) 彼は日記に五十二回の空襲を書き留めており、うち六回はニュース報道についての記述である。つまりそれ以外はすべて東京を中心とする都市圏(横浜を含む)への空襲だったと推測できる。

(162) 帝国陸軍の楽隊が決然と行進する傍らで避難する人々の

写真は、Havens, *Valley of Darkness*, p. 178を参照のこと。

（163）一九八七年七月十四日の宗孝彦へのインタビュー。

（164）Joseph C. Grew, *Report from Tokyo* (London: Hammond, Hammond, 1943); Morris, *Traveller from Tokyo*, p. 148における引用。

（165）Morris, *Traveller from Tokyo*, p. 148.

（166）一九八七年五月二十九日の小林善雄へのインタビューの録音。一九四八年に克衛は、小林善雄が日本歯科大学で教職に就けるよう手助けをした。

（167）フランクリン・ルーズベルトは四月十二日（アメリカ時間）に死去した。これは克衛が日記に書き込んだ日と同日である。日本人の士気の高揚に役立つニュースはいかに素早く伝わったかに注目せよ。

（168）その四篇とは、①「戦線の秋」（一九三九）、②「ハワイ海戦戦歿勇士に送る詩」／「世紀の日」（一九四二）、③「冬」（一九四二）、④「旗」（一九四二）。

（169）⑤「軍艦を思ふ」（一九四三）、⑥「早春の砂丘に」（一九四四）、⑦「紀元節」（一九四五）。私がここに彼の俳句（「敵機ある」）を含めていないのは、この句が未発表のためである。

（170）日本文学報国会編（代表編者久米正雄）『辻小説集』（八紘社杉山書店、一九四三）。日本文学報国会編（代表編者久米正雄）『辻詩集』（八紘社杉山書店、一九四三）。『辻詩集』には、二百八人の詩人が選出されている。

（171）橋本明夫は、自分と父が戦時中、竹製の蓄音機の針を使っていたと話してくれた。「音質はとても良かったのですが、一本の針はわずか十分程しかもちませんでした。」（一九八八年五月二十日のインタビュー）。

（172）北園克衛「軍艦を思ふ」、『辻詩集』一二四－一二五頁。

（173）ちなみに、克衛の卓上日記中に最初に「敵」ということばが出てくるのは、二回目の空襲の後のことである（一九四四年十二月三日）。

（174）北園克衛「早春の砂丘に」、日本文学報国会編『大東亜』（河出書房、一九四四）六六－六七頁。

（175）「新詩論」六八号（一九四三年一月一日）一－二頁。

（176）西暦紀元前六六〇年には異なる暦法が使用されていた。日本でその時代に関する文字の記録が書かれたのはそれから一千年ほども経った後である。神武天皇即位の日を正確に特定するのは歴史的に不可能だということになる。

（177）北園克衛「紀元節」、「週刊小国民」（一九四五年二月四日）。櫻本富雄『詩人と責任』（小林印刷株式会社出版部、一九七八）五二五－五二六頁における引用より。

（178）John Dower, *War Without Mercy* (New York: Pantheon, 1986), p. 89における引用。当時のアメリカ人の心性では、「日本人を殺すことはほとんど好意に近かった」とダウアーは指摘している。

（179）北園克衛「詩人の任務　革命の先駆者たれ」、「読売新聞」（一九四五年十二月二十日）四頁。この文章の一部は、櫻本の『詩人と責任』（五四七－五四八頁）に引用されている。

（180）同上。

（181）北園克衛「沸騰的詩論」、『黄いろい楕円』三四－三八頁。北園克衛『2角形の詩論』（リブロポート、一九八七）、五七－六二頁に再録。

(182) 一九四六年に新日本文学会が結成され、この組織は戦争責任の問題を取り上げた。初めは斉藤茂吉（一八八二－一九五三）、小林秀雄（一九〇二－八三）、高村光太郎他二十二名が戦争責任ありとして名前が出たが、多くの議論の後、時が経つにつれてそれ以上の追及はされなかった（櫻本『空白と責任』二六七頁）。

(183) 一九八六年七月十二日の北園夫人へのインタビュー。

(184) 北園克衛「自分の詩」、「文芸汎論」（一九四三年四月一日）一一頁。北園克衛『郷土詩論』（昭森社、一九四四）六三頁に再録。

(185) 櫻本は詩人が戦時中に何をしたかを明るみに出す仕事を自分の生涯の仕事にした。また、吉本も同じ主題について多くの文章を書いているが、彼が取り上げる主題はその他多岐にわたる。本章注の（2）ならびに（4）を参照のこと。

(186) 櫻本『空白と責任』二四八頁。

(187) 一九八六年十二月十七日の安藤一男へのインタビュー。一九八八年三月十七日の櫻本富雄へのインタビュー。

(188) 武井昭夫『芸術運動の未来像』（現代思潮社、一九六〇）一二〇頁。

(189) 吉本隆明『高村光太郎（増補改訂版）』（春秋社、一九七〇）。

(190) 前掲書、一四八－一四九頁。

(191) 『鯤』については、第四章を参照のこと。

(192) 北園克衛「自分の詩」、『郷土詩論』六二－六三頁。克衛は「新詩論」五八号（一九四二年三月八日）の「後記」で「僕の友達は最近の僕の詩は俳句的であると言ふかも知れない。しかし実際は以上のやうに禅と茶の世界より生まれて来たものなのである。別に弁解のつもりはないのであるが、思ひついたまゝに付加へて置くことにしよう」と説明している。また、村野四郎による『風土』の書評は、「新詩論」七〇号（一九四三年三月一日）四〇頁に掲載されている。村野は『風土』を絶賛し、「この詩集は、彼の十の詩集の内の最も記念的のものであらう」と述べた。

(193) 先にも述べた通り、克衛は愛国詩や戦争に関する自己批判の文章を一度も発表しなかった。彼の後悔の念が公的にどの程度のものであったかは、晩年近くになって行われた鼎談の中で、彼がシュルレアリスムにふれた次の発言の中に見ることができる。「ただ日本のわれわれがやってきたことはその背後の社会的思想や哲学を稀薄に見る傾向がある。そして美学や造形を重視する。これが弱点かもしれない。」（「遊」インタビュー、一九七五）。

第七章　意味のタペストリーを細断《シュレッド》する

(1) 北園克衛「喪はれた街にて」、『天の繭』（天明社、一九四六）二－四頁。

(2) 克衛の無政府主義《アナーキズム》に関する議論については、以下を参照のこと。安藤一郎他「座談会　北園克衛を分析する」、「詩学」六巻六号（一九五一年七月）七八頁。克衛は、自分は無政府主義者《アナーキスト》であると、黒田維理に一九五三年か五四年に語ってくれた。黒田は一九八五年九月二十一日に私にそのことを話してくれた。北園の詩が無政府主義《アナーキズム》的であることを意図しているにせよ、そうでないにせよ、彼の詩はそのようなものとして読めるだろう。

（3）北園克衛「夜の要素」、「VOU」三四号（一九五〇年一月）五八－五九頁、『黒い火』（昭森社、一九五一）四六－五三頁、『全詩集』三六二－三六四頁。この詩のもうひとつの英訳については、Ichirō Kōno and Rikutarō Fukuda, *An Anthology of Modern Japanese Poetry*（研究社、一九六七［一九五七］）五九－六二頁を参照のこと。

（4）村野四郎「北園克衛」、金子光晴他編『現代詩講座　詩の鑑賞』三巻（創元社、一九五〇）一四〇頁。

（5）山中散生「北園克衛編」、北川冬彦他編『現代詩鑑賞　昭和期』（第二書房、一九五二）一〇五－一〇六頁。

（6）伊藤信吉「解説」、村野四郎編『現代日本詩人全集』一三巻（創元社、一九五五）三九八頁。

（7）克衛のこうした語法を採用した（もっとも、内容は修正を加えられているが）多くの詩人たちの中に大葉新太郎（生没年不詳）、安藤一男、奥成達（一九四二－）、辻節子（一九二七－九三）がいる。

（8）壺井繁治「座談会　北園克衛を分析する」、「詩学」（一九五一年七月）八七頁。

（9）奥成達「詩は記述の学ではない」、「gui」八巻一九号（一九八六年一月三十一日）八二頁。

（10）現在五十一回連載中の奥成の書物数冊分に相当するエッセイ「北園克衛『郷土詩論』を読む」、「gui」一四－二〇号、三七－九〇号（一九九二年十二月－二〇一〇年八月）。「gui」は年三回発行で、奥成氏のエッセイは継続中。

（11）それらの詩は、（1）"Black Mirror"（「黒い鏡」）, *Right Angle* (Washington, D.C.: The American University), 3, no. 1 (May 1949): 頁番号なし。(2) "Monotonous Solid"（「単調な立体」）, *New Directions* (New York), no. 11 (1949): 297-99; (3) "Poem of Death and Umbrella"（「死と蝙蝠傘の詩」）, *Imagi* (Philadelphia), 5, no. 3 (1951): 頁番号なし。(4-7): "A une dame qui me donna une cigarette, quand j'etais fatigué, triste, rêvant du cheval vert"（原詩も同じ題名）、"Dark April"（「暗い四月」）, "Dark Room"（「暗い室内」）, "Black Portrait"（「黒い肖像」）, *New Directions*, no. 14 (1953): 105-8. 克衛の翻訳はたいていは信頼できるし、彼が英語を母語としないことを考慮すれば、よくできている。しかし彼は英訳に際して、語を変え、大部分の連で語順を変え、原詩ではより多義的なのに、ひとつの支配的なイメージで代替する傾向がある。したがって、本書では詩の分析のために、私独自のやや逐語的な翻訳とした。

（12）Charles Olson, ed., *Right Angle* (Washington, D.C.: The American University), 3, no. 1 (May 1949) 頁番号なし。パウンド、ダンカン、ロクリンの克衛についての文章は第五章を参照のこと。レクスロス、デ・カンポス兄弟の克衛についての文章は第八章を参照のこと。

（13）Kitasono Katue, *Black Rain* (Mallorca, Spain: Divers Press, 1954). クリーリーの要請に応えて、克衛は *Black Mountain Review* の最初の四号分（Black Mountain College, N. C.: Spring, Summer, Fall, Winter 1954）とダグラス・ウル

フの *Hypocritic Days* (Divers Press, 1955) の表紙イラストを書いた。

(14)「『Gala』の手帖」からの克衛による引用。「Gala」一一号(五巻一号、一九五五年四月十五日)。

(15) 北園克衛「小伝」、『現代日本名詩集大成』九巻(創元社、一九六一 - 六二)一五〇頁。

(16) 藤富保男「北園克衛の詩を俯瞰する」、『全詩集』八三三 - 八五三頁。

(17) 黒田維理「How to Read: Kit Kat」、「Will」(Keel Press)一号(一九八一年冬)二二、三二頁。

(18) 黒田の分類の欠点は伝統的な抒情詩と近代的な抒情詩を一緒にしてしまったために、克衛が戦後に実験的な詩と伝統的な抒情詩を統合した作品を書いたともとれる第三の分類をそれとなく暗示する点にあり、それは事実と異なる。戦時下に書いた作品を含む詩集『家』を一九五九年に出版してはいるものの、戦後は克衛は伝統的な語彙を用いた作品を書いていない。六一年に克衛は自分の三つのスタイルを組み合わせることに興味を示したが、「そういう理想のスタイル」をまだ発見できないでいると認めている(北園克衛「小伝」、前掲書、一五〇頁)。

(19) 克衛は一九三〇年代に「主知主義」を擁護していた。彼の抒情詩については、第四章の『若いコロニイ』(一九三二)に関する議論を参照のこと。『夏の手紙』(一九三七)の翻訳は、*Glass Beret* と *Oceans Beyond Monotonous Space* を参照のこと。

(20) 写真集『*moonlight night in a bag*』(一九六六)に含まれているが、克衛はそれを「プラスティック・ポエム」の詩集として出した。

(21) 戦時中克衛は次のように書いた。「詩の将来の運命の一半は、詩人が〈行〉と〈節〉[連]との技術的価値を如何に高めるかに懸かっていると言うことも出来るのである」(『郷土詩論』五四頁)。

(22) 伊藤信吉「解説」、三九九頁。

(23) Kōno and Fukuda, *An Anthology of Modern Japanese Poetry*, p. 164.

(24) この詩集が、その装丁に特に注意も払われないまま克衛の『全詩集』に再録されたとき、全体的な効果は非常に弱くなった。克衛の作品では、装丁も詩の衝撃力にかかわる複雑で重要な要素となる。

(25) 克衛自身は「不連続の連続」ということばを使った(「遊」インタヴュー)。

(26) 克衛は、「メタモルフォーズはシュルレアリスムのオートマチスム同様にあまり感心しません」と言った(「遊」インタヴュー)。

(27) Michael Riffaterre, *Text Production*, trans. Terese Lyons (New York: Columbia University Press, 1983), pp. 221-22.

(28) 北園克衛『真昼のレモン』(昭森社、一九五四)。

(29)「単調な立体」、『黒い火』一六頁、『全詩集』三五一頁。

(30)「夏の心」、『若いコロニイ』頁番号なし。『全詩集』一二〇頁。

(31)「冬は/希望に濡れて/泥の街をあるく」「黒い雨」、『黒い火』二三頁、『全詩集』三五六頁。

(32)「四月／はVIRIDIAN／の雨／に暮れ」「暗い四月」、『黒い火』二七頁、『全詩集』三五八頁。

(33)「星／は泪して坐る」「Ou une solitude」、『黒い火』五八頁、『全詩集』三七七頁。

(34) たとえば、以下で論じることになる、「克衛の詩における助詞〈の〉の多重意味生成（plurisignation）」の節を参照のこと。

(35)「影の卵」「黒い肖像」、『黒い火』三三頁、『全詩集』三六二頁。

(36)「死／の／亀」「黒い肖像」、『黒い火』三三－三四頁、『全詩集』三六三頁。

(37) 倒置は単に普通の語句を変えることでも生じるが、その結果はおそらく安易すぎる。たとえば、「火の森」は「森の火」の代り、「真珠の海」は「海の真珠」の代りである。二つの例は「地質学的アレゴリー」から採られている。『真昼のレモン』五三頁、『全詩集』四四七頁。

(38)「濡れてゐる牡牛／のなか／の寝台」「暗い室内」、『黒い火』六頁、『全詩集』三四五頁。

(39)「角砂糖のなかのパントマイム」、『真昼のレモン』八頁。『全詩集』四一一頁。

(40) 彼の一九二五年の詩「構想第九九九」から（詳しくは第二章を参照のこと）。

(41)「鉛の旗」「単調な立体」、『黒い火』二〇頁、『全詩集』三五四頁。「鉛の百合」「A une dame」、『黒い火』三七頁、『全詩集』三六五頁。「鉛／の／太陽」「黒い距離」、『黒い火』四三頁、『全詩集』三六八－三六九頁。

(42)「ガラスの旗」「ソルシコス的夜」、『真昼のレモン』一五頁、『全詩集』四一七頁。「ガラスのマカロニィ」「真空の中のスキャンダルまたは気紛れな夕食」、『真昼のレモン』一七頁、『全詩集』四一九頁。

(43)「骨の翼」「黒い鏡」、『黒い火』三〇頁、『全詩集』三六〇頁。「骨／の薔薇」「死と蝙蝠傘の詩」、『黒い火』一〇頁、『全詩集』三六〇頁。

(44)「ガラスの風」「黄いろいレトリック」、『真昼のレモン』一二頁、『全詩集』四一四頁。

(45)「リキュゥルの星」「カバンの中の月夜」、『真昼のレモン』二〇頁、『全詩集』四二二頁。

(46)「ゴムのよう／にどもりながら」「黄いろいレトリック」、『真昼のレモン』一三頁、『全詩集』四一四頁。

(47)「ひとたばの／音」「ソルシコス的夜」、『真昼のレモン』一六頁、『全詩集』四一七頁。

(48) 克衛自身はそのことばを一度も使わなかった。

(49) 北園克衛『空気の箱』（Editions VOU、一九六六）。

(50)「空気の［入っている］箱」。

(51)「空気の［中の］箱［＝空中の箱、空気中の箱］」。

(52)「空気の箱＝［空気でできている箱］」。ところで、「箱の形の空気」はまた「分類2の変更」の例である。この場合は、固体（箱）の形をしている気体（空気）である。

(53)「黒い肖像」、『黒い火』三三頁、『全詩集』三六二頁。

(54)「骨の籠＝［骨でできている籠］」。

(55)「骨の［中の］籠」。こじつけのようだがあり得なくもないこの読み方は、所有格と所各（位置格）という二重の役割をもつ「の」を暗示していて、その結果、彫刻の場合のように、籠は骨の中に存在するものとして解釈される。こうした「の」の一般的な用法のもうひとつの例は、「箱の［中の］お守り」("the box's talisman"; i.e., "the talisman [located in] the box")。

(56)「骨の［ための］籠」。

(57) 超現実的メタ・イメージを使って克衛が作り出した重い知覚装置の逆説的な性質は、ルーブ・ゴールドバーグのようにいろいろな機械を考案した彼の父の皮肉な人生観を思わせる(第一章参照)。

(58) 克衛ならばロートレアモンのイメージを「手術台／その蝙蝠傘／のミシン」と書き直していただろう。ロートレアモンの場合は三つのオブジェが一点上に収斂するかのようにひとつになり、どの関係にも優位や従属はない。

(59)「椅子／その針の上の／虹」「暗い室内」、『黒い火』六頁、『全詩集』三四五頁。

(60)「星／その黒い憂愁／の骨／の薔薇」「死と蝙蝠傘の詩」、『黒い火』一〇頁、『全詩集』三四八頁。

(61)「悲劇のあとの悲劇／の流れ／その骨／の影」「秋の立体」、『黒い火』一三頁、『全詩集』三五〇頁。

(62)「夢／その／鉛／の百合」「A une dame」、『黒い火』三七頁、『全詩集』三六五頁。

(63)「骨／その絶望／の／砂／の／把手」「夜の要素」、『黒い火』四六頁、『全詩集』三七〇頁。

(64) Michael Riffaterre, *Semiotics of Poetry* (Bloomington: Indiana University Press, 1978), p.5. ミカエル・リファテール著、斎藤兆史訳、『詩の記号論』(勁草書房、二〇〇〇)八頁。

(65) その詩は、「海の海の海の……」である。『白のアルバム』五九頁。『全詩集』五七頁。

(66) Alex Preminger, ed., *Princeton Encyclopedia of Poetry and Poetics* (Princeton: Princeton University Press, 1974 [1965]), p.760.

(67) 大野晋他『古語辞典』(岩波書店、一九七四)一四四三頁。

(68) 同上。

(69)「火／の／繭」「夜の要素」、『黒い火』五一－五二頁、『全詩集』三七三頁。

(70)「陰毛／の／夜」「夜の要素」、『黒い火』五一頁、『全詩集』三七二頁。

(71)「暗い室内」、『黒い火』七頁、『全詩集』三四五頁。

(72)「A une dame」、『黒い火』三九頁、『全詩集』三六六頁。

(73)「暗い室内」、『黒い火』七頁、『全詩集』三四五頁。

(74)「暗い室内」、『黒い火』八頁、『全詩集』三四六頁。

(75)「黒い鏡」、『黒い火』二九頁、『全詩集』三六〇頁。

(76)「黒い距離」、『黒い火』四四頁、『全詩集』三六八頁。

(77)「黒い鏡」、『黒い火』三〇頁、『全詩集』三六〇頁。

(78)「黒い雨」、『黒い火』二四頁、『全詩集』三五六頁。

(79)「黒い肖像」、『黒い火』三二頁、『全詩集』三六二頁。ところで、克衛は「火酒」を「ブランディ」("brandy")と訳した。Kitasono Katue, "Black Portrait," *New Directions*, 14 (1953), p.108を参照のこと。

(80) 私が「動的」ということばを用いるのは、文法がどのように当てはまるかを読者が考えるときに、テクストの解読の過程で一連の瞬間的な選択を行うことになるからだ。これは、生成される内容はいろいろな解釈が可能であるが、文法的な仕掛け自体が明瞭な（例えば、所有格など）「静的」多重意味生成とは異なる。このあとで出てくるが、二つのタイプの多重意味生成は同時に起こることがある。

(81)「黒い肖像」、『黒い火』三三 - 三四頁、『全詩集』三六三頁。

(82)「単調な立体」、『黒い火』二〇 - 二一頁、『全詩集』三五四頁。克衛は上記の詩句を “dream's／butterfly's／burst／heated arms／that still smell／coquettishly／on／a smashed plate.” と訳した。*New Directions* 11 (New York, 1949), p. 298.

(83) 北園克衛、「遊」八号（一九七五）。

(84)「秋の立体」、『黒い火』一四頁、『全詩集』三五〇頁。「単調な立体」、『黒い火』一五頁、『全詩集』三五一頁。「Ou un solitude」、『黒い火』五四頁、『全詩集』三七五頁。

(85)「黒い肖像」、『黒い火』三二 - 三六頁、『全詩集』三六二頁。

(86)「カバンの中の月夜」、『真昼のレモン』二三頁、『全詩集』四二三頁。ある連からひとつの断片だけを取り出してここに引用した。もしこの詩の他の部分とのつながりを強引に考えようとすれば、意味はおそらく文脈から絞り出されるだろう。

(87) 北園克衛、「遊」八号（一九七五）八六頁。

(88)「白いレトリック」、『真昼のレモン』三四頁、『全詩集』四三二頁。

(89) 北園克衛『ガラスの口髭』（国文社、一九五六）。

(90)「稀薄な展開」、前掲書、一〇 - 一一頁、『全詩集』五〇一頁。

(91) それぞれ、「なにか影のようなもの」、「その影」、「影／のなかに」。

(92)「稀薄なヴァイオリン」、「GALA」一一号（一九五五）四頁、『ガラスの口髭』六五頁、『全詩集』五三六頁。この詩ならびに引用されている他の詩の英訳については *Glass Beret* と *Oceans Beyond Monotonous Space* を参照のこと。

(93)「消えていく poésie」、『ガラスの口髭』一四 - 一五頁、『全詩集』五〇四頁。

(94)「3つのある瞬間」、『ガラスの口髭』二三頁、『全詩集』五一〇頁。

(95)「5つの稀薄な展開」、『ガラスの口髭』一八頁、『全詩集』五〇七頁。

(96)「メシアンの煙草」、『ガラスの口髭』七五 - 八二頁、『全詩集』五四三 - 五四七頁。オリヴィエ・メシアン（一九〇八 - 九二）は大きな影響を与えたフランスの作曲家。

(97) たとえば、その詩の第二節冒頭にある「の」。

(98) Keene, *Dawn to the West*, p. 363.

(99) 黒田維理もまた「How to Read: Kit Kat」（三五頁）でこの点を指摘している。

(100) Roland Barthes, *Writing Degree Zero*, trans. Annette Lavers and Colin Smith (New York: Hill and Wang, 1968; 1979), pp. 47-48.（ロラン・バルト著、渡辺淳・沢村昂一訳『零度のエクリチュール』（みすず書房、一九七一）四六 - 四七

頁）

（101） Marjorie Perloff, *The Poetics of Indeterminacy* (Princeton: Princeton University Press, 1981) からの引用。

（102） 大葉新太郎は克衛の短い行のパターンと助詞「の」の反復を模倣した最初のひとりであったが、彼の詩はそれほど効果的ではない。その理由の一部としては、形象に制限を設けないことが挙げられる。「夜と昼VI」、「天蓋」四号（一九五一年九月）四‐五頁を参照のこと。

（103） Perloff, p. 13.

（104） Perloff, pp. 9-11, 15.

（105） Perloff, 表紙カバーの宣伝文。

（106） 黒田維理はノーマン・N・ホーランドのモダニズムの三段階（初期モダン、全盛期モダン、ポスト・モダン）の分析を利用して、克衛にも適用し、彼こそ日本人初のポスト・モダニストであったと主張する。Norman N. Holland, “Postmodern Psychoanalysis,” in Ihab Hassan et al., eds., *Innovation/Renovation* (Madison: University of Wisconsin Press, 1983), pp. 291-309 を参照のこと。また黒田維理「モダニズムからポスト・モダニズムへ」、「白」二四巻五号（一九八七年一月）一四‐一九頁も参照のこと。

（107） Riffaterre, *Semiotics of Poetry*, pp. 4, 6.（邦訳七‐八頁）。

（108） David Lodge, *The Modes of Modern Writing*, p. 226; quoted in Perloff, p. 51.

（109） Riffaterre, *Semiotics of Poetry*, pp. 13-14.（邦訳一八‐一九頁）。

（110） 一九九六年一月十七日の鈴城雅文へのインタビューに基く。また一九九七年九月十日にも追加のインタビューを行った。

第八章　表意文字の突然変異体

（1） 清水俊彦他編集『北園克衛とVOU』（「北園克衛とVOU」刊行会、一九八八）。

（2） 一九七九年三月二十三日付、ジェイムズ・ロクリンから清水俊彦宛の手紙。前掲書、二五一頁。

（3） 一九七九年三月十九日付、オイゲン・ゴムリンガーから清水俊彦宛の手紙。オリジナルは未出版。翻訳は前掲書、二三七頁。

（4） 具体詩の説明と例は、Emmett Williams, ed., *An Anthology of Concrete Poetry* (New York: Something Else Press, 1967); Mary Ellen Solt, ed., *Concrete Poetry: A World View* (Bloomington: Indiana University Press, 1968) を参照のこと。過去の具体詩のルーツについての研究は、Dick Higgins, *Pattern Poetry: Guide to an Unknown Literature* (Albany: State University of New York Press, 1987).

（5） 日付なしのケネス・レクスロスから清水俊彦宛の手紙。清水俊彦他編集『北園克衛とVOU』の福田和彦の訳を参照にした（二五八頁）。

（6） 同上。

（7） 日本の雑誌に克衛は時々自分のことをニュー・ディレクションズの同人だと書いたが、それはこのニューヨークの出版社が同人費で出版費用を賄う日本の同人誌と同じ構造をしているような誤解を与えかねない書き方であった。ニュー・ディレクションズは定期的に克衛を含む作家・詩人を出版したが、それらの書き手の多くは友人であったから、ゆるやかな意味では克衛はニュー・ディレクションズの一員であった。

(8) 具体詩の運動の創始者や中心になって運動を推し進めた者たち(オイゲン・ゴムリンガーとデ・カンポス兄弟)は、すでに自分たちの作品を出版していたが、広くは認められていなかった。彼らは新しいヴィジョンをもった新しい世代を代表していた。

(9) ハロルド・デ・カンポスの引用は Williams, *An Anthology of Concrete Poetry*, p. 337 から。

(10) VOU、パン・ポエジー、などのグループに属していた日本の前衛詩人たちは一九五八年に前衛詩人協会を設立し、克衛はその指導者に選ばれた。この協会は「鋭角・黒・ボタン」を一九五八、五九、六一年に発行した。克衛は一号と二号の表紙と、一号から三号までのレイアウトを担当し、詩と写真を寄稿した。彼は日本のベテランの前衛指導者と見なされていたが、自国でははっきりとした賞賛を受けることができなかった。それは戦争中に書いた作品のせいでもあるが、たとえば、吉岡実、田村隆一、寺山修司(一九三五 - 八三)、白石かずこ、などの重要な前衛詩人が詩壇にその地位を築きつつあったせいでもあった。

(11) 克衛は日本語のことばの詩を出版し続け、海外での出版のためにそのいくつかを翻訳さえしたが、具体詩の詞華集には一切ことばの詩は寄稿していない。

(12) 北園克衛「VOU」五八号(一九五七年十一月)三九頁、『煙の直線』(国文社、一九五九)五四 - 五九頁、『全詩集』五七九 - 五八二頁。元の語順では日本語の文法に一致して、オブジェと色は大から小へと概念化される(最初の白い四角は次の白い四角を含み、そしてその白の四角は次の黒の四角を含むといったように)。私の英訳は直訳的だが、“it” という説明的な挿入が詩的効果を弱めてしまうのは否めない。もうひとつの可能性は “white square/enclosing/white square/enclosing/black square…;” もあるが、「の中の」は動詞がなくてもその効果を生み出す。英語の構文を最もスムーズにするためには、ハロルド・デ・カンポスの翻訳のように形象の順番を逆にしなければならない。“Monotony of Void Space,” in Williams, *An Anthology of Concrete Poetry*, 頁番号なし。

(13) 克衛が「正方形賛歌」シリーズの画家ジョセフ・アルバース(Josef Albers)に影響を受けたことは間違いない。

(14) ハロルド・デ・カンポスの翻訳では、「煙草」が “smoke” に、「ハンカチィフ」が “scarf” に、彼がより詩的だと思うイメージに変えられている。元の言語のほうがより詩的な含蓄を持つことばをどう翻訳するかは翻訳者にとっていつもむずかしい問題である。

(15) 一九七九年五月十八日付のハロルド・デ・カンポスから清水俊彦宛の手紙。オリジナルは未出版。翻訳は、清水俊彦他編集『北園克衛とVOU』二三四 - 二三六頁。他のところでデ・カンポスは、克衛へ出した初めての手紙についてより詳しく書いている。「一九五七年七月九日に私たちは北園に手紙を書き、英語とフランス語による具体詩を送ったが、それと一緒に具体詩の理論的基礎についての説明と、この運動の前提条件と、［克衛の］イデオプラスティの概念やウィリアム・カーロス・ウィリアムス、それにパウンドのイデオグラムとが呼応するいくつかの点を書き送った。」（Haroldo de Campos, “Poesia concreta no Japão: Kitasono Katue,” Suplemento Literário de *O Estado de São Paulo*, May 10, 1958, p. 9. 日本語は英語からの重訳。

（16） 一九八八年四月十五日のL・C・ヴィニョーレスへのインタビュー。

（17） 克衛「遊」インタビュー、八号、八四－九七頁。コンタクトの流れは、おそらく、パウンド－デ・カンポス－克衛だと思われる。*Ezra Pound and Japan* の中に、パウンドから克衛宛の手紙で、デ・カンポス兄弟に言及するようなものはない。

（18） Noigandres (São Paulo), no. 4 (March 1958). 議論と部分的翻訳は Mary Ellen Solt, *Concrete Poetry: A World View*, pp. 13-16 を参照のこと。

（19）『キャントーズ』第二十編で、詩の中の「私」がプロヴァンス文化の達人「老レヴィ」に、アルノー・ダニエルというトルバドゥールの詩のことば「noigandres」について質問した。老レヴィは困惑して「Noigandres! NOIgandres!/‘You know for seex mon’s of my life/ ‘Effery night when I go to bett, I say to myself:/ ‘Noigandres, eh, *noigandres*,/ ‘Now what the DEFFIL can that mean!’”（Ezra Pound, *The Cantos of Ezra Pound* [New York: New Directions, 1972], pp. 89-90).

（20） *Noigandres*, no. 4 (March 1958) には、ロナルド・アゼレドのコンクリート・ポエムも掲載されている。

（21） 克衛は一九五二年ガリマール（パリ）版を持っていて、その前半部分には、克衛の日本語訳が鉛筆書きされている（著者蔵書）。一九三四年には、克衛によるマラルメの恋愛詩の翻訳が『恋の唄』としてボン書店から出版された。

（22） 厳密に言うと、ノイガンドレスは具体詩の音声的な面にも関心強く、彼らの作品はしばしば視聴覚的に、すなわち朗読を伴って発表された。具体詩運動は現在では概ね視覚的な寄与だけが記憶されている。

（23） Augusto de Campos, Décio Pignatari, and Haroldo de Campos, “Pilot Plan for Concrete Poetry,” *Noigandres*, no. 4 (Mar. 1958) 頁番号なし。

（24） パウンドとロクリンの表意文字についての考え方は第五章参照のこと。

（25） 一九七九年三月十八日付、ハロルド・デ・カンポスから清水俊彦への未出版の手紙。

（26） Augusto de Campos, Décio Pignatari, and Haroldo de Campos, “Pilot Plan for Concrete Poetry.” 頁番号なし。

（27） デシオ・ピニャタリのポルトガル語で書かれた一九五七年の「ある反広告主義」からの具体詩は美学と政治を混ぜたノイガンドレスの詩の一例である。最初の一行である「ベバ・コカ・コーラ（コカコーラを飲もう）」は一文字ずつ変わっていって最後には “cloaca”（「汚水だめ」）となる。

（28） Haroldo de Campos, “Poesia Concreta no Japão,” p. 9.

（29） Haroldo de Campos, “Monotony of Void Space,” in Williams, *An Anthology of Concrete Poetry*, 頁番号なし。

(30) Eugen Gomringer, ed., *Spirale* (Bern), no. 8 (Oct. 1960): 43.
(31) 北園克衛「芸術としての詩」、西脇順三郎・金子光晴編『詩の本 第二巻 詩の技法』(筑摩書房、一九六七)一八七-一八九頁。
(32) 前掲書、一八九頁。克衛の『空気の箱』(VOUクラブ、一九六六)は限定二百部の出版。克衛の「反詩」というコンセプトはNicanor Parraの影響を受けたものかもしれない。Nicanor Parra, *Anti-poems* (trans. Jorge Elliot; San Francisco, Calif.: City Lights, 1960).
(33) 新国誠一、無題の詩、Mary Ellen Solt, *Concrete Poetry: A World View*, p. 161.
(34) 北園克衛「造形詩についてのノート」、「VOU」一〇四号(一九六六年二-三月)二三頁、『*moonlight night in a bag*』(VOUクラブ、一九六六)頁番号なし、に"a note on visual poem"として再録された。『*moonlight night in a bag*』は百部限定出版。すべてのプラスティック・ポエムの初出は「VOU」。
(35) 英文は「VOU」一〇四号、二三頁。和文は同一〇五号、三頁。
(36) 克衛を含む戦前のVOUのメンバーは、おそらく写真は非常に高価だったため(一九二〇年代後半、ライカのカメラは家一軒と同じくらいの値段だった)、自分たちのシュルレアリスティックなドローイングに大きなエネルギーを注いだ。しかし「VOU」二八号と三〇号の表紙は、クラブメンバーの浅原清隆(生没年不詳)と山本悍右の抽象的写真である。
(37) 三十一回のVOU形象展は、一九五六年から七六年まで開催された。イタリア・ミラノの一回を除き、残りはすべて日本での開催。
(38) 例としては「VOU」五三号(一九五七年十二月)一七-二〇頁を参照のこと。鳥居良禅、上条竹二郎(一九三二-)、清水俊彦と克衛による写真が載っている。良禅の写真は「太陽と鳥」と題された、陽光を浴びた砂の上にいる死んだ鶏のぼやけた写真だ。これはのちにレコードジャケットに使われた。
(39) 悍右のテクニックのひとつに、ネガを切って配列し、ひとつのイメージ写真として焼く技術がある。これは、他の芸術家のプリントを切り貼りした写真コラージュとはまったく違うものだ。
(40) 悍右は「VOU」二九号(一九四〇年六月)で初めて登場した。
(41) この写真は「VOU」五八号(一九五七年十一月)二四-二五頁に再録されている。
(42) 北園克衛「Reflet diffus」、「VOU」五三号(一九五六年十二月)三四頁。
(43) 「遊」インタビュー。
(44) 第三章参照のこと。
(45) 「遊」インタビューで控えめに語っているが、克衛は一九三二年に前衛画家による二科会に入会し、定期的に展覧会には出品していた。戦後には二科会の理論部に所属する三人の画家の一人だった(VOUメンバーの鈴木崧(スズキタカシ、一八九八-一九九八)もその一人)克衛は詩人として成功したが、広いアトリエを借りる資金がなかったことと、彼の芸術的才能は、画家としてよりも文才とブックデザインに向けられたことがその原因と思われる。生涯を通して趣味として絵を描き、戦後は美術批評家として小さな成功をおさめた。

（46）　北園克衛「Mélange」、「VOU」六一号（一九五八年五月）二七頁。

（47）　北園克衛「高橋昭八郎の写真作品について」（『高橋昭八郎第一回作品展』、一九六一年八月一‐二十日、北上市山小屋ギャラリー、頁番号なしのパンフレットより）。私は「実験」ということばを、北園のように狭い意味では使わずに、彼の造型（プラスティック）を実験写真のひとつの変種として分類したい。

（48）　北園克衛「芸術の新しい次元」、「VOU」一〇〇号（一九六五年六‐七月）三頁。

（49）　同上。

（50）　VOUメンバーは克衛に影響されて、自分たちの「プラスティック・ポエム」写真に対して題名をつけた。伊藤元之（一九三五‐）、（「VOU」一一五号）、哲四郎（一九四六‐）、（「VOU」一五七号）。後者によるこの主題についての短い論考、哲四郎「プラスティック・ポエムについて」（「O」二号（一九七九年三月）五‐六頁）を参照のこと。

（51）　VOUメンバーによる、自分たちの「写真詩」についての短い解説は二十七回目の展覧会カタログから抜粋されて、「写真詩についての意見」として「VOU」一一九号（一九六九年四・五・六月）二九‐三〇頁に再録されている。伊藤元之、北園克衛、小池驍（生没年不明）、岡崎克彦、清水雅人、清水俊彦、高橋昭八郎、辻節子。

（52）　Mary Ellen Solt, *Concrete Poetry: A World View*, p. 15 からの引用。

（53）　出版年月と題名と写真番号をまとめた「付録B」「克衛が一九五六‐一九七八年の間に、*VOU* に出版した写真」を参照のこと。

（54）　最初に克衛が「plastic poem」と題名をつけた写真は、「VOU」九九号（一九六五年四‐五月）掲載のもの。「VOU」での宣言は一〇四号（一九六六年二‐三月）。

（55）　克衛の写真と使用したカメラについては、佐々木桔梗「北園克衛とコンタックス」（「Trap」八号（一九八八年一月）七‐二六頁）という論考が詳しい。

（56）　克衛は「プラスティック・ポエム」という用語を二種類の意味で使った。新しいインター・メディア・アートを総称的に呼ぶときと、個人作品の多くの題名として使った。克衛はいろいろな大学の図書館員たちと海外旅行をしたが、文学上の友人には会いに行っていない。

（57）　克衛が生前出版した唯一のプラスティック・ポエムの本は、『*moonlight night in a bag*』（一九六六）で、これにはすでに一九五九年三月からの「VOU」に掲載した写真が入っている。このいくつかは屋外で撮影されているが、その後のプラスティック・ポエムはすべて室内で撮影されている。克衛の二冊目のプラスティック・ポエム集『*Study of Man by Man*』（一九七九）は、イタリア詩人サレンコによって彼の死後出版された。克衛はプラスティック・ポエムと本のタイトルを送ってあり、本の到着前に彼は亡くなった。すべてのプラスティック・ポエムは、新聞紙を切り抜いて人間の形に丸められている。

（58）Michael Brand の *Plastic Poems: Kitasono Katue and the VOU Group* より "Introduction"（頁番号なし）。

（59）"La Poésie après le verbe," Max Chaleil, *La Créativité en noir et blanc* (Paris: Nouvelles Editions Polaires, 1973) p. 75.

（60）Jean-Luc Daval, *Avant-garde Art, 1914-1939*（New York: Rizzoli, 1980), p. 24.

（61）克衛は日本歯科大学に要請して個人オフィスつきのデザイン部を作ってもらい、自分がその主任デザイナーに着任した。彼はデザイン部と図書館とを往復し、デザイン部ではVOU詩人で写真家である業務上のアシスタント辻節子と一緒に仕事をした。辻が語ったエピソードは（一九八九年七月二十日のインタビュー）以下のとおり。前衛画家で以前VOUメンバーだった大学の学長中原実は、大学の勤務時間内に克衛が外でやっている仕事に我慢できなくなり、デザイン部に来て怒鳴った。「またVOUの仕事をしているのですか。自分の給料の分はいつ働くのですか」と。克衛にとっては幸運なことに、大学で働いた四十年間はクビにならずに充分な余裕を与えられた。彼には施設を利用できる良好な環境があり、半孤立状態で満足だった。克衛の死後すぐに、日本歯科大学のデザイン部は閉鎖された。

　克衛が七十歳になるときに、図書館への長期間の貢献を称えて日本政府は彼を褒章しようとした。が、中原実の息子、泉に対して、自分は賞を断るから大学からも申し込まないでほしいと頼んだ。そしてそのとおりになった（一九八七年四月三日、中原泉へのインタビュー）。

（62）「机」の編集者として、克衛は「VOU」メンバーに詩の執筆を依頼して原稿料を払うことができたが、ほとんどの詩人にとって、詩で報酬を得られるのはそのときだけだった。

（63）参考文献一覧の中の「海外での北園克衛のプラスチック・ポエムの出版リスト選」を参照のこと。

（64）克衛と山本悍右による8ミリフィルムは、ビデオ作品 *Glass Wind*（Hollywood, Calif.: highmoonoon, 1998）を参照のこと。

（65）加えて言うと、「イデオプラスティ」という観点から克衛はプラスティック・ポエムを議論することはなかったが、この概念は写真にも詩にも適用可能だ。

（66）北園克衛『空気の箱』（VOUクラブ、一九六六）二七頁より「ハイボォル的空間」。

（小川正浩、田口哲也訳）

付録A　一九四四-四五年の間に、克衛の卓上日記に記されていた情報

●第二次世界大戦が終結するまでの二十カ月間に受領した食物（＊＝配給、＋＝自分で購入）

月	受領品
一九四四年	
1	卵五ケ、餅、干柿、鰹節十本、肝臓、牛肉*、菓子、チイズ、餅、ハム、茶+
2	蜜柑、かき餅、砂糖、肉、ホウレン草
3	味噌、粉ミルク、椎茸
4	カレイ一匹、卵、南京豆
5	小豆、小麦、苺
6	コオナゴ、若布、ピイナッツバタア、アスパラガス、干魚
7	雑魚、鰹節（十本）
8	チョコレート、牛肉
9	—
10	—
11	ハム、牛肉、［薩摩］薯五貫［一貫3.75キログラム］、このしろ魚五匹
12	砂糖
一九四五年	
1	鮨、蜜柑、餅、米二升四合

2　米一升五合、番茶、抹茶、味噌漬け、餅
3　ビール、米*、トマトケチャップ
4　牛+肉、砂糖*
5　山芋一本、米*、とろろこんぶ、ふりかけ、酒*、野菜*、みがき鰊*
6　そら豆、支那茶
7　馬鈴薯、胡茶
8　—

●第二次世界大戦が終結するまでの、二十カ月間の経済状況

（注　多くの取引が日記の中に記録されているが、下記のリストははっきりした金額の数字が示されている場合のみのもの）

収入

金額（円）		**日付**
一九四四年		
50	装幀	2／19
80	賞与	3／28
60	現代詩稿料	4／13
20	度量衡より稿料	5／10
50	昭森社	5／15
90	［不特定］	5／16
10	文報幹友会稿料	5／16

支出

金額（円）		**日付**
40	荷物受取る	2／3
20	経師屋	3／30
50	新詩論［復刊］	4／25
18	能管	5／18
90	中元	6／21

150 学会雑誌 8／21

50 ［不特定］ 8／24

555・30 三ヵ月分の給料を受く 11／6

130 賞与 12／27

一九四五年

50 大政翼賛会より稿料税引き¥44 1／12

30 ［3人から］「麦通信」会費¥10 1／25

100 麦の会寄付 2／14

10 会費受取る 2／14

38 ［特定できないアルバイト］日給2・3円受取る 2／20

100 賞与 4／6

30 東方社より稿料 4／6

15 本代受取る 4／8

500 工専［東京工業専門学校］より校歌稿料 4／11

24 明夫のリュックサック 7／19

203 雙眼鏡 7／29

5・66 バター 8／31

5 ［新潟三条への］運賃 10／3

5 荷物送料 10／3

2・80 友人へ和英辞典寄贈 10／21

20 京都疎開につき来訪餞別 10／22

17・50 筵代 10／25

49・67 麦［通信］印刷代 11／13

8・50 コンパクト［友人の結婚祝い］ 11／28

1・79 米の配給 3／29

40 牛肉［購入］
200匁［760グラム］ 4／6

200 金 栄子に到着の由 5／21

10 ［友人の妻の葬儀］香典 5／22

50　［不特定］　5／29

●「麦通信」と「近代詩苑」への言及

一九四四年

月／日
2／10　麦の会の書状を作る。
6／16　麦通信一号［一－四頁］を発送
9／17　麦通信三号編輯
10／14　麦通信二号［五－八頁］出来
11／13　昭和印刷麦印刷代
11／20　麦通信三号受取る［印刷所から］
11／21　麦通信［三号九－一二頁］発送
12／27　麦通信三号支払ふ［印刷所］
12／30　麦通信四号［一三－一六頁］校了

一九四五年（戦時中）

1／11　麦通信出来る
1／25　［三人から「麦通信」の］会費［を受領］

7・50　酒配給　5／22
15　［本］全三冊5・—十二冊10・—　5／23
30・50　大倉火災海上保険株式会社に火災海上保険料　5／23
16・87　住友生命保険株式会社保険料　5／28
800　明夫栄子、金着いた由安心す。　5／31
120・20　麦二号出来る。印刷代　6／26

2／14　麦通信第二年第一号原稿渡す。第一年第四号印刷料支払ふ。
2／14　会費受け取る。
2／23　麦通信初稿出る。
3／6　麦通信二号編輯をする。
6／4　麦通信第二年度第一号［五号一七－二〇頁］刷り上ル。
6／26　麦二号［六号二一－二四頁］出来る。印刷代支払ふ。

一九四五年（戦後）

10／3　「麦通信」［七号二五－二八頁、八号二九－三二頁］印刷のため九七・五〇円を印刷所に支払
11／18　岩佐［東一郎］が訪問、「近代詩苑」についての話し合い
11／29　「麦通信」［九号三三－三六頁］出版
12／8　「近代詩苑」を編集
12／9　「近代詩苑」の編集終了
12／18　「近代詩苑」の試し刷り準備

「麦通信」は全部で九号出版された。四つは一九四四年に、二つは一九四五年の戦時中に、そして三つは一九四五年の戦後に出版された。日付が記載されていないので、「麦通信」の号がいつ出版されたのかということを正確に知ることは難しい。しかしながら、それらは頁数が付けられており、それぞれ四頁に折られた紙一枚となっている。三二頁にある内的証拠から、八号は戦後に出版されたものだと分かる。日記から、七号も戦後に出版されたものだと推測できるが、交戦状態が終わる前、おそらく新潟の三条の疎開住居で克衛によって編集されたものと思われる。（二五～三二頁の複写を送ってくれた千葉宣一、所有している三三～三六頁の存在を教えてくれた櫻本富雄に感謝する。）一九四五年十月三日の記載は一冊にのみ言及しており（七号か八号）、他のものは無記録なままであるという可能性がある。ともかく、克衛の日記は以前に比べ、より正確に「麦通信」の時期を推定することに役立つ。岩佐東一郎によって出版され、北園克衛によって編集された「近代詩苑」一号は、一九四六年一月に出版された。初期の戦後雑誌の一つは、インフレの割高のために三号で廃刊となった。なお戦後の

「麦通信」と「近代詩苑」の項目は英語からの重訳だが、それ以外の日記のことばはすべて北園のものである。

付録B　克衛が一九五六-七八年の間に、「VOU」に発表した写真

	日付	VOU の号	頁	写真数	タイトル*
1	一九五六・十二	五三	一八-一九	2	作品（塔）
2	一九五七・四	五五	二三	1	le temps perdu
3	一九五七・六	五六	二三	1	作品
4	一九五七・九	五七	一九	1	白い空間
5	一九五八・一	五九	二一	3	白の抽象
6	一九五八・五	六一	一七	1	作品
7	一九五八・七	六二	一九	1	作品
8	一九五八・九	六三	二六	1	街
9	一九五八・十二	六四	二六	1	卵による造型
10	一九五九・一	六五	二四	1	読まれている詩集
11	一九五九・三	六六	一八	2	mannequin
12	一九五九・九	七一	二一	1	黒いヒガア
13	一九五九・十一	七二	一七	1	chapeau hiver
14	一九六〇・一	七三	二一	1	卵による造型
15	一九六〇・三	七四	二六-二七	2	空間1、2
16	一九六〇・五／六	七五	表紙	1	
17	一九六〇・七／八	七六	表紙	1	長谷部行勇

			一七	1	オノレ・シュブラックの滅形／la disparition d'honore subrac
18	一九六〇・九／十	七七	表紙	1	清水俊彦
			二八	1	the phone did not ring in her room
19	一九六〇・十一／十二	七八	表紙	1	元木和雄
20	一九六一・一／二	七九	表紙	1	清水雅人
21	一九六一・三／四	八〇	表紙	1	
			二五	1	passers-by in the wall
22	一九六一・五／七	八一	表紙	1	
23	一九六一・八／九	八二	表紙	1	
24	一九六一・十-十二	八三	表紙	1	
25	一九六二・一-三	八四	表紙	1	
26	一九六二・四-六	八五	表紙	1	
			二八-二九	2	作品、作品／figure, figure
27	一九六二・七-九	八六	表紙	1	
28	一九六二・十- 一九六三・一	八七	一七	1	de vénus
29	一九六三・二-四	八八	表紙	1	
			二八	1	op. 6828
30	一九六三・五／六	八九	表紙	1	
			二六	1	op. 772
31	一九六三・七／八	九〇	表紙	1	
32	一九六四・二	九二	二七	1	街路／avenue
33	一九六四・二／三	九三	二二-二三	2	figure 1; figure 2

34	一九六四・四／五	九四	表紙	1	
			一七、二八	2	i am her[e]; i am her[e]
35	一九六四・六／七	九五	表紙	1	
			二五、二八	2	high noon ; figuration
36	一九六四・十一－一九六五・一	九七	表紙	1	
			二五、二八	2	i passed the west; i passed the west
37	一九六五・二／三	九八	表紙	1	
			一七	1	ある角度／an angle
38	一九六五・四／五	九九	表紙	1	
			二七	1	プラスティックポエム**
39	一九六五・六／七	一〇〇	表紙***	1	
			二七－二八	4	extreme; statics; プラスティックポエムa；プラスティックポエムb
40	一九六五・八／九	一〇一	二一	1	創造物／brainchild
41	一九六五・十／十一	一〇二	二六－二七	2	プラスティックポエム；プラスティックポエム
42	一九六五・十二／一九六六・一	一〇三	二〇－二一	2	プラスティックポエム；プラスティックポエム
43	一九六六・二／三	一〇四	二四－二五	2	プラスティックポエム；プラスティックポエム
	-----	「プラスティック・ポエムに関する覚え書」［宣言］	-----		
44	一九六六・四／五	一〇五	二七	1	プラスティックポエム
45	一九六六・七	一〇六	表紙	1	
			一九	1	プラスティックポエム

46	一九六六・十	一〇七	表紙	1	
			二四-二五	2	a portrait of a poet 1 ; a portrait of a poet 2
47	一九六七・一	一〇八	表紙	1	
			二〇	1	une femme
48	一九六七・四	一〇九	表紙	1	
			二一	1	une femme
49	一九六七・六	一一〇	表紙	1	
			一八-一九	2	composition A ; composition B
50	一九六七・八	一一一	表紙	1	
			二〇-二一	2	プラスティックポエム；プラスティックポエム
51	一九六七・十	一一二	表紙	1	
			二〇	1	プラスティックポエム
52	一九六八・一	一一三	表紙	1	
			二〇	1	hommage à j.-f. bory
53	一九六八・三	一一四	表紙	1	
			二〇-二一	2	プラスティックポエム；プラスティックポエム
54	一九六八・六	一一五	表紙	1	
			二四-二五	2	プラスティックポエム；プラスティックポエム
55	一九六八・九	一一六	表紙	1	
			二四-二五	2	プラスティックポエム；プラスティックポエム
56	一九六八・十二	一一七	表紙	1	
			二四	1	プラスティックポエム
57	一九六九・三	一一八	表紙	1	

			一八	1	strollers
58	一九六九・九	一二〇	表紙	1	
			一七	1	both side[s]
59	一九六九・十二	一二一	二二-二三	2	プラスティックポエム；both side[s]
60	一九七〇・二	一二二	一七	1	プラスティックポエム
61	一九七〇・五	一二三	一八	1	プラスティックポエム
62	一九七〇・九	一二四	二二	1	プラスティックポエム
63	一九七〇・十二	一二五	二〇-二一	2	L'homme triste；L'homme triste
64	一九七一・十一	一二九	一九	1	プラスティックポエム
65	一九七二・十	一三三	二二	1	プラスティックポエム
66	一九七三・一	一三四	二六	1	プラスティックポエム
67	一九七三・三	一三五	二六	1	プラスティックポエム
68	一九七三・五	一三六	二六-二七	2	プラスティックポエム；プラスティックポエム
69	一九七三・八	一三七	二〇-二一	2	プラスティックポエム；プラスティックポエム
70	一九七三・十	一三八	二〇-二一	2	anthropologie A；anthropologie B
71	一九七四・一	一三九	二二	1	プラスティックポエム
72	一九七四・三	一四〇	一九	1	anthropologie c；
73	一九七四・六	一四一	二二	1	anthropologie d
74	一九七四・八	一四二	二六	1	prospérité solitaire
75	一九七四・十	一四三	二八	1	Fig. A
76	一九七五・三	一四五	二五	1	op. 6
77	一九七五・十二	一四八	一九	1	night of figure
78	一九七六・二	一四九	一七	1	プラスティックポエム：Forgotten man

79	一九七六・四	一五〇	二一	1	プラスティックポエム
80	一九七六・七	一五一	二七	1	プラスティックポエム
81	一九七六・十一	一五三	二六	1	プラスティックポエム
82	一九七七・二	一五四	二六-二七	2	プラスティックポエム；プラスティックポエム
83	一九七七・十一	一五八	二八	1	プラスティックポエム
84	一九七八・六	一六〇	一七	1	プラスティックポエム

＊「VOU」七六-七九号を除いて、表紙写真は表題がつけられていない。

＊＊これは「プラスティックポエム」と題された初の写真である（一九六五・四／五）。

＊＊＊同じ写真が「VOU」一〇〇-一〇五号の表紙として繰り返されるが、ここではそれを一項目として数える。

写真の総計は一三八で、そのうち五十八は、克衛が「プラスティックポエム」という標号を用いる以前のもので、八十はその後のものである。それらのうち四十二は明確に「プラスティックポエム」という題がつけられている。

付録C　西洋人名・生没年

アゼレド、ロナルド Azeredo, Ronaldo（1937–2006）
アッシュベリー、ジョン Ashbery, John（1927–）
アポリネール、ギヨーム Apollinaire, Guillaume（1880–1918）
アラゴン、ルイ Aragon, Louis（1897–1982）
ヴァレリー、ポール Valery, Paul（1871–1945）
ヴァン・ゴッホ、ヴィンセント Van Gogh, Vincent（1853–1890）
ヴィニョーレス、L・C Vinholes, L. C.（未詳）
ウィリアムズ、ウィリアム・カーロス Williams, William Carlos（1883–1963）
ウィリアムズ、ジョナサン Williams, Jonathan（1929–2008）
ウインターズ、アイヴォア Winters, Yvor（1900–68）
ウォルポール、ホレス Walpole, Horace（1717–97）
ウッドワード、W・E Woodward, W. E.（1874–1950）
エイドゥズ、ドーン Ades, Dawn（1943–）
エリオット、T・S Eliot, T. S.（1888–1965）
エリュアール（ダリ）、ガラ Éluard (Dalí), Gala（1894– 1982）
エリュアール、ポール Éluard, Paul（1895–1952）
エルンスト、マックス Ernst, Max（1891–1976）
エンゲル、ジェイムズ Engel, James（未詳）
オルソン、チャールズ Olson, Charles（1910–70）
カミングズ、E・E Cummings, E. E.（1894–1962）
カンディンスキー、ワシーリイ Kandinsky, Wassily（1866–1944）
ギドロウ、エルザ Gidlow, Elsa（1898–1986）
キャット、クリストファー Catling（別名 Cat), Christopher（十七世紀末の人物、生没年未詳）
キリコ、ジョルジョ・デ Chirico, Giorgio de（1888–1978）
ギンズバーグ、アレン Ginsberg, Allen（1926–97）
クイーン、エラリイ Queen, Ellery（1905–82）
クラーク、ジョン Clark, John（未詳）
クリーリー、ロバート Creeley, Robert（1926–2005）
グリュー、ジョセフ・C Grew, Joseph C.（1880–1965）
クレー、パウル Klee, Paul（1879–1940）
ケージ、ジョン Cage, John（1912–92）
ゴーチェ、テオフィル Gautier, Théophile（1811–72）
ゴーディエ＝ブルゼスカ、アンリ Gaudier-Brzeska, Henri（1891–1915）
コーネル、ジュリアン Cornell, Julian（未詳）

ゴールドバーグ、ルーブ Goldberg, Reuben（1883-1970）
コールリッジ、サミュエル・テイラー Coleridge, Samuel Taylor（1772-1834）
コクトー、ジャン Cocteau, Jean（1889-1963）
ゴムリンガー、オイゲン Gomringer, Eugen（1925-）
ゴル、イヴァン Goll, Ivan（1891-1950）
サイード、エドワード・W Said, Edward Wadie（1935-2003）
サティ、エリック Satie, Erik（1866-1925）
サレンコ Sarenco（1945-）
ジイド、アンドレ Gide, André（1861-1951）
シャレイユ、マックス Chaleil, Max（未詳）
シュヴァル、フェルディナン Cheval, Ferdinand（1836-1924）
シュヴィッタース、クルト Schwitters, Kurt（1887-1948）
ジョイス、ジェイムズ Joyce, James（1882-1941）
ジョーンズ、フランク Jones, Frank（1915-2000）
スーポー、フィリップ Soupault, Philippe（1897-1990）
ズコフスキー、ルイ Zukofsky, Louis（1904-78）
スタイン、ガートルード Stein, Gertrude（1874-1946）
セゼール、エメ Césaire, Aimé（1913-2008）
ダニエル、アルノー Daniel, Arnaut（十二世紀の人物、生没年不詳）
ダリ、サルヴァドール Dalí, Salvador（1904-89）
ダンカン、ロナルド Duncan, Ronald（1914-82）
ツァラ、トリスタン Tzara, Tristan（1896-1963）
デ・カンポス、アウグスト de Campos, Augusto（1931-）
デ・カンポス、ハロルド de Campos, Haroldo（1929-2003）
ディズニー、ウォルト Disney, Walt（1901-66）
デュカス、イジドール Ducasse, Isidore（1846-70）
デュシャン、マルセル Duchamp, Marcel（1887-1968）
ドゥーリトル、ヒルダ Doolittle, Hilda（1886-1961）
トラヴァン、B Traven, B（1890?-1969?）
ニーチェ、フリードリヒ・ヴィルヘルム Nietzsche, Friedrich Wilhelm（1844-1900）
パーロフ、マージョリー Perloff, Marjorie（1931-）
ハイデガー、マルティン Heidegger, Martin（1889-1976）
パウンド、エズラ Pound, Ezra（1885-1972）
パッチェン、ケネス Patchen, Kenneth（1911-72）
ハミル、サム Hamill, Sam（1943-）
バル、フーゴ Ball, Hugo（1886-1927）
バルト、ロラン Barthes, Roland（1915-80）
ハルトゥニアン、H・D Harootunian, H.D.（1929-）
バロウズ、エドガー・ライス Burroughs, Edgar Rice（1875-1950）
ピカソ、パブロ Picasso, Pablo（1881-1973）
ビトル、マージョリー Bittle, Marjorie（未詳）
ピニャタリ、デシオ Pignatari, Décio（1927-）
ヒューズ、ラングストン Hughes, Langston（1902-67）
ヒューム、T・E Hulme, T.E.（1883-1917）
ヒュルゼンベック、リヒャルト Huelsenbeck, Richard（1892-1974）
ピント、ルイ・アンジェロ Pinto, Luiz Angelo（未詳）

プーシキン、アレクサンドル Pushkin, Aleksandr（1799–1837）
フェノロサ、アーネスト Fenollosa, Ernest（1853–1908）
ブルトン、アンドレ Breton, André（1896–1966）
ブレア、アーサー Blair, Arthur（未詳）
プレスリー、エルビス Presley, Elvis（1935–1977）
フロベニウス、レオ Frobenius, Leo（1873–1938）
ペソア、フェルナンド Pessoa, Fernando（1888–1935）
ヘッセ、ヘルマン Hesse, Hermann（1877–1962）
ヘミングウェイ、アーネスト Hemingway, Ernest（1899–1961）
ペレ、バンジャマン Péret, Benjamin（1899–1959）
ボードレール、シャルル Baudelaire, Charles（1821–67）
ホーランド、ノーマン・N Holland, Norman. N（1927–）
ポッジョーリ、レナート Poggioli, Renato（1907–63）
ボリー、ジャン＝フランソワ Bory, Jean-François（1938–）
ポルテウス、ヒュー・ゴードン Porteus, Hugh Gordon（1906–93）
マクルーハン、マーシャル McLuhan, Marshall（1911–80）
マラルメ、ステファヌ Mallarmé, Stéphane（1842–98）
マリネッティ、F・T Marinetti, F. T.（1876–1944）
マンシー、ウェンデル・S Muncie, Wendell. S（未詳）
ミラー、ヘンリー Miller, Henry（1891–1980）
ミロ、ジョアン Miró, Joan（1893–1983）
ムーア、メアリー Moore, Mary（未詳）
メルツァー、アナベル Melzer, Annabelle（1940–）
モホリ＝ナジ、ラズロ Moholy-Nagy, László（1895–1946）
モリス、ジョン Morris, John（未詳）
モンロー、アレクサンドラ Munroe, Alexandra（未詳）
ユニック、ピエール Unik, Pierre（1909–45）
ユング、カール・グスタフ Jung, Carl Gustav（1875–1961）
ライディング、ローラ Riding, Laura（1901–91）
ラッヘヴィルツ、メアリー・デ Rachewiltz, Mary de（1925–）
ラプラス、ピエール＝シモン Laplace, Pierre-Simon（1749–1827）
ラヒリ、アマル Lahiri, Amar（未詳）
ランボー、アルチュール Rimbaud, Arthur（1854–1891）
リファテール、ミカエル Riffaterre, Michael（1924–2006）
ルヴァルディ、ピエール Reverdy, Pierre（1889–1960）
レクスロス、ケネス Rexroth, Kenneth（1905–82）
レック、マイケル Reck, Michael（1928–93）
ロートレアモン伯爵 Le Comte de Lautréamont（1846–70）
ロクリン、ジェイムズ Laughlin, James（1914–97）
ワイゼンフェルド、ジェニファー Weisenfeld, Gennifer（1966–）

参考文献

注　特に断りのない限り、出版地は東京である。北園克衛の作品は年代順に挙げている。

北園克衛の作品

詩集

『白のアルバム』厚生閣、一九二九
『若いコロニイ』ボン書店、一九三二
『*Ma Petite Maison*』芝書店、一九三三
『円錐詩集』ボン書店、一九三三
『鯤』民族社、一九三六
『夏の手紙』アオイ書房、一九三七
『サボテン島』アオイ書房、一九三八
『火の菫』昭森社、一九三九
『固い卵』文芸汎論社、一九四一
『風土』昭森社、一九四三
『砂の鶯』協立書店、一九五一
『黒い火』昭森社、一九五一
『若いコロニイ』（増補版）国文社、一九五三
『真昼のレモン』昭森社、一九五四
Black Rain. Mallorca, Spain: Divers Press, 1954.（北園克衛自身の手による英訳詩集）
『ヴイナスの貝殻』国文社、一九五五
『ガラスの口髭』国文社、一九五六
『青い距離』パピルス・プレス、一九五八
『煙の直線』国文社、一九五九
『家』昭森社、一九五九
『眼鏡の中の幽霊』プレス・ビブリオマーヌ、一九六五
『空気の箱』VOUクラブ、一九六六
『白の断片』VOUクラブ、一九七三
『*Blue*』藤富保男編、VOUクラブ、一九七九
『色彩都市、北園克衛初期詩群』鳥居昌三編、プレス・ビブリオマーヌ、一九八一
『北園克衛詩集』藤富保男編、現代詩文庫1023、思潮社、一九八一
『北園克衛全詩集』藤富保男編、沖積舎、一九八三
『重い仮説』鳥居昌三編、海人舎（伊東）、一九八五
Glass Beret: The Selected Poems of Kitasono Katue. Trans. John Solt, Milwaukee, WI: Morgan Press, 1995.（ジョン・ソルト訳、『グラス・ベレー　北園克衛選詩集』）
Oceans Beyond Monotonous Space: Selected Poems of Kitasono Katue. Trans. John Solt. Intro. Karl Young. Eds. Karl Young and John Solt. Hollywood, CA: highmoonoon,

2007.

プラスティック・ポエトリー（写真）

『*Moonlight Night in a Bag*』VOUクラブ、一九六六

Kitasono Katue: Study of Man by Man. Ed. Sarenco. Verona, Italy: Factotum-Art, 1979.

『北園克衛全写真集』沖積舎、一九九二

短編集

『黒い招待券』Mira Center、一九六四

評論集

『天の手袋』春秋書房、一九三三

『句経』風流陣発行社、一九三九

『ハイブラウの噴水』昭森社、一九四一

『郷土詩論』昭森社、一九四四

『黄いろい楕円——エッセイ、批評、スクラップ』宝文館、一九五三

鍵谷幸信、清水俊彦、藤富保男編『2角形の詩論』、リブロポート、一九八七

『北園克衛全評論集』鶴岡善久編、沖積舎、一九八八

俳句

『村——北園克衛句集』船木仁編、瓦蘭堂、一九八〇

『現代俳句集成別巻Ⅰ　文人俳句集』河出書房新社、一九八三

翻訳

ポール・エリュアール（Paul Éluard）著、*Les Petites justes*、ラベ書店、一九三三

ステファヌ・マラルメ著『恋の唄』、ボン書店、一九三四

レェモン・ラディゲ著『火の頬』白水社、一九五三

雑誌の編集

「ゲエ・ギムギガム・プルルル・ギムゲム」二－一〇巻、一九二五－二七

「薔薇・魔術・学説」一－四巻、一九二七－二八

「白紙」一－一四（?）巻、一九三〇（?）－三二

「Madame Blanche」一－一七巻、一九三二－三四

「VOU」一－一六〇巻、一九三五－四〇、一九四六－四七、一九四九－七八

「新技術」三一－三七巻、一九四〇－四二

「新詩論」五七－七七巻、一九四二－四三

「麦通信」一－九巻、一九四四－四五

「Cendre」一－七巻、一九四八

「青ガラス」一－五巻、一九五三

インタビュー

松岡正剛・杉浦康平、「遊」八巻（一九七五年八月）、八四－九七頁。なお、このインタビューは清水俊彦、清水雅人、福田和彦、清原悦志編の『北園克衛とVOU』（「北園克衛とVOU」刊行会、一九八八年）にも再録されている。

エズラ・パウンド書簡

D. D. Paige, ed. *The Letters of Ezra Pound, 1907–1941.* New York: Harcourt, Brace, Jovanovitch, 1950; rpt. as *The Selected Letters of Ezra Pound, 1907–1941.* New York: New Directions, 1971, pp. 281–82, 292–93, 297, 319, 335–36, 345–48.

Sanehide Kodama, ed. *Ezra Pound and Japan.* Redding Ridge, Conn.: Black Swan Books, 1987, pp. 25–128.

海外の雑誌に発表された北園克衛の詩（ただし、プラスティック・ポエトリーは除く）とエッセイ（特に断りのない限り、訳は北園克衛による）

Townsman (London), no. 1 (Jan. 1938): 4–9.

"Modern Poets of Japan." *New Directions* (New York), 1938, n. p.

"La mano d'estate scrive" ［これはエズラ・パウンドによる北園の詩集『夏の手紙』の誤訳］ *Broletto* (Genoa), no. 25 (1938): 20–21.

"Seven Pastoral Postcards." *Townsman* (London), 2, no. 6 (Apr. 1939): 10–11.

"White Doctrine." In Charles Henri Ford et al., "Chainpoems." *New Directions* (New York), no. 3 (1940): 199–200.

"The Life of a Pencil." *Diogenes* (Madison, Wisc.), 1. no. 2 (Dec. 1940–Jan. 1941): 53.

"A Shadow." *Four Pages* (Galveston, Tex), no. 6 (June 1948): 3.

"Black Mirror." *Right Angle* (Washington, D. C.: The American University), 3, no. 1 (May 1949): n. p.

"Monotonous Solid." *New Directions* (New York), no. 11 (1949): 297–99.

"Dirty Town," "Poem." *Quarterly Review of Literature* (Annandale-on-Hudson, N.Y.), 4, no. 4 (1949): 343–45.

"Poem of Death and Umbrella." *Imagi* (Philadelphia), 5, no. 2 (1951): n. p.

"The VOU Club" (essay). *Nine* (London), 3, no. 4 (Summer/Autumn, 1952): 313–14.

"Green Sunday." In Hubert Creekmore, ed., *A Little Treasury of World Poetry,* pp. 422–23. New York: Charles Scribner's Sons, 1952.

"Monotonous Rhetoric," "A une dame qui me donna une chigarette, quand j'etais fatigue, triste, revant du cheval vert," "Dark April," "Dark Room," "Black Portrait." *New Directions* (New York), no. 14 (1953): 104–8.

"Yellow Rhetoric." *Four Winds* (Gloucester, Mass), no. 4 (Winter, 1953): n. p.

"Eight Contemporary Japanese Poets" (essay); "Moonlight Night in a Bag." In Arabel J. Porter et al., eds., *New World Writing: 6th Mentor Selection*, pp. 57–58, 63. New York: New American Library, 1954.

"Poetry Going Out." In *Perspective of Japan* (An *Atlantic Monthly* Supplement). New York: Intercultural Publica-

tions, 1954; rpt. in *The Atlantic,* Jan. 1955, p. 151.
Donald Keene. *Japanese Literature: An Introduction for Western Readers*. New York: Grove Press, 1955, p. 19. English trans. by Donald Keene of part of "Kigō setsu."
"The Elements of a Night," "Night a la Zorzicos." In Ichirō Kōno and Rikutarō Fukuda, eds., *An Anthology of Modern Japanese Poetry*, pp.59-63. Kenkyūsha, Tokyo, 1957. English trans. by Kōno and Fukuda.
"Blue Fragments," "A Humming to Be out Of," "A Rarefied Violin," "Poetry Going Out," "White Rhetoric," "Moonlight Night in a Bag," "Pantomine in a Sugar Cube." *Olivant* (Fitzgerald, Ga.), no. 1 (1957): 145-50.
"Monotopia do espaço vazio." In the literary supplement of *O Estado de São Paulo*, May 10, 1958, pp. 1-2; rpt. in *Invençao* (Brazil), May 21, 1960, p. 3. Portuguese trans. by Haroldo de Campos.
"Home." *Galley Sail Review* (San Francisco), no. 5 (Winter 1959-60): 16.
"Tanchō na kūkan" (Monotonous space). *Spirale* (Bern, Switz.), no. 8 (Oct.1960), p. 43. German trans. by Eugen Gomringer.
"Poeme." In the literary supplement of *O Estado de São Paulo*, July 25, 1964, p. 3. Portuguese trans. by Haroldo de Campos.
"Monotony of Void Space." In Emmett Williams, ed., *An Anthology of Concrete Poetry*, n. p. New York: Something Else Press, 1967. English trans. by Haroldo de Campos.
"Some 3 Moments," "Aspirin Pigeon." *Literature East & West* (Austin: University of Texas), 12, nos. 2-4 (Dec.1968): 249-53. English trans. by Sam Grolmes.
Kenneth Rexroth. "Literature." In R.M. Hutchins and M.J. Adler, eds., *The Great Ideas Today*. New York: Praeger, 1970, p. 170. Uncredited English trans. of part of "Monotony of Void Space."
"Passage," "Pré-histoire," "L'ombre," "Noble biere." *Les Cahiers de l'Oronte* (Beirut), no. 11 (1973): 63-64. French trans. by Hiroe Kimura and Samia Toutounji.
"Flowers." *Third Rail* (Los Angeles), no. 6 (1984): 23. English trans. by John Solt.
"Morning Letter." *Nostoc* (Newton, Mass.: Arts End Books), no. 16. English trans. by John Solt.
"Summer's Esplanade," "Words," "Sur Un Paroissen," "Casual Tennis," "In a Mourning City," "Blue." *Third Rail* (Los Angeles), no. 7 (1985-86): 45-49. English trans. by John Solt.
"Doll, Pistol and Balloon," "Dessin du Poete." *GUI* 9, no. 22 (Mar. 1987): 97-94 (reverse order). English trans. by John Solt.
"The Diluted Violin." *Third Rail* (Los Angeles), no. 9 (1988):24. English trans. by John Solt.
"Ocean's Ocean's Ocean's...," "Mustache," "Song of Acetes," "A Mi Querida," "Blue Square," "Dark Caricature." In Bob

Moore, ed., *Nexus* (Dayton, Ohio: Wright State University), 25, no. 2 (1990): 40-51 (special section titled “Nihilist in the Eraser: A Kitasono Retrospective”). Intro. and English trans. by John Solt.

“Blue Background,” “Blue Square.” In Lawrence Ferlinghetti and Nancy Peters, eds., *City Lights Review* (San Francisco: City Lights), no. 4 (1990): 174-76. English trans. by John Solt.

“Ashes of a Sorceress.” *Printed Matter* (Tokyo), 16, no. 1 (Spring 1992): 28-29. English trans. by John Solt.

“Drama in a Blue-Striped Box.” In Hilda Raz, ed., *Prairie Schooner* (Lincoln: University of Nebraska), 70, no. 2 (Summer 1996): 53. English trans. by John Solt.

“A Corner-Style Scandal,” “Those Countless Stairs and Crystal Breasts of the Boy with a Glass Ribbon Tied Around His Neck,” “Transparent Boy's Transparent Boy's Shadow,” “A Boy's Death in a Flask,” “Blonde Shade and then The White Circle's Program,” “The Feathery Head of the Sincere Angel Who Opened Light Metal Fingers and Mouth and then The Make-up of Some Sphere of Luster in the Middle of a Limit.” In Sawako Nakayasu, ed. [*Five*] *Factorial* (n. p., 2006), pp. 5-10. John Solt, trans.; Karl Young and John Solt, eds., *Oceans Beyond Monotonous Space: Selected Poems of Kitasono Katue* (Los Angeles, CA: highmoonoon, 2007), pp. 168-92.

“Oval Ghost.” In Tina Chang et al, eds., *Language for a New Century: Contemporary Poetry from the Middle East, Asia, and Beyond* (New York/London: W.W. Norton, 2008) p. 152. English trans. by John Solt.

海外でのプラスティック・ポエムの出版リスト選

2 plastic poems titled “Plastic Poem 1” and “Plastic Poem 2.” *Chicago Review* (Chicago), 19, no.4 (Sept.1967): 110-11.

1 plastic poem, untitled. In Julien Blaine and Jean Clay, eds. *Robho* (Paris), no. 2 (Nov.-Dec. 1967): 2.

3 plastic poems, untitled. In Jean-François Bory, comp. *Once Again*. New York: New Directions, 1968, pp. 59-61.

1 plastic poem, untitled. In Pierre Garnier, *Spatialisme et poésie concrète*. Paris: Gallimard, 1968, p. 90.

1 plastic poem titled “Portrait of a Poet, 1966”; 1 concrete poem titled “White.” In Mary Ellen Solt, ed., *Concrete Poetry: A World View*. Bloomington: Indiana University, 1968, pp. 159-60 (text comments on Kitasono and concrete poetry in Japan, pp. 7, 13, 31-32).

2 plastic poems, titled “Plastic Poem A '67” and “Plastic Poem '67.” In Jean-François Bory and Julien Blaine, eds., *Approches*, no.3. Paris; Approches, 1968, pp. 20-21.

Agentzia (Paris), no. 11/12 (1969).

3 plastic poems, titled “Hag's Nook,” “Both Sides,” and “Poem, 1966”; also includes two brief essays by Kitasono, “A Note on Visual Poem, 1966” and “A Note on My Work, 1969.” *Stereo Headphones* (Suffolk, Eng.), no. 5 (Winter

1972): 10-12, 27.

Exposición exhaustiva de la nueva poesía. Montevideo, Uruguay, 1972 (museum catalogue).

1 plastic poem titled "Poéme plastique"; 1 concrete poem titled "Blanc." In Marc Hallain et al., eds., *Le Créativité en noir et blanc*. Paris: Nouvelle Editions Polaires, 1973, pp. 72, 76.

1966 cutouts titled "Four Portraits of a Poet" and "Plastic Poem II, 1973"; also includes Feb. 15, 1974, note on plastic poetry. *Stereo Headphones* (Suffolk, Eng.), no. 6 (Summer 1974): 30-31.

1 plastic poem, untitled. In Fernando Millan and Jesús García Sánchez, eds., *La Escritura en libertad: antologia de poesía experimental*. Madrid: Alianza Editorial, 1975, p. 198.

2 plastic poems, both titled "Poeme plastique." In G. J. Rook, ed., *Visual Poetry Anthology: 133 Poets from 25 Countries*. Utrecht: Uitogoverij Bert Bakker, 1975, n. p.

"Plastic Poem 1976" used as cover artwork since 1967 for Vladimir Nabokov's *The Real Life of Sebastian Knight*. New York: New Directions [1959].

3 plastic poems——1 untitled on cover, 1 titled "Strollers, 1969," and 1 in color titled "Forgotten Man, 1975," which was included as an insert in a special edition of 15 copies. *Stereo Headphones* (Suffolk, Eng.), no. 7 (Spring 1976): cover, p. 25, and insert.

6 plastic poems, titled "Plastic Poem 1966," "Plastic Poem 1966," "Plastic Poem 1973," "Plastic Poem 1975," "Plastic Poem 1975," "Plastic Poem 1969," respectively; Kitasono credited also as a contributing editor. In Julien Blaine, ed., *Doc(k)s* (Marseille), no. 7 (July 1977): 116-21.

4 plastic poems, titled "Op. 1969," "Komposition B 1967," "Plastikpoesie 1971," "Strollers [Wandertruppe] 1969"; also contains a concrete poem by L. C. Vinholes about Kitasono. In Uwe Obier, ed., *Japanische konkrete und visuelle Poesie* (museum catalogue). Recklinghausen, West Germany: Kunstverein Gelsenkirchen, 1978, n.p.

1 titled "Plastic Poem 1973." In James Laughlin, ed., *New Directions*, no. 34. New York: New Directions,1977, p. 37.

2 plastic poems, titled "I am here" and "Moonlight Night in a Bag." *Delo* (Belgrade), 28, no. 4 (April 1982): 38-39.

3 plastic poems by Kitasono. *Aktuelle konkrete und visuelle Poesie aus Japan*. Siegen, West Germany: n.p., 1986, pp. 3-5 (exhibition catalogue).

7 plastic poems by Katue. *Plastic Poems:* Kitasono Katue and the VOU Group. Providence: Rhode Island School of Design, Museum of Art, 1986, n.p. (exhibition pamphlet).

1 plastic poem, untitled. In Uri Hertz, ed., *Third Rail* (Los Angeles), no. 9 (1988): 25.

5 plastic poems, 4 drawings, 1 diagrammatic poem. In Bob Moore, ed., *Nexus* (Dayton, Ohio: Wright State University), 25, no. 2 (Winter 1990): 46-49.

"Night of Figure," 1975. In Darin Cain, ed., *Nexus* (Dayton,

Ohio: Wright State University), 25, no.3 (Spring 1990): 63.
Papercut and drawing, "Four Portraits of a Poet." In Lawrence Ferlinghetti and Nancy Peters, eds., *City Lights Review*, no. 4. San Francisco: City Lights, 1990, p. 176.
25 plastic poems (untitled selection). In John Solt, trans. *Oceans Beyond Monotonous Space* (Los Angeles, CA: highmoonoon, 2007), pp. 168-92.
2 plastic poems, titled "Plastic poem" and "Figure" (*VOU* 85, 1962). Cover and back cover of Uri Hertz, *Poems Torn From a Life* (Los Angeles, CA, highmoonoon, 2008).

その他の文献

安藤一郎、壺井繁治、木原孝一「座談会　北園克衛を分析する」、「詩学」六巻六号（一九五一年七月）、七六 - 九五頁
Balakian, Anna. *Surrealism: The Road to the Absolute*. New York: Noonday,1959.
Barnhart, Michael A. *Japan Prepares for Total War: The Search for Economic Security,* 1919-1941. Ithaca, N.Y.: Cornell, 1987.
Barthes, Roland. *Writing Degree Zero*. Trans. Annette Lavers and Colin Smith. New York: Hill and Wang, 1968.
Brand, Michael. "Introduction." In exhibition pamphlet "Plastic Poems: Kitasono Katue and the VOU Group," Providence: Rhode Island School of Design, Museum of Art, 1986.
Breton, André. *What is Surrealism? Selected Writings*. Ed. Franklin Rosemont. New York. Monad/Pathfinder, 1978.
Brotchie, Alastair, compiler. *Surrealist Games*. Boston: Shambhala, 1993.
Burger, Peter. *Theory of the Avant-garde*. Minneapolis: University of Minnesota Press, 1984.
Chaleil, Max. "La Poésia apres le verbe." In *La Créativité en noir et blanc*. Paris: Nouvelles Editions Polaires, 1973.
千葉宣一『現代文学の比較文学的研究』八木書店、一九七八
——北園克衛『日本近代文学大事典』講談社、一九八四、四七五 - 四七六頁
Clüver, Claus. "Augusto de Campos' 'terremoto': Cosmogony as Ideogram." *Contemporary Poetry 3*, no.1 (Winter 1978): 38-55.
——."Brazilian Concrete: Painting, Poetry, Time, and Space." In Zoran Konstantinovic, Ulrich Weisstein, and Steven Paul Scher, eds., *Proceedings of the IX Congress of the International Comparative Literature Association*, vol. 3, *Literature and the Other Arts*. Innsbrucker Beiträge zur Kulturwissenschaft. Innsbruck: Innsbrucker Gesellschaft zur Pflege der Geisteswissenschaften, 1981, pp. 207-13.
——."Languages of the Concrete Poem." In K. David Jackson, ed., *Transformations of Literary Language in Latin American Literature: From Machado de Assis to the Vanguards*. Austin: University of Texas, Department of Spanish and Portuguese, 1987, pp. 32-43.
de Campos, Haroldo, "Poesia concreta no Japão: Kitasono

Katue." In literary supplement to *O Estado de São Paulo*, May 10, 1958.
Dimanche, André, ed. "Le Jeu de Marseille," Marseille: n.p., 1983. Reproduction of surrealist playing cards.
Dower, John. *War Without Mercy*. New York: Pantheon, 1986.
Drake, Chris. *Japanese Poetry as Universal Poetry: Nishiwaki Junzaburō, Translation, and* [*review of Hirata's book*] *"The Poetry and Poetics of Nishiwaki Junzaburō: Modernism in Translation."* Atomi English Studies 10. Saitama: Atomi College, 1997.
江間章子『埋もれ詩の焔ら』講談社、一九八五
Eysteinsson, Astradur. *The Concept of Modernism*. Ithaca, N.Y.: Cornell University Press, 1990.
Fenollosa, Ernest. *The Chinese Written Character as a Medium for Poetry;* 1920 in *Instigations*; 1936 with Ezra Pound's notes（『詩の媒体としての漢字考――エズラ・パウンド芸術詩論』）; bilingual edition, trans. Takata Tomi'ichi（高田美一）Tokyo bijutsu（東京美術）、1982.
藤富保男『近代詩人評伝　北園克衛』有精堂、一九八三
――「北園克衛の詩」『パンツの神様』ＴＢデザイン研究所、一九七九、一二三-一三八頁
福田和也『日本の家郷』新潮社、一九九三
浜名与志春「北園克衛論」『詩論集――現代詩に関する七つのテオリア』昭森社、一九三九
原田治「北園克衛論」『ぼくの美術手帖』パルコ出版、一九八

二
Haruyama Yukio（春山行夫）."Poesiologiste Kitasono,"「暦象」 no. 88（1978）: 12-14.
Havens, Thomas R. H. *Valley of Darkness: The Japanese People and World War II*（『暗闇の谷――日本の人々および第二次世界大戦』）. New York: Norton, 1978.
Higgins, Dick. *Pattern Poetry: Guide to an Unknown Literature.* Albany: State University of New York Press, 1987.
Hirata, Hosea. *The Poetry and Poetics of Nishiwaki Junzaburō*. Princeton: Princeton University Press, 1993.
伊勢郷土会編「北園克衛詩碑建立を記念して」パンフレット、伊勢郷土会（伊勢）、一九八〇
伊藤信吉解説、村野四郎編『現代日本詩人全集』一三巻、創元社、一九五五
岩成達也「黒いそれらの黒いそれら――北園克衛詳論」、「現代詩手帖」一九八六年十月号、一一二-一一七頁
鍵谷幸信「北園克衛」『詩人西脇順三郎』筑摩書房、一九八三
上林猷夫「園さんの微笑」『言葉と詩人』砂子屋書房、一九八九［表紙の油絵は北園克衛によるもの］
神谷忠孝『日本のダダ』響文社、一九八七
Karatani Kōjin. *Origins of Modern Japanese Literature.* Trans. Brett de Bary. Durham, N.C.: Duke University Press, 1993.
Kato Shuichi. *A History of Japanese Literature,* vol.3, *The Modern Years.* Trans. Don Sanderson. Tokyo, New York, and San Francisco: Kodansha, 1983.

Keene, Dennis. *Yokomitsu Riichi: Modernist.* Columbia University Press, 1980.

Keene, Donald. *Dawn to the West: Poetry, Drama, Criticism.* New York: Holt, Rinehart and Winston, 1984.

——. *Japanese Literature: An Introduction for Western Readers.* New York: Grove Press, 1955.

木原孝一「アバンギャルドの終焉」、「地球」三四号別冊（一九六二年二月）一-四頁

木下常太郎「詩壇時評」、「三田文学」（一九四一年八月）二〇八-二一〇頁

北川冬彦編、解説『現代詩』三巻、角川新書、一九五七、三四-三六頁

Kodama, Sanehide. *American Poetry and Japanese Culture.* Redding Ridge, Conn.: Archon, 1984.

——「エズラ・パウンド」、福田光治他編『比較文学シリーズ：欧米作家と日本近代文学』五巻「英米篇II」教育出版センター、一九七五

久米正雄編、日本文学報国会『辻詩集』八紘社杉山書店、一九四三

黒田維理、"How to Read: Kit Kat"（本文は日本語）、*Will* (Keel Press), no. 1 (1981): 21-36.

——「モダニズムからポストモダニズムへ」、「白」二四巻五号、一九八七年一月、一四-一九頁

——「Object から subject へむかう詩——北園克衛」、「現代詩手帖」一九八三年十月号

黒田三郎「北園克衛」、伊藤信吉他編『現代鑑賞講座』九巻「モダニズムの旗手たち」角川書店、一九六九

Lahiri, Amar. *Japanese Modernism.* Hokuseidō Press, 1939.

——. *Japan Talks.* Hokuseidō Press, 1940.

——. *Mikado's Mission.* Japan Times, 1940.

Laughlin, James. "Editor's Note." *New Directions,* vol. 3. New York, 1938.

Linhartova, Vera. *Arts du Japon: Dada et Surréalisme au Japon.* Paris: Publications Orientalistes de France, 1987.

Matthews, J.H. *Toward the Poetics of Surrealism.* Syracuse, N.Y.: Syracuse University Press, 1976.

水沢勉「日本のダダとコンストラクティヴィズムについて——一九二〇年代初期の諸相」、『ダダとコンストラクティヴィズム』二五-三三頁、東京新聞社、一九八八

Munroe, Alexandra. *Japanese Art After 1945: Scream Against the Sky.* New York: Harry Abrams, 1994.

村野四郎「解説」、村野四郎編『現代詩人全集』角川書店、一九六七、一三巻、三〇一-三一五頁

——「北園克衛」、金子光晴他編『現代詩講座・詩の鑑賞』創元社、一九五〇、一三三-一四一頁

Myers, Ramon H., and Peattie, Mark R., eds. *The Japanese Colonial Empire, 1895-1945.* Princeton: Princeton University Press, 1984.

長安周一「北園克衛と私」、「泥舟」六号（一九八六年七月）

中野嘉一「北園克衛論」、「暦象」八八号（一九七八年）二三-二七頁

——『モダニズム詩の時代』宝文館、一九八六

——『前衛詩運動史の研究』新生社、一九七五
日本文学報国会編『文芸年鑑』桃蹊書房、一九四三
——『大東亜』河出書房、一九四四
日本現代詩歌文学館「現代詩のフロンティア——モダニズムの系譜展」日本現代詩歌文学館（岩手県北上市）一九九四［北園克衛、西脇順三郎、瀧口修造の展示品のパンフレット］
Nishiwaki, Junzaburō, *Gen'ei: Selected Poems of Nishiwaki Junzaburō, 1894-1982*. Trans. Yasuko Claremont. University of Sydney East Asian series, 4. Sydney, Australia: University of Sydney Press and Wild Peony, 1991.
Noigandres (São Paulo: ed. Haroldo and Augusto de Campos et al.), no. 4 (Mar. 1958).
奥成達「北園克衛『郷土詩論』を読む」、「gui」一四巻三七号-三三巻八九号（一九九二年十二月-継続中）。
——「北園克衛とサティー、〈の〉の試行について」、「gui」八巻二〇号（一九八六年五月）。
——「詩は記述の学ではない」、「gui」八巻一九号（一九八六年一月三十一日）: 82ff.
Olson, Charles, ed. *Right Angle* (Washington, D.C.: The American University), 3. no. 1 (May 1949).
Omuka, Toshiharu. "David Burliuk and the Japanese Avant-garde." *Canadian-American Slavic Studies* 20, no.1/2 (Spring-Summer 1986): 111-25.
——."To Make All of Myself Boil Over: Tomoyoshi Murayama's Cons[c]ious Constructivism." *In Dada and Constructivism* (exhibition catalogue), pp. 19-24. Tokyo Shinbunsha, 1988.
Perloff, Marjorie. *The Poetics of Indeterminacy*. Princeton: Princeton University Press, 1981.
Pierre, José, ed. *Investigating Sex: Surrealist Research, 1928-1932*. Trans. Malcolm Imrie. London and New York: Verso, 1992.
Poggioli, Renato（レナート・ポッジョーリ）. *The Theory of the Avant-garde*.（『アヴァンギャルドの理論』）. Cambridge, Mass.: Harvard University Press, 1968.
Porteus, Hugh Gordon. *Criterion* (London), 18, no. 71 (Jan. 1939): 395-403.
Pound, Ezra. *Guide to Kulchur*. New York: New Directions, 1938.
——."The VOU Club." *Townsman* (London), no. 1 (Jan. 1938): 4-9.
Rachewiltz, Mary de. "Postscript: In Place of a Note to Letter 71." In Sanehide Kodama ed., *Ezra Pound and Japan*. Redding Ridge, Conn.: Black Swan, 1987, pp. 214-15.
Reck, Michael, *Ezra Pound: A Close Up*. New York: McGraw-Hill, 1967.
——."Memoirs of a Parody Perry." In Sanehide Kodama, ed., *Ezra Pound and Japan*. Redding Ridge, Conn.: Black Swan, 1987.
Rexroth, Kenneth. "Literature." In R.M. Hutchins and M.J. Adler, eds., *The Great Ideas Today*. New York: Praeger, 1970, pp. 139-77.

——.“On Kitasono Katue.” In Uri Hertz, ed., *Third Rail* (Los Angeles), no. 7 (1985-86).
Riffaterre, Michael. *Semiotics of Poetry*. Bloomington: Indiana University Press, 1978.
——. *Text Production*. Trans. Terese Lyons. New York: Columbia University Press, 1983.
櫻本富雄『日の丸は見ていた』マルジュ社、一九八二
——『空白と責任』小林印刷株式会社出版部、一九八三
——『詩人と責任』小林印刷株式会社出版部、一九七八
——『詩人と戦争』小林印刷株式会社出版部、一九七八
佐々木桔梗、「北園克衛とコンタックス」鳥居昌三編、*Trap*（伊東）八号（一九八八年一月）。
——『北園克衛とモダニズム雑誌群』プレス・ビブリオマネ、一九八〇
澤正宏他編「作品で読む現代詩」白地社、一九九三
清水俊彦、清水雅人、福田和彦、清原悦志『北園克衛とVOU』「北園克衛とVOU」刊行会、一九八八
白石かずこ「北園克衛、往く　啓蒙と美学」、『詩芸術』所収、一九七八
——『黒い羊の物語』人文書院、一九九六
『シュルレアリスム読本2　シュルレアリスムの展開』思潮社、一九八一
Silverberg, Miriam. “The Modern Girl as Militant.” In Gail Lee Bernstein, ed., *Recreating Japanese Women, 1600-1945*. Berkeley: University of California Press, 1991, pp. 239-66.
——.“Remembering Pearl Harbor, Forgetting Charlie Chaplin, and the Case of the Disappearing Western Woman: A Picture Story.” *positions* 1, no. 1 (Spring 1993): 24-76.
Solt, John.「パスポートの錬金術——ボーダレス世界へのプラスチック・ポエム」、鶴岡善久編『北園克衛全写真集』栞、沖積舎、一九九二
——.“Kitasono: East Asian Avant-gardist.” In Uri Hertz, ed., *Third Rail* (Los Angeles), no. 7 (1985-86): 45-49.
——.“Kitasono Katue and the VOU Poets.” In Uri Hertz, ed., *Third Rail* (Los Angeles), no. 9 (1988): 20-24.
——.「無題の無題の無題の無」、「現代詩手帖」一九九〇年十一月号（特集「北園克衛——記号とフォルム」）
——.“Nihilist in the Eraser: A Kitasono Retrospective.” In Bob Moore, ed., *Nexus* (Dayton, Ohio: Wright State University), 25, no. 2 (Winter 1990).
——.“The Plastic Poems of Kitasono Katue.” In exhibition pamphlet “Plastic Poems: Kitasono Katue and the VOU Group.” Providence: Rhode Island School of Design, Museum of Art, 1986.
Stallworthy, Jon, ed. *The Oxford Book of War Poetry*. Oxford: Oxford University Press, 1984.
諏訪優「北園克衛展——プラスティックなもの」、「美術手帖」三六巻五三〇号（一九八四年八月）
高橋洋二編「近代詩人百人」、「太陽」別冊、平凡社、一九七八
田村隆一「北園克衛著——『ガラスの口髭』」、「机」七巻一一号（一九五六年十一月）二九-三〇頁
Tanaka, Stefan. *Japan’s Orient: Rending Pasts into History,*

Berkeley: University of California Press, 1993.
建畠哲「日本の視覚詩の運動について――VOUとASAを中心に」、「国立国際美術館紀要」一号（一九八三）。
Teitelbaum, Matthew, ed. *Montage and Modern Life, 1919-1942*. Cambridge, Mass.: MIT Press, 1992.
Tipton, Elise. *Japanese Police State: Tokkō in Interwar Japan*. Honolulu: University of Hawai'i Press, 1990.
Tokyo Metropolitan Museum of Photography. *The Age of Modernism* (photography exhibition bilingual catalogue). 1995-96.
Trumbull, Randolph. "The Shanghai Modernists." Ph.D. diss., Stanford University, 1989.
Tsurumi Shunsuke. *An Intellectual History of Wartime Japan, 1931-1945*. London and New York: KPI, 1986.
内堀弘『ボン書店の幻――モダニズム出版社の光と影』白地社、一九九二
Vinholes, L.C. "Intercâmbio, Presença e Influência da Poesia Concreta Brasileira no Japão." *Anais* (Tokyo), no. 9 (1975).
渡辺正也「古里に建った北園克衛詩碑」、中野嘉一編「暦象」九五号、一九八一
Wescher, Herta. *Collage*. New York: Abrams, 1971.
Won, Ko. *Buddhist Elements in Dada: A Comparison of Tristan Tzara, Takahashi Shinkichi, and Their Fellow Poets*. Albany: State University of New York Press, 1977.
山中散生「北園克衛篇」、北川冬彦他編『現代詩鑑賞：昭和期』第二書房、一九五二、九一－一〇七頁
吉本隆明『抒情の論理』未来社、一九六三
――『戦後詩史論』大和書房、一九八三
吉岡実「新しい詩へのめざめ――北園克衛：円錐詩集」、「ユリイカ」一九七五年九月号、一四四－一四五頁。
――「断章三つと一篇の詩」、『北園克衛全詩集』「栞」付録、沖積舎、一九八三

図版一覧

A 「戦後日本の前衛美術」展カタログ表紙（一九九四年）
B 「戦後日本の実験芸術」展カタログ表紙（二〇〇七年）
C 「戦後日本の実験芸術」展パンフレット（二〇〇七年）
D 名古屋市美術館のカタログ表紙（一九九〇年）
E 「幾何学を越えて」展カタログ表紙（二〇〇四年）
F 「ゲッティーの天才たちの傑作集」カタログ表紙（二〇〇四年）
G 「日本の写真の歴史」のカタログ表紙（二〇〇三年）
1 北園克衛の現存する最も古い写真（一九〇五年頃）
2 橋本平八、母ゑいの墨絵
3 橋本平八、父安吉の墨絵
4 橋本平八、弟克衛の墨絵
5 橋本平八、達磨大師像
6 十五歳の克衛（橋本健吉）
7 橋本平八と北園克衛（一九二四年頃）
8 「ゲエ・ギムギゲム・プルルル・ギムゲム」二号の表紙
9 萩原恭次郎、「露台より初夏街上を見る」
10 ネオ・ダダイストの時代の北園克衛（一九二〇年代中頃）
11 克衛、処女詩集『白のアルバム』の表紙
12 克衛の具体詩的な作品の一部
13 春山行夫のフォルマリストの詩「*」
14 克衛の図形説「飛行船の伝説」
15 克衛の図形説「整型手術」
16 克衛の油絵「海の背景」
17 アルクイユのクラブのバッジ
18 克衛（一九三〇年代中頃）
19 *Townsman* 第一号、一九三八年一月
20 克衛による『戦争詩集』の表紙
21 一九四四年と四五年の克衛の卓上日記
22 克衛の有名な詩集『黒い火』
23 克衛の具体詩「単調な空間」
24 克衛、「単調な空間」第二部
25 克衛、「単調な空間」のドイツ語訳
26 克衛、「プラスティック・ポエム」、「VOU」一六〇号
27 克衛のプラスティック・ポエム「無題」（一九六〇年代後半）
28 克衛のプラスティック・ポエム「無題」（一九六〇年代後半）
29 克衛による「VOU」八五号の表紙
30 克衛のプラスティック・ポエム「無題」（一九六〇年代後半）
31 克衛、「Both side[s], 1969」
32 山本悍右、「フォト・ストーリー　空気のうすいぼくの部屋」
33 克衛、「Extreme, 1965」
34 克衛、プラスティック・ポエムの変種、「VOU」一三二号
35 克衛、「Composition B, 1967」
36 克衛、「Plastic poem, 1976」
37 克衛、「Plastic poem, 1970」
38 克衛による「VOU」一一二号の表紙
39 克衛のプラスティック・ポエム「無題」（一九六八年頃）

原著者による謝辞

英語版への謝辞

原著の執筆にあたってお世話になった多くの方々にお礼を申し上げたい。真先に感謝したいのは北園の妻であった故橋本栄氏とご子息の故明夫氏である。お二人のご親切、笑顔、ユーモア、寛大さ、何を取ってもこれ以上はないというくらいに研究にご協力を頂き、本当に感謝のことばもないくらいである。本書に出てくるすべての図版の使用許可を頂いた著作権継承者である橋本スミ子氏にもお礼を申し上げたい。

私はこの本のために百二十人にインタヴューを試みたので、この本にはオーラル・ヒストリーの要素がある。英語版ではすべての人を一覧の中に掲げたが、ここでは注にそれぞれの対話を個別に記すことにした。すべての方が本書の引用の中に登場するわけではないが、すべての方々に深く感謝したい。

また研究中に私を導いて下さった先生方の忍耐と寛大な精神に感謝を捧げたい。特にハワード・ヒビット先生（ハーバード大学）、スティーヴン・オーエン先生（ハーバード大学）、そして故マサオ・ミヨシ先生（カリフォルニア州立大学サン・ディエゴ校）である。またハーバード・アジア・センターの優秀な編集者であるジョン・ジマー氏にはひとかたならぬお世話になった。

私は幸いにもアメリカ合衆国教育省（フルブライト・ヘイズ奨学金）、ハーバード大学エドウィン・O・ライシャワー日本研究所、アーモスト大学から研究助成を受けることができた。私が調査に携わった日本の図書館、日本近代文学館、国会図書館、昭和女子大学近代文庫、慶應義塾大学、東京大学、武蔵野美術大学（そして故鳥居昌三氏の個人蔵書)。これらの多くの機関や人々の協力のお陰で当時の私の研究がとても順調に進んだだけでなく、今となってはとても心地よい思い出となっている。

日本語版への謝辞

このテーマの研究を始めたとき、日本の学者の多くは外国人学者の研究をそれほど真剣に受け取らないことを知っていた。曰く、「外人は日本語を十分に理解していない。」日本のことをテーマにした英語の本はほとんど日本語に翻訳されていない。また、データをどのように提示するかばかりにこだわり、理論的な方法を通して自分たちの研究テーマを考えようとしない日本の学者を外国の学者が見下していることも知っていた。当時と比べれば、状況はいくぶん変わったと思う。たとえば柄谷行人は日本学(ジャパノロジー)の世界では大きな尊敬と賞賛を得ている。

北園克衛の研究を引き受けたとき、英語の読者と外国人の両方を満足させる本を書こうと思ったが、同時に日本語の翻訳が出るまではこの計画は完成しないと考えていた。というのも、私の研究のかなりの部分は日本人の読者に向けられていて、その中には北園を知り、北園とともに活動した人々も含まれていた。このような人々に、彼らがすでによく知っている基本的なことを繰り返して紹介するのではなく、彼らの師の新しい面を見出してほしかった。そこで私は戦略的な決断を下した。たとえば、後に北園の最も有名な作品のひとつである「記号説」になる、「白色詩集」の分析がそのひとつである。「記号説」に関してはすでに多くの日本人の批評家によって書かれてきたので、私は誰もそれについて言及していない詩の分析のほうを好んだ。それはまた後期の作品の分析よりもいろんな意味でためになることが分かった。

自分の本を日本人に読んでもらいたいといつも思っていたので、日本語版の誕生はことのほか嬉しい。これは二十五年間にわたる夢の実現である。この本のもとになった博士論文のために関係者にインタビューしたとき、「北園克衛はあなたの生涯をかけた仕事ですね」とよく言われたものである。「北園に絡まったままの人生で終わりたくない」と答えて私はそのような意見をいつも打ち消し、自分では北園のくもの巣から脱出できると思っていた。だが、少し時間がたつと北園はいつも私のもとに戻ってきて、北園作品の新しい英訳やこの『意味のタペストリーを細断する』の和訳、あるいは、写真やデザインの展覧会の企画など、つぎつぎに新しい取り組みが始まった。といっても、私の北園の詩とプラスティック・ポエムへの情熱はまったく衰えていない。

翻訳者たちへの感謝と賞賛の念は大きくまた永続的である。それぞれの翻訳者はそのキャリアの中で最高の専門的能力を擁した人々で、様々な経路からこの企画に到達した。彼らは初めから終わりまで契約も結ぶことなく、休むことなく熱烈に翻訳を続けてくれた。英語版は私のキャリアにはあまり役立たなかったので、この翻訳も翻訳者たちのキャリアにはあまり役に立たないだろう。この翻訳者たち、田口哲也、鷲尾郁、小川正浩、高田宣子、山内功一郎、ヤリタミサコ、相原雅子、が自分の犠牲を後悔しないことを望むばかりである。何人かはまだお目にかかったことがないが、なかには長い間の知人や友人もいる。

それぞれの分担を通して翻訳者たちはひとつになったのだが、翻訳者のひとりで、私の個人的な要請に応えて編集の任を引き受けてくれた田口哲也の存在がなければこの本は日の目を見なかったことであろう。彼のノウハウと細部への気配りによってこの本を構成する一本一本の糸が三年ほどで一本の縄に編みあがった。いくら感謝してもしきれないくらいだ。

編集にあたった田口哲也と翻訳チームは最善を尽くして私の考えを正確に日本語に移し変えたばかりでなく、英語版にあった事実のいくつかの誤りを見つけて訂正までしてくれている。このような完璧を目指したあらゆる努力にもかかわらず、この最終版に間違いがぜんぜんないということはなかろう。私はすべての英・日の単語を確認し、英語の表記に関しては明らかな間違いは訂正したが、議論の本質にかかわる部分には一切変更を加えていない。だが、誤りがあれば、それはすべて私の責任である。(何かを作ろうとするときに間違いをするのは人間の常であるから、その印として、アメリカのナバホ族は自分たちの織り上げる絨毯にわざと間違いを入れるが、これは「ナバホの一針」として知られている。）

まだ私の博士論文が本になる前の話だが、日本語版を出してみたらと言ってくれたのは詩人の江間章子で、彼女は宝文館に話を持って行ってくれるという、山田野理夫のところに連れて行ってくれた。彼は北園を知っていて、しかも宝文館は過去に北園の著書も出版していた。宝文館側はこの話に熱心に反応し、「翻訳の原稿があれば今にでも出版するよ」とさえ言ってくれた。それから十年経って英語版が出た。その日本語への翻訳の作業が始まる頃には悲しいことに江間章子も山田野理夫も共に他界してしまった。

二〇〇〇年に、私の詩友で、私より前の唯一の北園の伝記作者であった藤富保男のご好意で著名な出版人である小田久郎に会い、日本語版の話をすることができた。小田のことは前から知っていたが、私は喜んでおいしい昼食を食べに行くことにした。英語版をお渡しすると、小田はアメリカ文学の専門家である原成吉教授に見せて翻訳する価値があるかどうか検討してもらうと言ってくれた。

原先生が出版の意義大いにありと言ってくれたという話を聞いた。先見の明のある原先生の試験に合格できてとても有難く思う。小田と数年後に再会した折に「私の本を出版したために思潮社が損をすると思うと申し訳ありません。最近の出版界は大変ですから」と言うと、小田は「出すべき本を出して思潮社がつぶれるなら、それは仕方ない」と言った。一瞬私は自分がサムライと一緒にいると思った。私たちの契約というと、それは口だけのものだった。十年経った今も小田が約束を守り、私が幻想した平成のサムライであり続けていることを嬉しく思う。

思潮社の秀でた編集者である髙木真史にもこの場を借りて深い感謝を申し上げたい。初めてお会いした瞬間からこの本は有能な編集者の手の中にあると思ったのだが、その直感どおりになった。

本書の英語版が制作されているとき、その英語版の表紙デザインを高橋昭八郎にお願いできないものかと編集者に依頼した。私の意見では、高橋は北園と新国誠一以来の偉大な視覚詩人であり、しかもVOUの同人であったからだ。私の願いは拒絶されたが、ハーバード大学アジア・センターには専属のデザイナーがいて、また、他の出版された本との一貫性を守りたいというのがその理由であったので、私も納得した。だから、思潮社が——高橋昭八郎の歴史的な重要性を理解して——彼を起用することに同意してくれたときは二重に嬉しかった。高橋の創造性と美的感受性には脱帽だ。

本書の革製特装本を制作してくれた大家利夫にも感謝のことばを捧げたい。大家はすでに北園のデザインを表紙に使った数冊の本を装丁しているが、本書をそれらの宝石の仲間に加えてもらえたのはとても有難いことである。

最後になったが、この忙しい世の中で時間を割いて最後までお付き合い戴いた読者にもっとも深く感謝したい。

ジョン・ソルト

二〇一〇年　夏

ロサンジェルス／東京／バンコクにて

監訳者あとがき

本書の成立までには多くの人々のお世話になった。共訳者、思潮社、とりわけ小田久郎と高木真史のお二人には感謝のことばもない。カバー・デザインの高橋昭八郎は六〇年代的に言うなら胸の熱くなる「友情出演」で、とてもありがたいことである。

原著者のジョン・ソルトがサンタバーバラでケネス・レクスロスに出会い、北園のことを知り、ハーバード大学に提出した博士論文を完成させ、東京での長期にわたる調査を含むこの業績を基にしてハーバード大学アジア出版局から出たのが本書の原著である『意味のタペストリーを細断する』だ。本書はこの翻訳である。

西欧のアヴァンギャルドに出会った北園が、その強烈な影響下で強い力を加えて変形させた日本語表現を、今度は原著者がひとつひとつ解きほぐして、正確でしかも詩的な英語表現に結晶させたものを再度現代の日本語に置き換えるという作業を通して北園は徐々に私の脳内にその像を結び始めたのだが、それはクロサワの『セブン・サムライ』を英語の字幕で見るようなサイケデリックな経験であった。

前に出ず後ろにも下がらない怠惰な監訳者を絶えず鼓舞し、超多忙にもかかわらず翻訳チームからのあらゆる質問に貴重な時間を惜しげもなく割いて丁寧に答えてくれたばかりでなく、さまざまな資料を自由に（つまりタダで）提供し、時には場外乱闘的に校正作業まで手伝ってくれた原著者の助力に、この場を借りて改めてお礼を申し上げる。彼は福澤諭吉が自分の書いた文章を女中に読んで聞かせ、女中が理解できないところは書き直したという挿話が好きで、この点に関して監訳者は全力を尽くしたが、果たして北園が現代風に言うとメイドに容易に理解されるかどうかは自信がない。ただ、もともとカタカナ表記が多くなることが予想される書物であったので、およそ可能な限りカタカナ語を使うのは避けている。

なお付録の西洋人名一覧は当時、同志社大学文化情報学部比較文化研究室に所属していた坂野真由美が作成した。また同研究室の村木貴俊、同志社大学法学部出身の岡山洋平にはデータや原稿の整理を手伝ってもらった。記して感謝申し上げる。

二〇一〇年

田口哲也

索 引

あ

い

き

く

け

ち

つ

て

と

な

に

ね

の

は

へ

ほ

ま

み

む

め

も

や

ゆ

よ

ら

り

る

れ

ろ

わ

略歴

ジョン・ソルト　John Solt

詩人・日本文学研究家。北園克衛研究でハーバード大学より博士号（東アジア言語・文明）取得。フルブライト基金（The Fulbright-Hays Doctoral Dissertation Research Abroad Scholarship, 1985-86）、エドゥイン・O・ライシャワー基金（Harvard University Reischauer Institute's Supplementary/Completion Dissertation Grant, 1987-89）などでしばしば来日。1987年以来エドゥイン・O・ライシャワー日本研究所研究員。1996年には *Glass Beret*（Morgan Press）で日米友好日本文学翻訳賞（The Japan-U.S. Friendship Commission Prize for the Translation of Modern Japanese Literature awarded by the Donald Keene Center for Japanese Culture at Columbia University）を受賞。2010年に開催の「橋本平八と北園克衛展」での北園部門は著者の「ジョン・ソルト・コレクション」がもとになった。

*

田口哲也　たぐち・てつや

同志社大学文化情報学部教授。比較文化論専攻。北園克衛と親交のあった米国の詩人・画家ケネス・レクスロスの読本を準備中。

*

相原雅子　あいはら・まさこ

白百合女子大学非常勤講師。キリスト教文学専攻。「カトリック小説と姦淫の罪」（『文学とキリスト教』青踏社、2004年）など論文多数。付録、参考文献、索引担当。

小川正浩　おがわ・まさひろ

千歳科学技術大学准教授。文化史専攻。「『森のコロンブス』は進路を西にとる――西部拡張主義と19世紀アメリカ美術の一断面」（『形の文化誌8』2001年）など論文多数。第二、三章、注担当。

高田宣子　たかた・のりこ

大学非常勤講師。英語圏文学、文化専攻。『日本の創造力』（共著、NHK出版、1993年）、『湖水を渡って　シルヴィア・プラス詩集』（共訳、思潮社、2001年）など著書、翻訳多数。第七章担当。

坂野真由美　ばんの・まゆみ

名古屋商工会議所。絵本文化専攻。付録担当。

山内功一郎　やまうち・こういちろう

静岡大学人文学部教授。アメリカ現代詩専攻。『粒子のバラ　マイケル・パーマー詩集』（思潮社、2004年）の翻訳や現代詩に関する論文多数。序、第一章担当。

ヤリタミサコ

詩人。『ビートとアートとエトセトラ――ギンズバーグ、北園克衛、カミングズの詩を感覚する』（水声社、2006年）などの著書や論文多数。序～第三章、第六、八章担当。

鷲尾郁　わしお・いく

上智大学大学院博士後期課程（単位取得退学）。大学非常勤講師。20世紀アメリカ詩研究専攻。第六章、別刷資料集担当。

SHREDDING THE TAPESTRY OF MEANING
THE POETRY AND POETICS OF KITASONO KATUE (1902-1978)
by JOHN SOLT

北《きた》園《その》克《かつ》衛《え》の詩《し》と詩《し》学《がく》——意味《いみ》のタペストリーを細断《シュレッド》する

著者
ジョン・ソルト
監訳者
田口哲也
発行者
小田久郎
発行所
株式会社 思潮社
〒一六二—〇八四二　東京都新宿区市谷砂土原町三—十五
電話〇三（三二六七）八一五三（営業）・八一四一（編集）
FAX〇三（三二六七）八一四二
印刷・製本
創栄図書印刷株式会社
発行日
二〇一〇年十一月二十五日　第一刷
二〇一三年六月二十五日　第二刷